Rupert Thomson wurde 1955 in Eastborne, Sussex, geboren. Nachdem er mit sechzehn ein Stipendium in Cambridge erhielt, studierte er dort Geschichte des Mittelalters und Politologie. Nach dem Examen ging er nach New York und Hollywood, später nach Athen, wo er Englisch unterrichtete. Zurück in England, arbeitete er fünf Jahre lang in verschiedenen Werbeagenturen. 1982 reiste er nach Siena, Berlin, New York und Tokio.
»Das schwarze Herz der Stadt« ist nach »Die Welt ist ein Traum« sein zweiter Roman.

Von Rupert Thomson ist außerdem erschienen

Die Welt ist ein Traum (Band 60151)

Dieses Buch wurde auf chlor- und säurefreiem Papier gedruckt.

Vollständige Taschenbuchausgabe Juni 1994
Droemersche Verlagsanstalt Th. Knaur Nachf., München

Titel der Originalausgabe »The Five Gates of Hell«

Originalverlag Bloomsbury, London
Umschlaggestaltung Andrea Schmidt, München
Druck und Bindung Ebner Ulm
Printed in Germany
ISBN 3-426-60283-0

2 4 5 3 1

Rupert Thomson

DAS SCHWARZE HERZ DER STADT

Roman

Aus dem Englischen übersetzt
von Michael Hofmann

Knaur

Für Robin und Kate

»Die Frevler sollen sich in ihren eigenen Netzen fangen,
während ich heil entkomme.«

PSALM 141

»Und in einem kleinen Ruderboot fuhren sie alle
gen Himmel...«

POPULÄRES AMERIKANISCHES LIED

EINS

DIE DÜSENJETS

Als Nathan diesen Traum zum erstenmal hatte, wohnte er bei seiner Tante auf dem Kap.

Er stand mit seiner Schwester auf einer kahlen Ebene; sie hielten sich an den Händen, als wollten sie vorsichtig eine Straße überqueren, wie man es sie gelehrt hatte. Es gab allerdings keine Straßen an diesem Ort, keinerlei menschliche Spuren. Auch keine Bäume. Kein Gebüsch. Bloß Staub und Steine, ferne Berge und eine gnadenlose Sonne.

Dann in der Ferne plötzlich ein silbern blitzender Reflex, und die Düsenjets zerrissen die Membran des Himmels. Die Luft wurde zu Schall und reichte nicht mehr zum Atmen aus, und in seinen Ohren war das Rattern der Maschinengewehre, während die Kugeln den Staub zu ihren Füßen aufpeitschten, Reihen gespenstischer Pflanzen sprießen ließen, die nacheinander aus dem trockenen Boden wuchsen, kurz in der Luft hingen und dann zusammenfielen. Ihre Hände wurden auseinandergerissen und sie beide fortgespült, schreiend, Gliedmaßen aus Wasser, Atem wie eine Säge auf Holz.

Er wachte auf. Horchte durch die halboffene Tür nach dem Atmen seiner Schwester. Konnte nichts hören. Horchte durch die dünne Wand zu seiner Rechten nach dem etwas schnelleren Atmen seines Vaters. Er hörte ein anderes Atmen, ein Atmen, das er nicht kannte. Schnarrend, schlürfend, rasselnd. Lungen wie Ketten. Das Meer.

Er machte die Augen auf. Alles war weiß und blaßblau. Vorhänge mit einem Muster aus Ankern und Meerjungfrauen, die

Steuerräder eines Schiffes. Der Schädel einer Seemöwe über dem Bett mit einer Silbermünze dort, wo das rechte Auge gewesen war. Ein ungeordneter Haufen Muschelschalen auf dem Teppich, die Muschelschalen, die er erst am Vortag gefunden hatte. Er war im falschen Haus. Er war bei seiner Tante Yvonne. 121 Ocean Drive, Hosannah Beach, The Cape. Er wiederholte die Adresse für sich, bewegte dabei schwach die Lippen. Dad hatte ihm gesagt, er solle sie auswendig lernen, falls er sich verlaufe.

Dad.

Nathans Gedanken glitten zurück zu dem sonnenhellen Nachmittag vor einem Monat, zu dem Grund, weshalb er nun hier war. Er sah sich auf halbem Weg den Hügel hinauf. Er roch die schmelzende Straße, den Teer, so weich wie Zuckerwatte, daß man einen Fußabdruck hinterließ, wenn man nur fest genug auftrat. Die schmelzende Straße, die Bäume schwer vor Hitze. Er konnte sogar den Schweiß unter seinem grauen Schulhemd hinabrinnen spüren. Er schaute zurück, den Hügel hinunter, und rief: »Georgia, mach schon!«

Er ging täglich mit Georgia von der Schule nach Hause. Sie brauchten dafür normalerweise etwa eine halbe Stunde, doch daran war sie schuld. Sie war so langsam. Allein hätte er die Strecke in einer Viertelstunde geschafft. Er blickte zurück. Schau sie sich einer an! Sie versuchte es nicht einmal. Sie stand einfach da, eine Faust gegen einen Mundwinkel gepreßt. Wahrscheinlich weinte sie. Er mußte sie wohl verärgert haben oder so. Der Hügel, das war stets das schlimmste Stück.

Er murmelte ein unterdrücktes »O Gott«, ein neues Wort und gerade stark genug, um auszudrücken, was er empfand, und mit einem Seufzer ging er den Weg zurück. Er hätte sie gern einfach stehenlassen, es war jetzt nicht mehr weit bis zum Haus, noch fünf Minuten, aber er hatte es versprochen, er hatte es Dad versprechen müssen — und wenn etwas passierte? Es gab Leute, sogenannte Fremde, und man redete mit ihnen, und dann passierte etwas. Er wußte nicht, was dieses Etwas war. Es war zu schlimm, als daß man davon auch nur hätte sprechen dürfen. Er stand jetzt neben Georgia und schaute auf sie hinunter. Er konnte nichts außer ihrem Scheitel sehen. »Was hast du jetzt wieder?«

»Du hast mich stehenlassen.«

Er sagte nichts. Statt dessen sah er zu, wie ein dicker Kreidestrich am Himmel immer länger wurde. Wenn man die Augen zusammenkniff, konnte man den winzigen Silberfleck des Flugzeuges gerade noch erkennen. Er versuchte, sich den Mann in dem winzigen Silberfleck vorzustellen, und ein Schauer lief seinen Rücken herauf bis zu den kurzen Haaren in seinem Nacken. Er überlegte, wie schnell das Flugzeug sein mochte. Fünfhundert? Eintausend? Er konnte jetzt Georgias Gesicht sehen, ihre feuchten Lider, ihre zitternde Unterlippe. Wenn du ein Flugzeug wärst, dachte er, wären wir längst zu Hause. Wir wären schon seit Stunden zu Hause. Er schaute seine Schwester an und wünschte sich, sie wäre ein Flugzeug.

»Du hast mich stehenlassen«, sagte sie noch einmal.

»Das wollte ich nicht«, erwiderte er. »Du bist einfach zu langsam.«

»Ich bin fünf. Wenn du fünf wärst, wärst du auch langsam.«

»Nicht so langsam wie du.«

Georgia machte ein böses Gesicht. Sie wischte sich mit dem Ärmel über ein Auge, drehte sich um und schaute den Weg zurück, den sie gekommen waren.

»Ich kann diese Straße nicht ausstehen.«

Er nahm sie bei der Hand, »Komm schon, George! Geh einfach!«

»Meine Beine tun weh.«

»Denk nicht an deine Beine, geh einfach! Es ist nicht mehr weit.«

Er fing das Spiel an, bei dem man auf dem Gehweg nicht auf die Ritzen treten darf, erfand allerdings eine neue Strafe: Wenn man auf eine Ritze trat, mußte man drei Schritte rennen. Er wußte, daß Georgia bei Spielen immer das tat, was man nicht tun sollte; sie konnte also der Versuchung, auf die Ritzen zu treten, nicht widerstehen und mußte immer wieder drei Schritte rennen. So kamen sie oben auf dem Hügel an, ohne daß sie es überhaupt merkte.

Damit lag das schlimme Stück hinter ihnen. Vom Hügelkamm aus war die Ecke zum Mahogany Drive zu sehen, wo sie wohnten. Noch einmal hundert Meter, und sie waren zu Hause. Trotzdem mußte er ihre Hand wieder losgelassen haben, denn er war alleine, als er in die Einfahrt kam und Tante Yvonnes Kombi vor der Eingangstür geparkt stehen sah.

Er rannte zum Gartentor zurück und rief: »Rate mal, George!«

Noch zwanzig Meter entfernt, blieb Georgia stehen und blickte auf. Sie war zu müde zum Raten.

»Tante Yvonne ist da«, rief er. »Komm!«

Aber er konnte nicht auf sie warten. Er rannte durch die Hintertür ins Haus, und es war, als wäre er vom Tag in die Nacht gerannt. Seine Stimme klang weit weg, und er konnte nichts sehen, nur die graue Gestalt Dads, der den Kopf in den Händen hielt, und die Stimme seiner Tante irgendwo über ihm.

»Deine Mutter ist tot«, sagte sie, und er weinte, weil das Wort so dumpf und leer klang.

Sie versuchte, es zu erklären. »Wenn die Leute sterben«, sagte sie, »dann gehen sie weg.«

»Und wann kommen sie zurück?«

»Gar nicht«, erwiderte sie. »Sie kommen nicht zurück.«

Es schien, als warte sie, daß er noch mehr Fragen stellte, aber ihm fiel keine mehr ein. Er starrte seine Schuhe an, deren Spitzen vom Steineschießen grau waren.

»Tante?«

»Ja?«
»Darf ich jetzt hinaus und im Garten spielen?«
Ein Seufzer entfuhr ihr, und ihr Gesicht fiel in sich zusammen. Er sah sie einen langen Augenblick an und rannte dann aus dem Haus. Jemand rief nach ihm. Er rannte durch den Garten; in seinem Kopf war alles leer und hohl, weich wie der Rasen unter seinen Füßen. Er blieb erst stehen, als er den verwilderten Teil des Gartens erreicht hatte, jenen Teil, den er Dschungel nannte. Still stand er da, in einem fast grünen Dämmerlicht. Er schaute an orangegetönten Zweigen vorbei zum tiefblauen Himmel hinauf, wo der Kreidestrich, den das Flugzeug gezogen hatte, sich aufzulösen begann.
Am nächsten Tag fragte Yvonne ihn nach dem Frühstück, ob er mit ihr kommen und in ihrem Haus am Strand wohnen wolle. Er war dort schon gewesen, während eines früheren Sommers, und er erinnerte sich an die Aufregung, die jene Worte »Haus am Strand« ausgelöst hatten, aber jetzt lagen die Dinge anders, hatten eine andere Bedeutung; daher überlegte er einen Moment lang und sagte dann: »Und George?«
»Sie kommt woanders hin.«
Ein Wirbeln im Bauch, als er dachte, daß es für immer und ewig sein könnte, wie Gebete. Yvonne legte ihm die Hand auf den Hinterkopf. »Nur ein paar Wochen lang«, sagte sie. »Ihr seid gemeinsam wieder zurück, ehe ihr es merkt«, und er schaute zu ihr auf, sah ihr kupfriges Haar, das wie ein Magnet auf ihrem Schädel saß, ihr freundliches Lächeln, den danebengemalten Lippenstift und die schiefen Zähne. Und plötzlich vertraute er ihr wieder, und er konnte ihr Lächeln erwidern. Also war es abgemacht.
Der Tag ihres Abschieds kam. Dad rief Nathan ins Wohnzimmer und drückte ihm eine Silbermünze in die Hand. »Ich wollte dir nur etwas geben«, sagte er, dann wandte er sein Gesicht ab. Nathan hielt die Münze in der Hand und starrte das Tischbein

an: Es war zu einem Knöchel geformt und lief in einer goldenen Klaue aus. An einem der Zehen war ein Stück abgesplittert.
Dad winkte ihnen zum Abschied aus seinem Zimmer im ersten Stock nach: Sein Gesicht tauchte wie ein bleicher Mond hinter dem Fenster auf, sein Mund und seine Augen waren wie verschwommene Krater. Ein Vollmond hinter Glas. Das bedeutete Pech, hätte Yvonne, die abergläubisch war, gesagt. Sie trug an diesem Morgen ihre besondere Fischbrosche. Fische hielt sie für heilig. »Sie sind die Hüter der Seele«, hatte er sie sagen hören, ohne behaupten zu können, sie verstanden zu haben. Sie trug die Brosche schon die ganze Woche, seit dem Tag, an dem ihre Schwester, seine Mutter — seit dem Tag, an dem es geschehen war. Die Brosche stand für den Verlust, für das Gedenken, war ein Zeichen dafür, daß sie traurig war. Man hätte es sonst nie erraten können. Yvonne kleidete sich wie jemand aus einer anderen Zeit, aus welcher Zeit, konnte allerdings nie jemand genau sagen. Dad fragte sie immer, wo das Kostümfest denn stattfinde; das war einer seiner Scherze. Für die Fahrt nach Norden hinauf hatte sie ihr kupferfarbenes Haar mit einem kanariengelben Kopftuch zusammengebunden. An ihren Ohren baumelten Dreiecke aus Türkis. Sie trug eine dunkle Brille mit Schildpattgestell und eine Seidenbluse, die glänzte und sich kräuselte wie ein Stück Meer. Ein kleines Kästchen aus jenem Metall, dessen Farbe ihr Haar hatte, hing an einer Kette um ihren Hals. In dem Kästchen befand sich eine frische Knoblauchzehe, eingewickelt in einen Fetzen knisternden roten Papiers. Um ihr Blut zu verdünnen, sagte sie, und dem Teufel Beine zu machen. Aber trotzdem war es die Fischbrosche, die einem am meisten auffiel. Als der Mann an der Tankstelle freundlich den ölverschmierten Unterarm auf das Seitenfenster legte und fragte, wieviel sie wolle, sah Nathan, wie sein Blick von dem Fisch geködert und gefangengenommen wurde, und plötzlich

trat der Mann zurück, zog den Kopf ein und murmelte, wie leid es ihm tue.
»Meine Schwester ist gerade gestorben«, sagte Tante Yvonne. »Das ist ihr kleiner Sohn.«
Sie wandte sich ab und starrte durch die Windschutzscheibe ins Licht, und Nathan konnte ihr rechtes Auge hinter der dunklen Brille sehen, konnte sehen, wie die Tränen auf dem Unterlid zitterten. Wieder auf der Autobahn, kurbelte sie ihr Fenster herunter und trat das Gaspedal so fest durch, als sei es ein Insekt, das sie auf dem Boden zerdrückte. Die Nadel auf dem Tachometer sprang hin und her und wackelte. Hundertvierzig, hundertfünfzig. Er dachte, sie würde zu weinen anfangen, aber sie tat es nicht. Er dachte, sie sei tapfer.
Bis nach Hosannah Beach waren es sechs Stunden, und er schaute die Silbermünze, die Dad ihm geschenkt hatte, nicht an, nicht ein einziges Mal. Den ganzen Weg hielt er sie fest in seiner Hand und spürte, wie sich der geriffelte Rand in seine Haut eindrückte. Sie kamen an, als es schon dunkel war. Die Autoscheinwerfer glitten über einen großen Kaktus, dessen Arme blaß wie grüne Kreide und scharf wie Haifischflossen waren. Während Yvonne das Haus aufsperrte, wartete er im Wagen. Er hob die Hand vors Gesicht und öffnete sie. Der bittere Schweißgeruch heißen Metalls strömte ihm entgegen, heiß und bitter, so würde das Von-zu-Hause-Weggehen immer riechen. Durch das offene Fenster hörte er den Wind in den Pinien und den Ozean; er konnte nicht sagen, was was war, er war zu schläfrig von der langen Fahrt. Dann erklang Yvonnes Stimme, die ihn hineinrief.
Er wachte früh auf und horchte. Nichts. Er hob den Kopf. Der Morgen lag in einem dicken grauen Nebel vor dem Fenster. Er verließ die Wärme seines Bettes und schlich sich nach unten. Er glaubte, der erste zu sein, aber als er in die Küche kam, traf er dort auf Yvonne, die den Schulterträger ihres schwarzen

Badeanzugs zurechtrückte. Ihre Haut wirkte trocken, braun und zerknittert wie das Papier, das Dad ihm zum Malen gab, wenn es regnete.

»Ich wollte gerade schwimmen gehen«, sagte sie. »Willst du mitkommen?«

Das Haus stand auf einer niedrigen Klippe über einem steinigen Strand. Ein schmaler Fußpfad führte die steilen Felsen hinab zum Meer. Ihn säumte ein Geländer aus Holzpfählen und verblichenem orangefarbenem Fischertau. Man mußte sich gut festhalten, andernfalls konnte man abstürzen. Er ließ sie vorausgehen. Sie hielt einen Arm in die Luft gestreckt, als wäre der Fußpfad ein Drahtseil. Ihre Schenkel vor ihm sahen zerknittert aus und bebten. Als sie auf ebener Erde stand, wurde sie wieder stark. Die Art, wie sie über den Strand marschierte, gefiel ihm — als führe sie eine Armee an, wobei die Steine unter ihren breiten nackten Füßen wie Kettenhemden klirrten.

Das Wasser schien kälter, als er es gewohnt war. Er schwamm, bis ihm die Lunge brannte, dann wickelte er sich in ein Handtuch und erkundete den Strand, wo er einen zwischen zwei Felsen eingeklemmten Tierschädel fand. Er schaffte es, ihn loszubekommen, ohne ihn zu zerbrechen. Er zeigte ihn Yvonne.

»Eine Art Möwe«, sagte sie.

»Darf ich ihn behalten?«

Sie lachte. »Was würdest du tun, wenn ich nein sage?«

Er lächelte, fühlte sich aber unbehaglich.

Dann schaute er wieder auf den Schädel hinunter, seinen Schädel, und ein seltsames Lustgefühl durchströmte ihn. Alles ging von dem Ding aus, das er in der Hand hielt, alles breitete sich um ihn herum aus, grenzenlos, verfügbar.

Nach dem Schwimmen frühstückten sie im Haus: mit frischen Kräutern aus dem Garten verrührte Eier, in Ahornsirup getränkte Waffeln und große Gläser kalte Milch.

»Es ist, glaube ich, das erstemal, daß ich dich habe schwimmen sehen«, sagte Yvonne. »Du schwimmst recht gut, oder? Du bist dafür wie geschaffen, würde ich sagen.«

»Dad sagt, es liegt mir im Blut.« Nathan leckte sich einen Siruptropfen vom Finger. »Wenn dir heiß wird und du schwitzt, dann kannst du's erkennen. Du schmeckst daran, und wenn es nach Salz schmeckt, dann hast du das Meer im Blut. Auch Dad hat das Meer im Blut. Das hat er mir gesagt.«

Sie lächelte zu ihm hinunter. Manchmal, wenn sie lächelte, schien ihr ganzes Gesicht zu wackeln wie ein Regentropfen, kurz bevor er von einem Zweig fällt.

Die ersten Tage über blieb das Wetter diesig und grau. Am frühen Nachmittag kam die Sonne beinahe durch, und man konnte den blauen Himmel irgendwo hoch oben spüren, den blauen Himmel, den Flugzeuge durchkreuzten, doch dann verblaßte das Licht und der Dunst trieb gespenstisch vom Meer herein, über die Dünen und das Marschland, über die verwelkten Silberbüsche, die aussahen wie Teile von Hexen, über die alte Küstenstraße, auf der man die Scheinwerfer einschalten mußte, wenn man zum Einkaufen fuhr, obwohl es noch Tag war, denn sonst tauchte irgendwo ein Baum auf und machte allem ein Ende.

Yvonne erzählte ihm von dem Pfad zur Landzunge hinaus. Sie hatte ihn selbst gebahnt, wie sie sagte, mit ihren eigenen Händen und einer Machete, und niemand durfte je von ihm erfahren. Er war ihrer beider Geheimnis, andere Leute würden ihn nur kaputtmachen. »Du darfst ihn niemandem verraten«, sagte sie.

»Wem soll ich ihn denn verraten?« fragte er und sah wieder dieses Lächeln auf ihrem Gesicht, dieses Lächeln, das wie ein Regentropfen war, und dann nahm sie seinen Kopf mit einer Hand und drückte ihn an ihre Brust.

Er machte den Weg jeden Tag. Man verließ das Haus durch die

Schiebetüren an der Vorderseite, durchquerte einen Garten mit verschlungenem Gestrüpp und Grünpflanzen, schlug sich am Rand der Klippe durch einen Busch, und dort lag der versteckte Zugang zu dem Pfad. Dann folgte man lange dem Klippenrand, das Meer schlummerte unter einem — dieses Rauschen, wenn es sich in seinem Bett wälzte, dieses Seufzen. Schließlich mußte man landeinwärts durch grünes Gras und einen Wald krummer schwarzer Bäume, und dieser Wald brachte einen dann auf die Landzunge. Sie lag zwanzig Meter über dem Meer, trotzdem sprühte die Gischt über ihren Rand, was einen jedesmal erschreckte, denn man hörte sie nicht kommen; es war, als würde jemand hinter einer Tür hervorspringen. Er entdeckte einen flachen Felsen am Rand der Klippe, auf den er sich setzte und zusah, wie der Wind Wolken feiner Gischt von den obersten Spitzen der Wellen hochblies.

Eines Tages folgte ihm Tante Yvonne. Er hörte sie als eine Bewegung im Gras hinter sich und brauchte sich gar nicht umzudrehen. Er hatte gewußt, daß sie früher oder später kommen würde. Sie setzte sich neben ihn und schlang die Arme um ihre Knie.

Er hatte nachgedacht, und jetzt sprach er sie darauf an. »Als meine Mutter gestorben ist, wo ist sie dann hingekommen?«

»Ins Meer.« Yvonne nahm seine Hand in ihre beiden. »Sie hat das Meer geliebt. Es lag ihr im Blut, genauso wie es dir im Blut liegt.« Sie zündete sich einen Stumpen an, und plötzlich roch die Welt wie das Innere eines Küchenschranks, der seit Jahren nicht mehr geöffnet worden ist. »Wenn man ins Meer zurückkehrt«, sagte sie, »dann wird alles Schlechte, das man je getan hat, weggewaschen. Man wird gereinigt, sauber für das nächste Leben. Weißt du noch, der Schädel, den du gefunden hast?«

Er nickte.

»Erinnerst du dich, wie rein und weiß er war?«

Er erinnerte sich.
»Das ist genau das, was das Meer macht«, fuhr sie fort. »Es nimmt den ganzen Schmutz weg, all die Flecken, die man vom Leben abbekommen hat.«
»Du meinst, wie eine Waschmaschine?« wollte er wissen.
Sie lachte. »Genauso wie eine Waschmaschine.«
An diesem Abend nahm er in seinem Zimmer den Vogelschädel und hielt ihn unter die Lampe. Tante Yvonne hatte recht. Nur reiner weißer Knochen. Keine Spur von irgend etwas anderem. Langsam hob er den Schädel an seine Nase hoch und schnüffelte an ihm. Der Schädel roch nicht. Er wünschte sich, auf den Meeresgrund tauchen und zusehen zu können, wie die Seele seiner Mutter aus den reinen weißen Knochen aufstieg. Doch plötzlich fiel ihm auf, daß er sich nicht mehr erinnern konnte, wie sie aussah. Er hätte nicht gewußt, woran sie zu erkennen gewesen wäre.
In der zweiten Woche wechselte das Wetter, und all die hellen Farben, an die er sich von vor zwei Jahren erinnerte, kamen zurück. Die Gelb- und Weißtöne, Eierschalenblau. Yvonne begann wieder zu malen. Nach dem frühmorgendlichen Schwimmen zog sie sich in ihr Atelier im Ostflügel des Hauses zurück, das Haar in einem leuchtenden Seidennetz gezähmt, eine Packung Stumpen unter dem Arm. Sobald er ihre Ateliertür zuschnappen hörte, wußte er, daß er bis Mittag allein sein würde. Es gab keine Regeln, wie er die Stunden zu verbringen hatte; sie erwartete, daß er sich die Zeit selbst einteilte. Er füllte die ersten Vormittage damit aus, daß er die Dünen nach Muscheln und Schädeln absuchte oder sich mit einem Buch in die sanften Vertiefungen kuschelte. Eines Morgens nach dem Schwimmen lag er auf dem Rücken, die eine Hand auf dem Bauch, die andere unter seinen Kopf geschoben. Seine Badehose war etwas heruntergerutscht, und die Sonne schien an seinem Blut zu ziehen, er fühlte, wie sein Glied anschwoll und

gegen die feuchte Wolle stieß, und dann — er wußte wie jemand in Trance nicht, was er tat, und wußte doch genau, was er zu tun hatte — schob er den heißen Sand unter seinem Handtuch zu einem Hügel zusammen, drehte sich auf den Bauch und fing an, sich an dem Hügel zu reiben. Die Beine bewegte er wie Scheren, die Augen drückte er fest zu, und dann schien jener Teil von ihm zu hüpfen, das Rot der Sonne vor seinen Augenlidern verschwand, er sah Grün, ein kühles Grün, abgrundtiefes Wasser, den Dämmer in einem Wald, Pflanzenstiele, und sein Atem ging ah-ah-ah-ah-ah, wie etwas, das eine Treppe hinunterkullert. Als er die Augen wieder aufmachte, war die Luft aus blauem Glas, und ein Mann mit einem hohen Hut und einem schwarzen Mantel stand im Sand zwischen ihm und dem Ozean. Der Mann hob grüßend den Stock und ging dann weiter. Nathan sah ihm nach, bis die Gestalt dünn wurde und in der glühenden Luft gloste, dann stieß er die Luft aus und stand mit zittrigen Knien auf. Als er sein Handtuch im Meer wusch, überlegte er, wer der Mann gewesen war. Ob er einer von diesen Fremden war, von denen Dad gesprochen hatte?
Als er mittags zum Haus zurückging, sah er durch die Büsche Yvonne auf der Veranda stehen. Sie trug ein Kleid, so grün wie eine leere Weinflasche, und ihre Hände waren rot verschmiert. Einen Augenblick lang glaubte er, sie habe sich verletzt, dann erkannte er, daß es nur Farbe war. Sie stand nach vorne gebeugt da und reckte mit angespanntem Hals den Kopf, als sei ihr Haus eine Insel, und sie suche den Horizont nach einer Rauchfahne ab, als hoffe sie, gerettet zu werden. Er stand unterhalb der Veranda, ohne daß sie ihn sah. Es war ein stiller Tag. Alles, was er hörte, war eine Windböe, die durch das Glockenspiel am Balken fuhr, als würde etwas in ihr langsam und sanft zerbrechen. Er ging durch die Hintertür ins Haus und fing an, ein paar Brote für das Mittagessen zu belegen.
»Ja«, sagte Yvonne, als sie ein paar Minuten später in die Küche

kam, »wenigstens ist dies eine Mal keine Farbe an ihnen«, und er lächelte ihr über die Schulter zu und dachte, wenn es ein Fremder war, den ich am Strand gesehen habe, dann habe ich wenigstens nicht mit ihm gesprochen, wenigstens ist nichts passiert.

Am nächsten Tag klopfte er gegen Sonnenuntergang an die Tür zu ihrem Atelier und trat ein. Tante Yvonne stand vor ihrer schwarzen Staffelei, Palette und Malerpinsel wie Schild und Schwert in der Hand, den Körper unter einem blauen Zelt verborgen. Sie arbeitete immer bei offenem Fenster, und an diesem Abend war über dem Meer Wind aufgekommen. Nichts in dem Raum war ruhig, alles flatterte, klapperte und knatterte; die getrockneten Blumen, die Zeichnungen an den Wänden, ihr Haar. Es war nicht, als würde man in ein Zimmer kommen, sondern bei hoher Geschwindigkeit in einem offenen Wagen fahren. Er mußte schreien, um sich verständlich zu machen.

»Yvonne?«

Sie winkte ihn zu sich. Als er neben ihr stand, zeigte sie auf die Staffelei. »Was hältst du davon?«

Er schaute das Bild an. Viele weiße und blaue Kugeln, zwischen Linien gefangen. Erst hielt er es für Käsekästchen, doch dann merkte er, daß gar keine Kreuze auf dem Bild waren. Da wußte er nicht, wofür er es halten sollte.

»Was soll es denn sein?« fragte er sie.

»Was immer du willst.«

»Weißt du es nicht?«

Sie schüttelte den Kopf. »Hast du eine Idee?«

Er schaute das Bild länger an, dann schaute er die anderen an, die stapelweise an der Wand lehnten. Auf manchen Bildern waren viele Kugeln, auf anderen gab es nur eine: eine weiße Kugel vor einem blauen Hintergrund zum Beispiel; eine rote Kugel auf grauem Grund. Er meinte, diese Bilder besser zu verste-

hen. Er ging zur Staffelei zurück, und plötzlich hatte er es. »Es sind Monde«, sagte er und war sich gewiß, daß es stimmte.
»Monde«, sagte sie. Sie verschränkte die Arme vor der Brust und legte den Kopf auf eine Seite. »MONDE«, wiederholte sie, ging um die Staffelei herum und schrieb Monde auf die Rückseite des Bildes und dazu das Datum. Erst grinste sie, dann auch er. Sie breit und verzückt. Er noch unsicher, aber langsam bestimmter.

Der September kam, und das Wetter hielt sich. Nächte, in denen auch nur ein Laken auf der Haut zu schwer schien. Yvonne fing an, bei offener Kühlschranktür und mit einem großen Drink in der Hand auf dem Küchenboden zu sitzen. Wenn er in den Spiegel schaute, konnte er erkennen, daß die Zeit vergangen war; sein blondes Haar war fast weiß gebleicht, seine Nase war von Sommersprossen übersät, und in den Zwischenräumen seiner Finger waren blasse Halbmonde zu sehen. Er spürte, daß die Wochen bei Yvonne alles vollständig aus seinem Gehirn gespült hatten. Es war beinahe, als wäre auch er auf den Grund des Ozeans gekommen, er konnte sich nun vorstellen, wie es war, er konnte sich seine Mutter dort beinahe vorstellen. Sein Kopf fühlte sich an wie der Möwenschädel, den er so vorsichtig in seinen Koffer gepackt hatte. Er kam ihm leer vor, sauber gepickt, rein. Im Freien würde er im Wind pfeifen, ließe er ihn ins Meer fallen, würden die Fische spielend durch seine Augen und Ohren schwimmen. Er konnte sich kaum erinnern, zu was er zurückkehrte. Auf der Rückfahrt nach Moon Beach erinnerte Yvonne ihn daran.
»Deinem Vater geht es nicht sehr gut, Nathan«, sagte sie. »Er wird Hilfe brauchen«, und sie sah ihn über den Rand ihrer dunklen Brille an. »Besonders von dir.«
»Ich weiß.« Er schaute aus dem Fenster. Die Sonne war an jenem Tag so strahlend. Wie eine Rasierklinge schnitt sie die Rast-

stätten, die Reklametafeln und die Bäume aus, so scharfe Kanten hatte alles. Aber wenn er an Dad dachte, an Dads Traurigkeit und Dads Wunden, war dieser Gedanke wie ein Schatten. Er sah den Ort vor sich, an dem er aufgewachsen war. Irgendwie lag dort sogar im gelben Sonnenschein auf dem Rasen Schatten. Als würde jede Farbe, selbst die hellste, Dunkelheit in sich bergen. Nichts war sicher. Alles konnte sich wenden, konnte aufgegeben werden. Achtzig Kilometer nördlich von Moon Beach hielten sie bei einer Tankstelle, und einen Augenblick lang konnte er gar nichts sehen. Es lag daran, daß er sich nun im Schatten befand, nachdem er so lange in der Sonne gewesen war. Aber genauso empfand er das Nachhausekommen.

Als sie in die Zufahrt einbogen, lehnte Dad an einer Säule, beinahe schüchtern. Nathan flog ihm in die Arme. Roch die Wolle seiner Strickjacke, roch den Talkumpuder, den er benutzte. Ihm fiel der Schädel ein, der nach nichts roch, und da war er glücklich. Dad roch nach etwas. Dad lebte.

Dad redete mit Yvonne. »Er sieht gut aus. War er auch brav?«

»Ganz brav.«

Nathan zupfte Dad am Arm. »Ist Georgia schon da?«

»Sie kommt morgen.«

An jenem Abend verbrachte Nathan eine Stunde damit, seine Trophäen auf dem Fensterbrett seines Zimmers aufzustellen. Er gab dem Vogelschädel den Ehrenplatz, die Silbermünze glänzte in der leeren Augenhöhle wie ein nagelneues Auge. Es war eine Art Gedächtnisstütze: Wenn sein Leben ein Buch war, dann bezeichnete der Schädel die Stelle, bis zu der er gekommen war. Er setzte sich auf sein Bett. Hörte, wie ein Auto in einem niedrigen Gang knirschend den Hügel heraufkam; eine ferne Sirene; das Gebrumm von jemandem, der unten redete. Es war so still. Er ging zum Fenster, legte seinen Kopf in den Nacken. Ein sanftes Knirschen wie Kiesel, die im Wasser aneinanderreiben, wie ein Finger, den man in den Sand stößt. Er löste die Bänder seines Schlafanzugs, drehte sich auf den Bauch, drückte sich fest gegen den harten Teil der Matratze, und dann war es, wie durch Zauberkraft, morgen.

»Sie kommt morgen«, hatte Dad gesagt. Und so war es. Ihr fehlte ein Schneidezahn, und ihr schwarzes Haar war zu zwei kurzen Zöpfen geflochten. Es war eine Erleichterung, daß sie da war; er merkte, daß er den Atem angehalten hatte, bis sie kam. Seit seinem Traum mit den Düsenjets meinte er, sie niemandem anderen mehr anvertrauen zu dürfen. Er wußte, daß er es nicht ertragen würde, sie zu verlieren. Jener Augenblick im Traum, als sich zwischen ihren Händen der Spalt auftat — er war so in Panik geraten. Er sah in Zeitlupe, wie ihre Finger gleich den Teilen einer Weltraumkapsel auseinandergerissen wurden. Es war eine Erleichterung und eine Gnade. Er hatte etwas gelernt. Das Leben war ein Minenfeld, und es gab keinen einfachen Weg hindurch. Man mußte von Farbe zu Farbe springen, von Glücksmoment zu Glücksmoment. Und dazwischen lauerten all die Explosionen. Jederzeit konnte alles vorbei sein. Jene Filme, in denen der Held dauernd gegen rote und orangefarbene Feuergarben anrennt, wo die Kugeln lärmend an ihm vorbeifliegen, alles das stimmte einfach nicht. Oder es stimmte und war sehr schwierig. Oder einfach Glück. Er würde in Zukunft mehr Geduld mit ihr haben. Sogar auf dem Nachhauseweg von der Schule. Sogar an dem leidigen Hügel.

Früher hatte Dad nach dem Mittagessen nur manchmal in seinem Schlafzimmer geruht. Nun ruhte er jeden Tag, oft zwei Stunden lang. Wenn Nathan und Georgia zu Hause blieben, mußten sie still sein, bis er wieder die Treppe herunterkam. Es war nicht leicht. Georgia war von Natur aus nicht ruhig, war es nie gewesen, und Dad schlief so leicht, daß er das Geräusch des Knaufs an der Hintertür hören konnte. Nathan erfand ein neues Spiel. Er nannte es Indianerfüße.

»Du mußt Indianerfüße haben«, sagte er. »So«, und er ging mit gebeugten Knien in die Hocke und streckte die Finger in die Luft.

Man mußte sich flüsternd oder noch besser per Zeichensprache verständigen, die sie aus einem Buch über Taubstumme kannten. Man mußte auf eine besondere Weise gehen: Die Fersen berührten den Boden zuerst, dann die harten Außenkanten der Füße, dann die Ballen und schließlich die Zehen. Man mußte teuflische Indianerfratzen schneiden. Es war das einfachste Spiel, das man sich vorstellen konnte, und doch wirkte es wie Magie. Georgia schlich durch das Haus, die Schultern bis zu den Ohren hochgezogen, die Hände vor sich ausgestreckt, die Augen weit aufgerissen. Sie bog um eine Ecke, und da war er, ein Buckliger mit einem schiefen Gesicht, und weil man nicht aufschreien durfte, weil alles stumm und ruhig geschehen mußte, krümmten sie sich beide, kugelten, nach Luft schnappend, über den Teppich, und die einzige Möglichkeit, sich das Lachen zu verbeißen, war, in den Garten hinauszulaufen und sich den Mund mit Dreck, Gras und Steinen zuzustopfen.

Die Düsenjets flogen noch immer. In großer Höhe. Manchmal, wenn er auf dem Rücken lag und in den Himmel hinaufblickte, sah er ein silbernes Blinken hoch droben in der Bläue. Hörte jedoch nichts. Das war es nicht, was das Wort »tot« bedeutete. Dieses silberne Blinken, die Geschwindigkeit, die er nie abzuschätzen vermochte. Nachts schrie Georgia auf, und er wurde im Zimmer nebenan wach und sah sie durch die offene Tür auf die leere Luft eindreschen, als würde sie mit beiden Händen zugleich zum Abschied winken. Er erfand noch ein Spiel, um sie zu beruhigen. Scheibenwischer nannte er es. Man mußte sich dabei auf den Rücken legen, den Kopf auf dem Kissen hin und her bewegen und dabei leise brummen. Sie machten es gemeinsam, jeder in seinem Bett. Es verscheuchte die schlimmen Träume, es brachte den tiefen Schlaf zurück. Nachdem ihre Mutter auf den Meeresgrund gekommen war, würden die Tage in Stille vergehen, die Nächte in Furcht. Sie gingen auf Indianerfüßen durch ihre Kindheit. Kein Knacken eines Steckens, kein Knarzen einer Stufe. Kein Laut.

Auf der Rückfahrt hatte Tante Yvonne Nathan gesagt, daß sie nur eine oder zwei Wochen bleiben würde, bis sie sich wieder eingewöhnt hätten, doch dann blieb sie bis Weihnachten. Nathan kam von der Schule nach Hause und fand sie beim Malen im Garten, einen leichten Mantel über die Schultern geworfen, den Lippenstift verschmiert, in der Linken einen brennenden Stumpen. »Ich verstänkere die ganze Gegend«, rief sie. »Aber daran ist dein Vater schuld. Er läßt mich im Haus nicht rauchen.«

Nathan sprach mit Dad. »So schlimm ist es nicht«, sagte er. »Es riecht eher wie in Küchenschränken.«

Aber Dad schüttelte den Kopf und blickte sturgerade in eine Ecke des Zimmers. »Ich krieg' es in die Atemwege. Es bringt mich zum Husten.«

Also malte Yvonne weiter im Freien, oft bis zur Abenddämmerung, manchmal sogar länger, bei Kerzenlicht. Die frische Luft schien sie anzuregen. Es sei wie in ihrem Atelier, sagte sie, nur noch intensiver. Sie begann, sich von ihrer Kugelperiode zu lösen, hatte jedoch noch keinen Namen für ihre neue Phase. Die Kugeln waren verschwunden, das stimmte. Sie rollten geradewegs aus ihren Bildern hinaus, und die Linien, die sie stets gehalten hatten, waren nicht mehr gerade, sondern schlängelten sich nun waagrecht über die Leinwand.

»Ich weiß nicht«, sagte Nathan, der zum führenden Kenner ihres Werks geworden war. »Es könnte vielleicht der Ozean sein.«

Yvonne drehte sich zu ihm um, kniff im Kerzenlicht die Augen zusammen, und ihre Lippen schienen sich über ihr ganzes Gesicht auszubreiten. Er wußte, was diese Miene hieß. Sie bedeutete, daß die Dinge auf eine Weise zusammentrafen, die ihr gefiel. Er hatte dasselbe Lächeln in diesem Sommer schon einmal gesehen, als sie entdeckte, daß Marmelade gut zu Würstchen schmeckt.

An dem Tag, als sie wegfuhr, half er ihr, die neuen Gemälde auf dem Dach ihres Kombis festzuzurren.

Er schaute besorgt zum Himmel hinauf. »Hoffentlich regnet es nicht.«

Sie ging neben ihm in die Hocke, mit dem Rücken gegen einen Reifen und dem Gesicht ganz nah bei dem seinen. »Versprich mir etwas, Nat!«

»Was?«

»Versuch, nicht zu ernst zu sein! Okay?«

Er nickte: »Okay.«

»Komm«, und sie stand auf und nahm ihn bei der Hand, »ich habe etwas für dich.«

Sie führte ihn in die Küche. Dort lehnte ein Gemälde an der Wand. Eine grau-weiß marmorierte Kugel vor mitternachtsblauem Grund. Es war eines ihrer ersten Gemälde, das er gesehen hatte. Es war ein echter Mond.

Yvonne stand mit verschränkten Armen und breit gespreizten Beinen da — wie ihre eigene Staffelei. »Was hältst du davon?«

»Es ist eines meiner Lieblingsbilder«, sagte er. »Das hast du gewußt, oder?«

An diesem Abend hängte er das Mondgemälde in seinem kleinen Zimmer auf und legte sich dann auf sein Bett. Er sah Tante Yvonne in ihrem alten, verbeulten Kombi die Küste entlang fahren und gab ihr seine Grüße auf dem Beifahrersitz mit. Sie hatte zu ihm gesagt, daß Dad Hilfe brauche, obwohl er das bereits gewußt hatte. Dad schien sich in einer Luft zu bewegen, die anders als die Luft aller übrigen war, sie war dick und stickig, aus Spinnweben gemacht. Wenn Dad lächelte, wirkte es falsch; es war, als hätte jemand einen Witz gemacht, den er

nicht verstand, er aber dennoch so tue, als habe er ihn verstanden. Nathan konnte sehen, daß Dad in irgendeiner schrecklichen Gefahr schwebte, und er wollte ihn retten, wußte aber nicht, wie. Statt dessen tat er alles, worum man ihn bat, tat es, ohne zu klagen. Seine eigenen Ängste und Wünsche verbarg er, und nur insgeheim, unter dem Auge des Mondes, ließ er ihnen freien Lauf. Er war ein braver Junge.
Er versuchte, das Yvonne gegebene Versprechen zu halten, versuchte, nicht zu ernst zu sein, doch es fiel ihm schwer, denn diese Düsenjets kamen ständig vorübergeflogen. Der silberne Schrei, die gespenstischen Staubpflanzen, die Hände, die auseinandergerissen wurden wie eine Raumkapsel. Er wachte auf, lag still da und wartete darauf, daß Dad starb. Seine Mutter war stark gewesen, das hatte man ihm immer gesagt, jetzt war sie auf dem Grund des Ozeans, trug Halsbänder aus Seetang, und durch die Hohlräume in ihrem Kopf schwammen Fische. Sie war stark gewesen und war gestorben, was hatte Dad also für eine Chance?
In seinem kleinen Zimmer lag er auf dem Rücken und horchte durch die halboffene Tür auf das Atmen seiner Schwester, lauschte durch die dünne Wand zu seiner Rechten auf das etwas schnellere Atmen seines Vaters. Er lag da wie ein umgefallener Zinnsoldat, die Hände gegen die Oberschenkel gepreßt, jeden Muskel steif. Er konnte die Augen nicht bewegen. Da die Düsenjets nicht nur in seinem Traum flogen, waren sie bei ihm im Zimmer, still und tödlich schwirrten sie wie Vögel durch die graue Luft. Es konnte jeden Augenblick geschehen.
Er horchte auf das Atmen seines Vaters und wartete darauf, daß es aufhörte. Er horchte auf das Atmen seiner Schwester und schmiedete Pläne für ihrer beider Einsamkeit.
Diese Morgendämmerungen.
Damals war er elf.

MOSKAU, BRÜSSEL, HELSINKI

Jeds Mutter sagte, sie wolle nicht, daß er nach der Schule in dem Schönheitssalon herumhänge, es sei schlecht fürs Geschäft, wie er aussehe und so, also ging er nach Hause und stieg durch das Badezimmerfenster hinaus aufs Dach. Sie wohnten in Sweetwater, gleich draußen beim Flughafen. Wenn jemand das erste Mal zu ihnen kam, war es immer komisch. Flugzeuge brausten über einen hinweg, und die Leute duckten sich oder zuckten zusammen. So laut war es. Einmal warf sich sogar jemand flach auf den Küchenboden wie in einem Kriegsfilm. Draußen auf dem Dach jedoch, da war es am besten. Er lag auf dem Rücken und beobachtete, wie die Flugzeuge über ihn hinwegflogen. So nahe, daß sie fast seine Nasenspitze streiften. Es gefiel ihm, wenn es in seinen Ohren knisterte, es gefiel ihm, das Haus erzittern zu spüren. Und manchmal hatte er das Gefühl, daß seine Beine abhoben, daß das Dach unter ihm wegglitt.

Wenn er Tommy gewesen wäre, das wäre natürlich etwas völlig anderes gewesen. Tommy war sein Bruder, aber um zwölf Jahre älter, eigentlich eher ein Onkel. Er war Vorarbeiter auf einer Baustelle in Rialto. Sie hätte nichts dagegen gehabt, wenn Tommy im Schönheitssalon herumgehangen hätte. Er hatte dichtes, glänzendes Haar und knickte beim Gehen die Beine leicht ein, so daß man sich ein Pferd dazwischen vorstellen konnte. Einmal hatte er einhundert Liegestütze gemacht, während ein Mädchen in einem Bikini auf seinem Rücken stand (Jed hatte das Photo gesehen). Er war nicht schlecht fürs Geschäft. Er war überhaupt nicht schlecht.

Dieser Abstand von zwölf Jahren zwischen ihm und Tommy, er wußte genau, was der bedeutete. Nämlich, daß er ein Versehen war. Und nicht nur das. Er war auch noch häßlich, damit es nur ja niemand vergaß. Nur etwas so Ungewolltes konnte so schief herauskommen. Eines Nachts in einer Flasche Wodka entstanden, hatte seine Mutter einmal zu ihm gesagt. Sieben Monate später aus ihr herausgekippt wie ein widerlicher Cocktail. Sie mußten ihn in eine Art durchsichtiges Zelt legen, damit er atmen konnte. »Ach, Muriel«, sagte sie wieder einmal zu sich, »ich weiß nicht, womit du *das* verdient hast!« Sie saß vor dem Spiegel ihrer Frisierkommode, und er stand neben ihr und sah ihr zu, wie sie ihr Make-up auflegte. Lidschatten, Mascara, Rouge. Damit wirkte sie wie aus Plastik. Und dann verdrehte sie die Augen und seufzte: »Da muß wohl jemand 'ne besondere Art von Humor gehabt haben.« Jemand war Gott, und sie flirtete stets mit ihm, wie sie es mit jedem Mann tat.

Das waren die guten Tage, wenn man ihren Ekel als eine Art Zuneigung deuten konnte. Aber es gab auch Zeiten, da konnte man ihn als nichts anderes deuten, als er war.

In dem Jahr, in dem er neun wurde, entdeckte er Trödelläden. Dort fühlte er sich zu Hause. Den Leuten, denen sie gehörten, war es egal, ob er häßlich war oder nicht; die meisten waren selber häßlich, und vielleicht waren einige von ihnen auch ein Versehen. Der alte Mr. Garbett, der war wirklich häßlich. Ihm gehörte Jeds Lieblingsladen. Der lag am Airdrome Boulevard. Das Reich des Trödelkrams hieß er. Der alte Mr. Garbett hatte ein Mondgesicht und Triefaugen. Er saß direkt hinter der Tür auf einem Ledersessel, neben seinem rechten Fuß eine braune Bierflasche. Er trug jeden Tag dieselbe senfgelbe Strickjacke und rauchte knittrige Zigaretten, die wie Elefantenbeine aussahen. Das Seltsamste an ihm war, daß seine Lippen dieselbe Farbe hatten wie sein Gesicht. Hier entdeckte Jed die Radios.

An jenem ersten Nachmittag war er so aufgeregt, daß er auf

dem ganzen Weg nach Hause rannte. Den Boulevard entlang, die Mackerel Street hinunter, durch die Vordertür bis ins Schlafzimmer seiner Mutter. Sie saß wie üblich an ihrer Frisierkommode. Anstatt sich umzudrehen, schaute sie ihn im Spiegel an. »Mußt du das Zeug hier reinbringen, Jed?«

»Das sind bloß Radios.«

»Ja, aber schau sie dir nur an! Sie sind schmutzig.«

Etwas an dem, das sie sagte, stimmte nicht. Aber sie hatte ihn aus dem Gleichgewicht gebracht, und er konnte nicht mehr klar denken.

»Und wozu brauchst du überhaupt Radios?« Süß war sie, ihre Stimme, sie war eigentlich immer süß, aber wie bei allem Süßen konnte einem von zuviel davon schlecht werden. »Wir haben in der Küche schon ein Radio.«

»Das ist was anderes.«

»Was ist so anders daran?«

Er zuckte mit den Achseln. »Ich weiß es nicht. Auf denen hier stehen Namen. Die Namen gefallen mir.«

Ein Flugzeug donnerte übers Haus hinweg, und alle ihre Fläschchen wackelten und klirrten.

»Namen?« Sie runzelte die Stirn. »Was für Namen?«

»Na, die Namen der Sender. Moskau, Brüssel, Helsinki. Die Namen eben.«

Wenn Pop nur noch da wäre, dachte er. Pop würde ihn verstehen. Das Problem war nur, daß Pop vor ungefähr einem Jahr ausgezogen war. Jed wußte, daß es endgültig war, als er sah, daß Pop die Magazine für seine Waffen hinaus ins Auto brachte. Pop hatte dieselbe Sammelleidenschaft wie Jed, nur daß Pop Schußwaffen sammelte. Er hatte neunzehn Stück. Sechs davon waren etwas Besonderes und hingen im Hobbyraum an der Wand. Die übrigen gebrauchte er richtig. An den Wochenenden hatte er Jed manchmal mit hinausgenommen zu dem aufgelassenen Friedhof in Normandy Hill, und sie hatten auf die Holzkreuze geschossen. Das Schwarze war jeweils die Stelle, an der sich die Arme des Kreuzes überschnitten, aber Jed machte es Spaß, auf die Querbalken zu schießen und zu beobachten, wie die Splitter davonflogen. Pop war so vernarrt in Waffen, daß er sogar seine Söhne nach ihnen benannt hatte: Thomas Colt Morgan, Jed Gattling Morgan (und wenn er eine Tochter gehabt hätte, dann wäre sie Baretta getauft worden). Er wollte seinen eigenen Namen in Winchester umändern, aber Muriel hat nichts davon wissen wollen. Winchester Morgan! Er dachte immer, das würde großartig klingen. Wie die Dinge nun einmal standen, mußte er sich mit Pop begnügen. Nicht einmal Peng. Einfach Pop.

Alle ein, zwei Monate tauchte Pop wieder auf, spät in der Nacht, mit ein paar Drinks hinter der Binde. Dann wackelte erst die Tür, danach waren es die Fenster, dann wieder die Tür. Es war alles gar nicht so seltsam, es war einfach, als würde ein Flugzeug über sie wegdonnern, und schließlich drängte seine Stimme durch den Briefschlitz herein. »Muriel? Laß mich rein, bitte! Muriel? Verdammt noch mal, Muriel, laß mich rein!« Und Muriel rief Tommy an. »Er ist betrunken«, sagte sie dann. »Ich glaube, er ist bewaffnet.« Die Polizei rief sie allerdings nicht gern an, weil dann die Wagen heulend in die Straße gefahren kamen, die Blaulichter blitzten und jeder Bescheid wußte. Sie war Kosmetikerin, und sie mußte an ihren Ruf denken.

Und jetzt drehte sie sich zu ihm um, und es war, als habe sie seine Gedanken gelesen. »Das mußt du von deinem Vater haben.«

Sie verbannte die Radios aus dem Haus, doch das trieb Jeds Leidenschaft nur in den Untergrund. Er wurde Stammkunde im Reich des Trödelkrams. Er stöberte in den dunkelsten Winkeln des Ladens herum, der Staub brannte in seinen Nasenlöchern, seine Fingerspitzen waren grau wie Asche, und nach einer Stunde tauchte er oft mit Radios auf, von denen Mr. Garbett nicht einmal etwas geahnt hatte.

Als er zehn wurde, hatte er über hundert Radios, Radios jeder Größe, jeder Bauart und aus allen möglichen Jahren. Einige funktionierten überhaupt nicht; die zerlegte er. Andere gaben nur ein Brummen von sich, aber das war auch in Ordnung; er konnte sie immerhin einschalten und die Lichter hinter den Namen aufglühen sehen wie eine Art simulierten Minisonnenaufgang. Ein paar von den alten Radios funktionierten noch, und er war süchtig danach zu hören, wie die Stimmen allmählich lauter wurden, während das Gerät warm wurde, und wie die Stimmen immer so gedämpft, so gemütlich klangen, ähnlich Leuten, die sich vor der Kälte eingemümmelt haben; obwohl er die Gegenwart vernahm, klang es doch immer wie die Vergangenheit. Andere Jungen in seinem Alter hatten Modellflugzeuge, Spielzeugsoldaten oder Plastikgewehre. Er verachtete dergleichen. Ein Modellflugzeug hatte vorher kein Leben gehabt, ein Spielzeugsoldat hatte keine Seele, ein Plastikgewehr sprach nicht mit einem. Ein Radio schon.

An einem Samstag ging er um die Mittagszeit aus dem Haus und die Mackerel Street hinauf. Er hatte am Tag zuvor im Schaufenster des Reichs des Trödelkrams ein Radio gesehen, aber der Laden war geschlossen gewesen. Im Süßwarengeschäft am Airdrome Boulevard kaufte er ein Viertelpfund Zitronenbomber. Mit ihrem blitzenden weißen Kern paßten sie genau zu seiner Aufgeregtheit. Es war ein heißer Vormittag. Juli muß es gewesen sein, oder August. Die Straßen rochen nach faulendem Gemüse und ausströmendem Gas. Es war ein Wetter, bei dem Klimaanlagen den Geist aufgaben und alte Leute schlicht verdunsteten. Er ging wie immer im Rinnstein und blieb hier und da stehen, um mit seiner Schuhspitze an etwas herumzustochern. Er hatte sein weißes T-Shirt und seine alte Jeans an und trug seine rote Baseballmütze verkehrt herum auf dem Kopf. Als er beim Reich des Trödelkrams ankam, blieb er in der Tür stehen. Etwas war anders. Aber seltsam anders. Als würde jemand eine neue Brille tragen oder sich die Augenbrauen rasiert haben oder so. Erst weiß man nicht, was es ist. Jed blinzelte Mr. Garbett an und darauf dessen Umgebung, und dann kapierte er es. Mr. Garbett saß auf einem speckigen grünen Sofa. Der Ledersessel war weg. Jed starrte das Sofa an, dann starrte er Mr. Garbett an. Mr. Garbett führte seine Flasche an seine bleichen Lippen und trank, als würde ihn Jeds Anblick durstig machen und nicht das Wetter.

»Wo ist der Sessel geblieben?« fragte Jed.

»Hab' ihn verkauft«, antwortete Mr. Garbett.

»Hab' nicht gewußt, daß er zu kaufen war.«

»Alles hier ist zu kaufen.«

Jed schaute die Flasche in Mr. Garbetts Hand an. »Was kostet das Bier?«

Mr. Garbett auf seinem speckigen grünen Sofa lächelte schwach. »Hast du 'ne Ahnung von Tonbandgeräten?«

»Tonbandgeräte? Was is'n das?«

Mr. Garbett stand auf. Das war das erste Mal, daß er das tat. Sein Bauch blähte sich gegen seine Weste. »Ich zeig's dir«, sagte er.

Jed folgte Mr. Garbett zu einem kleinen Raum hinten im Laden. Als er zur Tür kam, blieb er unvermittelt stehen. In dem Raum war so viel Trödel auf einmal angehäuft, wie er es noch nie gesehen hatte. Von überall auf der Welt schien etwas vertreten zu sein. Man konnte einen Gegenstand aussuchen und sich die Kirche oder die Villa oder die Werkstatt ausmalen, die ihn einmal beherbergt hatte. Das war das Wesentliche am Trödel. Er war rumgekommen, hatte Dinge erlebt, die man nur ahnen konnte. Jed stellte sich seine Mutter hier in der Tür vor, schaute ihr ins Gesicht und grinste. Sie hätte Zustände gekriegt.

»Also«, sagte Mr. Garbett. Er bückte sich und ächzte, als sein Bauch ihm den Atem aus der Lunge quetschte. Er hob etwas auf den Tisch, das ein bißchen wie ein Radio aussah, dann setzte er sich, und seine Augen rollten in ihren Schlitzen. »Das da ist ein Tonbandgerät«, sagte er.

Jed kam näher und stellte sich vor den Tisch. Er schaute auf den Apparat hinunter. Er sah von oben wie ein Gesicht aus; zwei große runde Augen mit Speichen und ein ovaler Plastikmund. »Wozu ist es?«

»Du weißt es wirklich nicht?«

Jed schüttelte den Kopf.

Mr. Garbett reichte ihm ein weißes Plastikkästchen am Ende eines Drahts. »Sag etwas.«

Jed fiel nichts ein.

»Setz dich hierhin!« Mr. Garbett klopfte auf sein Knie. »Im Sitzen fällt einem leichter was ein.«

Jed setzte sich auf das Knie. Mr. Garbett roch wie ein Spielkasino, wenn man am frühen Morgen an dessen offener Tür vorbeigeht. Nach Alkohol und Rauch und Geld, das durch zu viele Hände gegangen ist.

»Jetzt«, sagte Mr. Garbett, »sag was!«

Jed sah ihm zu, wie er an einem dicken weißen Schalter drehte. Die Augen auf dem Apparat begannen, sich zu drehen. Ein grünes Licht leuchtete auf.

»Weiß nicht, was ich sagen soll«, murmelte Jed.

»Das reicht schon.« Die Augen kreisten in die andere Richtung zurück, hörten auf, drehten sich von neuem. Mr. Garbett legte seine Hand auf Jeds Hüfte. »Jetzt«, flüsterte er, »horch!«

Ein knirschendes Rauschen, wie wenn das Meer Kieselsteine anschwemmt.

»Hörst du das?« fragte Mr. Garbett. »Das ist der Raum.«

Jed blickte sich um, um zu sehen, woher das Rauschen kam, dann hörte er eine leise, trotzige Stimme: »Weiß nicht, was ich sagen soll.«

»Was sagst du dazu?« fragte Mr. Garbett.

Jed wußte genau, was er dazu zu sagen hatte. »Das ist noch bes-

ser als ein Radio«, meinte er und sah zu, wie Mr. Garbetts Finger an den Knöpfen seiner Jeans fummelten.
Er spürte, daß er sich ausbreitete, daß er schnell nach außen verfloß wie Tinte, die von einem Stück Löschpapier aufgesogen wird. Er hatte keinen Mittelpunkt und keine Ränder, er bewegte sich sanft nach außen, und in seinem Kopf war nichts.
Etwas später hörte er eine Stimme sagen: »Hat's dir gefallen?« und die Stimme war körperlos, als käme sie aus dem Tonbandgerät.
Er machte die Augen auf. Der Raum war kleiner und gelb geworden, aber er war mit Trödel vollgestopft, den er wiedererkannte. »Ja«, sagte er.
»Ehrlich?«
»Es war nett.«
»Na schön«, sagte Mr. Garbett, »wenn du niemandem etwas davon erzählst, passiert es vielleicht wieder.«
»Ein Geheimnis?«
»Richtig. Ein Geheimnis.«
Jed nickte und glitt von Mr. Garbetts Knie. Mit Geheimnissen kannte er sich aus. Die meisten seiner Radios waren Geheimnisse. Ein Geheimnis mehr oder weniger spielte keine Rolle.
»Du hast was vergessen«, sagte Mr. Garbett.
Jed drehte sich in der Tür um.
Mr. Garbett zeigte auf das Tonbandgerät auf dem Tisch, doch Jed verstand ihn noch immer nicht.
»Das kannst du mitnehmen«, sagte Mr. Garbett.
Jed war es nicht gewohnt, daß man ihm etwas schenkte. »Das Tonbandgerät?«
Mr. Garbett lächelte. »Ich hab' Hunderte davon.«
Jed hob den Apparat vom Tisch, stand mit ihm da und wußte nicht, was er sagen sollte; also wiederholte er, was er zuvor gesagt hatte, diesmal aber mit mehr Nachdruck: »Das ist noch besser als ein Radio.« Und dann sagte er eigenartig hellsichtig: »Es macht meine Radios irgendwie tot.«

Mr. Garbett nickte. »Vielleicht.« Er brachte Jed in den vorderen Teil des Ladens zurück. »Sag, daß du es auf einem Schrottplatz gefunden hast!« Er sah sich um. »Und das stimmt ja eigentlich auch.«

Jed brauchte jedoch nie etwas zu sagen. Er schaffte das Gerät heimlich durch sein Schlafzimmerfenster ins Haus, genauso wie er alle Radios heimlich hineingeschafft hatte. Er versteckte es, in einen alten Vorhang gewickelt, unter dem Bett.

Und ein paar Wochen später kam er dann eines Nachmittags von der Schule nach Hause, und die Radios waren weg. Alle. Ein rascher Blick unters Bett verriet ihm, daß sie das Tonbandgerät übersehen hatte. Wenigstens etwas. Aber trotzdem, über hundert Radios. In seinem Inneren wurde es ganz kalt, und in seinem Kopf zog sich etwas zusammen.

»Sie waren Müll, Jed. Die meisten haben nicht einmal funktioniert.«

Sie war hinter ihm aufgetaucht, während er in die Leere seines Zimmers starrte. Er drehte sich langsam um. Sie war gerade dabei, ihr Haar mit beiden Händen zu einem lockeren Knoten hochzustecken, so daß sie wie eine Art Vase aussah. Wenn er groß genug gewesen wäre, hätte er sie gepackt und an der Wand zerschmettert. In tausend Scherben. Nein, eine Million. Und keinen Leim, niemals. Er ging einen Schritt auf sie zu und schlug ihr die Tür vor der Nase in diesem dämlichen geschminkten Gesicht zu.

»Stell dich nicht so an, Jed!« säuselte sie auf der anderen Seite. »Sei nicht so!« Sie schlug mit der flachen Hand gegen die Tür. Er wußte, daß es mit der flachen Hand war. Sie paßte ja auf, daß sie sich nicht die Knöchel verkratzte oder die Fingernägel abbrach. Sie war eine echte Kosmetikerin. »Jed?« Ihre Stimme war härter geworden. »Jed, hör auf! Spiel nicht den Beleidigten!«

Er setzte sich auf die Bettkante und starrte sie durch die Tür hindurch an. Er glaubte, sie murmeln zu hören: »Bankert!« Darauf schlug sie noch einmal gegen die Tür, ein letztes Mal, dann war Ruhe. Danach Pfennigabsätze in der Diele und das Zuschnappen der Küchentür.

Er kletterte aus dem Fenster und stapfte die Mackerel Street hinauf; die rote Baseballmütze zeigte mit dem Schild zur Seite, als wolle er nach links abbiegen. Diese Frau mit dicken neonrosa und blauen Streifen über den Augen. Diese Frau, die Kosmetikerin. Seine Mutter. Sie war hingegangen und hatte seine Radios weggeworfen. Einhundertundzwölf Stück. Sie hatte sogar das Ferguson weggeworfen, das einen Meter hoch war und Flügel aus polierten Holz hatte, um den Klang zu bündeln. Zwei Jahre Sammelarbeit. Zwei Jahre Hingabe.

Er trug Jeans, die sich an seinen Knöcheln zusammenschoben, und ein schwarzes T-Shirt, auf dem SELBSTMORD stand; er überlegte, ob er MORD daraus machen solle. Er stieß die Hände tief in die Hosentaschen, die dünnen Arme steif angelegt. In seinem Kopf begann es zu zischen — wie ein Fernsehapparat, wenn nachts Sendeschluß ist. Manche sagen Schneien, aber es hat überhaupt keine Ähnlichkeit mit Schneien. Es ist nicht entfernt so friedlich.

In ihrem Nagellackhirn mußte sie es schon ewig geplant haben. Man brauchte extra jemanden, um die einhundertundzwölf Radios wegzuschaffen. Man brauchte einen Lastwagen. Es war unglaublich. Es war einfach unglaublich. Er reckte den Kopf zu den Wolken hoch und stöhnte laut. Eine alte Dame blieb stehen und sah ihn besorgt an. Er starrte sie an und stapfte weiter die Straße hinauf, um die Ecke herum zum Airdrome Boulevard.

MORD. Wenn sie dann tot wäre, könnte er sie einbalsamieren lassen. Viel Rosa und Blau, würde er sagen, sparen sie nicht mit Rosa und Blau! Er würde sie herrichten lassen, als wolle sie gerade in eine Scheißdisco gehen, und dann könnte man sie in einem jener Schaufenster in der Central Avenue ausstellen, er wußte nicht, was es kostete, aber das war ihm egal, er würde darauf sparen. Er sah es genau vor sich: MURIEL MORGAN. HIER ZU BESICHTIGEN. NUR EINE WOCHE LANG.

Sie würde aufgebahrt in ihrem Sarg liegen, auf rosa Seide mit blauem Besatz, passend zu ihrem Make-up, vielleicht unter Verwendung von ein bißchen Neonleuchtfarbe, und um sie herum würden Radios stehen, Hunderte von Radios, alle auf verschiedene Sender eingestellt, alle voll aufgedreht. Er würde sie mit Radios umzingeln. Er würde sie unter Radios begraben.

An jenem Tag lief er durch die halbe Stadt, er lief, bis die Nacht hereinbrach. Er stand unter der Hafenbrücke und sah zu, wie die Lichter in der Innenstadt angingen. Er lehnte den Kopf gegen einen Pfeiler, machte die Augen zu und spürte, wie die silbernen Züge den Stein bis auf den Boden erschütterten. Er hatte seine Wut in mehr als hundert Straßen zerstreut und mußte nun fast lächeln. Es war ihm eine Idee gekommen.

Am nächsten Tag ging er nicht zur Schule. Statt dessen besuchte er Mr. Garbett. Mr. Garbett war mit Sicherheit ein Versehen, das wußte er nun. Man brauchte ihn nur einmal anzuschauen, und es war klar. Sie verstanden sich auf eine Weise, die keiner Worte bedurfte. Und da Jed soviel mit jenem Mann gemein hatte, der wie ein Spielkasino roch und von einem grünen Thron aus das Reich des Trödelkrams beherrschte, war es nur richtig, daß Mr. Garbett eine Rolle in seinem Plan spielte.

»Wie geht's dem Tonbandgerät?« fragte Mr. Garbett.

»Sehr gut, danke.«

Mr. Garbett rutschte auf dem Sofa hin und her. »Tut mir leid, aber ich habe keine neuen Radios da.« Er grinste. Es war einer der üblichen Witze zwischen ihnen. Neue Radios.

»Das macht nichts«, erwiderte Jed. »Ich interessiere mich nicht mehr für Radios.«

»Ach?« Mr. Garbett schaute Jed neugierig, ja fast verletzt an.
»Meine Mum hat sie weggeschmissen. Alle miteinander.«
»Warum zum Teufel hat sie das gemacht?«
Jed hob die Schultern. »Sie hat gesagt, sie sind schmutzig.«
Mr. Garbetts Gesicht sackte zusammen. Seine Mundwinkel fielen herab. Das konnte nur eines auslösen: die mutwillige Zerstörung von Trödel. Er nahm einen tiefen Schluck aus seiner braunen Flasche, dann rülpste er sacht und schaute auf die Straße hinaus. Schließlich sagte er, ohne seinen Gesichtsausdruck zu verändern: »Sie muß aber lange dafür gebraucht haben.«
Jed grinste das erstemal, seit es passiert war: »Ewig möcht' ich wetten. Es waren über hundert.«
»Na, ich weiß nicht«, sagte Mr. Garbett. »Leute gibt's.«
Er tupfte sich ein Auge mit dem Zipfel seines Taschentuchs ab. Einen Moment lang glaubte Jed, er weine, trauere über das Hinscheiden der Radios, doch dann merkte er: Mr. Garbetts Auge triefte nur, wie üblich.
»Also das Tonbandgerät«, sagte Jed. »Na ja, ich brauche einen langen Draht für das Mikrofon vielleicht« — und er verkniff das Gesicht, dachte nach — »ungefähr fünfzehn Meter. Und dann brauche ich ein kleineres Mikro; das andere ist zu, na, eben zu klobig.«
»Der Draht ist kein Problem«, meinte Mr. Garbett. »Ich bekomme diese Woche welchen. Mit dem Mikro dauert's vielleicht etwas länger.«
Danach kam Jed jede Woche mindestens einmal in den Laden, und manchmal ließ er sich von Mr. Garbett mit in das Hinterzimmer nehmen und die Jeans aufmachen, um sich in jene Tinte zu verwandeln. Die Erinnerung an die Radios war wie eine wunde Stelle an seinem Körper, die er nur spürte, wenn er sich in einer bestimmten Position befand; er mußte sie ab und zu anfassen, um sie nicht zu vergessen. Nach einem Monat

hatte er den Draht und das Mikrofon. Seine Mutter hatte einen neuen Typen, einen Einbalsamierer, der Adrian hieß und graue Schuhe trug. Die Zeit war reif.

Er wartete, bis sie eines Morgens zur Arbeit ging, dann holte er den Draht und das neue Mikro aus dem Versteck in der Lüftung seines Zimmers. Das Mikro war genau richtig; es war rund, weiß und nur knopfgroß, oben hatte es ein Messinggitter, das wie das Auge einer Fliege aussah. Er verlegte den Draht unter seinem Teppich bis hinaus auf den Flur. So weit, so gut. Das nächste Stück war allerdings schwierig. Der Teppichboden auf dem Flur war am Rand festgenagelt, und er mußte die Stifte herauslösen, ehe er den Draht verstecken konnte. Er brauchte fast eine Stunde, um den Draht von seinem Zimmer bis zum Schlafzimmer seiner Mutter zu verlegen, und die meiste Zeit über hielt er dabei den Atem an und betete, daß sie nicht aus irgendeinem Grund früher nach Hause kommen möge. Als er die Tür zu ihrem Schlafzimmer aufmachte, hielt er inne. Die Frisierkommode voller winziger Zauberfläschchen, die Lampen an der Wand, die aussehen sollten wie Kerzen (künstliche Wachstropfen, flammenförmige Glühbirnen), das Doppelbett mit der berüschten Tagesdecke aus Satin: Er hatte das Gefühl, in einem Schrein zu stehen, der durch seine bloße Gegenwart entweiht wurde. Er schloß die Augen und rief die Geister seiner Radios zu Hilfe. Er sah, wie es hinter der Skala des einen zu dämmern begann, er wiegte sich auf den schwingenden Ozeandampferkurven eines anderen. Er murmelte die Stationen vor sich hin wie Beschwörungen, wie Verwünschungen: Moskau, Brüssel, Helsinki. »Hilversum«, murmelte er, »Reykjavik«, und er sah seine Radios auf der Müllhalde, sah ihre eingeschlagenen und zertrümmerten Gehäuse, ihre herausgerissenen, auf der Erde verstreuten Gedärme, ihre für immer zum Verstummen gebrachten Stimmen, und als er seine Augen wieder aufmachte, schien das Zimmer seiner Mutter angesichts seiner neuerlichen Entschlossenheit ganz klein zu werden. Winzige helle Explosionen standen in der kostbaren Luft, als habe etwas Glühendheißes Löcher in die Wirklichkeit gebrannt. Die Möbel sahen an den Kanten zerkratzt aus. Er bemerkte den Wecker neben ihrem Bett. Fast halb zwölf. Manchmal kam sie mittags nach Hause. Besser, er machte rasch weiter.

Er lockerte die Nägel, die ihren blaßgrünen Teppichboden entlang der Wand festhielten, schob den Draht darunter und klopfte die Nägel wieder in die alten Löcher. Er brauchte zwanzig Minuten, um bis zum Bett zu kommen. Es gab wirklich nur einen Platz für das Mikrofon. Er zog das Bett von der Wand weg und befestigte das Mikro mit einem Stück Klebeband an dessen Kopfteil. Er schob das Bett wieder an die Wand und trat zurück. Nachdem er das Bett von allen Seiten begutachtet und sich vergewissert hatte, daß der Draht nicht zu sehen war, ging er in sein Zimmer zurück. Alles auf Null. Jetzt den Probelauf. Er stellte das Gerät auf RECORD und lief über den Flur in das Schlafzimmer seiner Mutter. Neben dem Stapel Rüschenkissen überlegte er einen Augenblick lang.

»Eins, zwei, eins, zwei.« Er nickte vor sich hin. So hieß es doch. Und wie noch? Es fiel ihm nicht mehr ein. »Hoffentlich funktioniert es.« Er hielt inne und fuhr dann grimmig fort: »Wehe, wenn nicht!«

Wieder in seinem Zimmer, spulte er das Tonband zurück und schaltete auf PLAY. Ein paar lange Sekunden kam gar nichts, dann ein Rascheln wie von Laub, dann seine Stimme, gedämpft, als würde er durch ein Tuch sprechen. Es hatte funktioniert. Er schaltete das Tonbandgerät aus und setzte sich auf den Boden, die Oberschenkel zur Brust hochgezogen, das Kinn auf den Knien.

Seine Mutter kam mittags nicht nach Hause.

Er ließ das Mikrofon zwei Wochen lang am Kopfteil des Bettes.

Während dieser Zeit kam der Einbalsamierer viermal zu Besuch. Das erste Mal hatten sie im Schlafzimmer einen Streit. Der Einbalsamierer versuchte, alles glattzubügeln, alles wieder einzurenken. Aber das konnte er offensichtlich nur bei Leichen. Es wurde etwas geworfen, es zerbrach etwas. Jed kam nicht dahinter, was es sein mochte. Vermutlich die blaue Vase neben dem Fenster. Erst Stille, dann Tränen. Seine Mutter. Das war zwar interessant, aber nicht das, was er wollte. Das zweite Mal passierte überhaupt nichts. Sie legten sich einfach schlafen. Das dritte Mal flog genau im entscheidenden Augenblick ein Flugzeug über das Haus hinweg und verdarb alles. Er hätte beinahe aufgegeben. Beinahe. Das vierte Mal war er in der Diele, als sie zur Vordertür hereinkamen. Es war Mitternacht, und sie waren beide betrunken.

»Verdammt, du bist noch auf?« Seine Mutter hatte ein rotes Kleid an, das dunkle Wein- oder Schweißflecken hatte. Sie sah aus wie ein Rosenblütenblatt, das zwischen Daumen und Zeigefinger zerquetscht worden ist. Der Einbalsamierer blieb zurück, es war ihm unangenehm, gesehen zu werden. Heute abend weiße Schuhe. Hübsches Gesicht. Jed sagte nichts. Er ging nur in sein Zimmer und machte die Tür zu.

Erst ein Rascheln. Das waren sie wohl beim Küssen und Ausziehen. Wenigstens eine Minute lang. Dann fünfmal ein Quietschen, jedesmal sehr deutlich. Das Bett vermutlich. Dann ein Wimmern (seiner Mutter) und ein Knurren (der Einbalsamierer). Dann Stimmen. Erst ihre: »Ah, Adrian«, dann seine: »Muriel«, dann wieder ihre: »Ahh, Goooott!« Gott bestand aus drei Silben. Und dann ein Quietschen. Diesmal nicht vom Bett; ein menschliches Quietschen. Der Einbalsamierer kam. Ein bißchen schnell, hm. Dann etwa eine Minute später ein leise klatschendes Geräusch und danach ein Pfeifen, als der Einbalsamierer, Adrian, zu schnarchen anfing. Es war besser, als er je gehofft hatte. Es war perfekt.

Am nächsten Tag besuchte er Mr. Garbett und fragte ihn, ob er die Aufnahme überspielen lassen könne. Mr. Garbett versprach, sich darum zu kümmern. Jed sagte Mr. Garbett nicht, daß er es sich nicht anhören solle, und als Mr. Garbett ihm eine Woche später Original und Kopie gab, wußte er, daß Mr. Garbett es sich angehört hatte. Es war egal. Jed bezweifelte, daß er Mr. Garbett je wiedersehen würde. Seine Trödeltage waren vorbei.

An jenem Abend wartete er in seinem Zimmer mit spielbereitem Tonbandgerät. Er schaute auf seine Uhr. Es war halb sieben. Sie kam normalerweise gegen sieben nach Hause. Es setzte sich auf die Bettkante, wälzte einen Zitronenbomber in seiner Backe und wandte den Kopf zur Straße. Es war wieder ein heißer Tag gewesen. Durch das Fenster konnte er das Zischen der Wassersprenger hören, die die schmalen Rasenstücke wässerten. Es kam nicht oft vor, daß die Rasensprenger zu hören waren. Vielleicht wurde am Flughafen gestreikt oder so.

Es war fast neun Uhr, als er hörte, wie der Schlüssel sich im Schloß drehte. Er hatte so lange gewartet, daß sein Herz bei dem Geräusch einen Satz machte. Dann erstarrte er. Sie war nicht allein. Er hörte eine Männerstimme. Pops Stimme.

Er öffnete die Tür und ging in die Diele hinaus.

»Du könntest mir wenigstens eine Tasse Kaffee anbieten«, hörte er Pop sagen. »Ich warte schon seit zwei Stunden.«

»Es hat dich keiner darum gebeten, oder?« Sie versuchte, ihm die Tür vor der Nase zuzumachen, aber er war stärker.

»Muriel!« Pop bettelte jetzt. »Eine Tasse Kaffee.«

Sie wurde schwach. »Also gut. Eine Tasse Kaffee, aber nicht mehr.«

Pop trat ins Licht. Er hatte sein Haar nach hinten gegelt und ein sauberes Hemd an, aber es war zwecklos.

»Eine Tasse«, sagte er und zwinkerte Jed zu. Er wirkte wie ein Vertreter, der den Fuß zwischen die Tür klemmt.

Merkst du's nicht? wollte ihm Jed zurufen. Es ist zwecklos.
»Deine Mutter und ich«, sagte Pop, »unterhalten uns nur ein bißchen.« Wieder das Zwinkern. Ein Grinsen.
Es ist zwecklos.
Als Pop in Richtung Küche ging, zog er diesen Geruch hinter sich her, nach Asche oder Rost, alten abgenutzten Dingen, Dingen, die man normalerweise wegwirft. Jed war sich sicher, daß seine Mutter es auch roch. Obwohl sie natürlich andere Namen dafür hatte. Sie nannte es Schwäche, Mißerfolg, Mitleid.
Jed setzte sich wieder in sein Zimmer, während sie sich »ein bißchen unterhielten«. Er hörte das Geschrei, hörte, wie ein Teller zu Bruch ging. Der Geruch war überall, man wollte sich die Nase zuhalten. Kein noch so großer Aufwand an Gewalt oder Reue brachte da frische Luft herein.
Und mit einem Schock wurde ihm klar, daß Pop nicht mehr zählte. Pop war einfach ein anderer Adrian. Ein Geräusch, ein Paar Füße, ein Ungenügen. Pop tat ihm leid, aber aus der Ferne, wie einem jemand im Fernsehen leid tut. Er wollte Pop aus dem Haus haben, noch mehr, als seine Mutter es wollte.
Eine Stunde später flog die Küchentür auf. Jed machte seine Zimmertür einen Spalt auf und lauschte.
»Noch *eine* Chance, das ist alles, was ich verlange.«
»Was glaubst du, worum es hier geht? Um irgendein blödes Spiel vielleicht?«
Das Haus erbebte, als die Eingangstür gegen den Rahmen donnerte. Durch sein Fenster sah Jed, wie Pop die Mackerel Street hinaufstapfte und die Luft mit leeren Drohungen füllte.
Als er hinunterging, stand seine Mutter in der Küche. Ihr Gesicht sah aus wie eine blankpolierte Trophäe. Es *war* ein Spiel, was sie auch sagen mochte, und anscheinend hatte sie wieder mal gewonnen. Er ging in sein Zimmer zurück, ließ die Tür angelehnt und schaltete das Tonbandgerät ein, auf volle Lautstärke. Und wartete.

Auf dem Band kam gerade das Quietschen, als sie sich in der Tür aufpflanzte. »Was spielst du da?« fragte sie locker und doch angespannt, als hätte sie es bereits erraten.
Jed sah zu, wie die durchsichtigen Spulen sich drehten, eine begierig und leer, die andere langsam, wie unter der Last des Wissens. Er sah zu, wie das schmale braune Band sich abspulte und abspulte.
Als das Wimmern anfing, schaute er seiner Mutter ins Gesicht. Da sah er das leise Zucken in ihren Augen. Ohne sich groß zu bewegen, explodierte sie. Die Luft war ein Durcheinander aus roten Nägeln und um sich schlagenden Händen, sie zischte und fauchte und schien acht Arme zu haben wie jene Statue, die er im Trödelladen gesehen hatte und von der Mr. Garbett gesagt hatte, sie komme aus Indien. Sie traf ihn zweimal mit der flachen Hand, so daß ihm der Kopf brummte wie ein Marmeladeglas voller Fliegen, und mit einem Fingernagel riß sie ihm die Haut an einem Mundwinkel auf, als müsse er unbedingt lächeln. Er versuchte, nicht auszuweichen, er legte nur die Hände über den Kopf, und als die Prügel aufhörten, nahm er langsam seine Hände weg und schaute vorsichtig zu ihr hinauf. Sie keuchte und hielt die Hände in die Hüften gestemmt. Ihr Haar hatte sich aufgelöst und hing ihr wirr über die Augen. Sie sah jetzt natürlicher aus als jemals zuvor. Sie sah wie eine Hexe aus. Er wollte jetzt, daß sie ihn festhielt, wollte mit ihr verbrennen, doch er wußte, daß dies nie geschehen würde. Also war es wieder wie Fernsehen. Alles war wie Fernsehen.
»Wie hast du so was tun können?« sagte sie seltsam und flach. »Wie hast du bloß so was tun können?«
Ganz einfach. »Du hast meine Radios weggeworfen.«
Der Einbalsamierer fing zu schnarchen an.
Sie stürzte sich auf das Tonbandgerät, riß eine Spule heraus und zerknüllte das Band. Als sie davon genug hatte, warf sie das Gerät auf den Boden und trampelte auf ihm herum, dann

bückte sie sich, hob das Gerät hoch und schleuderte es gegen die Wand. Es fiel auf den Boden, das Gehäuse löste sich; es war an zwei Stellen gesplittert. Wo es gegen die Wand gedonnert war, war eine Delle.

Jed sah dies alles ungerührt mit an, als würde er die Sender jederzeit nach Belieben wechseln können. Es war ihm egal, was sie machte. Das Tonbandgerät hatte seinen Zweck erfüllt, und er hatte die Kopie des Bandes, in Plastikfolie eingewickelt, in eine alte Werkzeugkiste aus Metall gepackt und diese Kiste im Garten rechts neben dem Zaun vergraben. Es gab nichts, womit sie ihm hätte weh tun können. Er spürte, daß die Seite seines Mundes, an der sie ihn verletzt hatte, zum Grinsen verzogen war. Er sah ihr zu, wie sie sich zu ihm umdrehte und sich das Haar aus den Augen strich.

»Das machst du nicht noch einmal«, sagte sie.

Er entgegnete: »Brauche ich auch nicht.«

»Was soll das heißen?«

»Ich habe eine Kopie von dem Band, und wenn du jemals wieder etwas von meinen Sachen anrührst, dann schicke ich es Pop.« Er hielt inne; das schien nicht genug. »Und den Nachbarn«, fuhr er fort. »Und in den Laden, wo du arbeitest.«

Ihre Augen waren jetzt leer, und ihre Wangen hingen schlaff und schief an ihren Gesichtsknochen. Sie drehte sich um und ging aus dem Zimmer. Er hörte ihre Schlafzimmertür leise zuschnappen.

Er hatte zum erstenmal Rache geschmeckt. Süß.

ZWEI

DIE FRONT BOYS

Ein leichter Regen fiel auf die Stadt, so leicht, daß er sich anhörte, als würden Ratten dahinlaufen. Jed bog in die Gasse hinter der Schule und blieb stehen, um die Tropfen von seiner Brille zu wischen. Als er durch die klaren Gläser wieder aufschaute, sah er vier Gestalten vor sich. Ihre Ruhe hatte etwas Drängendes, und er wußte gleich, daß sie auf ihn gewartet hatten.

Drei von ihnen hockten auf den dunkelgrünen Mülltonnen. Er wußte, wie sie hießen: José P. S. Mendoza, Scraper O'Malley und Tip Stubbs. Der vierte stand mit den Schultern gegen die Wand gelehnt und hielt die Arme über der Brust verschränkt. Das war Vasco Gorelli, Gorilla genannt, doch nie, wenn er dabei war. Er hatte einen Schnurrbart, seit er zehn war.

Völlige Stille, fast.

Nur das Trippeln des Regens auf den Dächern und das Tsch-Tsch-Tsch von P. S. Mendozas Kopfhörern.

Es war seltsam. Normalerweise durfte man nicht mit Vasco sprechen, ja nicht einmal in seine Nähe kommen. Man mußte warten, bis man eine Vorladung bekam oder eine Audienz. Er war eine Art Papst. Er hatte Feldwebel: O'Malley, Stubbs, Mendoza und eine ganze Schar von Laufburschen: Thomas Baby Vail, Slim Jimmy Chung, Cramps Crenshaw und Tips kleineren Bruder, einen Taubstummen, der Silence genannt wurde. Sah man Vasco die Straße herunterkommen, dann sah man die Blütenblätter einer Blume, und plötzlich wirkte eine Blume stark, wirkte eine Blume gefährlich. Eine kleine Bande, die fest zusammenhielt. Eine Blume, die sich nachts schloß. Ein eingerollter Schirm. Und wenn der Regen kam, was manchmal der Fall war, ein Knopfdruck, ein Klicken, und die Bande sprang auf und hielt ihren Chef trocken. So funktionierte es.

Warum also das plötzliche Interesse?

Jed war die Isolation gewöhnt. Sein Gesicht war wie eine Art Sackgasse. Für die meisten Leute signalisierte es: KEINE DURCHFAHRT. Wenn sie ihn anschauten, drehten sie sich immer um, wichen zurück. Es tat ihm eigentlich nicht weh. Nein, weh nicht, nicht mehr. Es hatte die Saat der Verachtung in ihn gelegt. Ein neugieriger Hochmut war gesprossen. Ihr wißt nicht, was ihr verpaßt, dachte er. Ihr habt keine Ahnung.

Und jetzt das.

Vielleicht langweilten sich die Burschen heute. Suchten nur nach einem armen Schwein, auf dem sie herumhacken konnten. Und er kam daher mit seiner narbenbedeckten Haut, seiner Brille und seinen verdrehten Knien. Der ist gerade recht, werden sie gedacht haben. Scraper und Tip sahen ihn von oben herab seltsam giftig an. Es war, als würde jemand sagen: Schau, wir haben nichts gegen dich persönlich, aber wir bringen dich jetzt um, okay?

Vasco nahm die Zigarette aus dem Mund und ließ sie durch die Luft fliegen. Sie klatschte auf der nassen Straße auf: tsch. Er stieß sich von der Wand ab, zog die Schultern vor dem Regen ein. Auf seinem Rücken stand in silbernen Nieten das Wort: UNSTERBLICH.

»Verdamm mich, Morgan, du bist so ätzend häßlich, daß du fast nich' wie 'n Mensch aussiehst.« Es war seltsam, aber bei ihm klang es fast wie ein Kompliment. Es war, als habe er von Jeds Häßlichkeit gehört, sie in Augenschein genommen und sie für gut befunden.

»Ich weiß«, sagte Jed. »Das habe ich schon öfter gehört.«

»Von wem?«

»Von meiner Mutter.«
Vasco stocherte mit dem Absatz seines Stiefels im Unkraut. »Also stimmt's, was die Leute über deine Mutter sagen?«
Jed schaute Vasco an, ohne mit der Wimper zu zucken: »Was sagen sie?«
»Sie sagen, daß sie 'ne Nutte is'.«
Tip mischte sich ein: »Stimmt das echt? Is' sie 'ne Nutte?«
»Sie sagen, daß sie mit Leuten bumst, die Tote bumsen.« Vasco schaute von dem Unkraut auf, das er malträtierte. »Was is' damit? Stimmt das?«
Jed musterte sie, einen nach dem anderen:
P. S. Abkürzung für Persönliches Stereo. Er hatte irgendwo ein Paar Kopfhörer aufgegabelt, sich aber nie einen Walkman leisten können, in den er sie hätte stecken können. Deswegen hatte er bloß die Kopfhörer in den Ohren und imitierte dazu das Geräusch, das man hört, wenn man neben jemandem steht, der einen Walkman hat: dieses Tsch-Tsch-Tsch. P. S. trug die Kopfhörer schon ein Jahr lang, und er konnte das Geräusch machen, ohne auch nur die Lippen zu bewegen.
Scraper. Das Versuchskaninchen. Er starrte in den Himmel hinauf, um das Nieseln auf seiner sommersprossigen Haut zu spüren. Das einzige, was Jed von Scrapers Kopf sehen konnte, waren sein dicker Hals und sein Kinn, das einer Stiefelspitze glich. Jed nahm in Gedanken ein Messer, zog es ruhig durch die gespannte freiliegende Kehle und beobachtete, wie das Blut in die dunstige graue Luft schoß.
Tip stand näher, war deutlicher zu sehen. Er lauerte von seinem Müllthron herab. Kräftige Schultern, geschwollene Augenlider, Rotz in den Nasenflügeln. Tip schwamm für irgendeine städtische Mannschaft Freistil. Ein großer Fisch im kleinen Teich.
Jeder wartete auf seine Weise darauf, daß er schlappmachte: die Nerven verlor, in Tränen ausbrach, sich naß machte. Aber

sie hatten seine schlechte Haut und seine Brille mißdeutet. Sie hatten auf dem Falschen herumgehackt. Sie hatten einfach keine Ahnung. Er war beinahe enttäuscht. Trotzdem brachte er ein schwaches Lächeln zustande.
»Sie ist nicht so clever wie eine Nutte«, sagte er. »Sie läßt sich nicht dafür bezahlen.«
Er hatte den Zeitpunkt für seine Antwort selbst bestimmt, wie ein Schauspieler, und keiner der vier war darauf gefaßt gewesen. Sie waren zu überrascht, um zu lachen. Sie konnten es nicht glauben, daß er seine Mutter nicht verteidigte. Die eigene Mutter. Sie wollten wissen, warum. Er erzählte ihnen von den Radios. Sie nickten. Für sie ergab das Sinn. Dann ließ er beiläufig etwas von Rache fallen, von dem Band mit seiner Mutter, dem Stöhnen, dem Wimmern, und er sah in ihren Gesichtern eine Art Ehrfurcht dämmern. Auch Furcht, spürte er, steckte in dieser Ehrfurcht. Nun wußte er, daß er sie in der Tasche hatte. Natürlich wollte er so tun, als hätten sie ihn in der Tasche.
Mit dieser einen Geschichte hatte er seine Aufnahmegebühr bezahlt. Plötzlich war er einer von den Front Boys, wie sie genannt wurden — die Bande, die Front gegen Moon Beach machte, Front gegen den Tod. An einem langen ruhigen Abend, um ein Feuer auf einem unbebauten Grundstück in Mangrove East lagernd, mochte Vasco dann sagen: »Erzähl uns die Geschichte mit den Radios!« Und er erzählte sie. Und danach breitete sich Schweigen aus, und Vasco gab ihm ein Bier. Die Mitglieder schauten ihn noch immer seltsam an, aber ihr Blick war jetzt anders, wie es schien, es schwang nun Respekt mit. Er hatte gerade eine Phase, in der er Zimtherzen lutschte. Sie hielten lange vor und machten den Mund innen ganz rot, was seine seltsame Berühmtheit nur noch steigerte.
Eines Morgens nahm Vasco ihn bei Ebbe mit hinunter an den Moon River. Zwischen den glitschigen Steinen, den flatternden

Möwen, dem Morast, dort dachte Vasco immer nach. Müßig durchkämmten sie die Schlammbänke nach einem Halsband oder einer Uhr, nach etwas, das sie in Mr. Franklins Laden in der Central Avenue versetzen konnten. Als Vasco mit seinem spitzen Stock an einem Stein herumstocherte und -bohrte, sah er einen kurzen Moment lang jünger aus, so alt, wie er wirklich war, so alt, wie ihn Tip und Scraper nie sehen durften. Die drei Grabsteine auf seiner linken Schulter, nach ihnen richteten sich die Leute, wenn sie sein Alter schätzten. Jed schaute in die Tätowierungen hinein, als wären es Fenster, und wie er so im Schlick stand, hatte er plötzlich das Gefühl, in Vasco selbst hineinschauen zu können, sehen zu können, was kommen würde.

Dann richtete Vasco sich auf. »Sag mir einmal«, fing er an, »wie bist du denn auf die Idee gekommen?«

Jed zuckte die Achseln. »Ich weiß es nicht. Es ist mir einfach eingefallen.«

»Du bist gefährlich«, sagte Vasco. »Auf dich muß man aufpassen.«

»Was für ein Glück, daß ich auf deiner Seite stehe, wie?«

Vasco schöpfte eine Handvoll Schlamm und schleuderte ihn in Jeds Richtung. Jed duckte sich und zeigte Vasco grinsend seinen Teufelsmund. Aber das Lächeln verblaßte, als er an seine Mutter dachte und die vergangenen vier Jahre, an ihren prekären Waffenstillstand. Sie brachte immer noch Männer mit nach Hause, jetzt aber demonstrativ, als wolle sie, daß er Zeuge wurde und es mißbilligte. Für Jed waren ihre Männer alle ein und derselbe Mann, die Stiefel, die über den Teppichboden schlurften, die Körper, die für die Zimmer zu groß waren; sie erinnerten ihn seltsamerweise an seinen Bruder Tommy. Er schaute sie an und beachtete sie nicht, beides gleichzeitig. Er hatte diesen Blick bis zur Meisterschaft entwickelt. Zehn Jahre später sollte er ihm von großem Nutzen sein.

»Es ist nicht einfach, bei ihr zu wohnen.« Er nahm Vascos Stock und stocherte an einem Stein herum.
Vasco sah ihn von der Seite her an. »Warum ziehste nich' aus?«
»Wohin?«
»Bei mir is' 'n Haufen Platz.«
Es war Winter, und die Luft war schneidend. Alles, was man ansah, schien wie mit der Schere ausgeschnitten. Das Licht fiel gelb-blau zuckend auf den Fluß. Jed konnte am anderen Ufer Sweetwater sehen, darüber ein Flugzeug, das die Luft versengte, während es über die Dächer wegzog. Er konnte beinahe spüren, wie das Haus wackelte. Er konnte beinahe den Nagellack riechen.
Er schaute Vasco an. »Und *deine* Eltern?«
»Ich hab' keine.«
»Du kannst doch nicht allein wohnen.«
»Ich wohn' bei meiner Schwester, aber die is' selten da. Und sonst gibt's bloß noch Mario und Reg. Aber die sin' beide senil.«
»Senil. Was heißt das?«
»Das heißt, wenn man fast tot is'. Du lebst noch, aber nur grade so...« Jed hörte nicht mehr hin. Er dachte an die Männer, die alle ein und derselbe Mann waren, der immer nur eines tat. Er erinnerte sich an das Gesicht seiner Mutter im Frisierspiegel. Er stellte sich vor, wie sie seine Radios ganz allmählich vergaß. Und da wußte er, daß Vasco recht hatte. Und trotzdem griff noch etwas über den Fluß nach ihm wie Arme, die sich ausstreckten und ihn mit ihren Klauen zurückholen wollten. Er wußte nicht, was es war. Er wich einen Schritt zurück, rutschte auf dem Schlamm aus und wäre beinahe hingefallen.
»Natürlich is' keiner da, den de beim Bumsen aufnehmen kannst. Meine Schwester bumst immer bei ihr'm Freund. Und Mario und Reg, die ham in ihr'm ganz'n Leb'n wahrscheinlich nie gebumst.« Vasco spreizte die Hände aus. »Also, was meinst du?«

Jed nickte grinsend: »Muß ich das noch sagen?«
Vasco besorgte eine Flasche Wodka zum Feiern, und sie leerten sie auf dem alten Seemannsfriedhof in Mangrove South. Hier hatte das Bestattungsgewerbe von Moon Beach zuerst Fuß gefaßt. Über die Friedhofsmauer hinweg konnte Jed zwischen zwei Lagerhäusern gerade noch die Vier Hexenfinger sehen, vier lange Sandkrallen, die sich in die Flußmündung spreizten. Es ging die Sage, daß sie vor hundert Jahren in stürmischen Nächten vorgeschnellt seien, um in vorüberfahrende Schiffe Lecks zu schlagen und sie in die Tiefe zu ziehen. Hunderte von Wracks lagen unter dem schimmernden Schlick begraben. Das schwarze Herz der Stadt hatte schon damals kräftig geschlagen. Der Direktor eines Bestattungsinstituts soll auf den Hexenfingern Laternen aufgestellt haben, um die Schiffe ins Verderben zu locken. Die Zeiten hatten sich geändert. Seit Jahren hatte niemand mehr Schiffbruch erlitten, und die Bestattungsinstitute waren in die Innenstadt umgezogen, während ihre ehemaligen Büros in Ausstellungsräume für Schnellboote und Angelzubehörläden umgewandelt worden waren. Für Vasco schien der Friedhof jedoch eine besondere Bedeutung zu haben.
Das erste Mal in seinem Leben betrunken, sah Jed Vasco mit völliger Klarheit, als wäre Vasco mit dem Silberstift gezeichnet. Vasco lehnte mit geschlossenen Augen, hochgerecktem Kinn und entblößten Zähnen an einem Stein. Dann sank sein Kopf herunter, er machte die Augen weit auf, und sie glichen der Windschutzscheibe eines Autos, das noch nie irgendwo gewesen ist. Keine Spur von Insekten, Nässe oder Staub. Sie waren so klar gewischt. Brutal, ohne es sein zu wollen, brutal und vage. Das war etwas, das Jed kannte, instinktiv kannte, das war eine Eigenschaft, die er selbst besaß. Doch Vasco schien gar nichts von ihr zu wissen. Er hatte sie einfach. Er war der Träumer, der die Leute schlafend umbringt.

Am nächsten Tag packte Jed, während seine Mutter arbeiten war, eine kleine Tasche. Erst als er ging, nahm er einen Stift und ein Stück Papier und setzte sich an den Frühstückstisch. »Ich ziehe zu einem Freund«, schrieb er. »Mach dir keine Sorgen um mich!«
Wunschdenken. Er war sich ziemlich sicher, daß ihre erste Reaktion Erleichterung sein würde. Ein Makel weniger in ihrem Leben. Während er das Papier einmal zusammenfaltete und an den Bildschirm des Fernsehers klebte, fragte er sich, ob auch Pop eine Nachricht hinterlegt hatte, als er sie verlassen hatte.

Es war reiner Zufall, daß Nathan Tip kennenlernte. Die Stadt hatte sich große Mühe gegeben, sie voneinander fernzuhalten. Nathan wuchs in Blenheim auf, einer Gartenvorstadt an der Westküste. Tip hingegen kam aus dem Osten, aus einer Sozialwohnungssiedlung hinter der Z-Street.
Eindeutig das falsche Ende des Alphabets. Obwohl auch ihr Schwimmstil völlig verschieden war — Nathan glitt durch das Wasser und hinterließ kaum ein Kräuseln, Tip wirbelte es zu wütendem Schaum auf —, brachte sie doch das Wasser zusammen. Sie schwammen beide für die Mannschaft, die als Moon Beach Minnows bekannt war. Sie trainierten drei Abende in der Woche in einem Freibad am Sunset Drive, schwammen Bahn um Bahn, während Marshal, der Mannschaftstrainer, in seinem braunen Jogginganzug und seinen schneeweißen Tennisschuhen am Beckenrand entlangtigerte und ihre Zwischenzeiten durch eine zusammengerollte Sportzeitung brüllte. Die beiden teilten sich die meisten Jugendtitel.
An einem Abend schwamm Nathan im Training gegen Tip die hundert Meter und schlug ihn dabei um fast fünf Sekunden. Er berührte die geschwungenen Kacheln am Beckenende, drehte sich auf den Rücken und beobachtete, wie die Flugzeuge am weichen braunen Himmel herabglitten. Sein Vorsprung über-

raschte ihn. Seine Zeit war schon immer gut gewesen, aber nicht so gut. Tip stemmte seinen harten weißen Körper aus dem Becken und stand mit dem Handtuch um die Schultern da. Dann drehte er den Kopf zur Seite und spuckte fünf Meter weit durch den Maschendrahtzaun. Teils aus Gewohnheit, teils aus Ärger. Nathan grinste. Irgendwie blieb bei Tip die Spucke nie am Draht hängen, sie schien immer direkt in der Dunkelheit dahinter zu verschwinden.

»Das hab' ich gesehen, Stubbs!« keifte Marshal.

Tip nickte. »'tschuldigung.«

Nathan unten im Becken grinste noch immer. Tip bemerkte es und zwinkerte. Sie kamen vielleicht aus verschiedenen Teilen der Stadt, wußten aber beide, wenn sie es mit einer alten Frau zu tun hatten.

Später am selben Abend ging Nathan unmittelbar vor Tip aus dem Gebäude. Während Nathan sein Fahrrad aufschloß, stand Tip auf der Treppe, das Handtuch nach wie vor um den Nacken geschlungen, die Lippen grau im Neonlicht. Nathan konnte das Chlor auf seiner Haut riechen.

»Wieso kommste eigentlich immer mit 'm Rad?« fragte Tip. »Die meisten wer'n doch abgeholt.«

Nathan zuckte mit den Achseln. »Ich fahr' gern Rad.« Das stimmte nicht ganz. Es gab einfach niemanden, der ihn hätte abholen können. Dad verließ das Haus so gut wie nie, und Fosca, das neue Au-pair-Mädchen, konnte nicht fahren.

»Wo wohnste?«

»In Blenheim.«

»Blenheim? Scheiße. Ganz schön weit.« Tip mußte es schon gewußt haben, aber er hatte trotzdem gefragt. »Was macht dein Alter denn?« Er erwartete wohl, daß er Millionär oder so etwas war. Wenn sie Blenheim hörten, dachten die Leute das immer.

»Er macht gar nichts«, erwiderte Nathan.

Tip faßte sich mit Daumen und Zeigefinger an die Nase, win-

kelte die Hand Richtung Wand ab und schneuzte. »Was willste damit sagen, er macht nichts?«
»Er macht nichts. Er kann nicht. Er ist invalid.«
»Echt?«
»Echt.«
Tip schaute zu Boden, dann schaute er Nathan wieder an, schräg. »Wie invalid?«
Tip bemühte sich, daß es beiläufig klang, aber Nathan sah, daß er neugierig war. Ein Alter, der einen Schlag weghatte, das gab Punkte. Das war wie diese Plastikkärtchen der Erwachsenen: Amex, Visa, Mastercard. Es sagte etwas über einen, brachte einen voran.
»Er hat bloß noch die Hälfte jedes Lungenflügels oder so«, sagte Nathan, »und die meisten von seinen Rippen sind rausgeschnitten.«
»Echt?«
»Echt. Und er hat eine orange Scheibe im Auto. Das heißt, daß er überall parken darf.«
Tip nickte. »Cool.«
Nathan hätte sich gern mit Daumen und Zeigefinger die Nase geputzt wie Tip, aber er hatte Angst, es nicht hinzubekommen. Statt dessen schniefte er bloß. »Was macht dein Alter?«
»Er macht auch nichts.«
»Wieso denn?« sagte Nathan. »Er ist doch nicht invalid, oder?«
Ein paar Wochen früher hätte das wahrscheinlich eine Rauferei ergeben. Jetzt führte es nur dazu, daß Tip müde grinste. »Nein«, sagte er. »Er hat auf'n Docks gearbeitet. Is' vor ein paar Monaten gefeuert worden.«
»Tut mir leid.« Nathan schlug mit dem Schuh nach einem Unkraut. Er hoffte, es würde irgendwie nach Mitleid aussehen.
»Na schön.« Tip schaute in Richtung Fußballfeld. »Ich muß los. Wir sehen uns!«
In der folgenden Woche fragte Tip nach dem Training, ob Na-

than mit ihm etwas essen gehen wolle. Nathan zögerte. An den Abenden, an denen er schwimmen ging, wartete Dad immer, bis er nach Hause kam, und dann aßen sie gemeinsam zu Abend. Aber das konnte er Tip nicht sagen, der hätte es nicht verstanden. Also nickte er bloß.

»Um die Ecke is' 'n Pizzaladen«, sagte Tip. »Da können wir hingehen.«

»Klar.« Nathan hatte noch nie Pizza gegessen. Dad war dagegen.

Auf dem Weg redeten sie nicht viel. Nur das Klicken von Nathans Radnaben und ein dumpfes Schnarren, wenn Tip sein feuchtes Handtuch gegen einen Laternenmast klatschen ließ. Das Lokal, das Tip kannte, war ein Radfahrertreff namens »Pete's Pizza«. Sie setzten sich auf Hocker am Fenster und sahen zu, wie die Fahrräder an der offenen Tür vorbeiflitzten. Die Straße schien wie von einem Streichholzflackern erleuchtet, und es herrschte ein Lärm von Autos und Geschrei. Tip bestellte zwei mittelgroße Colas und eine Zwanzig-Zentimeter-Tex-Mex-Special mit extra Peperoni. Es war wie eine fremde Sprache, ein fremdes Land. Und doch mußte Nathan ab und zu verstohlen auf die Uhr schauen. Und jedesmal konnte er sich genau ausmalen, was Dad gerade tat. Halb acht: Dad setzte sich zum Abendessen an den Tisch. Viertel vor acht: Dad kaute seine Cornflakes einhundertmal. Acht: Dad schluckte seine Pillen. Nathan kniff die Augen zusammen und betrachtete Tip. Geschwollene Lider, graue Lippen. Haare, die dicht wie ein Tierpelz den Schädel bedeckten. Jetzt war es Dad übel vor Sorge.

Tip erwischte ihn beim Schielen nach der Uhr. »Mußt du irgendwo hin?«

Nathan schüttelte den Kopf. »Nein.« Er biß ein Stück Pizza ab und sprach mit vollem Mund. »Die Pizza ist gut.«

Tip nickte. Er aß, wie er schwamm. Er hatte sein drittes Stück schon zur Hälfte gegessen, bevor Nathan noch mit seinem ersten fertig war, und er redete dabei auch noch: über seinen Alten, der jetzt immer an der Flasche hing, über die Pokale, die sie beim Schwimmen gewinnen würden, über die Bande, zu der er gehörte.

»Die Front Boys«, sagte er. »Du hast bestimmt von uns gehört?«

Das hatte Nathan nicht.

»Blenheim.« Tip sagte das verächtlich. »Könntest genausogut auf'm Mond leben.« Er erläuterte, daß Vasco den Ton angab. Vasco war ihr Präsident. »Du kennst Vasco.« Das war keine Frage. Vasco kannte jeder.

Nathan hatte ihn erst einmal gesehen. In einer Gasse in der Nähe der Schule, neben einem Auto stehend. Schwarze Lederjacke mit UNSTERBLICH auf dem Rücken. Gitarrenförmiges Gesicht. Schnauzer.

»Manchmal brechen wir irgendwo ein, lassen ein paar Dinge mitgehen und verkaufen sie dann«, erläuterte Tip. »Das ist Mittelbeschaffung. Manchmal schlagen wir bloß zurück, trinken Wodka.« Er bot Nathan das letzte Stück Pizza an und biß dann selbst hinein, als Nathan den Kopf schüttelte. »Ich weiß nicht genau«, sagte er. »Eigentlich is' das, was wir machen, irgendwie politisch.«

Nathan nickte. Aber er war neugierig. »Was meinst du damit?«

»Das sagt jedenfalls Vasco. Er sagt, wir sind an einem Ort geboren, wo die Leute zum Sterben hinkommen. Er sagt, daß er genug hat. Macht Front gegen Moon Beach! Das isses, was hinter Front Boys steht. Front gegen Moon Beach machen.«

Nathan fing an zu begreifen.

»Wie vor 'ner Woche«, fuhr Tip fort. »Vasco findet im Zug eine Zeitung und liest etwas über ein neues Beerdigungsinstitut, das in Carol Park eingeweiht werden soll.« Er grinste. »Und wie es eingeweiht worden ist! Mit Rauch.«

»Ihr habt es niedergebrannt?«

»Bloß das Krematorium.« Tip grinste über das ganze Gesicht.

»Ihr habt das Krematorium niedergebrannt?«
Aber mehr wollte Tip nicht sagen. Er war einer von den Front Boys. Wahrscheinlich hatte er Schweigen gelobt.
Als Nathan durch die Hintertür das Haus betrat, traf er auf Dad, der gerade seinen Nachttee zubereitete. Die Küchenuhr zeigte acht Uhr fünfunddreißig. Er war über eineinhalb Stunden zu spät dran.
»Wo zum Himmel bist du gewesen, Nathan?« fragte Dad. »Ich hab' mir Sorgen um dich gemacht.«
»Ich bin nur was essen gegangen. Mit einem aus der Schwimmannschaft.« Nathan gab Dad einen Kuß auf die Wange, dann machte er seinen Anorak auf.
»Du riechst komisch.«
»Wir haben Pizza gegessen.«
»Pizza? Mit wem hast du Pizza gegessen?«
»Mit niemand Besonderem. Er heißt Tip.«
Dad schraubte seine Thermosflasche zu und trocknete den Deckel ab. »Ich hoffe bloß, daß du nicht in die falschen Kreise gerätst.«

Vasco wohnte in Mangrove Heights auf einem Hügel mit Blick auf den Fluß. Als Jed das Haus zum erstenmal sah, mußte er an das Reich des Trödelkrams denken. Giebelverzierte Türme, Gesimse mit Säulen. Wasserspeier lauerten lüstern an den Dachvorsprüngen mit Zungen, scharf wie Pfeilspitzen, und Augen wie geschälte Eier. Der Vorgarten war mit allen möglichen Bäumen bepflanzt, so daß das Haus sich zu verstecken schien. Auf dem Weg zur Eingangstür raschelte abgefallenes Laub. Es roch nach Gips, dem Inneren von Vogelnestern und in den Fluß geleitetem Abwasser.
»In so einem Haus möchte ich geboren sein«, sagte Jed, aber Vasco machte gerade die Tür auf und hörte es nicht.
Vasco wohnte mit seinen beiden Großonkeln Mario und Reg

und seiner Schwester Rita in dem Haus. Rita war sechzehn. Sie hatte einen Freund, der einen verbeulten weißen Chevrolet fuhr. Sie verbrachte die meisten Nächte bei ihm. Mario war fast achtzig. Er hatte die hohe steile Stirn einer Gestalt aus der Geschichte; eines römischen Kaisers oder dergleichen. Er hatte weißes, kurzgeschnittenes Haar und Ohren, mit denen man hätte Schmetterlinge fangen können. Er saß die ganze Zeit in einem Rollstuhl. »Er hat überhaupt nix mit den Beinen«, sagte Vasco. »Er sieht bloß nich' ein, daß er nach der Erfindung des Rads noch laufen soll. Er denkt, Laufen is' außer Mode.«

Am ersten Abend tranken Vasco und Jed gerade ein Bier auf der Veranda, als die Tür aufging, Mario über die nackten Verandadielen rollte und in einem Flecken Abendsonne parkte. Mit einer Hand am Ohr saß er in seinem Rollstuhl da.

»Was macht er da?« fragte Jed.

Mario musterte Jed. »Horch!« und er wartete eine Zeitlang, die Hand noch immer am Ohr. Dann sagte er: »Hast du es gehört?«

»Was?« fragte Jed.

Mario lächelte. »Das Geld.«

An diesem Abend erzählte Vasco Jed auf dem Weg zur Spielhalle alles, was er über Mario wußte. Mario hatte an der Universität Jura studiert und sich in den zwanziger Jahren eine äußerst erfolgreiche Kanzlei aufgebaut. In einer Stadt wie Moon Beach ging einem guten Anwalt niemals die Arbeit aus, besonders nicht einem wie Mario, der sich klugerweise auf Nachlässe und Testamente spezialisiert hatte. Noch während er als Anwalt tätig war, leitete er eine Leichenwagenvermietung. Später kaufte er sich dann in eine Taschentuchfabrik in Baker Park ein, deren berühmteste Erfindung das Beerdigungstaschentuch war, ein einfaches weißes Baumwolltaschentuch mit einem schwarzen Rand. Kurz danach ließ er sich das erste schwarzumrandete Papiertaschentuch patentieren. Er machte offenbar Millionen, obschon keiner wußte, was er mit dem

Geld anfing. Der einzige Luxus, den er sich geleistet hatte, war der Einbau eines Lifts in sein Haus, damit er zwischen den Stockwerken wechseln konnte, ohne seinen Rollstuhl verlassen zu müssen.

»Und was war das heute abend mit dem Geld, das man hört?« fragte Jed.

»Seine Fabrik auf der anderen Flußseite. Er behauptet, daß er hören kann, wie das Geld gemacht wird.« Vasco schaute Jed an und hob die Schultern. »Ich hab' dich gewarnt. Der Kerl is' senil.«

Plötzlich fiel Jed ein, daß er gar nichts von Reg Gorelli, dem anderen Großonkel, gehört hatte. Vasco zeigte ihm das Foto eines dürren Mannes mit großen Ohren und einem hantelförmigen Schnurrbart.

»Er ist gläubig«, sagte Vasco, »schließt sich in sein Zimmer ein. Du wirst ihn kaum zu Gesicht kriegen.«

Am nächsten Abend setzte sich Jed neben Mario und bemühte sich, etwas zu hören. Geldstücke, irgend etwas. Einmal hörte er ein Klimpern, das hätten lose Münzen sein können, doch dann führte nur die Frau von nebenan ihren Hund an einer Kette vorbei. Zudem lauschte Mario nicht nach losem Kleingeld. Er interessierte sich mehr für Scheine. Jed würde nie den Abend vergessen, an dem sich Mario genau vor Einbruch der Nacht mit dem letzten Dämmerschein auf seinen weißen Stoppeln zu ihm umdrehte und flüsterte: »Horch! Hörst du das? Ein Hundertdollarschein.«

Vasco hatte diese Ohren geerbt. Oben ausgreifend und nach vorne gebogen, als ob man sie auf eine Töpferscheibe gelegt hätte. Aber was hörte Vasco? Jed wünschte, er hätte es aufzeichnen und dann abspielen können. Würde es traurig sein, wie die Stimmen der Wale? Oder würde es kreischen, wie manchmal die Bremsen der U-Bahn-Wagen? Bei genauerem Überlegen wollte er es dann lieber doch nicht wissen.

An einem Samstagabend saß er in der Küche und machte Aufkleber für seine Bänder. Es war spät, und das Haus lag ruhig. Oben waren alle Lichter aus, und Rita war irgendwohin ausgegangen. Er hatte ein Band mit Mario gemacht. Es gab eine klassische Stelle, an der Mario sagte: »Horch, hörst du das?« und Jed erwiderte: »Nein, was denn?« und Mario sagte: »Geld«, und dann kam völlige Stille. Er überlegte, ob er es Mario vorspielen solle, um ihm zu beweisen, daß man Geld nicht hören konnte, aber dann wurde ihm klar, daß dies gar nichts beweisen würde. Die Stille war dieselbe Stille. Mario würde in ihr das Geld hören.

Plötzlich flog die Küchentür auf. Es war Vasco. Er stand mitten im Raum und keuchte.

»Warum nimmst du das nächste Mal nicht gleich ein Beil?« fragte Jed.

Dann sah er die Risse an den Knien von Vascos Jeans und seine Handflächen, rot und schwarz. Blut und Straßenschotter.

»Ich bin überfahren worden«, sagte Vasco.

Jed starrte ihn an. »Was?«

»Scheiße, ich bin überfahren worden.« Vasco schien es selber nicht glauben zu können. Er saß mit ausgestreckten Armen da und hielt die Innenflächen der Hände nach oben, als wolle er prüfen, ob es regnete.

Dann drehte er sich um und starrte Jed an, und die ganze Haut schien ihm das Gesicht herunterzurutschen. »Scraper is' tot.«

»Was?«

»Sie ham's auf mich abgesehn gehabt, aber ich bin ausgewich'n. Dafür ham sie Scraper erwischt.« Sein Gesicht spannte sich allmählich wieder.

»Wer hat's auf dich abgesehen?«

»Ich hab' ihn nicht kommen gehört. Scheiße, ich hab' ihn nicht kommen gehört.« Vasco trat zweimal gegen den Kühlschrank und machte eine Delle in die Tür.

»Wen denn?«
Vasco starrte ihn an. »Wen meinste wohl?«
Erst da wurde Jed das volle Ausmaß von Vascos Wahnvorstellung bewußt: Der Tod war hinter ihm her. Natürlich — der Tod. Schließlich und endlich konnte man dem Tod nicht den Krieg erklären, ohne mit ein bißchen Vergeltung zu rechnen, oder?
Jed brauchte fast zwei Stunden, um den Schotter aus Vascos Händen zu pulen. Die letzten zwanzig Minuten benutzte er dazu eine Nadel, deren Spitze er über einer Flamme keimfrei gemacht hatte. Und als er Jod auf die Wunden tupfte, zischte Vasco durch seine weißen Lippen, ein Geräusch wie ein Brandeisen auf Fleisch.
Am nächsten Tag zeigte Vasco Jed, wo es passiert war. Seine beiden Hände waren verbunden und stumpf wie Schlangenköpfe. Dunkle Blutflecke sickerten durch den Mull über den Handflächen, als wäre Vasco eine Art auferstandener Christus, was er ja an diesem Morgen in gewisser Weise auch war. Den Hügel hinunter in die Omega Street. Das war Hafengebiet. Alte Lagerhäuser, holprige Straßen. Ein schmaler Streifen Sonnenlicht entlang des Rinnsteins. Alles übrige im Schatten. Glitzernde, schwerfällige geparkte Laster. Flaschenzüge, die wie Vogelschnäbel nickten.
»Schau!« Und Vasco mußte unbestimmt in die Luft boxen, weil er nicht mit den Fingern zeigen konnte. »Da war's.«
Die Reifenspuren hatten sich als zwei s-förmige Kurven in den Teer gebrannt. Vasco ging hin und stellte sich in die Windung der einen.
»Scrapers Tod«, sagte er.
Jed versuchte, sich auch dorthin zu stellen und hatte ein komisches Gefühl. Es war, als würde ein Schatten durch seinen Körper gleiten. Ein Schatten, vor welchem der Schatten auf der Straße erschrocken wäre. Er sah Scraper auf einem Einbalsamierungstisch liegen, er sah das umgebogene rötlichgelbe

Haar auf Scrapers Unterarmen, als würden sie zu schnell fahren. Dann nicht mehr. Er hörte Messer. Sie klangen wie lose Münzen. Er schauderte.

»Du hast Glück gehabt, Vasco.« Er versuchte, in seine Stimme all die Munterkeit zu legen, die er nicht empfand. Er wollte die Stimmung heben.

Aber Vasco hörte ihm nicht zu. Er starrte zurück, die Straße hinunter. Vielleicht hörte er das Auto wieder. Oder nicht wieder, sondern zum erstenmal. So wie er es die Nacht vorher hätte hören sollen. Als er sich zu Jed umwandte, schien er sich etwas genau überlegt zu haben. Er war erschöpft, aber er war sich sicher. »Sie hätten mich nicht umbringen können. Ich bin noch nicht soweit.«

»Würdest du ihn kommen hören?« fragte Jed.

Vasco drehte sich blitzschnell zu ihm um. »Wen?«

»Deinen Tod«, sagte Jed. »Meinst du, du kannst ihn kommen hören?«

»Was für einen Scheiß redest du da daher, Jed?«

Jed wandte sich ab. Sie waren kurz davor, aneinanderzugeraten. Die Sonne stand steil am Himmel und weiß, und am Ende der Straße lärmten drei Männer. Und mehr war die Welt nicht. Eine steile weiße Sonne, ein paar Reifenspuren, drei Männer, die lärmten. Manchmal schien es Jed, als wäre er schon immer sehr alt gewesen. Die Leute sagten, daß die Zeit ewig währt, solange man jung ist. Das war Lüge. Lüge und eine rosa Brille. Seine Brille hatte Stahlbügel, und die Zeit, das waren jene Tätowierungen auf Vascos Arm. Sie glichen der Zeit eher als alle Uhren. Einmal hatte er im Reich des Trödelkrams ein Stundenglas gesehen. Ja, das kam der Wahrheit am nächsten. Bloß ... daß man es umdrehen und daß man wieder von vorne anfangen konnte. Also war das auch Lüge. Der Sand müßte beim erstenmal auslaufen, völlig auslaufen. Einmal, ein einziges Mal. Die Zeit war nichts außerhalb von einem, sie war in einem drin. Was war die Zeit also für Scraper? Dreizehn Jahre und ein bißchen, das war sie. Die Zeit war etwas, das schlecht wurde wie Obst. Zum Verzehr nur geeignet, solange sie nicht aufgebraucht war. Obschon für die meisten Leute die einzige Möglichkeit zu leben darin besteht, dies zu leugnen. So wie jetzt Vasco. Und Jed erkannte plötzlich unter dieser steilen weißen Sonne am Tag nach Scrapers Tod, daß alle Angst hatten. Seine Mutter hatte Angst. Der alte Mr. Garbett hatte Angst. Sogar Vasco hatte Angst.

Obwohl er hier stand, auf der Straße, die Aufschrift UNSTERBLICH auf seiner Jacke, als wolle er dem Schicksal einen Fehdehandschuh ins Gesicht schleudern. Und er sagte etwas. »Du wirst wohl zur Stelle sein, um es aufs Band aufzunehmen, wenn es soweit ist«, sagte er, »was, Jed?«

GRABSTEINTÄTOWIERUNGEN

Dad lag, von seinen sieben Kissen gestützt, im Bett, als Nathan eintrat. In einer Ecke des Zimmers stand im Waschbecken mit heißem Wasser eine Flasche mit Eukalyptusöl.
»Es müßte jetzt soweit sein«, sagte Dad, »aber probier es erst!«
Nathan ging zum Waschbecken hinüber. Eines der Heiligtümer, diese Ölflasche. Sie war alt, aus geriffeltem grünem Glas, grün wie Seetang. Sie war sechseckig und hatte einen Korkstöpsel. Dad mußte den eigentlichen Deckel verloren haben. Er hatte einen Korken gefunden, der beinahe paßte, und ihn zurechtgeschnitzt. Jahre später sah es nun so aus, als würde er zur Flasche gehören.
Das Öl war richtig: nicht zu heiß und nicht zu kalt. Er ließ das Wasser aus dem Becken und brachte die Flasche ans Bett. Dad zog sein Nachtgewand aus, den löcherigen blauen Pullover, die verschlissene Schlafanzugjacke und drehte sich, den Kopf seitlich aufs Kissen gelegt, auf den Bauch. Er zuckte zusammen, als das Öl über seinen Rücken rann, dann entspannte er sich und sagte: »Es ist gut so.«
Das erste Mal war es schwierig gewesen, Dad anzufassen. Alles sah so in Mitleidenschaft gezogen aus, daß er nicht wußte, wo er anfangen sollte. Dad hatte sein Zaudern gespürt. »Sei einfach vorsichtig!« sagte er. »Fang bei den Schultern an.« Das war gut gesagt! Mit den Schultern stimmte alles. Die Probleme begannen erst weiter unten. Wo die Rippen herausgeschnitten worden waren, stand ein Teil ab, so daß sein Rückgrat seltsam abgetrennt wirkte. Die Narben glänzten wie rosiges Wachs.

Man konnte die Löcher von den Nadeln der subkutanen Spritzen noch sehen, mit denen man das Wasser aus seiner Lunge gesogen hatte. Die Nadeln waren so groß gewesen, hatte Dad ihm einmal erzählt, daß man die Einstichstellen tatsächlich sehen konnte.

Das Komische war, daß Dad nicht invalid wirkte. Hätte man ihn die Straße entlanggehen sehen, wäre einem nichts Ungewöhnliches aufgefallen. Es gab keine eindeutigen Merkmale oder Anhaltspunkte; keine Krücken zum Beispiel. Keinen Rollstuhl. Nein, erst wenn man ihn nackt sah, wurde einem das ganze Ausmaß seiner Gebrechlichkeit bewußt. Vielleicht nicht einmal dann. Man konnte ja die Lunge trotzdem nicht sehen. Wenn man ihn genau beobachtete, dann konnte man feststellen, daß er etwas schneller atmete als die meisten Menschen, wie ein Vogel, hatte Nathan immer gedacht, aber wie viele Leute sahen schon so genau hin? Dad hatte nur noch die Hälfte des einen und ein Drittel des anderen Lungenflügels. So ähnlich jedenfalls. Er konnte nicht im Flugzeug reisen oder tauchen. Er mußte Aufzüge, Telefonzellen und Keller meiden. Solche Orte konnten ihn das Leben kosten. Sogar schlechtes Wetter konnte ihn das Leben kosten. Deswegen war alles so gefährlich. Deswegen mußte Nathan so vorsichtig sein.

Dad seufzte. »Ach, gut. Genau dort!«

Nathan rieb das warme Öl in die Schultern ein.

»Du hast die gleiche Hand wie eure Mutter.«

Eure Mutter. So sagte er immer. Sie wirkte dadurch so weit weg, so hoch oben. Es war wie Euer Gnaden, Euer Ehren. Eure Mutter.

Doch Dads Gedanken waren in eine andere Richtung gewandert. »Habe ich dir jemals erzählt, wieso wir hierher gezogen sind?«

»Nein.«

Nathan lächelte in sich hinein. Er wußte, wie sehr Dad sich darauf freute, daß er ihm den Rücken einrieb, wie gut es ihm tat, aber er argwöhnte manchmal auch, daß es nur ein Vorwand war, eine Gelegenheit für Dad, um mit ihm zu reden.

»Deine Großmutter war gerade ins Krankenhaus gekommen und ich heraus.« Dad hielt inne, erinnerte sich. »Sie sagte uns, daß wir ihr Haus haben könnten. Sie sagte, sie würde es nicht mehr brauchen.«

Diesen Teil der Geschichte kannte Nathan. Seine Großmutter war von sich aus in ein Heim für geistig Verwirrte gegangen — der ganze Zweig der Familie war anscheinend ein bißchen verrückt —, und sie hatte ihnen das Haus umsonst überlassen. Er half Dad weiter: »Was ist dann passiert?«

»Es war Frühling«, fing Dad an, und seine Stimme wurde träumerisch, während er in die Vergangenheit tauchte.

Er fuhr mit Kay, die seit sieben Monaten seine Frau war, die Küste hinauf. Sie waren so glücklich: Das spürte er so scharf, daß es fast schmerzte. Damals gab es noch keine Schnellstraße, sondern nur eine alte Serpentinenstrecke. In den Talsenken fanden sich Städtchen, so geheimnisvoll und unversehrt wie Fossilien, Städtchen mit Namen wie Himmelsfrieden und Marmorbucht. Von den Anhöhen aus konnte man Schiffe am Horizont dahindümpeln sehen, und Wellen, die so weit weg waren, daß sie — er erinnerte sich, wie Kay sich ausgedrückt hatte — »wie die Falten auf den Fingerknöcheln« aussahen.

Als sie in High Head ankamen, kauften sie Eiskrem an einem Lieferwagen, aus dem »Moon River« erklang (und da lag, wie von Zauberhand, der Fluß, ein paar hundert Meter unter ihnen im Osten), die Aufnahme war ganz verrauscht, klimprig und langsam, und dann gingen sie über das weiche Gras zu dem Kliff hinauf, später hinter einem niedrigen Drahtzaun hinunter, und dort stand der berühmte Leuchtturm, Ringe aus Rot und Weiß. Er mußte zwanzig Meter hoch gewesen sein, aber er wirkte wie ein

Spielzeug, und Dad sagte: »Hierher kommen die Leute, um hinunterzuspringen«, und Kay faßte ihn am Arm, drückte ihre Wange gegen seine Schulter und sagte: »Wir haben Glück«, daß wir keinen Grund dazu haben, dachte er, hat sie damit sagen wollen, obschon er sich bei Kay niemals sicher sein konnte, ihre Gedanken verliefen manchmal in so ungewöhnliche Bahnen, die Worte schienen für sie eine andere Bedeutung zu haben, als hätte sie ihr eigenes ganz persönliches Wörterbuch.

Sie mußten dort wer weiß wie lange gestanden haben — oh, in seiner Erinnerung nahm der Augenblick mehr Platz ein als manches ganze Jahr —, dann machte sie sich von ihm los, rannte den Pfad hinunter, und er rief ihr nach: »Vorsicht, Kay, Vorsicht!« Und er ging ihr nach, aber er konnte nicht rennen, verstehst du, die ganzen Jahre im Krankenhaus, die hatten ihm das Rennenkönnen ausgesogen. Als er sie schließlich einholte, stand sie in ihrer schwarzen Keilhose, die waren damals Mode, und ihrem cremefarbenen Wollpullover, der im Rhythmus ihres Atems auf und ab wogte, einen Meter vom Abgrund entfernt, ja einen Meter vom Abgrund! Und dort gab es keinen Zaun mehr. Warum machte es ihr Spaß, ihn so zu erschrecken? Er nahm sie in die Arme, küßte sie seitlich auf den Hals und hinter das Ohr, und dann küßte er sie auf die Lippen, er atmete sie so tief in sich ein, wie seine beschädigte Lunge es zuließ, als wären dies seine letzten Augenblicke mit ihr, als begänne er sie bereits zu verlieren, und er spürte, er würde ihr nie nahe genug sein, nicht einmal nackt, bei der Liebe, seine Haut auf der ihren, ihre Körper wie zum Gebet ineinander verschränkt, der ganzen Länge nach aneinandergepreßt, mit den Bäuchen, den Knien, selbst da würde er ihr nie nahe genug sein. Vielleicht ging es anderen Menschen auch so, aber als er sie so den Abgrund entlangrennen sah, spürte er den Leichtsinn in ihr; der war immer dagewesen, doch jetzt machte er ihm angst. Er hatte plötzlich diese Vorahnung, daß sie ihn zurücklassen

könnte, allein, aber er behielt die Vorahnung für sich, er zog Kay bloß fester an sich, so fest, daß sie rief: »Jack, halt!« und dabei lachte: »Jack, du zerquetschst mich noch!«
Als er von all diesem Glück hörte, dem Glück, das ihn hervorgebracht hatte, fühlte Nathan sich eingelullt, getröstet, doch plötzlich spiegelte sich in diesem Bild von Dad, der seine Frau im Arm hielt, voller Liebe und Fürsorge, zu deutlich seine, Nathans, Liebe und Fürsorge. Seine Finger zögerten.
Dad bemerkte es: »Bist du müde?«
»Ein bißchen.«
»Dann hör auf!« Dad setzte sich auf, griff hinter sich und zog sich seine Sachen wieder über.
Nathan stellte die grüne Flasche an ihren Platz auf dem Glasbord über dem Waschbecken zurück. Er wollte Dad festhalten und sein Sterben aufhalten. Er wollte nicht zurückgelassen werden und sich um alles kümmern müssen. Er hoffte einfach, als erster zu sterben. Ein Düsenjet flog lautlos durchs Zimmer. Oder fast lautlos. Ein Geräusch wie Autoreifen bei Regen. Nathan drehte den Heißwasserhahn weit auf und griff nach der Seife.
»Stimmt alles mit dir, Nathan?«
»Ja. Alles wunderbar.«
»Keine Sorgen?«
Das Wasser war für seine Hände fast zu heiß. Er schüttelte den Kopf. »Nein.«
»Wenn du Sorgen hast, dann kommst du doch zu mir?«
Er nickte. Er drehte den Hahn zu und trocknete sich die Hände ab.
»Danke, daß du mir den Rücken eingerieben hast.«
Er drehte sich endlich um und sah lächelnd Dad in seinen zerschlissenen Kleidern, auf sieben Kissen gebettet.
»Nichts zu danken«, erwiderte er.

Am Tag vor Scrapers Beerdigung nahm Vasco Jed mit zum Tätowierer. »Ich stelle dich Mitch vor«, sagte er, als sie an der Central Avenue auf einen Bus aufsprangen. »Mitch macht die besten Grabsteine in der ganzen Stadt.«

Die Central Avenue war von jeher Jeds Lieblingsstraße gewesen. Wie ihr Name vermuten ließ, verlief sie pfeilgerade durch das Herz der Stadt. Im Westen hochmütig und an das Klappern hochhackiger Schuhe und das Knirschen der Reifen von Limousinen gewohnt, stieß sie zur Stadtmitte vor, wo sie verwahrloste: Kinos, Schnellimbißstände und Go-Go-Bars, Neon und Slang. Dann wandte sie sich weiter nach Osten, wurde trostlos und unstet, befleckt mit billigem Wein und schlechtem Blut, bis sie unter den Betonpfeilern auslief, welche die Moon River Bridge trugen. Mitchs Tätowiersalon lag hier, am Ende der Straße, in einem Viertel, das man als den Strip kannte. Zwischen ein Sexkino und einen Spirituosenladen eingeklemmt, hatte er ein trübes, mit Schädeln, Messern und Schlangen beklebtes Schaufenster. Auf dem Schild über der Tür stand mit alter, abgeplatzter Goldfarbe, die Jed an einen Zirkus erinnerte, TATTOO CITY zu lesen.

Er folgte Vasco ins Innere. Mitch saß hinten im Salon und versuchte, den Dreck unter seinen Fingernägeln mit einem Schlüssel herauszupulen.

Vasco pflanzte sich vor Mitch auf. »Ruhiger Tag.«

Mitch stöhnte, weil er zu tief gebohrt hatte, dann schaute er auf und sah, wer gekommen war. »Verflucht, wieder einer tot?«

»Du brauchst dich nicht zu beklagen«, erwiderte Vasco. »Stirbt einer, bekommst du wieder einen Grabstein zu machen. Machst du wieder einen Grabstein, kriegst du Geld.«

Mitch warf den Schlüssel auf den Tisch und stand auf. »Du bist 'n echter Superman, was?« Er schaute Jed an. »Wer is' 'n der?«

»Das is' Jed«, antwortete Vasco. »Er nimmt Sachen auf.«

Mitch blickte Jed weiterhin an, jedoch geistesabwesend, so, wie man die Hand in der Tasche behält. Das begriff Jed schon beim erstenmal, als er Mitch sah: Mitch fragte nicht viel; entweder er wußte schon Bescheid, oder er wollte es nicht wissen. Das wurde ihm außerdem klar: die Nützlichkeit des Schweigens.
Mitch ging zum Tisch mit den Instrumenten hinüber. Er hatte seine Jeans so lange getragen, daß sie wie poliert wirkte. Das Haar fiel ihm in dünnen Strähnen den Rücken hinab, wie der Seetang unter der Mole. An der Wand hing eine schwarze Lederjacke mit einem Totenkopf auf dem Rücken.
»Er ist ein Erpresser«, fügte Vasco hinzu.
»Nur, wenn es wirklich sein muß«, erklärte Jed.
»Sein muß?« fragte Mitch. »O Gott, was für ein Paar!«
Vasco grinste Jed an.
Mitch drehte sich um, die Nadelpistole in der einen, das Spray in der anderen Hand. »Also, du willst einen Grabstein, oder was?«
Vasco setzte sich auf einen Stuhl und stützte seinen entblößten Arm auf den Rand des Tisches. Drei Grabsteine trug er schon: Lucky (anscheinend hatte der trotz seines Namens nicht viel Glück gehabt), Jack Frost und Motorboy. Die Namen standen in blauer Druckschrift auf den Steinen, ohne Datum. Jetzt folgte Scraper.
Mitch arbeitete, ohne zu reden. Nur das Summen der Nadelpistole und das Zischen des Desinfektionssprays waren zu hören. Als er ungefähr zur Hälfte fertig war, kam ein Kerl mit einer ärmellosen Lederjacke herein. Er zeigte Mitch seine Tätowierung: ein Mann mit einer Kapuze und einer zweischneidigen Axt.
Mitch wandte einen Moment lang die Augen von Vascos Grabstein. »Das is' Scheiße. Wer hat's dir gemacht?«
»Ich hab's mir machen lassen, wie ich zu war. Kriegst du's hin?«

»Ja, ich krieg's hin. Für 'n Hunderter mal' ich dir 'n Hintergrund dazu. Sieht dann wie 'n echter Killer aus.«

»Wie wär's morgen?«

Mitch nickte. »Komm nich' zugesoffen her!«

Der Kerl grinste blöd und verschwand wieder.

Mitch schaute Vasco an. »Von der Sorte gibt's zu viele.«

Ansonsten wurde nichts geredet. Aus Pietät Scraper gegenüber.

Vasco sprach mit Jed erst, als sie gegangen waren. »Eines Tages bin ich wahrscheinlich von oben bis unten voller Grabsteine.« Lachend wandte er sich zu Jed um. »Einer davon is' dann wahrscheinlich deiner.«

Jed schaute ihn an, schaute ihn nur an.

Vasco stieß ihm gegen die Brust, versuchte die hängengebliebene Nadel weiterzurücken: »Kein Grund, sich deswegen naß zu machen. Es war nur 'n Witz.« Er drückte sich in einen Hauseingang, zündete sich eine Zigarette an und trat dann wieder auf den Gehsteig.

Jed beobachtete, wie der Wind den Rauch aus Vascos Mund und Nase ins Nichts zerblies. Du willst also meinen Grabstein tragen, dachte er. Dann sag mir bloß eines: Wer trägt dann deinen? Sag mir das! Erzähl mir nicht, daß ich mich naß mache!

Er sah durch die Tätowierungen hindurch, wie man durch Kirchenfenster hindurchsehen kann, aber noch ehe er Vasco, ausgestreckt, wie ein in Stein gehauener Märtyrer, vor Augen hatte, schüttelte er das Bild ab und schlug Vasco auf den Arm, den Arm, der kein Friedhof war, schlug Vasco so fest, daß er gegen eine Schaufensterscheibe fiel, und das Glas sich nach innen bog, knirschte und beinahe nachgegeben hätte.

»Für was is' das?« fragte Vasco.

Jed grinste. »Holen wir uns ein Bier oder was!«

Scrapers Beerdigung war ein Sonderangebot. Mit Preisnachlaß. Und einem silbernen Kruzifix als Dreingabe. Man sah es Schritt auf Tritt. Sie fand auf einem der Friedhöfe statt, die sich wie ein Ring um die Vororte im Norden legten. Man konnte sie von der Autobahn aus sehen, nackte Hügel mit den Stoppelfeldern der Kreuze, trostlose Orte, selbst im berühmten Sonnenschein von Moon Beach. Dort wurden die Armen begraben. Die Verlorenen. Die Vergessenen.
Die Front Boys waren zu früh dran und setzten sich oben am Hang auf Steine. Vasco hatte seinen Verband abgenommen, und die letzte Ehre, die er Scraper erwies, sah schmerzvoll aus; das neue leuchtende Blau der Tätowierung hatte zu einer wunden, roten Schwellung geführt (die aber laut Mitch nach ein, zwei Tagen wieder verschwinden würde). Sie beobachteten, wie der Leichenwagen den Kiesweg entlangzuckelte. Abgenutzte Reifen, verbeulte Karosserie. Ein hohes Quietschen, als er bremste. Vasco blickte finster und zündete sich eine neue Zigarette an.
Zwei Männer in mottenzerfressenem Schwarz hoben Scrapers Sarg auf einen Wagen aus rostfreiem Stahl und schoben ihn übers Gras. Sie sahen aus wie Kellner in einem Billigrestaurant. Und dann die schlimmste Kränkung: Scraper wurde am Fuß des Hangs begraben; er würde nicht einmal einen Ausblick haben. Es waren nur zwei Leute da, die nicht bezahlt worden waren. Ein Mann in einem braunen Anzug und eine Frau mit einem Schleier. Scrapers Eltern. Sie wirkten schuldbewußt und betreten, als wäre der Tod ihres Sohnes ein Verbrechen, daß dieser begangen habe.
»Verdammt nochmal!« Vasco stand mit einem Mal auf. »Das ist doch keine Beerdigung«, sagte er, »das ist ein Affentheater.«
Diese Nacht blieben Jed und Vasco noch lange auf und arbeiteten einen Racheplan aus. Das war Jeds erster aktiver Beitrag, und er wurde dadurch belohnt, daß Vasco sich fast allen seinen

Vorschlägen anschloß. Am nächsten Abend berief Vasco eine Zusammenkunft im Haus auf den Mangrove Heights ein. Die Bande versammelte sich um neun Uhr im Eßzimmer. In zwei Silberkandelabern, die Tip die Woche zuvor aus einer Kirche gestohlen hatte, brannten große, weiße Kerzen. Mario fuhr im Stockwerk darüber hin und her, daß es wie Donnergrollen klang.

Vasco erhob sich. »Diesmal greifen wir zum Äußersten. Diesmal«, und er lächelte finster, »machen wir Gorillakrieg.«

Er hatte also mit seinen guten Ohren alles aufgeschnappt. Er kannte seinen Spitznamen. Der Raum bebte vor Gelächter.

»Was hast du vor?« fragte Cramps Crenshaw.

Vasco hielt seine Hand über eine Kerzenflamme, dann schaute er auf seine verrußte Handfläche hinunter. »Noch ein Feuer.«

Zwei Abende später trafen sie sich vor der Baustelle eines neuen Bestattungsinstituts in Meadowland. Es lag weit draußen am Fluß, genau südlich von Sweetwater. Als er vor dem Sicherheitszaun stand, erinnerte Jed sich plötzlich daran, daß hier Felder gewesen waren. Als er klein gewesen war, hatte Pop ihn zum Spazierengehen mit hierher genommen, und sie hatten gemeinsam verschiedene Dinge benannt. Da stand ein alter Baum, den Pop Winchester genannt hatte, weil er vage der Form eines Gewehrs ähnelte, und weil er selbst nicht Winchester heißen durfte. Jed sah hinter dem Zaun den eingeebneten Boden, er sah die gelben Bulldozer, die Farbe der Feigheit, und plötzlich verspürte er dieselbe Wut wie Vasco. Aus einem anderen Grund, doch genauso stark.

Nachdem Vasco einen aus der Bande als Wache bestimmt hatte, erklomm er den Zaun. Er kletterte in der Nähe des Stützpfostens hoch, weil dort der Stacheldraht nicht durchhing. Der Rest der Front Boys folgte ihm; alle ließen sich sanft auf das Unkraut auf der anderen Seite fallen. Auf dem Boden lagen dunkle Haufen. Cramps Crenshaw hatte seine Aufgabe, die

Hunde zu vergiften, gründlich erledigt. Vasco verteilte Handzettel. Auf jedes Blatt war dieselbe Losung gedruckt: TOD DER BESTATTUNGSINDUSTRIE!
»Was ist das?« fragte Tip.
»Das sind Flüche«, erklärte Vasco. »Schaut!« Er rannte in das nächstgelegene Gebäude und stieg eine Reihe von Leitern bis zum Dach hinauf. Er hielt einen Zettel hoch und ließ ihn zwischen die noch unfertigen Mauern segeln. »Dieses Gebäude ist jetzt verflucht.«
Als die Wände aller Gebäude auf der Baustelle auf diese Art verflucht waren, sammelte er die Bande noch einmal um sich. »Wer hat das Feuerzeugbenzin?«
P. S. trat vor und reichte Vasco eine kleine gelbe Dose.
»Wir nehmen uns nur eines vor«, sagte Vasco.
»Nur eines?« P. S. klang enttäuscht.
»Nur eines.« Vasco musterte die Gesichter seiner Bande. »Die Macht steckt in den Flüchen. Ein Haus niederzubrennen, das ist nur unsere Visitenkarte.«
P. S. brauchte einen Augenblick, um das zu kapieren. Bei den Dingen, die Vasco so vorbrachte, brauchte seine Bande oft eine Zeitlang, um sie zu kapieren. Dann nickte P. S., setzte seine Kopfhörer auf, und seine Musik ging los.
Sie sahen zu, wie Vasco hoch hinauf in den Dachstuhl des Hauptbüros kletterte und das frische helle Holz mit dem Feuerzeugbenzin vollspritzte. Er zündete das Ende der Brennstoffspur an, wie man eine Lunte anzündet. Der Firstbalken war mit einem Mal ein Feuerband. Es hörte sich genauso an, als würde ein sauberes Laken über ein Bett gezogen.
Vasco glitt die Leiter wieder herunter und ließ sich die letzten drei Meter fallen. Er stand im Vordereingang und wischte sich die Hände an seiner Jacke ab. Düster musterte er die Gesichter seiner Bande.
»Das ist für Scraper«, sagte er.

Die Bande antwortete ihm, und durch die stille Luft hallte ein Wort: »Scraper!«
Dann rannten sie zum Zaun, wobei die übriggebliebenen Flüche Vasco aus der Hand glitten, hinter ihm herflatterten und verstreut im Dreck landeten. Sie teilten sich plangemäß in Grüppchen auf, und im selben Moment fingen in der Ferne die Sirenen zu heulen an.
Zwei Stunden später meldeten sich alle Mitglieder der Bande, wie abgemacht, telefonisch zurück. Keiner war gefaßt worden. Als Jed diese Nacht im Bett lag, ließ er das Ganze noch einmal vor sich ablaufen. Ein Bild blieb haften: wie Vasco in seiner Lederjacke aus der Tür herauskam, und der Dachstuhl über seinem Kopf in Flammen stand.
Am nächsten Morgen wachte Jed früh auf. Es war noch kühl, doch er öffnete das Fenster und schaute, gegen den Fenstersims gelehnt, auf den Fluß hinunter. Ein Schiff glitt vorüber. Dann noch eines. Jahre später, im Exil, würde er von seinem Hotel aus die Eisenbahnwaggons beobachten, und in seinem Inneren würde sich ein Brunnen auftun, und er würde dasselbe ruhige Wasser schmecken.

Eines Nachts wachte Nathan auf, im Fallen begriffen. Er landete am unteren Absatz einer Treppe. Es war dunkel. Er streckte die Hände aus, berührte eine Wand. Sie fühlte sich nach Ziegeln an. Das war das zweite Mal, das es ihm passierte. Das letzte Mal war er nicht aufgewacht. Er war bloß durch das ganze Haus gewandert und hatte überall die Wasserhähne aufgedreht, und Dad war hinter ihm hergegangen und hatte sie alle wieder zugedreht. Jetzt war er jedoch nicht zu Hause. Es kam ihm nicht wie zu Hause vor. Es war zu kalt. Zu groß. Ruhig saß er auf dem kalten Boden. Er versuchte herauszufinden, wo er war.
Ein bitterer Geruch. Nach Metall. Nein, nach Öl. Und langsam

brachte er alles zusammen. Für gewöhnlich verbrachte er mindestens einen Teil des Sommers bei Tante Yvonne, doch dieses Jahr war sie krank, und er hatte nicht zu ihr kommen können. Dad hatte ihn statt dessen ins Sommerlager geschickt. Es wurde von Leuten unterhalten, die sich die Pilger nannten. Es war eine Art Abenteuerurlaub mit ein bißchen Gott dabei. Sie waren von Moon Beach aus die Küste abwärts in einem Gebäude untergebracht, das früher als Armeekaserne gedient hatte, und es roch noch immer nach jenem dünnen dunklen Öl, mit dem die Soldaten ihre Waffen einrieben.

In der Kaserne gab es drei genau gleiche Schlafsäle, einer über dem anderen. Die Treppen, die die Schlafsäle miteinander verbanden, waren ebenfalls identisch. Es waren seltsame Stufen, breit und tief, mit gummibeschichteten Kanten. Seine Füße waren mit diesen Stufen nicht so vertraut wie mit den Stufen zu Hause. Er mußte also sehr schnell gestolpert sein. Wenn dies so war, mußte man sinnvollerweise annehmen, daß er aus dem Schlafsaal im untersten Stockwerk gekommen war. Erfreut über diesen logischen Schluß, fühlte er sich trotz seiner blauen Flecken an Knie und Hüfte schon besser, stieg die Treppe wieder hinauf und öffnete die Tür zum Schlafsaal. Die Luft wurde vom Atem der vielen Jungen in Bewegung gehalten. Durch die hohen Fenster schien voll der Mond. Er ging dorthin, wo sich sein Bett befand und blieb stehen. Er konnte es nicht fassen. Es schlief jemand darin. War er denn im falschen Schlafsaal? Nein. Denn die Decke auf dem Bett, das war seine. Er erkannte sie an dem Satinrand. Es war seine blaßblaue Decke von zu Hause. Dad hatte sie extra zum Lüften aus dem Schrank genommen.

Er ging ans Kopfende des Bettes und rüttelte den Schläfer an der Schulter. »Was tust du in meinem Bett?«

»Das ist mein Bett«, kam die Antwort.

»Es ist *mein* Bett«, zischte Nathan. »Du bist in meinem Bett.«

Der Junge murmelte etwas, zuckte mit den Achseln und drehte sich um.
Nathan vergewisserte sich noch einmal, diesmal, indem er aus dem Fenster schaute. Der breite, graue Exerzierplatz; der Schießstand; vier Palmen. Es war sein Bett.
Er ging zur anderen Seite herum und rüttelte den Jungen wieder an der Schulter. »Das ist *mein* Bett«, sagte er, »ehrlich.«
Der Junge machte die Augen auf. In seinen Augen war nichts. Kein Verstehen, kein Wiedererkennen.
»Du mußt in dein eigenes Bett zurück«, erklärte ihm Nathan.
Der Junge hob den Kopf vom Kissen und starrte Nathan mit seinen dunklen, leeren Augen an. Er sprach sehr deutlich, als würde er etwas auswendig vortragen, etwas, das er gelernt, aber nicht verstanden hatte. »Das ist nicht dein Bett«, sagte er. »Also verschwinde!« Dann ließ er den Kopf sinken und machte die Augen zu. Nach fünf Sekunden war er wieder eingeschlafen. Nathan merkte es an seinem Atem. Mit dem Atmen kannte er sich aus. Er hatte ganze Nächte wach gelegen und darauf gehorcht, sich vergewissert, daß es nicht aufhörte.
Er machte einen Schritt rückwärts. Er konnte es nicht riskieren, lauter zu sprechen. Er hätte die anderen aufgeweckt, und es hätte einen Skandal gegeben. Daß jemand in seinem Bett schlief, das machte keinen guten Eindruck. Vor zwei Jahren hatte es im Lager einen Skandal gegeben. Zwei Jungen waren früher nach Hause geschickt worden. Sie waren, nachdem die Lichter gelöscht worden waren, im Schießstand gefunden worden. Jeder wußte, was das hieß.
Er fühlte sich jetzt elend und fror. Daher tat er das einzige, was ihm einfiel: Er begann, sich neben dem anderen Jungen in sein Bett zu schieben. Es waren schmale Betten, und er brauchte viele Minuten und viele Minuten des Innehaltens dazwischen, um eine Lage zu finden, in der er einschlafen konnte. Er mußte schließlich jedoch eingeschlafen sein, denn er wachte plötzlich

auf, und es war hell. Er war jetzt ein anderer, als er während der Nacht gewesen war. Er schaute sich um und geriet in Panik. Die Decke auf dem Bett — sie war nicht blaßblau wie seine, sie war blaßgrün. Er schaute zum nächsten Bett hinüber und erkannte das Gesicht. Es gehörte einem der Vorbeter. Es war ganz offensichtlich an diesem Morgen: Er befand sich im falschen Schlafsaal. Im falschen Bett.

Er betete, daß ihn niemand gesehen hatte und stahl sich aus dem Bett. Auf Zehenspitzen legte er die vierzig Meter zur Tür zurück, öffnete sie, ohne daß sie ein einziges Mal quietschte, und schloß sie ebenso leise wieder. Dad wäre stolz auf ihn gewesen. Im unteren Schlafsaal angelangt, schlüpfte er in sein kaltes Bett, schloß die Augen und tat so, als sei er die ganze Nacht dort gelegen.

Ihm wurde klar, wie knapp er davongekommen war, als nach weniger als fünf Minuten die Klingel zum Wecken läutete. Aber wie sich herausstellte, mußte ihn doch jemand gesehen haben. Beim Frühstück machte die Nachricht die Runde, daß Christie bei jemand anderem geschlafen habe. Später wurde er in das Büro des Paters gerufen.

»Also, erzähle mir, Christie!« sagte der Pater, indem er sein Kinn in eine Hand stützte und Nathan unbeirrbar in die Seele blickte. »Was genau ist letzte Nacht geschehen?«

»Ich bin geschlafwandelt.«

Der Pater entgegnete nichts.

»Wenn Sie mir nicht glauben, fragen Sie meinen Vater«, sagte Nathan. »Er weiß, daß ich es tue.«

»Weißt du, warum du es tust?«

Nathan hob die Schultern. »Mein Vater sagt, daß es angefangen hat, nachdem meine Mutter gestorben war.«

Es gab kein Nachspiel, was aber nicht verhinderte, daß geredet wurde. Über Nacht geriet Nathan in den Ruf, eine Art Prostituierter zu sein, und nichts, was er sagte, konnte irgend jemanden umstimmen. Sein blondes Haar und seine grünen Augen wurden als Beweis gegen ihn angeführt. Das einzige, worüber sich die Jungen nicht sicher schienen, war, wieviel er verlangte.

Drei Nächte später schlafwandelte er von neuem, doch diesmal wachte er auf einem Feld auf. Als er sich erst einmal von dem Schrecken, nicht zu wissen, wo er war, erholt hatte, verspürte er nichts als Erleichterung. An einem Feld war nichts skandalös. Und doch wurde wieder bemerkt, daß er in seinem Bett fehlte, und die Leute dachten das Schlimmste.

Er verbrachte die letzten beiden Ferienwochen zu Hause. Als die Tage verstrichen, und das neue Schuljahr vor der Tür stand, wurde er von einer Art Furcht erfaßt. Er wußte, daß ein paar Jungen aus dem Lager in dieselbe Schule wie er gingen. Was, wenn sie sich erinnerten? Was, wenn die Geschichte die Runde machte? Dad nahm ihn eines Tages mit ins Wohnzimmer und fragte ihn, was los sei. Er sagte zu Dad, daß er nicht wieder in die Schule wolle. Dad wollte wissen, warum. Das war eine Frage, auf die er nichts zu entgegnen vermochte. Also ging er wieder hin.

Während der ersten paar Tage tat er kaum den Mund auf. Er versuchte, sich in eine Art Unsichtbarkeit zu zwängen. Es schien zu funktionieren, denn es kam ihm nichts zu Ohren. Dann verließ er in der zweiten Woche eines Abends mit Tip das Schwimmbad und sah eine dürre Gestalt auf der Bank unter der Straßenlaterne sitzen. Rote Baseballmütze, Akne, Brille. Etwas Vergiftendes ging von ihr aus, als ob man sich nur vom Hinsehen eine Krankheit holen könne.

»Was macht der hier?« fragte Nathan.

Tip schaute hin. »Du kennst ihn?«

»Ich habe ihn ein paarmal gesehen. Hat seine Mutter erpreßt oder so was, stimmt's?«

Ein Grinsen. »Du hast davon gehört?« fragte Tip.

»Die ganze Schule hat davon geredet.«
»Ja.« Tip nickte. »Ja, so war es wohl.« Er wandte sich der dürren Gestalt zu, die sich langsam von der Bank erhoben hatte und herbeigeschlurft kam. »Hei, Jed, was'n los?«
Jed gab keine Antwort. Er schaute Nathan an. »Es gibt ein Haifischrennen«, sagte er.
»Super«, sagte Tip. »Wer macht's?«
»Einmal darfste raten.« Jed schaute noch immer Nathan an.
Da begriff Tip und schaute weg. »Wieso denn?«
»Es wird über ihn geredet. Wir wollen sehen, ob er schuldig ist.«
Nathan sank der Mut. Also wußten sie es.
»Was wird denn geredet?« fragte Tip, doch Jed wollte es nicht sagen.
Nathan wandte sich an Tip. »Es stimmt nicht«, sagte er. »Nichts davon stimmt«, aber keiner hörte ihm zu.
»Kann er gut schwimmen?« Jed schaute Nathan an, sprach aber mit Tip.
Tip sagte ja.
»Oh, Scheiße!« Jed grinste. »Sieht schlecht aus.«
Tip scharrte mit seinem Stiefel im Kies.
»Er macht es, oder?« fragte Jed.
»Das nehme ich an.«
»Was is' los?« meinte Jed. »Hat er Schiß?«
»Frag ihn!« erwiderte Tip.
»Was ist ein Haifischrennen?« wollte Nathan wissen.
Jed zupfte Tip am Ärmel. »Es findet an der Blackwater Bay statt. Samstagnacht. Du hast dafür zu sorgen, daß er da ist.«
Dann wandte er sich zum Gehen. Tip schloß sich ihm an.
»Hei, Tip!« rief Nathan ihm nach. »Was soll das alles?«
Tip antwortete ihm über die Schulter. »Ich sag's dir am Samstag. Ich muß jetzt gehen.«
Nathan stand alleingelassen neben seinem Fahrrad da.

Er sah Tip und Jed nach, wie sie in die Nacht davonzockelten. Als sie durch den Lichtkegel der Straßenlaterne gingen, sah er, daß über den Rücken von Jeds billiger Lederjacke das Wort FRONT gemalt war. Es überraschte ihn nicht, daß Jed zu der Bande gehörte.

Er sah ihnen nach, bis sie im Dunkeln verschwanden. Es war, als wären sie beide ausgeknipst worden, als wären sie niemals dagewesen. Wenn es nur so gewesen wäre! Ein feiner Regen begann zu fallen. Nathan stieg auf sein Fahrrad. Er fuhr schnell, war aber trotzdem naß bis auf die Knochen, als er zu Hause ankam.

DAS HAIFISCHRENNEN

Der Sommer stieg wie ein Sack voll toter Luft aus dem Fluß auf. Jed lebte inzwischen schon seit fast einem halben Jahr in dem Haus auf dem Mangrove Heights, und niemand schien es bisher bemerkt, geschweige denn etwas dagegen zu haben. Mario behandelte ihn so, als sei er schon immer dagewesen. Er schaute Jed auf dieselbe Weise an, wie er auf sein Geld am anderen Ufer des Flusses lauschte; Jed war für ihn so wirklich wie seine übrigen Halluzinationen. Rita war nie lange genug im Haus, um auf die Idee zu kommen, Jed könne tatsächlich dort wohnen; sie dachte bloß, er würde oft dableiben. Reg war auch kein Problem. Er verließ sein Zimmer nur selten. Manchmal hörte man ihn — ein Knarren auf der Treppe, das Zuklicken einer Tür —, aber man bekam ihn nie zu Gesicht. Und kein Wort von Muriel. Es war, als wäre Jed von einer Dimension in eine andere umgezogen. Die, aus der er kam, hatte sein Fehlen nicht angezeigt, und die neue bescheinigte sein Vorhandensein nicht. Vielleicht war er in Wirklichkeit irgendwo zwischen den beiden Dimensionen gelandet. An manchen Tagen fühlte er sich nahezu unsichtbar.

Eines Morgens im Juli, als alle noch schliefen, ging er aus dem Haus. In dem Augenblick, als er in Mangrove East auf den Bahnsteig trat, fuhr ein Zug ein. Er brachte ihn über den Fluß nach Baker Park. Als er aus dem Bahnhof kam, wartete ein Bus nach Sweetwater an der Haltestelle. Alles schien vorausbestimmt, unter einem guten Stern zu stehen. Hätte jemand an diesem Morgen versucht, ihn umzubringen, wäre die Kugel um einen halben Zentimeter an seinem Kopf vorbeigeflogen.

Es war erst sieben Uhr fünfundvierzig, als er in die Mackerel Street einbog. Seine Mutter ging gegen neun zur Arbeit aus dem Haus. So hatte sie es jedenfalls immer gehalten. Die Zeit würde reichen, mehr als reichen. Er überlegte, was sie wohl sagen werde, wenn sie ihn zu Gesicht bekam. Er überlegte, ob er gewachsen war.

Er ging zur Rückseite des Hauses. Die Küchentür stand offen, Sonnenlicht ergoß sich in den Raum. Sie stand neben dem Kühlschrank und zog die Staniolfolie von einem Becher Joghurt. Vielleicht spürte sie, wie sich das Licht hinter ihr veränderte, denn sie drehte sich plötzlich um und erblickte ihn. Ihre Hand zuckte zur Seite und stieß einen Karton Orangensaft um, der zu Boden fiel. Sie stürzte mit einem Lappen in der Hand auf die Knie. Eine Hand löste sich von seinem Körper, er hielt sie in der Luft. Es ist bloß Saft, wollte er sagen. Aber es war besser, nichts zu sagen. Er kannte sie. Es war bereits zu spät. Er schien sie immer dazu zu bringen, etwas kaputtzumachen. Er selbst brauchte dabei nichts anzufassen. Es war wie bei den Frauen mit den hohen Stimmen, nur daß er nicht einmal zu singen brauchte. Er blieb stehen, wo er war, auf der Türschwelle. Der Küchenboden wirkte gefährlich, irgendwie. Er würde, wenn er auf sie zuging womöglich regelrecht einbrechen.

Sie wrang den Lappen über dem Ausguß aus, mit heiligem, ruhigem Gesicht, als ob es ihre eigenen Tränen wären, die sie aus dem Lappen wrang, ihre eigenen Tränen, die auf das glänzende Metall rieselten.

Und dann, ohne sich umzudrehen: »Wo bist du gewesen, Jed?«

Dieser Bruch in ihrer Stimme. Als sei sein Fehlen ein Niednagel, an dem sie seit seinem Verschwinden jeden Tag hängengeblieben war. Es klang so überzeugend, daß er es ihr beinahe abgekauft hätte.

»Warum?« fragte er. »Hast du dir Sorgen gemacht?«

»Sorgen?« Sie schaute ihn jetzt an, mit verschränkten Armen. »Natürlich habe ich mir Sorgen gemacht.«

»Hast du geglaubt, mir ist etwas zugestoßen?«

»Um Himmels willen, Jed, du warst monatelang weg. Wo bist du gewesen?«

»Was hast du gemacht? Die Polizei angerufen?«

»Du hast doch geschrieben, daß ich das nicht soll.«

Er schaute sie an. Das war nicht der Grund. »Du hast niemanden angerufen, stimmt's?«

»Ich habe in der Schule angerufen, bei deinen Freunden...«

»Ich war bei einem Freund. Ich kann mich nicht erinnern, daß du angerufen hast.«

»Bei welchem Freund denn?«

Sie war schlau, aber er fiel nicht darauf herein.

»Hast du mir etwas ausrichten lassen?« sagte er. »Wenn ja, dann haben sie es mir nicht gesagt.«

Natürlich hatte sie ihm nichts ausrichten lassen. Aber er verfügte über dieses Messer, und er mußte mit ihm herumstochern. Es war der übliche Zweikampf.

»Du wirst nie anders«, sagte sie, »oder?«

Er sagte nichts. Er prüfte den Boden mit einem Fuß, als wäre er Wasser. Der Boden hielt.

»Du bist erst dreizehn, Jed. Ich habe ein Recht zu erfahren, wo du...«

»Vierzehn.«

»Was?«

»Ich bin inzwischen vierzehn. Das hast du nicht einmal gemerkt.«

»Ich habe mich versprochen.«

»Ja«, erwiderte er. »Natürlich.«

Er hatte seinen Geburtstag auch vergessen. Das war vor ein paar Monaten gewesen, und er hatte ihn völlig vergessen. Es hatte ihm nicht weh getan, ihn zu vergessen. Erst jetzt tat es

ihm weh, jetzt, da er entdeckte, daß auch sie ihn vergessen hatte. Genau das waren Geburtstage. Tage, an denen man entdeckte, wo man stand. Wer auf deiner Seite stand und wer nicht. Unabhängig davon, wie alt man war.
Die Sonne stach ihm in die Augen. Er machte einen Schritt zur Seite.
»Hast du Pop gesehen?« fragte er.
»Schon lange nicht mehr.«
Er nickte. »Na, ja«, sagte er. »Ich hab' gedacht, ich seh' mal nach, wie es dir geht.«
Und jetzt hast du es gesehen. Und jetzt weißt du es wieder.
»Willst du denn nicht hereinkommen?« Ihre Stimme war milder geworden.
Er schüttelte den Kopf. »Ich muß wieder los.«
»Komm und setz dich, Jed! Ich mache dir einen Kaffee.«
»Ich muß gehen.«
»Du willst mir also nichts erzählen.«
Er trat in den Hof zurück.
»Ich bin deine Mutter, Jed. Ich muß es wissen. Von Gesetzes wegen.«
»Seit wann scherst du dich um Gesetze?«
»Ich hole die Polizei.«
Er zuckte mit den Achseln. »Hol sie doch!« Es gab keine Gemeinsamkeiten zwischen ihnen. Es war, als sei selbst das Blut in ihren Adern ausgetauscht worden.
Er versuchte, sich etwas einfallen zu lassen.
»Wie geht's Adrian?« fragte er.
Sie sah ihn verständnislos an. »Wem?«

Ein Glück, daß Dad so früh zu Bett ging.
Nathan wartete zwanzig Minuten, dann machte er die Terrassentür auf und ging in den Garten. Hinter Dads Vorhängen schimmerte kein Licht. Er war wohl schon eingeschlafen. Wie-

der drinnen, zog Nathan die Kleider an, die er unter der Treppe versteckt hatte: einen schwarzen Pullover, eine alte Jeans, Turnschuhe. Er schlich sich aus dem Haus, deponierte den Haustürschlüssel auf der Veranda, im dritten Kaktus von links, fuhr dann zur U-Bahnstation hinunter, schloß sein Fahrrad an das Geländer und nahm einen der silbernen Züge, die über die Brücke in die Stadt fuhren.

Am Halt Mangrove Central stieg er aus. Tip wartete hinter der Sperre bereits auf ihn. Die Uhr am Fahrkartenschalter zeigte zehn Uhr dreißig.

»Du bist zu spät dran«, sagte Tip.

»Ja, äh« — Nathan verzog das Gesicht — »hab' doch warten müssen, bis mein Alter zu Bett gegangen war, oder?«

Die Blackwater Bay lag am östlichen Ende des Hafens, doch von Mangrove Central aus befand sie sich landeinwärts, Richtung Norden. Es war ein Gebiet, das man ihn zu meiden geheißen hatte, und er bewegte sich vorsichtig, als könnten die Straßen sich auftun und ihn verschlingen. Er wußte nicht, wo er sich befand, und sagte das Tip auch. Tip nickte bloß; seine Augen rollten hinter den verschwollenen Lidern. Er kaute auf einem riesigen Brocken Bubblegum herum. Zum Reden war da kein Platz mehr. Nathan spürte jetzt, wie sich sein Magen zusammenzog. Er spürte, daß er zu seiner eigenen Schlachtung ging. Nein, nicht dorthin ging. Dorthin geführt wurde.

»Dieses Haifischrennen«, sagte er so beiläufig, wie es ihm möglich war, »hat das schon einmal jemand gemacht?«

»Scraper hat es einmal gemacht.«

»Er ist tot, oder?«

Tip nickte. »P. S. hat es auch gemacht.«

Super. Einfach super. Scraper war schon immer ein Versuchskaninchen gewesen. Wenn einer eine Idee hatte, wurde sie immer an dem guten Scraper ausprobiert. Er war einer von denen, die alles machen. Sein Lächeln war träge gewesen und hatte für Schmerz wie für Freude gestanden, so daß sich nie sagen ließ, was er empfand. Wenn man ihm gesagt hätte, er solle sich den Kopf abhacken, dann hätte er es getan, und das Lächeln wäre nachher noch immer auf seinem Gesicht gewesen. Was P. S. anging, so hatte er einen Knacks. Er hatte es als Mutprobe gemacht. Solange er dabei nicht seine Kopfhörer abnehmen mußte. Es war kein Trost, daß Scraper und P. S. das Haifischrennen schon gemacht hatten, überhaupt kein Trost. Nathan wünschte, er hätte nie gefragt.

Sie gingen die Five Dock Road entlang. An einer Seite war sie mit Bäumen gesäumt, zwischen ihnen das graue Gras eines Parks. Auf der anderen Seite die Werften. Das war das Ostende des Hafens, über einen Kilometer von der Brücke entfernt. Hier hörte das Wasser auf. Ein halbes Dutzend Einbuchtungen mit schwarzem stehendem Wasser, dessen Oberfläche von Ölschlieren, Kondomen und Orangenschalen verschmutzt war, Beleidigungen des Wassers durch das Land.

Sie gingen an einer Reihe mit Schlössern versperrter Tore vorbei: ALLIED COAL, PIONEER CEMENT, STERLING SHIP REPAIRS AND ENGINEERING. Sie blieben stehen, um zuzusehen, wie ein Kran seine Kiefer in den offenen Laderaum eines Schiffes senkte und dann wieder mit einem Maul voll Kohlen auftauchte, während der Staub zwischen den Zähnen durchrieselte, grau vor dem braunen Nachthimmel. Dann stieß Tip Nathan in die Rippen, deutete auf seine Uhr, und sie eilten weiter.

Sie gingen einen Durchgang hinunter und auf einem schmalen Eisensteg über den Kanal. Der Kanal hatte glatte Betonwände, und das Wasser stand kaum einen Meter hoch — Wasser, das durch einen Deckel aus grünem Schleim abgeschlossen war. Wie die Ellbogen von Ertrunkenen ragten Metallsparren heraus. Sie kletterten über ein Tor und liefen plötzlich über Gras.

In den Palmen, die den Kanal entlang standen, rauschte eine Brise. Der Rasen fiel zu einem Wall aus losen Steinen hin ab, hinter diesen Steinen lag der Hafen.

»Hier ist es«, sagte Tip, und Nathan, der gehofft hatte, sie würden nie ankommen, begann zu schaudern.

Als er sich umblickte, sah er mehrere Gestalten auf sich zukommen. Sie kreisten ihn bogenförmig ein, immer drei Meter Abstand voneinander. Ein Netz zum Schleppnetzfischfang, das sich zusammenzog, und plötzlich stand Vasco vor Tip, in einer schwarzen Lederjacke und mit der Zigarette im Schutz der hohlen Hand. Er zog an der Zigarette, und Nathan sah, sooft sie kurz rot aufglomm, die Gesichter der Front Boys: José P. S. Mendoza, Cramps Crenshaw, Slim Jimmy Chung, Jed Morgan, Thomas Baby Vail, zwei weitere, deren Namen er nicht kannte, und der Geist von Scraper O'Malley, dessen Gesicht zur Hälfte eingedrückt war, eingelegt mit dem Silber vom Kotflügel des Unfallwagens. Alle waren sie da, ließen die Flasche herumgehen. Wenn Scraper trank, zog er den Mund von der Wunde weg.

Vasco wandte sich an Tip. »Es ist fast elf. Warum seid ihr so spät dran?«

»Diese Scheißzüge!« Tip griff nach der Flasche und nahm einen Schluck, dann wischte er sich mit dem Ärmel den Mund ab.

Warum hatte er gelogen? Vielleicht, dachte Nathan, weil man Dinge wie die Familie Vasco gegenüber nicht erwähnte. Er hätte wohl gar nicht gewußt, wovon die Rede war.

Vasco zog wieder an seiner Zigarette, ließ in der Brise den Rauch über seine Zähne streichen. Er drehte sich zu Nathan. »Du hast einen ziemlich schlechten Ruf.«

Nathan schaute auf seine Füße hinunter.

»Das, was du da gemacht hast, hast du in einem Lager Gottes gemacht. Gott gefällt das nicht, Christie. Und mir gefällt es auch nicht.«

»Ich bin in sein Bett, das ist alles. Ich habe gedacht ...«

»Das ist alles.« Vasco lachte, und zwei, drei Mitglieder der Bande stimmten mit ein.
»Ich bin geschlafwandelt«, sagte Nathan.
Jed trat vor. Er trug ein T-Shirt, auf dem vorne SELBSTMORD stand. Hinten stand DU ZUERST. »*Was* bist du?«
»Ich bin geschlafwandelt.«
»Scheißquatsch.«
»Es stimmt. Ich schlafwandele seit Jahren. Seit ...«
»Seit was?« Jed war einen Schritt näher gekommen. Nathan konnte die Schuppen abgestorbener Haut auf seinem Gesicht erkennen.
»Nichts.«
»Okay, alles klar also«, sagte Vasco. »Er macht das Haifischrennen. Wenn es ihn erwischt, ist er unschuldig. Wenn er überlebt, ist er schuldig. Richtig?«
»Richtig!« riefen die Front Boys.
»Das ist unfair«, erwiderte Nathan.
Jed reckte seinen Kopf auf dem langen Schlangenhals vor und grinste Nathan ins Gesicht. »Wer, verdammt, hat was von fair gesagt?«
Vasco hob den Arm in Richtung Wasser. »Siehste das da?« Er deutete auf ein Lagerhaus, auf dessen Blechdach die Worte VENUS ISLAND CONTAINER TERMINAL gemalt waren.
Nathan nickte.
»Was du tun mußt, ist dorthin schwimmen«, sagte Vasco. »Das ist das Haifischrennen.«
»Ich verstehe es immer noch nicht«, entgegnete Nathan. »Warum heißt es Haifischrennen?«
Gekicher.
Vasco führte ihn zum Ufer hinunter und zeigte ihm das Schild an einem Metallpfosten. Auf dem Schild war der Umriß eines Freistilschwimmers zu sehen, der mit einem rotem Balken durchgestrichen war. Darunter stand zu lesen: VORSICHT! HAIE!

»Darum«, sagte Vasco.

Nathan schaute in die Runde und fing Tips Blick auf.

»P. S. hat es gemacht«, sagte Tip.

»Das hast du mir schon gesagt«, erwiderte Nathan.

»Mit seinen Kopfhörern auf«, sagte Jed. »Um die Haifische nicht kommen zu hören.«

P. S. nickte, obwohl er vielleicht nur zu der Phantasiemusik in seinem Kopf nickte.

»Das heute ist was anderes«, sagte Vasco. »Eine Prüfung.«

»Wenn dich ein Hai packt«, meinte Jed, »fühlst du nichts. Nur Kälte ... dort, wo dann ein Stück von dir fehlt.«

Nathan starrte auf die Bucht hinaus. Vor ein paar Wochen hatte man zehn Kilometer vor der Küste die Leiche eines Mädchens geborgen. Sie war am Moon Beach geschwommen, und ein Hai hatte sie erwischt. Shelley, erinnerte er sich, hatte sie geheißen. Laut ihrer Mutter war Shelley immer »wirklich gut im Wasser« gewesen.

Vasco schob einen Ärmel hoch und deutete auf die Grabsteintätowierung auf seinem Bizeps. Der Name auf dem Stein lautete Scraper O'Malley. Ohne Datum. »Denk dran«, sagte er. »Du könntest der nächste sein.« Seine Zähne schimmerten im Mondlicht. »Dafür bist du hier, in dieser scheißverlassenen Stadt. Um zu sterben. Um auf meinem Arm zu enden. Ich trage euch Pack, bis ich durch bin.« Er warf den Kopf zurück. Sein Lachen war so trocken, als würden in seiner Kehle Stäbchen knacken, und die Schultern unter seiner berühmten Lederjacke wackelten.

Vasco hatte etwas Hysterisches an sich, und Nathan war ihm zum erstenmal nahe genug gewesen, um es zu bemerken. Die Mitglieder seiner Bande, die folgten ihm, weil sie ihm nicht folgen konnten. Keiner konnte dorthin gehen, wo er hinging, aber dies jemanden tun zu sehen, das erweckte in einem das Verlangen, es zu versuchen. Sie kamen ihm so nahe sie konnten, und wenn Leute so etwas tun, sieht es immer wie eine Art Anbe-

tung aus. Nathan fühlte die Kraft, die dahinter steckte, den Schwall, der der Hitze aus einem Hochofen glich, und einen Augenblick lang vergaß er seine Angst.
Tip nahm P. S. die Flasche weg. »Hier«, sagte er zu Nathan. »Trink davon! Das hält dich warm.«
»Ja«, sagte P. S., »mich hat es warmgehalten«, und er öffnete den Mund zu einem Lachen, aber es kam kein Lachen heraus. Also machte er ihn wieder zu und horchte auf die Musik, die es gar nicht gab.
Nathan achtete nicht auf das Etikett. Er setzte die Flasche einfach an die Lippen und nahm zwei Schlucke. Dann reichte er die Flasche zurück. Erst spürte er gar nichts, dann brannten ihm die ganzen Eingeweide. Er zog sich bis auf seine Shorts aus und fühlte, wie die Brise mit neugierigen Fingern über seine Haut fuhr, als wäre sie blind und versuchte herauszufinden, wer er sei. Er kletterte über die kalten, glitschigen Steine, kletterte zum Wasser hinab. So schwarz sah es aus — es machte dem Namen der Bay Ehre —, mit Splittern zerschmetterten Goldes von den Scheinwerfern auf der Autobahn darauf. Laß dich vorsichtig hineingleiten, hatte Tip ihm geraten. Da ist aller mögliche Scheißdreck drin. Das Scheppern und Schnauben eines Lastwagens war zu hören, der auf dem Damm schaltete. Nathan dachte nicht an die Gefahr, an die Haie. Er war zu sehr damit beschäftigt, was für ein seltsames Gefühl es war, mitten in der Nacht ohne etwas an am Rand des Hafens zu stehen. Er hatte die Welt nie so groß gefühlt.
Das Wasser ging ihm bereits über die Knie. Noch einen guten Meter, und er würde sich abstoßen, um loslegen zu können. Über seine Schulter konnte er sehen, wie sich die Front Boys über die Steine verteilt hatten. Ganz still jetzt, sahen sie einfach zu. Das war ihre Abendunterhaltung. Ein winziges rotes Licht glomm auf: Vascos Zigarette. Wie das Kontrollicht an einem Gerät, wenn es eingeschaltet ist. Es gab keinen Aufschub mehr. Er

schaute zum Containerterminal hinüber und stieß sich ab, hinaus in den Hafen.
Er zog es vor, brustzuschwimmen, auf diese Weise konnte er den Kopf aus dem Wasser halten. Das bedeutete freilich auch, daß er nicht so kräftig durch das Wasser pflügen konnte, es bedeutete auch, daß er langsamer war. Die Wellen waren nicht hoch, aber sie kamen in rascher Folge herein, sie klatschten ihm andauernd ins Gesicht, immer auf dieselbe Wange. Er schmeckte Öl auf seinen Lippen.
Auf halber Strecke hörte er Dads Stimme. Zieh dich warm an! sagte Dad. Vergiß nicht, dich warm anzuziehen!
Nathan fing an zu lachen. Er trank das Hafenwasser, einen Mundvoll, dann noch einen. Er würgte jetzt. Er mußte anhalten, wassertreten, nach Atem ringen. Und da packte ihn die Angst, in diesem Augenblick, als er aufrecht im Wasser schwebte, mit baumelnden Beinen, da stellte er sich vor, was auf dem Grund liegen könnte, da mochten Leichen sein, da mochten Leute sein, die von der Kälte da unten blau geworden waren, und was, wenn einer von ihnen hochlangte und ihn am Knöchel packte, und dann fielen ihm wieder die Haie ein, wie sich ihre Zähne in ihn bohrten, mit einem Biß wie Eis, nur Kälte, dort, wo ein Stück von einem fehlte, und er begann so schnell zu schwimmen, wie er konnte, er wechselte zum Kraulen über, schwamm so, wie er es tat, wenn er für seine Mannschaft schwamm, er war im Schwimmbad am Sunset Drive, er schmeckte Chlor anstatt Öl, er hörte sogar die Anfeuerungsrufe, dieses blecherne Rauschen, und als er das nächste Mal aufschaute, fehlten ihm nur noch zwanzig Meter, und seine Beine waren noch dran, und er konnte die Front Boys auf dem Geländer sitzen sehen, sie mußten über die Autobahn außen herüber gerannt sein, oder womöglich hatte Vasco wieder ein Auto gestohlen, das tat er anscheinend ständig, deswegen war er von der Schule geflogen.

Er ließ die Beine sinken, aber sie versanken im Schlamm, daher schwamm er, so nahe er konnte, an die Insel heran und kroch dann die letzten Meter auf Händen und Knien durch das flache Wasser, über Dosen, Flaschen und Plastiktüten und hinauf auf die Böschung, und erst da hörte er die Stimmen.

»Schul-dig, schul-dig, schul-dig.«

Vasco trat vor. »Die Haie müssen heute nacht wohl woanders zu tun haben«, sagte er, und alle lachten.

Nathan wollte miteinstimmen, aber es fiel ihm schwer zu lachen, seine Zähne klapperten so. Er fing zu zittern an, und im Wind fühlte sich seine Haut wie Metall an.

»Wo sind meine Klamotten?«

Tip warf ihm seine Kleider zu. Nathan hüllte sich in seinen Pullover und stand zusammengekauert, die Hände unter dem Kinn verschränkt, da. Tip reichte ihm die Flasche, die inzwischen fast leer war. Er nahm einen Mundvoll, spülte den Inhalt hin und her und spuckte ihn auf den Beton.

»Das Wasser da«, sagte Vasco, »ich möchte wetten, das Wasser da schmeckt echt scheußlich.«

P. S. schob die Kopfhörer von seinen Ohren. »Hab' damals den halben Hafen verschluckt«, sagte er. »Bin seither nicht mehr derselbe.« Und schob die Kopfhörer wieder über seine Ohren. Tsch-Tsch-Tsch.

Die Bande tobte. P. S. und seine Witze.

Jed kam näher. »Ich wette, du hast scheißviel Angst gehabt.«

»Hätte jeder gehabt«, sagte Nathan. »Du auch.«

Jed schob seine dünne Lippe vor und schüttelte den Kopf.

»Ja, und ob«, sagte Nathan.

»Nein, hätte ich nicht gehabt«, sagte Jed, und dann griff er hinter sich und holte das Schild hervor, auf dem stand: VORSICHT! HAIE! »Da draußen gibt's keine Haie.«

Nathan starrte das Schild an.

»Ja, es ist dasselbe Schild«, sagte Jed. »Vasco hat es vor ein paar Wochen ergattert. Stimmt's, Vasco?«

Vasco saß auf dem Geländer und rauchte eine Zigarette. Er schien jetzt gelangweilt, seine gute Laune war weg. Er blies langsam eine lange Rauchfahne in die Nacht. »Ja«, sagte er. »Hab' es irgendwo am Strand rausgerissen. Irgendwo an irgendeinem Strand.« Er ließ sich vom Geländer gleiten und schnippte seine Kippe ins Hafenbecken. *Tsch.* »Gehen wir!« Er hatte die Gewohnheit, mit niemandem im besonderen zu reden. Er redete mit dem Himmel oder mit irgend etwas. Aber jeder hörte zu.

Die Front Boys brachen auf, den Damm entlang. Nathan sammelte seine übrigen Kleidungsstücke ein und wollte ihnen folgen, da stellte Jed sich ihm in den Weg. »Du nicht.«

Er mußte den Rückweg allein finden. Bis er nach Hause kam, war es schon zwei durch. Als er die Haustür zumachen wollte, rutschte seine Hand ab, und das Schloß schnappte zu.

»Scheiße«, flüsterte er und stand in der Diele, horchend.

Er hörte das Quietschen von Dads Bett und ein Klicken, als Dads Schlafzimmertür aufging. Dads Stimme schwebte, mißtrauisch und dünn, vom Geländer herunter. »George?«

Nathan stand am Fuß der Treppe und sah oben Dad auftauchen und sich am Geländer festhalten.

»Ich bin es, Dad. Nathan. Ich gehe gerade zu Bett.«

»Ich dachte, ich hätte die Haustür gehört.«

»Nein, du mußt die Küchentür gehört haben.«

Zum Glück war Dad von den vielen Tabletten, die er nahm, um zu schlafen, benommen. Die Haus- und die Küchentür machten völlig verschiedene Geräusche. Normalerweise wäre ihm das aufgefallen.

»Bitte, versuche leise zu sein, Nathan!«

»Tut mir leid, Dad.«

Ein paar Minuten später legte er sich ins Bett und starrte in die

Dunkelheit. Es tat ihm weh, Dad angelogen zu haben, und er wünschte, er hätte es nicht tun müssen, aber Dad war so zerbrechlich, und die Wahrheit hätte ihn niederschmettern können. Er log nur, um Dad zu schützen. War es nicht das, was man für jemanden tat, den man liebte: ihm zuliebe lügen? Und seine Lügen waren sanft wie Kissen. Es waren gute Lügen, sagte er sich. Sie waren weiß. Und nachdem er sich das eingeredet hatte, drehte er sich um und sank allmählich in Schlaf.

Als Vasco fehlte, merkte Jed es zunächst gar nicht. Vasco war immer unterwegs, machte seine Runden oder tauchte unter. Er hatte ständig Geschäften nachzugehen. Es gab Dinge, die brandheiß waren. Er dealte auch. Nicht, daß Vasco etwas von Drogen gehalten hätte, es war nur, daß er einen Krieg führte, und Drogen waren die effektivste Art, an Geld zu kommen. »Schließlich«, hatte er gesagt, »machen es die Politiker auch.« Manchmal war er vierundzwanzig Stunden lang weg. Dann rief er Jed aus irgendeiner Wohnung oder Kneipe an. Oder er war einfach wieder da. Doch diesmal nicht. Diesmal hörte Jed gar nichts.

Am dritten Tag ging Jed nach oben, um Mario aufzusuchen. Vielleicht wußte Mario etwas. Vielleicht hatten diese Gorelli-Ohren etwas aufgeschnappt. Er klopfte an Marios Tür. Räder holperten über die Dielen, und die Tür ging auf.

Über Marios Kopf weg sah Jed dunkle Straßenanzüge an einer Bilderschiene hängen und in Gold gerahmte Sepiafotografien von der Taschentuchfabrik in ihrer Blütezeit. Das Licht war gedämpft und braun, und die Luft roch nach Marios Petroleumlampe und dem Öl, das er zum Schmieren der beweglichen Teile seiner beiden Rollstühle verwendete.

»Wissen Sie, wo Vasco ist?« fragte Jed.

Mario schien wütend. »Woher soll ich das wissen?«

»Ich hab' gedacht, Sie hätten vielleicht was gehört.«

»Nein.« Und dann hielt Mario verschmitzt seinen Kopf schräg, und das Jed nächste Auge leuchtete, und er fiel nach vorne, als wäre er in den Rücken geschossen worden, ein Speicheltröpfchen glänzte auf der Unterlippe. »Ich dachte, ich hätte heute eine Tausenddollarnote gehört. Glaubst du«, sein Auge blitzte zu Jed empor, glänzend wie Glas und genauso tot, »glaubst du, sie stellen Tausenddollarnoten her?«

Jed wußte nichts von Tausenddollarnoten, aber über Mario wußte er Bescheid. Genau da, plötzlich. Er wußte, warum Mario nie jemanden gebumst hatte. Er war zu eigensüchtig. Er wollte sein ganzes Sperma für sich behalten. Niemand sonst hatte es verdient. Und deshalb sah er aus wie ein römischer Kaiser, fuhr in Rollstühlen herum und tat so, als könne er das Geld hören. Was für ein Original! sagten die Leute. Ist er nicht toll für sein Alter? sagten sie. Aber er war kein Original, und er war nicht toll für sein Alter. Er war ein Stück Scheiße für sein Alter. Er war ein Hochstapler.

»So was gibt's nicht«, sagte Jed, »und Sie wissen es, verdammt nochmal.«

Er wartete nicht einmal Marios Reaktion ab. Er drehte sich auf dem Treppenabsatz um, stand da und zitterte. Er würde es bei Reg versuchen müssen. Als er den Korridor entlang stapfte, und seine Schritte ganz faschistisch auf den Bodendielen hallten, fiel ihm ein, daß er Reg eigentlich noch nie zu Gesicht bekommen hatte. Niemals. Nicht ein einziges Mal.

Er klopfte an Regs Tür. Schweigen, dann ein winziges Scharren. Er konnte spüren, wie Reg ihn durch den Spion anglotzte.

»Was willst du?«

»Ich suche Vasco.«

»Hier ist er nicht.«

Jed drückte eine Wange an die Tür. Wie in einem Beichtstuhl, nur daß hier keiner keinem etwas bekannte. Er hörte, wie der

Spion scharrend wieder zugemacht wurde, dann das Knarren des Bodens, als Reg wegging.
»Reg?« Er klopfte wieder an die Tür. »Reg!«
Aber Reg hatte sich in die Tiefen seines Zimmers zurückgezogen. Er hatte sich Jesus wie eine Decke über den Kopf gezogen und würde lange nicht darunter hervorkommen.
Die Straßen schienen an jenem Morgen leer. Jed durchstreifte die Nachbarschaft. Irgend jemand mußte etwas wissen. Es war ein heißer Tag. In den Fenstern der Wohnungen rührten sich lediglich verblaßte Vorhänge.
Schließlich fand er Silence, Tips zehnjährigen Bruder, der auf einem unbebauten Grundstück stand und mit Steinen auf eine Reihe Büchsen warf. Das war eine Lieblingsbeschäftigung des Taubstummen. Er konnte den Stein nicht die Büchse treffen hören, oder wie diese auf den Boden fiel, aber es machte ihm Spaß, es zu sehen.
»Hast du Vasco gesehen?« fragte Jed.
Silence las die Worte von Jeds Lippen ab, behutsam, eines nach dem anderen, so wie man bei einem Hund Flöhe liest. Er schüttelte den Kopf und begann, im Unkraut herumzustöbern. Schließlich fand er etwas, das wie ein Stück von einem Fahrrad aussah. Er zog im Dreck einen Kreis, einen Kreis mit zwei Schlitzaugen und einem nach unten gezogenen Mund.
»Ein Gesicht«, sagte Jed. »Vasco?«
Silence nickte.
Er zeichnete eine Reihe senkrechter Striche über das Gesicht und verstärkte den nach unten gezogenen Mund.
»Oh, nein«, sagte Jed. »Im Knast, oder?«
Silence nickte wieder und faßte sich ans Ohrläppchen.
Jed übersetzte: »Das hast du gehört.«
Er sah Silence zu, wie er mit dem Absatz das Bild zerstörte, als könnte es als Beweis verwendet werden. Silence war immer sehr ernsthaft und gewissenhaft gewesen. Ein Geheimnis,

spürte man stets, war bei ihm immer sicherer aufgehoben als bei jedem anderen.

»Weißt du wo?« fragte Jed.

Silence zuckte mit den Achseln. Er hob einen Stein auf und schleuderte ihn auf die Reihe Büchsen. Eine fiel um. Silence hatte diese Art, Dinge zu einem Schluß zu bringen. Dieser Stein bedeutete, daß er Jed alles gesagt hatte, was er wußte. Ende der Unterhaltung.

Jed dankte ihm. Er ging langsam nach Hause, den langen Weg.

Diese Nacht rief Rita an. Sie weinte.

»Hast du es gehört?« sagte sie.

»Ja.«

»Und was jetzt?«

»Ich weiß es nicht. Warum haben sie ihn eingelocht?«

»Brandstiftung.«

Das paßte. »Wo ist er.«

»Sie halten ihn in der Stadt fest, aber er wird bald verlegt.«

»Wohin?«

»In eine Verwahranstalt. Sie werden dich aber nicht reinlassen. Du bist nicht alt genug. Nur Leute wie Eltern kommen da rein.«

»Er hat keine Eltern.«

»Ich weiß.«

Er rief am nächsten Morgen dort an, und man bestätigte ihm, was Rita gesagt hatte. Keiner unter achtzehn. Das bedeutete, daß sogar Rita noch um ein paar Monate zu jung war. Er schrieb statt dessen einen Brief, in dem er Vasco fragte, was geschehen sei, und was er tun solle. Erst zehn Tage später erhielt er eine Antwort, und als sie kam, verwirrte sie ihn.

Paß auf, Jed, du kannst etwas für mich tun. Ich habe doch einen Bruder, der Francis heißt. Er ist ungefähr neun und lebt bei einer Familie drüben in Torch Bay. Ich besuche ihn alle paar Wochen,

aber das kann ich jetzt nicht mehr. Vielleicht gehst du zu ihm, um ihm alles zu erklären. Er wohnt 25025 Oakwood Drive. Nimm's auf die leichte Schulter! Vasco.
P. S. Die Frau, die dort wohnt, ist ein Miststück.

Einen Bruder?
Er erzählte es Tip, und Tip schien genauso überrascht zu sein. »Verdammt«, sagte Tip, »das hat er wohl unterschlagen, wie?«
Am nächsten Tag nahm Jed den Bus zum Hafen. Er setzte sich auf eine grüne Bank am Ende von Kai 5 und wartete auf eine Fähre nach Torch Bay. Der Himmel hatte sich zugezogen, und der Wind peitschte und schrubbte das graue Wasser. Es war einer jener Tage, die einen so lange aufladen, bis man meint, alles kaputtschlagen zu müssen.
Die Wut war bereits am Kochen.
Wie sollte er, wie Vasco es nannte, dem Bruder alles erklären? Er konnte es sich nicht einmal selbst erklären.
Die Fähre füllte sich mit Ausflüglern. Ihren Sonnenschilden, ihren Eiscremes. Ihrem unablässigen Gebrabbel. Anstatt sich zu setzen, lehnte Jed sich gegen die Metalltür, die zum Maschinenraum hinunterführte. Er las die Anweisungen, was zu tun sei, wenn das Boot kenterte. Halb wünschte er, es würde geschehen.
Als die Fähre in Torch Bay anlegte, war er der erste auf der Gangway. Er drängte sich durch die Menschentraube auf dem Kai, schlüpfte in die Stille einer Nebenstraße. Drei, vier Häuserblocks vom Hafen entfernt begann das Gelände anzusteigen; Boutiquen wurden von Wohnhäusern abgelöst; Bäume tauchten auf.
Oakwood Drive war eine breite Straße in einem Villenviertel, deren Gehwege mit Mahagonibäumen und Eichen bepflanzt waren. Die Häuser standen frei auf den Grundstücken, einige sahen spanisch aus, andere waren im Stil einer Ranch gebaut,

alle so groß wie Paläste. Hier gab es keinen Schmutz, kein Leben. Das einzige Geräusch kam von einem Mann, der ein Gerät bediente, das Laub aufsaugte. Wohin Jed auch den Blick wandte, es sah überall aus wie auf einer Postkarte. Seine Mutter wäre begeistert gewesen.
25025 Oakwood Drive war eine solche Villa. Rote Ziegelsteine, weiße Fensterläden. Tadellos grüne Rasenflächen. Sogar eine Fahnenstange. Der Kies knirschte unter Jeds Stiefeln, als er die Auffahrt entlang ging. Er fühlte sich beobachtet, aber anders als vor Reg Gorellis Tür. Hier gab es keinen Spion, keine Linse, die seine Nase in die Länge zog, bis er aussah wie ein Fisch oder eine Ratte. Nein, dieses Beobachtetwerden war viel raffinierter: Man fühlte sich eher wie in einer Landschaft, wie ein Fleck in dieser Landschaft, ein Punkt, etwas, das man leicht auslöschen konnte, und niemand würde es hören, nicht wenn man gleichzeitig hustete.
Er suchte am Eingang nach einer Klingel, aber das einzige, was er entdecken konnte, war eine Kette aus schmiedeeisernen Gliedern. Er griff nach ihr und zog daran, erwartete beinahe einen plötzlichen Wasserschwall. Statt dessen hörte er zwei feierliche Töne, die klangen, als seien sie aus einer Kirche gestohlen, und noch ehe der zweite Ton verklungen war, ging die Tür auf, und vor ihm stand eine Frau. Sie hatte hohe, waagrechte Backenknochen, so daß ihre Augen aussahen, als würden sie auf Simsen ruhen. Augen wie Raubvögel. Jeden Augenblick konnte einer von ihnen herunterstoßen, nach ihm schnappen und wieder davonflattern, sein triefendes Herz im Schnabel. Jed hörte Vascos Stimme: Die Frau, die dort wohnt, ist ein *Miststück*.
Er schluckte. »Ich möchte Francis besuchen. Ich habe eine Nachricht von seinem Bruder für ihn.«
»Von seinem Bruder?« Ihre Stimme war so kalt. Sie bewahrte sie wahrscheinlich im Kühlfach auf.

»Ja, von seinem Bruder. Vasco.«
»Francis hat keinen Bruder.«
»Vasco hat es mir aber gesagt.«
»Wer ist denn da?« sagte eine andere Stimme, leiser, jünger, überhaupt nicht kalt. »Wer ist an der Tür?«
Jed versuchte, um die Frau herumzuspähen, aber sie machte den Spalt bis auf zehn Zentimeter zu und füllte ihn mit ihren Bussardaugen und ihrem wallenden türkisfarbenen Kleid aus.
»Francis hat keinen Bruder«, wiederholte sie. »Es muß sich um ein Versehen handeln.«
Seltsam, daß sie ausgerechnet dieses Wort verwendete.
»Guten Tag.« Sie schloß die Tür.
Ein Schwall kühler Luft aus der Klimaanlage zog an seinem Gesicht vorbei und verlor sich in der Hitze der Auffahrt.
Er fühlte sich erst sicher, als er wieder den Gehweg erreicht hatte. Dann blickte er über die Schulter zurück. Das Haus lag inmitten des Rasens da, vollkommen still, tadellos, ausdruckslos. Er dachte an seine alten Tonbänder, diejenigen, die er schon Jahre besaß, diejenigen, die er immer wieder benutzt hatte. Ihr Schweigen war stets anders als das Schweigen auf einem neuen Band: geladen, prickelnd von all den aufgenommenen und wieder gelöschten Dingen; das Schweigen von Gespenstern. Dieses Haus war ein altes Tonband, das sich als ein neues ausgab. Es war zu Aufnahmen verwendet und wieder gelöscht worden, aber es tat so, als sei es gerade erst aus der Cellophanverpackung gekommen. Es hatte Gespenster, stand aber nicht dazu.
Er kaufte sich eine Tüte Hawaiitränen und setzte sich auf eine Holzbank in der Fährstation von Torch Bay. Hawaiitränen bestanden aus festen Stückchen kandierter Ananas, die mit körnigem Zucker überzogen waren. Wenn man zu viele aß, rissen sie einem die Haut vom Gaumen. Er aß die ganze Tüte leer und

starrte über das graue Wasser. Regen bekritzelte die Fenster der Fähre, doch es war immer noch heiß, man konnte kaum atmen. Er spürte wieder, wie die Tür sich schloß. Und diesen Schwall kühler Luft auf seinem Gesicht.

Er erinnerte sich an einen Morgen vor nicht allzu langer Zeit. Er war vom Geräusch von Hammerschlägen aufgewacht. Er hatte die Hand ausgestreckt, über den Spalt zwischen den zwei Matratzen, und Vasco in die Rippen gestoßen.

»Was ist das für ein Geräusch?«

»Ich weiß es nicht«, hatte Vasco gemurmelt. »Vielleicht schlägt Reg sich wieder ans Kreuz.«

Jed hatte seine Brille aufgesetzt und sich aus dem Bett geschoben. Er hatte den Kopf aus dem Zimmer gesteckt. Ein Mann in einer blauen Latzhose brachte an Regs Tür ein Schloß an.

»Morgen«, hatte Jed gesagt. »Ein schönes Schloß.«

Der Mann hatte das Schloß getätschelt. »Das ist es, ja. Ein stärkeres als das ist nicht zu kriegen.«

Das neue Schloß war bloß die jüngste Verstärkung von Regs Verteidigungssystem gewesen. Sie bekamen nie heraus, ob es dazu diente, Jesus drinnen oder die Welt draußen zu halten. Vielleicht passierte hinter der Tür gar nichts, oder vielleicht war Reg an ein selbstgemachtes Kreuz geschlagen, ein weißes Tuch um seine hageren Lenden geschlungen, sein Schnurrbart gelbverfleckt vom Essig.

Letztlich war es nur eines von all den Dingen, hinter die man nicht kam.

Er sah, wie die Augen der Frau sich Flügeln gleich ausbreiteten und aus ihrem Gesicht flogen. Er sah die leeren Augenhöhlen, glatt wie das Innere eines Nestes. Er mußte sich auf das Deck stellen, beide Hände an der kühle Reling geklammert. Die Fähre schlingerte nun, stürzte sich in die Wellen. Manchmal blieb sie am Fleck stehen, erzitterte. Dann stürzte sie sich wieder voran in die Wellen. Die Stadt wippte auf und ab, der Regen strömte jetzt vom Himmel herab. Sein Gaumen war süß, aber wund. Eine Frau in einem grünen Regenmantel fragte ihn, ob alles in Ordnung sei mit ihm, sie mußte ihn dreimal fragen, ehe er mit einem einfachen »Ja« antworten konnte.

Vascos Fall wurde im folgenden Monat verhandelt. Er wurde zu achtzehn Monaten Erziehungsheim verurteilt. Das nächste, was Jed hörte, war, daß Vasco irgendwie mit dem Tod eines Mitinsassen in Verbindung stand und in eine Hochsicherheitsanstalt eines anderen Bezirks verlegt wurde.

Jed hatte Vasco immer für hochfrequent gehalten. Er hatte Vasco immer als eine Art Radio angesehen, das Sender hereinbekam, die kein anderes Radio hereinbekommen konnte. Vielleicht stimmte das, doch vielleicht stimmte es auch, daß er die falschen Sender hereinbekam, Sender, die gefährlich waren. Jed hatte von Leuten gelesen, die Stimmen hören. Er hatte das in der Zeitung gelesen. Irgendein Typ bringt vierzehn Leute um und sagt dann: Es waren die Stimmen, die Stimmen haben mir befohlen, es zu tun. Dieser Typ, der bekommt die falschen Sender herein. Und plötzlich hatte er Angst um seinen Freund.

Erst sieben Jahre später sah er ihn wieder.

DREI

ÜBERALL FARBEN

In dem Augenblick, als Nathan Harriet aus dem Taxi steigen sah, wußte er, daß sie sich vertan hatten. In den fünf Jahren seit dem Tod ihrer Mutter hatten sie neun verschiedene Au-pair-Mädchen gehabt, und alle waren sie häßlich gewesen. Es lag im wesentlichen an Dad; er glaubte, häßliche Mädchen bedeuteten weniger Ärger. Nathan und Georgia verbrachten ganze Nachmittage damit, die Bilder durchzugehen, die die Agentur geschickt hatte. Für sie war es ein Spiel, und oft gingen sie zu weit und suchten ein Mädchen mit einer gebrochenen Nase oder einem Schnurrbart heraus. Obwohl sie nach Dads Regeln spielten, war es am Ende er, der Einwände erhob. Es mußte ein Kompromiß gefunden werden. Diesmal hatten sie sich auf ein einfaches Mädchen geeinigt, das auf einem Bauernhof aufgewachsen war.

Aber da stand Harriet, stand in einem rosafarbenen ärmellosen Kleid und weißen Schuhen mit Riemchen um die Knöchel auf dem Gehsteig. Ihre Augen schickten Strahlen aus wie geschliffenes Glas in der Sonne. Ihr Haar war hellbraun, ein Pony streifte ihre Augenbrauen. Ihre Gliedmaßen waren schlank und sonnengebräunt. Nathans erster Gedanke an jenem warmen Septembernachmittag — und es war vielleicht auch Dads erster Gedanke, wenn man danach urteilte, wie seine Stimme vor Nervosität eine Oktave höher ging — war: Sie ist einfach nicht häßlich genug.

Harriet lächelte, als sie auf die Straße hinausgingen, um sie zu begrüßen, und Nathan erinnerte sich an das Lächeln auf ihrem

Bild. Ihre beiden Schneidezähne überlappten sich leicht wie Finger, die man kreuzt, um Glück zu wünschen. Ein fehlerhaftes Element in den Zügen ihres Gesichts. Dieser Ausrutscher hatte sie schön gemacht. Er sah ihr zu, wie sie mit einer Hand durch Georgias Haar strich. Er konnte noch immer nicht begreifen, wie es dazu gekommen war, daß sie sie ausgesucht hatten. Es mußte ein altes Bild gewesen sein, eine Aufnahme aus einem wenig schmeichelhaften Alter. Entweder das, oder sie war einfach nicht fotogen.

Er trug ihre Koffer nach oben. Sie folgte ihm. Als sie in ihr Zimmer kamen, stellte er die Koffer ab und hielt ihr die Tür auf. Es war ein kleines Zimmer, aber es ging nach Westen, auf den Garten hinaus. In der Ferne ragten die Hügel auf, ihre Braun- und Goldtöne wurden von einem Stück Schwarz unterbrochen: Auf dem Höhenkamm hatte es diesen Sommer ein Feuer gegeben.

Aber sie war zur Tür hereingekommen. »Oh«, sagte sie und drehte sich zu ihm um. »Es sind Gitter am Fenster.«

Er lächelte. »An allen Fenstern sind Gitter. Es gehört zum Architekturstil. Irgendwie spanisch.«

Sie fuhr sich mit der Hand durch den Pony. Ein Silberreif schlitterte ihren Arm hinunter.

»Es ist nicht schlimm«, sagte er. »Es ist kein Gefängnis.«

Sie setzte sich auf die Bettkante und prüfte die Matratze mit einer Hand. Dann lächelte sie zu ihm hoch. Ein breites, unkompliziertes Lächeln. »Ich bin froh, daß es kein Gefängnis ist.«

Sie glich keinem der Au-pair-Mädchen, die sie zuvor gehabt hatten. Sie konnte nicht kochen, drehte das Radio zu laut auf und ging abends zum Tanzen aus. Das Haus schien mehr Licht hereinzulassen als gewöhnlich; es war, als hätte jemand ein paar neue Fenster in die Mauern geschlagen. Es geschah jedoch nichts Außergewöhnliches. Vielleicht war ihre Schönheit an sich schon Störung genug. Ihr halbes Jahr ging vorüber, und am Ende dieser Zeit tat sie, was Au-pair-Mädchen immer taten: Sie flog nach Hause.

Nathan bemerkte es kaum. Nicht lange nach Harriets Ankunft hatte Mr. Marshal Dad angerufen und ihn gefragt, ob er schon daran gedacht habe, Nathan in den Rettungsschwimmerverein von Moon Beach zu schicken. Das hatte Dad zwar nicht, aber er war mit der Idee sehr einverstanden. Fitneß, einen Sinn für Disziplin, ein gutes Beispiel geben und, wenn es dessen bedurfte, anderen helfen, das waren alles Eigenschaften, die er hochhielt. Als Folge dieses Anrufs verbrachte Nathan diesen Winter wochentags die meisten Abende im Freibad am Sunset Drive, und als Harriet im Frühjahr wieder ging, war er so weit, sich um die Aufnahme zu bewerben.

Am ersten Sonntag im April fuhr er an den Strand hinaus, um den Vereinsvorstand zu treffen. Es war noch früh, kaum jemand da, bloß ein paar Alte aus den Hotels; er schaute jeden von ihnen wie jemanden an, den er eines Tages vielleicht retten würde. Als er über den warmen Sand auf den Aussichtsturm zuging, begegneten ihm zwei Rettungsschwimmer. Er hatte sie einmal gesehen, mit Tip im Schwimmbad. Der eine hieß Finn, und das war ein guter Name für einen Rettungsschwimmer, dachte er. Der andere hieß Ade. Er erzählte den beiden, daß er versuche, in den Verein aufgenommen zu werden. Sie wünschten ihm Glück.

Der Vorstand wartete, wie ausgemacht, am Turm. Er trug eine rote Badehose, und bei jeder Bewegung sah man, wie unter seiner Haut die Muskeln arbeiteten. Er musterte Nathan kurz, dann wandte er den Blick auf den Ozean hinaus und lockerte die Hände, indem er sie an den Handgelenken schüttelte. »Du bist der Kerl, der in den Verein will?«

Nathan sagte ja.

»Also, schwimmen wir!«

Sie gingen bis zum Wasser. Welle um Welle klatschte auf den festen Sand. Ein dumpfer, harter Laut, wie eine Hand, die auf Holz schlägt. Der Strand schien jedesmal zu erzittern.

»Brecher«, sagte der Vorstand. »Glaubst du, du wirst mit ihnen fertig?«

Nathan atmete tief ein. »Ich werd's versuchen.«

Der Vorstand nickte. »Du mußt unter der ersten Welle hindurchtauchen. Komm dann hoch und sieh zu, daß du Luft kriegst, ehe dich die nächste Welle trifft!«

Leicht gesagt.

Nathan schaffte die ersten beiden Wellen, dann mußte er kämpfen, um auch nur die Stellung zu halten. Jedesmal wenn er unter einer Welle wegtauchte, spürte er, wie sie ihn zur Küste zurückzog. Er sah sich nach dem Vorstand um, aber er konnte dessen blonden Kopf nirgends sehen. Eine Welle, die hoch genug war, um die Sonne zu verdunkeln, überrollte ihn. Er war zu spät getaucht. Er wurde nach unten gezogen und herumgewirbelt, die Last des Wassers quetschte den Atem aus ihm. Irgendwie kam er für einen Augenblick an die Oberfläche, holte Luft, dann wurde er wieder untergespült. Erst im flachen Wasser fing er sich wieder, blind und keuchend.

Eine Hand auf seiner Schulter: »Alles in Ordnung?«

»Ja.« Doch das Salz brannte in seiner Kehle; er konnte kaum sprechen.

»Bestimmt?«

»Ja.«

»Willst du es nochmal probieren?«

»Okay.«

Und es passierte das gleiche, nur daß er diesmal fast ertrank. Er kam an die Oberfläche, zu schwach zum Atmen, und versank wieder, bis der Vorstand ihn packte. Es war wie eine Stelle aus der Bibel, er kam sich vor, als würde er von den Toten auferweckt, von einer göttlichen unsichtbaren Hand hochgehoben.

Über dem donnernden Wasser hörte er eine ruhige Stimme: »Entspann dich, entspann dich einfach!«

Und er entspannte sich. Der Vorstand war eine Art Prophet.

»Du fühlst dich gleich wieder besser. Du hast ein bißchen Wasser geschluckt, aber du fühlst dich gleich wieder besser.«

Und er fühlte sich gleich wieder besser. Aber das war keine Prophezeiung. Was es tatsächlich war, begriff er später. Es war Wissen.

Wieder am Strand, fühlte er sich in jedem Teil seinen Körpers schlaff und erschlagen. Aber noch schmerzhafter war das Gefühl der Scham in seinem Kopf. Er hatte es nicht einmal über die dritte Welle hinaus geschafft, er hatte versagt, sie würden ihn jetzt niemals aufnehmen.

»Danke, daß Sie mich rausgeholt haben.«

Der Vorstand lachte. »Dafür bin ich da.«

»Ich bin im Schwimmbecken nicht schlecht, aber das«, und er warf einen Blick über seine Schulter, »das ist was ganz anderes als das Schwimmbecken.«

»Das ist kein Vergnügen.« Der Vorstand richtete seine grauen Augen auf die Wellen. »Das ist die Frühjahrsflut.« Er schaute Nathan an, als dieser klapprig aufstand. »Es gefällt mir, was du da draußen gemacht hast. Die meisten Jungs wären kein zweites Mal rein.«

Nathan zuckte mit den Achseln.

»Komm morgen wieder! Wir schauen dann, was sich machen läßt.«

Nathan hörte ein Kichern hinter sich. Er drehte sich um und sah Tip im Sand stehen, die Beine gespreizt, die Arme über der Brust verschränkt. »Du mußt den halben Scheißozean leergeschluckt haben.«

Nathan schaute ihn bloß an. »Na, ja«, sagte er. »Ich hab' eben Durst gehabt.«

Auf dem Heimweg spielte er noch einmal mit seinem Leben. Er

schlängelte sich durch den Stoßverkehr auf der Brücke, raste außen an der Schnellspur entlang und schwenkte wieder nach innen, um die Ausfahrt nach Blenheim zu nehmen. Atemlos erreichte er die Zufahrt, warf sein Fahrrad hin und rannte ins Haus.

Er fand Dad in seinem roten Lehnstuhl sitzen.

»Du weißt doch, daß ich eine Prüfung für die Rettungsschwimmer gehabt habe? Ich hab's geschafft. Ich werde aufgenommen.«

Dad starrte in eine Ecke des Zimmers, seine Brille baumelte an einem Finger. »Schön.«

»In den Rettungsschwimmerverein, Dad. Wie du es gewollt hast.«

Dad nickte bloß. »Sehr gut.«

»Zweimal wäre ich beinahe ertrunken.«

Er setzte sich neben Dad und schaute ihn an. »Was ist mit dir los?«

Dad seufzte. »Ich habe mich in sie verliebt.«

Nathan schaute sich im Zimmer um. »In wen?«

»In Harriet.«

»In Harriet?«

Seine ganze Aufgeregtheit legte sich, als er sich an die Einkaufsfahrt mit ihr drei Monate zuvor erinnerte. Als er ins Auto gestiegen war, hatte sie ihn auf diese zuckersüße Art angelächelt, von der er Zahnweh bekam. Aber vermutlich hatte er zurückgelächelt.

Während sie den Rückwärtsgang einlegte, wandte sie sich ihm zu. »Sag mal, Nathan, hast du schon einmal mit einem Mädchen geschlafen?«

Er schaute sie schnell an, dann schaute er auf seine Hände. Wieder dieses Lächeln. Es war etwas Gieriges unter dem Zucker, etwas Raubtierhaftes. Er spürte, wie sie versuchte, ihn mit ihren Worten zu knacken. Es war, als hätte sie einen Dosen-

öffner, und er würde einfach dasitzen, wie eine Dose irgend etwas. »Nein«, sagte er.
»Hast du schon einmal ein Mädchen geküßt?«
»Wahrscheinlich.«
»Wahrscheinlich? Erinnerst du dich nicht daran?«
»Es ist schon lange her«, sagte er. »Das habe ich gemeint.«
Sie schaute ihn seltsam an und lächelte dann in sich hinein. Als sie wieder auf die Straße schaute, mußte sie einen Schlenker machen, um einem Radfahrer auszuweichen. Sie lächelte auch noch, als sie den Schlenker machte.
»Du mußt es mir erzählen, wenn es soweit ist«, sagte sie. »Wenn du zum erstenmal mit einem Mädchen schläfst, meine ich. Ich möchte wissen, was du davon hältst.«
Er schaute von ihr weg, aus dem Fenster. Eine Eisdiele, ein Mann mit einem Hund, ein Baum. Wie konnte er nächste Woche um das Einkaufen herumkommen?
»Es ist so wunderbar, es ist...« und sie ließ den Mund offenstehen, während sie überlegte, doch dann hatte sie es, und sie lächelte. »Es ist, als wären überall Farben.«
Überall Farben?
»Ich möchte wissen, ob du diese Farben auch siehst.« Sie schaute ihn wieder an. Sie schien ihn praktisch die ganze Zeit angeschaut zu haben. Er konnte gar nicht verstehen, warum sie noch nirgends dagegen gefahren waren, warum sie sich nicht um einen Baum oder eine Straßenlaterne gewickelt hatten, warum sie noch nicht, ja, tot waren.
Noch immer lächelnd, hatte Harriet den Wagen geparkt. Sie war sich bewußt gewesen, daß sie ihn verlegen gemacht hatte. Sie schien es genossen zu haben, und er hatte gedacht, daß sie ihn ausfragen wollte, und war deswegen böse gewesen. Doch jetzt sah er ihre Fragen in einem anderen Licht. Vielleicht war sie an jenem Morgen nur aufgeregt gewesen, und ihre Aufgeregtheit war übergeschwappt. Vielleicht hatte sie gerade eben

zum erstenmal überall diese Farben gesehen. Vielleicht war es die Nacht zuvor geschehen.

Er schaute zu Dad hinüber.

»Ich wollte es dir nicht sagen«, meinte Dad. »Nicht, bis ich sicher war.«

»Ich habe nie etwas gemerkt.«

»Das hättest du auch nicht können. Wir haben aufgepaßt. Und außerdem bist du kaum hier gewesen.«

»Was meinst du damit, ihr habt aufgepaßt?«

»Wir haben«, und plötzlich schaute Dad verstohlen, beinahe schuldbewußt drein, »besondere Vorsichtsmaßnahmen ergriffen.«

»Was für Vorsichtsmaßnahmen?«

»Wir haben eine Schnur gehabt.« Dad erzählte, wie er die Schnur von seinem Kissen aus durch sein Schlafzimmer und das Fenster hinaus entlang der Rückseite des Hauses (wo sie zwischen den Zweigen eines Fliederbusches verborgen war) bis in Harriets Zimmer hinein verlegt hatte, wo sie in einer Schlaufe endete, die Harriet um ihre große Zehe schlang, wenn sie abends zu Bett ging. Sie warteten immer, bis Nathan entweder ausgegangen oder eingeschlafen war, dann zog Dad an der Schnur, und Harriet kam auf Zehenspitzen den Gang entlang in Dads Bett.

Dad sperrte seinen Schreibtisch auf und nahm ein Knäuel starke braune Schnur heraus. »Hier, das ist sie.« Schon der Anblick der Schnur erinnerte ihn an zu vieles. Seine Augen schauten durch das Knäuel hindurch, verschwammen.

»Und was willst du jetzt tun?«

»Ich werde sie bitten, zurückzukommen und mich zu heiraten.«

Aber er war mehr als doppelt so alt wie Harriet, meinte deren Familie, wie Harriet in ihrem ersten Brief schrieb. Er schrieb zurück und fragte, ob sie ihn liebe. Natürlich liebe sie ihn,

meinte sie, aber sie müsse nachdenken. Er meinte, wenn sie ihn liebe, gäbe es nichts nachzudenken. Er teilte ihr mit, er werde in die Stadt fahren und ein Stück Schnur besorgen, das zehntausend Kilometer lang sei, ein Stück Schnur, das über den Ozean reichte, von seinem traurigen Finger bis zu ihrer schönen großen Zehe. Sie schrieb zurück, wie sehr ihr sein letzter Brief gefallen habe. Sie hoffe, er würde ein solches Stück Schnur finden. Doch dann fügte sie hinzu: »Vielleicht brauchen wir jetzt ein Seil«, und das deprimierte ihn.
Gegen Ende des Sommers fing er an zu resignieren. Er schrieb ihr noch immer fast täglich, doch sie schrieb seltener. Er fühlte einen Schmerz in seiner rechten Hand, der, so sagte er, von dem großen Gewicht seiner Liebe herrühre, die ihm vom Herzen in den Füller fließe. Er argwöhnte auch, daß es womöglich Arthritis sei. Und ein paar Tage vor seinem neunundvierzigsten Geburtstag erhielt er dann einen Brief, den ersten seit über einer Woche. Sie sagte, sie habe eine Geburtstagsüberraschung für ihn. Sie komme zurück, um ihn zu heiraten. Er wurde blaß und beinahe ohnmächtig. Nathan mußte mit einem Handtuch unter sein Hemd fahren und ihm den kalten Schweiß vom Rücken wischen.

Drei Wochen später fand die Hochzeit statt. Harriet stand für das Hochzeitsbild in ihrem marineblauen Kostüm und ihren einfachen schwarzen Strümpfen auf den Stufen zum Rathaus und wirkte fast mondän. Dad stand neben ihr. Er sah sowohl stolz als auch schuldbewußt aus. Als ob das Glück eine Belohnung und er sich nicht sicher sei, genug getan zu haben, um diese zu verdienen. Nach der Amtshandlung feierten sie bei einem Mittagessen im Drehrestaurant des Sunset Towers. Mit vollständigem Rundblick in zweiundvierzig Stockwerken Höhe. Eines der exklusivsten Restaurants der Stadt. Harriet bestellte eine Flasche Champagner und vier Gläser.

»Ich glaube nicht, daß Georgia...« fing Dad an.

Die neunjährige Georgia setzte ihr Schmollgesicht auf.

»Aber Jack!« rief Harriet, die Fingerspitzen einer Hand auf seinen Lippen, um ihn zum Schweigen zu bringen. »Heute ist ein besonderer Tag.«

»Na schön«, sagte Dad, »das stimmt wohl.«

Georgia strahlte und trank mit einem einzigen Schluck das halbe Glas leer.

»Mehr bekommst du nicht, Georgia«, warnte Dad sie. »Also paß auf, daß er vorhält.«

Und Harriet warf Nathan schnell einen Blick zu, das Licht in ihren Augen schaukelte wie Bojen bei Nacht im Hafen. Sie konstatierte den Sinn ihres Ehemannes für Vorsicht, ja machte sich sogar ein wenig darüber lustig — Vorsicht, an einem Tag, der für ihn so ein Glückstag war. Ich habe alles in den Wind geschlagen, schien ihr Blick zu sagen, aber schau ihn dir an! Plötzlich war Nathan, als wäre die Heirat ein Schwindel, als würde hier mit jemandem ein Spiel getrieben; es war ihm, als würde er in eine Art Verschwörung hineingezogen. Er rückte unruhig auf seinem Stuhl und schaute weg.

Er erinnerte sich an Yvonnes Reaktion auf die Eröffnung von der bevorstehenden Hochzeit. Sie hatte Dad ausreden lassen, dann hatte sie sich zurückgelehnt, die Augen in die obere Ecke des Zimmers gerichtet und einen Stumpen unangesteckt zwischen den Fingern hin und her gerollt. »Solange dir klar ist, daß sie alles wird ändern wollen«, hatte sie gesagt. Das war das erste Mal seit Harriets Ankunft, daß Dad beunruhigt gewirkt hatte. Was er in der Liebe suchte, was er aus ihr zu gewinnen trachtete, war nicht Veränderung, sondern Beständigkeit.

Nathan ließ die Augen wieder über den Tisch gleiten. Er beobachtete Harriet sorgfältig, während sie sich, nun lachend und das Gesicht schräg nach oben, einem Ober zuwandte. Sie war nicht schön, entschied er, das war es nicht, aber sie schien etwas abzusondern, das die Menschen um sie herum wie ein Parfüm erregte. Die Ober waren aufmerksam bis zur Unterwürfigkeit. Besonders einer mit schwarzen Haaren auf den Handrücken, der italienisch aussah: »Die Art von Mann«, flüsterte Dad, »bei denen man das Gefühl hat, man müsse sich waschen.«

»Waschen?« Harriet konnte nicht folgen.

»Hast du nicht gesehen?« Dads Stimme wurde wieder leiser, und sie mußten sich vorbeugen, um ihn zu verstehen: »Mit diesen Handrücken könnte man Schuhe putzen.«

Nathan und Georgia bogen sich vor Lachen, aber Harriet fand es nicht komisch. Was Dad anging, so er hätte den Witz lieber erst gar nicht zu machen brauchen. Er hätte eine weniger aufmerksame Bedienung vorgezogen. Er gehörte zu den Männern, die auf Ober eifersüchtig sind.

Er rettete die Situation, indem er sagte: »Kennt einer von euch den mit der Schnur?« und bald lachten sie alle über dasselbe, und das war für eine frischgebackene Familie ein viel besserer Start in ein gemeinsames Leben. Georgia trank heimlich ein Glas Champagner, ihr zweites, und begann, mit einem breiten starren Lächeln auf dem Gesicht im Restaurant herumzulaufen, die Arme ausgestreckt wie ein Flugzeug. Sie versuchten, sie zum Landen zu überreden, doch sie wollte davon nichts wissen, lief nur immer weiter, immer rund herum. Genau bevor der Kaffee serviert wurde, erbrach sie sich über Harriets neue Schuhe.

»Meine Schuhe!« rief Harriet, und eine Schar von Obern stürzte mit Papiertüchern zu Boden.

Dad wischte Georgia den Mund ab. »Ich hab's dir gesagt, George«, sagte er, »aber du hast ja nicht hören wollen.« Eigentlich meinte er damit Harriet.

Georgia lächelte ihn aus ihrem grünen Gesicht an. »Mir war schlecht«, sagte sie. »Schlecht, schlecht, schlecht.«

»Sie ist immer noch betrunken«, sagte Nathan. »Meint ihr nicht, wir sollten sie lieber heimbringen?«

Es war kurz nach der Hochzeit, als er Tip wieder in die Arme lief. Die Sommerferien hatten gerade angefangen, und er hatte für seine zweite Dienstrunde als Rettungsschwimmer wieder am Strand zu sein. Er fuhr eines Morgens mit dem Bus die Central Avenue hinunter, als er Tip am Eingang einer Passage herumlungern sah. Nur den Bruchteil einer Sekunde lang, dabei waren die Busfenster grüngetönt und dieselverschmiert, aber er war sich sicher. Die schmalen Augen, die breiten hängenden Schultern. Diese weiße Haut, hart wie Schweineschmalz. Er sprang am nächsten Halt aus dem Bus und rannte zurück.

»Tip«, sagte er, und als Tip sich umdrehte, waren seine Augen in der grellen Morgensonne so zu Schlitzen zusammengepreßt, daß man ein Messer gebraucht hätte, um sie aufzubiegen.

Nathan hatte ihn ein paar Monate lang nicht mehr gesehen und konnte die Veränderung nicht fassen. Unter und über Tips Augen lagen muschelschalenfarbene Schatten. Er trug einen grauen Anzug, der ihm zwei oder drei Nummern zu groß war, einen typischen Billigladenanzug, der nach Mottenkugeln und Urin roch. Er roch nach Tod, und vermutlich war das seine Geschichte.

»Verdammt«, sagte Tip. »Was machst du denn hier?«

»Ich hab' dich vom Bus aus gesehen.«

Tip kickte mit seiner Schuhspitze gegen ein Stück Papier. Die Sohle klaffte. Der Schuh schien zu grinsen. »Was gibt's Neues?«

»Nicht viel. Ich fahr' gerade zum Strand. Kommst du mit?«

Tip schüttelte den Kopf. »Glaub' ich kaum.«

»Wieso nicht?«

Tip hob die Schultern. »Mir is' halt nich' danach.«

»Die merken, wenn du fehlst, Tip. Die werden wissen wollen, warum.«

»Sag ihnen, daß ich krank bin!« Tip schaute auf die Straße hinaus. Seine schmalen Augen folgten den vorüberfahrenden Autos.
»Paß auf, Tip!« sagte Nathan. »Du hast nichts vor. Warum kommst du nicht einfach mit mir?«
Tip wurde steif. »Ich muß los.« Er schaute an Nathan vorbei auf etwas Bestimmtes. Nathan drehte sich um. Jed stand unmittelbar hinter ihm.
Jed trug eine billige Lederjacke mit runden Revers. Die Sonne zog Fäden an seiner kaputten Haut. Er hatte die Daumen im Gürtel, die Augen hinter jenen feindseligen Brillengläsern flackerten. »Ach, nee«, sagte er. »Scheiß Mr. Universum.«
Nathan sah ihn bloß an.
Jed hielt ihm eine schmutzige Tüte hin. »Willst du eine?«
»Was ist das?«
»Zuckerpuppen.« Jed grinste. »Das Süßeste, was es gibt.«
Nathan schüttelte den Kopf.
Jed schüttelte die Tüte vor Nathans Nase, dann wandte er sich an Tip. »Ich hab's. Gehen wir!«
Tip löste sich langsam von der Mauer. Es war, als würde man zusehen, wie ein Verband von einer Wunde geschält wird.
»Schön, dich gesehen zu haben, Tip«, sagte Nathan.
»Wenn du uns wiedersehen willst«, meinte Jed, »wir wohnen in den Türmen des Gedenkens. Du kennst sie doch. Warum schaust du nicht mal vorbei?«
Als sie weggingen, sah Nathan, wie Jed etwas zu Tip sagte und dann seinen Kopf zurücklegte und kicherte. Er konnte sich gut denken, worauf Tip gewartet und was Jed gebracht hatte. Wenn einer in einer Passage an der Central Avenue wartete, dann konnte man sich unschwer vorstellen, worauf.
Als er später das Vereinshaus fegte, kam der Vorstand herein. Er erzählte ihm, daß Tip krank sei.

Der Vorstand schaute ihn scharf an. »Er kennt die Satzung. Wenn er zu oft krank wird, fliegt er aus dem Verein.«
Nathan schwamm zu den Bojen hinaus, etwa hundert Meter vor der Küste. Der Himmel war an diesem Nachmittag gelb, das Meer schwer und grau. Er beobachtete, wie die kräftigen Wellen von ihm wegrollten und gegen das Land klatschten. Wenn er nach Osten schaute, konnte er in der Ferne vier Türme auf- und niederschaukeln sehen, die Türme des Gedenkens, und er wußte, daß Tip drauf und dran war, unterzugehen, daß Tip drauf und dran war, zu ertrinken.
Es vergingen zwei Wochen, und Tip tauchte kein einziges Mal auf. Nathan hatte wieder den Traum von den Düsenjets, nur daß er diesmal Tips Hand hielt. Am nächsten Tag nahm er nach dem Stranddienst den Bus nach Mangrove East. Es war eine lange Fahrt durch alle üblen Viertel. Er zupfte an seinen Fingern herum und schaute niemanden an. Langsam leerte sich der Bus. Er war erst seit ein paar Monaten Rettungsschwimmer und überlegte, ob er genug wüßte.
An einer Straßenlaterne wurde er als letzter Fahrgast herausgelassen. Der Lichtkegel einer eingeschlagenen Laterne. Ein Schottergehsteig mit den Brandnarben von einer Million Zigaretten. Unkraut und Speichel und Öl. An einem solchen Ort kam der einzige Glanz von dem Messer — das zustieß. An einem solchen Ort gab es kein Gold. Er ging schnell, den Kopf etwas weiter vorn als die Füße, die Füße im Schatten. Die erste Straße links hinunter, an der nächsten rechts, wieder eine links hinunter, dann konnte er das Meer riechen. Er bog in den Ocean Boulevard ein. Verbeulte Autos, abgewrackte Motels, die Glückstreffer-Bar. Autos ohne Antennen, ohne Radkappen. Neonreklamen, bei denen die Hälfte der Buchstaben verschwunden waren. Auch Menschen verschwanden hier.
Die Türme des Gedenkens standen, ein Stück von der Straße zurückgesetzt, auf einem Gelände, das betoniert war wie ein

Parkplatz und stellenweise von Flutlichtern beleuchtet wurde. Es handelte sich um vier finstere Türme, die in etwa kreuzförmig angeordnet und durch Betonwege miteinander verbunden waren. Sie waren Friedhöfe gewesen, Hochhausfriedhöfe, aber sie waren schon seit Jahren verrottet. Nördlich und östlich von ihnen wurden Wohnsiedlungen gebaut. Südlich führte eine Straße ins Nichts, und dahinter lag der Ozean.

Er ging über den Asphalt und durch eine Unterführung. In den Unterführungen heulte der Wind und wirbelte den bitteren Geruch nach Urin und Fisch auf. Er stand auf dem Platz in der Mitte, einer Art Betongarten. Ein paar Steinbänke und ein mit Vornamen, Liebeserklärungen und Zoten besprühter Brunnen. Das hatte einst ein Ort der Besinnung sein sollen. Er schaute zu den Türmen empor. Viele der einst hier bestatteten Leichen waren entfernt worden, ihre Plätze hatten Lebende eingenommen. Meist Hausbesetzer. Von den vier Türmen schien der Südturm der hellste, der bewohnteste zu sein. Er würde dort anfangen. Aber als er zum Himmel hinaufschaute, ballten sich über dem Dach des Gebäudes plötzlich Wolken zusammen, und der Turm drohte, auf ihn zu stürzen. Er rannte auf den Eingang zu; seine Eingeweide rebellierten.

Er begann, die Treppe hochzusteigen. Sechs Türen im ersten Stock, alle verschlossen. Im vierten Stock fand er eine Tür, die offen war. Dahinter befand sich ein kahler Raum. Durch ein schmales Fenster drang Licht ein. Er bückte sich, tastete herum. Stücke zerbrochenen Porzellans, Plastikblumen, Staub, der Asche hätte gewesen sein können. Jetzt hatte er Tote an den Fingern. Er verließ den Raum, stieg schnell zum nächsten Stockwerk hoch. Wieder waren alle Türen verschlossen. Er versuchte sich zu erinnern, was er gehört hatte. Einige der »Gräber« waren einfach Schränke, andere jedoch geräumig wie Apartments. Man konnte dort schlafen, bei seinen Toten wachen. Es schauderte ihn.

Er stieg weiter hinauf, vom neunten in den zehnten Stock. Er blickte auf und schreckte hoch. Ein Mann in einem speckigen Anzug stand oben an der Treppe.
Nathan schluckte. »Wissen Sie, wo Tip Stubbs wohnt?«
Der Mann ging einfach an ihm vorbei.
»Und Jed Morgan?«
Der Mann bog um die Ecke und verschwand. Wie er so im Dämmerlicht dastand, kam es Nathan plötzlich in den Sinn, der Mann könne vielleicht gar nicht wirklich gewesen sein.
»Tip?« rief er laut im Treppenhaus. »Tip? Bist du da?«
Er rannte die Stufen wieder hinunter.
Sobald er draußen war, blieb er im Wind stehen. Niedergeschlagenheit kroch ihm in die Knochen, und er fing an zu zittern. Was sollte er jetzt tun? Er blickte an dem Turm empor. Wieder dieses Schwindelgefühl. Er stellte sich vor, wie er eine Tür aufmachte und Tip fand. Die Augen zu Schlitzen zusammengezogen. Der schmale Spalt zwischen den geschwungenen Lidern wie gestanzt.
»Sie werfen dich hinaus.«
»Sollen sie doch.«
Und Jed ein Schatten am Fenster, an der Innenseite seiner Jacke eine Reihe von Nadeln.
Er sah das Gesicht eines alten Mannes. Die Stirn kahl, klebrige Strähnen im grauen Nacken. Der Mund zu einem höchst seltsamen Grinsen verzogen. Lange Zähne wie Eiscremestiele im Zahnfleisch. Und hinter ihm eine sich wölbende Wand aus schnellem grünem Wasser. Und so ein Lärm in seinen Ohren, wie Kies, der unter einem Lastwagen davonstiebt. Er umfaßte den Kopf des Mannes, ergriff ihn am Kinn — dann spürte er, wie der Mann von ihm wegwirbelte, und er sah, wie der Mann vom Wasser verschluckt wurde, vollständig verschluckt. Er versuchte, dem Mann zu folgen, doch die Welle brach sich, und er war meterweit entfernt. Er schwamm zu der Stelle zurück. Der Mann war weg.

Wieder am Ufer, lief er zum Vorstand.

»Eine Kabbelung«, sagte der Vorstand. »Da konntest du gar nichts machen.«

»Im einen Moment war er da und dann…« Nathan konnte nicht weiter.

»Ein paar entwischen uns immer. Das ist eines der Gesetze des Meeres.« Der Vorstand legte eine Hand auf Nathans Schulter. »Du hast dein Bestes gegeben, das allein zählt.«

Aber du hast ihn verloren.

Nathan brachte tagelang keinen Bissen hinunter. Immer wieder sah er das Gesicht des Mannes vor der sich auftürmenden Wasserwand. Das war vor einigen Monaten passiert, aber manche Dinge haften einem frisch im Gedächtnis.

Der Wind, schmierig vom Salz, klebte in seinen Kleidern, auf seiner Haut. Er ging eine halbe Stunde lang bis Mangrove Central, dachte dabei an gar nichts und nahm den Zug nach Hause.

Am nächsten Morgen berief der Vorstand, wie Nathan es erwartet hatte, ein Versammlung im Vereinshaus ein und verkündete, daß Tip Stubbs wegen mangelnder Anwesenheit aus dem Verein ausgeschlossen werde. Für die meisten Mitglieder bedeutete dies keine Überraschung. Jemand, der nicht kam, das war einer, der seine Last nicht trug; das wurde als Eigennützigkeit angesehen, als ein Vertrauensbruch. Tip war zu lange weggeblieben; er war abgeschrieben, vergessen. Die Überraschung bestand einzig darin, seinen Namen noch einmal zu hören und daran erinnert zu werden, daß er einmal dazugehört hatte.

Gegen Abend zog Nathan sich im Umkleideraum um, als Finn mit Ade und einem Freund von Ade namens Larry hereinkam.

»Hallo, Nat, das hätte ich fast vergessen«, sagte Finn. »Deine Stiefmutter war gestern hier.«

Nathan starrte zu ihm hoch. »Wann?«

»Am Nachmittag. Sie hat nach dir gefragt, aber du warst schon weg.«

»Das war seine Stiefmutter?« Ade stieß einen leisen Pfiff aus.
Larry rief durch den Raum: »So eine Stiefmutter könnte ich gebrauchen.«
»Gebrauchen«, wiederholte Ade und grinste.
Nathan donnerte die Tür seines Schranks zurück, daß die Angeln ächzten. »Verdammt noch mal. Sie ist mit meinem Dad verheiratet.«
»Nat«, sagte Ade, »wir haben doch bloß Spaß gemacht!«
»Ja, es war bloß Spaß«, sagte Larry. »Was ist los? Verstehst du keinen Spaß?«
Nathan seufzte. Er begriff nicht, worauf Harriet hinauswollte. Während ihrer Zeit als Au-pair-Mädchen war ihre Neugier unschuldig gewesen, spielerisch. Seither war fast ein Jahr vergangen, und jetzt haftete dieser Neugier etwas Scharfes an. Etwas Nachdrückliches. Es gab Tage, da fühlte er sich wie unter Belagerung.
»Sag einmal, Nathan«, hatte sie ihn erst kürzlich gefragt, »hast du's nun schon gemacht?« Sie waren im Auto. Auf dem Rückweg vom Supermarkt.
»Was gemacht?«
»Mit einem Mädchen geschlafen.«
Er gab ihr keine Antwort. In ihrem Lächeln lag so viel Zucker, daß ihm schlecht wurde. Er dachte, vielleicht ist es Diabetes.
»Wie alt bist du?« fragte sie ihn.
»Sechzehn.«
»Dort, wo ich herkomme, haben die Jungen es alle schon gemacht, wenn sie sechzehn sind. Wo ich herkomme, ist das normal.«
Er wollte sie nicht anschauen. Er starrte statt dessen aus dem Fenster. »Ich überlege, ob ich Mönch werden soll«, sagte er.
Es war ein milder, sonniger Tag, und Dad saß auf der Veranda und wartete auf ihre Rückkehr. Als er den Wagen hörte, stand er lächelnd auf. »Wie war's?« fragte er. Als ob das Einkaufen

eine Polarexpedition wäre. Als ob dabei etwas schiefgehen könnte.
»Es war toll«, sagte Harriet. Dann wandte sie sich an Nathan. »Oder nicht?«
Doch Nathan ging bereits mit einem Karton Lebensmitteln an ihr vorbei. Das Auspacken der Lebensmittel war ein Ritual. Dad beaufsichtigte es immer und sorgte dafür, daß die Dinge hinkamen, wo sie hingehörten. »Ihr wißt, wo die Tomaten hingehören?« sagte er. »Auf das dritte Brett von unten.« Alle wußten, wo die Tomaten hingehörten, doch Dad gab nur seinem Vergnügen darüber Ausdruck, daß diese neuen Tomaten da waren, an ihrem Platz in der Ordnung der Dinge in seiner engen Welt. Dieses Mal ließ Nathan die Lebensmittel jedoch auf dem Küchentisch und ging die Treppe zu seinem Zimmer hinauf. Er hörte Dad und Harriet unten über ihn sprechen.
»Was ist denn mit Nathan los?« hatte Dad gesagt.
»Ach, weißt du«, war Harriets Antwort gewesen, »sechzehn, siebzehn. Ein schwieriges Alter für einen Jungen.«
Ein Schuh prallte an seiner Schulter ab, und Nathan blickte auf. Finn stand zehn Meter entfernt und zielte mit dem zweiten .
»Laß den Kopf nicht so hängen, Nat!« sagte Finn. »Wenn du weiter so düster dreinschaust, binden wir dich, verdammt noch mal, an einen Stuhl und malen dich freundlich an.«
Nathan schaute die drei an. Finn, Larry und Ade standen grinsend da und traten unruhig von einem Bein aufs andere. Sie waren immer so ausgelassen. Wenn er einen Wunsch frei gehabt hätte, dann hätte er so sein wollen wie sie.
Es wurde wieder einer jener Abende. Alle tollten sie gleichzeitig aus dem Vereinshaus. Finn hatte das schwarze Cabriolet von jemandem. Sie fuhren unter dem Abendrothimmel zum »Vista Room« auf dem High Head. Finn kannte das Mädchen, das hinter der Bar arbeitete. Sie tranken kühles Bier und spielten Poolbillard. Auf dem Parkplatz rauchten sie einen Joint, der die bei-

den Gehirnhälften Nathans wie Schnürsenkel verknotete. Er stolperte und fiel hinten in den Wagen. Sie fuhren in die Stadt zurück. Harte Lichter streiften über ihre Gesichter. Sie redeten über Tip. Worte wie Verlierer. Worte wie krank. Gelächter, und er machte die Augen auf. Er wollte etwas sagen und konnte sich nicht mehr erinnern, was. Sie fuhren jetzt über die Brücke. Warme Luft. Dunkle Metallbögen vor dem braunen Himmel. Der Hafen roch nach Beton, Wodka und Seetang. Seetang, Beton. Der Blenheim Point um Mitternacht.

Manchmal mußte er einfach aus dem Haus, und dann ging er zum Blenheim Point. Es war ein schwimmender Pier, von dem aus man die Fähre in die Stadt nahm. Doch um Mitternacht hatte die letzte Fähre bereits abgelegt und war weg. Nie war jemand da. Er setzte sich auf einen der Plastikbierkästen, die die Fischer dagelassen hatten, und starrte in die Dunkelheit des Hafens mit den Lichtern aus purem perlendem Gold. Plötzlich kamen von nirgendwo Wellen, und der Pier schaukelte; die Flut kam wieder herein. Dieser Ort. Hier war seine Zuflucht, sein Raum zum Atemholen.

Und dann war eines Nachts ein dicker Mann im Smoking und mit schwarzer Fliege aus der Dunkelheit auf ihn zugekommen; er war so urplötzlich aufgetaucht, so unerwartet, daß Nathan beinahe gelacht hätte. Es war wie ein Zaubertrick, und es hätte ihn nicht überrascht, wenn er in der Nähe einen Zylinder gefunden hätte. Er sah dem Mann zu, wie er sich sanft von einem Pfeiler abstieß; der Bauch des Mannes schien, von einem samtenen Kummerbund kaum gebändigt, überzuschwappen. Es hätte ein sehr großer Zylinder sein müssen.

»Wieviel?« Der Mann rülpste eher, als daß er sprach; seine Worte erreichten Nathan mit einem Schwall von Alkohol.

»Wieviel was?«

»Wieviel dafür, daß ...« und der Kopf des Mannes schwankte auf seinem Nacken. »Na, du weißt schon.«

»Nein, ich weiß nichts.«

Der Mann stützte sich mit einer Hand gegen den Pfeiler und schwankte wie ein Gebäude bei heftigem Wind. »Komm schon, Süßer«, flüsterte er und beugte sich grinsend hinab, so daß Nathan die kupfrigen Härchen in seinen Nasenlöchern zittern und die bleichen Flecken auf seiner linken Wange sehen konnte, »spiel hier nicht mit mir!«

Nathan versuchte, unter dem Arm des Mannes wegzuschlüpfen, aber der Mann lachte, faßte ihn unbekümmert an der Schulter und zog ihn an sich. Nathan stieß eine Hand in das Gesicht des Mannes. Er spürte die Nässe des Mundes, die Schärfe der Zähne. Er zog die Hand zurück. Plötzlich bemerkte er, daß der Mann nur eineinhalb Meter vom Rand des Piers entfernt war, und er schlug den Mann wieder, diesmal in den Bauch und so fest er konnte. Der Mann taumelte rückwärts, griff mit einer Hand in die Luft, als wäre sie fest, könnte ihn retten, und fiel donnernd auf den Rücken. Eine Drehung zur Seite, und er lag im Hafenbecken. Es wirkte alles so beiläufig wie ein nebensächlicher Gedanke.

Nathan wartete, um sich zu vergewissern, daß der Mann nicht ertrank. Dann beugte er sich zu dem Gesicht des Schwimmenden hinab, jedoch nicht zu nahe, und sagte: »Passen Sie lieber auf, da drin gibt es Haie!« Dann drehte er sich um, rannte die Stufen zu seinem Fahrrad hinauf und fuhr nach Hause. Seitdem war er nicht mehr auf dem Pier gewesen.

Der dicke Mann, das war wie ein Blitz aus der Vergangenheit gewesen. Eine Halluzination — mit freundlichen Grüßen der Front Boys. Schul-dig, schul-dig. Er konnte Harriet grinsen sehen: Alle ihre Verdächtigungen fanden sich bestätigt. Gleich, wohin er kam, er schien überall auf dieselben Andeutungen, dieselben bösen Kränkungen zu stoßen. Er fühlte sich gehetzt, in eine Ecke gestellt, in die Enge getrieben. Er konnte nirgendwo mehr hin, und es fing an, ihn auszuzehren.

»Es war nur Spaß, Nat«, murmelte er. »Nur Spaß.«
»Jetzt führt er Selbstgespräche«, sagte jemand, und jemand anderer lachte.
Aber es war kein Spaß, von welcher Seite man es auch betrachtete.
Sie kamen zur »Oase« in der C Street. Sie tranken Kurze: Tequila, Wodka, Tequila. Sie trafen zwei Typen, die einen Eiscremewagen am Kai hatten. Ihre Namen wurden deutlich, dann wieder undeutlich. Larry und Ade verflüchtigten sich mit zwei Blonden aus einem Kellerclub namens »Zwei Meter unten«. Finn war immer noch da, fuhr immer noch. Nathan setzte sich nach vorne. Neben ihm saß ein Mädchen, ihre Augen waren zwei Halbmonde. Sie roch wie eine Gurke. So frisch und hellgrün, so sauber. Er überlegte, was er zu ihr sagen sollte. Flaschen stießen gegen seine Füße, als würden sie sich in den Strömungen auf dem Meeresboden bewegen. Jedesmal, wenn Finn den Mund aufmachte, kam Rauch heraus.
Zauberischerweise hieß sie Lilah.
Hast du es schon gemacht?
»Nächster Halt der ›Club 22‹« schrie Finn in den Wind. Mehr Lichter, Lilahs Augen geschlossen, sein Oberschenkel an ihrem. Es fühlte sich an, als wäre es der einzige lebendige Teil an ihm, dieses brennende Stück Haut, alles übrige an ihm war kalt und nirgendwo. Der »Club 22« war ein goldener Eingang um eine rotausgelegte Treppe. Zwei Männer standen wie Pfeiler zu beiden Seiten der Tür, einer weiß, der andere schwarz, beide genau gleich groß. Finn kannte den schwarzen. Sie kamen umsonst hinein.
Er tanzte. Zwei fernöstliche Mädchen machten mit ihren Füßen komplizierte Bewegungen. Ihre Gesichter waren ausdruckslos. Wie Teller. Plötzlich ertrug er das Lokal nicht mehr. Auf seiner Schulter tauchte eine Hand auf. Ade. Er war wieder da. »Lilah sagt, du gefällst ihr.«

Er setzte sich. Das war später, aber nicht viel später. Ihr Tisch war durchsichtig, surfbrettförmig, die Platte mit Aschenbechern und Getränken zugemüllt.
Eine schwierige Zeit für einen Jungen.
Er streckte seinen rechten Arm aus und wischte alles vom Tisch. Flaschen und Gläser zerbrachen. Schreie. Durch die Menge sah er, wie die beiden fernöstlichen Mädchen ihre Hände wie Fächer über ihrem Mund legten. Dann wurde er von den zwei Männern gepackt, einem weißen, einem schwarzen.
Sie zerrten ihn durch den Club, die roten Stufen hinunter und zu den goldenen Türflügeln hinaus. Sie warfen ihn in den Rinnstein. Er schlug mit dem Gesicht auf den Sockel einer Straßenlampe auf und spürte, wie ihm die Lippe aufplatzte.
»Komm verdammt bloß nicht nochmal hierher!« sagte der Weiße. »Verstanden?«
»Keine Sorge, bestimmt nicht.« Das war Ade. Er mußte ihnen nach unten gefolgt sein. »Das ganze Lokal stinkt nach Scheiße.«
Der Weiße drehte sich um. »Und du«, sagte er und drohte mit einem Finger, »wenn ich deine Fresse nochmal sehe, trete ich sie dir ein.«
Nathan lachte.
Finn kam zu ihnen. »Was ist denn in dich gefahren?«
»So was hab' ich noch nie erlebt« sagte Ade.
»Ich einmal im Kino«, sagte Larry.
»Wo ist Lilah?« fragte Nathan.
Keiner wußte es.
Lilah hätte ihn retten können, doch nun nicht mehr.
»Zeit, nach Hause zu gehen«, sagte jemand.
Überall Farben. Aber er konnte nur eine Farbe sehen, und das war Rot.

KENNE DEINEN FEIND

Jed stand mit einer Dose eiskalten Sodas vor dem Central Theatre gleich östlich der Stadtmitte. In den Tonstudios war Mittagspause. Er trug ein schwarzes Unterhemd, Stiefel, einen Arbeitsanzug. Auf seiner Baseballmütze stand AL'S LEERE BÄNDER. Er nahm einen kräftigen Schluck Soda und seufzte, als es ihm durch die Kehle rann. Vor Jahren war er immer mit den Front Boys hierher gekommen. »Gehen wir zum Central Theatre, schauen wir uns die Toten an.« Vasco redete immer davon, wie wichtig das sei. Er nannte es »Kenne deinen Feind«. Seine Augen glitten dann über die Leichen, über das Schaufenster, in dem sie ausgestellt waren, auf die Straße hinaus, an der die Räume lagen, und dann sagte er immer: »Genau dagegen wehren wir uns«, schwenkte seinen Arm so heftig, daß er ihn sich beinahe verrenkte, und fügte hinzu: »Gegen das alles.«

An beiden Seiten des Eingangs zum Central Theatre standen hellblaue Säulen; es hatte große, vergoldete Türen. Eine helle Laufschrift kündigte wie über einem Kino die aktuellen Attraktionen an. Manchmal handelte es sich um eine Berühmtheit. Jemanden aus der Welt des Sports etwa oder einen Filmstar. Dann handelte es sich wieder um einen gewöhnlichen Sterblichen, dessen Familie für die Ehre gezahlt hatte. Einmal hatte er sich vorgestellt, seine Mutter könnte hier ausgestellt werden, mit Make-up und Radioteilen zugedeckt. Heute hieß es einfach: IDENTIFIZIEREN SIE DIE GEHEIMNISVOLLE LEICHE. $ 100 BELOHNUNG. Jed stierte durch das Panzerglas. Eine winzige, verschrumpelte alte Frau. Die Erhebung, die ihre Füße unter dem

Laken bildeten, reichte nur bis zur Hälfte des Sarges. Wirklich jämmerlich. Unbekannte Leichen wurden von den Bestattungsinstituten in der Hoffnung ausgestellt, daß jemand sie erkannte und das Begräbnis bezahlte. Die Bestattungsinstitute machten auf diese Weise viel Geld. Wurde eine Leiche nicht identifiziert, erbarmten sich oft Firmen, sprangen ein und bezahlten das Begräbnis. Das konnten sie dann Wohltätigkeit nennen, und Wohltätigkeit war steuerabzugsfähig. Was nach außen hin fürsorglich und selbstlos wirkte, war in Wirklichkeit schäbige Geschäftemacherei. Dagegen wehren wir uns.

Jed schleuderte seine leere Sodabüchse in den Abfallkorb. Vasco jedenfalls hatte sich dagegen gewehrt. Letztlich war es Vascos Privatkrieg gewesen. Für die anderen Mitglieder der Bande war es ein Flirt mit der Gefahr gewesen, eine Ausrede, um gewalttätig zu werden; es hatte ihnen einen Grund an die Hand gegeben, den Anschein eines Zwecks. Wo waren sie jetzt? Cramps Crenshaw arbeitete im Hotelmanagement. P. S. war bei einer Plattenfirma. Tip hatte sich von seiner Überdosis erholt und — das letzte, was Jed gehört hatte — Arbeit als Wärter im Aquarium gefunden. Die Front Boys waren schon vor langem abgetrieben worden. Die Front Boys waren tot. Lang lebe Moon Beach!

»Ja, ja. Häßlich wie eh und je.«

Der Mann, der Jed angesprochen hatte, hatte breite Schultern und schwarzes, welliges Haar. Er trug einen leichten Kamelhaarmantel. Das Gesicht schien verändert. Breiter. Schwerer. Aus der Gitarre war ein Doppelbaß geworden.

Der Mann deutete auf die geheimnisvolle Leiche. »Hast wohl gedacht, das bin ich, wie?«

Jed lächelte. »Wie viele Tätowierungen hast du inzwischen, Vasco?«

Vasco machte seinen Manschettenknopf auf und schob den Ärmel über sein Handgelenk zurück. Jed sah den Sockel des er-

sten Grabsteines dort, wo normalerweise die Armbanduhr sitzt.
»Bis oben hinauf?«
Vasco nickte. »An beiden Armen.«
»Was machst du hier?« fragte Jed.
»Ich bin in der Branche.«
»Ganz schöne Kehrtwendung.«
»Nun, ja. Bin zu so vielen Beerdigungen gegangen, daß ich gedacht habe, ich könnte mich auch dafür bezahlen lassen.«
Jed schaute ihn bloß an.
Vasco klopfte Jed auf die Schulter. »War 'n Witz.«
»Ha-ha.« Jed fühlte sich irgendwie unbehaglich. »Du bist also in der Branche«, sagte er.
»Wie jeder, der jemand ist. Und du?«
Jed zuckte mit den Achseln. »Dies und das. 'n bißchen Arbeit im Tonstudio.«
»Nimmst du immer noch die Leute beim Vögeln auf, oder bist du weitergekommen?« Vasco lachte für sie beide. »Paß auf, willst du einen richtigen Job?«
»Woran denkst du?«
Vasco deutete auf das lange schwarze Auto, das am Randstein stand. »Da drin liegt eine Leiche. Jetzt ist sie noch schön kalt, aber wenn ich sie nicht bald in das Bestattungsinstitut bringe, wird sie allmählich wieder warm. Hast du Lust mitzukommen? Dann können wir uns unterhalten.«
»Klar doch.«
Vasco stieg ein. Jed folgte ihm. In diesem Auto war Platz für ein halbes Dutzend Leute. Es gab eine Bar. Es gab eine Klimaanlage. Ein Flüstern die Wirbelsäule hinauf: Gib mir einen Job, der so kalt ist. Gib mir einen Job mit Klimaanlage.
Jed schaute sich um. In der Ecke saß ein Mann. Der Mann hatte einen rasierten Kopf und die langen, bleichen Finger eines Chirurgen. Er trug eine verspiegelte Sonnenbrille.

»Das ist McGowan«, sagte Vasco. »Ein Kollege.«
McGowan hob seinen Kopf zwei Zentimeter und entblößte einen Mund voll scharfer, ungleichmäßiger Zähne.
Während sie durch die Stadtmitte fuhren, beschrieb Vasco seine Lage. Er arbeite für einen der Direktoren der Paradise Corporation, die, wie Jed vermutlich wisse, eines der angesehensten Bestattungsunternehmen der Stadt sei. Der Direktor heiße Neville Creed. »Du hast vielleicht von ihm gehört.«
Das hatte Jed nicht.
»Er ist der Verwaltungschef«, sagte Vasco. »Er ist für die Koordination verantwortlich. Für Effizienz. Dafür, daß die Dinge laufen.« Er schaute aus dem Fenster, schüttelte den Kopf. »Er steigt so schnell auf, daß es manchmal aussieht, als wäre kein Sauerstoff da. Er wird einmal der erste Mensch sein, der ewig lebt.«
Jed erinnerte sich an das Wort, das in Silbernieten auf Vascos Rücken gestanden hatte. UNSTERBLICH. »Ich hab' gedacht, du bist derjenige, der ewig lebt.«
Doch Vasco schien ihn nicht gehört zu haben. »Er will sich einfrieren lassen«, sagte er. »Bei lebendigem Leib. Das ist anscheinend die einzige Möglichkeit.«
»Du meinst, wenn man ewig leben will, muß man sich erst umbringen?«
»So könnte man es auch sagen.«
»Woher will er wissen, wann der richtige Zeitpunkt da ist?«
Vasco lächelte. »Er wird es wissen.«
Jed schaute über seine Schulter hinweg auf den rechteckigen Kasten im Fond. »Eine Schande, daß der nicht daran gedacht hat.«
»Dazu hat er keine Zeit gehabt. Is' alles 'n bißchen zu schnell gegangen ...«
»Vasco!« Das war McGowan. Eine Warnung.
Vasco musterte die Ringe an seiner linken Hand. »Rauf dir nicht gleich die Haare, McGowan!« Dann schaute er den Mann in der

Ecke an. »Ach, 'tschuldigung. Du hast ja keine.« Vasco wandte sich an Jed. »McGowan is' so cool, daß er nie mehr als zwei Worte sagt...«

»Halt's Maul, Gorelli!«

»Na, ja«, meinte Vasco, »manchmal sagt er bei besonderen Anlässen auch drei.«

Ein Zischen aus der Ecke. Eine Art Bremsgeräusch als Ausdruck von Wut. Dann Schweigen.

Effizienz, dachte Jed.

Er hatte Fragen, doch beschloß er, sie sich bis zum richtigen Zeitpunkt aufzusparen. Das Tonband deines Gedächtnisses. Gleich aufnehmen, später abhören.

Er starrte aus dem Fenster. Mangrove West ging in die heruntergekommenen Straßen der Stadtmitte über. Leihhäuser, Sexbars, Drugstores. Vor Waffen und Uhren blitzende Schaufenster. Als Dealer verkleidete Bullen. Kaum bekleidete Betrunkene. Kinder.

Plötzlich merkte er, warum er sich unbehaglich gefühlt hatte. Er rutschte auf seinem Sitz herum. »Vasco«, sagte er, »mit deinem Bruder...«

Vasco schnitt ihm das Wort ab. »Schon in Ordnung. Ich weiß Bescheid.«

»Du weißt es?«

»Sie hat dich nicht zu ihm gelassen. Das weiß ich. Ich hab' es herausbekommen.« Seine Augen waren sanft, ein seltsamer Kontrast zu der Hand, die Jeds Schulter umklammerte. »Vielen Dank jedenfalls.«

Wieder Schweigen. Der Wagen schwebte über eine Kanalbrücke. Sein Motor klang wie Luft.

»Kannst du fahren?« fragte Vasco Jed schließlich.

Jed sagte ja.

»Creed sucht einen Chauffeur. Ich glaube, ich könnte ihn dazu bringen, daß er sich dich anschaut. Hättest du Interesse?«

»Hätte ich.«
»Du wärst zwar außen vor«, sagte Vasco, »aber wer weiß? Vielleicht kannst du dich nach drinnen vorarbeiten. Das wäre der richtige Job dafür.«
Ein Funkeln von McGowan, ein winziger Ruck seines Kopfes. Einer jener Blicke. Nur über meine Leiche.
»Ich würde ihn nehmen«, sagte Jed.
»Du hast nicht nach dem Geld gefragt?« sagte Vasco.
Jed betastete den Ärmel von Vascos Mantel. »Du siehst so aus, als würd' es dir nicht schlecht gehen.«
Grinsend klaffte Vascos Mund wie eine Wassermelone. »Verdammt, der alte Jed«, sagte er. »Wer hätte das gedacht?«
Vasco erzählte noch ein wenig von Creed. Die Tatsachen, die Gerüchte. Die Zukunft. Er gab Jed ein paar Ratschläge für das Vorstellungsgespräch, und Jed gab ihm seine Telefonnummer. Dann fuhren sie vor einem großen Gebäude aus schwarzem Glas vor, der Paradise Corporation. Vasco sagte, sie müßten ihn hier rauslassen. Er meinte, Jed solle sich auf einen Anruf gefaßt machen. Irgendwann in den nächsten beiden Tagen.
»Jemand meldet sich dann bei dir.« Vasco schüttelte Jed durch das Fenster die Hand, und der Wagen fuhr eine Rampe hinunter und verschwand im Dunkel einer unterirdischen Garage.
Nach dem wenigen, was er über Creed gehört, und dem wenigen, was er von Vasco gesehen hatte, nahm Jed an, das Vorstellungsgespräch würde in der obersten Etage irgendeines Bürohochhauses im Stadtzentrum stattfinden. Statt dessen nannte man ihm die Adresse eines Bestattungsinstituts in Mortlake, einer Vorstadt am trostlosen Nordrand von Moon Beach. Beim ersten Blick auf das Gebäude fühlte er sich hereingelegt. Von der Straße aus wirkte es wie ein Schnellrestaurant. Weiße Stuckmauern, leuchtend rotes Ziegeldach. Es fehlte nur noch ein riesiges Reklameschild der Paradise Corporation am Geh-

steig mit einer Tafel darunter, auf der stand: 63 MILLIONEN BESTATTUNGEN.
Er schob sich durch eine Doppeltür aus Glas in ein beigefarbenes Foyer. In der Zugluft klimperte und klirrte ein Kristallüster. Über ein digitales Schriftband zu Häupten der Rezeption flimmerten unermüdlich rote Buchstaben: RAUCHEN NUR IM FOYER UND DER CAFETERIA GESTATTET. WIR DANKEN IHNEN FÜR IHRE RÜCKSICHTNAHME. Jed zog ein finsteres Gesicht. Er ließ sich nicht gern für etwas danken, das er noch gar nicht getan hatte.
Den Termin hatte er um neun. Es war erst Viertel vor. Ein Mädchen mit rotblondem Haar und einem kleinen Mund fragte ihn nach seinem Namen.
»Nehmen Sie Platz, Mr. Morgan!«
Rechtwinklig angeordnet, standen Sofas aus braunem Vinyl da. Dazwischen große zylindrische Aschenbecher aus rostfreiem Stahl. Es sah aus wie in einer Flughafen-Lounge. Er zählte die Sofas: vierzehn. Er zählte die Aschenbecher: zwölf. Sie müssen eine Menge Geschäfte machen, dachte er. Und bei diesen Geschäften müssen sie eine Menge rauchen.
Nach zehn Minuten erklärte ihm das Mädchen den Weg zu Creeds Büro: »Den Korridor hinunter die letzte Tür rechts.« Es war eine einfache Holztür. Das einzige, was ihm einfiel, war das Wort Effizienz. Sonst war er leer. Er schaute auf seine Uhr. Eine Minute vor neun. Er wartete. Dreißig Sekunden vor neun. Zwanzig Sekunden. Zehn. Er ballte seine Rechte zur Faust, klopfte zweimal und trat ein.
Es war ein kleines Büro. Holzgetäfelte Decke, holzgetäfelte Wände. Keine Fenster. Ein Schreibtisch, eine gerahmte Fotografie des Firmensitzes. Ein Stuhl, auf den er sich setzte, während Creed einen Telefonanruf beendete.
Creed.
Dunkler Anzug, weißes Hemd, gepflegtes Haar. Alles war ge-

wöhnlich, vorhersagbar, sogar ein wenig enttäuschend. Bis Jed die Handschuhe auffielen.

Niemand hatte etwas von Handschuhen gesagt. Man hatte ihm gesagt, daß Creed ewig leben würde. Man hatte ihm gesagt, daß Creed einen Schatten warf, selbst wenn keine Sonne da war. Man hatte ihm gesagt, daß Creed auf Latein »ich glaube« bedeutete. Aber man hatte ihm nichts von den Handschuhen gesagt.

Schlechter Kreislauf? Eine Hautkrankheit? Fehlende Finger?

Dann erinnerte sich Jed an den Rat, den Vasco ihm gegeben hatte, und schaute irgendwo anders hin. Zu einer sicheren Stelle. Zum Fenster? Es gab keines. Die Fotografie würde es tun. Man verhielt sich nicht zu neugierig, und man stellte keine Fragen. Ein Fahrer war taub und stumm. Das hatte Vasco ihm gesagt. Wollte er den Job, oder wollte er ihn nicht?

Creed legte auf. Er drückte auf einen Knopf und sagte: »Keine Anrufe mehr die nächsten zehn Minuten.« Dann sah er Jed an und sagte: »Ich höre, Sie sind ein guter Fahrer.«

»Ich kann fahren.«

»Ich brauche einen Chauffeur. Das ist ein Vierundzwanzig-Stunden-Job. Rund um die Uhr. Das können nicht viele.«

Creeds Blick wanderte über Jeds Gesicht. »Sie können es sich überlegen, wenn Sie wollen. Sie können es sich ein paar Tage lang überlegen.«

»Ich brauche es mir nicht zu überlegen.«

Creed lächelte. »Woher wissen Sie, daß es Ihnen bei mir gefallen wird?«

Jed hatte plötzlich das seltsame Gefühl, Creed stehe hinter ihm, obwohl er Creed vor sich sehen konnte. Die Luft in dem kleinen Raum wirkte glasig, halluzinatorisch. Das Atmen war wie eine Pille auf der Zunge. Allein das Atmen.

»Finden Sie nicht, Sie sollten ein paar Fragen stellen?« Sagte Creed gerade. »Herausfinden, wie ich als Arbeitgeber bin?«

Jetzt sah Jed Creed in die Augen. Ihm fiel auf, wie dunkel sie waren. Man konnte nicht sagen, wo die Pupille aufhörte und die Iris anfing. Er starrte Creed an und versuchte ein paar ewige Sekunden lang beides voneinander zu trennen, dann merkte er, daß er gaffte, und schaute weg, schaute zu Boden.
Jetzt wieder Creeds Stimme: »Sind Sie sicher, daß Sie es sich nicht überlegen wollen?«
Jed nickte. »Bin ich.«
»Schauen Sie bei meiner Sekretärin vorbei, wenn Sie gehen! Sie kümmert sich um die Einzelheiten.«
»Ist das alles?«
»Das ist alles.«
»Wann soll ich anfangen.«
»Am Montag.«
Jed ging zur Tür.
»Ehe Sie gehen . . .« sagte Creed.
Jed blieb stehen. »Ja?«
»Ich erwarte von meinen Angestellten Loyalität. Wissen Sie, was Loyalität bedeutet.«
»Ich glaube schon.«
»Vielleicht können Sie das Wort für mich umschreiben.«
»Loyalität . . .« Jed stockte.
Seine Gedanken zerstoben in alle Richtungen wie die Perlen eines Halsbandes, wenn es reißt. Aus irgendeinem Grund sah er den alten Mr. Garbett vor sich, wie er sich bückte, um die Perlen aufzuheben, und plötzlich hatte er die Antwort.
»Schweigen. Das bedeutet Loyalität. Ja, Schweigen.«
Und als er noch einmal einen Blick hinter sich durch das Büro warf, war er sich sicher, daß er recht hatte.
»Am Montag«, sagte Creed und beschäftigte sich wieder mit seinen Unterlagen.
Die Sekretärin führte Jed durch die Büros und stellte ihn dem Personal vor. Er wurde mit einer Chauffeursuniform ausgestat-

tet: einem dunklen Anzug, ein paar dunklen Schuhen und einer Schirmmütze, auf der vorne in roten Buchstaben das Zeichen der Paradise Corporation prangte. Auch mit dem Wagen wurde er vertraut gemacht: die Haltung, die man von ihm erwartete, die Art der Wartung. Als er nach zwei Stunden wieder in die Büroräume zurückkam, lümmelte dort Vasco, ein Bein über der Armlehne, in einem Stuhl.

»Hast du den Job bekommen?«

»Sieht so aus.«

Sie gingen gemeinsam den Korridor entlang; Vasco hatte Jed den Arm um die Schulter gelegt. »Du mußt einmal zu uns kommen und mit uns zu Abend essen«, sagte Vasco. »Meine Frau kennenlernen.«

»Du bist verheiratet?«

Vasco lachte. »Seit drei Jahren. Ich hab' auch ein Kind.«

Sie kamen zur Rezeption. »Das ist Jed«, sagte Vasco zu dem Mädchen am Empfang. »Er ist Creeds neuer Fahrer.«

»Ich heiße Carol«, sagte das Mädchen und ihr kleiner Mund wurde so weit wie möglich.

Vasco brachte Jed hinaus.

»Also«, sagte er, »du bist jetzt einer von uns.«

Sie standen im Sonnenschein auf dem gepflegten grünen Rasen.

»Ganz wie in alten Zeiten«, sagte Jed.

Vasco lächelte. »Ganz wie in alten Zeiten.« Dieselben Worte, doch sie schienen aus weiter Ferne gesprochen. Dieselben Worte mit einer Entfernung dazwischen.

Es war ganz und gar nicht wie in alten Zeiten. Vasco arbeitete für Creed. Das schien an sich etwas Neues zu sein. Creed war von einer Art Magnetfeld umgeben. Es übte auf die meisten Leute eine Anziehung aus, der sogar Vasco, wie es aussah, nicht widerstehen konnte. Doch Jed konnte sich nur schwer an die Vorstellung gewöhnen, daß Vasco sich auf einen Handel eingelassen hatte, daß nicht mehr er die Kontrolle ausübte. Und wenn es für Jed schwer war, war es dann vielleicht nicht auch für Vasco manchmal schwer?

Jed fragte sich das.

Aber er hatte keine Zeit, sich viele Fragen zu stellen. Wenn Creed sagte, es sei ein Vierundzwanzig-Stunden-Job, so war das keine Übertreibung. Creed schlief nachts nur drei Stunden, gewöhnlich zwischen drei und sechs Uhr. Er mußte eine Art Technik haben, überlegte Jed. Er hatte von so etwas gelesen. Man tauchte dabei sechs oder sieben Stufen auf einmal nach unten und fiel gleich in den tiefsten Schlaf. Dieser war rein und konzentriert, man brauchte nicht so viel davon, und dann kam man wieder nach oben, sechs oder sieben Stufen, als würde man in einem Fahrstuhl hochfahren, und oben stieg man aus, tadellos erholt und munter. Jed hatte keine Technik. Er mußte lernen, stückchenweise zu schlafen, zehn Minuten hier, fünfundvierzig dort, oft hinter dem Steuerrad. Gleichzeitig versuchte er, dazuzulernen. Er hatte sich die detaillierteste Karte der Stadt gekauft, die er finden konnte, und lernte den Plan Straße um Straße, Strecke um Strecke auswendig. In seiner dritten Woche wurde er dafür belohnt, als Creed die Trennscheibe einen Schlitz aufmachte und sagte: »Sie scheinen sich in der Stadt ziemlich gut auszukennen.« Er verspürte dieses Bedürfnis, sich vor Creed zu bewähren. Er wollte sich unentbehrlich machen.

Die Wochen vergingen, und er begann den Job zu seiner Sache zu machen. Nicht, daß er ihn nur nach bestem Vermögen ausführte, er erfand ihn vielmehr sozusagen neu. Es gab einen Taxifahrer in Mangrove, Joshua, der ihn vor Hämorrhoiden und Analfissuren gewarnt hatte. Jed kaufte sich daher als erstes ein rotes Samtkissen, das ihn vor solchen Unannehmlichkeiten schützte. Außerdem fühlte er sich mit dem Kissen wie ein König, wenn er sich hinter dem Lenkrad niederließ. Auch seine Augen würden in Mitleidenschaft gezogen werden, hatte Joshua ihn gewarnt. Der ständige Sonnenschein, das grelle Licht. Jed fand bei einem heruntergekommenen Optiker in der Second Avenue ein Paar dunkle Gläser. Er brauchte sie bloß über seine Brille zu klipsen, und die Straße war sofort in ein tiefes beruhigendes Grün getaucht. In dieser Zeit gewöhnte er sich auch an eine neue Süßigkeitensorte. Er hatte Lakritzkringel entdeckt. Lang anhaltend und frisch schmeckend, waren sie die ideale Süßigkeit für einen Rund-um-die-Uhr-Chauffeur.

Allmählich lernte er Creeds Eigenheiten kennen. Allmählich kristallisierten sich gewisse Züge heraus. Creed benutzte die Limousine als fahrbares Büro, und er wurde ständig von dem einen oder anderen seiner persönlichen Mitarbeiter, wie sie genannt wurden, begleitet, manchmal von allen vieren. Diese Leute arbeiteten nicht für die Paradise Corporation, zumindest nicht auf dem Papier. Sie bildeten Creeds inneren Kreis. Seine Leibwächter, seine Vertrauten. Seine Augen und Ohren. Sie schützten ihn, sie sorgten für seine Unterhaltung, sie schienen an ihn gebunden wie durch eine unbeglichene Schuld oder eine verborgene Fessel. Vasco war einer von ihnen. McGowan ein anderer. Fred Trotter und Maxie Carlo stellten den Rest dar. Trotter war Werftarbeiter, Söldner und Bodyguard gewesen. Sein einer Arm war verkrüppelt, die Folge eines Sturzes vom Dach eines Bordells, als er siebzehn war. Jetzt war er fünfzig und hart wie Marmor; seine Jacke schien sich immer über seinen Schulterblättern zu spannen. Maxie Carlo war der Hofnarr, ein bösartiger Clown, das Mortlake-Maskottchen. Er trug Seidenanzüge und ein Springmesser im Ärmel. Sein kleiner, runder Kopf saß auf seinen Schultern wie ein Ball, der jeden Augenblick herunterzukullern und auf dem Boden aufzuspringen drohte. Er trank aus Creeds Glas, er sang und tanzte auf Restauranttischen, und er gab den Leuten Spitznamen. McGowan hieß Skull, Totenkopf. Trotter hieß Pig, Schwein. Und nachdem er tief in Vascos Vergangenheit gegraben hatte, war er mit Gorilla aufgetaucht. Er hatte sogar einen Spitznamen für sich selbst, er nannte sich Meatball, Fleischklops, weil er eine so fettige Haut und keinen Hals hatte. Alle hatten sie, Vasco möglicherweise ausgenommen, irgendwann einmal als Geier gearbeitet. Jetzt leiteten sie Geiertrupps, glattgesichtige Männer in grauen Anzügen, die vor einem Verbrechen nicht zurückscheuten, solange für sie dabei eine gute Provision heraussprang. Jed begann, die Bedeutung von Creeds Handschuhen zu begreifen. Vermutlich wollte er sich die Hände nicht schmutzig machen.

Die ersten paar Monate über wurde Jed nicht beachtet. Das einzige, was er hörte, waren die Namen von Fahrtzielen. Er war einfach »Morgan« oder »du«. Vascos Worte hallten in ihm wie ein Urteilsspruch nach: Du wärst zwar außen vor, aber vielleicht kannst du dich nach drinnen vorarbeiten.

Und der Blick auf McGowans Gesicht. Nur über meine Leiche.

Und dann eines Samstagmorgens. Jed hatte den Wagen aus der Garage auf den Parkplatz gefahren; er überprüfte Öl- und Wasserstand. Es war früh, kurz nach acht, und die Sonne war noch nicht um die Ecke des Gebäudes herum. Durch den Maschendrahtzaun wehte von dem Yum-Yum-Donuts-Stand auf der anderen Straßenseite der Duft von heißem Teig und süßem Sirup herüber. Er hörte eine Tür zuschlagen, und als er sich umdrehte, sah er Creed auf sich zukommen, umgeben von sämtlichen vier persönlichen Mitarbeitern. Die makellosen dunklen Anzügen, die Zirkusgesichter.

»Was machen wir denn mit Morgan?« sagte Creed gerade, als er näherkam. Er blieb vor Jed stehen und schaute ihn an.

Jed schloß die Kühlerhaube und wischte sich die Hände ab.

»Wir brauchen einen Namen für Morgan.« Creed wandte sich

an Carlo. »Denk aber daran, nicht noch mehr Tiere! Wir haben schon zwei.«
»Erst zwei?« sagte Vasco. »Ich hab' gedacht, wir hätten mehr als zwei.«
»O Gott verdammt«, sagte McGowan, »seine Alte muß heute früh sein Scheißhirn mit dem Müll weggeworfen haben.«
»Ich wollte nur sagen, es gibt Trotter und mich«, meinte Vasco und schaute McGowan ins Gesicht, »und dich gibt's doch auch, oder?«
McGowan machte einen einen Schritt nach vorne. Seine Zähne wirkten wie zugefeilt. Seine Augen waren Spiegel. Schau dich an! Schau dich an, wie du stirbst!
Carlo trat zwischen die beiden und lachte. »Vielleicht sollte ich mir ein paar neue Namen ausdenken.« Er reckte seine zierlichen Hände in die Luft, die Innenflächen nach oben. »Vielleicht sollten wir alle Tiere sein.«
Vasco und McGowan starrten sich über Carlos Kopf hinweg noch immer feindselig an.
»Hier herüber, Meatball«, sagte Creed. Beide musterten jetzt Jed.
»Was meinst du?« fragte Creed.
Carlo rollte den Kopf zwischen den Schultern hin und her. »Er ist so lang und dünn. Erinnert ein bißchen an Spaghetti.«
»Spaghetti Morgan.« Creed lächelte. »Das gefällt mir.« Er wandte sich an die übrigen. »Ihr zwei. Skull! Gorilla! Spaghetti Morgan? Was meint ihr?«
Vasco und McGowan drehten sich um und schauten Jed an.
»Spaghetti?« sagte Vasco. »Perfekt.«
»Paßt jedenfalls gut zu Meatball«, sagte Jed trocken.
Der Witz hielt den ganzen Tag vor. Sie aßen beides sogar in einem kleinen italienischen Restaurant im Osten. Jeder wollte Spaghetti mit Fleischklöpsen. Jed konnte es durch die Fensterscheiben des Lokals an ihren Lippen ablesen.

»Hey«, sagte Trotter, als sie nachher wieder in den Wagen stiegen, »jetzt haben wir zwei Essen, was?«
»Das hast du gerade erst gemerkt?« fragte Carlo. »Du bist ein ganz schneller, wie Pig?«
»Nenn mich nicht Pig«, knurrte Trotter.
»Du knurrst ja«, sagte Carlo. »Vielleicht habe ich das falsche Tier erwischt.«
Vielleicht hatte Vasco recht, dachte Jed, als er an diesem Tag in die Stadt zurückfuhr. Vielleicht waren sie alle Tiere. Abgerichtete Tiere allerdings. Sie fauchten einander an, sie kratzten und bissen, aber ein Wort von Creed, und sie saßen wieder auf ihren Hockern, zum Sprung durch den Feuerreifen bereit.
Sogar mit seinem neuen Namen blieb Jed immer noch isoliert. Er war der Fahrer, getrennt hinter einem versenkbaren Stück Glas. Er war taub und stumm.
Aber er verlor den Mut nicht. In seinem Innern breitete sich die Geduld aus wie ein weites Feld. In seinem Innern konnte er die Zukunft langsam und grün sprießen fühlen.

Der einzige Mensch, dem er nahestand, war Carol. Seine aufsteckbaren Sonnengläser brachten sie zum Lachen. Ebenso seine Lakritzkringel. Sein rotes Kissen löste bei ihr Lachkrämpfe aus. Es gefiel ihm, sie zum Lachen zu bringen, denn das bedeutete, daß er ihren Mund beobachten konnte.
Als er ihren Mund zum erstenmal sah — es war am Morgen des Vorstellungsgesprächs —, dachte er, sie müsse irgendwie operiert worden sein. Der Mund sah aus, als hätten ihn zwei Leute von beiden Enden her zugenäht, und als wäre ihnen dabei der Faden ausgegangen. Jedesmal wenn er sie zum Lachen brachte, dachte er, ihr Mund würde an den Rändern reißen. Es tat fast weh zuzusehen.
Daß sie hinkte, merkte er nicht, bis sie eines Tages nach der Arbeit ausgingen. Creed war nicht in der Stadt. Er war zu einer

internationalen Tagung nach Norden geflogen. Jed hatte einen freien Abend und nichts vor. Carol machte den Vorschlag, auf dem Pier spazierenzugehen.

Erst dachte er, einer ihrer Absätze sei abgebrochen oder dergleichen. Dann blickte sie auf, ihm in die Augen, und sagte, ihr eines Bein sei kürzer als das andere, und es tue ihr leid, wenn ihn das in Verlegenheit bringe. Sie hatte sich dreimal operieren lassen, erzählte sie, ohne Erfolg. Ihr Vater hatte sie zu Spezialisten gebracht, zu Physiotherapeuten, einmal sogar zu einem Hypnotiseur, aber man konnte nichts tun. Jeds Augen erkundeten die Gesichter vorübergehender Liebespaare, suchten den dunklen Ozean hinter ihnen ab, aber er hörte zu. Er hörte genau zu. Es war, als würde er eine Geschichte über sich selbst hören. Als würde er sich in einem Zerrspiegel betrachten. Es war eine seltsame Form von Eitelkeit. Er erkannte genau wieder, was sie sagte. Sie aber hielt sein Schweigen für Mitleid, und ihr Griff um seinen Oberarm wurde fester.

Sie erreichten das Ende des Piers. Es war eine klare Nacht. In der Ferne konnte er gerade noch ein paar schwache Lichter erkennen. Diese Lichter hatten Namen: Engelsaue, Korallentriften, Himmelsklang. Es waren die Meeresfriedhöfe, zwanzig Kilometer draußen.

Carol schauderte. »Wie gefällt dir die Arbeit bei Creed?«

»Sie gefällt mir«, entgegnete Jed.

»Er macht mir angst.« Sie sah Jeds Gesicht. »Ich weiß, ich bin dumm.« Sie schüttelte sich und kehrte dem Meer den Rücken zu. »Gehen wir auf ein Glas?«

»Wohin?«

»Dorthin.« Sie deutete auf das Schild, unter dem sie standen. »›The Starlite Bar‹.«

Sie verlagerte ihr Gewicht von einem Bein auf das andere, so daß sie von ihm weggebeugt stand, und ihre Lippen wölbten sich nach oben, sie waren so rot und zugenäht im weißen Licht der nackten Glühbirnen, die über ihren Köpfen schaukelten, sie waren die einzige Farbe in ihrem Gesicht, doch er schaute weg, nicht aus Verlegenheit, vielmehr verspürte er eine Art gequälter Faszination, er wollte sie nicht küssen oder auch nur berühren, es wäre ihm wie ein Inzest vorgekommen.

»Gehen wir auf zwei Gläser«, sagte sie, »oder vielleicht drei!«

Er lächelte. Sie machte sich über einen Augenblick lustig, der für sie peinlich gewesen war. Er nahm sie am Arm und senkte die Stimme. »Du hast es vergessen. Ich trinke nicht.«

»Das habe ich nicht gewußt.«

Er erzählte ihr von den Türmen des Gedenkens. Vom dreizehnten Stockwerk, von trüber Folie, die über zerbrochenes Glas geheftet war. Flatter, flatter, flatter — im Wind die ganze Nacht lang. Träume, in denen sich einem die Haut von den Knochen löste. Gespenster oben und Gespenster unten. Er erzählte ihr, wie ihm sein siebzehntes Lebensjahr vollkommen abhanden gekommen war. Wie die Türme des Gedenkens zu den Türmen des Vergessens geworden waren. Eine Mischung aus Wodka, Speed und Zeug zum Schnüffeln. Er war unten gewesen und durch und auf der anderen Seite. Er hatte kein Interesse daran, noch einmal die Kontrolle zu verlieren. Er wollte einen Verstand, so scharf wie ein Diamant, der Glas schneidet. Er trank jetzt Soda und aß Süßigkeiten, und damit hatte es sich.

»Ich weiß«, sagte sie. »In deinen Taschen raschelt es, wenn du dich bewegst.«

Er lachte.

»Coca-Cola«, sagte sie. »Du kannst Coca-Cola trinken.« In ihren Augen schien sich ein Energiestoß zu entladen, als wäre die Voltzahl gestiegen. »Es soll hier sehr gut schmecken.«

Sie betraten das grelle Rot und Chrom der »Starlite Bar«. Jemand spielte auf einer elektrischen Orgel, und auf einer hufeisenförmigen Tanzfläche aus gewachstem Holz wirbelten alte

Paare. Er bestellte einen Gin-Tonic für sie und eine Cola für sich. Sie setzten sich in eine Nische.
»Wieso ist es mir nicht schon vorher aufgefallen?« fragte er sie. »Daß du hinkst.«
Sie lächelte. »Spezialschuhe.«
»Und wieso trägst du sie jetzt nicht?«
»Ich weiß es nicht.« Sie hob die Schultern und nippte an ihrem Glas. »Willst du mein Bein sehen?«
Eine Hitzewelle durchfuhr ihn. Er blickte sich um.
»Du willst es sehen, oder? Ich zeige es dir.« Und indem sie sich ein wenig von der Bank hob, zog sie ihre schwarze Strumpfhose herunter, so daß ihre Beine bloß lagen. Um ihr rechtes Knie schlang sich ein Narbengewebe. Es sah wie ein Stück roter Stacheldraht aus.
»Darf ich es anfassen?«
Sie nickte, die Lippen aufeinandergepreßt.
Es fühlte sich wie getrockneter Klebstoff an. Während er seinen Finger wieder wegnahm, aber noch immer hinsah, sagte er: »Wirklich eine Riesensauerei«, aber so wie er es sagte, hätte es genausogut ein Kompliment für einen Chirurgen sein können.
Sie schaute ihr Knie teilnahmslos an, als wäre es ein Ring an ihrem Finger, ein Ring, den sie anprobierte, ein Ring, den sie vielleicht kaufte oder nicht kaufte. »Ich glaube, es kommt daher, daß sie immer an derselben Stelle geschnitten haben.«
Sie leerte ihr Glas. Die Eiswürfel stießen gegen ihre Zähne.
»Sie haben dreimal versucht, es zu richten« sagte sie, »aber ich glaube jetzt, sie haben es ziemlich aufgegeben.«
»Ich weiß«, sagte er. »Das hast du mir erzählt.«
Beim dritten Glas weinte sie.
Er ließ sie am Taxistand vor dem »Belgrano« heraus. Sie wohnte am Westufer, jenseits der Hafenbrücke, und er mußte nach Osten. Sie stand auf dem Gehsteig, die Handgelenke an die

Oberschenkel gepreßt. Sie wirkte wie ein Kind, verloren oder schüchtern.

Er beugte sich über den Beifahrersitz und schaute zu ihr hoch. »Alles in Ordnung?«

Ein Schniefen, ein Nicken.

»Wir sehen uns morgen!« Er sah ihr zu, wie sie zum nächsten Taxi hinkte, dann schaltete er die Automatik auf DRIVE und fuhr weg.

Auf dem Heimweg mußte er zum Tanken anhalten. Als er zahlte, bemerkte er, wie jemand eine Harley in das gelbe Licht der Zapfsäulen schob. Der Besitzer des Motorrads trug einen Zopf und eine schwarze Lederjacke mit einem Totenkopf auf dem Rücken. Jed konnte das Gesicht nicht sehen, aber er glaubte, die Jacke wiederzuerkennen. Er steckte sein Wechselgeld ein und ging hinüber. »Mitch. Bist du's?«

Mitch starrte ihn an.

»Ich bin einmal in deinem Tätowierladen gewesen. Mit Vasco. Ist Jahre her.«

Jetzt warf Mitch den Kopf zurück. »Scheiß mich an, der Erpresser!« Seine Augen musterten Jed der Länge nach, rauf und runter. »Was soll die Verkleidung?«

Jed grinste. »Ich fahre für die Paradise Corporation.«

»Derselbe Laden, in dem auch Vasco arbeitet, oder?«

»Er hat mir den Job verschafft.«

Mitch hatte eine Art, einen anzublinzeln, als würde er direkt in helles Sonnenlicht schauen, als würde er gerade fotografiert. Es ließ sich schwer sagen, was das hieß.

»Das ist nicht ganz deine Strecke, oder?« sagte Jed.

Mitch knurrte. »Die Maschine is' im Arsch.«

»Und was machst du jetzt?«

»Ich weiß es nicht. Sie hierlassen.«

»Soll ich dich heimfahren?«

Mitch schaute auf seine Stiefel hinunter. Sie waren voll Öl und ausgelaufenem Treibstoff. Ein Luftzug strich durch die nahen Palmen. »Würdest du das?«

»Klar.«

Mitch schob sein Motorrad hinter die Tankstelle und kettete es an einem Geländer fest. Als er zurückkam, sagte Jed: »Wohnst du noch in der alten Straße?«

»Bin umgezogen.«

»Wo wohnst du jetzt?«

»In Rialto.«

Rialto lag draußen am Fluß. Nördlich von Mangrove, auch westlich. Jeder andere hätte eine halbe Stunde dafür gebraucht, aber Jed kannte die Abkürzungen. Er schaffte es in einer Viertelstunde. Falls Mitch beeindruckt war, ließ er sich nicht darüber aus.

Als sie in den Rialto Parkway einbogen, deutete Mitch durch die Windschutzscheibe. »Da ist es.«

Mitch benutzte noch immer das Schild, das er vor all den Jahren in der Central Avenue benutzt hatte, das alte Schild, das Jed an einen Zirkus erinnert hatte. Er hielt vor dem Laden und ließ den Motor laufen.

Mitch schüttelte ihm die Hand und machte die Wagentür auf. »Vielleicht schaust du mal auf ein Bier vorbei. Du weißt, wo du mich findest.«

Als Jed am nächsten Nachmittag auf den Parkplatz hinter dem Büro in Mortlake fuhr, stand Vasco auf dem Asphalt, die Hände in den Taschen. Sein Haar glänzte schwarz wie ein gewichster Schuh, und auf dem Gesicht kündigte sich ein breites Grinsen an.

Jed lehnte sich aus dem Fenster. »Was ist denn so komisch, Vasco?«

»Ich hab' gehört, du bist mit Carol ausgewesen.«

»Und?«

»Durchtriebener Hund.«

Jed starrte ihn an.
»Die Tochter des Vorsitzenden«, sagte Vasco.
»Was?«
»Carol. Sie ist die Tochter des Vorsitzenden.«
»Des Vorsitzenden von was.«
»Des Vorsitzenden von was. Des Vorsitzenden der ganzen beschissenen Firma. Davon.«
»Das hab' ich nicht gewußt.«
Doch Vasco war nicht so leicht zu überzeugen. »Natürlich nicht.«
»Ich hab's nicht gewußt.«
Vasco glaubte ihm nicht. »Du durchtriebener Hund.«
Also war er ein durchtriebener Hund. Schön und gut. Dann war er das. »Wenn du so viel weißt«, sagte Jed, »dann kannst du mir vielleicht sagen, wen ich noch getroffen habe.«
Vasco runzelte die Stirn.
»Na, los!« sagte Jed. »Wen habe ich noch getroffen?«
»Ich weiß es nicht.«
»Also sind sie gar nicht so gut, wie?«
»Wer ist nicht so gut?«
»Deine Spitzel. Deine Geier. Wie?«
Vasco zuckte mit den Achseln.
»Mitch«, sagte Jed. »Du erinnerst dich an Mitch?«
»Mitch?« Vasco schaute sich um. »Paß auf, Jed! Wie wär's, wenn du heute abend zum Essen kommst? Du könntest dir mein Haus anschauen, meine Frau kennenlernen. Wir könnten auf dem Weg bei Mitch reinschauen. Ich hab' ihn ewig nicht gesehen.«
»Was ist, wenn Creed früher landet?«
»Dafür übernehme ich die Verantwortung.«
Es war, als würde der alte Vasco reden. Jed sagte zu, aus einem seltsam nostalgischen Gefühl heraus.
Sie ließen die Limousine auf dem Parkplatz und nahmen Jeds

Wagen. Nach dem Mercedes kam Jed sein Chrysler immer so schlampig vor, es war, als würde man zu große Schuhe tragen.
Vasco musterte das abgenutzte Wageninnere. »Das is' 'n Auto!«
»Wenn's dir nicht paßt«, erwiderte Jed, »kannst du jederzeit aussteigen.«
»Es paßt mir, es paßt mir. Ich hab' doch bloß gesagt, das is' 'n Auto. Sonst nichts. Mein Gott!« Vasco schaute zu Jed hinüber. »Du bist zu empfindlich, weißt du das?«
Und du nicht, nehme ich an, dachte Jed.
Er fuhr schnell. In weniger als zwanzig Minuten waren sie in Rialto.
»Ungesund, dieser Stadtteil«, sagte Vasco. »Sehr ungesund.«
Nur zu wahr. Rialto, war ein Viertel, wo man nicht hinging. Halb Schwarze, halb Latinos. Die Häuserblocks alle nach demselben Muster: Kirche Club Bar; Kirche Club Bar; Kirche Club Absteige Bar. Jede Nacht eine Schießerei. Die Schilder an der Nordöstlichen 139. Straße sagte alles. HOUSE OF JOY. Y-TEL MOTEL. LOU'S GUN HUNT. EL FLAMBOYAN BAR. JESUS LOVE CHURCH. THE OASIS LIQUOR LOUNGE. BIG MAC'S SHOWGIRL REVIEW — TOTALLY NUDE — PROVOCATIVE. Zwischen all dem heruntergekommenen Neon wirkte Mitchs Schild putzig. Jed erreichte den Block Nr. 11 000 und fuhr langsamer. Er konnte nicht vor dem Tätowiersalon stehenbleiben, also nahm er die nächste Straße links und parkte zwischen einem Haufen Mülleimer. Hier war der Chrysler in seinem Reich, in Vierteln wie diesem. Einfach noch ein Stück Abfall. Passend.
Vasco dachte gerade dasselbe. »Gut, daß wir nicht mit der Nobelkarosse gekommen sind. Du läßt hier so 'n Schlitten stehen, und sie haben ihn dir in fünf Minuten ausgeraubt.«
Jed folgte Vasco in Mitchs Laden. Er hörte das Surren der Nadelpistole. Mitch war bei der Arbeit. Ein Latino-Junge saß

auf Mitchs grünem Stuhl, den Arm auf einen Stahltisch gestützt.
Ohne die Augen zu heben, sagte Mitch: »Wieder einer tot?«
Vasco grinste. »Keiner ist tot, Mitch. Das ist bloß ein Höflichkeitsbesuch.«
Mitch deutete mit dem Kopf nach rechts. »Wenn ihr 'n Bier wollt, dort drüben, in der Ecke.«
Vasco machte den Kühlschrank auf und schaute hinein.
»Wie geht's dem Motorrad?« fragte Jed.
»Ist gerichtet.« Mitch schaute zu Jed hoch. »War nichts. Bloß 'ne Zündkerze.«
Jed verkniff sich das Lächeln, bevor es auf sein Gesicht trat. Diese paar zusätzlichen Worte, das wußte er, mehr würde er von Mitch als Dank nie erwarten können.
Jed und Vasco rissen jeder ein Bier auf. Sie setzten sich auf eine Vinylbank an der Wand, während Mitch an der Schulter des Latino-Jungen arbeitete. Allmählich kam ein Totenkopf zum Vorschein, allmählich glitt eine blaue Schlange durch eine der Augenhöhlen und rollte sich auf der Schädeldecke wie ein Turban zusammen.
»Hast einfach 'ne Hand dafür«, sagte Vasco.
»Tu mir einen Gefallen, Vasco«, sagte Mitch. »Halt's Maul!«
Vasco schaute Jed an und zuckte mit den Achseln. »Das Problem bei Mitch ist, daß er zuviel arbeitet.«
Die Sonne am Himmel ging unter und vergoldete das verstaubte Glas der Schaufensterscheibe. Das Hupen der vorbeifahrenden Autos klang müde und fern. Jed machte noch ein Bier auf. Er hätte einschlafen können.
»Der Laden hier«, sagte er, »ist genau wie dein anderer.«
Mitch brummte. »Bloß, daß ich hier wohne.«
»Ja?« Jed sah sich um. »Wo?«
»Oben. Hab' auch 'nen Hof. Hinten.«
Vasco gähnte.

Es vergingen weitere langsame Minuten.

Nachdem Mitch den Laden für die Nacht abgeschlossen hatte, nahm er Jed und Vasco mit nach hinten in den Hof. Sie standen mit der Bierdose in der Hand auf dem rissigen, aufplatzenden Beton und ließen den Tag verdämmern, bis es dunkel war. Eine Dunkelheit, durchwoben mit dem Silber von Sirenen, eine Dunkelheit, benommen von Alkohol, Auspuffgasen und Flußschlick. Einmal drehte Jed sich zur Seite und sah Mitch im Profil: die sture Nase und die faden Augen, den Chinesenzopf, die dicke Hand, die mit der Bierdose auf dem Bauch ruhte. Er stand fest auf beiden Füßen da, verwurzelt und zufrieden, und hatte die Friedlichkeit eines Baumes, des staubigen Feigenbaumes, der sich über ihren Köpfen ausbreitete, und sich an den Fenstern im zweiten Stock rieb. Dann rief eine Frauenstimme: »Bist du dort unten?«

Mitch regte sich nicht und sagte nichts.

»Die Jungs sind bald da«, sagte die Frauenstimme.

»Wer ist das?« fragte Jed.

»Seine Alte«, sagte Vasco. »Du hast auch geheiratet, oder, Mitch?«

Mitch sagte nichts.

»Na«, meinte Vasco, »wir gehen wohl lieber.«

Als sie durch Euclid zur A 1 und den Vorstädten im Nordwesten fuhren, rutsche Vasco tiefer in seinen Sitz, den Kopf gegen die Kopfstütze gelehnt. »Manchmal verstehe ich den Kerl nicht.«

»Was gibt's da nicht zu verstehen?«

»Dieser ganze Dreck und diese Schmiere überall, diese ganze langsame Zeit.«

»Vielleicht hat er keine andere Wahl.«

Vasco rollte seinen Kopf auf der Lehne herum, so daß er Jed ansah. »Wenn du was machst, dann, weil du es dir ausgesucht hast.«

Sie redeten nichts mehr, bis sie in Vascos Haus in Westwood kamen. Es war ein Bungalow, wenn man etwas, das einen halben Wohnblock einnimmt, überhaupt Bungalow nennen kann. Falsche Kamine, Mauern, die mit großen Quadern aus ockerfarbenem Stein verkleidet waren. Das Ganze sah aus, wie aus Erdnußkrokant gemacht, als könne man ein Stück von der Veranda abbrechen und es essen. Aber es war Eigentum. Zweifellos.

Jed lugte durch die Windschutzscheibe. »Gehört das alles dir?«

Vasco lehnte sich mit einem schiefen Lächeln zurück.

»Mensch«, sagte Jed. »Wie wird erst deine Frau sein?«

Sie war eine Frau mit aufgetürmten, aus der Stirn toupierten schwarzen Haaren. Sie trug hochhackige schwarze Schuhe, und ihre Strümpfe zischten, aber sie hatte einen steifen Gang, als müßten ihre Hüften geölt werden. Sie nahm einen Kuß von Vasco entgegen, und dann nahm sie seinen Mantel. Sie schien für seine Frau zu alt zu sein.

»Sie sind Jed?«

»Mrs. Gorelli«, sagte er, »es freut mich, Sie kennenzulernen.«

»Oh, nein!« und sie wedelte mit der Hand in der Luft, als wolle sie sie polieren. »Vasco hat mir so viel von Ihrer gemeinsamen Jugend erzählt. Sie müssen mich Maria nennen!«

Sie setzten sich fast gleich zum Essen. Das Speisezimmer war mit dunklen Möbeln vollgestellt. Sofas aus Samt und Leder, Stühle mit hohen Lehnen aus verziertem geschnitztem Holz. An den Wänden hingen Teppiche, Aktbilder in vergoldeten Rahmen, handbemalte Teller. Auf einem Sideboard stand ein Farbfernsehgerät. Alle paar Augenblicke streckte Vasco den Arm aus und schaltete mit der Spitze seines Messers um.

»Wir haben eine Fernbedienung«, sagte Maria.

»Ich mag Fernbedienung nicht.« Vasco schaute Jed an. »Magst du Fernbedienung?«

»Ich habe keinen Fernseher«, sagte Jed.

»Hast du das gehört?« sagte Vasco zu Maria. »Er hat keinen Fernseher.« Und schaltete wieder mit seinem Messer um.

Sie redeten von alten Zeiten. Vergangenes war viel einfacher, schien es, als die Zwiespältigkeiten der Gegenwart. Die Vergangenheit war so weit weg, damals waren sie andere Menschen gewesen, sie konnten erstaunt, fast ungläubig auf sich zeigen, sie konnten alles ablaufen lassen, ohne sich zu sehr zu engagieren — wie einen Fernsehfilm. Es war klar, daß Maria so gut wie nichts über Vascos Aktivitäten wußte. Auch verspürte sie kein Verlangen, etwas zu wissen. Solange das Geld hereinkam, war sie glücklich. Woher das Geld kam, das war weder hier noch dort, es war Geographie, und Geographie war ein langweiliges Thema.

»Er war so schlimm damals«, sagte sie einmal liebevoll, »so schlimm, nicht wahr?«, und ihre Hand glitt über das Tischtuch und legte sich auf die Vascos.

»Was ich für Sachen angestellt habe!« sagte der und schüttelte den Kopf. »Und Jed auch.«

»Ja«, sagte da auch Jed und schüttelte den Kopf.

Nach dem Essen ließ Maria sie allein. Vasco ging zum Barschrank und goß sich ein Glas Brandy ein. Er trank die Hälfte davon im Stehen. Dann setzte er sich auf einen braunen Samtsessel und fing an, auf seinen großen, viereckigen Nägeln zu kauen. Er hatte während des Essens ständig getrunken, aber jetzt schien er angespannter als je zuvor. Jed wartete darauf, daß Vasco sein Schweigen brach. Er beobachtete, wie Vascos Ringe viele Lichtreflexe an die Wand warfen.

»Du hast mit mir reden wollen«, sagte er schließlich.

Vasco schreckte beim Klang von Jeds Stimme beinahe hoch. »Ja«, sagte er. »Ja.«

Jed wartete.

»Es geht um den Job, den du hast«, sagte Vasco. »Ich habe nachgedacht. Vielleicht hätte ich es nicht tun sollen.«

»Ich bin froh drum«, sagte Jed. »Es ist ein guter Job.«
»Ich weiß nicht. Ich hab' dich da vielleicht in was reingezogen.«
»Wie meinst du das?«
Vasco schwenkte seinen Brandy. »Creed«, sagte er. »Er macht ein paar ganz krumme Sachen.«
»Was denn?«
»Er und Skull. Sie stecken da beide drin.«
»Was für krumme Sachen, Vasco?«
»Es ist ziemlich übel.« Vasco stand auf. »Ich will nicht darüber reden, ich hab' dich bloß warnen wollen, verstehst du?«
»Na klar«, sagte Jed. »Klar. Ich verstehe.«
Doch Vasco hörte nicht zu. Er war ans Fenster gegangen und hatte die Vorhänge mit einer Hand aufgeschoben, und jetzt starrte er hinaus, hinaus in den dunklen Garten.
Als Jed diese Nacht nach Hause fuhr, fühlte er sich wie ein Mann, dem man gesagt hatte, er würde sterben, der aber nicht wußte, wann.

SCHWIERIGE GEWÄSSER

Nathan lebte erst seit ein paar Monaten in der Stadt, als er India-May kennenlernte, doch hatte er sie bereits hier und da gesehen und wußte, wie über sie geredet wurde. Sie rauche zuviel Gras, sie schlafe mit Schwarzen, sie trage ein Silberkettchen um den Fußknöchel, wie die klingelnden Glöckchenhalsbänder, die man Katzen umlegt, damit sie keine Vögel mehr fangen — so wurde über sie geredet. Die Stadt hieß Tomorrow Bay, was ein seltsamer Name war für eine Stadt, die keine Zukunft zu haben schien. Aber dieser Name war auch der Grund für Nathans Hiersein; er hatte ihn auf einer Landkarte gelesen, und sein Klang hatte ihm gefallen. Eines Nachmittags also ging er in eine Bar im Süden der Stadt, eine jener Spelunken, in denen die Luft versengt riecht, alle Hocker schwarz gestrichen sind und sich Rauch durch ihre Beine schlängelt, als hätte gerade ein Drache ausgeatmet, und da saß India-May, die Hand um einen doppelten Gin gelegt, und als sie das Glas an die Lippen führte, stieß sie mit dem Rand gegen ihre Zähne, die Armreifen glitten ihren sommersprossigen Arm entlang, und ihr fahles Haar fiel ihr in die Augen. Sie sah verwegen und müde aus. Sie sah aus, als wären all die Geschichten über sie wahr.

Eine dieser Geschichten stand zufällig genau neben ihr. Ein alter Schwarzer, dessen Name, wenn Nathan ihn richtig aufgeschnappt hatte, Twilight, Dämmerung, lautete. Er nenne sich so, sagte er, weil in seinem Leben schon der Abend dämmere, und sie stand auf, schlang die Arme um ihn und sagte, für sie sei er die schöne, hoch am Himmel stehende Mittagssonne, und er schaute über ihre Schulter weg Nathan an und verdrehte die Augen, ganz so, als wollte er sagen, sie weiß *überhaupt* nicht, welche Tageszeit wir gerade haben.

Twilight zog bald darauf ab, obwohl sie ihn anscheinend nicht gehen lassen wollte, und als sie sich wieder ihrem Gin zuwandte, erwischte sie Nathan dabei, wie er sie beobachtete, und rief zu ihm hinüber: »Was trinkst du da?«

»Cola.«

»Willst du was Richtiges zu trinken?«

Er lächelte und schüttelte den Kopf. Er sagte ihr, daß er ab und zu Bier trinke, wenn er durstig sei, aber das sei auch schon alles. Meistens bleibe er nüchtern.

Sie schien ihn mit den Augen abzutasten, und dann nahm sie eine lose Strähne ihres fahlen Haares und warf sie über die Schulter zurück, als wäre sie Salz oder etwas Ähnliches, als würde das Glück bringen.

»Du bist unglaublich. Wie alt bist du?«

»Zwanzig. Fast einundzwanzig.«

»Die meisten Leute in deinem Alter haben noch nicht mal angefangen, die Nase in den Dreck du stecken«, sagte sie, »und da kommst du daher, so verdammt sauber wie Neuschnee. Nicht zu fassen.«

»So sauber bin ich gar nicht.« Er rückte ein paar Plätze weiter, setzte sich auf Twilights Hocker. Einmal, erzählte er ihr, sei er so betrunken gewesen, daß es ihn fast die Zähne gekostet hätte. Er zeigte ihr die Wunde an der Oberlippe, wo er gegen die Straßenlampe geschlagen war. Sie lud ihn zu einer Cola ein.

India-May war nicht ihr richtiger Name, stellte sich heraus. Keiner in diesem Lokal schien einen richtigen Namen zu haben. Sie nannte sich India-May, seit sie siebzehn war. Auch eine Art, sich von Daheim zu lösen, meinte sie. Ein Strich unter die Vergangenheit. Weil sie gerade von Strichen unter die Vergangenheit spräche, sagte er, er habe auch einen unter seine gezogen. Er erzählte ihr von Moon Beach. Wie er vor einem Jahr dort weggegangen sei. Wie tot der Ort für ihn sei. Und daß er ihm nun wie ein Haufen Müll vorkomme.

Sie musterte ihn mit ihren glasigen Augen. »Wo wohnst du jetzt?«

»In der Stadt. Ein paar Häuserblocks weiter im Osten.«

Sie fing an, ihm von einem Haus zu erzählen, das ihr gehöre, es sei eine alte Farm, draußen hinter Morello. Sie sagte, sie habe ein Zimmer im dritten Stock übrig. »Wenn dir das was bringt.«

Er zögerte. »Hinter Morello?« Morello lag nordöstlich von Tomorrow Bay, etwa dreißig Kilometer landeinwärts.

»Ein Stück dahinter. Hast du Interesse?«

»Vielleicht.« Momentan teilte er sich eine Wohnung mit einem Surfer und dessen Freundin. Alles war irgendwie — total intensiv. Er war sich nicht sicher, wie lange er das aushalten würde.

»Der schwarze Typ, den du gesehen hast, der wohnt manchmal dort. 'ne Menge Leute wohnen manchmal dort, denk' ich.« Dann schien sie plötzlich müde zu werden, alles Licht und alle Energie waren verflogen, und sie klammerte sich an ihr Glas.

Bald darauf sagte er, daß er gehen müsse. Sie meinte, er solle es sich überlegen. Gab ihm sogar eine Telefonnummer. Er bedankte sich, ging in die Hitze und das Sonnenlicht hinaus und stand lachend auf der Straße. Er hatte vergessen, daß es so sein würde. So heiß, so hell. Manchmal erscheint einem die Welt so neu, daß sie die Erinnerung an die alte auslöscht.

Zehn Tage später rief er sie an und fragte sie, ob ihr Angebot noch gelte.

»Ich sage nichts, was ich nicht auch meine. Wann willst du rauskommen?«

»So bald wie möglich.«

Sie zögerte keinen Augenblick. »Okay, ich sag' dir, wie du das

Haus findest. Es ist, wie ich's dir beschrieben habe. Das Haus liegt in den Bergen, nordöstlich der Stadt. Fahr auf der Schnellstraße Richtung Norden, dann wieder auf der Landstraße nach Morello runter. Die Straße verläuft erst gerade, dann macht sie einen leichten Knick, aber es gibt keine Autos, und die Aussicht auf der rechten Seite ist echt traumhaft, als wärst du der letzte Mensch auf der Erde. Echt traumhaft. Wie kommst du?«

»Mit dem Motorrad.«

»Okay. Halt nach einer scharfen Kurve Ausschau, ungefähr zehn Kilometer nach Broken Springs. Du erkennst sie schon von weitem, weil dort ein weißes Kreuz mit der Aufschrift BABY BOY SOPER steht. Vor ein paar Jahren ist auf dem Hügel einem Jungen der Reifen geplatzt, das Auto hat sich überschlagen, Feuer gefangen, und von dem Typ sind nur die Zähne übriggeblieben und der Ring, den er gerade für seine Freundin gekauft hatte. Genau so war das. Na, ja. Also, gleich nach dem Kreuz stehen ein paar Bäume. Einer davon ist verkrüppelt, weil Baby Boys Auto auf der Fahrt den Hang runter ein Stück Stamm weggerissen hat. Genau da fängt der Weg an, kein Schild, nur ein Weg, der aussieht, als würd' er nirgendwohin führen. Und das stimmt ja irgendwie auch.« Sie lachte von tief unten aus der Kehle heraus. Wahrscheinlich ist sie zugekifft, dachte er. »Nach acht Kilometern siehst du ein graues Dach. Es ist das einzige Haus in der Umgebung. Bißchen runtergekommen. Aber warm hat man's immer, und es gibt Betten mit Sprungfedern und Hunde, die einem den Bi-Ba-Butzemann vom Hals halten. Aber, hör mal, Baby, bist du dir sicher, daß das das Richtige für dich ist? Da draußen ist es einsam wie im Grab, und bloß der Wind heult und heult die ganze Zeit, und du scheinst mir eher 'n Stadtjunge zu sein.«

Stadtjunge.

Am nächsten Tag machte er sich auf den Weg, und je mehr er

in die Hügel hinaufkam, desto weniger salzig war die Luft. Sobald er die Teerstraße verlassen hatte, begegnete er keiner Menschenseele mehr. Der Weg holperte und schlängelte sich durch eine Landschaft aus glatten weißen Felsbrocken, grauen Pinien und Kakteen, die sich wie Schlangennester im Staub wanden. Nach acht Kilometern — komischerweise stimmten India-Mays Angaben haargenau, obwohl er das am wenigsten von ihr erwartet hatte — erblickte er das Haus. An den Ausläufer eines Hügels geschmiegt, stand es genau an der Stelle, an der der Weg nach unten verlief und verschwand. Lose Ziegel, gesprungene Fensterscheiben und mit Wellblech ausgebesserte Wände: Es bediente sich der Farben der Landschaft, in der es stand; Grau, Braun und Gelb, und wirkte so wie ein Wesen, das eigentlich hätte ausgestorben sein müssen, ein Wesen, das nur überlebt hatte, weil es über eine gute Tarnung verfügte. Es war früher eine Farm gewesen, hatte India-May gesagt, und fast schien es, als wäre es immer noch eine. Als er in den Hof einbog, stoben in geraden Linien Hühner durch den Dreck davon, Hunde fingen an, wie Tischtennisbälle um sein Motorrad herumzuspringen, und Leute kamen um die Ecken und lehnten sich auf Sachen.

Es war eine abgeschiedene Gegend, das stimmte, aber von wegen einsam wie ein Grab — das war nur India-Mays Gerede. Das tat sie öfter: Sie redete und redete, machte die Dinge größer, als sie in Wirklichkeit waren. Oder manchmal machte sie sie auch kleiner. Die Farm hatte nichts Einsames an sich, es sei denn, man bezeichnete das Zusammenleben mit sechs Menschen als einsam. Da war Joan, die sich von irgendeiner Art Zusammenbruch erholte. Da war ein alter Mann namens Fisher. Da war ein junges Ehepaar, Pete und Chrissie, mit seinem Baby. Und da war Twilight, der alte Schwarze aus der Bar. Das waren sechs, plus India-May und die Zigeunerfamilie, die hinter der Farm zwischen zerfetzten Reifen und rußigen Autowrackteilen campierte. India-May umgab sich eben gern mit Leuten, allen Arten von Leuten, manchmal hatte sie dabei Glück, manchmal nicht, aber ihr war es egal. Ihrer Ansicht nach waren die schlimmsten Leute besser als gar keine. Sie war jemand, der jedes Sandkorn durch das Stundenglas rieseln hörte, sie spürte die vergehenden Stunden wie Schmirgelpapier auf ihrer Haut. Die Zeit schien ihr tatsächlich weh zu tun, und die Leute halfen ihr, diesen Schmerz zu ertragen. Ihr war öfter etwas gestohlen worden, als sie sich erinnern konnte. Schmuck, Geld, Kleidung, einmal sogar ein Auto. Aber sie nahm dazu eine philosophische Haltung ein. Sie glaubte, es würde sich ausgleichen, entweder in diesem Leben oder bei der nächsten Runde. Oft zeigte sie Nathan Dinge, die sie eingehandelt hatte, aber immer, wenn sie ihn bat, sich ein Gemälde, einen Korb oder ein Päckchen Samen anzuschauen, schien es ihm, daß sie, zum Donnerwetter, reingelegt worden war, ein Verlustgeschäft gemacht hatte. Aber sie lächelte immer und warf ihr Haar über die Schulter zurück wie Salz und sagte mit ihrer so atemlosen Stimme: »Schau nur. Hab' ich's dir nicht gesagt? Ist es nicht schön?« Manchmal dachte Nathan, ihr Leben sei genau das: ein Moment angehaltenen Atems, nur noch einmal zehn Sekunden, nur noch einmal fünf, und dann würde der Tod wie Wasser in ihre Lungen eindringen — eine Schnur gläserner Blasen steigt an die Oberfläche, und dann nichts mehr. India-May fürchtete sich auf eine Weise, die er verstehen konnte; die Art Angst, die einen dazu bringt, über eine sechsspurige Autobahn zu laufen oder in Stromschnellen zu springen. Sie war ein Mensch, der auf seine Angst zulief und schrie. Der sie zu erschrecken versuchte. Der in einem anderen Abschnitt der Geschichte als Heilige verehrt oder als Hexe verbrannt worden wäre.

Sie gab ihm ein Zimmer im dritten Stock. Eierschalenfarbene Wände, eine Reihe Glasflaschen auf dem Kaminsims und ein Bett mit Sprungfedern, wie versprochen. Es sei ein durchgeistigter Raum, sagte sie zu ihm, er habe auf ihn gewartet, und als er diesen Abend am Fenster stand, glaubte er es fast wirklich. Er konnte geradewegs das Tal hinabblicken. Hinter den Hügeln glühte Tomorrow Bay, eine orangefarbene Kuppel am dunkelblauen Himmel, als ob gerade ein Raumschiff gelandet wäre. Doch die Stadt schien ihm nun fremd, er fühlte sich gar nicht von ihr angezogen. Er würde mit dem zufrieden sein, was er hier hatte. Am Morgen setzte er sich an den Küchentisch, und sie erklärte ihm, wie das Haus funktionierte. Alle ihre »Gäste« zahlten Miete, manche in Geld, manche in Naturalien. Der alte Mann flickte Schuhe. Die Frau mit dem Zusammenbruch kochte das Essen. Und Twilight, na ja, das überließ sie seiner Phantasie. »Du suchst dir aus, wie du bezahlen willst«, sagte sie. »Mir ist es gleich.«

Er entschied sich dafür, mit Geld zu zahlen. Dieses Jahr arbeitete er im »Seaview Lodge«, in einem Hotel im Pseudo-Tudorstil direkt neben der Autobahn, wenn man von Tomorrow Bay aus Richtung Norden fuhr. Die Leute, die dort logierten, waren größtenteils in den Sechzigern, und sie zogen den Sonnenraum und das Teezimmer dem Strand vor. Nur die Fanatiker schwammen, tauchten ihren kahlen Kopf und ihr schlaffes Fleisch bei Tagesanbruch ins Wasser. Er stellte morgens die Liegestühle und Sonnenschirme auf und packte sie abends weg. Er piekste mit einem spitzen Stock Abfälle auf. Er rechte den Sand. Als Rettungsschwimmer brauchte er kaum in Erscheinung zu treten. Einmal rettete er eine Erbin und hätte sich beinahe gewünscht, es nicht getan zu haben. Ein Wunder, wie ihr Krampf in dem Augenblick verschwand, als er sie in die Arme nahm. »Er ist ein Held«, verkündete sie der kleinen Menschenmenge, die am Strand zusammengelaufen war, »ein rich-ti-ger Held«, und bestand darauf, ihn am selben Abend zum Essen einzuladen. Bei Nachtisch und Kaffee erzählte sie ihm von dem Swimmingpool, den sie zu Hause hatte. »Er ist mit Goldmosaiken verziert. In einem so himmlischen Pool sind Sie noch nie geschwommen.« Und dann bot sie ihm eine Stellung als ihr persönlicher Leibwächter an. *Stellung*. Sie benutzte dieses Wort. »Geld spielt keine Rolle«, sagte sie. Doch er lehnte das Angebot ab, entschuldigte sich mit einer Anmut und einem Takt, der ihre Bewunderung nur noch steigerte.

»Wißt ihr, was sie gesagt hat?« erzählte er den Bedienungen später. »Sie hat gesagt, ›Geld spielt keine Rolle‹, und wißt ihr, was ich geantwortet habe?«

Sie kamen nicht darauf.

»Ich habe geantwortet. ›Ich auch nicht.‹«

»Hast du *nicht*!« sagten sie.

Er lächelte. »Wollte ich aber.«

Noch Wochen nachher kamen die Bedienungen zu ihm geschlichen und flüsterten: »Geld spielt keine Rolle.« Auch die Zimmermädchen zogen ihn auf. Ihnen war er sowieso ein Rätsel. Er war offen und freundlich, aber er widmete sich nie einer von ihnen im besonderen (anders als sein Vorgänger, der sich gleich fünf von ihnen nacheinander gewidmet hatte). Schließlich meinten sie, er müsse irgendeine gewalttätige, eifersüchtige Frau in den Bergen haben, und er ließ sie in dem Glauben.

Die Fahrt nach Hause dauerte etwa eine Dreiviertelstunde. Auf einer schmalen dunklen Straße, die pfeilgerade durch die Küstenebene und in die Berge hinaufführte, wo sie abzudriften begann, fuhr er Richtung Westen. Plötzlich keine Autos mehr. Kein Licht. Nur Gedanken, die einem Gesellschaft leisteten, Gedanken, die wie Fohlen von einem Feld zu einem völlig anderen sprangen. Das Sirren der Luft in seinem Helm, der Geruch des abkühlenden heißen Staubs. Wenn er die Anhöhe vor Sonnenuntergang erreichte, blieb er stehen und sah zu, wie das letzte Licht auf dem Meer verblaßte, die Wolken darüber süßere Farben annahmen, als ob sie langsam in Sirup getaucht würden.

Echt traumhaft, wie India-May gesagt hatte. Die Landschaft wurde nur von einer Schuttpyramide verschandelt, die sich im Norden gen Himmel reckte. Das war die städtische Müllkippe. Obwohl sie acht Kilometer vor der Stadt lag, wurde ihr süßlicher Geruch die Strände entlanggetragen, wenn der Wind aus der falschen Richtung wehte, und hatte gelegentlich sogar schon die Flure des »Seaview Lodge« erreicht. Wenn er dann auf der Farm ankam, waren die Hunde schon angekettet. Sie kannten das Geräusch seines Motorrads und bellten nicht. Er schaltete den Motor ab und lauschte dem Surren der schwarzen Luft.

Sobald er im Haus war, stieg er die Treppe zu seinem Zimmer hoch, machte die Tür zu und schaute durch das Fenster zum Himmel. Still wie tiefes Wasser. Nur das Brummen eines Autos im Tal, eines fernen Flugzeugs. Er legte sich auf sein Bett unter dem Dach und drehte das Lederarmband an seinem Handgelenk. Eine alte Frau, die Flöte spielte, hatte es ihm geschenkt. Sie saß fast jeden Tag unter einer Palme gleich hinter dem Hotelzaun. Ihre Haut war olivfarben, von der Farbe träger Flüsse, ihre Gliedmaßen waren so dünn wie Draht. Sie trug stets denselben Plastikregenmantel. Jedesmal, wenn es regnete — und es regnete die meisten Nachmittage eine Viertelstunde lang —, spielte sie auf der Flöte, immer dasselbe Stück. Sie schien es extra ausgewählt zu haben, denn es dauerte genauso lange wie ein durchschnittlicher Schauer. Manchmal war sie damit vor dem Regen zu Ende, manchmal danach, und er würde nie den einen Nachmittag vergessen, als ihr letzter Ton mit dem letzten Regentropfen zusammenfiel und er sie vor Erstaunen lachen hörte. Sie hatte sich in diesem Augenblick wie ein junges Mädchen angehört. Nathan mußte sie einfach ansprechen, obwohl alles, was er herausbrachte, als er vor ihr stand, war: »Ich bin froh, daß Sie da sind.« Sie langte in ihre Tasche und reichte ihm das Lederarmband, und er legte es sich gleich um. Seitdem hatte er es immer getragen. Manchmal schien es, als würde Musik aus dem Armband aufsteigen, und dann schlief er, die Hände hinter dem Kopf verschränkt, langsam ein, nur um später, wenn der Mond im Fenster stand, mit tauben Armen und noch angezogen, wieder aufzuwachen. Und von unten kamen Stimmen herauf, keine Worte, nur Klänge, es war wie das Summen eines eingesteckten Kabels, ein Brummen, wie wenn man in einem Instrument sitzt. Und manchmal ging er nach unten, machte die Küchentür auf, seine Augen blinzelten, geblendet von dem hellen Licht, und er setzte sich zu den anderen und trank eine Tasse von India-Mays Kräutertee.

Es war genau an einem solchen Abend, daß er lange aufblieb und plötzlich allein mit ihr war. Sie rollte sich mit ihren zerschundenen Fingern einen Joint.

»Jetzt erzähl mir mal, Nathan«, sagte sie, ohne aufzublicken, »wovor läufst du weg?«

Er lächelte. Das war die Art von Klischee, das man von ihr erwartete, aber es war auch genau die Frage, die man ihm immer gestellt und die er nie beantwortet hatte. Und daher lächelte er. Weil er die Frage erkannte. Weil er wußte, daß er sie diesmal beantworten würde.

Er fing zu reden an. Wohin seine Rede ihn führte, wußte er nicht, er spürte nur, daß sie floß, und er wußte, daß Dinge, die flossen, sauber waren. Es dauerte nicht lange, und er kam zu einer bestimmten Nacht, einer Nacht, die immer ein Geheimnis geblieben war.

Er hatte zu Hause vor dem Schwimmbecken gesessen. Es war nach elf, eine stille, warme Nacht. Neben dem Wasser stand ein blühender Baum, seine weißen Blüten verströmten einen Duft wie von Magnolien. Vom Haus kam ein leises Klicken. Er drehte sich um. Jemand war auf die Terrasse getreten, eine Silhouette vor den hohen Glastüren. Es war Harriet. Anscheinend glaubte sie, allein zu sein, denn sie streckte sich in einer Weise, die ungehemmt und vertraulich wirkte. Dann erst sah sie ihn, was er daran merkte, daß sie kurz reglos dastand. Sie gab sich einen Ruck und trat ins Mondlicht.

Sie setzte sich neben ihn. »Was tust du hier draußen, Nathan?«

»Ach, ich sitze bloß da«, sagte er, »denke nach.«

»Das ist das Schlimme mit dir. Du denkst zuviel nach.«

Er lachte leise. Vielleicht war es ja so, wie sie sagte. Aber irgendwie war es auch eine Ironie, wirklich. Er hätte nicht halb soviel nachgedacht, wenn sie nicht dagewesen wäre.

»Ich habe gedacht, du wärst schon zu Bett gegangen«, sagte er.

»Ich bin aufgeblieben, um mir eine Fernsehshow anzusehen.«

»War sie gut?«

»Es war bloß eine Show, weißt du. Musik und Tanz.«

Sie hatte die Worte leicht dahingesprochen, in die Dunkelheit hinein. Aber es lag Wehmut, Nostalgie darin. Er erinnerte sich an einen Brief, den sie an Dad geschrieben hatte. Etwas darüber, daß sie der hellen Lichter müde sei. Schon damals hatte er diese Formulierung seltsam gefunden; Harriet war schließlich erst einundzwanzig.

»Wo ist Dad?« fragte er sie.

»Er ist vor Stunden zu Bett gegangen.«

Aus einem Baum am Ende des Gartens rief ein Vogel. Ein leises, grübelndes Gurren. Harriet stand auf und zog am Reißverschluß ihres Rocks.

»Ich gehe schwimmen.« Sie lachte über ihre eigene Impulsivität.

»Jetzt?«

»Wieso nicht?« Sie schaute auf ihn herab, die untere Hälfte ihres Gesichts lag im Schatten. »Machst du mit?«

Er schüttelte den Kopf. »Ich hab' eigentlich keine Lust dazu.« Aber dann tat er es doch. Er spürte bereits, wie das dunkle Wasser seinen Körper hochkroch, wenn er sich hineingleiten ließ.

Harriet stieg aus ihrem Rock. Dann kreuzte sie die Arme vor sich, zog die Bluse über ihren Kopf und ließ sie neben dem Rock zu Boden fallen. Sie war den ganzen Sommer über im Garten gelegen, und ihre Haut wirkte gegen ihre weiße Seidenunterwäsche fast schwarz. Er wußte, daß es Seide war. Sie könne nichts anderes tragen, hatte sie ihm einmal im Auto erzählt. Er versuchte, nicht hinzusehen. Sie sollte nicht glauben, daß er etwas von ihr wollte. Als er sie dann doch anschaute, konzentrierte er sich auf die Makel ihres Körpers, die dicklichen Schenkel, den vom Gebären faltigen Bauch.

Dennoch, dachte er, spürte sie seinen Blick, und dieses Gefühl schien ihr zu gefallen, denn sie verweilte am Rande des Beckens und starrte in die Dunkelheit, ehe sie die Stufen hinunter in den Pool stieg. Ihre Fingerspitzen glitten übers Wasser, während sie durch das seichte Ende des Beckens watete, dann ließ sie sich fallen, und als das Wasser sich vor ihr öffnete, raschelte es wie Papier, wenn man ein Geschenk einwickelt. Als sie halb durch das Becken geschwommen war, machte sie kehrt und schwamm zu ihm zurück. »Es ist so schön. Willst du bestimmt nicht reinkommen?«

Sie klang so vertraulich, diese Einladung — Harriets Gesicht, zu ihm emporgereckt, dahinter Dads zugezogene Vorhänge, aber es ging nur ums Schwimmen, was konnte es also schaden? Er zog sich bis auf die Boxershorts aus und glitt über den Rand. Er seufzte, als das Wasser sich wie ein Handschuh um ihn schloß. Auf dem Rücken treibend, blickte er in den Himmel hinauf. Der Mond, eine sattgelbe Scheibe, ging unter. Ein Flugzeug brummte über das Haus hinweg, ein rotes Licht an seiner Flügelspitze blinkte. Am Rand von Nathans Blickfeld blühten Bäume. Er hatte beinahe vergessen, daß er nicht allein war. Dann rauschte das Wasser, und eine Stimme hauchte in sein Ohr: »Hab' ich's dir nicht gesagt?«

Harriet stand neben ihm. Er ließ die Beine nach unten sinken und ertastete mit den Füßen den Grund. Jetzt stand auch er. Sie nahm ihr Haar in beide Hände, begann es auszuwringen und sah ihn dabei an. Ihr Büstenhalter war durchsichtig geworden, und als sie die Arme hob, waren ihre Brüste deutlich zu erkennen, die Warzen zeichneten sich unter dem nassen Stoff scharf ab. Sie ließ die Arme sinken. Die Innenseiten ihrer Handgelenke schlugen gegen ihre Hüften. Sie bewegte sich einen Schritt auf ihn zu, fast schien es, als verliere sie im Wasser das Gleichgewicht. Sie legte ihm eine Hand auf die Brust, als wolle sie sich abstützen, doch dann ließ sie sie dort und reckte ihm ihren Mund entgegen. Er spürte, wie sein Mund von dem ihrem angezogen wurde, er spürte, wie sich einer ihrer Oberschenkel vorschob, sich zwischen seine Beine zwängte. Er wich ihrem Kuß aus. Kleine Wellen schwappten über den Rand des Beckens.

Sie schien überrascht. »Was ist los?«

Was ist los? Er wollte schreien, aber konnte es nicht. Diese zugezogenen Vorhänge. Der Mann dahinter, der einen so leichten Schlaf hatte.

»Gefällt es dir nicht?«

»Nein«, zischte er.

Er ahnte, daß sie ihm nicht glaubte. Aber wenn er sich von ihr abwandte, zum Beckenrand schwamm und sich hinausschwang, vielleicht würde sie ihm dann glauben. Aber er machte sich nicht einmal die Mühe, zurückzuschauen und es zu überprüfen. Er klaubte seine Kleider zusammen und ging in das Haus zurück und hinauf in sein Zimmer.

Am nächsten Morgen beim Frühstück sagte Dad: »Als ich heute morgen heruntergekommen bin, war überall auf dem Boden Wasser.«

Harriet lächelte. »Ich bin mit Nathan mitten in der Nacht schwimmen gegangen. Das habe ich ganz vergessen, dir zu erzählen.«

»Mitten in der Nacht?«
Harriet lächelte. Sie hatte gewußt, daß Dad sich auf diesen bestimmten Aspekt der Geschichte stürzen würde. Wenn etwas nicht zu seiner Routine gehörte, dann fand er es unvorstellbar, äußerst exzentrisch, fast komisch. Das hatte sie gewußt. Sie war viel gerissener, als Nathan geglaubt hatte, und jetzt traute er ihr noch weniger.
Von da an war sie ihm gegenüber kühler geworden. Die süßen Blicke, auf die sie sich immer verlegt hatte, wurden plötzlich beißend, wie mit Gift gefüllte Schokolade. Sie fragte ihn ständig, warum er keine Mädchen mit nach Hause brachte. Sie begann, ihn zu beschuldigen, es mit den anderen Rettungsschwimmern zu treiben. »Ich glaube, Homosexualität ist eine Krankheit«, sagte sie unvermittelt beim Frühstück. »Was meinst du, Nathan?«
Bei der Erinnerung daran schüttelte er den Kopf und schaute India-May über den Tisch hinweg an.
»Und war es so?«
»War was so?«
»Daß du es mit Rettungsschwimmern getrieben hast?«
»Nein.« Er lächelte. »Sie hat unsere Beziehung untereinander nicht verstanden. Wir hatten ein enges Verhältnis, ja, aber es war wie unter Brüdern.«
India-May nickte langsam, stippte etwas Asche in eine Untertasse. »Und so hast du das alles allein mit dir herumtragen müssen. Hast du niemanden zum Reden gehabt?«
»Es war keiner da.«
Außer Dad war nur ein Mensch da, und das war Georgia. Sie war erst dreizehn geworden. Sie trug ihr Haar mit Gel zurückgekämmt und trieb sich viel außer Haus herum. In Espressobars meistens. Manchmal mußte er sie dort wegholen. Er rief dann immer erst an und sagte, daß er unterwegs sei, weil er nicht wollte, daß sie vor ihren Freunden das Gesicht verlor, nur

weil ihr alter Herr sich zu viele Sorgen machte. Und außerdem gefiel ihm das Verschwörerische an der Sache. Er lehnte sich dann an eine Mauer gegenüber der Bar und beobachtete sie durch das Fenster. Sie saß an einem Tisch, warf in ihrem offenstehenden Mund Kaugummi hin und her, und aus ihrer Hand stieg Rauch auf, als wäre sie eine Marionette, und jede ihrer Bewegungen würde von diesem zittrigen blauen Faden gelenkt. Irgendwann warf sie dann etwas Geld auf den Tisch, entflocht sich gewissermaßen, und die Gesichter der anderen nickten ihr zu. Sie schob sich an einem Typen vorbei, der kurz das Kinn hob und dessen Augen ihr beim Hinausgehen folgten. Dann stand sie auf dem Gehsteig, die Hände in den Jackentaschen, Nathan machte eine ruckartige Bewegung mit dem Kopf, um ihr anzuzeigen, wo das Auto stand. Sie ging dann auf ihrer Seite die Straße hinunter und er auf seiner, und erst wenn sie im Auto saßen, hätte man merken können, daß sie etwas miteinander zu tun hatten, und dann war es schon zu spät, weil keiner sie mehr sehen konnte. Sie hatten immer Spiele gespielt, das war nur das neueste.

Aber sie war, wie gesagt, erst dreizehn. Wie hätte er ihr etwas davon erzählen können? Das einzige, was er tun konnte, war dazusitzen und zuzuschauen, wie sie es mitbekam.

Er erinnerte sich an ihren ersten Ausbruch. Es war beim Mittagessen. Heute noch sah er Harriet vor sich, wie sie die Gabel hinlegte und einen Seufzer der Erleichterung ausstieß. »Na, wenigstens Rona wird normal werden«, sagte sie und drehte sich zu Rona, die mit ihrem Plastiklöffel gegen ihre Plastiktasse klopfte. »Oder, Liebling?«

Dad runzelte die Stirn. »Wieso sagst du das?«

Harriet schien überrascht, daß er überhaupt fragte. »Du hast mir doch von Kay erzählt. Na, du weißt schon, wie viele in ihrem Zweig der Familie wahnsinnig wurden. Arme Frau«, sagte sie. »Es muß furchtbar gewesen sein.«

Georgia warf ihr Messer auf den Teller. Ein Splitter weißes Porzellan flog gegen die Wand, blitzschnell, wie ein gebrochener Lichtstrahl. »Verdammt«, sagte sie, »ich habe lieber ihr Blut als deines«, und dann schob sie den Stuhl zurück und verkündete: »Ich habe keinen Hunger mehr.« Sie stapfte aus dem Zimmer und schlug die Tür hinter sich zu.
»Georgia?« Dads Gesicht wurde bleich. Seine Hände umklammerten die Armlehnen seines Stuhles.
Nathan ertrug es nicht, ihn anzusehen. Plötzlich stolperte Dad in einer Art Niemandsland herum. In der Situation, in der er sich befand, konnte er nicht mehr gewinnen. Von nun an gab es nur verschiedene Arten der Verlierens, verschiedene Arten des Schmerzes.
Ohne Harriet anzublicken, sagte Dad leise: »Ich glaube, du bist ein wenig zu weit gegangen, Harriet.«
Am späteren Nachmittag hörte Nathan Harriet im Schlafzimmer schreien: »Warum stellst du dich nie hinter mich? Du stellst dich immer hinter die beiden, nie hinter mich. Warum stellst du dich nie hinter mich?«
Und auch Dad schrie. »Hör auf, Harriet«, schrie er. »Hör auf, hör auf!«
Nathan hörte vom Fuß der Treppe aus zu. Er war der Zinnsoldat von vor so vielen Jahren, aber er war nicht umgefallen, er marschierte von Zimmer zu Zimmer, marschierte von der Küche in die Diele, von der Diele in die Bibliothek, von der Bibliothek wieder in die Diele. Er wußte nicht, was er tun sollte, weder durfte er hinaufgehen und einschreiten, noch konnte er den Schauplatz des, wie er meinte, Verbrechens verlassen, und seine schreckliche Unentschlossenheit machte ihn zittern. Jene Düsenjets flogen wieder, zerrissen die Luft in seinem Kopf, und er konnte nur eines denken: Er wird sterben. Sie wird ihn umbringen.
Es war von Anfang an geplant gewesen, dachte er. Die Klei-

dungsstücke, die Dad gefielen, die Haare, die Dad gefielen. Es war so einfach gewesen. Ein kurzer Rock, ein Pony, kein Make-up, und sie war dabei. Dann konnte sie sich an die Arbeit machen. Ihn ausnutzen, ihn abnutzen. Ihn abnutzen, bis nichts mehr von ihm da war. Sie war sein Traum, der wahr geworden war, sie war die Flugzeuge in Menschengestalt. Er stellte sich vor, wie sie des Nachts in Dads Schlafzimmer stand, Dad in dem Bett hinter ihr schlief. Er sah ihr zu, wie sie in den Spiegel schaute. Er sah, wie sich ihr Gesicht verwandelte. Das Heulen der Motoren, von denen der langsamere das Vorderrad antrieb.

Oben schrie Dad immer noch. »Hör auf, hör auf, hör auf!« Er sagte es dreizehnmal, Nathan zählte mit, dann konnte er es nicht mehr mit anhören. Er rannte in die Küche und riß den Schrank auf. Das alles tat er so laut wie möglich. Er wollte nichts mehr von oben hören. Im Schrank lag ein Stoß neuer Glühbirnen in ihren Pappverpackungen. Er stapelte sie auf seinen Arm und trug sie in den Hof. Einer nach der anderen riß er die Verpackungen herunter und schleuderte sie gegen die Außenwand des Hauses. Ein dumpfes Klatschen, jedesmal, wenn eine zerbarst. Dann ein schwaches Klirren, wenn die Glassplitter auf den Asphalt regneten. Dad erwähnte die fehlenden Glühbirnen nie. Er setzte sie am nächsten Freitag einfach wieder auf die Einkaufsliste. »Acht Glühbirnen«, schrieb er, »vierzig Watt.« Zuvor hatte er immer Hundert-Watt-Birnen gekauft, aber Vierzig-Watt-Birnen waren billiger, und es spielte keine Rolle, wie hell die Glühbirnen leuchteten, wenn sie doch nur gegen die Wand geschleudert wurden.

Sie lebten noch immer in einer Art Vierzig-Watt-Halbschatten, als Nathan Dad eines Tages ins Wohnzimmer folgte und fragte, ob er mit ihm allein sprechen könne. Es war nach dem Mittagessen. Er wartete, bis Dad seine übliche Batterie Tabletten eingenommen hatte: erst die flachen weißen, dann die runden

bronzefarbenen, dann die ovalen, die halb rot, halb schwarz waren.
»Nimm eine davon.« Dad reichte ihm eine dunkelgrüne erbsengroße Kapsel. »Das tut dir gut.«
Nathan lächelte und schluckte sie.
»Also worum geht's?« fragte Dad schließlich. »Stimmt etwas nicht?«
»Ich fahre für ein paar Wochen zu Yvonne.«
»Wie lange wirst du weg sein?«
»Ich weiß es nicht. Ich denke, daß ich hinterher vielleicht die Küste hochziehe.«
»Wohin?«
»Ich weiß es noch nicht.«
Dad nahm seine Brille mit den halbmondförmigen Gläsern ab. Er legte den Kopf zurück und starrte in eine Ecke des Raumes, in der zwei weiße Wände an die Decke anschlossen. »Das ist auch dein Heim, das weißt du. Ich möchte nicht, daß du glaubst, du wirst rausgeekelt.«
»Das glaube ich auch nicht. Ich möchte nur einfach etwas ausprobieren.«
Er log natürlich, und beide wußten sie es. Manchmal dachte er an all die Lügen, die sich in seinem Kopf angesammelt hatten. Oder vielleicht weniger Lügen als vielmehr die gefangengehaltene Wahrheit.
Dad löste seinen Blick von der Zimmerecke. »Du wirst mir fehlen«, sagte er leise und schaute rasch wieder weg.
Nathan hörte auf zu erzählen. Nicht daß er weinte. Es rannen ihm einfach Tränen aus den Augen.
India-May legte ihre Hand auf die seine. »Schon gut, Nathan«, sagte sie. »Schon gut.« Sie ging zum Sideboard und goß einen Brandy ein. »Ich weiß, daß du nicht trinkst und so, aber ich meine, du könntest heute abend vielleicht eine Ausnahme machen.«

Er kippte den Brandy ohne ein Wort.
Später sagte er: »Weißt du, als ich in Moon Beach arbeitete, haben wir immer miteinander gewettet, wer es durch die Springfluten aufs offene Meer schaffen würde.« Er starrte das Glas in seiner Hand an. »Diese Wellen sind hoch, du versuchst es zu schaffen, aber sie schlagen auf den Strand und saugen sich fest, du tauchst weg, du kommst nicht weiter, es ist schwieriges Gewässer, es haut dich immer wieder um und drischt auf dich ein, aber du kannst nicht aufhören, denn wenn du aufhörst, hast du verloren, es spült dich geradewegs an die Küste zurück, es spuckt dich auf den Strand wie eine alte Blechdose, du mußt immer weiter tauchen, da kommt es darauf an, wie fit du bist, du tauchst, du kommst hoch, und diese Wellen schlagen immer wieder auf dich ein, und schließlich gerätst du an eine große, du tauchst darunter weg und bist sicher, jetzt bist du endlich auf der anderen Seite des Wassers.« Er lachte leise, wiederholte: »Der anderen Seite des Wassers«, und schüttelte den Kopf. »Und als nächstes siehst du eine schöne Welle, und du denkst, scheiß drauf, die Welle nehme ich, und du nimmst sie ganz und kommst endlich raus, und hinterher streckst du die Hand aus, einer ist dir was schuldig, und alle schauen zu, weil die roten Flaggen hochgezogen sind und keiner in der Brandung ist, keiner.« Er drehte das leere Glas in der Hand. »Manchmal kommst du aus dem Wasser, und du legst dich auf den Sand und bist so müde, daß du gleich einschläfst.«
Schweigen, als sie es sich vorstellte.
»Wenn du die Wette gewonnen hast«, sagte sie endlich, »was hast du dann gewonnen?«
Er lachte. »Ach, nichts. Einen Hamburger vielleicht.«
Und sie lachten beide. Lachten und lachten. Noch mehr Tränen, aber andere.
Danach sagte sie: »Weißt du, du hast Glück, daß du das alles hast. Ich finde es wunderbar.«

»Ich wünschte, Dad würde so denken.«
»Tut er das nicht?«
Er schüttelte den Kopf. »Er möchte, daß ich etwas Sinnvolles anfange.«
»Was könnte sinnvoller sein, als anderen Menschen das Leben zu retten?«
»Er sieht das anders.«
»Na, ich finde es wunderbar. Das Meer, der Strand, es ist wie dein eigenes Königreich. Sinnvoll«, schnaubte sie, »dein Vater, der muß 'ne weiche Birne haben.«
Es war fast so, als hätte er ein Ohr am Boden gehabt. Als hätte er das Zittern der Erde gespürt, diesen gedämpften Trommelwirbel: die Hufe des Feindes. Noch weit weg, bewegten sie sich doch auf ihn zu. Als er am nächsten Tag von der Arbeit heimkam, wartete hinter der Tür ein Brief auf ihn. Er war in Moon Beach abgestempelt, aber er erkannte die Handschrift nicht. Er nahm den Brief mit nach oben, legte sich auf sein Bett und riß ihn auf.
»Wenn Du diesen Brief liest«, stand da, »habe ich Deinen Vater bereits verlassen.« Es folgten drei Seiten voll Bitterkeit und Anschuldigungen; sie endeten mit den Worten: »Dein Vater wird leiden, nicht ich.« Einfach gezeichnet: »Harriet Christie.«
Sein eigener Name, ihm wie Säure ins Gesicht geschleudert.
Er ließ den Brief zu Boden fallen. Er versuchte zu lachen, doch sein Lachen klang in dem kleinen Zimmer gezwungen.

LOYALITÄT BEDEUTET SCHWEIGEN

Es gibt Zeiten, in denen das Leben von einem Gleis ins andere zu springen scheint. Vom Bummel- zum Schnellzug, vom Nahverkehrs- zum Expreßzug. Man hat das Gefühl, daß man von nun an auf einer anderen Strecke fährt, und vom Fenster aus hat man einen anderen Ausblick.

Es war November, und Jed war gerade zweiundzwanzig geworden. Als sie an diesem Morgen vom Flughafen zurückfuhren, machte Creed die Trennscheibe auf und fragte: »Wo wohnst du, Spaghetti?«

»In Mangrove East.«

Creed schüttelte den Kopf. »Ich brauche dich mehr in meiner Nähe.«

Genau darauf hatte Jed gewartet, aber seine Stimme verriet nichts. »Woran denken Sie, Sir?«

»Das ›Palace‹.«

Jeds Herz schlug höher. Im »Palace« wohnte Creed, in einer Penthouse-Suite in der vierzehnten Etage, daher war der Gedanke durchaus sinnvoll. Aber das »Palace« war auch das exklusivste Apartmenthotel der Stadt. Es lag am Ocean Drive, zwischen der C- und der D-Street; es nahm den ganzen Gebäudeblock ein. Mit seinen beiden Zwillingstürmen aus prächtigem grauem Stein war es nahezu das einzige Gebäude in Moon Beach, das nicht weiß oder blaßblau war. Das Foyer hatte die Ausmaße einer Bahnhofshalle — ganz pfirsichfarbener Marmor, Glas und vergoldetes Metall. Der Kronleuchter in der Mitte war mit Gold überzogen und wog angeblich etwa eine halbe Tonne. Jedermann hatte schon im »Palace« gewohnt. Staatsoberhäupter, Filmstars, Wirtschaftsbosse. Das als Adresse angeben zu können!

»Du wirst im Keller wohnen«, sagte Creed, »aber das müßte gehen.« Er gestattete sich ein Lächeln. »Jedenfalls dürfte es eine Verbesserung gegenüber Mangrove East sein.«

Jed zog noch in derselben Woche um. Um zu seinem Apartment zu gelangen, mußte man den alten Lieferanteneingang benutzen: am Personalaufzug vorbei, vier Treppen hinunter, einen Korridor mit Linoleum entlang. Der Keller des »Palace« war ein verlorenes Königreich aus Lager-, Wasch- und Heizungsräumen. Dicke graue Rohre an den Decken, öde gelbe Wände. In der Luft lag der Geruch nach Isoliermaterial, Farbe, Feuchtigkeit. Und außerdem, wenn auch ganz schwach und unerklärlicherweise, nach Marzipan. Schließlich kam man zu einer Tür, auf der 3D stand, und das war ebenso unerklärlich. Es gab weder 3C noch 3E. Nicht einmal 3A. 3D existierte einzigartig und ohne Zusammenhang. Es war eine andere Dimension. Es war Jeds neues Zuhause.

Das Apartment bestand aus zwei Zimmern, die beide in einem müden Blaßgrün gestrichen waren. Ein Bett, ein Fernseher, ein Telefon. Klimaanlage. Das war in etwa alles. Wenn man die Netzvorhänge aufzog und seitlich nach oben blickte, konnte man ein winziges Stück strahlend blauen Himmel sehen, aber dabei zerrte man sich womöglich einen Muskel. Aus den Küchen drang ein ständiges Klappern und Klirren über den Hof, wie die Schlaginstrumente eines Höllenorchesters. Nachts wurde dieses Geräusch von dem eines Warmwasserboilers abgelöst, der bis zum Morgengrauen röhrte und bebte. Während seiner ersten Woche im »Palace« tat Jed kaum ein Auge zu.

Es war während der zweiten Woche, daß Carol ihn zum Abendessen bei ihren Eltern einlud. Als das Taxi von der Hafenbrücke abbog und auf den Vorort Paradise zusteuerte, erinnerte Jed sich an das, was Vasco gesagt hatte, und sprach sie darauf an.

»Dein Vater«, sagte er, »ist der wirklich der Vorsitzende?«

Carol wirkte verlegen. »Ja.«

Er lehnte sich zurück. O Gott. Also war ihr Vater wirklich der Vorsitzende. Ihr Vater war Sir Charles Dobson.

»Warum?« fragte Carol. »Hast du das nicht gewußt?«

»Nein, eigentlich nicht. Vasco hat es einmal behauptet, aber ich habe ihm nicht geglaubt.«

»Ich habe gedacht, alle wissen es.« Und sie schenkte ihm ein Lächeln, das nach Dankbarkeit aussah. Es war, als hätte er ihr mit seinem Nichtwissen ein großes Kompliment gemacht.

Sir Charles und Lady Dobson wohnten am Pacific Drive, einer Straße, die sich durch die Canyons wand, dann wieder zum Meer zurückführte und schließlich auf die Südküstenschnellstraße traf. Das Haus, eine weiße Hochzeitstortenvilla mit hohen schmiedeeisernen Toren und Videoüberwachung, lag im High-Society-Viertel, im Hintergrund erhoben sich schweigend die Berge.

Jed bezahlte das Taxi und stand reglos da. Man brauchte Millionen, um diese Luft zu atmen. Besonders diese Luft, genau hier. Millionen. Und mit einemmal nahm er das Gerede und zog es sich wie einen Mantel über. Hob die Schultern ein paarmal an und ließ sie wieder fallen, wie er es Leute hatte machen sehen, die in einem Geschäft Kleidungsstücke anprobierten. Saß nicht schlecht. Vielleicht war er wirklich ein gerissener Hund, wie Vasco behauptet hatte. Mit Sicherheit machte er sich alle diese Gedanken. Jed Morgan, dachte er. Vorsitzender.

Das Abendessen bestand Gang um Gang aus Speisen, die er kaum je zu Gesicht bekommen, geschweige denn gegessen hatte: Kaviar, Borschtsch, Lachs, Ente. Und als wäre dies alles nicht schon unverdaulich genug gewesen, wandte sich die Unterhaltung dann dem Thema Werbung zu. Der neue Werbespot der Paradise Corporation war am Abend zuvor zum erstenmal gesendet worden. Jed hatte ihn gesehen. Es fing mit einem schwarzen Bildschirm an und einer Stimme, die sagte: »Das ist wahrscheinlich der gräßlichste Ort der Welt.« Langsam öffnete sich der Blickwinkel, zeigte einen grünen Rand um das Schwarz. Man blickte in ein offenes Grab. Die Stimme fuhr fort und sagte, wenn man etwas so Gräßlichem wie dem Tod gegenüberstehe, brauche man die richtigen Leute um sich, und die richtigen Leute, die seien bei der Paradise Corporation zu finden usw. usw. Eine Zeitung hatte den Werbespot angegriffen, weil er zu sehr aufs Gefühl gehe. Die Leute am Tisch beeilten sich, den Werbespot zu verteidigen, mit Worten wie »ehrlich« und »mutig«.

»Na, ja«, meinte Jed, der zum erstenmal etwas sagte, »wenigstens haben keine Glocken geläutet.« Die Gespräche um ihn herum verstummten plötzlich alle; in dem Schweigen fühlte er sich wie ein Schiff, das aufgelaufen ist. »Ich habe früher an Werbespots für Bestattungsinstitute mitgearbeitet«, fuhr er fort. »Jedesmal habe ich gedacht, wenn ich noch eine einzige Glocke läuten höre, schnappe ich über.«

Als das Lachen verebbt war, erzählte er von einem Werbespot, an dem er einmal gearbeitet hatte und mit dem ein Bestattungsinstitut geehrt werden sollte, das sich um die Opfer eines Waldbrandes gekümmert hatte. Er brauchte das Geräusch eines Waldbrandes zur Untermalung, aber im Archiv gab es diesen Effekt nicht. Es war sieben Uhr abends, und der Werbespot mußte am nächsten Tag zur Frühstückszeit gebracht werden. Also mußte er den Effekt selber herstellen.

»Wie haben Sie das gemacht?« fragte Lady Dobson.

»Ich führe es Ihnen vor«, sagte Jed, »aber ich brauche dafür absolute Ruhe.«

Er holte aus seiner linken Hosentasche eine Handvoll Bonbonpapierchen und erzeugte, als es ganz still geworden war, für die Dobsons und ihre Gäste einen Waldbrand, mitten im Speisezimmer der Dobsons.

Es war ein großer Erfolg.

»Dabei sind die hier bloß von Lakritzkringeln«, sagte er. »Damals habe ich noch Mandeltoffees gegessen, und die sind in Papier eingewickelt, das noch viel mehr knistert.«

Entweder hatte Sir Charles vergessen, was Jed arbeitete, oder keiner hatte sich die Mühe gemacht, es ihm zu sagen, denn jetzt beugte er sich vor und sagte, anscheinend von Jeds Einfallsreichtum und Eifer beeindruckt: »Junger Mann, vielleicht sollten Sie einmal für mich arbeiten.«

Alle Augen richteten sich auf Jed.

Er wartete drei Sekunden ab. Man mußte immer den richtigen Zeitpunkt abwarten.

»Aber Sir Charles«, sagte er, »das tue ich doch schon.«

Er schaute in die Runde. Die Leute lachten Tränen. Er fing Carols Blick auf und blinzelte. Auf seiner Haut lag der helle Schimmer der Lilien, mit denen der Tisch geschmückt war. Das Kerzenlicht hatte sich seines billigen Anzugs erbarmt und ihn in kostbares Gewebe verwandelt, und der Jahrgangswein hatte seine Zunge geölt und ihm eine neue und verführerische Gewandtheit geschenkt. Er konnte einfach nichts falsch machen. Nach dem Essen führte Sir Charles ihn in die Bibliothek.

Er sah Sir Charles zu, wie er die Spitze seiner Zigarre abschnitt. Das Alter hatte Sir Charles Gesicht verändert, so wie Armut manchmal ein Gesicht verändert. Es hatte ihm die Farbe ausgesogen. Augen, Haar, Haut: alles verschiedene Abstufungen von Grau und Weiß. Distinguiert, ja. Aber farblos. Und Wangen mit Falten darin, wie alte Brieftaschen. Er fragte sich, wie reich Sir Charles wohl war.

Doch jetzt war die Zigarre angezündet, und Sir Charles sagte zu Jed durch den sich kräuselnden Rauch: »Für wen genau arbeiten Sie denn?«

»Ich arbeite für Mr. Creed. Ich bin sein Fahrer.«

Vielleicht war es bloß Zufall, aber sobald Jed den Namen seines Arbeitgebers nannte, fiel Sir Charles die Zigarre aus den Fingern. Sie fiel auf den Teppich und schlug rote heiße Aschefunken.

»Verdammt!« Sir Charles spreizte die Beine und bückte sich. Er schnippte die Asche in Richtung Kamin. Dann steckte er sich die Zigarre zwischen die Zähne, sog kräftig daran und erweckte sie allmählich wieder zum Leben.

»Ich möchte Sie etwas fragen, Jed«, sagte er, als der Rauch sich wieder kräuselte. »Waren Sie schon einmal in unserem Hauptsitz?«

»Ja, war ich.«

»Was haben Sie davon gehalten?«

Der Hauptsitz der Paradise Corporation war, wie Sir Charles ganz genau wußte, das berühmteste Gebäude der Stadt. Ganz aus schwarzem Glas gebaut, stand es am Anfang dessen, was als Todesmeile bekannt war, ein Stück der First Avenue im Stadtzentrum, wo die meisten großen Bestattungsinstitute ihre Büros hatten. Die ganze Nacht lang brannte im mittleren Aufzugschacht und in den Fenstern der zweiundzwanzigsten Etage das Licht. Daraus ergab sich ein weißes Kreuz, das sich von den vertrauten Neonfirmenzeichen der Fluglinien und Ölgesellschaften abhob. Das Kreuz war ein Wahrzeichen. Man konnte sogar Postkarten davon kaufen. Jed war nur einmal in dem Gebäude gewesen, und das einzige, woran er sich erinnern konnte, war die Engelsfigur. Sie war halb Skulptur, halb Brunnen. Körper und Kopf bestanden aus Metall, die Flügel aus Wasser — Wasser, das durch Löcher in ihrem Rücken gepreßt und von unten angestrahlt wurde, so daß es wie festes Glas wirkte. Jed erinnerte sich an das Rauschen dieser Flügel, das Klicken und Zischen von Drehtüren, das Rattern von Telefonen. Alles Tricks, wie sie ein Zauberkünstler verwenden

mochte. Vergessen Sie Ihren Verlust. Vergessen Sie Ihren Kummer. Er erinnerte sich, daß er damals langsam weggedriftet war, wie kurz vor dem Einschlafen.
»Man betritt das Gebäude«, sagte Sir Charles, »und man weiß sich in guten Händen.« Rauchwolken zogen über seine Schulter, während er auf- und abging. »Man muß das Vertrauen der Leute gewinnen. Vertrauen ist sehr wichtig. Ohne Vertrauen —«, und er blieb stehen und reckte das Kinn in die Luft, während er noch an seinem Gedanken arbeitete.
»Ohne Vertrauen«, sagte Jed, »würden wir jetzt nicht hier stehen.«
Sir Charles drehte sich auf einen Schlag um. »Exakt.« Einen Augenblick lang war er starr vor Überraschung, einer Art Hochachtung. Doch nur einen Augenblick lang. »Was ich Ihnen sagen möchte: Es ist ein hartes Geschäft. Ein halsbrecherisches Geschäft manchmal. Aber eines sollten Sie sich stets merken: Sie haben mit Menschen zu tun. Menschen.« Er steckte beide Hände in die Taschen und wippte auf seinen Fersen. »Ich bin jetzt neunundsechzig und arbeite immer noch. Aus diesem Geschäft zieht sich keiner wirklich zurück. Es ist eine Lebensform.«
Er brachte Jed zur Tür der Bibliothek. »Kann ich irgend etwas für Sie tun, mein Junge?«
»Nicht daß ich wüßte.«
Sir Charles' Gesicht rückte näher an das von Jed, und er sagte: »Interessieren Sie sich für meine Tochter?«
»Ich verrate Ihnen ein Geheimnis, Sir Charles«, erwiderte Jed. »Für Ihre Tochter interessiere ich mich kein bißchen. Ich tue nur so. In Wirklichkeit bin ich hinter dem Geld her.«
Sir Charles starrte Jed an, und Jed starrte zurück; aus dieser Situation würde er Dobson nicht heraushelfen. Schließlich begann ein Lächeln Sir Charles' Gesicht zu verziehen, als ob seine Backen wirklich Brieftaschen wären und sein Lächeln sie nach

Bargeld durchsuchte. Dann wurde das Lächeln zu einem Lachen, das zwischen den Zähnen durchdrang, trocken und rhythmisch und irgendwie unheimlich, eine Art knatterndes Blättern, wie wenn jemand ein Bündel Dollarnoten zählt. Jed erblickte Carol am Ende des Korridors und ging auf sie zu.
»Denken Sie an das, was ich gesagt habe«, rief Sir Charles ihm nach.

Am folgenden Tag bat Creed Jed, ihn zu den Crumbles hinauszufahren. Die Crumbles befanden sich im Osten der Stadt. Das ganze Land dort hatte einst unter Wasser gelegen. Es war kilometerweit eben. Am Uferrand standen ein paar Strandhütten aus Holz, in der Ferne sah man alte Minenbaracken, ein paar Kiesgruben. Ansonsten nur Kiesel, grau und orange, und ein sanfter Wind, der die Spitzen des Unkrauts zauste.
Creeds Angaben folgend, bog er von der Straße auf einen ungeteerten Weg ab, der zum Meer führte. Der Weg wurde breiter und löste sich schließlich auf. Sie fuhren über holprigen Boden, lose Steine flogen neben den Reifen hoch. Jed parkte in der Nähe einer Stelle, bei der das Land zu einem schmalen Kiesstrand hin abfiel, und schaltete den Motor ab.
Creed hatte das Kinn in eine Hand gestützt und starrte aus dem Fenster. Seine Augen waren gleich doppelt verborgen, einmal durch die getönten Wagenscheiben und dann durch seine Sonnenbrille. Jed glaubte zu verstehen, warum sie hier waren. Es war wie mit Vasco und den Schlammbänken am Fluß. Hierher kam Creed, um nachzudenken. Wo Vasco wohl war? fragte sich Jed. Er hatte ihn seit jener Nacht, als sie in dem Haus in Westwood zu Abend gegessen hatten, kaum mehr zu Gesicht bekommen. Es hatte ihn auch keiner erwähnt, und Jed spürte, daß er besser nicht nach ihm fragte. Er goß sich aus seiner Kanne Kaffee ein und beobachtete, wie die weißen Möwen hochflogen und vor dem öden grauen Himmel auseinanderstoben.

Hinter ihm ging die Trennscheibe auf.
»Ich habe gehört, du warst gestern abend bei Dobson draußen.«
»Das stimmt, Sir. Da war ich.«
Er hatte gewußt, daß Creed es herausbekommen würde, ja, er hatte es sich gewünscht. Er wollte, daß es Creed belustigte, ja beeindruckte. Ein Chauffeur am Tisch des Vorsitzenden!
»Aus einem besonderen Grund?«
»Carol hat mich eingeladen.«
»Carol?«
»Seine Tochter. Das Mädchen am Empfang.«
Creed entgegnete nichts.
»Die mit dem Hinkebein«, sagte Jed.
»Ich weiß, welche.«
Wieder Schweigen. Der Wind rüttelte am Wagen.
Dann sagte Creed: »Dobson ist bald weg vom Fenster.«
Der Vorsitzende? Weg vom Fenster?
Doch Creed ließ Jed keine Zeit zum Nachdenken. »Wenn ein Schiff sinkt«, sagte er, »dann erkennt man, wer die Ratten sind. Was mich interessiert, ist, welche Ratten welches Schiff verlassen.«
Die Trennscheibe ging wieder zu.
Eine Woche später trat Sir Charles Dobson vom Vorsitz der Paradise Corporation zurück. Der Entschluß war, wie eine Verlautbarung mitteilte, »aus persönlichen Gründen« erfolgt. Neuer Vorsitzender, einstimmig von den Mitgliedern des Aufsichtsrats gewählt, wurde Mr. Neville Creed. Jed las die Verlautbarung an diesem Morgen beim Frühstück dreimal. Sie klang ruhig und gemessen, äußerst vernünftig. Aber er wurde nicht schlau daraus. Er sah Dobson in der Bibliothek stehen. Aus diesem Geschäft zieht sich keiner wirklich zurück. Es ist eine Lebensform. Nein, er wurde kein bißchen schlau daraus. Und dann sah er Creed im Fond eines schwarzen Wagens sit-

zen, der auf den Crumbles parkte. Dobson ist bald weg vom Fenster.
Von da an schien alles, was passierte, auf eine Wandlung hinzudeuten. Es gab kleinere Veränderungen, kaum merkliche Abweichungen von der Routine. Creed rief um sieben Uhr an. »Wir treffen uns in der Tiefgarage.« Normalerweise wartete Jed im Wagen vor dem Hotel. Jetzt also in der Tiefgarage. Unter der Erde. Als Creed aus dem Personalaufzug stieg, war er nicht allein. Flack war bei ihm. Flack war einer der Firmenanwälte. Es sah aus, als ob beide die ganze Nacht über aufgewesen wären. Nur daß Flack keine Technik hatte, dies zu verbergen. Flacks Gesicht glänzte in dem weißen schmutzigen Licht, sein Gesicht war abgespannt.
Jed streckte die Hand aus, als Creed näherkam. »Ich darf Ihnen gratulieren, Sir.«
Aus der Nähe wirkte Creed glänzend, kantig. Als wäre er aus Blech ausgeschnitten worden. Er starrte Jed an. Er schien nicht zu wissen, wovon Jed sprach.
»Ihre Berufung.«
Ach, das. Ein Nicken, ein rasches Lächeln. Und dann schob Creed Flack in den Wagen. Es war, als wäre Creed mit etwas Wichtigerem beschäftigt. Aber was konnte wichtiger sein als eine Berufung zum Vorsitzenden des größten und angesehensten Bestattungsinstituts der Stadt?
Die Rampe hinauf und hinaus ins Licht. Diese weiße Wintersonne, ein Magnesiumblitz. An der ersten Kreuzung klemmte Jed seine dunklen Aufsteckgläser an die Brille. Ein beruhigendes Grün. Er warf im Rückspiegel einen Blick auf die beiden Männer im Fond. Flack saß in eine Ecke gedrückt und gestikulierte wie ein auf dem Rücken liegender Käfer. Creed beugte sich zu ihm, die Hände nach oben geöffnet, mit gekrümmten, steifen Fingern, wie die Fassung für einen Edelstein, aber es war kein Edelstein da. Sie stritten — aber worüber? Es war eine

Frage, die sich Jed bisher nie gestattet hatte. Er sah das Tonband des alten Garbett, sah die Räder sich drehen. Wenn er nur aufzeichnen könnte, was sie sagten. Er stellte sich vor, wie er unter dem Teppich Drähte verlegte, und mußte damit aufhören, bevor der Gedanke real wurde.

Flack wurde um zehn in der Stadt abgesetzt. McGowan und Maxie Carlo nahmen seinen Platz ein. Carlo schnitt sich mit einem Messer die Daumennägel. McGowan spuckte Wortfetzen durch seine spitzen Zähne. Creed starrte aus dem Fenster, als könnte er die Crumbles sehen. Die Stimmung war falsch, ganz falsch. Creed war zum Vorsitzenden berufen worden, und doch herrschte keine Festlaune. Der Tag war voller Geflüster, Echos, Spannungen.

Gegen Mittag fuhren sie zu Dobsons Haus am Pacific Drive hinaus. Carlo und McGowan warteten auf der Treppe, während Creed hineinging. Creed blieb fast eine Stunde im Haus, und als er wieder auf der Treppe auftauchte, stand neben ihm nicht Sir Charles, sondern Sir Charles' Gattin. Erst dachte Jed, sie würde lachen. Maxie Carlo mußte einen Witz losgelassen haben. Doch dann sah er, wie ihre Hand nach oben zuckte und sich auf ihren Mund legte, er sah, wie Creed ihr einen Arm um die Schulter legte. Es war kein Lachen. Sie weinte.

Der nächste Halt hieß Butterfield, wo sie den Einbalsamierer Morton auflasen. Auch das war seltsam: Creed hatte nie etwas mit Einbalsamierern zu tun gehabt. Tatsächlich hatte Jed Morton bisher erst einmal gesehen. Er hatte mit Morton einen Nachmittag verbracht, als er in die Firma eintrat. Er erinnerte sich an den weißen Raum, in dem man ihn in seine Arbeit eingewiesen hatte. Das Klirren von Tastzirkeln und Metallsägen im Sterilisierglas, das unanständige Schmatzen von Gummihandschuhen. Und Morton, der redete und redete. »Ich kann wunderbar lügen, das ist meine Aufgabe. Oder vielleicht nicht lügen. Die Uhr zurückdrehen. Eine alte Wahrheit erzählen.«

Im Boden hatte sich ein Loch geöffnet, und die nackte Leiche einer Frau kam herausgefahren. Später, als das externe Herz langsam eine Formaldehydlösung in den Körper der Toten pumpte, als der Körper der Toten zu erröten begann, hatte Jed jeden Zeitsinn verloren. Er mußte an seine Radios denken, daran, wie sie warm wurden, an jenes langsame Aufleuchten hinter den Namen. Die Uhr zurückdrehen. Eine alte Wahrheit erzählen.

Die vier Männer aßen im »Palm Court Motel« an der Autobahn 23 zu Mittag. Jed wartete im Wagen. Aß ein halbes Sandwich mit Hühnchen und Salat, warf den Rest weg. Las die Zeitung und konnte sich an kein Wort davon erinnern. Er hatte keinen Appetit. Konnte sich nicht konzentrieren.

Um zwei Uhr siebenundvierzig kamen die vier Männer durch die Glastüren auf den Parkplatz des Motels hinaus, standen auf dem warmen Asphalt. Creed breitete fächerförmig eine Hand aus, die Worte rannen ihm aus den Mundwinkeln. Morton nickte, das Gesicht weit aufgerissen, erregt. Carlo und McGowan standen zu beiden Seiten des Einbalsamierers, als befände er sich unter Arrest. Alle trugen sie Anzüge. Alle hatten sie saubere Schuhe und gepflegtes Haar. Jed beobachtete sie, wie sie auf den Wagen zukamen. Sie sahen wie Prediger aus oder Politiker. In zehn Meter Entfernung hörten sie zu reden auf und fingen erst wieder an, als sie sicher hinter der Trennscheibe saßen.

Ich brauche dich mehr in meiner Nähe.

Das war zum Lachen. Er hatte sich nie weiter weg gefühlt.

Und dann starb Sir Charles Dobson. Nur zehn Tage nach seinem Rücktritt. Plötzlich, zu Hause. Die Zeitungen überschlugen sich mit Hymnen auf »einen Mann, der Tradition und Würde in einem Geschäftszweig verkörperte, der jüngst von Skandalen und Korruption erschüttert worden ist.« Auch

Creed bekam eine Menge Publicity. Der »Herald« nannte ihn »Dobsons Stellvertreter« und »einen der neuen Unternehmer«. Die »Tribune« meinte, er zeige »die scharfen Kanten und den Elan eines aggressiven Geschäftsmannes auf dem Wag nach oben«. Aus der Bedeutung dieser Berichte insgesamt wurde klar, daß er schon angekommen war. Viele Zeitungen brachten Fotos mit Dobson und Creed Seite an Seite, Dobsons Arm um Creeds Schulter, als wäre Creed nicht bloß der Erbe des Geschäfts, sondern auch ein Sohn.

Am Morgen von Dobsons Begräbnis klopfte ein Page bei 3D an und übergab Jed eine große viereckige Schachtel. Darauf war eine Karte befestigt: FÜR 3D. EIN GESCHENK VON 1412. 1412 war Creeds Apartment. Jed lächelte ob der Anonymität dieser Botschaft. Alles Buchstaben und Ziffern. Wie Sträflinge. In der Schachtel lag ein großer schwarzer Satinzylinder. Er probierte ihn an. Er saß perfekt, schien sogar zu seinem Vogelscheuchengesicht zu passen. Er beschloß, ihn den Rest seines Lebens zu tragen.

Als er aus dem »Palace« hinausfuhr, wartete Creed schon mit McGowan, Trotter und Maxie Carlo am Eingang (noch immer keine Spur von Vasco). Mit ihren schwarzen Zylindern und Fräcken ähnelten sie mehr denn je Geiern. Sie musterten ihn von ihrem Standort oben auf der Treppe aus.

Creed wandte sich an Maxie Carlo. »Was sagst du zu Spaghetti, Meatball?«

Carlo brauchte kaum hinzusehen. »Mordsmäßig angezogen.«

Von Gesicht zu Gesicht breitete sich Lachen aus. Creed, Trotter, sogar McGowan. Dann schienen sie sich genauso plötzlich zu erinnern, daß dies ein ernster Anlaß war. Sie waren auf dem Weg zu einer Bestattung, der Bestattung eines großen Mannes, des Vorsitzenden, ihres Gründers und Wohltäters. Sie verfielen alle wieder in Schweigen.

Die beiden ersten Wagen führten den Sarg (massive Bronze,

außen mit 24karätigem Gold überzogen) und einige Mitglieder des engeren Familienkreises mit sich. Creed fuhr im dritten Wagen, flankiert von zwei der obersten Firmendirektoren, am Steuer Jed mit seinem neuen Zylinderhut. Die Geier saßen im vierten Wagen, im Fond eng zusammengedrängt, wie Spielfiguren. Creed hatte die Bestattung persönlich organisiert. Die Bestattung der Bestattungen. Ein Wagenzug durch das Stadtzentrum von Moon Beach, einundzwanzig Schuß Salut, ein Gedenkgottesdienst in der Kathedrale. Creed hatte einen offenen Wagen verlangt, und er stand die ganze Prozession über, zum Zeichen seiner persönlichen Hochachtung gegenüber dem Verstorbenen. Ab und zu bog Jed den Spiegel nach oben, um einen Blick auf ihn zu werfen. Die Hände auf dem Rücken verschränkt, das Gesicht todernst. Jed spürte eine Frage wie einen Windstoß durch die Reihen von Menschen gehen, die die Straße säumten: *Wer ist das?* Wer es jetzt noch nicht wußte, dachte Jed, würde es noch früh genug erfahren.

Auf den Straßen zur Kathedrale fand ein klug inszeniertes Schauspiel statt. Die Bestattungsbarone der Stadt hatten sich zu einem noch nie dagewesenen Ausdruck ihrer Bewunderung und Sympathie zusammengefunden, und Creed nutzte dies voll und ganz aus. Er richtete es so ein, daß er einen Kopf über seinen Konkurrenten stand, als sie vorüberschritten, um ihm die Hand zu geben und ihr Beileid auszusprechen. Es war ein symbolischer Augenblick, von den massenweise vertretenen Pressefotografen gebührend festgehalten und konserviert. Am nächsten Tag konnte man beim Lesen der Zeitungen den Eindruck gewinnen, als würden die Chefs der Bestattungsinstitute den Machtwechsel billigen, als würden sie Creeds Überlegenheit anerkennen, als würden sie ihm die Ehre erweisen. Aus dem Begräbnis war eine Krönung geworden.

Nach dem Gottesdienst sah Jed Carol vor der Kathedrale über den Rasen gehen. Er hatte mit ihr seit dem Tag vor ihres Vaters

Rücktritt nicht mehr gesprochen. Ganz plötzlich war sie aus Mortlake verschwunden, ohne sich zu verabschieden. Heute hinkte sie nicht, fiel ihm auf; sie trug wohl ihre Spezialschuhe. In diesem Augenblick erspähte sie ihn durch die Menge und kam herüber.

»Jed«, sagte sie. »Wie geht es dir?«

Er bemerkte, daß Creed ihn anschaute und die Stirn runzelte.

»Ich kann jetzt nicht reden«, sagte er.

»Darf ich dich anrufen?«

Er gab ihr seine Nummer. »Ich bin aber nicht oft da. Hab' zur Zeit ziemlich viel zu tun.«

»Du kommst gut voran«, sagte sie, »stimmt's?«

Er zuckte mit den Achseln.

Ihr Gesicht beugte sich zu ihm. Um ihn zu küssen, dachte er und zuckte zurück.

»Das Ganze ist eine Farce«, zischte sie.

Er starrte sie an, begriff nicht.

Sie nickte zweimal vor sich hin. »Eine Farce.« Dann stolperte sie, auf Porzellanbeinen, zu ihrem Wagen.

An seiner linken Schläfe begann es zu klopfen. Was meinte sie damit — eine Farce? Er sah, wie einer ihrer Absätze im weichen Gras versank, sie wäre beinahe gestürzt. Sie wirkte so ausgeliefert, so lächerlich, er wollte auf sie zeigen und lachen. Was wußte sie? Der Verlust ihres Vaters hatte sie wie eine Büchse voll irgendwas geöffnet und ausgegossen. Nichts hielt sie mehr zusammen. Damit konnte er nichts zu schaffen haben.

Und das brauchte er letztlich auch nicht. Sie rief nie an.

Statt dessen rief Vasco an. Zumindest glaubte Jed, es sei Vasco. Die Stimme sagte nur: »Lies die Zeitungen genau«, dann wurde aufgelegt.

Er vergaß den Anruf, bis am Ende der Woche die Geschichte herauskam. Erst erschien sie in der Regenbogenpresse, wo sie am meisten Schaden anrichten konnte. Die Schlagzeile des »Mirror« war ein Hit:

BESTATTUNGSBOSS ZWEIMAL GESTORBEN

Laut Quellen, die nicht preisgegeben werden durften, habe die Paradise Corporation so getan, als hätte Sir Charles Dobson zehn Tage nach seinem Tod noch gelebt, so daß die Leitung der Firma übergeben werden konnte, ohne das Vertrauen der Öffentlichkeit zu erschüttern. Mit einem Coup, der verschiedentlich als »schaurig«, »machiavellistisch« und »krank« beschrieben wurde, habe, so wurde behauptet, Mr. Creed diesen posthumen Rücktritt in Szene gesetzt und erfahrene Einbalsamierer angewiesen, die Leiche zu konservieren und sogar einen Fototermin zwei Tage nach Sir Charles' Tod anberaumt, so daß der Presse zusammen mit dem Text der Rücktrittserklärung ein Bild (Sir Charles' lebloser Arm um Mr. Creeds Schultern) übergeben werden konnte. Erst als der Machtwechsel unauffällig über die Bühne gegangen und vom allgemeinen Publikum angenommen worden war, habe man Sir Charles Dobson sterben lassen.

Das waren schwerwiegende Anschuldigungen, und sie stellten die Stadt auf den Kopf. Die ersten paar Tage nach Aufkommen der Geschichte lebte Creed im Auto. Er schickte seine Geier weg; im gegenwärtigen öffentlichen Meinungsklima konnten sie ihm nur schaden. Sein Berater war jetzt Flack. Während sie von Pressekonferenzen zu Radiosendern fuhren, von Radiosendern zu Fernsehstudios, steckten Creed und Flack im Fond des Wagens die Köpfe zusammen und heckten Strategien aus. Creeds Kommentar änderte sich selten: »Diese ganze Geschichte ist ein ungeheuerliches Lügengespinst, ein Versuch, den guten Namen der Paradise Corporation in den Schmutz zu ziehen.« Zwischen ihren Auftritten in der Öffentlichkeit wurden sie von der Presse gejagt. Pro Tag gab es zwei bis drei Verfolgungsjagden mit dem Wagen, wobei Jed jeden versteckten Winkel und jedes geheime Schlupfloch der Stadt nutzte, um einen hartnäckigen Journalisten oder ein Kamerateam abzuschütteln. Sie aßen in obskuren Straßenrestaurants der Außenbezirke und in Cafés der trostlosen Schlafstädte. Sie versteckten sich zwischen den Unterröcken der Stadt. Sie blieben auf. Eines Nachts brach ihnen beinahe eine Achse, als Jed die Augen zufielen und der Wagen von der Schnellstraße abkam und über trockenes gelbes Gras zu schlittern begann. Zwischen ihm und Creed entwickelte sich eine seltsame Nähe, eine Kurzschrift, eine Art Gedankenübertragung. Jed begann zu wissen, wo Creed hinwollte, ohne daß ein Wort fiel. Da gab es den Nachmittag, an dem sie zu den Crumbles hinausfuhren, um drei Stunden zu schlafen, während der Wind von der Seite wie ein Mob gegen den Wagen drückte. Jed wachte plötzlich auf und drehte sich um. Creed schlief mit weit geöffneten Augen. Jed sah, wie Creed aufwachte. Der einzige Unterschied bestand in einem kaum merklichen Wechsel des Atmens.

»Ich habe geträumt, wir wären aus Gold«, sagte Creed, »und da wären Leute, die versuchten, uns einzuschmelzen.« Eine seiner Augenbrauen ging ironisch nach oben. Als ob *ihn* jemand einschmelzen könnte.

Jed wußte, daß die Geschichte in den Zeitungen stimmte. Er brauchte sich nur an den Tag nach Dobsons Rücktritt zu erinnern. Die Tiefgarage. Flacks Besorgnis. Die Anspannung im Gesicht von McGowan und Carlo. Lady Dobsons Tränen. Mortons nervöse Erregtheit. Ich lüge wunderbar. All jene mehrdeutigen, nicht zusammenpassenden Stücke fügten sich plötzlich zu einem Ganzen. Er erinnerte sich an das Bild in der Zeitung. Er erinnerte sich daran, daß er dachte, das Lächeln auf Dobsons Gesicht wirke falsch. Und das war es natürlich gewesen. Tote lächeln nicht. Es sei denn, sie fielen Morton in die Hände. Die Uhr zurückdrehen. Eine alte Wahrheit erzählen. Nein, er glaubte nicht an Creeds Unschuld, nicht einen Augenblick lang, aber Unschuld und Schuld waren ja noch nie der Maßstab gewesen. Nur eine Frage beschäftigte ihn, als er die Zeitungen las: War die Geschichte weit genug gesponnen? Es kam ihm der Gedanke, daß Dobson, ehe er zehn Tage lang »am Leben erhalten« wurde, vielleicht ermordet worden war. War es das, was Carol ihm hatte mitteilen wollen?

Die Tage vergingen. Jed aß Lakritzkringel und sonst eigentlich nichts. Er schlief kaum. Manchmal spürte er, wie er in eine Halluzination abglitt. Die Gerüchte um Dobsons Tod schwirrten noch immer umher, aber echte Beweise gab es keine. Creeds Geier, dessen war Jed sich sicher, versiegelte den Leuten die Lippen und legten ihnen Daumenschrauben an. Manchmal, im Auto, wandte Creed das Gesicht zum Fenster und lächelte. Nur die Andeutung eines Lächelns, wenn er glaubte, niemand schaue hin (aber Jed hatte den raschen Blick in den Spiegel geübt, und es entging im kaum etwas). Creed glich einem Spieler. Dreh das Rad. Wenn du verlierst, dreh von neuem. Frische Spielchips gab es immer. Es war ein Nervenkrieg: Wer verliert zuerst die Beherrschung; welche Ratten verlassen welches Schiff?

Schweigen legte sich über die ganze Stadt. Das hohle Brummen, wenn niemand mehr etwas sagt. Die Geschichte mit Dobson mußte weiter untermauert werden, und die Familie stand für Kommentare noch immer nicht zur Verfügung. Die Paradise Corporation unternahm gerichtliche Schritte gegen drei der führenden Zeitungen der Stadt. Creed traf sich mit McGowan und Trotter in »Papa Jim's Bone-A-Fide Rib Place« an der Südküstenschnellstraße. Ein kariertes Tischtuch und eine Beleuchtung wie zerlassene Butter. Jed konnte sie vom Wagen aus sehen, wie sie Bier tranken und Witze rissen. Die Stimmung schien sich wirklich gewandelt zu haben. Sie sahen aus wie drei Typen, die sich nach einem Ballspiel entspannen. Und wieder wünschte er sich, er hätte mithören können.

Neun Tage nach Veröffentlichung der Geschichte brachte die »Tribune« dann eine Karikatur. Sie zeigte einen Sarg mit zugenageltem Deckel und zwei Kerzen am Kopfende. Aus dem Sarg kam eine Sprechblase. Darin stand nur: »Ich trete zurück.«

An dem Morgen, als die Karikatur erschien, belauschte Jed Creed, während er mit Maxie Carlo sprach. Creed hielt die Zeitung in der Hand. »Die Presse fängt an, ihren Spaß zu haben«, sagte er. »Das Schlimmste ist vorbei.«

Auf einmal herrschte eine neue Vertraulichkeit. Eine Stimmung von Muße, Leichtsinn, Unfehlbarkeit. Man sah McGowan lächeln. Maxie Carlo erschien in einem gelbkarierten Anzug zur Arbeit. Creed gab Jed zwei Nächte frei.

Jed fuhr nach Rialto hinunter, um Mitch zu besuchen.

»Fragt ihn«, sagte Mitch, als Jed eintrat. »Er arbeitet dort.«

Ein paar Freunde von Mitch waren zu Besuch. Einige von ihnen waren zusammen im Moon-Beach-Motorradclub gewesen. Auch eine Schwarze war da. Sie hieß Sharon. Sie wollte wissen, was Jed über die Affäre Dobson dachte.

Jed riß eine Dose Bier auf. »Es ist alles wahr«, sagte er, »jedes Wort«, und er zwinkerte Mitch zu.

»Nein, wirklich.«

Und plötzlich spürte er, wie sich in ihm etwas löste und ihm langsam entglitt. Seine Nerven waren tagelang angespannt gewesen. Kein Schlaf und die ganzen Straßen, die sich vor seinen Augen, in seinem Kopf hinzogen. Es bedurfte nur dieses einen leichten Drucks, als er am wenigsten darauf gefaßt war, und er kochte über.

»Woher soll ich das wissen?« fauchte er. »Ich bin bloß 'n Scheißfahrer, klar?«

Das schwarze Mädchen zuckte zurück. »Mein Gott. Tut mir leid, daß ich gefragt habe.«

Jed trank noch zwei Bier und ein paar Tequilas. Plötzlich roch der Raum nach verwelkten Blumen und abgestandenem Rauch, und er dröhnte, sogar in Gesprächspausen, wenn nur das Ticken von Mitchs Uhren zu hören war. Jed ging ins Badezimmer, hängte den Kopf in die Toilettenschüssel. Der Geruch von Ammoniak half. Diese Dunkelheit, wie ein Buckel auf seiner Schulter, und der Raum hinter ihm, hoch und schmal. Schuld war der ganze Alkohol, er war ihn nicht gewohnt. In den alten Zeiten hätte er einen Sechserpack in einer halben Stunde leertrinken und dann auf einem Seil tanzen können. Jetzt nicht mehr. Er machte den Mund zu und ließ den Kopf hängen. Wartete, daß die Dunkelheit wegging.

»Wie bist du Fahrer geworden, Jed?«

Er schaute langsam auf. Es war viel später, und er saß wieder im Wohnzimmer. Mitch drehte sich eine Zigarette, fuhr mit der Zungenspitze das glänzende Ende entlang.

»Hat jemand was gesagt?«

»Wie bist du Fahrer geworden?«

Jed zuckte die Achseln. »Ich bin handwerklich ziemlich geschickt. Ich hab' nichts dagegen, lange am Stück zu arbeiten —«

Das schwarze Mädchen unterbrach ihn. »Es sind seine Augen.«

»Seine Augen?« fragte einer der Motorradfahrer. »Was meinst'n damit?«

Sie beugte sich vor. »Solche Augen habe ich im Gefängnis gesehen. Augen, die getötet haben. Oder so aussehen, als ob sie es könnten.« Und sie schauderte.

Jed stand auf. Er starrte in den Spiegel, der über dem Kamin hing. Die gleiche Frage hatte er sich oft gestellt. Was hatte Creed an ihm gefunden? Jetzt glaubte er, es zu wissen. Es war, wie das Mädchen gesagt hatte. Sein Aussehen war schuld.

»Er blinzelt nie«, hörte er sie sagen. »Es ist wie bei Eidechsen.«

Er betrachtete sich noch immer. Seine Qualifikationen, sozusagen. Sie waren alle da, im Spiegel. Ein großer, dünner Körper, der fast nur aus Kanten bestand. Ein Körper, der, in die schwarze Livree gepreßt, noch dünner wirkte, noch kantiger. Sein Gesicht war an einigen Stellen fleckig, von der Struktur getrockneten Leims, während es an anderen die Nadelstichspuren von Akne aufwies. Seine Brille mit den Stahlbügeln ließ seine Augen kalt wirken, erbarmungslos. Er war häßlich, es war nicht zu leugnen. Er bewegte sich am Rande des Grotesken. Und doch, wenn er sich so betrachtete, konnte er nicht umhin, eine Art Stolz auf sein Aussehen zu empfinden. Denn solange er sich erinnern konnte, hatten die Leute ihn angestarrt. Seine Häßlichkeit hatte ihn zum Außenseiter gestempelt; seine Häßlichkeit hatte ihn eitel gemacht. Er lächelte nun. Seine Lippen verzogen oder runzelten sich nicht, wenn er lächelte. Sie wurden einfach länger. Sein Lächeln schien den Beweis zu liefern.

Später kam das schwarze Mädchen auf ihn zu und setzte sich neben ihn auf das Sofa.

»Ich möchte mich entschuldigen«, sagte sie. »Ich habe es nicht persönlich gemeint, weißt du.«

»Wie heißt du?« fragt er. »Ich hab's vergessen.«

»Sharon.«

»Ich heiße Jed.«

»Ich weiß.« Sie schaute ihn aufmerksam an. »Sag mal, bist du noch unberührt?«

Sie war jetzt dicht bei ihm. Ihre rosafarbene Bluse verschwamm vor seinen Augen. Ihr Atem roch nach feuchtem Heu, Heu, das zu lange gelagert worden war.

»Also ja, oder?«

Er gab es zu.

»Willst du was dran ändern?«

Er fing an zu zittern.

»Was ist los?« sagte sie. »Friert dich?«
»Ja.«
Ihre Stimme wurde sanfter. »Ja, also, du bist der Fahrer. Warum fährst du mich nicht nach Hause?«
Sie fuhren mit seinem Chrysler davon. An der ersten Ampel beugte sie sich zu ihm hinüber und küßte ihn. Etwas Blaßviolettes blitzte zwischen ihren Zähnen auf.
»Ein Amethyst«, sagte sie. »Mein Glücksstein.«
Ich bin zu betrunken zum Fahren, dachte er und warf vorsichtig einen Blick auf die breiten, geschwungenen Schenkel auf dem Sitz neben sich. Unter ihrer rosafarbenen Bluse schwappten ihre Brüste wie Wasser. Wie die Wasserbeutel, in denen man Goldfische kauft.
Dann ein Zimmer mit blauen Lichtern, das leise Weinen eines Kindes. Ein orangefarbener Wirbel, als er zum Fenster schlurfte.
»Baker Park«, sagte sie.
Ihre Stimme, das Zimmer, diese Nacht. Alles schmutzig und fern jetzt. Der Bodensatz einer Flasche. Als er fünfzehn war, hatte er eine Woche unter dem Pier geschlafen. An den Metallstreben Seetang wie Haarsträhnen, der Wind so rauh an seiner Haut. Man hätte diesen Wind dazu benutzen können, um Pfannen zu schrubben. Und die ganze Nacht das Klatschen der Wellen. Wasser wie undeutlich gesprochene Worte. Der Bodensatz in einer Flasche.
Und dann strandete er auf ihrem schwarzen Fleisch, zwei Kreise um ihren Hals und ihr Kinn gegen die Decke gereckt wie die Stiefelspitze einer Leiche, ein Arm nach hinten gebeugt, mit nichts an als dem Höschen um ihre Knöchel, doch kein Weg hinein, wenigstens keiner, den er finden konnte, und der billige Teppichboden brannte an seinen Ellbogen und Knien, und Schlaf begann von ihren zerfurchten Lippen zu träufeln.

Er erwachte auf ihr, und sie hätte ein Strand sein können, an den die Wellen ihn gespült hatten. Er rollte von ihr weg, und sie erwachte ebenfalls. Eine Hand griff wie automatisch nach oben, um an einer Brust zu kratzen.

»Haben wir es gemacht?«

»Ich weiß es nicht«, sagte er. »Ich glaube nicht.«

Sie gähnte. Ein Mund wie Eiscreme. Erdbeer und Schokolade.

»Willst du's nochmal probieren?«

»Wann?«

»Wie wär's mit jetzt? Am Morgen danach ist es immer gut.« Sie langte mit einer Hand blind hinter ihn.

Er schob sich weg, setzte sich auf. »Jetzt nicht. Vielleicht heute abend.«

Ihre Augen öffneten sich. Sie schaute ihn, ohne den Kopf zu heben, an. »Was ist los? Gefalle ich dir nicht?«

»Daran liegt's nicht.«

»Mein Körper gefällt dir nicht.« Sie umfaßte traurig eine ihrer Brüste, so wie man einen Vogel mit einem gebrochenen Flügel umfaßt. »Er gibt dir nichts.«

»Daran liegt's nicht. Ich hab' bloß viel zu tun.«

Es stimmte nicht. Er hatte den ganzen Tag frei. Bloß daß alles so nahe schien, als würde man in eine Glühbirne starren. Er schaute auf sie hinab und sah auf ihrer Haut grüne und rote Flecken.

»Ich werd' aus dir nicht schlau.«

Er knöpfte sich die Hose zu. »Wo hab' ich mein Auto abgestellt?«

Sie lag auf dem Teppichboden, die Lippen ihrer Möse wölbten sich, weich und unverhohlen, durch einen Hügel schwarzer Locken. Sie zuckte mit den Achseln, und er schaute weg. Als er fünf Minuten später das Apartment verließ, lag sie immer noch auf dem Teppichboden. Durch die halb geöffnete Tür sah er ihre Knie und Unterschenkel.

»Und?« fragte sie ihn, als er sich am selben Abend wieder bei ihr blicken ließ. »Hast du's gefunden?«

Er schnaubte. »Nach 'ner Weile schon.«

Er hatte das Auto eine halbe Stunde lang gesucht. In seinem Kopf hing alles so locker wie die Schublade in einer alten Kommode, während er die Straßen um ihre Wohnung herum abgraste. Straßen, krätzig vor Kindern, Glasscherben und Unkraut. Nicht einmal die unbebauten Grundstücke ließ er aus. Eine Truhe mit kaputten Schlössern. Ein Betrunkener in einem gelben Sessel. Diese Dinge hätten nicht da sein sollen, aus irgendeinem Grund machten sie ihn wütend. Die Nacht zuvor war er betrunken gefahren. Okay, er hatte immerhin seine Unschuld verloren (na ja, fast). Aber er war Gefahr gelaufen, auch alles übrige zu verlieren. Seinen Führerschein, seinen Job. Seine ganze Zukunft. Als er sein Auto schließlich gefunden hatte, setzte er sich hinter das Steuer und packte es so fest, daß es fast zerbrochen wäre.

»Ich kann nicht lange bleiben«, sagte er zu ihr.

»Dann zieh besser deine Hose aus.«

»Was ist das um deinen Hals?« Er hatte es die Nacht zuvor bemerkt. Ein kleiner Lederbeutel an einer Schnur. Es war das einzige, was sie anhatte und nicht ablegte, als sie sich auszogen.

»Nichts, was du zu wissen brauchst.«

Seine Wut war noch immer da, und er gebrauchte sie, um in sie einzudringen. Es gefiel ihm, wie ihre Augen vor Schreck größer wurden, als würde er ein Schloß aufbrechen, in ein Haus eindringen. Es war das erste Mal, daß er mit einer Frau schlief, und er fühlte sich wie ein Einbrecher.

In jener Nacht nahm er Sharon mit ins »Palace«. Sie schliefen schon, als das Telefon klingelte. Er machte das Licht an. Es war kurz nach zwei. Weil er dachte, das müsse Creed sein, hob er ab und sagte: »Ja, Sir?«

»O Gott, du kriechst ja sogar noch im Schlaf.«
»Wer ist denn dran?«
»Was glaubst du?«
»Vasco! Wo bist du?«
»Das verrate ich dir, glaube ich, lieber nicht.«
»Creed hat nach dir gesucht.«
»Ach, nein.« Vascos Lachen klang angespannt. »Paß auf, du mußt mich morgen treffen.«
»Das kann ich nicht. Du weißt, wie mein Tagesablauf aussieht.«
»Jed, tu mir den Gefallen.«
»Ich kann nicht.«
Vasco legte auf.
Später träumte Jed, er warte an einer Bushaltestelle. Als der Bus angefahren kam, schoben sich Hunderte von Leuten zur Tür. Es gelang ihm, sich vorzudrängen. Als der Bus wegfuhr, sah er durch das Fenster Vasco. Vasco stand auf dem Gehsteig und konnte nicht mit. Vasco war zurückgelassen worden.
Dann klingelte das Telefon noch einmal. Er wollte nicht rangehen, weil er dachte, es könnte wieder Vasco sein, aber das konnte er sich nicht erlauben. Also nahm er den Hörer ab und wartete.
»Spaghetti?«
Es war Creed.
»Ja, Sir?«
»Ich will, daß du mich abholst.«
»Wo sind Sie?«
»Im ›Box‹. Das ist ein Club. Kennst du es?«
Die Leitung war voller Hintergrundgeräusche, und Jed mußte Creed mehrmals bitten, die Adresse zu wiederholen. Endlich hatte er sie. 75 V Street. »In einer halben Stunde warte ich vor dem Club.«
»Warte nicht draußen. Stell den Wagen ab und komm rein.«

»In einer halben Stunde«, wiederholte Jed und legte auf.
Seit der Geschichte mit dem Zeitungsartikel schien Creed die Loyalität aller zu überprüfen. Er stieß die Leute in seiner Umgebung an den Rand des Abgrundes und sagte: Spring! Jed glaubte ihn zu verstehen. Es war wie damals, als seine Radios weggeworfen worden waren. Man konnte mit den Achseln zucken, eine Miene aufsetzen, die sagte, ist mir gleich, aber das war es einem gar nicht, und auf nichts war jemals wieder Verlaß. Das nächste Mal, wenn sich wieder Sicherheit breit machte, zertrümmerte man sie selbst. Und zertrümmerte sie immer wieder. So dachte Creed, davon war Jed überzeugt. Und die Leute um ihn herum parierten nicht. Trotter war seit zwei Wochen verschwunden. Etwas mit seinem verkrüppelten Arm. Der Humor von Meatball wurde dünn. Er erzählte immer noch Witze, doch das waren die Witze eines Mannes, der nichts mehr lustig finden konnte, die Witze eines Mannes mit einem Auge auf der Tür. Vasco war nirgends. Eine Stimme am Telefon um zwei Uhr morgens. Ein Traum im Kopf. Bloß McGowan hatte durchgehalten. Wenn Jed nur lange genug wartete, würde seine Zeit bestimmt auch noch kommen. Die Lakritztage waren vorbei. Er hatte angefangen, Pfefferminzeisbonbons zu kaufen. Sie waren klar und kühl. Sie waren, wie seine Gedanken sein mußten.
Er machte das Licht an und schaute auf die Uhr. Zwei Uhr zwanzig. Der Geruch nach Sex stieg in einem Schwall aus dem Bett hoch, als er die Decke zurückschlug und aufstand. Er meinte vom »Box« gehört zu haben. Es lag unten bei den alten Schlachthöfen und galt als einer der harten Schwulenclubs.
75 V Street war eine schwarze Tür mit einer kleinen Glasscheibe in Kopfhöhe, in der man sein eigenes Spiegelbild sehen konnte. Ein Trickspiegel vermutlich. Der Klopfer bestand aus einem nackten Männertorso aus Messing. Jed ergriff das kalte

Metallstück und klopfte zweimal. Die Hinterbacken hämmerten gegen die Tür, als würden sie bumsen.
Die Tür ging etwa zehn Zentimeter auf. Ein kräftiger Mann mit Bart schaute auf ihn herunter.
»Ich bin mit Mr. Creed da«, sagte Jed.
Der Spalt wurde größer, und er schlüpfte durch. Drinnen blieb er stehen und richtete seinen Zylinder gerade.
Der kräftige Mann starrte ihn immer noch an. »Die Aufmachung gefällt mir.«
Jed starrte zurück. Etwas, das er gelernt hatte. Früh gelernt und nie vergessen. »Ich bin Chauffeur.«
»Das sagen sie alle.« Der kräftige Mann steckte sich eine Zigarette an. Sie wirkte zerbrechlich in seiner Hand. Es sah aus wie King Kong und Fay Wray, die Hand und darin die winzige Zigarette. Dabei wußte der Typ garantiert nicht, daß vor seiner Nase ein Film ablief. Er besaß ungefähr eine Gehirnzelle, und auch die arbeitete in Zeitlupe.
»Wo ist er?« fragte Jed.
»Hinten.«
Creed saß in einer Nische. Auf einer Seite McGowan, auf der anderen ein blonder junger Typ mit hohen Backenknochen. Creed bedeutete Jed, er solle sich setzen. »Das ist Ollie.« Er meinte den blonden Typen. »Er ist Tourist. McGowan kennst du ja schon.«
Jed schaute den Touristen an.
»Frreut mich«, sagte der Tourist, »frreut mich sehr.«
Jed schaute immer noch. Komische Sache.
»Setz dich«, sagte McGowan. »Trink was.«
»Ich fahre«, erwiderte Jed, »klar?«
»Nimm statt dessen was davon.« McGowan gab Jed ein braunes Fläschchen. »Dann kommen wir schneller heim.«
Jed nahm das Fläschchen. »Was ist das?« Obwohl er es natürlich schon kannte, das Fläschchen mit dem Plastiklöffel.

»Es ist Puder«, sagte McGowan, »für deine Nase.«
Der Tourist lachte.
Jed spürte Creeds Blick auf sich. Er nahm zwei Löffel voll, einen für jedes Nasenloch, und reichte das Fläschchen zurück.
»Braver Junge«, lobte Creed.
»Du kennst Gorilla ziemlich gut«, behauptete McGowan, »oder?«
»Gewissermaßen.«
»Du bist ein Freund von ihm«, sagte Creed.
»Das war ich. Vor Jahren. Damals waren wir Kinder.« Es war seltsam, so mit Creed zu reden. Sie redeten nie so. Ihm war, als seien alle seine Zähne aus Stein.
»Hast du ihn in letzter Zeit gesehen?« fragte McGowan.
»Bloß im Traum.«
»Bloß im Traum«, sagte Creed und lachte.
»Dabei würde ich's auch belassen, wenn ich du wäre«, meinte McGowan.
»Warum?«
»Er war ein böser Gorilla.« McGowan kippte den Rest seines Glases hinunter. »Er ist ein bißchen geldgierig geworden. Zu viele Bananen.«
»Das stimmt«, sagte Creed. »Er war ein böser Gorilla.« Und er starrte Jed einen Augenblick lang an, dann lächelte er zögernd.
Jed schaute McGowan an, aber McGowan schaute anderswo hin. Rätsel.
Der Tourist wollte in einen anderen Club, aber Creed bestand darauf, in seinem Apartment weiterzutrinken. »Du hast Urlaub. Entspann dich.«
Schließlich gab der Tourist nach. Vielleicht glaubte er, es käme noch was Gutes.
Sie nahmen die Panoramastraße zum »Palace« zurück. Durch die alten Straßen der Schlachthöfe, in den Tunnel mit den Rei-

hen von Lichtern wie Neonstickerei und den glänzenden cremefarbenen Kacheln nach Venus hinauf, dann um den westlichen Rand des Hafenbeckens und über die Brücke zurück in die C-Street. Die verstellbare Trennscheibe stand zum allererstenmal offen.
»Er ist ein Romantiker«, meinte Creed. »Er möchte die Sehenswürdigkeiten sehen.«
»Wir werden sie ihm zeigen«, sagte McGowan, lehnte sich zurück und lachte, und die Lichter der Stadt auf seiner verspiegelten Brille sahen aus wie goldene Reißverschlüsse, die aufgegangen waren.
Der Tourist lachte mit ihnen. Im Rückspiegel sah Jed, wie das Fläschchen herumging. Der Tourist saß in der Mitte. Er bekam doppelt soviel ab wie die anderen. Kein Wunder, daß er lachte.
In die Parkgarage unter dem Hotel hinunterzugleiten war wie verschluckt zu werden, die Einfahrt ein dunkles Maul mit herausgeschnittener Zunge. Loyalität bedeutet Schweigen. Die Reifen quietschten, als er bremste, der Beton war glatt wie Haut und rutschig von den Flüssigkeiten, die andere Autos ausgeblutet hatten. Jed parkte neben dem Personalaufzug. Er öffnete den Schlag.
Und dann sagte Creeds sanfte Stimme hinter ihm: »Warum kommst du nicht mit uns rauf?«
Jed drehte sich um. »Ich muß ein bißchen Schlaf bekommen«, sagte er, aber der Koks tat seine Wirkung: Er fühlte sich leichter, und er hatte einen so guten Platz im Zirkus, daß er eigentlich nicht gehen wollte.
»Komm mit rauf«, sagte Creed. »Wir müssen uns besser kennenlernen.«
Die Tapete in Creeds Wohnzimmer sah wie Zebrafell aus. Die Vorhänge, so blau, daß sie fast schwarz wirkten, waren zugezogen. Creed gab Jed etwas zu trinken. »Schließlich brauchst

du ja nicht mehr zu fahren, um nach Hause zu kommen, oder?«, und dann setzte er sich neben den Touristen. Der Tourist erzählte von seinem Heimatland.

»Es ist nicht, na ja, es ist nicht wie hier«, begann er und machte eine einholende Bewegung mit der Hand, die die Zebrafelltapete, seine neuen Freunde und das kleine braune Fläschchen auf dem Couchtisch mit einschloß. »Es ist eher wie« — und sein Gesicht erhellte sich, als ihm das Wort einfiel —, »wie ein Torf.«

Jed wandte sich fragend an McGowan: »Torf?«

McGowan legte den Kopf zurück. »Er ist weit weg von zu Hause.«

»Vielleicht zu weit.«

McGowan drehte den Kopf und schaute Jed an. Jed sah zweimal sein eigenes Gesicht. »Du weißt nicht, wie recht du hast.«

»So?«

Sie starrten sich noch zehn Sekunden lang an, dann lächelte McGowan. Das Lächeln war keineswegs humorvoll oder wohlwollend. McGowan hatte es nur aus einer Reihe möglicher Reaktionen ausgewählt.

»Weißt du was?« sagte Jed. »Ich hab' dich nie ohne diese Brille gesehen.«

Mit einer raschen Bewegung griff McGowan nach der Brille, nahm sie ab und steckte sie in die Tasche. Seine Augen wirkten wie weit aufgerissen. Zuviel Weiß. Die Iris schien irgendwie in der Luft zu hängen.

Jed nickte.

»Jetzt weiß ich, warum du die Brille trägst.«

»Ach, ja?«

»Ohne sie würdest du zu vielen Leuten Angst einjagen.«

McGowan gefiel das. Es gefiel ihm so sehr, daß er beschloß zu lachen. Jed lachte mit ihm. Er schaute zu Creed. Der hatte gerade einen Stapel Lederzeug angeschleppt und auf den Couchtisch gelegt. Handschellen, Geschirre, Knöchelhalfter, genietete Halsbänder und eine Maske ohne Augen und mit einem Reißverschlußmund.

»Oaah«, machte McGowan.

Jed langte nach vorne und hob eine durchsichtige Tasche mit Reißverschluß auf. Es lag eine Auswahl von Metallringen und Lederstrapsen darin. Auf dem Aufkleber stand DIE FÜNF PFORTEN DER HÖLLE. Fünf? Warum fünf? fragte er sich. War eine nicht genug? Und er legte die Tasche wieder auf den Tisch.

Creed zeigte dem Touristen ein paar von den Teilen und erklärte ihm, wie sie funktionierten. Seine Stimme klang objektiv, unbeteiligt, als ob es sich um Küchen- oder Gartengeräte handelte. Dann nahm er, ohne die Stimme zu verändern, die Handschellen, klinkte sie dem Touristen um die Handgelenke und warf McGowan den Schlüssel zu.

»Oaah«, machte McGowan wieder.

»He«, sagte der Tourist, »ihr Typen macht Fitze, wie?«

Creed schien nicht gehört zu haben. Er schaute McGowan an.

»Wir Typen«, sagte McGowan. »Wir Typen machen Fitze.«

»He, Leute«, sagte der Tourist. »Laßt mich da raus, okay?«

McGowan streckte die Hand aus und griff nach der Maske. Er ließ sie an einem Finger baumeln, schwenkte sie vor den Augen des Touristen hin und her. »Nur wenn du das anziehst.«

Creed nickte dazu.

Der Tourist war gut gebaut, womöglich kräftiger als Creed oder McGowan, aber er hatte auf einmal einen flehentlichen Ausdruck in den Augen, wie ein Hund, der weiß, daß er gleich geschlagen oder getreten wird. »Okay«, sagte er. »Ich ziehe es an.«

Jed ging ins Badezimmer.

Als er zurückkam, war das Wohnzimmer leer. Er kehrte in die Diele zurück und blieb vor einer Tür stehen. Durch den Spalt sah er, wie McGowan den Touristen auf das Bett drückte. Der

Tourist lag auf dem Bauch, das Gesicht auf eine Seite gelegt. Er war nackt, bis auf die Maske. McGowan hatte eine Waffe in der Hand und schob den Lauf dem Touristen durch den offenen Reißverschluß in den Mund. Creed saß auf einem Stuhl neben dem Fenster, die behandschuhten Hände im Schoß, ein Handgelenk über dem anderen. Sein Gesicht hatte auf Automatik geschaltet. Er blickte auf und sah Jed im Türrahmen stehen.

»Willst du'n Teil ab?«

Als wäre der Tourist ein Kuchen. Jed schüttelte den Kopf.

Creed lächelte. Es war vielleicht weniger ein Lächeln als ein Schlaffwerden um seinen Mund herum.

»Dieser Typ« — Jed nickte Richtung McGowan — »der ist ein Psychopath.«

»Aber er ist loyal«, sagte Creed. »Sehr loyal.«

Jed drehte sich noch einmal kurz um. »Wir sehen uns morgen.«

Plötzlich stand Creed neben ihm. So plötzlich, daß Jed erschrak. Er war sich nicht sicher, wie Creed die Entfernung zwischen dem Fenster und der Tür zurückgelegt hatte.

Creed klopfte Jed auf die Schulter, eine Geste wie im Sitzungssaal. »Hau dich ein wenig aufs Ohr. Ich brauche dich erst um elf.«

Es war sieben Uhr dreißig, als Jed wieder ins Bett stieg. Sharon schlief noch. Ihre Nasenflügel glänzten. Ihr Atem kam stoßweise und kräuselte ihr die Oberlippe. Er legte sich zu ihr unter das Bettlaken und machte die Augen zu. Der Schlaf glitt ihm durch die FInger. Sein Körper juckte, wo die Baumwolle ihn berührte. Dauernd mußte er sich kratzen. Immer an einer anderen Stelle.

»Wo warst du?«

Sein Schwanz wurde beim Klang ihrer Stimme steif. »Hab' wohin fahren müssen.«

»Wie spät ist es?«

»Keine Ahnung. Bald acht.«
»O Gott.« Aber ihre Augen waren noch zu. Eine dunkle Brust hing seitlich über das Laken.
Er beugte sich hinunter. Biß in die große Warze. Zog an dieser schimmernden Haut, bis ihre Augen weit aufgingen und ihr Kinn nach oben kippte. Er glitt zwischen ihre Beine.
Sie schob eine Hand nach unten. »Ich hab' meine Tage.«
»Spielt keine Rolle.«
Sie drehte sich herum, nahm ihn in ihre trockenen Hände, und er spürte, wie das Blut an ihren Fingern vorbeischoß. Er hörte eine Uhr acht schlagen. Und machte die Augen zu. Weiche Formen, die zusammenstießen, zerbarsten. Eine Farbe floß in die andere, Wie Bakterien. Jetzt war ihr Mund um ihn, ihre Zähne schürften an der gespannten Haut. Ihr Rücken war so heiß und dabei so glitschig wie Eis. Beider Schweiß sammelte sich auf dem Laken. Dann strömte die Tinte langsam nach außen, und die Spulen drehten sich, und eine Stimme, die von Vasco, warnte ihn. Er mußte ein Band aufnehmen. Er mußte wieder etwas aufnehmen. Um sich zu schützen. Um Farbe zu bekennen. Vor wem? Für wen? Welche Ratte verläßt welches Schiff. Wieder diese langsame Tinte. Sein Sichtfeld schwankte, war an den Rändern schwarz, Pausen auf dem Tonband. Loyalität und Schweigen. Zwei Spulen, die sich drehen und drehen, er konnte den Blick nicht davon lassen, und dieses Mal würde es wie Anbetung sein, ich habe geträumt, wir seien aus Gold, er hatte zu viel gesehen, seine Augen waren aus Gold, sie würden sie einschmelzen müssen. Die Uhr zurückdrehen. Eine alte Wahrheit erzählen. Lügen, Wahrheit. Vielleicht war es also wie Anbetung gewesen, Anbetung, die in Liebe beginnt und dann sauber in Haß übergeht. Bakterien und Radios. Zebrawände. Ledermasken und ausländische Namen. Moskau. Brüssel. Ollie. Vasco. Vasco? Er rief, aber der Bus war abgefahren. Er war allein. Diese fünf Pforten der Hölle, er würde durch jede ein-

zelne durchgeschickt werden. Tatsächlich? Er konnte nicht um die nächste Kurve schauen, er mußte aufnehmen, Tonbänder waren Periskope, seine einzige Chance, und die langsame Tinte war gestohlen, und die Spulen drehten sich, und alles wurde aufgezeichnet, alles war ein Beweis. »Warum fünf«, flüsterte er, »ist eine nicht genug?«, und eine Stimme erwiderte, eine Frauenstimme, Sharons Stimme: »Eine was?«

BISSSPUREN

Nathan führte vom »Seaview Lodge« aus ein Ferngespräch mit Dad. Von dem Brief, den Harriet ihm geschrieben hatte, sagte er nichts. Harriet erwähnte er überhaupt nicht. Er sagte nur, er habe sich überlegt, ein paar Tage nach Hause zu kommen, wenn es recht sei.

»Länger kannst du es nicht einrichten?« sagte Dad. »Nur ein paar Tage?«

»Ich arbeite, Dad.«

»Na, dann versuch, früh hier zu sein. Ich gehe um neun zu Bett.«

Nathan nahm den Zug, obwohl das sechsundzwanzig Stunden dauerte. Er wollte genau wissen, wie weit er von zu Hause weg war, wollte die Entfernung nachrechnen können. Nördlich der Stadt mußte angehalten werden, Reparaturen an der Strecke, und als er endlich vor dem Haus am Mahogany Drive stand, war es nicht mehr früh, sondern nach Mitternacht. Er versuchte es an der Vordertür; sie war verschlossen. Ebenso die Terrassentüren. Er prüfte die Fenster, obwohl er wußte, daß es zwecklos war. Dad hatte die Sicherheitsmaßnahmen für die Nacht immer übertrieben; er verriegelte sogar die Innentüren. Drei Jahre war er weg gewesen, so viele Kilometer entfernt, und jetzt konnte er nicht hinein. Er mußte lachen. Aber es war nicht komisch, eigentlich gar nicht.

Als sein Lachen verklungen war, merkte er, daß etwas anders war: In den Fenstern war Licht zu sehen. Bei jedem anderen Haus wäre dies normal gewesen, aber bei ihrem war es unheim-

lich, unnatürlich. Dad hatte Angst vor der Elektrizität, vor ihrer Gefährlichkeit. Er ging nie zu Bett, ohne zu kontrollieren, daß jedes Gerät ausgeschaltet war. Wenn er dachte, daß irgendwo noch ein Stecker nicht gezogen war, konnte er nicht schlafen. Er hatte immer Angstvorstellungen gehabt, daß im Haus nachts Feuer ausbrechen könnte. Und nun dieses viele Licht, das auf die Einfahrt fiel — das sah ihm einfach nicht ähnlich. Es forderte es heraus. Nathan klopfte das Herz bis zum Hals. Wenn etwas passiert war ... Vielleicht reagierte Dad deswegen nicht. Er klopfte an die Tür, doch diesmal viel fester. Und er rief auch: »Dad? Dad?«
Niemand kam.
Er rannte zum zweitenmal hinter das Haus. Im Garten blieb er am Rand des Schwimmbeckens stehen und schaute zu Dads Fenster hinauf. Die Vorhänge waren zugezogen, kein Licht brannte. Er legte die Hände wie einen Trichter an den Mund und rief wieder: »Dad?«
Er lief zu einem Blumenbeet und klaubte eine Handvoll Steine zusammen. Mit dem ersten traf er daneben. Der zweite berührte das Glas nur und fiel herunter. Der dritte zerschmetterte es beinahe. Nichts passierte.
Auf dem Dach der Glasveranda ruhte das Mondlicht, dünne blaue Schichten, wie ein gelähmter Blitz. Die Feuchtigkeit auf dem Gras begann durch die Sohlen seiner Schuhe zu dringen. Er drehte sich um und starrte das Schwimmbecken an. Die schwarzen Flecken auf dem Wasser, das mußte abgefallenes Laub sein. Jedesmal, wenn er nach Hause kam, mußte er es mit einem Rechen vom Wasser fischen. Das gehörte zu seinen Aufgaben. Aber jetzt stieg die Wut wieder in ihm auf. Den ganzen Weg und verdammt, ich komme nicht mal rein.
Er rannte wieder zur Vordertür. Das konnte bis zum Morgen so weitergehen, es war lächerlich. Er drückte den Briefkastenschlitz auf, preßte seine Wange gegen das Metall und brüllte:

»Dad? Dad? *Dad!*«

Dieses Mal hörte er ein Klicken und wußte sofort, was es war. Das Klicken hatte sich ihm tief ins Gedächtnis eingeprägt. Es war das Geräusch von Dads Schlafzimmertür. Er nahm den Mund vom Briefkasten und legte statt dessen ein Ohr dagegen. Er konnte Dads Stimme hören, fern und zittrig.

»Nathan? Bist du's?«

»Ja, ich bin's nur, Dad. Ich bin's nur.«

Er sah, wie Dad sich die letzten Treppenstufen hinuntertastete, sah seinen Schlafanzug, die Hausschuhe, den blauen Pullover, der direkt über den Ellbogen abgeschnitten war, sah, wie er sich durch eine Art dichten Nebel aus Beruhigungsmitteln kämpfte. Er hörte, wie Schlüssel in den Schlössern gedreht, Riegel beiseite geschoben wurden. Die Tür ging auf, und er schlüpfte an Dad vorbei in die Diele.

»Entschuldige, wenn ich merkwürdig aussehe, aber ich war völlig weg.« Dad stand gebückt da und schloß die Tür wieder ab. »Entschuldige, wenn ich seltsam aussehe.«

Dann drehte er sich um, irgendwie schüchtern, und sie umarmten sich. Nathan roch den warmen Dunst des Schlafs, seine saubere Haut. Wenn ihm jemand gesagt hätte, daß er eben noch wütend gewesen war, hätte er es abgestritten. »Du gehst jetzt wieder ins Bett«, sagte er sanft. »Wir sprechen uns morgen.«

Am nächsten Morgen nach dem Frühstück sagte Dad: »Das Rufen, das Wort ›Dad‹ mitten in der Nacht. Es hat mich all die Jahre zurückversetzt. So etwas vergißt man nie.«

Sie saßen in dem Zimmer mit Blick aufs Schwimmbecken. Dad hatte seine Tabletten genommen und entspannte sich jetzt. Nathan setzte sich neben ihn. Er konnte das Au-pair-Mädchen das Geschirr spülen hören, das Gebrabbel von Dads Radio. Es war alles so vertraut, und doch war es zugleich unendlich fern.

»Als ich gestern abend gekommen bin«, sagte er, »waren sämtliche Lichter an.«

»Wirklich?« Dad starrte die leere Wand hinter dem Fernseher an. »Das muß Helga gewesen sein. Sie ist neu, verstehst du. Ich habe sie noch nicht eingewiesen.« Er schaute Nathan an. »Hast du anständig gegessen?« Und noch ehe Nathan antworten konnte: »Du siehst dünn aus.«

Es war immer dasselbe, wenn er nach Hause kam: Dad hörte nicht auf zu reden, bis ihm die Stimme weh tat.

An diesem Morgen erzählte Dad wieder seine Lieblingsgeschichte, die Geschichte, wie er mit Kay die Küste entlang gefahren war, nur daß er diesmal ein Stück weiterging, von den Klippen herunter bis ins Haus. Es hatte monatelang leer gestanden, sagte er. Es war beinahe verfallen. Das Dach leckte, in den Zimmern hingen Spinnweben wie Hängematten, an den Wänden wuchs das Moos. Es war eingebrochen worden. Das Erdgeschoß war kniehoch mit Sherryflaschen, Zeitungen und fremden Männerschuhen bedeckt, und in der Küche mußte jemand ein Feuer gemacht haben, weil auf dem Boden ein großer schwarzer Fleck prangte, als wäre dort eine Rakete losgegangen. Am selben Tag fanden sie dann einen Brief an Kays Mutter in der Diele. Die Adresse auf dem Umschlag lautete: »Viviente, 7729 Mahogany Drive, Moon Beach.« »Viviente«, so habe das Haus immer geheißen, hatte Kay ihm erzählt. Es bedeutete »lebendig«.

»Und weißt du was?« fragte Dad. »Es war fast ein Wunder, ehrlich. Eine Woche, nachdem wir eingezogen waren, merkten wir, daß sie schwanger war. Mit dir.«

»Das habe ich gar nicht gewußt«, erwiderte er.

»Na, da hast du's. Du hast was gelernt.« Dad lehnte sich zurück. Er schien mit sich zufrieden.

Nathan lächelte. Es war kein Wunder, daß Dad so oft auf jenen Tag zurückkam, vor allem angesichts der jetzigen Umstände. Er kehrte in eine Welt zurück, die freundlich zu ihm gewesen war, einer Vergangenheit, derer er sich sicher sein konnte.

Seine Liebe zu Kay war eine Liebe, die nie versiegt war. Sie war vorbei, ja, aber sie würde nie vergehen.

Am Nachmittag fuhr Nathan zu Georgia. Sie hatte zwei Zimmer über einer Eisenwarenhandlung in Venus. Dort lag alles herum, wie stets bei Georgia: Science-fiction-Romane, Schmuck, eine Sonnenbrille, Einladungen, Kassetten. Durch das Fenster war zwischen den Häusern gegenüber ein schmaler blauer Streifen zu sehen; ihr Blick auf den Hafen. Sie machte in einer angeschlagenen Silberkanne Kaffee und schenkte ihn in dunkelgrüne Tassen mit Goldrand und Goldgriff ein, Tassen, die sie zu Hause gestohlen hatte. »Sie haben, glaube ich, Oma gehört«, meinte sie. »Bevor sie übergeschnappt ist.« Sie war so fickerig, Nathan wiederzusehen, daß sie nicht ruhig sitzen bleiben konnte. Immer wenn er etwas sagte, redete sie ihm am Ende dazwischen. »Ich glaub', ich dreh' mir einen Joint«, sagte sie. »Das beruhigt mich vielleicht.« Sie breitete ihre Utensilien auf dem Boden aus, die Beine untergeschlagen, die Zunge fest an die Oberlippe gedrückt. Er erinnerte sich, wie sie als Kind auf Packpapier gemalt hatte, wenn es regnete. Das hatte genauso ausgesehen. Sie brauchte so lange, den Joint zu drehen, daß sie sich beruhigt hatte, noch bevor sie ihn anzündete.

Sie mußten auf irgendeine Party. Als das Taxi durch die Straßen von Butterfield holperte, hakte sie sich bei ihm unter und gab ihm einen Kuß. »Du warst so lange weg, daß ich fast vergessen habe, wie du riechst.«

»Sag's mir nicht«, meinte er. »Ich will es nicht wissen.«

»Doch, es riecht gut. Es riecht wie« — und sie mußte an ihm riechen, um wieder daraufzukommen — »es riecht wie Obst.«

Lächelnd streichelte er ihr übers Haar. In den drei Jahren, die sie sich nicht gesehen hatten, war es ihr bis über den halben Rücken hinunter gewachsen.

»Meinst du, daß mit Dad alles in Ordnung ist?« fragte er sie.
Sie runzelte die Stirn. »Schwer zu sagen. Das einzige, was er immer sagt, wenn ich ihn besuche, ist, warum hast du das ganze Zeug im Gesicht, warum kannst du nicht natürlich sein?«
Er lachte.
Sie schmiegte ihre Wange an seine Schulter. »Weißt du, was ich gern möchte?«
»Was?«
»Ich möchte gern dein Bruder sein.«
Er lächelte. »Reicht Schwester nicht?«
»Das ist was anderes.«
»Was ist daran so anders?«
»Brüder erzählen sich alles.« Sie nickte vor sich hin. »Alles.« Ihre Augen glitzerten, und sie fuhr sich mit der Zunge über die Lippen, und dann sagte sie: »Wie wär's damit?«
»Das würde keiner verstehen.«
»Die Leute verstehen nie was, wie?« Sie lächelte zu ihm hoch. »Schenk mir was.«
Er schaute sie an. Sie fuhren auf parallelen Geleisen, das wußte er, aber in manchen Nächten, besonders in Nächten wie dieser, fuhr sie ihm voraus.
»Du mußt mir was schenken«, erklärte sie. »Um es zu besiegeln.«
Er löste das geflochtene Lederband von seinem Handgelenk. Sie schaute mit großen Augen zu, als würde er ein Zauberkunststück vorbereiten. Er langte in seine Tasche und holte einen Stift heraus. Auf die Innenseite des Armbands schrieb er: »Für George, meinen Bruder, für die nächsten vierzig Jahre.«
»Hier«, sagte er. »Bind es dir um.«
Sie schaute es an. »Ist es was Besonderes?«
»Was ganz Besonderes.« Er erzählte ihr von der Frau mit der Flöte. Er erzählte ihr, was er zu der Frau gesagt und wie idio-

tisch er sich gefühlt hatte. Er erzählte ihr, daß in dem Armband die Musik der Frau stecke und daß man, wenn man den Regen abwartete und dann sehr genau horchte, sie hören konnte, ganz schwach, als würde weit, weit weg jemand spielen.

»Ich weiß nicht.« Georgia schaute das Armband genauso an, wie sie den Hügel anschaute, als sie fünf war; sie hatte Respekt davor, womöglich war es zu stark für sie. »Vielleicht ist es zu besonders.«

»Bei manchen Dingen kommt die Zeit, wenn sie an jemand anders übergehen müssen.« Das hätte ebensogut India-May sagen können. Sie färbte anscheinend auf ihn ab.

»Du hast was draufgeschrieben, oder?«

Er nickte.

Sie las es. Dann schaute sie ihn an. »Warum vierzig?« — »Das war das Äußerste, was ich mir habe vorstellen können.« Er legte ihr das Armband um. Sie lehnte sich zurück, schaute auf es hinunter. Dann beugte sie sich plötzlich wieder vor und bat den Fahrer anzuhalten. »Ich muß bloß was besorgen«, sagte sie zu ihm. »Ich bin gleich wieder da.«

Nathan sah sie in einen Supermarkt laufen. Ein paar Augenblicke später war sie zurück. Sie schien nichts mitgebracht zu haben. Sie schlüpfte ins Auto und schlug die Tür zu. »Okay, fahren Sie«, sagte sie zu dem Fahrer. »Fahren Sie.«

Als sie um die Ecke waren, zog sie unter dem Mantel eine Flasche Sekt hervor. »Hab' ich geklaut«, sagte sie. Sie wickelte den Draht ab, der den Korken hielt, und stellte die Flasche neben sich; dann machte sie sich an die Arbeit. Innerhalb von fünf Minuten hatte sie aus dem Draht einen Ring geformt. Sie schob ihn ihm über den Finger. »So«, sagte sie. »Jetzt sind wir Brüder.« Sie warf nachdenklich einen Blick auf die Flasche. »Ich habe sie nur wegen des Drahts gestohlen«, sagte sie, »aber wenn wir sie schon mal haben, können wir sie, denke ich, auch trinken.«

Sie waren fast bei dem Haus angekommen, wo die Party sein

sollte, aber sie sagte dem Fahrer, er solle weiterfahren. »Fahren Sie einfach noch ein paar Runden«, sagte sie. »Bringen Sie uns in zwanzig Minuten zurück.«

Sie kamen erst auf die Party, als sie die Flasche ausgetrunken hatten. Beide waren sie so betrunken wie seit Jahren nicht mehr. Sie hatte ein Armband und er einen Ring. Sie hatten sich so gefehlt. Das Taxi kostete dreiunddreißig Dollar.

Am nächsten Morgen weckte Dad ihn um acht. »Du warst gestern abend ungezogen«, sagte er. »Du hast mich geweckt.«

»Wirklich?« fragte Nathan. »Das hab' ich nicht gewollt.«

»Es war deine Tür. Sie hat Lärm gemacht.«

»Tut mir leid, Dad.«

»Du bist sehr spät gekommen.«

»Ich weiß. Ich bin mit Georgia auf eine Party gegangen.«

Dad seufzte. Er konnte nicht begreifen, warum jemand zu einer Party ging. Schon allein das Wort »Party« haßte er. Es war so schlimm wie das Wort »Krankenhaus«. Vermutlich dachte er, daß man auf direktem Weg vom einen zum anderen kam.

»Keine Sorge«, sagte Nathan. »heute abend bleibe ich daheim.«

Diesen Abend machte Dad eine Flasche Wein auf. In der Regel trank er nur ein Glas, doch diese Nacht trank er drei, und als er den Vollmond im Fenster sah, wurde er ganz aufgeregt; es war fast zu viel Weiß in seinen Augen, und an seinen Vorderzähnen glänzte ein Spuckekügelchen. Durch sein Fernglas beobachtete er den Mond beim Aufgehen. Nach einer Weile bot er es Nathan an. »Willst du mal schauen?«

Nathan schüttelte den Kopf. »Später vielleicht. Wenn er höher steht.«

»Es ist so klar. Man kann sogar die Löcher sehen.«

Die Löcher. So würde sich vielleicht ein Kind ausdrücken. Rona zum Beispiel. Ja, Rona hätte gut so etwas sagen können. Er schaute Dad an, doch Dad war nicht da. Unter dem Einfluß des Mondes war sein Geist schnell dahingeflogen, wie eine Hexe auf einem Besenstiel. Da. Er drehte sich wieder um. Und war wieder ganz woanders.

»Habe ich dir je von Harriet und dem Raumschiff erzählt? Nein? Eine merkwürdige Sache.«

Nathan konnte nur vor sich hinstarren. Er hatte nicht damit gerechnet, daß der Name überhaupt fallen würde. Das mußte der Wein sein. Der Wein und die Aufregung, daß jemand im Haus war, mit dem Dad reden konnte.

»Ich war eines Nachts hier unten, es war so gegen neun, da klopfte es. Es war Harriet. Sie hatte einen Morgenrock an, aber er stand offen, und darunter trug sie bloß ein Negligé, eines von diesen dünnen Dingern, ich konnte alles sehen. Sie sagte, sie habe Angst. Ich fragte sie, warum. Sie sagte, sie habe ein Raumschiff gesehen, und es habe ihr angst gemacht.«

»Ein Raumschiff?« fragte Nathan.

»Das habe ich auch gefragt. ›Ein Raumschiff?‹ fragte ich. ›Wo?‹ Sie sagte, sie habe es vor ihrem Fenster gesehen. Ihre Vorhänge seien auf gewesen, und sie habe es durch ihr Fenster am Himmel schweben sehen. ›War es schnell oder langsam?‹ fragte ich. ›Langsam‹, antwortete sie. Ich bat sie, mir zu zeigen, wo sie es gesehen habe. Sie ging zum Fenster, diesem Fenster«, und er zeigte auf die Fenstertüren, die auf die Terrasse führten. »Wir stellten uns dorthin und suchten es. Natürlich war nichts da. Wir standen sehr nahe beieinander, und ich hatte das Gefühl, wenn ich die Arme ausbreitete, würde sie sich an mich schmiegen. Ich wußte nicht, was sie wollte. Daß ich sie küßte oder was. Jedenfalls legte ich die Arme um sie. Eine Weile später fragte ich sie, ob alles in Ordnung sei, und sie sagte, ja. Dann ging sie wieder ins Bett.« Er nippte an seinem Wein und stellte das Glas dann auf seiner Armlehne ab. Den Stiel zwischen einem Finger und dem Daumen haltend, drehte er es bald in die eine, bald in die andere Richtung. »Damals dachte ich, es sei, ich weiß nicht, so romantisch. Jetzt, na ja. Es scheint so offensichtlich.« Seine Aufgeregtheit war verflogen. Jetzt war nur noch Bitterkeit um ihn. Sein Fernglas lag verlassen am Boden.

Zwei Abende später erinnerte sich Nathan im Zug an die letzten Fetzen dieser Unterhaltung. An seinen vergeblichen Versuch, Dads gute Laune wieder zurückzuholen.

»Für mich klingt es romantisch.«

Dad schüttelte heftig den Kopf, fast so, als hätte er Schmerzen. »Ich hätte ihr nie trauen dürfen.«

Wie das Krankenhaus hatte Harriet etwas aus ihm herausgeschnitten. Er war ausgenutzt worden, reingelegt, belogen. Das Ganze war ein raffinierter Betrug gewesen. Er hatte zum letztenmal jemandem vertraut. Jetzt würde es niemanden mehr geben. Niemanden. Er hatte sein Leben um sich geschlungen wie einen Umhang, der nur Platz für einen bot.

An Nathans letztem Morgen waren sie zusammen zum Supermarkt hinuntergefahren. Als sie zurückkamen, folgte das übliche Ritual des Einkäufeeinräumens. Dad hockte auf dem Boden der Speisekammer, und Nathan stand hinter ihm und reichte ihm die Lebensmittel.

»Du wirst mir nicht mehr helfen können«, sagte Dad. »Jedenfalls nicht, bis du das nächste Mal kommst, und das kann ewig dauern.«

Nathan spürte, wie ihm ein Gefühl der Schuld die Kehle hochstieg, bitter wie etwas Halbverdautes.

»Warte«, kam Dads Stimme aus dem Speiseschrank hervor, »ich muß erst Platz machen.« Das Verschieben der Packungen und Dosen, dann Stille. Dann ein sanftes Geräusch, wie ein Seufzer oder ein Stöhnen.

»Was ist los, Dad?«

Noch in der Hocke, drehte Dad sich um. Auf seiner Hand lag ein Block Wackelpudding. Die Packung war aufgerissen, und an einer Ecke fehlte ein kleines Stück. Man konnte die Bißspuren sehen.

»Rona«, sagte Nathan, und Dad nickte.

Sie mußte sich einmal, als niemand aufgepaßt hatte, in die Speisekammer gestohlen und ein Stück von dem Wackelpudding abgebissen haben. Orange war immer ihr Lieblingsgeschmack gewesen. Nathan schaute von dem Wackelpudding in Dads Hand zu Dads Gesicht und sah die Tränen in seinen Augen.

Jetzt, als der Zug die Küste hinaufruckelte, standen auch ihm die Tränen in den Augen. Weil es niemand sehen sollte, legte er seine Hände wie ein Dach über die Augen und schaute zum Fenster hinaus. Die Schienen verliefen hier direkt am Meer entlang. Er sah einen blassen Streifen Sand, und wie sich das Meer hob und senkte, unbeleuchtet. Kein Mond diese Nacht. In der Hand hielt er ganz fest die Silbermünze, die Dad ihm noch an der Haustür geschenkt hatte. Dad hatte ihm immer eine solche Münze geschenkt, wenn er wegging. Es war nur eine kleine Münze, die praktisch nichts wert war.

Alles wert war.

DU, ICH UND DER VORSITZENDE

Es war ein normaler Tag gewesen. Am Morgen hatte Creed eine Besprechung bei einer Bank in der Stadt. Zu Mittag aß er mit dem Polizeipräsidenten in einem Fischrestaurant in Torch Bay. Danach verbrachte er mit McGowan eine halbe Stunde in einem Straßencafé am Fluß. Am Nachmittag stand dann sein persönliches Erscheinen bei drei der Bestattungsinstitute auf dem Plan, die er kürzlich im Rahmen seines neuen Expansionsprogramms für die Firma erworben hatte. Zu diesem Zeitpunkt, am Nachmittag, war der Himmel grau geworden, und die Luft ließ sich nur schwer atmen. Als sie aus den nördlichen Randbezirken wegfuhren, begann der Wagen unter Jeds Händen zu zittern. Er trat auf die Bremse und ging bis auf fünfzig herunter.

Creed schob die Trennscheibe auf. »Stimmt was nicht?«

»Ich weiß es nicht«, erwiderte Jed.

Dann fingen die Straßenlaternen zu schwanken an. Verträumt, wie verzauberte Schlangen.

»Ein Erdbeben«, sagte Creed.

Sie befanden sich auf einem höhergelegenen Abschnitt des Rings, der als Umgehungsstraße des Stadtzentrums diente, und alles, was Jed sehen konnte, waren die Schnellstraße, der Himmel und Reihen schwankender grauer Pfosten. Er wollte so schnell wie möglich wieder auf ebene Erde zurück.

Dann war es vorüber. Die Stärke des Bebens hatte bei knapp sechs auf der Richterskala gelegen, fand Creed später heraus; es war also eigentlich nur eine Erschütterung gewesen, aber

sie genügte, um seine Meinung zu ändern. Er wollte nicht mehr ins Büro zurück. Statt dessen bat er, nach Hause gefahren zu werden.
Creed stand auf dem Gehsteig vor dem »Palace«. Jed beobachtete ihn im Seitenspiegel, beobachtete ihn, ohne daß es danach aussah. Creed schaute in den Himmel hinauf, als suchte er ihn nach irgendwelchen Vorzeichen ab.
Jed schauderte. Dieses Erdbeben ging ihm nicht mehr aus dem Sinn. Immer wieder sah er die Straßenlampen, diese zitternden Straßenlampen, als ob die ganze Welt Angst hätte. »Brauchen Sie mich heute noch?« sagte er. Hoffentlich würde die Antwort nein lauten. Er wollte nach Hause und sich hinlegen.
Creeds Kopf drehte sich langsam herum. Jede Bewegung schien heute wie in Trance ausgeführt. Der Tod war dagewesen und wieder weggegangen, aber er lag noch in der Luft wie eine statische Ladung. »Ich möchte, daß du um zehn wieder hier bist. Wir haben etwas zu besprechen.«
Als Jed an diesen Abend läutete, öffnete McGowan die Apartmenttür. »Merkwürdiger Tag«, sagte er. Er strahlte. Es würde noch merkwürdiger werden, das meinte er damit.
Jeds Blicke huschten durch den Wohnraum. Fast erwartete er, in einer Ecke einen nackten Touristen zu sehen, gefesselt und geknebelt. McGowan schloß die Tür und schob Jed ein Glasröhrchen in die Hand. »Es wird eine lange Nacht«, sagte er, drehte sich zu Creed um, der gerade ins Zimmer gekommen war, und lächelte.
Jed sah sich wieder in dem Zimmer um. Zebrawände, zugezogene Vorhänge vor den Fenstern wie ein zweiter Nachthimmel, Teppichboden von der Farbe frischen Blutes. Nichts davon war ihm unbekannt, und doch spürte er noch etwas anderes. Eine dichtere Atmosphäre, einen Hauch von Feierlichkeit. Die Haut auf Creeds Gesicht wirkte weniger angespannt, lockerer. Es war eine Entscheidung gefallen.

Er hatte gewußt, daß er auf die Probe gestellt werden würde, und er hatte sich darauf vorbereitet. Mitch hatte ihm die Nummer eines Typen namens Turner gegeben. Turner arbeitete in der Verkaufsstelle einer Sicherheitssystemefirma am Rocket Boulevard. Jed hatte ihn eines späten Samstagnachmittags in dem Laden besucht.

»Ich überwache gerade ein paar Leute«, sagte er zu Turner. »Mitch meinte, du könntest mir vielleicht helfen.«

Turner hörte sich an, was Jed benötigte, dann führte er Jed zu einem Glasschaukasten. »Das ist genau das, was du brauchst.« Er schloß den Kasten auf und hob etwas heraus, das wie ein Walkman mit einem kleinen schwarzen Behälter daran aussah. In dem Behälter steckte in einem Loch ein Kugelschreiber. »Wir nennen es den Kugelschreiberrecorder«, sagte Turner. »Man nimmt den Kugelschreiber heraus und setzt damit automatisch das Gerät in Gang.« Er führte es vor. »Wenn man ihn zurücksteckt, schaltet sich das Gerät wieder aus. Es ist ganz einfach.«

»Wieviel?« fragte Jed.

»Fünfzehnhundert«, erwiderte Turner, »aber weil du ein Freund von Mitch bist...« Er kratzte sich am Nacken. »Ich könnte ihn dir für dreizehnhundert lassen.«

Jed nickte. Das war immer noch teuer, aber er konnte es sich nicht leisten, ihn nicht zu nehmen. Turner zeigte ihm, wie er sich das Gerät anzulegen hatte. Der Recorder paßte bequem in seine Jackentasche. Das Mikro ließ sich gut innen an seiner Manschette festklipsen. Als Jed an diesem Abend in Creeds Apartment ging, war er, in Turners Worten, »auf Liveschaltung«.

Er wollte einen klaren Kopf behalten, aber immer wurde ihm ein solches Glasröhrchen in die Hand gedrückt, es schien überhaupt nicht aufzuhören, die Stunden vergingen, und sie kamen nicht zum Ende. In dieser Nacht waren sie überall. In der »Necropolis Bar«. Im »Jupiter Casino«. Auf einer Privatparty in einem Hochhausapartmentblock, mit Blick vom zweiundvierzigsten Stockwerk auf die Stadt; es war, als wäre er in einem Radio, einem jener alten Dampfradios, und Jed hätte Creed beinahe erzählt, was er dachte, er wäre beinahe mit etwas herausgeplatzt, was Creed nicht einmal verstanden hätte. Sie haben doch bestimmt auch einmal Radios weggeworfen, oder? — Aber der Rausch ging vorüber und er schaute noch immer in den Wald erleuchteter Gebäude hinunter und hatte noch immer nichts gesagt. Noch eine Bar, weiter im Westen, sie hieß »Omega«. Es war wie bei dem Spiel, bei dem einem die Augen verbunden werden, man ein paarmal herumgedreht wird und versuchen muß, jemanden zu berühren; Creed und Skull, einen Moment waren sie eng beieinander, dann tanzten sie außer seiner Reichweite, und es würde sich nach gar nichts anhören, wenn er es zurückspulte, es würde sich wie Rauschen anhören, nach Unsinn, Schweigen, aber er blieb dabei. Gänge auf die Toilette, um Nase und Mund auszuspülen, weitere Gänge, um die Kassetten zu wechseln, weil er spürte, daß sie etwas vorhatten: Da war etwas am Ende dieses Regenbogens aus Lokalen, kein Gold, aber etwas.

Um drei Uhr morgens bewegte sich plötzlich alles rückwärts. Ein Klarwerden im Kopf, ein plötzliches Ausbleiben des Tons. Eine Kerze in einem roten Glas. Es war in einem Club. Sie saßen an einem runden Tisch. Eine Kerze in einem roten Glas. Getränke. Teufelsgesichter, nichts als leere Augen und helle Zähne. Creed trank Wasser. Er trank immer dieselbe Marke. Aus einem Gletscher gewonnen. Natriumfrei. McGowan redete. Seine Worte kamen aus der Stille, als seien es die ersten Worte dieses Abends. Jed starrte McGowan ins Gesicht, das sich neigte und gierig grinste. Lauter Farbflecke und tiefe Schatten. Jed hörte genau hin.

»Wir lesen sie auf«, sagte Skull, »es sind Typen ohne Familie oder Freunde, die am Pier rumlungern oder unten bei den Schlachthofstraßen. Die fallen immer auf ein paar Prisen Schnee und eine Limousine rein. Wir lesen sie auf, nehmen sie irgendwohin mit, dann machen wir sie kalt. Wir kennen da einen Typen, der in 'nem Leichenhaus arbeitet, der kriegt die Lieferung. Ein paar Stunden später ruft er an — schließlich sind wir das Bestattungsinstitut — man habe uns ihm empfohlen, und wir erledigen dann die Formalitäten und begraben sie.« Und sein Mund öffnete sich wie ein Grab, man hätte immer und ewig in dieses Grab fallen können, Amen, und all diese krummen, grauen Zähne, keine Namen zu sehen, keine Namen oder Daten, einfach leer, so daß einen niemand finden, niemand besuchen konnte, und keiner konnte Blumen dalassen. »Na, ich will nur sagen, wenn du schon sterben mußt, dann willst du doch 'n anständiges Begräbnis, das ist nur recht und billig, oder, und wer wäre besser geeignet, dir ein anständiges Begräbnis zu verschaffen, als die Paradise Corporation. Du, ich« — und er wies mit einer Hand auf Creed — »und der Vorsitzende.«

Creed stellte sein Glas Wasser ab. »Skull«, sagte er, »halt einfach das Maul, ja?«

Wieder das Röhrchen. Auch ein bißchen Amyl, das Jeds Kopf wie einen Pilzhut aufblähte. In der Ferne konnte er einen großen goldenen Käfig sehen, in dem nackte Körper zusammenpappten und sich wieder voneinander lösten, der klebrige rhythmische Kontakt von Fleisch. Ob männlich oder weiblich, konnte er nicht sagen. Spielte es eine Rolle? Irgendwelches Fleisch. Touristen vielleicht. Sie später umbringen. Sein Blickfeld schrumpfte. Wieder ihr Tisch. McGowan brabbelte von seiner Schußwaffensammlung.

Als sie in Creeds Wohnung im »Palace« ankamen, war es nach vier. McGowan verschwand mit einem Paar, das sie im Auto mitgebracht hatten. Irgendwo ertönte ein Summen. Wohl eins seiner Hilfsinstrumente. Dieser Psychopath. Jed schaute zu Creed hinüber und sah, daß Creed ihn anstarrte. Jed zuckte nicht zusammen. Er erinnerte sich an das, was Sharon über ihn gesagt hatte, erinnerte sich an die Kälte in seinen Augen. Augen, die getötet haben. Er blinzelt nie. Es ist wie bei Eidechsen.

»Weißt du noch, was du über Loyalität gesagt hast?«

Beim Klang von Creeds Stimme klinkte Jed sich wieder ein. »Daß das Wort Schweigen bedeutet.«

Creed nickte.

»Ich erinnere mich daran.«

»Es ist irgendwie passiv, das Schweigen«, sagte Creed, »stimmt's?«

»Na, ja«, erwiderte Jed, »man tut nichts.«

»Das will ich damit sagen. Würdest du denn weiter gehen? Etwas tun?«

Hier durfte es kein Zögern geben. »Ja.«

»Mach es dir bequem, Jed. Zieh deine Jacke aus.«

Jed drehte sich der Magen um. Ahnte Creed etwas? »Nein, ist schon gut. Ich behalte sie lieber an.«

»Was ist denn los? Friert dich?«

Sharons Worte. In Creeds Mund. Hatte er noch eine Unschuld zu verlieren? »Ja«, antwortete er. »Ein bißchen.«

Nicht vorzustellen, wenn er seine Jacke hätte ausziehen müssen. Seine ganze Absicherung wäre weg. Doch Creed hatte sich abgewandt, und Jed atmete leichter.

»Weißt du, wer mit den Zeitungen geredet hat?« fragte Creed.

Jed schüttelte den Kopf. »Ich hab' keine Ahnung.«

»Das war dein Freund«, sagte Creed. »Dein alter Kumpel.«

Jed spürte, wie eine Falle zuschnappte. »Ich verstehe nicht.«

»Vasco Gorelli«, sagte Creed. »Vasco Gorelli war derjenige, der mit den Zeitungen geredet hat.«

»Woher wissen Sie das?«

Creed fuhr mit einem Finger am Rand seines Glases entlang. »Ich habe ein paar neue Geier darauf angesetzt. Du weißt, wie diese neuen Geier sind. Scharf ist kein Wort dafür. Sie gehen den Dingen auf den Grund, bis auf die Knochen. Sie zerren die Wahrheit ans Licht. Blut, Hirn, Organe, alles.« Er hielt inne. »Gorelli sagte, er sei loyal.« Er schaute zu Jed hinüber, und seine Augen funkelten.

Seltsamerweise erinnerte Jed sich jetzt an Vascos Rat. Sei geradlinig. Keine grauen Zonen. »Er hat Sie verschaukelt.«

»Er hat die Nerven verloren«, sagte Creed. »Aber du« — wieder dieses Funkeln in seinen Augen — »du würdest für mich alles tun.«

»Das habe ich doch gesagt.«

»Du würdest lügen.«

Jed dachte an jenen Abend bei Mitch und an das, was er zu Sharon gesagt hatte. »Das habe ich schon.«

»Du würdest stehlen.«

»Kein Problem.« Er wußte, was jetzt kommen würde. Es war wie der Countdown zu einer Explosion. Er wartete auf die Druckwelle. Er wappnete sich.

Creeds Hand griff lässig nach seinem Glas Wasser. »Du würdest jemanden umbringen.«

Was er jetzt sagte, mußte richtig herauskommen. Erst ein Lachen, dann: »Warum? Denken Sie an jemand Bestimmtes?«

Creed hob den Blick nicht von seinem Glas. Er betrachtete das klare Wasser, wie man ein Feuer betrachten würde.

In Jeds Körper breitete sich Furcht aus. Er mußte reden, ehe er darin ertrank. Aber ihm fiel ein, daß er Namen verwenden mußte. Er nahm das schließlich alles auf. Er brauchte Namen. »Es geht um Vasco«, sagte er, »stimmt's?«

Creed betrachtete noch immer sein Glas. »Liegt nahe.«

Jed versuchte nachzudenken. Sein Verstand driftete immer wieder ab, wie ein Golfball abdriftet, wenn er angeschnitten ist oder einen Seitendrall hat. Diese schöne träge Parabel irgendwohin, wo man nicht hinwill.

»Denk um die Ecke«, sagte Creed. »Ich will Vasco nicht umbringen, ich will nur« — endlich hob er die Augen und lächelte, und das Lächeln war fast gütig — »ich will nur, daß er zahlt.«
Jed hatte begriffen. »Vascos Bruder.«
Creed hob sein Glas. »Gratuliere.«
Doch Jed mußte sichergehen. »Sie wollen, daß ich Vascos Bruder umbringe?«
»Ganz genau.«
»Wie?«
»Mach dir darüber keine Gedanken. Dafür wird gesorgt. Es wird hübsch. Ja« — Creed lehnte sich in seinem Stuhl zurück —, »wir werden Vasco ein kleines Weihnachtsgeschenk schicken.«
»Sie wollen ihm seinen Bruder schicken«, sagte Jed, »tot.«
Creed grinste. »So ähnlich.«
Jed verließ das Apartment um zehn vor sechs; die Spulen drehten sich noch immer an seinem Herzen. Er nahm den Personalaufzug zur Tiefgarage hinunter und stieg in sein Auto. Als er über die Moon River Bridge fuhr, wurde es über der Flußmündung Tag, in den Farben, die man auf Fischhaut findet: Braun und Rosa und Blaßblau. Auf der Seite von Baker Park hielt er an. Er ließ den Motor laufen, stieg aus und lehnte sich gegen das Brückengeländer. Mit dem kühlen Metall an den Fingern und noch klopfendem Herzen sog er die frische Morgenluft in seine Lungen. Der Wind zog verschwommene Linien auf der Oberfläche des Flusses. Druckstellen auf der müden Haut des Wassers. An den Schlammbänken, an denen er einst nach Schmuckstücken gesucht hatte, pickten Möwen. Er hörte eine Stimme Vascos Namen rufen. Es war Vascos Bruder Francis. Der Junge hinter der Tür. Jed drehte sich in Richtung Meer.
Bevor er gegangen war, hatte Creed ihm das Datum genannt. Nächsten Mittwoch. Genau in einer Woche. Und als er sich gegen das Geländer lehnte, schmeckte er ihn, den Moment, den

Creed für ihn geplant hatte, den Moment, den er immer ersehnt hatte, den er jetzt fürchtete, aber noch immer ersehnte, und es war auf seiner Zunge wie angebrannter Zucker, süß und beißend, es war wie der Flug eines Vogels an einem Fenster vorbei, es war da, und dann war es weg, er konnte sich nicht damit aufhalten, er konnte den Schrecken nicht eindringen lassen, das einzige, was er wußte, war, was es ihm bringen würde, er wußte, daß es ihm die Mitgliedsberechtigung verschaffen würde, er würde hinter der verschiebbaren Trennscheibe sitzen, er würde endlich dazugehören.

Während der nächsten Woche konzentrierte er sich ausschließlich auf seine Arbeit. Er war schweigsam, ergeben, präzise — der vollkommene Chauffeur. Er brauchte den Recorder nicht anzuschalten. Das war vertane Zeit. Er fühlte sich Creed nahe. Wie bei einem doppelt belichteten Bild. An ihn gebunden. Er glaubte, in Creed Eigenschaften zu erkennen, die er selbst besaß: die Fähigkeit zu warten und dieses Warten mit Erwartung aufzuladen, wieder und wieder, so daß, wenn das Warten vorüber war, alles wie ein Uhrwerk ablief. Er wußte, wenn er Creed je die Geschichte erzählte, würde Creed sie verstehen. Es war vielleicht sogar etwas, das Creed bereits verstanden hatte, das er bei ihrer ersten Begegnung im Büro in Mortlake geahnt hatte. Etwas, das sie jeder im anderen erkannte und das sie gemeinsam hatten. Es machte sie, dachte Jed voller Genugtuung, zu äußerst gefährlichen Feinden.

Der Mittwoch kam. Als Creed anrief, schaute Jed sich gerade eine Nachrichtensendung über einen Geier an, der wegen Mordes verhaftet worden war. Anscheinend hatte er die Leiche eingeliefert und versucht, dafür eine Belohnung zu kassieren.

»Die große Nacht ist da«, sagte Creed.

Jed wartete.

»In Mangrove steht ein Lagerhaus. Vereinigte Papierwerke.« Er gab Jed die Adresse. »Stell die Limousine dort ab. Sei um neun Uhr dreißig zurück. Vor dem Gebäude. Wir nehmen dein Auto.«

Jed fragte sich, warum Creed auf die Limousine verzichtete. Zu verdächtig, vermutete er. Und wenn er jetzt darüber nachdachte, war er froh. Den Chrysler zu nehmen, würde sein Vorteil sein. Keine Glastrennscheibe, eine viel geringere Chance, daß Creed etwas bemerkte. Jed verbrachte den größten Teil des Nachmittags auf dem Parkplatz und verkabelte den Rücksitz.

Um neun Uhr fuhr er zu der Tankstelle zwei Blocks südlich des Hotels. Er überprüfte Reifen und Ölstand und tankte auf. Als er in die Tiefgarage zurückkam, war es neun Uhr fünfundzwanzig. Creed und McGowan warteten bereits an den Aufzugtüren. McGowan trug den verwaschenen Blaumann der städtischen Kanalarbeiter. Er hatte eine längliche Leinentasche und eine Pappschachtel in der Hand.

Jed hielt wie üblich den Schlag auf, obwohl es sein Auto war. Reine Gewohnheit. Er beobachtete McGowan, wie er die Tasche flach auf den Boden legte.

»Was ist da drin?« fragte er.

McGowan grinste. »Werkzeug.«

Im Auto beugte Creed sich vor. »Gorellis Bruder wohnt in Los Ilusiones. Sozialmietbau an der siebenundzwanzigsten nordöstlichen Straße. Lebt mit seiner Freundin zusammen. Du klopfst an seine Tür und bringst ihn mit raus ins Auto.«

McGowan reichte ihm eine Waffe. »Die wirst du vielleicht brauchen«, sagte er, »um ihn zu überreden.«

Jed steckte die Waffe in seine Jackentasche. Obwohl er sie nicht richtig angeschaut hatte, war er sich sicher, daß es dieselbe war, die sie dem Touristen in den Mund geschoben hatten.

»Was passiert dann?« fragte er.

»Was dann passiert — wir machen eine kleine Spazierfahrt mit ihm hinaus zu den Crumbles.« Creed hielt inne. »Kapiert?«

Jed nickte.

Er fuhr los. An dem Wachmann vorbei, die Rampe hinauf, auf die dämmerige Straße. Es hatte zweiunddreißig Grad. Über der Stadt hingen Wolken. Mehr als gewöhnlich, da war er sich sicher. Seebestattungen waren so beliebt wie je, aber sie waren nicht billig. Die Armen wurden noch immer verbrannt. Und ein paar der Krematorien machten es auf die billigere Tour. Sie verbrannten bei Temperaturen unter siebenhundert Grad, und das bedeutete, daß Dioxine freigesetzt wurden. Manchmal schaute er zu den Wolken hinauf und fragte sich, aus wieviel Prozent Asche sie bestanden.

Er fuhr gleichmäßig fünfundfünfzig. Die First Street hinunter, dann links die G-Street entlang und nach rechts in die Central Avenue. Sie fuhren an dem Schautheater vorbei. Noch eine geheimnisvolle Leiche: IHRE LETZTE CHANCE! $ 100 ZU GEWINNEN! Irgendeine vergessene Oma. Irgendein Ausreißer. Irgendein Betrunkener. Noch mehr Rauch für die Schlote. Noch mehr Wolken für den Himmel.

Seine Kehle war trocken, und er hatte vergessen, Bonbons zu kaufen.

Es war seine große Nacht.

In nicht einmal einer halben Stunde waren sie in Los Ilusiones. Creed lotste ihn in eine kleine Seitenstraße. Er machte den Motor und die Scheinwerfer aus. Lateinamerikanische Musik ertönte. Irgendein Radio.

Los Ilusiones war zu neunundneunzig Prozent Ghetto. Das Viertel wurde im Osten vom Moon River begrenzt und im Süden und Westen von den Vororten Mortlake beziehungsweise Rialto. Es hatte so ziemlich denselben Ruf wie Rialto, nur noch schlimmer. Eine hochexplosive Mischung aus Minderheiten verschiedener Rassen, eine Brutstätte von Unruhen und Plündereien. Taxifahrer wollten einen nicht hierhin bringen. Die einzigen Weißen in dem Viertel waren Penner und Dealer, und die endeten meistens im Fluß. Jed wollte diesen Teil der Aktion hinter sich bringen, und zwar schnell.

Creed beugte sich vor und deutete durch die Windschutzscheibe. »Das ist das Gebäude.«

Es war ein C-förmig angelegter fünfstöckiger Wohnblock. Die Lücke in dem C ging auf die Straße. Entlang jeder Etage verliefen Betonbalkons. Unten lag ein von Scheinwerfern beleuchteter Hof.

»Sieht verdammt noch mal so aus wie ein Gefängnis«, ertönte McGowans Stimme von hinten.

»Nummer 22«, sagte Creed. »Zweiter Stock.«

»Wissen Sie, auf welcher Seite?«

»Nimm die Treppe links.«

Jed stieg aus dem Auto. Er nahm jetzt nur zwei Dinge wahr: das Gewicht der Waffe in seiner Jackentasche und die Nachtluft, die hier dicker war als im Stadtzentrum. Hier war man weiter vom Meer entfernt, und manchmal meinte man, nicht atmen zu können, bis man sich wieder zum Wasser vorgearbeitet hatte. Er ging über die Straße. Im Hof war es hell. Fünf Autos. Ein ausgebranntes Motorrad. Ein Gully. Er bog nach links ein, ging dicht an dem Gebäude entlang. Er spürte, daß er beobachtet wurde, von einem der Balkone über ihm aus, aber er schaute nicht hinauf. Er bemerkte die Autos. Einen Mercedes. Einen Cadillac. Das waren billige Sozialwohnungen, und Autos wie diese konnten nur eines heißen. Nein, zweierlei. Bewaffnete Raubüberfälle und Drogen. Er spürte plötzlich, daß die Chancen für ihn ziemlich schlecht standen.

Sobald er die Treppe erreicht hatte, fühlte er sich sicherer. Ganz unten waren die Wände backsteinfarben, oben waren sie blaßblau und mit Graffiti vernarbt: der Inschrift SEX und ein paar Telefonnummern. Er roch gebratenes Fleisch, dann Urin, dann Waschpulver. Im zweiten Stock bog er nach links auf den Außengang ab. Die erste Tür, an die er kam, hatte keine Nummer mehr. Er fluchte leise. An der zweiten Tür stand 20. Das war gut. Das hieß, daß die Nummer 22 nahe der Treppe lag. Er spürte noch immer Blicke auf sich, sie waren wie Finger, die ihm in die Rippen stießen, in die Schulterblätter, den Nacken, und es fiel ihm schwer, sich nicht umzudrehen. Er kam bei Nummer 22 an und klopfte mit der Briefschlitzklappe. Er nahm die Waffe aus der Tasche und hielt sie in Hüfthöhe. So würde jemand, der von der anderen Seite des Gebäudes herüberschaute, sie nicht sehen können. Die Tür ging auf. Ein Mann in einem weißen Unterhemd und einer grauen Flanellhose. Ohren wie die von Vasco. Weniger Fett allerdings. Keine Ringe.

Jed fuhr mit der Waffe einen Zentimeter weiter nach links und wieder zurück. »Raus«, sagte er. »Sofort.«

Gorelli blinzelte. »Was?«

»Du kommst mit.« Jed packte Gorelli am Oberarm und zerrte ihn auf den Gang hinaus.

Aus dem Augenwinkel sah er rechts von sich ein Gesicht auftauchen. Ein Mädchen in einem gelben Kleid. Die Hände neben den Ohren hochgehoben. Lebt mit seiner Freundin zusammen. Die Freundin würde gleich losschreien. Er knallte die Tür zu und schob Gorelli den Gang entlang zur Treppe.

Gorelli drehte sich um. »Was ist mit meinen Schuhen?«

Jed schob ihn weiter. »Beweg dich«, sagte er, »oder ich puste dir deine Scheißgedärme aus dem Leib.«

Kaum kamen sie unten an, ging das Geschrei los.

»Francisco! Francisco!«

Das Mädchen stand schwankend auf dem Außengang über ihnen. Ihr gelbes Haar, ihre Hände, mit denen sich sich die Haare raufte. Läuse suchte, dachte Jed. Läuse wie Gorelli. Seine Loyalität war wie ein Rausch über ihn gekommen, wie eine Droge, es gab für ihn keinen Zweifel mehr, auf welcher Seite er stand. Sie spielten alle nach denselben Regeln. Gorelli hatte eine Zeitlang gewonnen, aber jetzt war er am Verlieren, und zwar richtig am Verlieren. Jed mußte ihn hassen. Das war die einzige Möglichkeit.

Als Gorelli zum Außengang hochschaute, schlug Jed ihm mit der Waffe auf die Schulter. Gorelli schrie auf. Sein Arm zuckte, hing an der Seite herunter. Das Mädchen auf dem Gang schwankte und schrie immer noch. Wenn du was unternehmen willst, dachte Jed, warum springst du dann nicht?

Er drückte Gorelli mit der Waffe gegen den Chrysler, riß die Hintertür auf und schob Gorelli hinein. McGowan saß noch immer hinten, Creed war nach vorne umgestiegen. Jed gab McGowan die Waffe und setzte sich auf die Fahrerseite.

»Schöne Arbeit«, sagte Creed. »Fahr jetzt.«

Jed kuppelte ein, und der Chrysler setzte sich in Bewegung, nahm beim Abbiegen nach rechts ein Stück Randstein mit. Ruckend kamen sie schließlich in Fahrt. Er überfuhr eine rote Ampel und bog wieder nach rechts ab, auf die Allee, die den Fluß entlang zur Brücke führte.

»Zu den Crumbles, ja?« fragte er.

»Ja, und mach langsamer«, entgegnete Creed. »Wir wollen nicht, daß die Leute Wind davon kriegen.«

Jed ging auf fünfzig herunter. Die Lichter von Rialto glitten rechts vorbei. Links die Bootsanlegeplätze, Maschendrahtzäune, Metalltore. Dann ein Steingeländer und helle weiße Kugeln auf Pfosten wie riesige Haarnadeln mit Perlen. Der ölige Geruch des Flusses dahinter.

»Wer seid ihr?« fragte Gorelli.

»Du weißt nicht, wer wir sind?« sagte McGowan. Und dann zu Creed und Jed: »Er weiß nicht, wer wir sind.«

»Er braucht es nicht zu wissen«, meinte Creed. »Wo er hingeht, braucht er gar nichts zu wissen.«

»Nichts«, sagte McGowan, »gar nichts«, und Jed hörte an seinem Lachen, daß er Kokain genommen hatte.
Jed schaute sich im Rückspiegel Gorellis Gesicht an. Es war grau und seltsam reglos, als ob ihm plötzlich Beton zu Kopf gestiegen wäre.
»Ich verstehe das nicht«, sagte Gorelli.
»Ach«, machte Jed, »er versteht das nicht.«
»Ich glaube, er fängt gleich zu weinen an«, meinte McGowan. »Hat jemand ein Taschentuch?«
Jed lachte.
»Schauen Sie«, sagte Gorelli, »wir können uns sicher irgendwie absprechen.«
»Absprechen?« sagte McGowan. »Wieso absprechen?«
»Wir haben bereits die nötigen Absprachen getroffen«, sagte Creed. »Wir sind die Bestattungsunternehmer.«
Gorelli warf sich gegen die Tür, doch die war verriegelt. McGowan versetzte ihm einen Hieb mit dem Griff der Waffe. An Gorellis Kopf erblühte ein Blutfleck, eine dunkle Rose aus dem Nichts, ein Zaubertrick. Er fiel in den Sitz zurück.
»Immer bereit, wenn Sie Kopfschmerzen haben wollen, Doktor«, sagte McGowan.
Creed drehte den Kopf zur Seite. »Nimm die alte Küstenstraße. Da draußen ist weniger Verkehr.«
Jed fuhr an der Ausfahrt Baker Park von der Schnellstraße ab und quer zwischen Häusern aus Schindeln und faden roten Backsteinen hindurch. Die alte Küstenstraße verlief parallel zum Ufer — lauter Schiefer, Gräser und Winde, die schneller wurden, wenn sie vom Meer hereintrieben. Ein Stück Ödland, das einen auf die völlige Verlassenheit der Crumbles vorbereitete. Baker Park verblaßte. Sie fuhren an einem Gebrauchtwagenhandel, einem Vierundzwanzig-Stunden-Café und einer Tankstelle vorbei, dann schloß sich die Dunkelheit wie eine Faust um den Chrysler.

Nach etwa zehn Minuten Fahrt schaute Jed nach rechts. Die alte Kieszeche drückte sich gegen den Himmel. So still, so verfallen, schien sie doch zu plötzlicher Bewegung fähig. All diese Metallglieder und -streben, all diese scharfen rechten Winkel: als könnte sie springen und zwanzig Kilometer weiter wieder aufsetzen. Und sie barg Angst in sich, wie eine Krankheit. Manche toten Dinge wirken auf schreckliche Weise lebendig.

Creed hieß ihn nach rechts abbiegen, einen schmalen Weg hinunter, der zum Meer führte. Ein Tor versperrte den Weg. An dem Tor hing ein Schild, und Jed las die Worte im Strahl der Scheinwerfer: GEFAHR. UNBEFUGTEN ZUTRITT VERBOTEN.

»Keine Sorge«, sagte Creed. »Es ist nicht abgeschlossen.«

Jed stieg aus dem Wagen und öffnete das Tor. Er dachte an die Kinder, die am Grunde der Minenschächte lebendig begraben lagen. Er hörte das Klappern kleiner Knochen.

Der Weg hinter dem Tor bestand nur aus Schlaglöchern und Furchen. Er legte einen niedrigen Gang und ein steuerte das Auto vorsichtig weiter. Nach einem Kilometer befahl Creed ihm anzuhalten. Er schaltete den Motor und die Scheinwerfer aus. Der Wind pochte mit gespreizten Fingern gegen den Wagen, flüsterte über die Motorhaube hinweg.

Creeds Stimme schob sich sanft in die Stille. »Aus dem Wagen mit ihm.«

Sie führten Gorelli über die Steine zum Rand einer Kiesgrube. Der Mond blickte hinter einer Wolke hervor, und Jed erschauerte. Die Wände der Grube fielen fast senkrecht zu einem sanften, ruhigen Gewässer ab, das an den Rändern ausgefranst war wie der Deckel einer Blechbüchse. Er blickte Gorelli ins Gesicht, das Gesicht, das er nie gesehen, dessen Stimme er nur gehört hatte, und das vor so vielen Jahren. Gorelli stand mit angelegten Armen da. Er schaute zu Boden, schien sich zu konzentrieren; vielleicht versuchte er, sich an etwas zu erinnern. Dann verschwand der Mond hinter den

Wolken, und Jed konnte nichts mehr sehen. Plötzlich Creeds Stimme:

»Gib ihm die Waffe.«

McGowan gab Jed die Waffe. Ein Stückchen Weiß blitzte auf; das mußten Zähne gewesen sein. McGowan, der grinste.

»Ich kann nichts sehen«, sagte Jed.

Wieder Creeds Stimme: »Warte auf den Mond.«

Er wartete. Die Nacht verlangsamte sich. Die Zeit war wie eine Uhr mit blockierten Zeigern. Er spürte, wie das Wasser in der Grube anstieg, wie es immer näher kam. Silbrig glänzend, stieg es und stieg, ergoß sich über das Land. In die Hände der Toten, die zupackenden Hände und wackelnden Knochen. Aus ihren Händen gab es kein Entrinnen. Der Mond kam hinter der Wolke hervor. Er hob die Waffe und drückte zweimal ab. Plötzlich ein solcher Lärm, eine solche Helle. Ein Chor in seinen Ohren, ein Hochofen in seinen Augen. Als er wieder hinschaute, sah er eine schwarze Gestalt auf dem Boden liegen, und noch eine Gestalt, die über ihr hockte.

Er hörte McGowans Stimme sagen: »Er ist tot.« Dann die von Creed: »Hol das Zeug.«

Jed ließ den Arm sinken.

McGowan ging zum Wagen und kam mit der länglichen Leinentasche und der Pappschachtel zurück. Er zog den Reißverschluß der Tasche auf und holte eine Kettensäge heraus. Ein silbernes Schimmern, als das Mondlicht über das gezackte Blatt strich. Wie Stechpalmen, dachte Jed. In zwei Wochen würde Weihnachten sein.

Als der Motor ansprang, fern und verzerrt, schaute Jed weg. Der Wind blies sanft über sein Gesicht. Er zitterte. Nie im Leben war ihm kälter gewesen. Erst als Creed ihn am Arm faßte und er in jene schwarzen Augen schaute, erinnerte er sich, wo er war.

»Wirf die Waffe weg«, sagte Creed.

Er starrte in jene Augen.
»Die Waffe«, wiederholte Creed. »Wirf sie weg.«
Er holte aus und schleuderte die Waffe in Richtung Grube. Er sah sie hinter dem Rand verschwinden, hörte sie aber nicht aufprallen. Creed hielt ihm ein Fläschchen unter die Nase, und die Welt wurde weiß. Er schnappte nach Luft und schüttelte den Kopf.
»Kannst du fahren?« fragte Creed.
Jed nickte. »Ich glaube schon.«
Als er auf der Fahrerseite Platz nahm, sah er, daß McGowan bereits auf dem Rücksitz saß. Die Pappschachtel stand neben ihm. Alles schien jetzt so fade und gewöhnlich.
»Wo ist der Rest?« fragte Jed.
»In der Kiesgrube«, sagte McGowan. »Mit Steinen dran, um ihn unten zu halten.«
Die zupackenden Hände, die wackelnden Knochen.
Jed wandte sich an Creed, um wieder festen Boden unter die Füße zu bekommen. »Und wohin jetzt?«
»Zu dem Papierlager. Wir wechseln den Wagen.«
Als sie an der Lagerhalle ankamen, öffnete Jed wie gewöhnlich Creed und McGowan die Tür. Sie stiegen aus und standen schweigend da. Er ging auf den Mercedes zu, blieb dann stehen und schaute zurück. Creed und McGowan hatten sich nicht gerührt. Die Leinentasche und die Pappschachtel standen neben ihren Füßen auf dem Betonboden. Er konnte das Blut auf McGowans Kleidung sehen.
»Was ist los?« fragte er.
»Du kommst nicht mit uns«, erwiderte Creed.
»Das verstehe ich nicht.« Die Worte hallten wider. Er wünschte, er hätte sie nicht ausgesprochen. Aber es war zu spät.
»Du hast jemanden umgebracht«, sagte McGowan. »Am besten verschwindest du aus der Stadt.«
Creed ging auf ihn zu und reichte ihm einen Umschlag. »Es ist der übliche Tarif.«

Der übliche Tarif. Jed starrte den Umschlag an.

»Aber« — wie sollte er das formulieren? —, »ich habe gedacht, wir ...«

»Das dachten wir auch«, sagte Creed, »aber das ist nun vorbei.«

McGowan grinste.

Jed ging auf die Tür der Lagerhalle zu. Er starrte in den Himmel hinauf. In seinen Augenhöhlen pulsierte das Blut. Die Sterne trieben lose dahin wie Bojen, die auf dunkler See gekappt worden sind. Keine Markierungen mehr, keine Richtlinien. Steuerlos.

Er sah wieder die Straßenlaternen. Jetzt schienen sie zu lachen. Reihen über Reihen Straßenlaternen, die sich vor Lachen schüttelten. Es ist komisch, dachte er, es ist einfach komisch, und er konzentrierte sich auf diesen Gedanken, um Angst und Wut fernzuhalten.

Eine Hand auf seiner Schulter. Ein Handschuh. »Ich bitte dich um etwas. Das Schwerste, worum ich dich bitten kann.« Ein leichter Druck der Hand. »Ich glaube, du kannst es tun.«

McGowan grinste immer noch.

Lügen. Nicht einmal schlaue. Nicht einmal schöne. Er spürte die Adern in seinem Kopf anschwellen. Und schrie: »Warum ich?«

Wieder diese besänftigende Stimme: »Es war sonst keiner da. Keiner, dem wir vertrauen konnten. Keiner« — eine Pause —, »der uns nahe genug war.«

»Was« — Jed drehte sich um und zeigte auf McGowan — »ist mit ihm?«

Ein trauriges Lächeln auf Creeds Gesicht.

»Sie haben mich ausgenützt«, sagte Jed.

Dasselbe traurige Lächeln. »Du gehst jetzt besser.«

»Du, ich und der Vorsitzende.« Jeds Lippen wurden spitz. »So eine Scheiße.«

McGowan machte einen Schritt nach vorn.

»Sie machen das immer so, oder?« sagte Jed. »Sie lesen die Leute auf, und dann werfen Sie sie weg.«

Er holte aus und schleuderte Creed den Umschlag entgegen. Durch die gelbe Luft regnete es Geld. Ein Schein blieb kurz auf Creeds Schulter liegen, setzte sich dann wieder in Bewegung, eine lange Kurve seitwärts, ein Salto, und er lag auf dem Boden.

McGowan stellte sich zwischen Jed und Creed. »Du machst dich jetzt besser fort.«

Creed stand da, die behandschuhten Hände auf dem Rücken verschränkt. In seinem Gesicht war keine Spur von Wärme mehr. Er konnte sie an- und ausschalten wie eine Zentralheizung.

»Und komm nicht zurück«, sagte McGowan, »nie wieder.«

»Und wenn ich doch komme?«

McGowan nahm Jed am Arm und führte ihn zu der Pappschachtel hinüber. Er öffnete die Klappen, griff hinein, zog eine durchsichtige Tüte heraus und hielt sie Jed vor die Augen. Durch das blutverschmierte Plastik starrte Gorellis Kopf ihn an.

Jed schob sich an Creed vorbei, setzte sich in sein Auto und drehte den Zündschlüssel um. Ohne die beiden Männer anzuschauen, fuhr er aus der Lagerhalle durch die Metalltore wieder auf die Straße hinaus. Er fuhr sehr ruhig. So, wie er fuhr, wenn er arbeitete. Er blinkte sogar. Vor dem »Palace« hielt er an, um ein paar Sachen zu holen. Er brauchte dafür etwa zwanzig Minuten. Als er sein Apartment verließ, regnete es. Der weiche Klang auf den Dächern und dem Rasen, wie jemand, der einen Finger auf die Lippen legt.

Anstatt nach Westen zu fahren, auf die Schnellstraße, fuhr er zurück, über die Brücke und wieder nach Baker Park hinunter. Auf der Brücke kam er an einem Polizeiauto vorbei. Es parkte mit abgeschalteten Scheinwerfern auf der Standspur. Sein Herz raste. Der Mord war ihm noch so frisch im Gedächtnis, daß er meinte, jeder könne ihn riechen. Eine Nacht, in der ein Bulle Glück hatte. Das Polizeiauto in seinem Rückspiegel wurde kleiner und kleiner, und die Scheinwerfer blieben ausgeschaltet.

Als er bei Sharons Wohnung ankam, war er sich plötzlich nicht mehr sicher. Er fuhr einmal vorbei, dann wieder zurück. Als er sie das letzte Mal gesehen hatte, war sie betrunken gewesen, sie hatten sich gestritten, er hatte sie auf dem Teppichboden ausgestreckt liegengelassen. Er hätte ihr zu viel erklären müssen und nichts sagen können. Während er nun zum zweitenmal an der Wohnung vorbeifuhr und sie schließlich hinter sich ließ, raschelte das Laub auf der Straße, und es begann so heftig zu regnen, daß die Tropfen vom Asphalt hochsprangen und sich in Dunst verwandelten. Er mußte sich über das Lenkrad beugen, um überhaupt etwas zu sehen. Mittlerweile war es fast drei. Er hatte das Bedürfnis, mit jemandem zu sprechen, ehe er endgültig ging. Da fiel ihm Mitch ein. Mitch war oft bis zum Morgengrauen auf. Reparierte seine Uhren und trank Bier. Er konnte nicht schlafen, wenn es dunkel war. Das hing mit etwas zusammen, das er in einem Krieg mitgemacht hatte.

Als Jed in das Gäßchen hinter Mitchs Haus einbog, sah er im Küchenfenster eine Öllampe brennen. Er stellte das Auto ab und ging über den Hof. Klopfte an der Hintertür. Wartete dann zitternd, während der Regen von seinem Zylinder tropfte und auf den Boden spritzte. Er mußte noch zweimal klopfen, ehe Mitch ihn hörte und aufmachte.

Mitch stand in einem karierten Hemd und einer viel zu großen Jeans unter der Tür. Jed war zu ihm gefahren, ohne sich eine Ausrede zu überlegen, doch jetzt fiel ihm eine ein.

»Ich weiß, es ist spät, Mitch«, sagte er, »aber könntest du mir eine Tätowierung machen?«

»Warum nicht morgen?«
»Da bin ich nicht mehr hier.« Er sah, daß Mitch zögerte. »Es ist was ganz Einfaches«, meinte er. »Keine Drachen oder so. Keine Fische.«
Mitch trat beiseite. »Komm erst mal rein.«
Jed folgte ihm in die Küche. Er zitterte immer noch.
»Komm, setz dich ans Feuer«, sagte Mitch. »Ich mach alles fertig.«
Jed nahm seinen Hut ab und setzte sich ans Feuer.
An der Wand über dem Kaminsims war eine großformatige Karte von Moon Beach befestigt. Mitch kannte die Stadt besser als irgendwer sonst. Jed hatte in Westwood eine Straße gesehen, die Erfolgsstraße hieß, und Mitch davon erzählt. Mitch hatte erwidert, es gebe eine, die Mißerfolgsstraße heiße und parallel dazu verlaufe. Als Jed das nächste Mal durch Westwood fuhr, suchte er die Mißerfolgsstraße, konnte sie aber nicht finden. Er hatte Mitch darauf angesprochen: »Die Straße gibt es gar nicht«, sagte er. Mitch hatte ihn angeschaut: »Natürlich gibt es sie nicht«, entgegnete er. »Wer würde schon in einer Mißerfolgsstraße wohnen wollen?«
Mitch kam zurück. »Also, wie soll es aussehen?«
»Hast du Papier und Bleistift?«
»Warte.« Mitch wühlte in einer Schublade. »Hier.«
Jed kritzelte sieben Ziffern auf ein Stück Papier. »Ich will diese sieben Ziffern«, sagte er zu Mitch. »Ich will einen Zwischenraum zwischen der zweiten und der dritten und noch einen zwischen der dritten und den übrigen vier.«
»Was soll das sein?«
»Das ist mein Geburtstag.«
»Heute ist dein Geburtstag?«
Jed nickte.
»Herzlichen Glückwunsch zum Geburtstag.«
»Danke.«

Mitch stellte keine weiteren Fragen. Sie gingen in den Tätowierraum. Jed setzte sich auf einen grünen Plastikstuhl, während Mitch die Nadeln aussuchte.

»Ist blau in Ordnung?«

»Blau ist gut.«

»Wohin willst du sie?«

»Hier.« Jed deutete auf die Innenseite seines rechten Handgelenks.

»Da tut es mehr weh.«

»Das soll es.« Ein kleiner Schmerz, um den großen zu verbergen.

Mitch schaltete die Nadelpistole ein. Ein Summen, McGowan und seine Geräte. Zebrawände und das ganze Gerede von Loyalität. Warum hatte er es nicht durchschaut? Aber wie hätte er es durchschauen sollen? Es hatte keine Risse gegeben, durch die man sehen konnte.

Mitch fing zu reden an. Über seine Zeit mit den Angels, über den Tag, an dem er seine Alte kennenlernte, über Tätowierungen. Das war ungewöhnlich, er redete fast nie bei der Arbeit, aber vielleicht spürte er, daß Jed das Schweigen ausgefüllt haben wollte, und wußte, daß er es nicht selbst tun konnte. Jed hörte nicht richtig hin. Seltsame Worte und Sätze drangen in sein Bewußtsein vor, aber wie Stecken, die man in Stromschnellen fallen läßt, waren sie schnell weggespült. Manchmal spürte er, wie er zusammenzuckte, und das war seltsam, denn er konnte nicht sagen, ob es die Nadel war oder seine Erinnerung. Im Kopf fuhr er bereits durch den schweren Regen, in ein Leben, das er sich nicht vorstellen konnte.

KALTER KAFFEE

Nathan hatte fast drei Jahre bei India-May gelebt, als Donald einzog. Donald war ungefähr fünfundvierzig, hatte kurze, unbehaarte Arme und einen Bauch, der hart aussah. Sein Gesicht glänzte unangenehm, so wie die Wände an den Orten glänzen, an denen seit jeher mit billigem Fett gekocht wird. Eines Tages tauchte er einfach aus heiterem Himmel auf, während Nathan bei der Arbeit war. Er hatte bis zu Baby Boys Grab ein Taxi genommen und war den übrigen Weg gelaufen. »Fünf Meilen in seinen Stadtschuhen auf diesem Dreckweg, ist das zu glauben?« India-May hatte jenen glasigen Blick, als würde sie ein Wunder beschreiben, ein Wunder, das sie mit eigenen Augen erlebt hatte. Die Ankunft eines Neuen — vielleicht war das immer ein Wunder für sie. Donald saß neben ihr und hörte ihr mit einer Bescheidenheit zu, die verschlagen wirkte. Ein Band um den Kopf, eine Tasse Tee in den grobschlächtigen Händen, sah er wie der Überlebende einer großen Katastrophe aus, und Nathan verstand genau, warum er India-May hatte zu Tränen rühren können und warum er umsonst ein Zimmer bekam, eines der großen im ersten Stock.

Donald kam aus einer Industriestadt etwa achtzig Kilometer die Küste abwärts. Die Stadt bestand aus Fabriken und Bars, ihre Straßen waren nach einem Gittermuster angelegt und ihre Luft eine grobe Mischung aus Öl, Salz und Gas. (Nathan war einmal daran vorbeigefahren und erinnerte sich an einen Himmel, der von zuckenden Flammen erhellt war, Fackeln, die von den Raffinerien in die Höhe gehalten wurden.) Er war eine

Art Ingenieur gewesen. Hatte fünfzehn Jahre lang bei derselben Firma gearbeitet. Dann eine Fusion, Stellenstreichungen in der Fabrik, und er war seinen Posten los. Als er an jenem Nachmittag durch die Fabriktore gegangen war, war er von allem weggegangen. Der Frau und den Kindern, der Hypothek, den Ratenzahlungen für den Wagen. In den Müllschlucker, und hinunter damit. Er kaufte sich beim erstbesten Getränkeladen eine Flasche Brandy und fing zu trinken an. Diese Flaschen, seltsam, wie sie sich vermehren. Er hatte sich geradewegs vom Nordrand der Stadt bis zum Südrand durchgetrunken, eine Nacht bei irgendeiner Frau, eine Nacht im Gefängnis, eine Nacht vor einem Kirchenportal im Regen. Dann erinnerte er sich an eine Frau, die er einmal im Zug kennengelernt hatte. Sie hatte am Fenster gesessen und Choräle gesungen; zuerst war er verlegen gewesen, weil von ihrem Pony die Hälfte fehlte, als ob jemand sie abgebissen hätte, aber dann erfuhr er, daß sie selbst es gewesen war, denn sie erwischte ihn beim Schauen, lachte und sagte: »Ich schneide sie immer ab, wenn ich zu bin.« Er erinnerte sich, daß sie etwas von einem Haus gesagt hatte, und weil er nichts mehr hatte, an das er sich klammern konnte, weil es das einzige Stück Treibgut war, das noch herumschwamm, erinnerte er sich auch, wie man dorthin kam, es hieß entweder sich erinnern oder sterben.

»Du darfst jetzt nicht daran denken«, sagte India-May zu ihm. »Es war schlimm, aber jetzt ist es vorbei.« Sie tätschelte ihm die Hand. »Es ist kalter Kaffee, Donald. Nichts als kalter Kaffee.«

Donald nickte.

Er zog sich anfangs zurück, blieb einfach in seinem Zimmer. Tagelang lag diese Stille wie Staub über dem Haus. Aber es roch auch nach Veränderung, ein Zeitabschnitt neigte sich dem Ende zu. Twilight ging fort, als spürte er den Sturm kommen. Das Kleine von Pete und Chrissie konnte sein Essen nicht bei sich halten. Joan, die Verrückte, hörte zu kochen auf.

Nathan wußte zum erstenmal, daß etwas nicht stimmte, als Donald ihm eine Dose Bohnen an den Kopf schlug. Er war nach der Arbeit nach Hause gekommen und hatte im Küchenschrank zwei Dosen Bohnen entdeckt. Er hatte den ganzen Tag nichts gegessen; also öffnete er eine und machte sie sich warm, ohne lange zu überlegen. Eine der Hausregeln war, daß keinem etwas gehörte. Aus diesem Grund kam India-May überhaupt über die Runden, obwohl sie ständig ausgenommen wurde. Nathan saß also am Küchentisch und aß seinen Teller Bohnen, als Donald hereinkam. Direkt hinter ihm blieb er stehen, dort, wo man jemanden erst sieht, wenn man sich ganz zu ihm umdreht, wo man das Gefühl hat, jemand haut einem gleich eine Axt in den Schädel. Er holte tief Luft, als wollte er tauchen, und sagte: »Das sind meine Bohnen.«

Nathan hörte zu essen auf und dachte kurz nach. Aber es gab wirklich nichts darauf zu sagen, Donald kannte die Regeln wie alle anderen auch. Als er weiteraß, hörte er Donald zum Küchenschrank gehen. Das nächste, was er wußte, war, daß er auf dem Boden lag, halb betäubt, um ihn herum überall Bohnen. Man sieht keine Sterne. Man ist zu nahe dran, um es Sterne zu nennen. Es sind eher Planeten.

Ihm brummte und schwirrte der Kopf, als stünde er unter Strom. Donald stand über ihm, eine Dose Bohnen in der Hand. Diese Dosenbohnen, dachte Nathan, sind nicht ungefährlich. Dann dachte er, er könne Donalds Füße riechen, was ihn nicht besonders überraschte. Manche Leute braucht man bloß anzusehen und weiß schon, daß ihre Füße riechen.

»Iß nie« — und Donald holte wieder Luft, diesmal durch den Mund, als wäre er nur kurz aufgetaucht —, »iß *nie wieder* meine Bohnen.«

Da wußte Nathan zum erstenmal, daß etwas nicht stimmte.

Er sprach mit India-May darüber. Sie setzte ihm auseinander, daß Donald eine schwere Zeit durchmache. »Wir haben alle unsere schweren Zeiten, ja?«, und Nathan solle Geduld mit ihm haben. Geduld? Er konnte es nicht fassen. Wie oft kann man auf einem Stuhl sitzen und sich von jemandem eine Dose Bohnen gegen den Kopf schlagen lassen? Nathan schätzte, etwa einmal. Einmal war ganz bestimmt die Grenze. Aber er gab Donald noch eine Chance. Und wünschte, er hätte es nicht getan, denn zwei Wochen später hielt Donald ihn eineinhalb Stunden lang mit einem abgesägten Gewehr in Schach. Niemand hatte Donald zum Abendessen heruntergerufen, das war der Grund, und er machte Nathan dafür verantwortlich.

»Warum mich?« fragte Nathan.

»Sonst ist keiner da.« Was vielleicht tatsächlich der Grund war, aber es klang auch wie eine Drohung.

»Was ist mit India-May? Das Haus gehört doch ihr.«

Donald drückte das Gewehr in die Mulde unter Nathans Kiefer. »Halt's Maul!«

Nathan überlegte, ob das Gewehr geladen war. Man wußte nie. Und selbst wenn nicht, konnte Donald ihn immer noch damit schlagen. Er hoffte, Donald würde das lassen. Nathan hatte noch immer die Beule von der Dose Bohnen.

»Das nächste Mal«, sagte Donald, »*holst* du mich, verstanden?«

Nathan wollte sein Kinn nicht bewegen. Aber man kann schlecht etwas sagen, ohne das Kinn zu bewegen.

»*Verstanden?*«

»Ja.« Nathan schaffte es, dieses Wort durch seine zusammengebissenen Zähne hervorzupressen.

Er ging wieder zu India-May und erzählte ihr von seinen Befürchtungen. Daß Donald die Macht an sich reißen wolle. Daß Donald ein Reich für sich sei, wie eine Art Napoleon oder so. Und Donald werde Gewalt anwenden. India-May war an diesem Abend zugekifft. Sie dachte, Nathan würde alles erfinden. »Napoleon?« sagte sie und lachte, bis sie vor Tränen nichts mehr sehen konnte. Sie sagte, sie sei glücklich, daß Nathan ein-

gezogen sei, und es sei wirklich eine Abwechslung, jemanden mit ein bißchen Humor dazuhaben.
»Er hat mich in Schach gehalten«, sagte Nathan, »mit einem Gewehr.«
»Einem Gewehr? Napoleon?« Und schon legte sie wieder los, die Tränen rannen ihr aus den Augen.
Er konnte kein vernünftiges Wort mit ihr reden.
Über die Wochenenden kam manchmal Donalds Sohn. Der Junge war zehn und schmächtig für sein Alter. Schüchtern außerdem. Er stand in der Tür und sah zu, wie Nathan an seinem Motorrad herumbastelte, und wenn Nathan dann aufschaute, trat er in den Schatten zurück. Als Nathan eines Sonntagnachmittags aus dem Haus ging, traf er im Hof auf Donald und den Jungen. Donald hielt den Jungen mit einer Hand am Haar gepackt und verprügelte ihn mit einem Ledergürtel. Blut lief hinten an den Beinen des Jungen entlang. Nathan blieb in zehn Meter Entfernung stehen. Plötzlich brannte die Sonne in seinem Nacken unerträglich.
»Was ist los, Donald?«
Donald geriet nicht eine Sekunde aus dem Takt. »Der kleine Bastard«, sagte er, »er hat's verdient.« Der Schweiß verteilte sich gleichmäßig auf seinem Gesicht, es sah aus wie eingefettet.
»Was hat er denn angestellt?«
Donalds Mund zuckte in seine Richtung. »Ist Essenszeit?«
»Nein.«
»Dann hau ab.«
Diesen Abend ging Nathan zum drittenmal zu India-May. »Du mußt ihn rausschmeißen«, sagte er. »Das mußt du einfach.«
»Ich kann's nicht«, sagte sie. »Stell dir vor, was ich ihm damit antun würde.«
Nathan versuchte, seine Wut hinunterzuschlucken. »Was du ihm damit antun würdest?« sagte er. »Verdammt noch mal, India-May. Was tut er denn allen anderen an?«

Ihr Mund wurde schmal. »Ich glaube, du reagierst total überzogen.«
Er ging aus dem Zimmer und knallte die Tür zu. Er stellte sich vor, wie Donald oben an der Treppe lauschte, sah das Grinsen auf seinem schmierigen Gesicht. Er lief, bis die Farm nur noch aus zwei Lichtpunkten in der Dunkelheit bestand. Irgendwo unten am Hügel begann der Hund zu bellen. India-May hatte ihn Lumberjack, Holzfäller, getauft, weil sein Bellen sich anhörte wie jemand, der Holz sägt, aber meistens rief sie ihn kurz Jack. Plötzlich schlug Nathans Enttäuschung in Schmerz um. Wieder setzte sie ihr Vertrauen in die falschen Leute. Daß sie Donald so vertraute, schmälerte den Wert ihres Vertrauens in ihn. Es machte es so viel billiger, ja sogar wertlos. Er wollte, daß sie den Unterschied merkte.
In jener Nacht, draußen auf dem Hügel, beschloß er, daß nichts zu machen war. Er würde die Dinge selbst in die Hand nehmen müssen. Er kehrte ins Haus zurück, ging zum Zimmer von Pete und Chrissie und klopfte an die Tür. Pete machte die Tür auf. Chrissie saß auf dem Bett, der Kopf des Babys ruhte seitlich an ihrer Schulter, neben ihr stand eine Flasche Kindernahrung. Das Baby wimmerte. Der Raum roch kalkig und feucht. Nach saurer Milch. Erbrochenem.
»Wie geht's ihr?«
Chrissie seufzte. »Unverändert.«
Sie redeten eine Zeitlang über die Gesundheit des Babys.
»Es ist komisch«, sagte Chrissie, »aber in dem Moment, als der Kerl aufgetaucht ist, ist sie krank geworden.«
»Welcher Kerl?« fragte Nathan, obwohl er es wußte. Er wollte nur, daß alles ganz klar war, wie bei Gericht. Schließlich ging es ja auch darum, Donald den Prozeß zu machen.
»Du weißt schon«, sagte sie. »Donald.«
»Ja«, sagte er, »und Joan hat plötzlich aufgehört zu kochen.«
Chrissie riß die Augen weit auf. »Das stimmt.« Sie drehte sich zu Pete um. »Erinnerst du dich, Pete?«

Dann fing es zu regnen an.
Es war nach Mitternacht, als sie ankamen. Die Tore waren offen, so daß sie direkt hineinfahren konnten. Als sie aus dem Transporter stiegen, schlug ihnen der Geruch nach verfaultem Fleisch entgegen, und der warme Regen rann ihnen über Köpfe und Hände. Tommy schob die Riegel der Ladeklappe zurück und ließ sie fallen. Der Stuhl mit dem festgebundenen Donald war umgestürzt. Seine Wange lag gegen das beschlagene Metall gepreßt. Ein Auge blinzelte, als der Regen in den Wagen klatschte. Er mußte geglaubt haben, daß sie ihn umbringen wollten, aber gerade deswegen brauchten sie es nicht mehr. Die Angst war dieselbe. Tommy schaute durch die Dunkelheit hinauf. Die Pyramide ragte drohend über ihnen auf.
»Auf die Spitze hinauf, hast du gesagt?«
Nathan nickte. »Ich denke schon.«
»In Ordnung.«
In der Nähe lag ein toter Hund. Drei seiner Beine waren abgesägt worden. Tommys Freund stand über ihn gebeugt. »Was haben sie mit dem Hund gemacht?« sagte er. »Was haben sie mit einem armen wehrlosen Hund gemacht?«
Tommy nahm ihn am Arm und führte ihn zu dem Stuhl. »Pack vorne an.« Er drehte sich zu Pete um. »Hilf du ihm.«
Tommy und Nathan hoben den Stuhl hinten an, und die vier trugen Donald halb auf die Spitze hinauf, halb zogen sie ihn. Als sie oben waren, stellten sie ihn aufrecht hin. Traten zurück, atmeten schwer. Es herrschte eine seltsame Stille, ein Augenblick, in dem es so schien, als könnte etwas gesagt werden. Aber keiner sprach. Der Wind zerzauste das Haar auf Donalds Kopf.
Sie rannten wieder hinunter, mit riesigen knirschenden Schritten, versuchten nicht daran zu denken, auf was sie da traten. Als sie unten angekommen waren, schauten sie wie auf Kommando noch einmal zurück. Donald war zwei Zentimeter

hoch. Nathan nickte in sich hinein. Es war richtig so. Donald hatte herrschen wollen. Na, dann konnte er ja über diesen Müllhaufen herrschen. Er konnte der Pharao der Pyramide sein, ein Pharao mit einer Krone aus Fliegen.

Tommys Freund scharrte mit dem Fuß im Dreck. »Glaubt ihr, die Ratten kriegen ihn?«

Tommy lachte.

»Was ist mit dem Knebel?« fragte Tommys Freund. »Meint ihr, wir hätten ihm den Knebel abnehmen sollen?«

»Sie finden ihn morgen früh«, sagte Nathan. Aber es waren noch Stunden bis zum frühen Morgen. Genug Zeit für Donald, um über alles nachzudenken. Um den miesen Gestank seines eigenen miesen Verhaltens zu riechen.

Tommy schaute zur Pyramide hinauf, dann auf das Meer hinaus. »Einen Ausblick hat er ja«, sagte er.

Dann fuhren sie heim.

Am nächsten Morgen wollte India-May wissen, wo Donald abgeblieben sei.

Nathan schaute ihr in die Augen. »Er ist gegangen.«

»Er ist gestern nacht gegangen«, sagte Pete. »Er hat dich nicht stören wollen.«

India-May schaute von einem zum anderen; ihr Hals lief rot an. »Wo ist mein Stuhl?«

»Welcher Stuhl?« fragte Pete.

»Du weißt, welcher Stuhl.«

»Ich besorge dir einen neuen«, sagte Nathan.

»Ich habe dich nicht gebeten, mir einen anderen zu besorgen, oder? Ich habe gesagt, wo ist er?«

Nathan zuckte die Achseln.

India-May tobte wütend durch die Küche. Ihr Kleid krachte, als es an einer Ecke des Tisches hängenblieb und zerriß. »Wem gehört denn das Haus hier?« schrie sie. »Das möchte ich einmal wissen!« Und sie knallte die Tür hinter sich zu.

Doch sie besorgten ihr einen anderen Stuhl und stellten ihn dorthin, wo der andere gestanden hatte. Sie dankte ihnen nicht, aber sie fing an, ihn zu benutzen, und vielleicht war das der einzige Dank, den sie erwarten konnten. Sie saß auch gerade darauf, als Nathan eine Woche später durch die Küchentür hereinkam. Es war fast Mitternacht, und India-May war als einzige noch auf. Sie machte Halsketten, was eine Art Meditation für sie war, eine Methode, um zu vergessen. Auf dem Tisch lagen farbige Perlen, Tabak- und Marihuanakrümel durcheinander, und die Luft war voller Rauch, der so süß roch wie Kreosot. Lumberjack lag auf den Fliesen zu ihren Füßen und zischelte leise im Schlaf wie ein feuchtes Holzscheit im Feuer.

Nathan setzte sich.

Sie schaute ihn an, ihre Finger fädelten die Perlen auf, ohne daß sie hinsehen mußte. Sie sah aus, als würde sie etwas zählen. Das Quantum Vertrauen, das ihr noch blieb, die Tage bis zum Ende der Welt.

»Was gibt's Neues?«

»Ich bin da, um dir mitzuteilen, daß ich gehe.«

Sie nickte. »Ich habe geahnt, daß du das sagen würdest.«

Er meinte, es sei wie der Augenblick, in dem die Flut aufhört und die Ebbe wieder beginnt. Erst merkt man es kaum, doch plötzlich ist alles anders. Und je länger man wartet, desto klarer wird es. Es war eine ziemliche Lüge.

Aber sie nickte. Sie verstand diese Art von Gerede. Er hatte es ja sozusagen von ihr gelernt.

»Wo gehst du hin?« fragte sie.

»Ich weiß es nicht. Irgendwohin, weiter die Küste rauf.«

»Willst du an den Stränden arbeiten?«

»Ich glaube.« Er schob eine Perle mit seiner Fingerspitze hin und her. »Was könnte sinnvoller sein, als anderen Menschen das Leben zu retten?«

Sie merkte, daß er ihren eigenen Spruch zitiert hatte, und lächelte.
Er wußte, wie ihre Stimmen von oben klingen würden. Das Summen eines ausgesteckten Kabels. Wie Wärme, wenn man so etwas hören konnte.
»Ich wünschte —«
»Was?«
Er wünschte, ihr die Sache mit Donald erklären zu können. Aber er wußte, daß sie ihm das Wort abschneiden würde. Das ist eine alte Geschichte, würde sie sagen. Das ist kalter Kaffee. Im übrigen hatte sie es in einem tieferen Sinne vielleicht schon verstanden. Und in Zukunft würde sie daran denken.
Er schüttelte den Kopf. »Nichts.«
Lumberjacks Pfote klopfte auf den Boden. Lumberjack träumte. Letzten Herbst hatte Nathan ihn einmal in den Kiefernwald im nächsten Tal ausgeführt. Der Hund hatte zu bellen angefangen und dann genauso abrupt wieder damit aufgehört, und dann hatte Nathan mitten in die Stille hinein einen Baum umstürzen hören. Lumberjack hatte mit hängender Zunge zu ihm aufgeschaut, als wolle er seine Zustimmung. Kein Wunder, daß um die Farm herum keine Bäume standen. Lumberjack hatte sie alle mit seiner Stimme umgesägt. Und jetzt träumte er, träumte von einem großen Wald, der sich vor ihm erstreckte ...
India-May steckte sich einen Joint an. »Als ich dich zum erstenmal gesehen habe, in der Bar, warst du wie ausgeschnitten, wie eine Figur aus einer Packung Haferflocken, die nicht stehenbleibt, wenn man sie zusammengebastelt hat.« Sie stippte die Spitze ihres Joints am Aschenbecher ab und lächelte. »Du hast, ja, irgendwie mutig ausgesehen.«
Diese Frau war so unbestimmt, so blind. Aber manchmal konnte sie einen mit Augenblicken von Scharfsicht überraschen. Sie war wie eine Nadel in langem Gras, wie ein Messer im Nebel.

Am nächsten Morgen schob er sein Motorrad aus der Scheune in den Wintersonnenschein. Lumberjack lag hechelnd im Dreck neben ihm, während er das Öl wechselte, den Reifendruck prüfte, die Kette spannte. Nach einer Stunde war er fertig, hatte die Karte an den Benzintank geklebt, seine paar Besitztümer auf den Sitz hinter sich geschnallt. India-May kam heraus, um ihm zum Abschied zuzuwinken. Sie schien die Stirn zu runzeln, aber das lag wahrscheinlich an einem schlimmen Kater und der weißen Sonne, die ihr in die Augen schien. Sein Hinterrad drehte auf den lockeren Steinen durch, suchte Halt, dann fuhr er los. Lumberjack sprang um sein Vorderrad herum, und er mußte langsam fahren. Als er oben auf der Anhöhe angekommen war, gab er Vollgas. Doch Lumberjack rannte jetzt neben ihm her, mit ernstem Gesichtsausdruck, als sähe er das als eine echte Probe seiner Ausdauer.
»Lauf zurück«, rief Nathan, »lauf zurück«, und er deutete hinter sich. Doch der Hund schnappte nur nach seiner ausgestreckten Hand. Das gehörte zum Spiel.
Nach fünf Kilometern mußte Nathan umkehren und den ganzen Weg zurückfahren. India-May sperrte Lumberjack ins Haus ein. Als Nathan zum zweitenmal wegfuhr, konnte er Lumberjack in der Küche hören, wie er wie wild die Beine von Tischen und Stühlen absägte. Irgendwie war das schlimmer als alles andere.
Aber er fuhr schnell bis zum Ende des Weges, und als er an dem weißen Kreuz von Baby Boy ankam, zögerte er, dann bog er nach rechts ab, in die Berge — etwas, das er noch nie zuvor getan hatte.

VIER

DER ERSTE REGENTROPFEN

Anfangs fuhr Jed Richtung Norden — sein Handgelenk war ein Viereck aus Hitze und er ganz benommen im Kopf —, aber nach zwei Tagen zog es ihn ins Landesinnere, über die hohen Berge, und bald fuhr er geradewegs Richtung Westen. Die Berge wurden flacher, streckten sich aus wie müde Hunde, und dann gab es überhaupt keine Berge mehr. Bisweilen sah er eine Reihe Bäume am Horizont. Im Glast der Hitze waren sie wie Heilige, die über die Wasser wandelten. Gegen Einbruch der Nacht schaukelte die Sonne am Ende der Straße, und dann halfen ihm nicht einmal mehr seine Spezialgläser. Halb blind fuhr er weiter, und wenn er zum Schlafen anhielt, tanzten grüne und rote Kugeln vor seinen Augen. Am nächsten Morgen, auf irgendeinem Motelparkplatz versengte ihm die Luft die Lungen, wie wenn man über einem Feuer einatmet. Er fuhr mit geschlossenen Fenstern. Das war kühler. Draußen Schädel und Staub. Tornados, die durch den blauen Himmel wirbelten wie Gefäße auf der Scheibe eines wahnsinnigen Töpfers. Das Wetter war wie eine Geißel, das Land konnte einen umbringen. Hier draußen am Rande der Wüste konnte er Buße tun. Hier draußen konnte er die Jahre seines Exils verbringen.

Als er zum erstenmal nach Adam's Creek hineinfuhr, sah er in einem Schaufenster ein Bild von Creed und trat auf die Bremse. Das Auto geriet ins Schleudern. Ein Lastwagen füllte seinen Rückspiegel aus, überschwemmte ihn. Bremsen quietschten, Gänge knirschten, dann rumpelte er an Jed vorbei, und der Fahrer starrte finster auf ihn herab, mit ausgestrecktem Mittelfinger und einem schwarzen Loch als Mund. Das Bild im Fenster war schließlich doch nicht Creed, bloß eine Werbung für Brillantine, doch sein Herz kannte den Unterschied nicht, und er saß da, bis es langsamer schlug.

Drei Kilometer hinter der Stadt fuhr er in einen flachen Graben und schaltete den Motor ab. Er schaute sich um und sah, daß er vor einem Friedhof geparkt hatte. Es gab keine Kirche, nur einen Wellblechverschlag mit drei Wänden und einer Bank. Ein paar magere Bäume. Ein paar Felsen. Es war die Sorte Häuschen, wo man auf einen Bus wartet, der nie kommt.

Er stieg aus und ging durch das gelbe Gras, die Arme vor der Brust verschränkt. Er spürte den Zentimeter blanke Haut über seinen Socken wie zwei kalte Metallbänder. Er hätte nie geglaubt, daß man in der Wüste zittern könne, aber es war Spätnachmittag, die Sonne war hinter den Hügeln untergegangen, und über die Gräber blies ein schneidend kalter Wind. Einmal flaute der Wind ab, und er beobachtete staunend, wie Fliegen klumpenweise auf seinem Gesicht und seinen Händen landeten. Dann wieder eine Bö, die ihm den Zylinder vom Kopf riß und ihn zwischen den Grabsteinen hin und her wirbelte. Jed war so lange im Auto gesessen, daß ihm das Laufen schwerfiel. Seine Knöchel knackten, seine Knie knirschten, aber er rannte hinterher, an Kreuzen vorbei, um Gräber herum, über Grabhügel. Überall Familiengräber, und er schnappte Bruchstücke ihrer Tragödien auf. GELIEBTE TOCHTER. UNSEREN LIEBEN KINDERN. TREUSORGENDE GATTIN. Erst vor zwei Tagen hatte er seine Mutter von einer Telefonzelle an der Autobahn aus angerufen. Als sie abnahm, lauschte er bloß.

»Hallo?« sagte sie. »Wer ist dran?«

Er wartete.

»Bist du's, Henry?« fragte sie.

Henry hieß er jetzt also.

»Henry?« sagte sie und hob die Stimme. »Bist du's?«
Er legte auf. Für sie existierte er nicht. Henry existierte (wer immer Henry auch war). Doch er nicht. Das war die Wahrheit.
Seine TREUSORGENDE MUTTER.
»Halt«, rief er seinem Zylinder zu. »Halt! Warte auf mich.«
All die ganz großen Worte stiegen von den Grabsteinen zu ihm auf: Mutter, Liebe, Vater, Angedenken, Sohn, Himmel. Er empfand nichts. Er war jemand, den seine Mutter nicht kannte, und es gab keine Lieben. Er fing seinen Hut ein und setzte ihn auf.
Ihm war elend kalt, als er wieder ins Auto stieg. Seine Lippen sahen im Spiegel violett aus, seine Kiefer schmerzten. Die ganze Woche lang hatte er versucht, nicht zu denken. Er hatte fahren wollen, bis alles, woran er sich erinnerte, so aussah, als wäre es einem anderen passiert. In einem Film zum Beispiel oder in der Erinnerung eines anderen Menschen oder als Text eine Liedes. An jenem Nachmittag auf dem Friedhof wußte er schließlich, daß die Tür zu seinem Leben zugeschlagen war. Diese Tür war eine jener großen silbernen Kühlschranktüren, und er sah sein Leben hinter dieser Tür hängen wie Fleisch. Es fühlte sich nicht mehr wie ein Leben an. Weder seines noch das eines anderen Menschen.
Mit tauben Fingern steckte er den Schlüssel in das Zündschloß wendete den Wagen und fuhr nach Adam's Creek zurück: zweitausendzweihundert Einwohner, einundzwanzig Meter über dem Meeresspiegel.
Als er ankam, entdeckte er, daß er schon zu einer Art Legende geworden war. Der Wirt des »Commercial Hotel« nickte ihm zu, als er hereinkam. »Wie geht's Ihnen?«
Jed nickte. »Nicht schlecht. Und Ihnen?«
Der Wirt nickte. »Hab' Sie schon mal gesehen.«
»Ja?«
»Ja. Sie waren der, der auf der Hauptstraße gebremst hat.

Denny Butler hätte Sie fast plattgefahren.« Der Wirt lächelte. Sein Gesicht war breit, rot und offen.

Seltsam, daß er noch Dinge wahrnahm, dachte Jed. Er war an weiße Streifen, Asphalt, Bäume gewöhnt. Daran, daß sich alles bewegte. Auf etwas zu und an etwas vorbei. Gesichter taten das nicht. Sie hingen einfach vor einem wie Lampen.

Er blinzelte. »Haben Sie ein Zimmer frei?«

»Wir haben Einzelzimmer. Sieben Dollar die Nacht.« Der Wirt schleckte sich den Daumen und schlug das Gästebuch auf. »Bleiben Sie länger?«

»Ich weiß es noch nicht. Ein paar Nächte vielleicht.«

»Ich heiße Wayne«, sagte der Wirt.

Jed streckte die Hand aus. »Jed«, stellte er sich vor. »Jed Morgan.«

Er zahlte das Zimmer in bar.

»Ja«, sagte Wayne, »so gut wie jeder muß Sie heut' morgen geseh'n haben. 's kommt nicht oft vor, daß einer so auf der Hauptstraße bremst. Und so 'n Hut aufhat und so weiter. Hab' gedacht, daß Sie Bibeln verkaufen, das hab'n 'n paar von denen gemacht.« Als Jed nichts erwiderte, meinte Wayne: »Sie verkaufen keine Bibeln, oder?«

Jed schüttelte langsam den Kopf. »Nein, nein.«

»Was machen Sie dann?«

Jed wußte nicht, warum, doch die Neugier des Wirtes störte ihn nicht. In anderen Städten war er längst vor den Fragezeichen wieder gegangen, während seine Cola im Glas noch schäumte. Jetzt schien es ihm wie eine Erleichterung, reden zu können, eine Probe seiner Schlagfertigkeit. Etwas Neues, das man ausprobieren konnte.

»Ich habe weiter im Osten gearbeitet«, sagte er. »Bin freigestellt worden. Hab' gedacht, ich fahr' mal 'n bißchen rum.«

»Wenn Sie vor 'ner Woche hergekommen wären, da hätten Sie gekocht.«

»'s is' immer noch ganz schön heiß.«
»War schon richtig, daß Sie nach Adam's Creek gekommen sind«, meinte Wayne. »Manchmal geht's hier 'n bißchen hart her, draußen hinter dem Hügel is' 'n Kraftwerk, und die Jungs kommen zum Saufen hierher, aber die meiste Zeit sind wir ganz freundlich.«
Hart. Jed lächelte. Sie wußten nicht, was hart war.
Wayne führte ihn in ein Zimmer im ersten Stock auf der Vorderseite des Gebäudes. Ein Waschbecken mit Sprüngen, ein Eisenbett. Als Jed den Schrank aufmachte, klirrten die leeren Kleiderbügel wie Windglöckchen. Eine schöne Täuschung. Nicht das leiseste Lüftchen gab es hier. Das Fenster ging auf die Holzveranda hinaus, auf der ein paar völlig kaputte Stühle und ein Metalltisch standen, der auf einem Bein kippte, wenn man sich auf ihn stützte.
»Bibeln«, murmelte er.
Von der Veranda aus sah man die Hauptstraße hinunter, deren Asphalt von der Hitze ganz aufgebrochen und rissig war. Ein hoher Maschendrahtzaun trennte die Straße von den Bahngeleisen dahinter. Die Strecke würde kaum noch befahren, hatte Wayne ihm erzählt. Nur um Kohlen aus den Bergen im Süden zu dem Kraftwerk hinter dem Hügel zu bringen. Der Hof war eine Wüste aus Flintsteinbrocken und Fahrzeugen, wie es sie kaum noch gab. Am Stellwerk war keine Farbe mehr dran. Zwischen den Geleisen wuchs Unkraut, violett und gelb.
An diesem ersten Abend legte er sich mit über der Brust gefalteten Händen und in Schuhen aufs Bett. Er war tagelang gefahren, wie viele hatte er vergessen, und er war der weißen Streifen, die auf die Mitte der Straße gemalt waren, müde, er war bis ins Mark müde. Das Schlimme war nur, daß man, wenn man so lange gefahren war, mitten durch die Müdigkeit hindurchfährt, in ein Traumland, in dem sich nur die Straße bewegt. Er war nach Adam's Creek hineingefahren, wie er in hun-

dert andere Städtchen hineingefahren war. Aber dann hatte er plötzlich gebremst und an Fahrt verloren. Als er sich umschaute, hatte es wie der erste Ort gewirkt, den er gesehen hatte, und in seinem tiefsten Inneren hatte er sich gesagt: Irgendwo muß es sein, warum nicht hier? Schließlich konnte er nicht immer so weiterfahren, er würde geradewegs in einen anderen Ozean fahren, und davon wollte er ja doch wegkommen, oder, vom Ozean?

Um neun Uhr verließ er sein Zimmer und ging zur Bar hinunter. Wayne zapfte ihm ein Bier. »Willkommen in Adam's Creek.« Wayne wandte sich zu den beiden Männern an der Bar. »Ein Strom, der nie versiegt, was, Jungs?« Das folgende Gelächter klang nach Routine. Das Echo einer Million anderer Abende.

Jed hatte seit seiner Begegnung mit Sharon kein Bier mehr getrunken, aber er kniff nicht. Er hob sein Glas. »Schön, hier zu sein, Wayne«, sagte er und trank es halb leer, bevor er es wieder abstellte. Er machte das Geräusch, das Männer, die Bier trinken, machen und wischte sich mit dem Handrücken den Mund.

Einer der beiden Männer beugte sich herüber. »Wo haben Sie denn die ganzen Bibeln?«

»Bibeln?« sagte Jed. »Was für Bibeln?«

»Verkaufen Sie nicht Bibeln?« Der Mann hatte Hängebacken, die wie Götterspeise wackelten, wenn er redete.

Jed lächelte und wagte einen Vorstoß: »Eher würde ich meine Schwester verkaufen.«

Wayne platzte los. Er drehte sich um und rief der Frau, die am anderen Ende der Bar ein Glas abtrocknete: »Hast du das gehört, Linda? Eher würde er seine Schwester verkaufen.«

Linda schaute Jed kurz an und trocknete weiter ihr Glas ab. »Würd' nicht viel dafür kriegen, so wie er aussieht.«

Jed setzte ein Lächeln auf. »Was kriegen Sie zu trinken, Linda?«

»Ich nehm' ein Bier«, sagte sie.
Er betrank sich an diesem Abend, aber nicht so sehr, wie er vorgab. Er war ein Mann, der seinen Kummer ersäufte, hatte er beschlossen. Er war ein Mann, der trank, um zu vergessen. Und allmählich verflüchtigte sich sein Kummer. Er hatte Hunderte von Beerdigungen gesehen. Er wußte, wie es ging. Nach sechs oder sieben Gläsern lehnte er sich an die Bar. »Ich will sie einfach vergessen, Wayne.«
»Wen denn, Jed?«
»Meine Frau.«
An einem Ort wie Adam's Creek konnte man nicht auftauchen, ohne daß ein paar Fragen gestellt wurden, das wußte Jed, daher dachte er sich eine Geschichte aus. Er war durch ein Lied darauf gekommen, das er beim Fahren im Radio gehört hatte. Es handelte von einer Frau, die ihren Mann betrogen hatte, sie hatte ihn wegen seines besten Freundes sitzenlassen, und jetzt fuhr der Mann herum und versuchte, sein gebrochenes Herz wieder zu flicken. Für Jed hörte es sich lächerlich an, aber er dachte, daß sei die Art Lüge, die die Leute vielleicht glauben würden. Die Leute haben gern Mitleid mit Leuten, sie haben dann das Gefühl, selber mehr Glück zu haben. Na, er würde ihnen die Gelegenheit dazu verschaffen, was? Nachdem er der Mann gewesen war, der seine Schwester verkaufen würde, war er jetzt dabei, der Mann zu werden, der seine Frau verloren hatte.
»Sie hat mich zum Narren gehalten, Wayne«, sagte er. »Ich will die ganze verfluchte Sache einfach vergessen.«
»Nur zu«, erwiderte Wayne. »Sie war's nicht wert. Nur zu, vergiß sie.«
Und dafür, daß Jed sich die Frau, die ihn angeblich hatte sitzenlassen, nicht vorstellen konnte, weil er keinen Schimmer hatte, wie sie aussah, fand er, daß er die Sache gar nicht so schlecht machte.

Als Wayne, kurz bevor er zusperrte, fragte: »Was hat's denn nun mit dem Zylinder auf sich, Jed?«, da wußte Jed, wie die Antwort lautete, und er war betrunken genug, sie loszulassen.

Langsam nahm er den Hut ab, und langsam schaute er auf ihn hinunter; sein Blick war zwar vom Alkohol getrübt, aber jedermann hätte die Feuchtigkeit in seinen Augen leicht für Tränen halten können. »Der Hut?« sagte er. »Das ist der Hut, den ich bei meiner Hochzeit getragen habe.«

Er schaute auf. Über der Bar hing ein großer Spiegel, so daß er sehen konnte, wie hinter ihm Blicke gewechselt wurden. Er konnte sehen, wie das Mitleid aufstieg.

»Na, ja, Wayne, es ist seltsam, aber ich habe total vergessen, wie sie aussieht.« Er lächelte tapfer. »Es ist fast so, als ob es sie nie gegeben hätte.« Und als er wieder nach unten blickte, spürte er das Gewicht von Waynes Hand auf seiner Schulter.

Ein paar Tage, hatte er gesagt, aber schließlich blieb er fast ein Jahr lang im »Commercial Hotel«. Die ersten paar Monate arbeitete er bei einem Gemeindetrupp, der die Straßen ausbesserte — das hieß Schlaglöcher in der Schnellstraße auffüllen, Buckel glätten, die Schlammwege asphaltieren, die zu Ranchs führten. Er verbrachte die meisten Tagesstunden im Freien. Sein magerer, pockennarbiger Körper wurde braun, seine Proportionen veränderten sich, wurden fester. Je länger er diese klare Luft einatmete, desto besser fand er sich in seiner neuen Haut zurecht. An manchen Tagen redete er kein Wort. Er hatte einfach keine Worte. Sie würden länger brauchen als sein Körper. Nicht, daß es jemandem aufgefallen wäre. Die Straßenarbeiter waren ein mürrischer Haufen. Vor Weihnachten gab es weniger zu tun, und er wurde entlassen. Er nahm den erstbesten Job an, den er kriegen konnte: als Spüler im »Wang Garden«, einem chinesischen Restaurant zwei Häuserblocks von seinem Hotel entfernt. Mittags und abends, vier Dollar fünfzig die Stunde. Kurz nachdem er im Restaurant angefangen hatte, teilte er Wayne mit, daß er in das Gästehaus von Mrs. O'Neill an der Ecke Main Street/Railway Avenue umziehen würde.

»Wie lange willst du dort bleiben?« fragte Wayne. »Ein paar Tage?« Er lachte so heftig, daß er sich beinahe einen Muskel gezerrt hätte.

Mrs. O'Neill hatte schockrotes Haar und ein Gesicht wie ein vertrocknetes Flußbett. Sie saß bei zugezogenen Vorhängen, laufendem Fernseher und angelehnter Tür in ihrem Vorderzimmer. Das einzige, was man durch den Spalt sehen konnte, waren ein Streifen Wand und ein halber Kühlschrank. Seitlich am Kühlschrank klebten zwei Bilder: Jesus und Donald Duck. Mrs. O'Neill war die größte Naschkatze von Adam's Creek, und Jed eroberte sich einen Platz in ihrem Herzen, als er ihr am ersten Tag auf dem Heimweg von der Arbeit ein Rocky Road kaufte. Er hatte die Rocky-Road-Riegel eben erst entdeckt. Sie waren aus Erdnüssen, Nougat und kandierten Kirschstückchen und mit einer dicken Schicht Milchschokolade überzogen; der beste Schokoladenriegel, auf den er je gestoßen war. Immer wenn er danach an Mrs. O'Neills Zimmer vorbeikam, hieß es. »Bringen Sie mir ein Rocky Road mit, Matt, das ist lieb.« Das war auch so eine Sache mit Mrs. O'Neill: Sie dachte, er hieße Matt. »Ich heiße Jed«, hatte er ihr öfter, als er sich erinnern konnte, gesagt, aber jedesmal, wenn er an ihrer Tür vorbeiging, rief sie hinaus: »Matt, Süßer, sind Sie's?« Vielleicht war das ihre Art, ihm zu zeigen, daß sie wußte, daß er log. Nicht was seinen Namen anging, sondern in allem anderen. Aber wie hätte sie es wissen sollen? dachte er. Wie, verdammte Scheiße, konnte sie überhaupt etwas wissen — sie mit ihren Bildern von Jesus und Donald Duck am Kühlschrank und einem Gehirn, das von dem ganzen Fernsehen schon zu Brei geworden war? Sie wußte es nicht. Niemand wußte es.

Er hatte ein großes Zimmer im zweiten Stock, mit hellgrünen Wänden und einer orangefarbenen Bettdecke. Die Vorhänge sahen wie der Frühling aus, jedoch ein Frühling, der anderswo stattgefunden hatte: lauter grüne Sprößlinge und Regen und Blüten. Zur Ausstattung gehörten auch ein elektrischer Kessel, eine Kochplatte und eine Gideonbibel zur Erbauung. Von diesem Zimmer aus schrieb Jed seine erste und einzige Mitteilung an die Welt draußen. An einem Wochenende kaufte er zwei Ansichtskarten mit dem Kraftwerk von Adam's Creek bei Nacht (das waren die einzigen Ansichtskarten, die es gab) und setzte sich mit einem Stift an seinen klapprigen Tisch am Fenster. Die erste Karte schrieb er an Mitch. Er dankte ihm nochmals für die Tätowierung und teilte ihm mit, daß sie den Umständen entsprechend gut hielt. Außerdem bestellte er Mitch Grüße an seine Alte und schrieb, die Uhr im Gemeindepostamt sei kaputt, und vielleicht würde Mitch einmal vorbeikommen und sie richten. Und schließlich setzte er hinzu: »Aber dein Motorrad würde es wohl nicht schaffen, oder? Gruß, Jed.«
Lächelnd nahm er sich dann die zweite Karte vor. Die würde an Sharon gehen. Es gab Zeiten, da fehlte sie ihm; ihr Körper war der einzige Frauenkörper, den er je kennengelernt hatte. Er erinnerte sich, wie er sie einmal bei der Arbeit überrascht hatte. Sie hatte gerade eine Stelle bei Simon Peter gefunden, einer Supermarktkette, die rund um die Uhr geöffnet hatte und für alles Notwendige bei Begräbnissen sorgte. Ihr Firmenzeichen war ein gähnendes Grab (ein schwarzes Dreieck mit gekappter Spitze). Ihr Motto? UNSERE PREISE LIEGEN ZWEI METER UNTER ALLEN ANDEREN. Als er die Augen zum Fenster gehoben hatte, sah er weder die Telegrafendrähte noch die Bahngeleise oder die staubige gelbe Hügelkette dahinter. Er sah Sharon, wie sie in dem Gang mit den Plastikblumen stand. Sie trug einen schwarzen Nylonmantel und ein Schild mit der Aufschrift

Sharon Jacey. Abteilungsleiterin. Als sie ihn erblickte, machte sie große Augen. »Was tust du denn hier?«

»Tu so, als ob ich ein Kunde wär'«, flüsterte er. »Zeig mir was.«

Sie führte ihn zum hintersten Gang und zeigte ihm die Salztabletten. Sie wurden Weinies genannt. Man nahm sie ein, um das Salz zu ersetzen, das dem Körper beim Weinen entzogen wurde. So oder ähnlich hieß es auf der Packung.

Er bemerkte eine Tür, auf der Nur für Personal stand. »Was ist da drin?«

»Nichts«, erwiderte sie. »Bloß ein Lager.«

Er führte sie durch die Tür. Sie hatte recht. Stapelweise Kisten, kein Mensch da. Er drückte sie auf eine der Kisten hinunter und fing an, ihr den Mantel aufzuknöpfen. Sie roch nach Ammoniak, Veilchen, Schweiß. »Es muß dir heiß sein unter dem vielen Nylon«, sagte er. In der Ferne konnte er das Requiem hören, das in diskreter Lautstärke überall im Laden orgelte.

»Es geht nicht«, flüsterte sie. »Ich hab' meine Periode.«

»Das stört mich nicht.«

»Es ist nicht sicher.«

»Natürlich ist es sicher. Du hast doch grade gesagt, daß du deine Periode hast.«

»*Hier* ist es nicht sicher«, zischte Sharon. »Mein Job. Die bringen mich —«

Er war in ihr, noch ehe sie den Satz zu Ende sprechen konnte.

»Die werden dich schon nicht umbringen«, sagte er eine Weile später. »Du bist zu wichtig.« Er klopfte auf ihr Schild. »Du bist Abteilungsleiterin.«

»Das ist der Punkt«, sagte sie, aber sie lachte schon wieder. »Ich soll ein Beispiel geben.«

Nachher riß Jed die Pappschachtel auf, auf der sie es gemacht hatten. Darin befanden sich praktischerweise Hunderte von Packungen mit schwarzumrandeten Papiertaschentüchern. Als er sich hinter sie hockte und ihr das Blut von den Oberschenkeln wischte, spürte er, wie er wieder eine Erektion bekam. Es war wie bei jenem andern Mal ganz am Anfang, und ihm wurde bewußt, daß das Blut einer Frau ihn erregte.

»Du bist verrückt«, sagte Sharon, »weißt du das?«

Er hielt plötzlich inne und starrte das Papiertaschentuch an. »Ich weiß, wer die erfunden hat.« Er lächelte zu ihr hoch. »Ich habe einmal im selben Haus wie er gewohnt. Er hat gedacht, laufen ist altmodisch, deswegen ist er immer im Rollstuhl gefahren.«

Sharon hatte den Kopf geschüttelt. »Verrückt.«

Lächelnd setzte er nun den Stift auf das Papier. Er teilte ihr mit, daß er sehr weit weg sei, daß er in einem chinesischen Restaurant arbeite. Und daß er hoffe, es gehe ihr gut. Er zögerte, dann schrieb er: »Weißt du noch, das eine Mal in dem Lager?«

Er rechnete nie ernsthaft damit, von einem von beiden eine Antwort zu erhalten. Er wußte nicht, warum er geschrieben hatte, es sei denn vielleicht, um die Leute wissen zu lassen, daß er am Leben war. Wenn man die Arbeit in einem chinesischen Restaurant als Leben bezeichnen konnte.

Das »Wang Garden« war wie keines der anderen chinesischen Restaurants, die er je gesehen hatte. Von außen wirkte es wie eine Bank (und das aus gutem Grund, wenn man Wayne Glauben schenken konnte: »Dieser Kerl«, sagte Wayne, »scheffelt das Geld nur so«). Es hatte eine Fassade aus ganz neuen Ziegelsteinen, eine Holztür und keine Fenster. Aber wenn man eintrat, war es, als käme man auf ein Stück Südseeinsel. Künstliche Sonnenstrahlen spielten auf Tischen aus poliertem schwarzem Holz. Gitarren jaulten leise vor dem Rauschen einer Brandung. Der wirkliche Höhepunkt war allerdings die Grotte, die den größten Teil einer Wand einnahm. Wenn man an den in Fels eingelassenen Brunnen, den exotischen Pflanzen und dem Miniwasserfall vorbeischaute, war blauer Himmel, eine Gruppe Kokospalmen und in der Ferne sogar eine Lagune zu sehen. Durch versteckte Lautsprecher erklang das rhythmische Zirpen von Zikaden. Und etwa alle zwanzig Minuten brach ein Sturm los: Donner grollte, Blitze zuckten und tropischer Regen prasselte aus an der Decke angebrachten Brauseköpfen. Der dafür Verantwortliche, der »Kerl«, der das »Geld nur so scheffelte«, war Mr. Zervos. Zervos hatte einen riesigen dichten Bart, der aus dem Unterholz der Grotte hätte geschnitten sein können. Er stapfte durch das Restaurant und wedelte mit seinen kurzen muskulösen Armen durch die ananasgeschwängerte Luft. Zervos war der einzige Grieche in der Stadt.

Das »Wang Garden« war das einzige Restaurant in der Gegend, es sei denn, man rechnete das »Café Bravour« dazu, wo es Pizza und Eier gab und das von der Bedeutung seines Namens nichts zu wissen schien. An den Wochenenden kamen die Leute aus dem Umkreis von achtzig Kilometern in das »Wang Garden«. An Abenden, an denen wie heute Vollbetrieb herrschte, zahlte Zervos Jed zusätzlich einen Dollar fünfundzwanzig für das Einpacken von Gerichten zum Mitnehmen. Aus seinem Mund hörte sich dieser Betrag wie ein Vermögen an, ein Vermögen, das er nur rausrücke, weil ihm Jed so sympathisch sei, und er wisse gar nicht, was in ihn gefahren sei, vielleicht habe er Fieber, ein Dollar fünfundzwanzig zusätzlich, es war Wahnsinn. Und Jed lächelte, nicht über Zervos und seinen Redeschwall, sondern wegen der Erinnerung an die zehntausend Dollar, die achttausendmal ein Dollar fünfundzwanzig, die er Creed ins Gesicht geschleudert hatte.

Er verbrachte die meiste Zeit in den Küchen, zwischen neonblauen Fliegenstreifen und dampfenden Silberbottichen. Zwischen den Küchen und der Gasse dahinter gab es keine Tür, sondern nur einen Vorhang aus braunen und gelben Perlen, der klirrte, wenn Wind wehte, was so gut wie nie vorkam, denn es war Sommer, und die Luft regte sich nur, wenn Zervos mit

seinen kurzen Armen wedelte oder draußen ein Lastwagen vorbeifuhr.
Es war an einem Abend mit Vollbetrieb, einem Freitag höchstwahrscheinlich, und er schöpfte gerade etwas von Nummer 42 in einen weißen Karton zum Mitnehmen, als eine Stimme hinter ihm flüsterte: »Geben Sie mir 'n bißchen Huhn, Mister. Sonst sterb' ich vor Hunger.«
Er schaute auf und warf durch die Perlen zum erstenmal einen Blick auf Celia. Er sah etwas zerzaustes blondes Haar, sah, wie das weiße Küchenlicht auf den rauhen Rand eines abgebrochenen Zahns fiel.
»Na los, eine von den kleinen Schachteln, das reicht.«
Der Vorhang ging klirrend auf, und jetzt sah er, daß ihr Haar ganz hart und zerfranst war wie ein sich aufdröselnder Strick und daß sich ihre Brüste unter einer alten grünen Strickjacke abzeichneten, und er wußte, wer sie war. Er hatte in der Bar Männer über sie reden hören. Männer, die nichts in ihrem Kopf hatten, füllten ihn immer mit Teilen von Frauenkörpern aus.
»Du kannst nicht hier reinkommen«, zischte er.
Sie zuckte zusammen, trat zurück. Der Perlenvorhang schloß sich vor ihr, schloß sich über ihr wie Wasser. Das geschah so plötzlich, so lückenlos, daß es ihm die Beherrschung raubte. Er ging zum Vorhang und spähte hinaus. Sie hatte sich draußen flach gegen die Wand gedrückt wie jemand in einem Spionagefilm und schaute von ihm weg die Gasse hinunter.
»Warum gehst du nicht nach Hause und ißt wie alle anderen auch?« fragte er.
Sie hielt ihr Gesicht abgewandt. »Wegen meiner Mama und meinem Papa. Sie haben mich ausgesperrt und beschmeißen sich mit irgendwelchem Zeug. Und ich kann mir nichts kaufen, weil ich kein Geld hab'.« Jetzt schaute sie ihn an. »Was ist los mit dir?«

Er starrte sie an. »Was meinst du damit?«
»Deine Augen, die sind weit aufgesperrt.« Sie grinste. »Du siehst wie ein Astronaut aus. Du siehst aus, als wärst du gerade wieder auf der Erde gelandet, und es wär'n echter Schock für dich.«
Er erwiderte nichts.
»Wo bist du überhaupt her?«
»Von der Küste.«
»Ich weiß, wer du bist. Du bist der komische Typ, der mit einem Zylinder aufgetaucht ist. Ich hab' gehört, wie du ihn angeschrien hast. Auf dem Friedhof.«
Er reichte ihr den Karton mit dem Huhn. »Hier.«
»Danke.« Als sie lächelte, standen ihre beiden Vorderzähne vor. Einer davon war angeschlagen. Sie bemerkte, daß er hinschaute. »Mein Bruder hat mich mit einem Stein geschlagen.«
»Ich gehe besser wieder rein«, sagte er.
Sie nickte. »Bis dann.«
Als er in die Küche zurückkam, schimpfte Zervos los. »Wo ist das Essen zum Mitnehmen?«
»Mit dem Huhn hat was nicht gestimmt.«
»Mit dem Huhn? Was hat nicht gestimmt?«
»Es war verdorben, Zervos. Verdorbenes Huhn. Ich hab's wegwerfen müssen.«
»Du wirfst mein Huhn weg?«
»Es war verdorben, Zervos. Du kannst den Leuten kein verdorbenes Huhn anbieten. Die Leute sterben an verdorbenem Huhn.«
»Mein Huhn, mein Huhn.« Zervos tänzelte über den gefliesten Boden und fuchtelte in der Luft herum.
»Das Huhn ist eine Waffe, Zervos. Du kannst damit Leute umbringen.«
»Richte noch eines her, okay? Gutes Huhn, schlechtes Huhn, irgendein Scheißhuhn. Einfach Huhn. Und zwar ganz schnell,

okay? Ich zahle dir nicht zusätzlich eins fünfundzwanzig, damit du meine Hühner in den Müll schmeißt. Herr Jesus. Ich könnte einen kriegen, der das umsonst macht.«

Jed wußte es nicht, aber Celia hörte von der anderen Seite des Vorhangs aus zu; ihr Lachen wurde von einem Mundvoll Nummer 42 unterdrückt. Als sie das nächste Mal sagte: »Gib mir 'n bißchen Huhn«, da sagte sie es auf dem Gelände hinter dem »Commercial Hotel«, und es ging um ein völlig anderes Huhn.

Dieses erste Mal, da konnte er sich nicht sicher sein. Es war nach Mitternacht, zu dunkel, um es genau sagen zu können, ihr Bauch und ihre Beine lagen wie Flecken Mondlicht auf dem Boden, er konnte sich nicht sicher sein, aber als er sich von ihr löste, glaubte er jenen intensiven metallischen Geruch wahrzunehmen. Es roch wie Schrottplätze, wie alte Boote, wie Geld. Er mußte es überprüfen. Er sprang auf und zog sich die Hose über die Knie.

»Was machst du?« zischte sie.

»Ich bin gleich wieder da.«

Er stolperte über das Gelände zu einem erleuchteten Fenster — der Herrentoilette an der Hinterseite des Hotels. In dem gelben Licht, das ganz trübe durch das Milchglas fiel, wirkte das Blut braun. Es erregte ihn so sehr, daß er sie noch einmal bumsen mußte. Er sagte ihr allerdings nicht, daß seine Erregung von dem Blut kam. Damals noch nicht.

Nach dem zweiten Mal starrte sie mit aufgerissenen Augen zu ihm auf.

»Wer ist jetzt der Astronaut?« fragte er.

»Du erinnerst dich aber auch an alles«, flüsterte sie.

»Nein, stimmt nicht«, sagte er. »Das meiste vergesse ich.«

»Und ich?« fragte sie ihn. »Wirst du dich an mich erinnern?«

Er erwiderte nichts.

Es quakte ein Frosch, dann noch einer, und dann konnten sie

ihr eigenes Wort nicht mehr verstehen. Deswegen hatte sie den Platz ausgesucht. Es war dort dunkel, und es gab zwei Arten von Fröschen: die eine quakte schnell und mit hoher Tonlage, die andere tief und langsam. Niemand würde sie bei dem ganzen Froschgequake bumsen hören, deshalb. Niemand würde etwas davon erfahren.

»Warum?« fragte er. »Hast du das schon mal gemacht?«

Sie grinste zu ihm hoch. »Vielleicht.«

Im folgenden Monat fuhren sie zum Blutfelsen hinaus. Es war eine Stelle, die Jed zufällig während seiner ersten Wochen in Adam's Creek entdeckt hatte. Man fuhr Richtung Osten in die Hügel hinauf. Etwa fünfzehn Kilometer hinter der Stadt gab es eine Abzweigung nach rechts. Der Weg war drei Kilometer lang und endete an einem Abgrund. Es war ein Aussichtspunkt, der auf der Karte vermerkt war. Das Kraftwerk von Adam's Creek lag darunter in einem ausgetrocknetem Tal, seine Schlote waren so grün wie der Mars. Aus ihnen strömte Rauch empor, blaßgrau und verschwommen, wie von Tränen verschmierte Schminke. Nach Osten hin lag der Kühlwassersee, der bei den Einheimischen als Blaue Lagune bekannt war. Im Westen war ein Streifen Stadtlichter zu sehen, und noch weiter im Westen lagen die Hügel, aus denen die Kohle kam. Westlich der Hügel verlief die Schnellstraße wie ein Finger, der in den Staub der Minen getaucht war, und erstreckte sich über das ganze Land bis zum Horizont.

Er parkte zweihundert Meter vom Abgrund entfernt und ließ sie das letzte Stück zu Fuß gehen. Als sie am Rand ankamen, stand sie lange Zeit still da; nur ihr Rock flatterte und ihre Haarspitzen. Es war klar, daß sie nie zuvor hier gewesen war. Später sagte sie zu ihm, es habe sie überrascht, daß er den Platz entdeckt habe, und sie sei dankbar, daß er sie mit hierhergenommen habe. Es sage etwas über seine Gefühle für sie aus, etwas, von dem sie wisse, daß er es nie in Worte fassen würde.

Die Sonne ging vor ihr unter. An diesem Abend schien das Licht zu hell zu sein, fast chemisch. Ein Schwefelgelb, das Blau von Gas. Er ging zum Auto und machte den Kofferraum auf. Nahm ein Laken heraus und ließ es durch die Luft segeln. Sah zu, wie es zu Boden sank und liegenblieb. In der Dämmerung leuchtete die weiße Baumwolle.

»Wofür ist das denn?« Sie stand zehn Meter entfernt, das Kinn an die Schulter geschmiegt.

Er kniete sich auf das Laken. »Ich hab' gedacht, wir könnten darauf bumsen.«

»Aber ich hab' meine Tage.«

Es gefiel ihm, wie sie das sagte. »Ich weiß, daß du deine Tage hast. Deswegen habe ich das Laken mitgebracht.«

»Stört's dich nicht?«

»Warum denn?«

»Manche Leute finden es eklig.«

»Wessen Blut ist es?«

Sie zog die Stirn in Falten. Hatte einen Finger auf den abgebrochenen Zahn gelegt. Es war, als wüßte sie die Antwort wirklich nicht.

»Es ist dein Blut, oder?« sagte er.

Sie grinste jetzt, und da sie nun einmal gegrinst hatte, mußte sie ihn natürlich lassen. Sie war zu fasziniert, um ihn nicht zu lassen.

Die Stelle hieß eigentlich nicht Blutfelsen, das war nur ihrer beider Name dafür, weil Jed dort sein Geständnis abgelegt hatte. Verraten hatte, was ihn am meisten erregte. Er hatte diese erste Fahrt zeitlich genau berechnet. Sie fand exakt vier Wochen nach den Fröschen statt. Er hatte die Tage gezählt.

Der Sommer ging vorüber. Jeden Monat fuhren sie in die Berge hinauf — mit dem sorgfältig zusammengelegten Bettuch im Kofferraum und ihrer Gier, die sie — im Kontrast zu dem penibel gefalteten Laken — kaum bändigen konnten. Eines Abends im

August — es war die vierte Nacht hintereinander; ihr Blut hörte diesen Monat gar nicht auf zu fließen — drehte er sich zu ihr und sah auf ihrem Gesicht einen Ausdruck, den er nicht kannte. Es war wie ein Staunen, für das er sich keinen Grund denken konnte.

»Weißt du, was das Merkwürdige daran ist?« fragte sie. »Das Merkwürdige daran ist, daß du mir die Schmerzen nimmst.«

Sie erzählte ihm, wie sie ihre Tage immer gefürchtet hatte. Jeden Monat gab es eine Nacht, in der sie von dem Gefühl aufwachte, daß jemand an ihrer weichsten Stelle ein Messer ansetzte. Sie zuckte und wand sich, sie kauerte sich zusammen, sie schrie auf. Nichts half, nicht einmal Aspirin. Sie mußte es einfach ertragen. Seitdem sie ihn kennengelernt hatte, passierte es jedoch nicht mehr. Es liege daran, daß er sie zu Beginn ihrer Blutung bumse, sagte sie. Es sei, als würde er sie inwendig lockern. Der Ausdruck des Staunens verstärkte sich. Es sei, als wären sie für einander geschaffen, sagte sie, oder nicht?

Er saß jetzt am Rande des Lakens. Das Kraftwerk unten im Tal leuchtete matt wie eine Handvoll Perlen, wie ein romantisches Geschenk.

»Ich wünschte, ich könnte dir das schenken«, sagte er.

Sie schaute, wohin er blickte, und lachte und küßte ihn aufs Gesicht.

Bald darauf kündigte er im »Wang« (obwohl Zervos ihn zum Bleiben zu verführen suchte, indem er ihm zusätzlich — man höre und staune — fünfunddreißig Cents pro Stunde anbot!) und arbeitete tagsüber an der Main Street in einer Eisdiele, die zufällig Celias Onkel gehörte (oder vielleicht nicht ganz so zufällig, weil in einem Städtchen wie Adam's Creek mit zweitausendzweihundert Einwohnern früher oder später einmal die meisten Leute miteinander verwandt sind). Das war eine Veränderung, durch die ihn Mrs. O'Neill endgültig ins Herz schloß:

Er brachte ihr neben den üblichen Rocky Roads jetzt auch noch kostenlos Eis mit.
Eines Morgens im Oktober wischte er gerade den Tresen, als er ein Motorrad näherkommen hörte. Er dachte sich noch nichts dabei. Zwei Jungs vom Kraftwerk hatten Motorräder. Sie fuhren samstags draußen bei den Bahngeleisen Rennen. Aber er blickte trotzdem auf und sah das Motorrad vorbeifahren; der Fahrer trug einen schwarzen Helm und schwarze Lederkleidung, die Jed noch nie gesehen hatte; das Motorrad wirkte gedrungen, bullig und machte ein seltsames Geräusch, wie wenn man mit einem Holzlöffel in einer Schüssel Sahne schlägt.
Fünf Minuten später läutete die Tür, und der Mann mit dem Helm und der Lederbekleidung kam herein. Er schaute auf die Karte auf dem Tresen. Darauf stand: WILLKOMMEN IN DER WELT DER FÜNFUNDVIERZIG GESCHMACKSRICHTUNGEN.
»Alle fünfundvierzig, bitte«, sagte er. »In einer großen Tüte.«
Jed lächelte. Mitch nahm den Helm ab. Er hatte Vanillesträhnen im Haar.
»Du wirst alt, Mitch«, sagte Jed.
»Ist das 'ne Art, jemanden zu begrüßen, der fünftausend Kilometer gefahren ist, um dich zu besuchen?«
»Du würdest für niemanden fünftausend Kilometer weit fahren«, erwiderte Jed. »Das hat mir immer so an dir gefallen.« Er beugte sich über den Tresen und schlang die Arme um Mitch. Sie reichten nicht. Er roch den Staub und das Öl von fünftausend Kilometern auf Mitchs Jacke. Er redete in den Geruch hinein: »Schön, dich zu sehen.«
Mitch setzte sich auf einen der weißen Zuckerbäckerstühle mit den Schnörkeln an der Rückenlehne und den zierlichen Füßen. »Ich war auf 'ner Fahrt, von Küste zu Küste. Dachte, ich schau mal rein.«
Nach der Arbeit nahm Jed Mitch auf ein Glas mit ins Hotel. Er

stellte Mitch Wayne und Linda vor. »Ein alter Freund von mir«, sagte Jed. »Hab' ihn jahrelang nicht gesehen.«
»Ich hab' Sie kommen hören«, meinte Wayne. »Hat sich angehört, als wär' ein Düsenjet auf der Straße gelandet.«
Mitch nickte. »Sie ist nicht dazu gebaut, so langsam zu fahren. Der richtige Ort, sie zu hören, ist die Autobahn. Hört sich echt lieblich an da draußen. Hört sich an, wie wenn einer Zucker in 'ne Schale gießt.«
Die Tür flog auf und Celia kam herein. Sie trug ihren kurzen rosa Flatterrock mit den Blumen darauf, ihre Jeansjacke und ein paar hoch geschnürte rosafarbene Schuhe.
»He, Missie«, sagte Wayne. »Warum brichst du das nächste Mal nicht gleich durch die Wand?« Er schaute Mitch und Jed an und zuckte mit den Achseln.
Celia ging direkt auf sie zu. Sie zwinkerte Jed bedeutungsvoll zu und lehnte sich dann mit dem Rücken gegen die Bar, wobei ihre Ellbogen auf der alten Messingstange ruhten. »Wer is' 'n das, Jed?«
»Das ist Mitch«, erwiderte er. »Ein alter Freund.« Er wandte sich an Mitch: »Das ist Celia.«
Mitchs Kinn senkte sich einen Zentimeter und hob sich dann wieder. »Freut mich, dich kennenzulernen, Celia. Hättest du Lust auf 'ne Fahrt?«
Celia schaute ihn einfach an und fuhr dabei mit der Zunge durch den Spalt in ihren Zähnen, vor und zurück, dann schaute sie Jed an. »Du hast gesagt, er ist ein Freund von dir?«
»Ja, das ist er.«
Celia schaute wieder Mitch an. »Was für 'n Motorrad hast du denn?«
Mitch lächelte. »'ne Harley.«
»Teufel auch.« Sie stieß sich von der Bar ab und hängte sich bei Mitch ein. »Schauen wir uns mal an, was sie kann.«
Jed spielte im Hinterzimmer mit einem der Jungs vom Kraft-

werk Poolbillard. Er verlor gerade das dritte Mal, als Celia wieder hereinkam, Mitch hinter ihr. Sie sah aus, als hätte ihr der Wind alles außer reiner Freude aus dem Kopf geblasen.

»Ach, Jed.« Sie war noch außer Atem, und es war Luft in ihren Worten. »Wir sind bis zur Blauen Lagune rausgefahren. Auf der Straße zum Kraftwerk haben wir hundertfünfzig gemacht.« Sie legte einen Arm um ihn und küßte ihn in den Nacken. Die Knöpfe an ihrer Jeansjacke waren kalt. Sie roch nach Geschwindigkeit, kühlem Staub, nach Aufregung. Dann löste sie sich wieder von ihm. »Kann ich dir was zum Trinken bestellen, Mitch?«

Mitch lächelte. »Bier.«

»Und du, Jed?«

»Das gleiche.«

Mitch setzte sich an den kleinen runden Tisch in der Ecke. Jed lehnte sein Queue an die Wand und setzte sich zu ihm.

»Solltest dir 'n Motorrad anschaffen, Jed.«

»Sieht so aus.«

»Wie lange bist du jetzt schon hier? Fünf Jahre?«

»So in etwa.«

»Wieviel hast du ihnen erzählt?«

»Nichts.«

»Sie wissen nichts über dich?«

»Alles, was sie wissen, habe ich mir ausgedacht.«

Celia kam mit drei Gläsern in den Händen auf sie zu, die Zunge in die Lücke zwischen ihren Zähnen geschoben.

Mitch beobachtete sie. »Nicht einmal ihr?«

Celia stellte zwei Gläser auf den Tisch, dann trat sie zurück, die Knöchel der rechten Hand auf der Hüfte, und verkündete, sie müsse weg und mit jemandem reden.

Jed wartete, bis sie gegangen war, dann sagte er: »Nicht einmal ihr.« Er nahm einen Schluck Bier. »Hast du Sharon gesehen?«

»Ich hab' sie gesehen?«

»Wie geht's ihr?«
»Gut. Sie hat 'nen Typen geheiratet.«
Jed nickte. »Ich habe zwei Karten geschickt, eine dir und eine ihr. Das ist meine ganze Erinnerungsarbeit. Und wenn ich's recht überlege, nicht einmal das.«
Mitch drehte sein Bierglas auf dem Tisch, machte ein paar neue Ringe. Dann sagte er: »Mir ist 'ne Geschichte zu Ohren gekommen, die dich vielleicht interessiert.«
Jed hob den Kopf.
»Erinnerst du dich an Vasco?«
»Natürlich«, antwortete er. Plötzliche Angst. Sie war von nirgendwoher gekommen, aus einem langen Schweigen, wie etwas, das aus einer Waffe abgefeuert worden ist.
»Ich habe ihm 'ne Tätowierung gemacht. Einen von den Grabsteinen, wie er sie will, du kennst sie ja. Bloß diesmal ging sie über seinen halben Rücken.«
»Was für ein Name stand drauf?«
»Francis.«
Jed schaute in sein Glas hinunter. »Wo ist er jetzt?«
»Zwei Tage, nachdem ich ihm die Tätowierung gemacht hatte, hat man ihn auf einer Straße in Los Ilusiones gefunden. Irgendwann nach Mitternacht. Er lag ganz zusammengekauert im Rinnstein, nackt. Keine Spur von seiner Kleidung. Es stand in den Zeitungen. Sie haben ihn in eine Privatklinik geschafft, die in den Hügeln. Soweit ich weiß, ist er noch dort.«
Jed nippte an seinem Bier. Es schmeckte bitter und nach Schaum. Er sah Vasco vor sich, damals auf der Straße, vierzehn Jahre alt, ein Gesicht wie eine Gitarre. Ich bin noch nicht soweit.
»Sieht so aus, als wär' bei ihm am Weihnachtsabend ein Päckchen abgeliefert worden. Um genauer zu sein, es wurde 'ne Schachtel abgegeben. Sieht so aus, als wär' der Kopf von seinem Bruder dringewesen.« Mitch schaute Jed an. »'n interessantes Weihnachtsgeschenk.«

Als Jed nichts erwiderte, fuhr Mitch fort: »Und jetzt kommt der wirklich interessante Teil. Sieht so aus, als wär' die Schachtel von keinem anderen als Mr. Neville Creed abgegeben worden. Persönlich.«

Jed sah die Szene vor sich. Ein Klingeln an der Tür, und Marias enganliegende Hose, die auf dem Weg durch die Diele raschelte. Ein Postbote vor der Tür. »Sonderzustellung, Ma'am.« Maria hat diesen Postboten noch nie gesehen, aber das ist nicht weiter verwunderlich, sie stellen an Weihnachten immer neue Leute ein. Sie unterschreibt für das Päckchen. »Frohe Weihnachten, Ma'am«, sagt der Postbote, und als er wieder in die Dunkelheit zurücktritt, bemerkt sie, daß er Handschuhe trägt. Wenn etwas verwunderlich ist, dann das. Denn es ist nicht kalt. Überhaupt nicht kalt.

Jed schauderte. Er stellte sich vor, was dann geschah. Weihnachtsmorgen. Der Baum ist hell erleuchtet. Es ist der Augenblick, auf den alle gewartet haben. Es ist Zeit, die Geschenke auszupacken —

Als plötzlich Glas zersplitterte, fuhr er hoch. Einer der Jungs vom Kraftwerk hatte auf dem Weg zur Toilette einen Tisch umgestoßen. Überall waren Getränke verschüttet.

»Creed hat Vascos Bruder umbringen lassen«, sagte Mitch, »und dann den Kopf selber abgegeben. Was sagst du dazu?«

Jed nahm sein Glas und schwenkte den letzten Tropfen Bier darin. »Ich würde nichts dazu sagen, wenn ich du wäre.«

»Ich sage nichts dazu. Ich erzähle es dir nur.«

»Wie hast du davon erfahren?«

»Ich hab' 'n paar Freunde aus alten Zeiten, die sind jetzt Geier. Eines Nachts war ich in einer Bar unten in der V-Street, und sie haben zu reden angefangen.« Mitch schaute zu Jed auf. »Warum? Glaubst du, es ist bloß Gerede?«

»Nein«, sagte Jed, »ich glaube, es stimmt.«

Mitch erwiderte nichts.

»Ich hab' für Creed gearbeitet«, fuhr Jed fort. »Ich hab' ihn beobachtet. Wenn man jemanden fährt, dann hat man dazu viel Gelegenheit. So Sachen, wie du sie gerade erzählt hast, sind für ihn ein Spiel. Unterhaltung.« Er sah das Gesicht wieder, er hörte die Stimme. »Weißt du, was er einmal zu mir gesagt hat? Es gibt keine Grenzen.«

»Wenn du das alles gewußt hast«, sagte Mitch, »warum hast du dann für ihn gearbeitet?«

Jed starrte ihn nur über sein Glas hinweg an.

»Ja, ich weiß«, sagte Mitch. »Dumme Frage.«

Wayne kam herüber. »Ihr Jungs werdet ja mächtig ernst.«

Mitch lachte und leerte sein Glas. »Schenk mir noch ein Bier ein, Wayne. Dann sehen wir, wer hier ernst ist.«

Mitch fuhr am nächsten Tag im Morgengrauen wieder los. Sie gingen bis zum Rand des Städtchens und gaben sich die Hand. Die Sonne ging über den Hügeln auf und warf lange Schatten über die Straße.

Mitch schaute sich ein letztes Mal um. »Weißt du, was mir hier gefällt? Die Luft ist sauber.«

Jed erwiderte nichts.

Mitch schwang ein Bein über sein Motorrad, stellte seinen Fuß auf den Kickstarter und trat ihn fest durch. Der Motor röhrte los.

Jed blinzelte in die tiefstehende gelbe Sonne. »Gute Fahrt, Mitch.«

Mitch nickte. »Alles Gute.« Er schob sich seine Schutzbrille über den Augen zurecht. »Verkauf viel Eis.«

Der Hinterreifen zeichnete ein leichtes S, dann fuhr das Motorrad geradeaus und begann kleiner zu werden. Das Knattern und Scheppern des Motors prallte von den Mauern der Häuser hinter ihm ab, polterte über die Felsen und den Staub dahinter. Wenn Mitch die Hand vom Gas nahm, wurde es eine Sekunde lang leiser. Dann ein langgezogenes Brummen, das allmählich verklang und Teil der Stille wurde.

Als Jed sich umdrehte, sah er Celia auf der Straße stehen. Sie hatte nichts an außer ihrem Baumwollnachthemd und ihrer Strickweste. Sie war barfuß. Er wußte, was sie getan hatte. Sie war zu ihrem Schlafzimmerfenster hinausgekrochen, hatte aber in dem beschädigten Fliegendraht ein halbes Dutzend rauher blonder Haare zurückgelassen, die dort jetzt flimmerten, wie ein Beweis.

»Er ist weg«, sagte sie.

Er nickte.

»Er hat mir gefallen.« Sie legte ein Ohr auf die Straße und lauschte auf den Rest von Mitch. Der Saum ihres Nachthemdes erzitterte. »Jetzt ist er wirklich weg.« Sie bewegte in dem orangefarbenen Staub am Straßenrand die Zehen. »Er ist nicht lange geblieben, oder?«

»Warum hätte er bleiben sollen?«

»Ich weiß es nicht.« Sie kratzte sich die Rippen durch einen Riß im Stoff. »Warum bist du geblieben?«

Er steckte die Hände in die Taschen, nahm dann eine wieder heraus und faßte sich an den Hals. Die Sonne kribbelte auf seiner Haut. Diese Strahlen in der Frühe fühlten sich manchmal wie Insektenbeine an.

Nachdem Mitch vorbeigekommen war, war alles nicht mehr ganz so wie zuvor. Es war, als hätte Mitch die Kühlschranktür nicht richtig zugemacht. Ganz leise war das Rasseln einer Alarmglocke zu hören, und die Dinge begannen aufzutauen.

Celia stahl sich eines Tages, als er bei der Arbeit war, in sein Zimmer. Als er zurückkam, überraschte er sie, wie sie in das Innere seine Zylinders spähte. Er nahm ihn ihr ab.

»Moon Beach«, sagte sie. Ihre Augen waren weit aufgerissen, wie neue Horizonte.

Er hörte die Stimmen der Jungs vom Kraftwerk unten auf der Straße. Sie betranken sich immer im »Commercial Hotel«, wenn ihre Schicht aus war. Er wollte, daß Celia ging. Sie schlug statt dessen die Laken zurück und zog sich vollständig aus.

»Und Mrs. O'Neill?« fragte er.

Sie lachte. »Wenn es nicht im Fernsehen kommt, interessiert es sie nicht.«

Aber er wollte nicht mit ihr vögeln, also schlief sie irgendwann ein. Er ging vor dem Bett auf und ab. Fühlte sich bedrängt, nervös.

»Du bist nicht häßlich«, sagte sie später, obwohl von Häßlichkeit nicht die Rede gewesen war, kein einziges Mal. »Du bist mehr, ich weiß nicht, irgendwie verletzt.« Sie lag auf dem Rücken, zupfte müßig an einer ihrer Brustwarzen und beobachtete, wie sie sich aufstellte. »Deine Haut«, meinte sie, »daran ist es zu erkennen. Als ob du mit kochendem Wasser übergossen worden wärst oder so. Als ob du gebrüht worden wärst. Ist das passiert, Jed? Bist du jemals mit kochendem Wasser übergossen worden?«

Ihre Stimme klang auf einmal viel heller. Sie glaubte, auf einer Spur zu sein, glaubte, sie könne ihn so gut kennenlernen wie er sich selbst. Vielleicht hoffte sie sogar, ihn besser kennenzulernen.

Er wandte sich von ihr ab. Er wollte sie nicht ansehen, weil er wußte, welcher Gesichtsausdruck ihn erwartete. Ganz aufgedunsen vor Schlaf. Randvoll mit Vertrauen. Die Leute redeten einem immer irgendwelches Zeug ein. Wofür hielten sie sich, für Spiegel? Glaubten sie, dies sei die einzige Möglichkeit, herauszufinden, wer man war — indem man ihnen zuhörte?

Er stellte sich ans Fenster.

Adam's Creek, Mitternacht. Die Aussicht vom zweiten Stock von Mrs. O'Neills Gästehaus. Gelbes Licht auf der Straße, ein schmuddeliges Gelb, von Kohle und Staub verschmiert. Ein Telegrafenmast mit einem Metallschild daran: MAIN STREET. Eisenbahngeleise.

Gerade da schepperten Lastwagen von rechts nach links an ihm vorbei. Sie sahen wie große Dosen Limonade auf Rädern aus. Immer ungefähr um dieselbe Zeit fuhren sie vorbei, kurz nach Mitternacht, und das beobachtete er gern, so wie andere Leute Sonnenuntergänge oder das Meer beobachteten. Es war, als würde man langsam ausatmen: Es führte ihn weit weg von sich selbst.

Ein Mann ging vor den silberfarbenen Lastwagen vorbei, aber in entgegengesetzter Richtung. Er hielt sich kerzengerade, seine Fäuste schlugen gegen seine Oberschenkel.

»Er ist heute abend spät dran.«

Celia rührte sich im Bett. »Wer denn?«

»Wayne.«

Schweigen.

»Du bist wirklich total verschlossen«, sagte sie. »Ich wäre nicht überrascht, wenn du im Inneren völlig verfault wärst.«

Überrascht drehte er sich um. Er sah, wie ihre Brüste über die Rippen fielen, und daß ein Stück an ihrem Zahn fehlte, dort wo ihr Bruder sie mit einem Stein geschlagen hatte. Sie wußte nicht, daß sie recht hatte. Sie redete nur so daher. Er sah ihre Brüste und ihren abgebrochenen Zahn und ging auf das Bett zu, nur Sekunden davon entfernt, sie zu bumsen. Das Gefühl dabei war dann am besten, wenn es schien, als würde man gegen die Schwerkraft ankämpfen, gegen die Anziehung von Kräften, die stärker waren als man selbst. Jetzt befanden sie sich noch am selben Ort wie Wayne und die Lastwagen, aber irgendwann, bald, würden sie kilometerweit voneinander entfernt sein.

Trotzdem. Er hatte sie näher an sich herangelassen als sonst jemanden, und wenn er keine Kleider anhatte und müde war, betrachtete sie ihn, wie sie das Wetter oder den Staub betrachtete, strich mit den Fingern über seinen bleichen, zernarbten Körper und erriet beinahe die Wahrheit.

Sie fuhren immer noch zum Blutfelsen hinaus. Manchmal bumsten sie sofort, und manchmal warteten sie bis kurz vor der Rückfahrt, aber sie machten es immer auf dem Laken, demselben Laken, das er das erste Mal mitgebracht hatte, als ob ohne es womöglich irgendein Zauber gebrochen und alles auseinanderfallen würde. Inzwischen war es blutbefleckt, doch Celia gefiel das, sie hielt es für romantisch. »Es sieht wie Blumen aus«, sagte sie, »wie Rosen.« Das Laken war ein Tagebuch ihrer Verabredungen, ein Geschichtsbuch ihrer Liebe. Sie hatte den Verdacht, es besitze besondere Kräfte. Wenn man es zum Beispiel um sich wickelte, spürte man keine Schmerzen mehr. Oder wenn man es auf den Boden legte, konnte man es wie Teeblätter betrachten und die Zukunft daraus lesen. Jed war sich da nicht so sicher, zumal ihm der Gedanke nicht gefiel, daß die Zukunft schon feststehe und er noch nichts davon wisse, aber er gab ihr nach, und die Blutflecken blieben und wurden größer. Sie wären sowieso nicht mehr rausgegangen, selbst wenn er gewollt hätte. Er hatte es einmal versucht, heimlich, in Mrs. O'Neills Waschmaschine, doch das Waschpulver hatte die Flecken nicht entfernt. Was in den Werbesendungen behauptet wurde, stimmte einfach nicht.

Als sie das letzte Mal zu dem Felsen fuhren, fing alles an wie gewöhnlich. Die Sonne war am Untergehen. Das Kraftwerk reckte einen weißen Ärmel aus Rauch in den dunkler werdenden Himmel. Sie setzte sich und betrachtete das Panorama, während er den Kofferraum aufmachte und das Laken einschließlich seiner hellbraunen Blutrose herausnahm.

Als sie sich umdrehte und das Laken auf dem Boden ausgebreitet liegen sah, lächelte sie und hüpfte in der Hocke durch den Staub, bis sie bei ihm war. Er legte ihr eine Hand auf die Schulter. Streckte seine Zunge in ihren Mund und glitt damit über ihren schiefen Zahn. Spürte das winzige fehlende Dreieck. Aus ihrer Kehle stieg ein Murmeln auf wie eine Windbö. Seine Hände tauchten zwischen die Knöpfe ihres Kleides,

streiften ihre Brust, spürten, wie die Brustwarze sich zusammenzog.
Sie bumsten und bumsten, die Blume auf dem Laken erblühte rot, und es sprossen neue Blütenblätter. Über seinen nackten Rücken strich langsam eine Brise. Ihr Mund lächelte ihn an, ihre Augen waren groß und ruhig.
»Wo ist dein Ehering?«
Er kapierte nicht schnell genug. »Was für ein Ehering?«
»Du warst nie verheiratet«, sagte sie, »stimmt's?«
Und zu seiner Überraschung erwiderte er: »Nein.«
Er zog sich aus ihr zurück und legte sich neben sie. Sein Gesicht sah aus wie gegen den Himmel gedrückt. Es folgte ein langes Schweigen. Dann flog ein Flugzeug vorüber. Es summte wie eine Fliege, so weit oben war es.
»Du hast die ganze Zeit über gelogen«, sagte sie.
Er hatte gewußt, daß er früher oder später die Wahrheit erzählen würde. Man kann lügen, schön lügen, doch früher oder später kommt die Wahrheit wie eine Welle zurück und reißt alles mit sich. Die Leute in Adam's Creek hatten ihn akzeptiert. Leute wie Celia. Leute wie Wayne und Zervos. Sie glaubten, daß er ein wenig wunderlich war, mag sein, aber sie hatten ihn trotzdem akzeptiert. Wunderlich, aber kein Lügner. Und wenn schon, sie waren Dummköpfe. Alle waren sie Dummköpfe. Er war einmal so wie sie gewesen, er hatte Vertrauen und Glauben gehabt — und was war mit ihm geschehen? Er war weggeworfen worden. Weggeworfen wie ein Bonbonpapier, weggeworfen wie Müll. In seinem Kopf waren auch sie Müll, weil sie ihm vertraut und geglaubt hatten. Etwas in ihm wollte aber nicht so leicht davonkommen. Etwas in ihm wollte überführt und bestraft werden. Daher erzählte er Celia die Wahrheit. Und jetzt gab es nichts mehr, was er noch hätte sagen können.
In einem hatte er nicht gelogen, und das war ihr Blut und wie sehr er es geliebt und verehrt hatte. Das war keine Lüge. Aber

diese eine Wahrheit genügte auch nicht, um sie beide zu retten. Und sie wollte ihm jetzt nicht mehr zuhören. Sie wandte ihr Gesicht ab. Er konnte nur ein Ohr sehen, etwas feuchtes Haar. Als er sich über sie beugte und versuchte, ihr Gesicht zu sich zu drehen, zog sie die Lippen nach innen und wollte nicht reden.

Es hätte sowieso nicht gereicht. Wirklich nicht. Sie gehörte zu dieser Kulisse, mitten unter diese Lügen. Sie gehörte hierher, wo die Dinge nicht wirklich waren. Es war wie eine Verwerfung der Zeit, ein heimlicher Spalt im Raum. Dieser Abgrund, dieses Laken. Sie war hier, doch er war es nicht. Nicht wirklich. Es war nicht wirklich er.

Nachdem er sie diesen Abend vor ihrem Haus abgesetzt hatte, sah er sie nicht wieder. Jeden Tag nach dem Aufstehen ging er zur Arbeit in die Eisdiele, aber er fing an, den Geschmack der Eiscreme zu hassen, ihren Anblick, den bloßen Gedanken daran. Das war sein Leben, dieses ganze gefrorene Zeug. Seine Wut, wenn die Türglocke schrillte und eine Touristenfamilie, in kurzen Hosen und mit Schirmmützen, plappernd hereinkam. Seine Wut, während sie die fünfundvierzig Geschmacksrichtungen studierten.

»Karameltraum?« fragten sie dann blinzelnd und hielten dabei die Köpfe schräg, jeder in einem anderen Winkel. »Was ist Karameltraum?«

»Das ist unsere Spezialität«, zischte er. »Vier Kugeln Vanilleeis mit heißer Karamelsoße, Bananenscheiben und Schlagsahne. Kostet zweifünfzig.«

Sie bestellten oft den Karameltraum, und in ihren Autos war es ihnen eine halbe Stunde später oft furchtbar schlecht — so hoffte er zumindest.

Seine Wut, sein Abscheu.

Eines Tages nahm er sich den Nachmittag frei, ohne jemandem etwas davon zu sagen. An dem Friedhof vorbei, wo er allein im

Wind gestanden und Schmerz empfunden hatte, fuhr er zur Stadt hinaus und dann einfach immer weiter. Westlich von Adam's Creek gab es nichts, kilometerlang nichts. Eine niedrige Hügelkette erhob sich im Norden, gelb, schrumpelig, kahl, als hätte jemand ein Löwenfell angehabt, es satt bekommen und hingeworfen. Ansonsten war das Land flach und heiß, mit matten Steinen übersät. Reifenfetzen lagen krumm und eingerollt am Straßenrand. Bloß Reifen, die geplatzt waren. Anfangs, als er nach Adam's Creek gekommen war, hatte er gedacht, es wären Schlangen oder Eidechsen, irgendeine Art Reptil jedenfalls. Es war irgendwie eine Gegend, in der sichere Dinge gefährlich wirkten, besonders aus dem Augenwinkel heraus. Oder vielleicht war die Landschaft sein Spiegel, und er erblickte einfach sich selbst. Jedenfalls ließ er sich noch immer manchmal täuschen, selbst nach so langer Zeit.
Er fuhr weiter, als er vorgehabt hatte. Die Straße war so gerade, daß es schwerfiel, irgendwo anzuhalten. Es wäre so gewesen, als würde man von der baumelnden Silberuhr eines Hypnotiseurs wegschauen. Sein langes Rückgrat tat ihm weh, und seine Augen fühlten sich heiß an, schienen an der Windschutzscheibe zu kleben wie zerschlagene Eier an einem Felsen. Der dichte graue Himmel wirkte dichter als zuvor, stellenweise so grau, daß er fast grün aussah. Dann erblickte er das Schild. Ein Holzschild am Anfang eines roten staubigen Weges. QUIRINDI-SEE stand darauf. 37 KILOMETER.
Er nahm die Abzweigung, ohne zu wissen, warum. Vielleicht glaubte er, damit die Eintönigkeit zu durchbrechen, den drögen Bann der Straße. Jetzt mußte er fahren, wo er vorher nur das Lenkrad gehalten hatte. Es galt Schlaglöchern auszuweichen, Bachbetten zu durchqueren. Das schien ihm ein Ziel zu geben, das er, bis er das Schild erblickte, nicht gehabt hatte. Wenn er auch nicht sagen konnte, was dieses Ziel hätte sein können.

Bald gab es nichts mehr als das angestrengte Aufheulen des Motors, seinen Kopf, der auf dem spindeldürren Hals hüpfte, und eine Wolke roten Staub im Rückspiegel. Er schien schon ewig gefahren zu sein. Bald würde er den See erreichen, und was dann? Plötzlich sah er Celia vor sich, und das Blut schoß ihm ins Glied. Er nahm eine Hand vom Lenkrad und versuchte, es nach unten zu drücken. Aber er konnte die Hand nicht lange dortlassen. Er fuhr schnell, und der Weg überraschte ihn immer wieder. Diese Bachbetten konnten einem eine Achse brechen, mit einem Knacken, wie Zervos es machte, wenn er beim Tanzen mit den Fingern schnalzte. Eine dieser tiefen Furchen im Dreck konnte ihm die Räder nach unten ziehen, und vielleicht kam niemand auf diesem Weg vorbei, vielleicht tagelang nicht, vielleicht noch nicht einmal dann, und er hatte nicht daran gedacht, Wasser mitzunehmen oder jemandem zu sagen, wo er hinfuhr, es war alles zu schnell gegangen, er hatte keinen Augenblick lang überlegt. Er setzte sich gerader hin und umschloß mit beiden Händen fest das Lenkrad. Möglicherweise würde er hier draußen sterben, und er war nicht darauf gefaßt. Er war noch nicht soweit.

Der laute Motor, der vor Staub rutschige Weg. Und dann überquerte er eine Anhöhe und erblickte unter sich den See. Er stieg so fest auf die Bremse, daß die Hinterräder seines Autos durch den Staub schlitterten.

Es gab kein Wasser im See.

Jetzt erinnerte er sich, daß ihm jemand von diesem Ort erzählt hatte. Der See selbst war vor Tausenden von Jahren ausgetrocknet und galt als eine Art frühgeschichtlicher Bestattungsplatz. Man hatte Gefäße, Amulette, Knochen ausgegraben. Und Sanddünen gab es hier, erinnerte er sich. Da sie so seltsam geformt waren, hatten die Einheimischen ihnen Namen gegeben — Grand Canyon, die Chinesische Mauer. Von seinem Platz aus konnte er die Sanddünen gerade so erkennen: ein hellgelber

Streifen auf der anderen Seite des Sees, gut fünfzehn Kilometer entfernt.

Er ließ das Auto weiterrollen, den Hügel hinunter auf die weiße Straße, die mitten durch den See führte. Auf halbem Weg stellte er sich all das Wasser um sich herum vor, er sah, wie der See sich wieder füllte, wie ihn ein Meergeist heimsuchte, und schauderte bei dem Gedanken daran, in solcher Einsamkeit, in solcher Hitze zu ertrinken. Es gab hier keine Tiere. Nur ein Zucken an den Rändern seines Gesichtsfeldes. Schlangen, dachte er. Und dann dachte er, Reifen. Bloß Reifen.

Er hielt den Wagen an, als sich der Weg im Sand verlor, und stieg aus. Reglos stand er da und lauschte. Hörte einen Vogel. Es klang wie ein tropfender Wasserhahn. Wenn man ihm Zeit gäbe, würde er den See ganz allein auffüllen, nur mit seinem Lied.

Die Luft war dick. So dick, daß der Sauerstoff darin begraben schien, unerreichbar tief verschüttet. Atmen war wie Gestein abbauen. Er schaute in den Himmel hinauf. Wolken kurz vor dem Kochen, der ganze Himmel siedend. In dem Grau kamen weiße Risse zum Vorschein, weiße Risse, die sich auffächerten wie die Knochen von Vogelflügeln. Als er wieder auf den Boden schaute, wirkte der Sand in dem Gewitterlicht rosa. Die Augen noch immer auf den Boden geheftet, marschierte er los. Herumliegende Kieferknochen, ausgebleichte Holzstücke. Er blieb stehen, hob eines auf und war überrascht, wie leicht es war. Alles war aus ihm herausgesogen worden. Das ganze Blut des Holzes war weg.

Es ging jetzt bergauf. Der Sand unter seinen Füßen war anfangs harsch gewesen, gerippt, doch jetzt wurde er glatt, weich, ungezeichnet. Er hatte die Schlösser und Denkmäler hinter sich gelassen und stieg jetzt auf eine Düne hinauf, die gesichtslos war, unberührt. Ein fremder Fußabdruck wäre ein

Schock gewesen, eine Bedrohung. Es war Wind aufgekommen. Sein Ohr an der Muschelschale. Jetzt war nur noch dies da, das hohle Rauschen und Kratzen des Windes und das Schaben seiner Füße im Sand. Er hob die Augen und sah, daß er fast auf dem Gipfel war. Gerade wollte er weitergehen, als ihm etwas auf die Schulter klopfte. Jemand. Er schreckte hoch, wirbelte herum. Niemand da. Und doch hätte er schwören können, daß ihm jemand auf die Schulter geklopft hatte.

Und dann wußte er, was ihm auf die Schulter geklopft hatte. Es war der erste Regentropfen.

Und er wußte auch, was das bedeutete. Er war auserwählt worden. Er war gesalbt worden. Er war etwas Besonderes. Orte wie dieser hier, die wußten es.

Er ging an der Ansammlung dunkler Löcher im Sand vorbei und erklomm mit einem halben Dutzend Schritten den Gipfel der Anhöhe. Fast hatte er ein Meer erwartet, die weißen Türme von Moon Beach, aber da war nur Land, Land, das unendlich wirkte, endloses Land, und er stand reglos da und starrte, als ob er durch das Starren etwas in Gang setzen könnte, und der erste Regentropfen trocknete ihm bereits auf der Schulter.

DEN HIMMEL GIBT ES WIRKLICH

Das Telefon riß Nathan aus tiefem Schlaf. Er streckte den Arm aus und hob den Hörer ab. »Ja?«

»Nathan?«

Er merkte, daß es sich um ein Ferngespräch handelte, weil es in der Leitung hallte und rauschte, aber er erkannte die Stimme nicht. »Wer ist denn dran?«

»Georgia.«

Georgia? Er riß die Augen auf. Das war noch nie dagewesen, Georgia rief nie an. Er wollte schon einen Witz darüber machen, als sie begann: »Ich weiß nicht, wie ich es sagen soll.« Sie klang beinahe streng, fast förmlich. Das ließ ihn alle Witze vergessen, die er hätte machen können.

»Ich habe es noch nie gesagt.« Sie hielt inne. »Mein Dad ist tot.« Sie hielt wieder inne. »Tut mir leid, ich weiß nicht, warum ich das gesagt habe. Er ist auch dein Dad.«

Das Telefonat dauerte eine Stunde lang. Eigentlich sprachen sie kaum, nur ein paar in das Schweigen gestreute Worte. Sie waren miteinander verbunden, das war das Wichtige dabei. Es war, als würden sie aneinanderkleben und könnten nicht loslassen. Wenn einer von ihnen auflegte, wären sie wieder auseinandergerissen, fünftausend Kilometer weit.

Danach konnte er sich nicht regen. Etwas senkte sich über ihn wie eine Glasglocke, etwas schien sich zwischen ihn und die Welt geschoben zu haben. Er konnte sein Zimmer sehen — die weißen Wände, das Regal mit den Muscheln, das Meer im Fenster —, aber das alles hätte jedem gehören können, es bedeutete nichts.

Dann kam das Weinen, es überraschte ihn. Wie ein plötzlicher Windstoß knallte es Türen in ihm zu, erschütterte ihn bis auf seine Grundfesten. Später saß er auf dem Bett, eiskalt in seinem Inneren und mit rauhem Hals. Er versuchte zu schlafen, doch der Schlaf versteckte sich andernorts. Er schaltete das Radio ein, nur um Stimmen zu hören, die ihm Gesellschaft leisteten. Er überlegte, ob er sich vielleicht eine Suppe machen sollte. Es kam ihm absurd vor, alles Gewöhnliche kam ihm absurd vor. Aber er machte sie sich trotzdem. Am Nachmittag lief er durch den leichten Regen, um sich ein Ticket nach Hause zu kaufen.

Nach einer Stunde Flug fiel ihm eine Frau in einem schwarzen Kleid auf, die auf der anderen Seite des Ganges saß. Sie hielt mit beiden Händen einen Blumenstrauß umklammert, ihre Lippen bewegten sich unablässig, als betete sie. Als das Flugzeug dann über Moon Beach zu kreisen begann, ließ sie den Kopf hängen, und es fielen Tränen in ihren Schoß. Die Stewardeß versuchte, sie zu trösten, doch die Frau winkte ab, ohne aufzublicken. Nathan drehte sein Gesicht zum Fenster. Er verspürte ein seltsames Gefühl der Erleichterung; andere Menschen hatten Teile seines Schmerzes auf sich genommen und drückten sie an seiner Statt aus. Mit jeder Sekunde fühlte er sich leichter. In seinem Blut war Helium. Er hätte glatt davonschweben können. Fühlte man sich in einer solchen Situation etwa so? Dad ist tot, sagte er sich, tot. So wie man sich vielleicht zwickt, um zu sehen, ob man träumt. Aber er empfand nichts. Nichts außer dieser Leichtigkeit, dieser Hochstimmung.

Das Flugzeug ging in die Schräglage, und er preßte sein Gesicht an das kalte Fenster. Das Meer hing schräg über ihm, seine Oberfläche war mit Lichtpunkten übersät, die aussahen wie Sternbilder, abgestürzte Sterne. Der Tourist neben ihm fragte, was das sei. Nathan erklärte ihm, daß die hellen Lichter die Begrenzungen der Seefriedhöfe darstellten. Die schwächeren

Lichter seien Gedenkbojen. Sie entsprächen den Grabsteinen an Land und bezeichneten die eigentlichen Gräber. Während sie noch redeten, fielen ihm Kratzspuren auf dem Wasser auf, Hunderte weißer Furchen, und plötzlich ertönte knisternd die Stimme des Kapitäns aus den Bordlautsprechern. Die Schiffe, die sie zur Rechten des Flugzeuges sehen könnten, kehrten von der Probe für den Erinnerungsgottesdienst zurück, der alljährlich auf dem Meer gehalten werde. Gegen Ende der Woche sollte, falls sie nicht daran gedacht hätten, in Moon Beach ein einzigartiges Fest stattfinden. Es sei als Tag der Toten bekannt.

Nathan lehnte sich in seinen Sitz zurück. Er hatte *nicht* daran gedacht.

Daß er ausgerechnet in dieser Woche nach Moon Beach flog, dachte er. Daß Dad ausgerechnet zu dieser Zeit sterben mußte.

Als er noch klein war, war dies einer der Tage gewesen, auf die er sich am meisten freute. Yvonne pflegte sie zu besuchen und brachte immer einen Fisch mit, einen riesigen, frisch im Meer gefangenen Fisch, und nahm ihn auf dem Küchentisch aus. Man solle, sagte sie, Fisch essen, weil Fische die Wächter der Seele seien; daran schien sie so fest zu glauben, daß niemand ihr zu widersprechen wagte. Er erinnerte sich, wie der Fisch aufgeschlitzt auf seinem Bett aus Zeitungen lag, das Fleisch dunkelrot und leicht gewellt, wo er halbiert war, und wie Yvonne mit ihren hochgerollten Ärmeln dastand, die Handgelenke in Blut getaucht, das nach Blech roch.

Es war ein Tag voll seltsamer Bräuche. Gleichgültig, an welchem Süßwarengeschäft der Stadt man vorbeiging, gab es dort Marzipantotenköpfe und Zuckerfische und Knöchelchen aus weißer Schokolade für fünf Cent das Stück. Gleichgültig, an welcher Bäckerei man vorbeiging, sah man Kuchen mit blauer Glasur, Kuchen, die mit Meersalz bestreut waren. Wenn man selbst einen Kuchen zum Tag der Toten backte, versteckte man immer eine Münze darin, und wer sie fand, der sollte ewig leben. Georgia hatte einmal, als sie vier war, die Münze verschluckt und wäre fast daran erstickt. Das war immer noch eine ihrer Lieblingsgeschichten über sich selbst. Nachmittags gab es Kostümfeste. Man verkleidete sich als Lazarus oder Frankenstein oder ging als einer von seinen toten Verwandten. Oder wenn einem nichts anderes einfiel, trug man einfach etwas Blaues, weil das die Farbe war, die man annahm, wenn man auf dem Meeresgrund bestattet wurde. Und überall gab es Schüsseln mit Süßigkeiten und Stücke von eigens zum Tag der Toten gebackenem Kuchen. Er konnte sich noch an den Geschmack der blauen Glasur erinnern. Keine Mutter bekam sie richtig hin. Man mußte sie immer ausspucken und unter einen Stuhlsitz kleben. Sobald es dann dunkel wurde, brach eine Flotte von Schiffen zu den Meeresfriedhöfen auf, und es wurde der Gedenkgottesdienst gehalten. Und Nathan lag in seinem Zimmer wach und stellte sich vor, wie die Boote schaukelten und die Stimme des Priesters vom Wind verzerrt und verweht wurde. Und noch später dann, wenn die Boote wieder weg waren, erhoben sich die Toten vom Meeresgrund und wandelten über das Wasser. Sie sammelten die Blumen ein, die als Gaben dagelassen worden waren, sie bliesen die schwimmenden Kerzen aus. Rauch, der nach Kirche roch, stieg in den Dochten auf, trieb langsam über das wogende Meer, hüllte die Füße ein. Es war eine Nacht seltsamer Vorkommnisse. Es war die Nacht, in der jeder Jesus war.

Das Flugzeug landete. Er verabschiedete sich von dem Touristen und wünschte ihm einen angenehmen Aufenthalt. Vom Flughafen aus nahm er einen Zug in die Stadt. Er fuhr im Speisewagen, lehnte sich mit einem Drink in der Hand ans Fenster. Die Geleise verliefen parallel zur Südküstenschnellstraße, durch flaches Gelände, eine Schutthalde voll Unkraut und Schiefer. Es war inzwischen fast zehn, weit nach der Stoßzeit, doch die Straße funkelte vor Autos. Richtung Süden gab es kilometerlange Rückstaus. Tausende fuhren zu den Feierlichkeiten in die Stadt. Die ganze Freitagnacht über würden die Straßen mit Leuten vollgestopft sein, die von Kopf bis Fuß blau angezogen waren. Manchmal malten sie sich auch Hände und Gesicht an. Manchmal färbten sie sich das Haar. So war das in Moon Beach. Man wurde einmal im Jahr blau. Und früher oder später wurde man auf ewig blau.

Jetzt sausten sie auf geschmierten Schienen durch den äußeren Stadtkern. Rialto, Euclid, Mangrove West. Die nach Osten führende Verkehrsspirale ragte wie eine riesige Betonschnecke gegen den Himmel auf. Hinter den Mietskasernen und den Einkaufsstraßen lag das Meer, ein schwarzer, über den Boden ausgebreiteter Umhang mit einem Saum aus weißem Schaum, dort, wo sich die Wellen brachen. Der Zug fuhr in den Hauptbahnhof ein, und Nathan stieg mit seinem Koffer auf den Bahnsteig hinunter. Der Hauptbahnhof von Moon Beach war im Stil eines Tempels erbaut worden. Ein Boden aus poliertem Marmor, eine gewölbte Decke mit Goldmosaiken. Schritte vermischten sich mit Stimmen, sie vermischten sich und hallten wider, und die Luft schien voll Flüstern, dem Klang von Gebeten. Nathan ging rasch zum Ausgang, an Plakaten von Bestattungsinstituten vorbei und an Frauen, die mit Spendenbüchsen für Gott klapperten. Eine Hitze, eine solche Hitze, sogar um zehn Uhr abends. Ein Greis von einer der Jüngste-Tag-Gesellschaften ließ sich über Armageddon und die Feuer der Hölle aus. Er mußte sich immer wieder unterbrechen, um sich den Schweiß von Gesicht und Nacken zu wischen.

Auf der Vordertreppe zum Bahnhof winkte sich Nathan ein Taxi herbei. »Zur Westküste«, sagte er. »Nach Blenheim.«

Der Fahrer musterte seinen Koffer. »Sind Sie auf Urlaub?«

»Ich lebe hier«, sagte Nathan und verbesserte sich dann: »Ich bin hier aufgewachsen.«

Der Fahrer suchte nach einer Lücke im Verkehr. »So ein Scheißzirkus heut' nacht.«
Nathan grinste. Die Taxifahrer in Moon Beach waren berühmt für ihre Schwarzmalerei. Es war ihre eigene üble Art, Trübsal zu blasen.
»Also in der Zeitung neulich«, meinte der Fahrer jetzt, »wissen Sie, was das drinstand? Da stand drin, daß die Leute nicht schnell genug sterben.« Er legte sich einen Finger an die Schläfe wie eine Pistole. »Is' doch verrückt, oder?«
Nathan pflichtete ihm bei, daß es verrückt sei.
»Die Bestattungsinstitute müssen wie jedes andere Gewerbe expandieren, aber die Leute leben länger als früher, Fortschritte in der Medizin und so. Also machen sie die ganze Werbung, damit die Leute hierherziehen. Sonnenparadies des Südens, Goldküste und solchen Scheißdreck. Sie geben den Leuten Steuererleichterungen, Kasinobons, Autos umsonst. Wenn ich es Ihnen sage. Und wissen Sie, warum? Sie müssen die Bestattungsinstitute füttern, deshalb. Lauschen Sie nur manchmal an den Gebäuden. Sie können sie beinahe kauen hören, Mann.«
Sie fuhren am »Moon Beach Hilton« vorbei. Das war der traditionelle Veranstaltungsort für den Ball zum Tag der Toten. Blaue Fliegen und Fräcke natürlich. Dann das Gebäude der Paradise Corporation. Bald würde das berühmte Neonkreuz blau erstrahlen. Sie können sie beinahe kauen hören.
»Vielleicht haben Sie recht«, sagte Nathan.
»Klar habe ich recht. Sie waren zu lang weg, das is' alles.« Der Fahrer legte den Kopf zurück, ohne den Blick von der Straße zu lassen. »Wie lange sind Sie weg gewesen?«
»So ungefähr vier Jahre.«
»Was habe ich Ihnen gesagt?«
Nathan gestand ihm das zu. »Und ich wäre nicht wieder hier, wenn mein Dad nicht gestorben wäre.«

»Ihr Vater ist gestorben, sagen Sie?«
»Ja.«
»Tut mir leid, Mann.«
»Schon gut.«
»Nein, wirklich, tut mir leid. Ich hätt' nicht so geredet, wenn ich's gewußt hätt'.«
Sie waren jetzt in Blenheim. Nathan beugte sich vor und starrte auf die Szenerie, die er sogar im Dunkeln herunterbeten konnte. Dieser Baum, dieser Laden, dieser Ausblick. Und da stand der Torpfosten, den Dad gerammt hatte, weil er einem jungen Mädchen nachblickte. Dann bogen sie in den Mahogany Drive, und etwas regte sich in ihm, als ob die Liebe und nicht der Tod ihn erwartete.
Sie fuhren vor dem Haus vor. Er stellte den Koffer auf den Gehsteig und bezahlten den Fahrer, dann schaute er über die Schulter.
»Viviente.«
An diesem Tag klang der Name ironisch, fast boshaft. Schimmelflecken überzogen die gekalkten Wände. Die Fenster schienen sich hinter ihren schwarzen schmiedeeisernen Gittern zu ducken. Die Farbe des Tores war abgeblättert. So mußte das Haus ausgesehen haben, als seine Eltern zum erstenmal herkamen, dachte er, vor über dreißig Jahren. Sein Kreis hatte sich geschlossen. Jetzt konnte er sich vorstellen, daß Kinder davor Angst hatten. Nur die mutigsten würden einbrechen, auf den Fliesenböden Feuer anzünden.
Er drehte sich um und wollte sich bei dem Fahrer bedanken, doch das Taxi war schon weggefahren. Er blickte gerade noch rechtzeitig auf, um zwei rote Rücklichter am Hügel verschwinden zu sehen. Er zuckte mit den Achseln, nahm seinen Koffer und ging auf das Haus zu.
Er klingelte. Die Tür ging auf, und Harriet stand vor ihm. Er dachte einen Augenblick, die Zeit sei zurückgedreht worden.

Hier ein Kneifen, dort ein Ziehen, und es war wieder wie vor sieben Jahren. Doch dann fiel ihm auf, daß sie ihr Haar schwarz gefärbt hatte. Es rollte sich in Kinnhöhe nach innen, und die Haut über und unter ihren Augen wirkte glänzend und hart. Sie war älter geworden. Diese Erkenntnis rührte ihn, fing den Schock, sie zu sehen, auf und machte ihn leichter erträglich.

»Ich habe heute morgen versucht, dich anzurufen«, sagte sie, »aber du warst schon weg.«

»Schon gut«, erwiderte er, machte einen Schritt vorwärts und küßte sie auf die Wange.

Als er an ihr vorbei in die Diele ging, faßte sie ihn am Arm.

»Wegen Yvonne«, sagte sie.

»Was ist mit ihr?«

»Es hat sie sehr mitgenommen.«

»Ist sie auch hier?«

Harriet nickte. »Ich wollte dich nur vorwarnen.«

Er ging die geflieste Diele hinunter in die Küche, einen großen Raum mit einem polierten Eichentisch und einer Tür auf den Garten hinaus. Yvonne saß mit einem Stumpen und einem großen Glas Wein am Tisch. In Rauch eingehüllt, nur schwach zu sehen, wirkte sie wie aus einem Zaubertrick.

»Yvonne«, sagte er.

»Ach, Nathan«, rief sie aus, »Gott sei Dank, daß du da bist.«

Sie umarmten sich. Er roch Jasmin, Knoblauch, Terpentin, und wenn er die Augen zumachte, konnte er sich an die Illusion klammern, daß sich nichts geändert hatte.

Aber sie redete an seiner Schulter. »Du kommst so spät. Wir haben uns Sorgen um dich gemacht.«

Lächelnd löste er sich von ihr. Ihr Haar hatte noch denselben glänzenden Kupferschein, doch ihr Gesicht darunter brach in schweren Falten ein, wie Stoff.

»Ich weiß«, sagte sie, »ich sehe schrecklich aus.« Sie hob die

Schultern und griff nach ihrem Stumpen. »Es ist wohl der Kummer.«
»Du siehst aus wie niemand sonst«, erwiderte er, »genauso wie immer.« Er umarmte sie noch einmal, dann schaute er sich um. »Wo ist George?«
»Sie kommt später«, antwortete Yvonne.
Harriet reichte ihm ein Glas Wein. »Sie hat gesagt, sie würde dich wecken, sobald sie zurückkäme.«
»Du mußt Hunger haben«, meinte Yvonne. Sie machte ihm ein Sandwich und brachte es an den Tisch. Er schaute darauf hinunter, lächelte.
»Was ist denn so lustig?« fragte sie.
Er hielt das Sandwich hoch. »Das ist das erste Sandwich, das du mir je gemacht hast, an dem keine Farbe ist.«
Sie machten noch eine Flasche Wein auf und setzten sich um den Tisch. Er erzählte ihnen von seiner Fahrt hierher, von der Frau in Schwarz, von dem Taxifahrer. Yvonne steckte sich noch einen Stumpen an, erfüllte den Raum mit dem Geruch nach dem Inneren von Küchenschränken. Harriet spülte ab. Im Hintergrund brabbelte der Fernseher. Es schien alles recht vertraut, normal, entspannt, und das an sich war seltsam. Er fühlte sich in eine Vergangenheit zurückversetzt, die es nie gegeben hatte.
Um Mitternacht ging Yvonne zu Bett. Es war noch ein bißchen Wein in der Flasche, also blieb er mit Harriet auf, um ihn auszutrinken. Harriet schien den Groll, den sie gegen ihn hegte, vergessen zu haben. Es war, als wäre jener Brief nie geschrieben worden. Er erinnerte sich an etwas, das Georgia einmal über sie gesagt hatte: »Die Auseinandersetzungen, die wir hatten, sind davongeweht wie schlechtes Wetter. Im großen und ganzen komme ich mit ihr aus.«
Er schaute wieder auf, als Harriet zu reden anfing. »Du mußt überrascht gewesen sein, als ich die Tür aufgemacht habe.«
Er lächelte. »Ja, war ich.«

»Du hast keine Wut bekommen?«
Er schüttelte den Kopf. »Nein.« Wut hatte er nicht im geringsten verspürt.
Ihre Augen ruhten prüfend auf ihm, dann glaubten sie ihm.
»Schau, ich *mußte* kommen.«
»Warum?«
Sie stippte ihre Zigarette am Rand des Aschenbechers ab. »Es war wie ein Instinkt. Ich habe ihn geliebt. Wenn man jemanden so liebt, will man sich verabschieden.«
»Ich habe gedacht, du hättest dich vor vier Jahren verabschiedet.«
Ihr Gesicht wurde hart. Sie zerdrückte die Zigarette an der Seite des Aschenbechers.
»Tut mir leid«, sagte er. »Ich habe es nicht so gemeint.«
Sie starrte auf ihr Glas hinunter. »Nur weil ich ihn verlassen habe, heißt das nicht, daß ich aufgehört habe, ihn zu lieben. Ich konnte nur nicht mehr mit ihm zusammenleben. Ich konnte nicht mehr atmen.« Sie hob ihr Glas und schwenkte es. »Ich mußte einfach weg, das ist alles.«
Er konnte sich das Ersticken vorstellen, das konnte er wirklich. Die Schnur, die einst leicht um ihre Zehe gebunden war, hatte sich in den Ehejahren zusammengezogen, sich allmählich zu einer Schlinge zusammengezogen. Und sie hatte daran gezerrt, so lange gezerrt, bis sie riß. Aber wenn man ihr ins Gesicht blickte, hatte es den Anschein, als wären die Jahre ihrer Freiheit nicht besonders gut mit ihr umgesprungen. Natürlich gab es Leute, die sagen würden, sie brauche die Schuld nur bei sich zu suchen. Sie hätte nicht gehen dürfen, oder?
Er drehte das Glas auf dem Tisch. »Was meint Yvonne dazu, daß du zurückgekommen bist?«
»Ich glaube nicht, daß es sie stört.«
»Das wollte ich gerade sagen. Ihr scheint euch recht gut zu verstehen.«

Sie sann über seine Worte nach. »Ja, das ist komisch, was? Sie hat vorher nie viel Zeit für mich übrig gehabt.«
»Sie dachte, du wärst zu jung«, meinte er. »Sie dachte, du würdest alles verändern.«
Harriet schüttelte den Kopf. »Das war nicht der Grund. Ich glaube, sie war in ihn verliebt. Sie wollte für ihn sorgen.«
Er dachte an jene Monate nach dem Tod ihrer Mutter, als Yvonne bei ihnen geblieben war. Noch immer sah er sie im Garten malen. »Es hätte nie funktioniert«, sagte er. »Dad konnte den Geruch ihrer Zigarren nicht ertragen.«
Sie lachten beide eine Weile und verstummten dann.
»Ist es nicht seltsam«, fragte sie, »wie der Tod eine Familie zusammenbringen kann?«
Diese Nacht beschloß er, in Dads Zimmer zu schlafen. Als er die Tür aufmachte und das Licht anschaltete, war alles genauso, wie er es in Erinnerung hatte. Der Geruch nach Vanille und Talkum in der Luft. Das Funkeln der grünen Flasche auf dem Glasbord über dem Becken. Die sieben Kissen.
Er dachte an das letzte Mal, als er Dad gesehen hatte. Zum Abschied hatten sie sich im Gang umarmt, während draußen ein Taxi wartete. Einen Moment lang hatte er sich und Dad im Dielenspiegel gesehen, und es hatte ihm das Herz umgedreht, weil es schien, als stütze er eine Leiche. Dads Körper wirkte eingefallen, als wären seine Knochen zu Mus geworden, und sein Atem, der gewöhnlich so frisch war, roch süß, so süß wie verfaulende Pflanzen oder Kompost. Dieser süße Geruch, seltsam, wie er ihn als das erkannt hatte, was er war: der Vorbote des Todes. Es war das Klopfen, das man hört, kurz bevor der Tod auf die Bühne tritt.
Als er danach auf India-Mays Farm zurückkehrte, hatte er sich dieses letzte Bild eingeprägt. Er hatte es mit sich herumgetragen, vom Gold des Spiegels eingerahmt, wie eine Art Talisman. Solange er sich daran erinnerte, wie schwach Dad war und

wie mühsam er am Leben festhielt, so lange würde Dad nicht die Finger aufmachen und loslassen. Eine Weile funktionierte dieser Aberglaube. Aber die Zeit verging; das Bild verblaßte, rührte ihn weniger. Er fing an, Dads Leben wieder für selbstverständlich zu halten. Er vergaß, sich zu erinnern. Dad hatte so lange durchgehalten, daß der Gedanke verführerisch war, er würde ewig durchhalten. Und das war natürlich tödlich.

Er legte sich ins Bett. Einmal glaubte er, das Nebelhorn zu hören, vor High Head. Zehn Minuten vergingen oder vielleicht eine halbe Stunde, es war schwer zu sagen. Dann erklang in der Dunkelheit eine Stimme, schwebte in der Luft, fast sichtbar wie eine Halluzination.

»Nathan? Bist du wach?«

Erst wußte er nicht, wo er war, wessen Stimme es war. Er mußte geschlafen haben. Und plötzlich so aufzuwachen hieß, an tausend verschiedenen Orten zugleich aufzuwachen, überall, wo man je gewesen war. Er brauchte einen Augenblick.

»Georgia?«

Sie stand mit einer Kerze am Bettende. In dem unruhigen gelben Licht bäumte das Zimmer sich auf und schwankte. Er sah zu, wie sie die Kerze auf das Fensterbrett stellte.

Sie setzte sich auf das Bett und umarmte ihn. »Ich wollte nicht in meinem alten Bett schlafen«, flüsterte sie. »Ich wollte hier schlafen, bei dir.«

»Wie spät ist es?«

»Ich weiß es nicht. Es muß ungefähr eins sein.« Die Matratze bog sich zur Seite, quietschte, als Georgia hineinkletterte.

»Bist du in Ordnung?« fragte er.

»Ich glaube schon. Und du?«

»Mir geht's gut«, erwiderte er. »Bin nur müde.«

»Soll ich die Kerze ausblasen?«

Er schüttelte den Kopf. »Ich hatte eine Freundin, die immer gesagt hat, daß, wenn man eine Kerze ins Fenster stellt und sie die ganze Nacht brennt, die Welt nicht aufhört, solange man schläft.«

Georgia lächelte. »Wer war das?«

»Sie hieß India-May«

»Komischer Name.«

»Sie hat ihn erfunden. Das war der Name, den sie sich zugelegt hat, als sie von zu Hause weg ist.«

»Wo ist sie jetzt?«

»Ich weiß es nicht. Ich habe sie seit Ewigkeiten nicht mehr gesehen.«

Ein Jahr, nachdem er weggegangen war, war er auf der Farm vorbeigefahren. Er wollte sehen, wie es allen ging. Pete hatte die Tür aufgemacht, und Pete hatte es ihm auch gesagt.

»Sie ist gestorben, oder?« sagte Georgia.

Er schaute sie über das Kissen hinweg an. »Ich wollte es dir nicht erzählen.«

»Du hast es mir schon erzählt. Du bist mein Bruder. Du erzählst mir alles.«

Er schwieg.

»Wie ist es passiert?« fragte sie.

»Es war komisch, die Leute haben immer Sachen über sie geredet, wie sie heruntergekommen sei —« Er hielt wieder inne.

»Erzähl's mir.«

»In der Stadt gab es eine Bar, unten am Ende der Hauptstraße, genau dort, wo die Häuser aufhörten und das Gestrüpp anfing. Direkt hinter der Bar lag ein Hügel, und die Straße führte ziemlich steil bergauf. Einmal ist sie hin, um sich einen zu genehmigen. Sie hat um die Mittagszeit gern ein paar Glas getrunken, sie sagte, es würde helfen, daß die langen Nachmittage schneller rumgingen«, und Nathan lächelte in sich hinein, weil er es sie noch sagen hörte. »Sie hat dort eines Tages einen Kerl getroffen, einen Kerl, mit dem sie gegangen war, und er muß irgend etwas gesagt haben, denn das nächste, was man weiß, ist, daß sie ihn angeschrien hat. Pete war am nächsten Morgen in der Bar, er hat gesagt, das Fensterglas war über den ganzen Boden verstreut, anscheinend hatte sie einen Aschenbecher nach dem Kerl geworfen und daneben getroffen und statt dessen das ganze Fenster ausgeschlagen, und als er sie am Arm faßte und sie zu beruhigen versuchte, schüttelte sie ihn ab und rannte aus der Bar, direkt auf die Straße, und, wie ich gesagt habe, es war unten am Hügel, und es ist ein Lastwagen gekommen —«

Er sah diesen Teil von Broken Springs so deutlich vor sich, als würde er dort stehen. Auf der anderen Seite der Straße stand eine Mauer, die schon ein paarmal gerammt worden war. Lastwagen donnerten den Hügel hinunter, die Bremsen versagten, und sie brachen mitten durch die Mauer und in das Feld dahinter. Kaum war die Mauer ausgebessert, versagten die Bremsen eines anderen Lastwagens.

Er sah auch die Bar gegenüber vor sich. Die Straße, wie sie zur Stadt hin abfiel, und die Bar mit ihrem braunen Blechdach und ihrer staubigen Veranda, und eine Frau, die auf die Straße hinausrannte, ihr Haar flog hinter ihr waagrecht in der Luft, Schnüre mit Holzperlen baumelten in einer Schlaufe um ihren Hals wie ein kauendes Kuhmaul, ihr Mund stand weit offen, ein Keil, der ihr ins Gesicht geschlagen war, als hätte jemand die Axt an sie gelegt, als wäre ihr Mund eine Wunde und ihr Geschrei das Bluten.

Er schaute zu Georgia hinüber. Ihr Kopf auf dem Kissen. Ihr Gesicht reglos, wie es manchmal war, ehe sie zu weinen anfing. Er tastete nach ihrer Hand und hielt sie fest.

»Ich wollte es dir nicht erzählen«, sagte er.

Er beobachtete, wie die Kerze die Schatten in Bewegung brachte, wie sie das Ende der Welt fern hielt, sie beide am Leben erhielt.

»Ich mußte ins Krankenhaus«, sagte sie schließlich. »Ich mußte seine Sachen abholen.«

»Hast du ihn gesehen?«
»Sie haben mich gefragt, ob ich es wollte. Ich habe nein gesagt. Ich wollte nichts als dort raus.«
»Ich glaube, ich muß ihn sehen. Ich habe ihn so lange nicht gesehen.«
»Du wirst sie anrufen müssen.«
»Ich rufe morgen an.«
»Vielleicht komme ich mit«, sagte sie, und ihre Stimme war auf einmal ganz klein.
»Du bist immer noch mein Bruder, oder?« sagte er nach einer Weile. Er wartete, und dann hörte er sie eine Antwort flüstern, sie mußte schon fast eingeschlafen sein.
»Ja.«

Das Krankenhaus lag in den Hügeln, etwa eine Stunde entfernt. Yvonne fuhr, Georgia und Harriet saßen hinten. Es war ein strahlender Tag. Blendend weiße Wolken und eine Brise in den Baumwipfeln wie Hände im Haar. Aber bei dem Gedanken, anzukommen, spürte Nathan eine Übelkeit in sich aufsteigen, daß er wünschte, die Fahrt würde nie zu Ende gehen. Immer höher stieg die Übelkeit ihm die Kehle hoch, und er mußte dauernd schlucken. Er war froh, daß sie sich alle entschlossen hatten mitzufahren. Alleine hätte er diesen Weg nicht gerne angetreten.
Niemand redete viel während der Fahrt. Als sie die Hügel hinauffuhren, senkte sich der Himmel über dem Auto. Ein leichter Regen begann zu fallen.
Die Straße zum Krankenhaus führte bergauf durch einen Pinienwald. Es war eine gerade Straße, die Art von Straße, wie sie zu einem Tempel oder einem Heiligtum führt. Nathan sah aus dem Fenster. Einmal erblickte er eine Lichtung, einen geheimen Ort mit einem Boden aus heller sandiger Erde. Dann schlossen sich die Reihen der Pinien wieder, und ihre roten Stämme glühten sanft in der Nachmittagssonne.

Als sie sich an der Krankenhausrezeption meldeten, führte die diensthabende Schwester sie in ein Wartezimmer. Sie setzten sich auf orangefarbene Plastikstühle. Gegenüber stand ein Aquarium mit Fischen, daneben lag ein Stapel Zeitschriften. An der Wand hingen Blumengemälde. Ein Mann in einem weißen Kittel hinkte an der offenen Tür vorbei und schob einen Wagen mit hoch aufgetürmten Leinentüchern vor sich her, eine Zigarette zwischen den Fingern. Nathan stellte sich ans Fenster und schaute auf den Garten hinaus.

Diesen Morgen hatte er eine alte Sitte wiederbelebt. Er ließ Georgia schlafen, klopfte an Yvonnes Tür und fragte sie, ob sie Lust habe, mit ihm schwimmen zu gehen. Sie fuhren an einen ruhigen Strand westlich von High Head. Es war noch früh. Der Sand nahm das glitzernde Morgenlicht und warf es ihm wie ein Spiegel in die Augen zurück. Draußen auf dem Meer kroch eine einsame Mole auf zerbrechlichen Insektenbeinchen über das Wasser. Und die Wellen waren blaßblaßgrün mit Violett dazwischen.

Als er vom Schwimmen genug hatte, kletterte er eine Leiter zur Mole hoch. Die Holzdielen waren grau gebleicht. Ein Quietschen wie von alten Türen, wenn sie auf- und zugehen. Derselbe Rhythmus wie beim Atmen. Er lief bis zu ihrem Ende. Ein alter Mann saß auf einer umgedrehten Bierkiste, neben sich eine Plastiktüte mit Ködern und einen Eimer mit Fischen. Seine Klamotten waren vom Feinsten: eine braune Jacke und ein Panamahut mit einem glänzenden schwarzen Band. Aus seinen Wangen ragten weiße Stoppeln. Nathan setzte sich hin. Die Dielen waren schon warm von der Sonne. Er ließ die Beine über den Rand baumeln und seinen Körper trocknen. Draußen auf dem Meer konnte er Yvonne sehen, sie trieb auf dem Rücken. Hinter ihr, weiter draußen, pflügte ein Motorboot durch das Wasser. Kurz darauf später spürte er das Kielwasser gegen die Mole schwappen. Die Mole bewegte sich träge wie jemand im

Schlaf. Er sah dem alten Mann zu, wie er einen neuen Köder an seiner Angel befestigte, weit ausholte und den Haken durch die Luft schleuderte. Ein sittsames Platschen, als er auftrat, und versank. Der alte Mann zog sanft an der Leine.

»Was für eine Art Fische fangen Sie?« fragte Nathan.

Lächelnd hob der alte Mann die Schultern. »Ich weiß nicht, wie sie heißen.«

Was der alte Mann sagte, hatte etwas für sich. Man saß in der Sonne, die Stunden verstrichen. Am Ende, früher oder später, geschah etwas. Man mußte nicht wissen, wie es hieß.

Nach dem Schwimmen hielten Nathan und Yvonne an einer Autobahnraststätte an, um Kaffee zu trinken und Doughnuts zu essen. Sie setzten sich an einen kleinen Tisch am Fenster. Sonnenlicht auf dem Resopal, Salz auf der Haut. Yvonne fing an, von Dad zu reden.

»Ich habe ihn nur selten besucht«, sagte sie, »aber wir haben oft stundenlang telefoniert. Wir schickten uns immer Bilder. Schau« — und sie öffnete ihre Handtasche und griff hinein — »das hier hatte ich für ihn aufgehoben —« Ihre Stimme brach, und sie begann zu weinen.

Er legte seine Hand auf ihre. »Schon gut.«

»Ich bin dumm«, sagte sie.

»Nein, bist du nicht.«

»Die ganzen Leute«, sagte sie. »Ich bringe dich in Verlegenheit.«

Er wollte sie aufheitern. »Weißt du noch, wie ich bei dir war und dieses Paar vorbeigekommen ist?«

»Paar?« Sie blickte auf, mit verquollenen Augen.

»Dieses nervöse Paar«, sagte er. »Sie hatten eine Autopanne. Du hast sie telefonieren lassen.«

Nach dem Telefonieren hatte Yvonne gesagt, sie könnten im Wohnzimmer warten, und sie sollten sich auf das Sofa setzen. Sie schenkte ihnen Brandy ein. Die Frau wußte überhaupt nicht, was sie von Yvonne halten sollte. Immer wieder ruhten ihre Augen fragend auf Yvonne, wanderten wieder weg. Dann versuchten sie es mit den Wänden, aber an den Wänden hingen sechsundvierzig Gemälde. Monde in jeder Farbe, die man sich nur vorstellen konnte (und manche konnte man sich gar nicht vorstellen). Nirgends konnte man landen, es sei denn, man hatte ein Raumschiff.

Ihr Mann war mutiger. Er stand vom Sofa auf und stellte sich vor ein Bild. Grüner Mond, gelbes Universum. »Sehr gut«, sagte er, »wirklich sehr gut.«

Yvonne stand in ihrem roten Zeltkleid am anderen Ende des Zimmers, die Arme ausgestreckt, in ihrer Hand blitzte ein Glas Brandy. Sie sah aus wie eine wilde Art Lampe. Sie machte einen Schritt nach vorne und rief: »Ja, ich stecke mitten in meiner Kugelperiode, wenn Sie es wissen wollen«, und der Brandy schwappte aus ihrem Glas, tropfte auf den Teil des Teppichs, der orange war, und versickerte spurlos.

»Ich glaube, es sind Monde«, hatte Nathan gesagt. Dann meinte er zu dem Paar: »Wofür halten Sie es?«

Doch Yvonne hatte es nicht erwarten können. »Kugeln«, rief sie. »Es sind Kugeln.«

An diesem Morgen nun lächelte Yvonne auf ihren Kaffee hinab und sagte: »Das waren gute Zeiten, was?«

Er drückte ihr die Hand. Das waren natürlich keine guten Zeiten gewesen, es waren schreckliche Zeiten, aber er wußte, was sie meinte.

»Es tut mir so leid, daß Sie warten mußten.« Die Schwester stand in der Tür, ein steifes Lächeln auf dem Gesicht. »Wir hatten einen Notfall.«

Sie führte sie einen lagen Korridor hinunter, durch unzählige Schwingtüren hindurch. Die Temperatur sank. Wie zur Erklärung tauchte links ein Leichenraum auf.

Sie redete, um das Schweigen auszufüllen. »Mr. Christie war hier bekannt«, sagte sie. »Er war sehr beliebt.«

Es war einer dieser leeren Sätze. Sie hätte ihn von einem Grabstein abgelesen haben können.
Man vermochte nichts darauf zu sagen.
Sie gingen durch noch ein paar Türen und traten ins Freie. Hier oben in den Hügeln schien es kälter zu sein als im Tal. In den Bäumen hing Nebel, und es herrschte eine Atmosphäre der Verlassenheit und Verwahrlosung. Ein endlos tropfender Wasserhahn.
Sie folgten der Schwester über den Rasen in eine kleine Kapelle, die wie das übrige Krankenhaus aus bröckelndem rotem Ziegelstein gebaut war, und verschwand hinter einem Samtvorhang. Sie warteten schweigend. Ein paar Augenblick später tauchte die Schwester wieder auf und sagte ihnen, daß sie hineingehen könnten. Sie machte sie auf die steilen Stufen aufmerksam und kündigte an, sie würde draußen warten, falls sie etwas benötigten.
Nathan trat durch den Vorhang und blieb oben an den Stufen stehen, Georgia hinter ihm. Als sie über seine Schulter spähte, konnte er ihren Atem im Nacken spüren, Wärme, dann wieder nicht, Wärme und dann wieder nicht. Unten lag Dad, unter einem schweren gold-braunen Tuch ausgestreckt. Neben seinem Kopf flackerten zwei Kerzen. Nathan ging auf ihn zu, die Stufen hinunter, über den Steinboden.
Sie hatten sein Gesicht mit einem Gazeviereck bedeckt. Es sah aus, als wäre es zufällig dort gelandet, wie ein Stück Papier oder ein Blatt. Der nächste Windstoß würde es wegwehen. Nur daß es hier keinen Wind gab. Die Luft war reglos, eisig. Sein Gesicht sah eigenartig glatt und jugendlich aus. Sein Mund stand offen, als seufzte er. Anzeichen von Gewalt gab es nicht, keinen Hinweis darauf, daß sein Tod nicht friedvoll gewesen war. Er sah aus wie ein Papst, wie ein Heiliger. Ein frommer Mann, der sich auf seinen Tod vorbereitet hatte, ihn vielleicht sogar willkommen geheißen hatte.

Erst als Nathan an die Seite des Leichnams trat, sah er die blauen, aufgesprungenen Ohren und das Haar, gefroren und spröde, als könnte man es abbrechen. Erst da bemerkte er, wie wund und verbrüht der Hals aussah, wie er sich wölbte. Auf einmal wurde ihm bewußt, daß der Tod mit Schmerzen verbunden war, er konnte die Spuren eines Kampfes sehen, und aus einer plötzlichen Panik heraus formten sich Worte in seinem Kopf, und er begann, stumm mit dem Toten zu reden. Er sagte, es tue ihm leid, daß er ihn nicht häufiger besucht habe, es tue ihm leid, daß er nicht da gewesen sei, daß er nicht, daß er nicht, daß er nicht, all seine Unterlassungen, seine Vergehen stiegen in seinem verschlossenen Mund auf, bis er fürchtete, an all diesen Gedanken zu ersticken. Sie waren durcheinandergewürfelt, verstreut wie alte Knochen in einer Krypta, aber er wußte, daß sie zusammenpaßten, er wußte, daß sie ein Skelett bilden würden, an dem er das Fleisch und die Muskeln seiner Schuld würde aufhängen können.

Er schaute Georgia an. Sie versuchte zu lächeln, aber ihr Lächeln wankte, hielt nicht vor. Er erinnerte sich, wie er sie zur Schule gebracht hatte, damals nach dem Tod ihrer Mutter, sie wollte nicht hingehen, weil da Mädchen waren, die sie an Bäume fesselten, es lag an ihrer Aussprache oder ihrem Aussehen, er konnte sich nicht mehr daran erinnern, aber er mußte sie hinbringen, weil er es Dad versprochen hatte, Dad, der von nichts wußte, für ihn stammten die Kratzer auf ihrem Rücken von Gestrüpp, die blauen Flecken an ihren Handgelenken von etwas anderem, er konnte sich nicht mehr daran erinnern, wie hätten sie ihm die Wahrheit sagen können, wie hätten sie ihm irgend etwas sagen können, wenn er nichts tat, als mit dem Kopf in den Händen in dunklen Räumen zu sitzen, seinem von Gespenstern heimgesuchten Kopf, und jeder Morgen dämmerte wie ein langsamer Hammerschlag. Es war eine schöne Straße, die Straße, die zur Schule führte. Hohe Grasböschungen, Bäume, in die man seine Initialen ritzen konnte, und Gräben, in denen Wasser plätscherte. Eines Morgens sah er unter einem Busch eine Uhr liegen. »Schau dir das an«, sagte er zu Georgia, ging in die Hocke und zog sie näher heran, »eine Uhr, wie merkwürdig«, merkwürdig, weil es eine antike Uhr war, mit Holzintarsien und runden Messingknöpfen als Füßen, sie hätte auf dem Kaminsims irgendeines Reichen gemächlich vor sich hinticken sollen, mit einer Porzellanschäferin auf jeder Seite, einem marmornen Kamin darunter, und doch lag sie da, unter einem Busch und in einem merkwürdigen Winkel, als wäre sie betrunken, und tickte gar nicht. An diesem Morgen trennten sie sich unter den Bäumen, er brachte sie nie ganz bis zum Tor, das hätte alles nur noch schlimmer gemacht, sie hatte Ringe unter den Augen, und ihr ganzer Körper war gegen die Tortur gewappnet, die ihr bevorstand, wie schwer es immer war, sie zu verlassen, vielleicht zogen sie den Abschied deshalb immer so in die Länge, manchmal dauerte er minutenlang, nur das Aufwiedersehensagen, sie gingen auseinander, ohne den anderen aus den Augen zu lassen, dann blieben sie stehen und riefen etwas, gingen wieder auseinander, riefen besondere Worte, die sie erfunden hatten, Worte, um die Entfernung zwischen sich zu füllen, Worte für die Dinge, die sie nicht sagen konnten, sie gingen auseinander, bis er unter den Bäumen oder sie durch die Tore war, was jeweils zuerst der Fall war. Sie sah an jenem Morgen genauso aus, wie sie immer aussah, nur daß sie unter dem Arm eine Uhr trug, die Uhr, die sie gefunden hatten, die Uhr, die nicht tickte, die einsame Uhr. Es war dasselbe, damals seine Schwester, jetzt sein Vater, Georgia, die in den Schulhof ging, um geschlagen zu werden, Dad, der in seinem roten Stuhl nach Atem rang, er wollte sie retten, nur er, Nathan, konnte es, wer war sonst da, aber er hatte es nicht getan, er konnte es nicht, nicht wirklich, aber es zu wollen und zu scheitern, dem konnte man nicht entrinnen.

Harriet stieg die Stufen wieder hinauf. Yvonne folgte ihr.

Er wollte jetzt auch gehen, aber er mußte erst eine Art Verbindung mit dem Toten herstellen. Durch die Gaze sein Gesicht zu berühren, hätte wie ein Sakrileg gewirkt, daher entschied er sich statt dessen für das Haar. Er streckte vorsichtig eine Hand aus. Es war steif, gekühlt. Es war gleichzeitig naß und trocken. Wie Eis. Er schauderte und wandte sich ab. Georgia hatte ihn beobachtet.

»Wie hat es sich angefühlt?« flüsterte sie.

»Kalt«, flüsterte er. »Überhaupt nicht wie Haar.«

Sie kam näher, streckte die Hand aus, berührte es. Dann zog sie sie schnell zurück, als hätte sie sich verbrannt.

Nachdem sie die Kapelle verlassen hatten, spazierten sie durch den Garten. Sie gingen von derselben Stelle aus los, aber wie Splitter von etwas, das gerade explodiert ist, nahmen sie jeder einen anderen Weg über den Rasen. Obwohl Nathan das, als sie später nach Hause fuhren, anders sah. Es war nicht wie eine Explosion gewesen. Sie waren getrennt, es war Platz zwischen ihnen, aber wie Blumen in einer Vase standen sie alle im selben Wasser.

Am nächsten Morgen mußten sich Nathan und Georgia zur Testamentsvollstreckung mit Dads Anwalt treffen. Ein langweiliger Mann mit schlechten Zähnen. Seine Jacke war unter den Achselhöhlen aufgerissen. Sie saßen gehorsam in Ledersesseln, während er ihnen das Dokument laut vorlas. In der Ecke surrte und klapperte ein riesiger altmodischer Ventilator. Einmal nach links, einmal nach rechts, drehte er sich auf seinem Metallstiel, prüfte sie, einen nach dem anderen. Das Testament war ziemlich lapidar. Dad hatte etwas mehr Geld hinterlassen als erwartet, und dieses Geld sollte gleichmäßig unter Nathan, Georgia und Rona aufgeteilt werden, wobei Ronas Anteil in Verwahrung genommen werden sollte, bis sie achtzehn würde. Der Anwalt erinnerte Nathan und Georgia daran, daß ihnen das Haus am Mahogany Drive bereits gehörte, wie sie zweifellos wüßten, weil ihre Mutter ohne Testament gestorben sei und das Haus, das auf zwei Drittel ihres Erbes geschätzt wurde, nach dem Gesetz an sie gefallen war, als die Mutter ihrer Mutter ein paar Jahre später starb. (Yvonne, als weitere Begünstigte, hatte einen Geldbetrag erhalten.) Da ihr Vater nun tot war, könnten sie über das Haus verfügen, wie es ihnen beliebte.

»Was die Art der Bestattung angeht«, sagte der Anwalt, »so scheint Ihr Vater an derselben Stelle bestattet werden zu wollen wie seine erste Frau. Mit anderen Worten, eine Seebestattung auf den Korallentriften. Für den Fall, daß es irgendwelche Unklarheiten geben sollte« — und er lächelte —, »hat er die genauen Koordinaten aufgeschrieben.«

»Das wird Harriet aber nicht gefallen«, meinte Georgia.

»Harriet?« Der Anwalt hob die Brauen.

»Die zweite Frau unseres Vaters«, erklärte Nathan. »Unsere Stiefmutter.«

»Natürlich«, sagte der Anwalt. »Ich habe sie einmal kennengelernt.« Und dann ließ er die Brauen wieder sinken. »Ist sie« — und er zögerte, suchte nach der zartfühlendsten Ausdrucksweise für seine Frage — »an dem Vorgang beteiligt?«

»Sie wohnt bei uns«, erwiderte Georgia. »In dem Haus.«

»Ach«, sagte der Anwalt. »Ja, ich verstehe, daß dies peinlich werden könnte.« Er beugte sich vor. »Es wird« — und er hielt inne — »ein gewisses Maß an Takt erfordern.«

Auf dem Weg nach Hause drehte Nathan sich im Auto zu Georgia um, sagte: »Es wird«, hielt inne, und sie riefen beide: »Ein gewisses Maß an Takt erfordern.«

Sie lachten so heftig, daß Nathan an den Straßengraben fahren mußte. Als sie damit zu Ende waren, sagte Georgia: »Ich hätte nie gedacht, daß der Tod so komisch sein könnte.«

Es war am Morgen nach der Bestattung. Beinahe zwölf Uhr. Von seinem Platz in einer Kapelle neben dem Altar aus konnte Nathan hören, wie sich die Kathedrale füllte. Als er die Bank entlangschaute, sah er Georgia, Harriet, Yvonne, alle drei im Profil, streng wie die Köpfe auf Münzen.
Plötzlich merkte er, daß er auf die Toilette mußte. Er schaute auf die Uhr an Georgias Handgelenk. Noch fünf Minuten bis zum Beginn des Gottesdienstes. Es war noch Zeit. Gerade so. Er schlüpfte aus der Kirchenbank und eilte den Gang zurück. Er war überrascht, wie voll die Kathedrale war. Ihm war nicht bewußt gewesen, daß Dad so viele Bekannte hatte.
Draußen blieb er stehen. Vor ihm lag ein Platz, der mit dunkelgrauen Steinen gepflastert war. Überall standen Statuen auf Sockeln herum, ob Engel oder Politiker wußte er nicht zu sagen. Viele Leute saßen vor den Statuen oder standen in Gruppen daneben. Alle waren sie schwarz gekleidet. Alle weinten sie. Manche wischten sich mit Taschentüchern die Augen, andere schlugen die Hände vors Gesicht und schluchzten vor sich hin. Ein Mann stand alleine da, in einer Hose, die nur von einer Schnur hochgehalten wurde, und hatte die Arme an die Seiten gelegt. Er ließ seine Tränen fallen, wie eine Blume ihre Blütenblätter fallen läßt, und sie lagen verstreut um seine Füße herum. Da dämmerte es Nathan, daß dies alles Leute waren, die nicht mehr in die Kirche gepaßt hatten.
Doch der Druck auf seine Blase wuchs, und er schritt über den Platz und suchte eine öffentliche Toilette. Er ging die erstbeste Straße hinunter, bog nach links ab, nach rechts, wieder nach links, ging einen Hügel hinunter, eine Gasse entlang, über einen verlassenen Platz, doch trotzdem konnte er nirgendwo eine finden. Oben auf einem Gebäude sah er eine Uhr. Die goldenen Finger standen fast auf ein Uhr. Er mußte zurück. Und als er dann um sich blickte, wußte er nicht mehr, wo er war. Er fing an, in eine Richtung zu laufen, die er für

die richtige hielt, aber er erkannte keines der Gebäude. Ich bin hier geboren, dachte er. Bestimmt sehe ich bald etwas Vertrautes. Vor lauter Atmen konnte er seine Gedanken kaum hören.

Er sah ein ältliches Paar auf sich zukommen.

»Zur Kathedrale?« fragte er. Sie beratschlagten, waren unterschiedlicher Meinung, konnten sich nicht einigen. Schließlich deuteten sie die Straße hinauf, die er gekommen war, lächelten und nickten.

»Sind Sie sicher?« fragte er.

»Ja«, tönten sie freundlich im Chor. »Ja, wir sind uns sicher.«

Er rannte die Straße hinauf, bog um eine Ecke, um noch eine und blieb stehen. Noch immer keine Spur von der Kathedrale. Das ältliche Paar mußte sich getäuscht haben.

Er war jetzt am Rande der Panik. Ein Schritt nach vorne, und er würde der Länge nach hinfallen. Er schaute in die eine Richtung, dann in die andere. Schweiß rann ihm in die Augen. Aus allen Richtungen kamen Gedanken und stießen zusammen. Womöglich war er dabei, verrückt zu werden.

Ein Auto kam auf ihn zu. Er trat auf die Straße und schwenkte die Arme. Der Mann am Lenkrad war ihm nur zu gerne behilflich. »Natürlich, natürlich«, sagte er. »Springen Sie rein!« Er schien zu glauben, Nathan sei neu in der Stadt. Andauernd hob er einen Finger vom Lenkrad und deutete auf eine berühmte Brücke, Statue oder ein Museum. Nathan wollte den Mann gerade aufklären, als dieser bremste, über Nathan hinweg den Türgriff packte und ihm aufmachte.

»Da sind wir«, sagte er.

Nathan stieg aus und blickte sich um. »Und die Kathedrale?«

»Bitte, keine Ursache«, erwiderte der Mann. Und er legte den Gang ein und fuhr weg.

Nathan blickte sich um. Schrottplätze, Kais, Eisenbahngeleise. Die Sonne ging gerade unter. Er verspürte jetzt kein Bedürfnis

mehr. Die Wellen waren Seiten, die umgeblättert wurden. Die Eisenbahngeleise waren in Gold gefaßt.
Als er aufwachte, lag er in Dads Bett. Georgia stand über das Waschbecken gebeugt und übergab sich. Es war der Morgen der Bestattung.

Der Tag war von Anfang an peinlich, wie ein Messer, das man nicht aufheben kann, ohne sich zu schneiden. Harriet rutschte auf der Treppe aus und verstauchte sich den Knöchel. Yvonne konnte die Fischbrosche nicht finden, die sie bei Bestattungen immer trug, und als sie sich zur Beruhigung einen Stumpen anzündete, brannte sie sich prompt ein Loch in ihr Kleid. Georgia hatte Tabletten genommen, um ihren Magen zu besänftigen, aber sie erbrach sie trotzdem noch jede Stunde.
Der Wagen kam um zwei. Der Bestattungsunternehmer hatte eine Erkältung; er mußte dauernd nach hinten greifen, um sich frische Taschentücher zu holen. »Normalerweise sind die natürlich für die Kunden«, sagte er, »aber in diesem Fall, wenn Sie nichts dagegen haben«, und er putzte sich die Nase und seufzte.
Nathan schaute kurz Georgia an.
Sie brachte ein künstliches Lächeln zustande. »Ich glaube, die Tabletten fangen zu wirken an«, meinte sie.
Er strich ihr das Haar aus der Stirn. »Eines hat eine Seebestattung für sich«, sagte er. »Wenn man sich übergeben will, dann kann man es wenigstens über die Bordkante tun.«
Sie kamen am Landungssteg der Y-Street an. Das Mietboot lag bereits am Kai vertäut. Die übliche Markise, weißes Segeltuch mit schwarzen Kanten, flatterte im Wind. Darunter saß auf Bänken eine bescheidene Trauergemeinde.
Während sie darauf warteten, daß der Sarg in das Boot gelassen wurde, bemerkte Nathan auf der anderen Seite des Kais einen Prediger. Man sah sofort, daß er einer war. Er hielt ein Mikrofon in der Hand, und seine Augen lagen ein Stück zu tief in

seinem Schädel, als hätte er den Herrn einmal zu oft gesehen. Nathan beobachtete, wie er auf eine Kiste stieg. Aus dem Mikrofon ertönte ein Knacken und Pfeifen.

»Das ist Gottes Fernfrühwarnsystem.«

Ein Betrunkener lehnte in sich zusammengesunken an einer Öltonne, neben sich eine in braunes Packpapier gewickelte Flasche. Beim Klang der Stimme des Predigers zuckte er zusammen, wischte sich mit dem Handrücken über ein Auge und schaute auf. Er leckte sich die Lippen.

»Den Himmel gibt es wirklich«, sagte der Prediger. »Dort oben sind jetzt Leute, die ihren Spaß haben.«

Der Betrunkene hob die Flasche und schüttelte sich die letzten Tropfen in die Kehle. »Na, und was ist damit?« fragte er, wandte den Kopf dem Priester zu und rief: »Halleluja!« Dann zwinkerte er Nathan zu, als steckten sie unter einer Decke, fiel wieder in sich zusammen und schloß die Augen.

Der Prediger drehte die Lautstärke auf. Seine Stimme dröhnte jetzt über den Kai bis zu dem Boot und störte die düstere Orgelmusik. Ein paar Mitglieder der Trauergemeinde schauten sich um.

»Vor sieben Jahren«, teilte der Prediger ihnen mit, »war ich ein Nichtsnutz.« Er deutete auf den Betrunkenen. »Vor sieben Jahren war ich wie er, doch dann kam Jesus« — seine Stimme wurde lauter und bebte, und seine Augen hoben sich zum Himmel — »ja, Jesus zu mir und legte die Saat der Wahrheit in mich —«

Eine Schwarze stand vor dem Prediger und schaute zu ihm auf. Sie legte den Kopf auf eine Seite, als versuchte sie verzweifelt, ihn zu verstehen.

Dann mußte sie etwas gesagt haben.

Der Prediger zeigte mit einem Finger auf sie. »Sie haben ein verdorbenes Mundwerk.« Seine Augen suchten in der Zuhörerschaft nach Unterstützung. »Versteht ihr? Das hier ist —«

Plötzlich stand Yvonne vor ihm. Ihre Hand schnellte nach oben, riß ihm das Mikrofon weg. Mit zwei abrupten Bewegungen machte sie den Draht ab und warf das Mikrofon ins Wasser. Es war so brutal und doch so nüchtern. Es war, als würde man jemandem dabei zusehen, wie er einem Huhn den Hals umdreht.

»Einer mußte es tun«, zischte sie durch ihren schwarzen Schleier, als sie auf dem Rückweg an Nathan vorbeiging.

Als der Sarg verladen war, stiegen sie in das Boot und nahmen ihre Plätze in der vordersten Reihe ein. Die Motoren tuckerten, die Seile wurden losgebunden; der Kai glitt wie ein Stück beweglicher Kulissen zurück. Nathan sah den Prediger auf seiner Kiste stehen, immer noch schockiert und sprachlos. Was passierte nur in den Köpfen dieser Leute, täglich ein Erdbeben, die halbe Bevölkerung der Stadt war übergeschnappt, eine lärmende Menge aus Schicksalskrämern, Psychopathen und Nekrophilen. Sie rochen eine Bestattung auf einen Kilometer Entfernung, und dann kamen sie herausgekrochen aus ihren Kisten. Eine Bestattung entflammte sie, hielt sie tagelang am Brennen. Nicht nur die Alten und die Reichen zogen nach Moon Beach. Die Stadt war wie eine gefährliche Kurve. Er schaute Georgia an. Sie war zwar bleich, schien aber wenigstens das Essen bei sich zu behalten.

Sie legte ihren Kopf an seinen. »Alles geht schief.«

Er drückte ihre Hand.

»Es ist so still«, flüsterte sie. »Es widert mich an.«

Er nickte. Dann stupste er sie in die Seite. »Dad hätte es gefallen.«

Sie lächelte.

Es war noch stiller, als sie am Bestattungspunkt ankamen. Sie fuhren zwischen zwei schwimmenden Sockeln durch, dem Tor zum Friedhof.

SIE FAHREN JETZT AUF DIE KORALLENTRIFTEN.

Die Motoren gingen aus, eine Art Anker fiel ins Wasser. Dann nur noch das Klatschen der Wellen gegen den Rumpf, das Quietschen und Ächzen des gedehnten Holzes, das Kreischen von Möwen.
Der Priester erhob sich und fing zu sprechen an. Er redete von Dads Glauben. Von seinem Mut und seiner Unerschütterlichkeit angesichts allen Ungemachs. Von seinem Sinn für Humor.
Nathans Gedanken schweiften ab. Die Situation kam ihm vor wie ein Destillat aus seinem Traum. Erst Panik, dann Ruhe. Seine Augen wanderten über die Bordkante. Diese Meeresfriedhöfe waren solch seltsame ruhige Gewässer. Ihre Lage war sorgsam ausgewählt worden, zwischen der Hauptschiffahrtsroute und nördlich des Golfstroms, so daß ihre Ruhe nicht gestört wurde, weder von Schiffen noch von Strömungen. Der Meeresboden war ein Labyrinth aus Rissen und Schluchten. Keiner wußte, wie tief man fiel. Man erzählte sich eine Geschichte von einem Öltanker, der vom Kurs abgekommen und mitten durch die Au Himmelsklang gefahren war. Das war das letzte, was man von ihm hörte. Es wurden Hubschrauber ausgesandt, auch Tauchmannschaften, aber das Wasser gab nichts her, keine einzige Leiche, keine Spur von Öl.
Es krachte. Nathan drehte sich gerade rechtzeitig um, um den Sarg in den Wellen versinken zu sehen. Die Motoren stotterten, ruckelten. Die Trauergemeinde rutschte auf den Bänken herum, scharrte mit den Füßen. Jemand hustete. Das Boot wendete, schnitt eine saubere Sichel Gischt ins Meer, und Nathan erblickte am Horizont die Stadt, zwanzig Kilometer weit weg.
Die Leichenfeier fand im Haus am Mahogany Drive statt. Es kam nur ein Dutzend Leute. Nathan ging zwischen den Gästen umher, bot ihnen Getränke an, nahm Beileidsbezeugungen entgegen. Wie von Schlaglichtern beleuchtet, fiel ihm sein Traum

wieder ein. Die überfüllte Kathedrale. All die weinenden Leute. Wie sarkastisch das jetzt wirkte.

Eine Stunde später waren die meisten gegangen. Yvonne schaute in die Runde, rang sich ein mutiges Lächeln ab. »Ja«, sagte sie, »wenigstens sind sie jetzt beisammen.«

Harriet stand direkt hinter ihr. »Wer ist beisammen?«

Und plötzlich war die Luft leer und rot, als hätte es eine Explosion gegeben. Die paar Gäste, die noch da waren, standen in kleinen schockierten Grüppchen herum.

Es wird, dachte Nathan, ein gewisses Maß an Takt erfordern.

»Wer ist beisammen?« fragte Harriet wieder.

Nathan sagte sanft: »Dad wollte bei unserer Mutter bestattet werden. So stand es in seinem Testament.«

Harriet stellte ihr Glas auf den Tisch und verließ das Zimmer. In dem Schweigen, das darauf folgte, hörten sie die Hintertür zuknallen. Durch das Fenster sah Nathan Harriet den Garten hinunterstolpern.

»Ich wollte nicht —« fing Yvonne an.

Nathan legte einen Arm um sie. »Ich weiß, daß du das nicht wolltest.«

»Geh ihr nach«, sagte Yvonne.»Schau nach, wie es ihr geht.« Sie wandte sich ab. »Ich habe einfach nichts gedacht.«

Nathan ging durch die Terrassentür hinaus, über den Rasen und durch einen überwachsenen Bogen. Der Gemüsegarten dahinter war verwildert, zwischen Obstbaumreihen lagen verfaulte Früchte im ungemähten Gras. Er ging durch einen zweiten Bogen. Der hölzerne Rahmen, der das Laub stützte, war unter dessen Gewicht beinahe zusammengebrochen. Er mußte sich tief bücken, um durchzukommen. Als er auf der anderen Seite war, blieb er stehen und schaute sich um. Das war der Teil des Gartens, den sie immer Dschungel genannt hatten. Dieser Dschungel hatte etwas Besonderes an sich. Er war nicht so groß, daß man sich darin verirren konnte, aber fast. Wenn man im Dschungel stand, schien das Haus Dimensionen weit weg, als müßte man, um wieder dorthin zurückzufinden, die Art ändern, wie der Verstand funktionierte, sich wieder in es hineindenken. Wie fremd ihre Namen klangen, wenn sie gerufen wurden. Wie schaurig. Und plötzlich fiel ihm wieder ein, wie er einmal dagestanden hatte, um ihn herum alles dunkelgrün, bloß der Himmel über ihm war blau, die Sonne mußte gerade am Untergehen sein, und es war still, nichts als das Knacken eines Baums, das Sirren eines Insektenflügels. Er hatte reglos dagestanden, wie in Trance, und dann hörte er eine Stimme, die Stimme seiner Mutter. »Nathan?« rief sie, und er rief zurück: »Ja?«, aber es folgte kein zweiter Ruf, es war niemand da, kein Laut, und da hatte er ein seltsames Gefühl, als wäre er heimgesucht worden. Es konnte nicht weit von dort gewesen sein, wo er jetzt stand, wenn er auch nicht hätte sagen können, wo genau.

»Harriet?«

Er hatte beinahe vergessen, daß er sie suchte. Wenn sie noch im Garten war, gab es nur einen Ort, an dem sie sich befinden konnte, und das war die Laube. Als er sich bückte und sich seinen Weg durch das Unterholz bahnte, schmeckte er den Alkohol in seinem Mund. Es war ein schaler Geschmack, moderig, blaßgrau.

»Harriet?«

Seine Stimme schien nur ein paar Meter weit zu tragen, dann verhallte sie wie tot. Als wäre sie verschluckt worden. Genau so hatte jene Stimme die ganzen Jahre über für ihn geklungen. Tot. Aber nahe. An seinem Ohr. Damals war er vor Schreck herumgefahren. Und als er sah, daß nichts da war, war er losgerannt, über die Türschwelle ins Haus gestolpert. Sein rechter Arm war vom Handgelenk bis zum Ellbogen aufgerissen. Er mußte an etwas hängen geblieben sein, einem Dorn, einem Gestrüpp, einem scharfen Ast, ohne es zu bemerken. Das Blut lief ihm an der Innenseite des Arms herunter, wo die Haut blaß war, und sammelte sich in seiner Handfläche, als er den Arm ausstreckte, damit Dad sich die Wunde ansehen konnte. Heute, nach zwanzig Jahren, hatte Nathan die Narbe immer noch, eine lange dünne Rinne entlang der Innenseite seines rechten Unterarms, als wäre er aus Kerzenwachs gemacht und jemand hätte ihn mit dem Fingernagel eingeritzt.

»Harriet?«

Als er sie zum drittenmal rief, erblickte er sie. Sie saß auf den Stufen der Laube. Auf einmal nahm er alle möglichen Kleinigkeiten wahr. Ein grünes Blatt in ihrem Haar. Ein Stück Spinnwebe. Das Weiße in ihren Augen, blutunterlaufen. Sie hatte geweint, aber jetzt weinte sich nicht mehr.

Als sie ihn sah, machte sie den Versuch, zu lächeln. Es klappte nicht ganz. Ihr Gesicht war wie ein Teller auf einem Stock. Drehte sich. Hielt das Gleichgewicht. Aber nur eine bestimmte Zeit lang. Ihre Mundwinkel zuckten, als schlügen Miniaturherzen darin. Er setzte sich neben sie, legte ihr einen Arm um die Schultern, um sie zu trösten. Sie drückte ihren Kopf an seine Brust, weinte an seiner Halsbeuge.

Er spürte, wie ihr ein Zittern durch Mark und Bein ging. Wie es von ihm Besitz ergriff. Er schaute durch die Zweige zum Himmel empor und wartete, daß die Tränen versiegten. Die Sonne tauchte die oberen Zweige in ein tiefes verbranntes Orange. Unten, wo sie saßen, wurde die Luft milder, fast sichtbar, als wäre sie mit einem Holzkohlestift schattiert, eher Rauch als Luft. Ein Vogel sang vier Töne und hörte wieder auf. Die ersten drei Töne waren gleich. Der vierte fing genauso an, dann dehnte er sich und ging eine Oktave höher. Es war, als hätte der Vogel eine Frage gestellt, in welcher Sprache er auch reden mochte.

Sie schaute zu ihm auf, und ihr Mund, der schon nahe bei seinem war, kam noch näher, schien zu zaudern, kam wieder näher, und sie küßten sich. Im Kopf blieb Nathan vollkommen ru-

hig, es war wie etwas Konserviertes, wie etwas in einem Laborglas, aber sein Körper löste sich und bebte, es entstand ein Geräusch in ihm, wie das Geräusch, das die Schienen machen, wenn ein Zug kommt, dieses Knistern und Knacken seine Adern entlang, dieses Schaudern in seinem Blut.
Er konnte nicht sprechen. Er wußte, das war etwas, das seit langem im Gang war, etwas, das geschehen mußte, oder er wäre verloren, aber es war ein so zerbrechliches Gerüst, das sie errichteten, ein Wort würde es zum Einsturz bringen, ein Wort würde genügen, um sie in das gewöhnliche Tageslicht zurückzuschleudern, wo nichts verändert oder richtiggestellt, nichts entwirrt werden konnte.
Er nahm sie bei der Hand und führte sie die Stufen hinauf. Drinnen lebte die Vergangenheit, die Zeit war schon lange stehengeblieben. Ein Tennisschläger, ein paar Schwimmflossen, ein Gartenschlauch. Das Fenster mit seinem Bollwerk aus Laub. Das Licht sickerte kaum durch. Der Geruch nach altem vertrocknetem Gummi und verwelktem Gras. Der Geruch nach hölzernen Spatengriffen. An ihrer Bluse waren zwei Knöpfe aufgegangen. Er konnte sehen, wie ihre Brüste sich gegen die schwarze Seide drückten. Sie saß auf seinem Schoß. Wieder küßten sie sich. Er brauchte ihr Gesicht nicht zu sehen. Es war in seinen Kopf, sein Gedächtnis eingeprägt. Seine Knie zwischen den Innenseiten ihrer Schenkel, zog sie ihn gleitend in sich. Er biß sie in den Hals, den Nackenmuskel. Ein Stöhnen. Ihr Haar flog gegen sein Gesicht, und etwas aus Metall fiel um. Er hörte sich selbst — es klang, als würde irgendwo in ihm eine Tür aufgehen, eine alte Tür, die jahrelang geklemmt hatte, man mußte an ihr zerren, mit ganzer Kraft, und dann gab sie ein paar Zentimeter nach und kreischte dabei.
Er fühlte, wie sich Schweigen über sie senkte und drückend auf ihm lag. Er schaute sie an. Sie hockte auf dem Boden, ein Stück von ihm weg.

»Überall Farben«, sagte er.

Sie fand ein Taschentuch, wischte sich zwischen den Beinen ab.

»Du hast gesagt, daß es so sei«, sagte er, »weißt du noch?«

Sie strich ihren Rock glatt. »Wir sollten zurück gehen.«

Er schaute ihr nach, wie sie sich mit dem Unterholz vermischte, bis nur noch ihre Unterschenkel zu sehen waren, im Schatten blaß wie Milch.

Es war vollbracht, sie war entschwunden; er war allein.

SCHOKOLADENTOTENKOPF

Während Jed hinter dem Steuer saß und sein Wagen den Mittelstreifen schluckte wie Riegel weißer Schokolade, hielt er sich auf einmal selbst für das, wofür andere ihn hielten — für einen Parasiten, einen Blutegel. Sinnlos, so zu tun, als wäre man etwas anderes. Und er wußte auch, wessen Blut er wollte. Obwohl er das schon seit sechs Jahren gewußt hatte.

Es war bald nach seiner Fahrt zu dem See hinaus passiert. Eines Nachts stand er draußen an der Rückwand der Eisdiele und wusch die Bottiche aus rostfreiem Stahl aus, als er von der anderen Seite des Hofes aus dem Büro des Geschäftsführers Stimmen hörte. Es war so still dort draußen. Wenn man sich umdrehte, sah man bis zum Horizont nichts als Wüste. Nur der Wind, der am Unkraut zupfte, und das leise elektrische Brummen der Sterne. Er brauchte sich nicht besonders anzustrengen, um die Unterhaltung mitanzuhören.

»Dieser Jed«, sagte Celias Onkel mit von Alkohol träger Stimme, »du weißt, welchen Kerl ich meine?«

»Ja, ich hab' ihn gesehen.« Der zweite Mann kehrte Jed den Rücken zu. Er sah nur ein Stück blaues Hemd und einen dicken Unterarm. Die Stimme erkannte er nicht.

»Dieser Kerl, mit dem is' was —«

»Daß man 'ne Gänsehaut kriegt, wenn man ihn bloß anschaut.«

»Ja. Ich weiß nicht, warum ich ihn eingestellt hab'. Einen Fremden wie den, Scheiße. Mit dem is' was, ganz bestimmt.«

Einer der beiden Männer zerdrückte eine Bierdose.

»Wenn man ihn anschaut, ist es, als würde er einen leersaugen«, sagte der zweite Mann. »Wie 'n Blutegel oder so.«
Celias Onkel brach in ein hohes gackerndes Gelächter aus. »Da hast du ins Schwarze getroffen. So werden wir ihn nennen — Blutegel.«
Als Jed noch einmal dieses Gackern hörte, gingen die Sterne aus. Es gab nur noch die Nacht, das erleuchtete Fenster und seinen weißglühenden Zorn. Er wollte sie beide umbringen.
Als er dann später ausgestreckt auf seinem Bett bei Mrs. O'Neill lag, ließ er den Namen, den sie ihm gegeben hatten, in sich hinabsinken wie einen Stein, er beobachtete ihn beim Fallen, und als er ihn auf dem Boden auftreffen sah, war er soweit, daß er ihm gefiel. Der Name begann in ihm zu wachsen, er begann, ihn in den Fingerspitzen und im Blut zu spüren, und weil er das Blut so liebte, begann er, ihn als seine Stärke, seine Zukunft zu sehen.
Ein Straßenschild tauchte auf, huschte vorbei. Noch sechshundert Kilometer. Wenn er die ganze Nacht hindurch fuhr, konnte er es bis zum Morgen nach Moon Beach schaffen. Er griff in seine Tasche, zog ein Sahnebonbon heraus, steckte es sich in den Mund. Das Stückchen Papier kam zu einem Haufen gleicher Stückchen Papier auf dem Sitz neben ihm. In deinen Taschen raschelt es, wenn du dich bewegst. Carols Stimme bei ihm im Auto. Er sah sie vor der »Starlite Bar« stehen, den Mund nach oben gereckt, zugenäht. Er sah sie die Stufen der Kathedrale hinunterstolpern. Er sah den Stacheldraht ihrer Narbe. Man nimmt sich die Freundlichkeit, wo man sie findet, hatte sie einmal zu ihm gesagt, weil das meiste auf dieser Welt Grausamkeit ist. Wir wissen das, Jed, oder? Wir wissen das. In manchen Nächten hatte er solche Verachtung für sie empfunden: Steck mich nicht in denselben Sarg wie dich, du bist vielleicht soweit, aber ich nicht. In anderen Nächten hatte er beinahe geweint. Das meiste auf dieser Welt ist Grausamkeit.

Sie waren gekommen, um ihn sich zu holen. Er hatte gewußt, daß sie kommen würden, es gehörte zu seiner Initiation, er konnte nicht wegfahren, ehe es geschehen war. Er hörte ihre Stiefeltritte am Eingang und die Treppen hinauf. Er hörte, wie sich ihre Stimmen an den dünnen Spanplattenwänden stießen. Celias Onkel, der Mann im blauen Hemd, ein paar von den Jungs aus dem Kraftwerk. Für so etwas fanden sich immer Männer. Jed wartete auf der Bettkante, sah ihre Stiefel über den orangefarbenen Teppichboden trampeln. Stahlkappen an den Spitzen, an den Fersen. Vom Staub rote Risse im Leder.
»Pack deinen Krempel!«
Das Wichtigste ist schon gepackt. War schon seit Tagen gepackt. Das Laken, der Hut, das Tonband. Er hatte alles im Auto eingeschlossen. Das übrige spielte keine Rolle.
Sie warfen seine Kleidung in einen Koffer und klappten ihn zu. An der Seite schaute ein Stück Hemd heraus. Es war wie bei einem Sandwich. Die Salatblätter passen nie richtig hinein. Celia hätte das gefallen. Es gefiel ihr immer, wenn er Essen ins Spiel brachte. Immer, seit der ersten Nacht. Der Nacht mit dem Huhn. Doch hier war niemand, der das verstanden hätte.
Sie drückten ihm die Arme auf dem Rücken zusammen und zerrten ihn die Treppe hinunter. Sie war schmal, die Stufen steil und die Männer so breit, daß sie kaum durchpaßten. Zum erstenmal gefiel ihm das Haus wirklich. Zum erstenmal kam es ihm vor, als würde er hierher gehören.
»Gehen Sie aus, Matt?« rief Mrs. O'Neill. »Bringen Sie mir ein Rocky Road mit, ja?« Bis ihr einer der Männer die Tür vor der Nase zuzog. Wiedersehen, Jesus. Wiedersehen, Donald Duck.
Er ging hinaus. Hinaus in die Dunkelheit. Die trotzdem noch orangefarben war. Die Straßenlampen. Hotelfenster. Ein vorüberfahrender Lastwagen. Sie drückten ihn gegen einen Zaun. Irgendwo bei den Bahngeleisen. Er roch das verrostete Metall im Wind.

»Celia hat gesagt, du machst ihr Kummer.«
Sie hatte etwas gesagt. Gut. Er konnte sich also auf sie verlassen. Wenn sie nichts gesagt hätte, würde das alles nicht passieren. Und es mußte passieren.
»Celia hat gesagt« — eine Pause —, »du hast Scheiße mit ihr gebaut.«
Es waren gehorsame Männer. Sie hatten ihre Befehle, sie taten nur, was man ihnen sagte. Erst der Regen, sozusagen seine Taufe, und nun diese Männer. Es war richtig so. Wenn man es sich recht überlegte, hätte man fast behaupten können, daß er selber die Befehle erteilt hatte. Er nickte. Ja, die Befehle waren ursprünglich von ihm ausgegangen.
Die ersten Schläge taten nicht weh. Sie kamen nur überraschend, auch wenn er sie erwartet hatte. Die Straßenlampe neigte sich, dann zerplatzte sie, eine gelbe Blume mit langen, spitzen Blütenblättern, Blütenblättern, die absprangen und durch den Dämmerschein fielen, auf seinen Körper fielen, auf seine Augen. Dann ein plötzlicher weißer Schmerz in seinen Rippen und ein Aufschrei. Seine eigene Stimme.
Und dann eine andere Stimme: »Brecht ihm nichts! Er soll hier noch wegfahren.«
Sie mußten ihn in sein Auto gesetzt haben. Er wachte neun nach eins auf, drückte die Tür auf und übergab sich.
Als er durch die Windschutzscheibe schaute, konnte er gar nichts erkennen. Ein paar vereinzelte Lichter, eine Dachschräge, eine Zapfsäule. Sie hatten ihn an den Stadtrand gefahren. Sie hatten ihm die richtige Richtung gewiesen. Das übrige lag bei ihm.
Er fuhr die ganze Nacht. Nicht aus Angst, sondern um diese Sache zum Abschluß zu bringen. Als das Licht wieder über die Hügel floß, als die Sonne an einem fremden Ort aufging, fuhr er an den Straßenrand und weinte. Das ist wohl normal, dachte er.
Jetzt war es drei Tage später, und die Blutergüsse hatten die

Farben des Sonnenunterganges: gelb, rot, braun. Er war geschliffen worden wie Metall, wie die Kante einer Sense. Jetzt war er scharf. Alle Zweifel, alle Ängste, alles Zaudern waren aus ihm herausgedroschen worden. Er hatte das alles hinter sich gelassen, wie den Job in der Eisdiele und das möblierte Zimmer mit seinen hellgrünen Wänden, den Wanzen und dem Teppichboden, in dem die Haare und Nägel anderer Leute hingen. Das alles hatte sich überlebt, war überflüssig geworden. Noch mehr tote Hautpartikel für den Teppichboden, noch mehr Gespenster für den Friedhof. Er fuhr auf der mittleren Spur die Küste hinunter, und die Dunkelheit schmiegte sich um ihn wie ein Kissen. Er fühlte sich, als würde er einen Stollen graben und auf eine Goldader stoßen. Die Scheinwerfer der anderen Autos glitten über sein Gesicht, funkelten auf den Stahlbügeln seiner Brille, funkelten auf dem abgeschabten Satin seines schwarzen Zylinders. Er lächelte.
In zwei Stunden würde er auf die Autobahn 12 abbiegen, weil er von Westen in die Stadt kommen wollte. Dann würde es etwa fünf Uhr morgens sein. Zu dieser Zeit, nur wenige Minuten vor Beginn der Morgendämmerung, wirkten die großen Gebäude wie Aschenhaufen. Er würde sich dann so fühlen, als gehörte der Ort ihm und er brauchte sich nur zu nehmen, was er wollte. Er trat das Gaspedal durch und holte sich noch ein Bonbon aus der Tasche. Es war eine neue Sorte. Er hatte sie erst an diesem Tag entdeckt. Sie hieß Pfefferminzüberraschung und war sehr gut. Er fragte sich, wie er es in dieser Eisdiele so lange ausgehalten hatte. Aber er war immer ein Leckermaul gewesen. Vielleicht hatte es etwas damit zu tun.

Am Ende hatte er sich mit der Zeit völlig vertan. Es war bereits nach Sonnenaufgang, als er an der berühmten Reklametafel vorbeifuhr, die die Stadtgrenze markierte. Ein Mädchen in einem Bikini, das in hohem Bogen einen bunten Strandball warf.

Das Meer, Palmen, weiße Hotels. WILLKOMMEN IN MOON BEACH stand darauf. SONNENFALLE DES SÜDENS. Er schüttelte den Kopf. In Moon Beach gab es mehr Ärzte als irgendwo sonst. Mehr Rechtsanwälte. Mehr Kummertherapeuten. Mehr Altersheime. Mehr Todesanzeigen. Es war ein Ort, wo die Leute zum Sterben hingingen. Und doch tat dieses Moon Beach Jahr um Jahr so, als sei es ein Strandbad. Er erinnerte sich daran, daß einmal Unbekannte auf das Gerüst der Reklametafel geklettert waren. Sie sprühten einen Strich quer durch das Wort SONNEN und darüber in Schwarz TODES: WILLKOMMEN IN MOON BEACH. TODESFALLE DES SÜDENS. Ein paar Tage lang verkündete die berühmte Reklametafel tatsächlich die Wahrheit. Das war nach Vascos Zeit gewesen, aber es war genau die Aktion, die er unternommen hätte.

Jed bemerkte die ersten Anzeichen des Stoßverkehrs. Glänzende Wagen flitzten an ihm vorbei, als könnten sie, wenn sie früh aufbrachen und flott fuhren, das Wochenende schneller erreichen. Das Lenkrad fest mit den Fäusten umklammert, murmelte er mißmutig vor sich hin. Er wollte jetzt Süßigkeiten, wollte sie zwischen seinen Zähnen krachen lassen, aber als er in seinen Taschen wühlte, fand er keine. Er mußte sie ganz aufgegessen haben. Verärgert schaute er den Haufen leerer Papierchen auf dem Sitz neben sich an. Sie rutschten herum, raschelten. Sie sehen wie Schuppen aus, dachte er. Als müßte irgendwo im Auto ein nackter Fisch sein.

STADTZENTRUM 10 KM.

Von den Kanälen stieg Dampf auf. Die vertäuten Barkassen blitzten in der Morgensonne. Er wartete bis zu einer roten Ampel, dann schob er seine Brille hoch und rieb sich mit den Fingerknöcheln die Augen.

Bei »Diana's Gourmet Dinner« hielt er an. Die Luft außerhalb des Autos roch heiß und feucht, als würde die ganze Welt schwitzen. Er befestigte die Sonnengläser über seiner Brille, seufzte, als er in das kühle tiefe Grün eintauchte. Er machte einen Schritt, und sein Knie knickte ein. Mag sein, daß diese Lumpen aus dem Kraftwerk ihm nichts gebrochen hatten, aber es hatte weiß Gott nicht viel gefehlt.

Er schob sich durch die Tür und setzte sich auf einen Hocker am Tresen. Die Bedienung stellte ihm eine Tasse Kaffee hin. Er trank sie in einem Zug leer. Er bat um eine zweite Tasse, dann bestellte er Eier, Weizentoast und Orangensaft. Neben ihm ein Rascheln, und ein alter Mann in Babykleidung setzte sich hin. Gelbes Frotteehemd mit blauen Streifen. Hellblaue Shorts. Alle Augenblicke ein Rülpser. Diese alten Männer von Moon Beach, sie waren alle gleich. Sie hatten ihre Frauen verloren, fuhren mit ihren großen Schlitten zu langsam, redeten über Glücksspiele und Operationen. Sein Blick wanderte von dem alten Mann zu dessen Zeitung: WITWE ZEIGT BESTATTUNGSINSTITUT AN. BANDENMORD IN RIALTO. KOHLENWASSERSTOFFE VERSCHMUTZEN STADTLUFT. Es schien sich nicht viel geändert zu haben.

Der alte Mann warf ihm rasch einen Blick zu. Ziemlich rasch, wenn man es recht bedachte. »Fehlt Ihnen was?«

»Bin bloß müde, sonst nichts. Bin die ganze Nacht über gefahren.«

Der alte Mann musterte Jed von oben bis unten. Sein Kopf ging ein paarmal auf und ab. Es sah aus, wie wenn jemand eine Wand streicht. »Sie sind so einer von den Bestattungsinstituten«, sagte der Alte, »oder nich'?«

»Früher mal.«

»Sie wer'n mich nich' kriegen, junger Mann.«

Jed lächelte. »Da würde ich mich nicht drauf verlassen.«

»O nein, Sie wer'n mich nich' kriegen. Ich werd' ewich le'm, jawohl.«

Jed schaute den Alten scharf an. »Ich würde sagen, Sie haben noch anderthalb Jahre.«

Es wäre schwer vorauszusagen gewesen, in welche Richtung

der Alte umkippen würde. Schließlich klappte sein Mund auf, und das ganze trockene Lachen knatterte an seinen Zähnen vorbei. Alte Zeitungen, abgeworfene Schlangenhaut, welkes Laub.

»Noch anderthalb Jahre«, sagte der Alte, »das gefällt mir. He!« Und er winkte mit der Hand der Bedienung. »Wie heißen Se?« fragte er sie.

»Alice.«

»Alice?«

»Alice. Wie die im Wunderland.«

»Ham Se gehört, was er gesagt hat, Alice? Er hat gesagt, ich hab' noch anderthalb Jahre.«

Alice musterte ihn. »Ich würd' sagen, er war recht großzügig.«

Der Alte mußte so lachen, daß er keinen Ton mehr herausbekam. Er schaute Jed an, zeigte mit einem Daumen auf Alice und machte ein Geräusch wie eine Plattenspielernadel, die hängt.

Paß lieber auf, dachte Jed, oder du machst dir noch in dein Spielhöschen.

Er wandte sich wieder seinem Kaffee zu, beugte seinen langen Hals zur Tasse hinunter und schlürfte. Sein Blick wanderte über die Adern im Resopal, die Dellen in der silbernen Zuckerschale. All diese Mängel schaute er sich an, mit geballtem Schweigen. Er spürte, wie sich in seinen Eingeweiden ein Lächeln ausbreitete. Okay, okay, vielleicht war es verrückt von ihm gewesen, zurückzukommen. Aber hier zu sein war eine Herausforderung. Bloß hier zu sein.

»He«, sagte der Alte, »wissen Sie, was für ein Tag heut' is'?«

Jed mußte überlegen. »Es ist Donnerstag.«

Der Alte schüttelte den Kopf wie eine Rassel. »Heut' is' der Tag der Toten.«

Jed warf einen Blick auf den Kalender. Verflucht, der Alte machte keinen Spaß. Er dachte an Celia und ihre Omen. Wenn das kein Omen war, dann war nichts eines. Das Lächeln kam in seinem Gesicht an und breitete sich aus.

Er drehte sich um und sah den Alten mit seinem Bon an der Kasse stehen. Die Frau gab dem Alten falsch heraus, aber der Alte merkte es. Die Frau mußte sich entschuldigen.

»Is' schon in Ordnung«, sagte der Alte. »Ich bin froh, daß Se Fehler machen. Wissen Se, warum?«

Die Frau hatte keine Ahnung.

»Tote machen keine.«

Die Frau starrte den Alten bloß an.

»Fehler«, sagte der Alte. »Tote machen keine. Verstehen Se?« Und er drehte sich zu Jed um und machte den Mund auf. Da war sie wieder, die Nadel am Ende der Platte. Und die Frau hatte ein Lächeln wie ein verschlucktes Gähnen.

Jed kippte den Rest seines Kaffees hinunter. Er zahlte und ging. Keine Zeit für Späße. Dafür waren die alten Kerle in Spielhosen zuständig.

An der ersten Ampel hielt eine Frau in einem gelben Plymouth neben ihm. Auf ihrem Armaturenbrett lag eine Bibel. Am Spiegel hing ein Stück schwarze Spitze. Sie fuhr ihm bei Grün davon, und er sah den Aufkleber auf ihrer Stoßstange. BEAM MICH HOCH, JESUS. Er war die ganze Nacht gefahren, Kilometer um Kilometer waren unter seinen Rädern dahingeglitten, und jetzt war er zurück an dem Ort, wo der Tod zum Bild gehörte, ebenso wie Häuser oder Bäume. In Moon Beach wurde eine andere Sprache gesprochen, und das hatte er vergessen. Es war bald sechs Jahre her. Er mußte sie wieder ganz von vorne lernen. Obwohl es jemanden geben würde, da war er sich sicher, der ihm sagen würde, daß er zu lange weg gewesen war.

Er überlegte, ob er zu seiner Mutter fahren sollte, doch dann entschied er sich dagegen. Sie war wie eine atmosphärische Störung. Sie würde seine Signale zerreden. Statt dessen fuhr er nach Süden, über die alte Hängebrücke nach Rialto hinunter.

Dort hatten mehr Bars aufgemacht als früher und mehr Kirchen zu. Er fuhr langsamer, als er an Mitchs Tätowiersalon vorbeikam. Er sah auch zu aus. Er parkte ein Stück die Straße hinauf und ging zu Fuß zurück. Die Tür war verschlossen. Er hoffte, daß Mitch nicht wieder auf einer Fahrt war. Auf ihn hatte er sich immer irgendwie verlassen.
Als nächstes dachte er an Sharon. Es war Feiertag. Sie mußte zu Hause sein. Als er die Brücke über den Moon River überquerte, mußte er an jene Nacht denken. Den Bullenwagen auf der Standspur. Den Regen, der von der Straße einen halben Meter hochspritzte. Wieder in die Luft aufstieg, dick wie Nebel und voller Schatten, wie Rohmaterial für Gespenster. In manchen Nächten zog das Böse Fäden und verknüpfte sie zu einem Netz. Obwohl es dreißig Grad heiß war und fast sechs Jahre später, merkte er, daß er zitterte.
Er nahm die erste Abfahrt nach der Brücke. Erst glitt er eine lange Kurve entlang, dann befand er sich unter der Schnellstraße auf dem Weg nach Süden. Die Mietskasernen von Baker Park speicherten die Sonne auf ihren zernarbten Ziegelsteinfassaden, deren Fenster so dunkel waren wie Blindenbrillen. Dieses Gefühl hatte er schon den ganzen Tag. Er drehte seine Runden, aber niemand konnte es sehen. Er war hier und war doch nicht hier. Es lag zum Teil an der Stadt an sich. Sie schien dem Meer zugewandt, dem Land abgewandt. Wenn man von Westen hereinfuhr, hatte man das Gefühl, etwas hinter ihrem Rücken zu tun, als würde man sich an sie heranschleichen. Den ganzen Tag hatte er dieses eine Gefühl gehabt: daß die Stadt blind war.
Er kam zu der Straße, in der Sharon wohnte. Ein Waschsalon an der Ecke, von Maschendraht umgeben. Die verkümmerten staubigen Bäume. Er klingelte an der Tür. Hinter den Milchglasscheiben bewegte sich ein Schatten. Die Tür ging fünfzehn Zentimeter auf, durch die Kette blockiert. Sharon musterte ihn durch den Spalt.

Sie hatte zugenommen. Das erkannte er schon an dem schmalen Stück, das er von ihr sehen konnte. Ihre Haut wirkte trockener, spröder, als er sie in Erinnerung hatte. Die Jahre; aber auch, vermutete er, all die Schwangerschaften. Sie hatte ihm einmal erzählt, daß sie fünfmal abgetrieben hatte. Das ließ sich nicht durchhalten. Früher oder später mußte ein Kind durchrutschen. Eines, das wirklich auf die Welt wollte.
»Sharon?« sagte er. »Wie geht's dir denn so?« Sie starrte noch immer, war wie eines dieser blinden Fenster. »Jesus Christus«, sagte sie, »Jed.« Ihre Verblüffung schlug rasch in Gereiztheit um. »Du kannst hier nicht bleiben.«
»Wer hat was von bleiben gesagt?«
»Es ist nur gleich Mittagszeit. Max ist bald zurück. Was tust du überhaupt hier?«
»Max?« sagte er. »Ist das der Typ, den du geheiratet hast?«
»Woher weißt du das?«
Er zuckte die Achseln.
Sie hakte die Sicherheitskette los. Das Haus roch nach Pfeffer und Schweiß. Er erinnerte sich an ihr Geplappere, ihren sauren Atem. Er erinnerte sich an ihr Fleisch, das an den Kanten blau war und wie Gas flackerte.
Sie merkte, daß er an ihr vorbeischaute. »Vergiß es. Keine Chance, okay?«
»Schon in Ordnung«, erwiderte er. »Ich bin nur zurückgekommen, um den Ort mal wiederzusehen. Erinnerungen, weißt du. Um dich zu sehen.« Das war vielleicht nicht die Wahrheit, aber Lügen tun nie weh.
»Quatsch. Sechs Jahre lang kein Wort von dir.«
Er lächelte. »Hast du meine Karte nicht bekommen?«
»Eine Karte. Stimmt. Das ändert natürlich alles.«
»Ich mußte aus der Stadt weg.«
»Klar.« Sie legte die Hand auf die Hüfte. Machte sein Lächeln nach, gab ihm einen sarkastischen Anstrich. »Klar mußtest du das.«

Er erwiderte nichts.
»Und wo bist du gewesen?« So wie sie es sagte, stellte sie sich wohl auf eine große Geschichte ein. Es spielt keine Rolle, was er erzählte.
»In der Wüste.«
»Was für einer?«
Er sagte es ihr. Sie hatte nie davon gehört.
»Sechs Jahre lang kein Wort«, meinte sie. »Und was ist mit dem letzten Mal, wo du hier warst?«
Er hatte sie wochenlang nicht besucht und war dann gegen ein Uhr morgens vorbeigekommen. Das war nur ein oder zwei Tage, nachdem Creed ihm gesagt hatte, was er zu tun hatte. Er mußte sich vorher ein Pause gönnen. Er wollte sie besuchen und das übrige vergessen. Aber sie hatte getrunken, puren Whisky und süßen Weißwein, und war gleich auf ihn losgegangen. Er sei nie da, er lüge sie an, er mache sich nichts aus ihr. Es stimmte, das meiste davon, doch deshalb war er nicht hergekommen. Sie fing an, ihn gegen die Brust zu boxen. Er mußte sie abwehren. Dabei war sie gefallen und mit dem Kopf aufgeschlagen. Sie wurde nicht ohnmächtig davon, war nur ein bißchen benommen. Kurz darauf ging er. Das war das letzte Mal gewesen.
»Ich war nervös in der Nacht.«
»Nervös?« Sie schaute ihn an. Er würde sich etwas Besseres einfallen lassen müssen. Aber das konnte er nicht. »Ja, na ja.« Er machte einen Schritt zurück. »Max ist bald zurück. Ich gehe dann lieber.«
Sie schien etwas sagen zu wollen, aber er wartete es nicht ab. Er war an der Gartentür, und sie hatte es immer noch nicht gesagt. »Wir sehen uns«, meinte er.
Er sah sie im Rückspiegel, als er wegfuhr. Sie stand in ihrer Tür, eine Hand noch immer auf die Hüfte gelegt.
Als er über die Brücke zurückfuhr, lächelte er. Wie er diese Be-

gegnung abgebrochen hatte. Er war jetzt nervös, und wenn man nervös war, dann mußte man aufpassen. Seine Gedanken waren Funken, die von einer Klinge sprangen.
Er fuhr zum Abendessen in die V-Street. Eine Kellnerin warf ihm eine Speisekarte hin.
»Kaffee?«
Er erinnerte sich noch an sie, aber sie sich nicht an ihn. Sie schenkte ihm nicht einmal einen zweiten Blick. Die Stadt war blind.
Er schaute zum Fenster hinaus. Die V-Street. Das falsche Ende des Alphabets. Im Westen lag das Stadtzentrum. Hotels, Banken, der Bogen weißer Sand, der Moon Beach den Namen gab. Östlich von hier lagen der Dreck und die von Zigarettenstummeln übersäten Straßen von Mangrove und dann der Moon River, der fast zwei Kilometer breit und dessen Wasser mit Öl und Chemikalien durchsetzt war.
Er kannte diese Straßen, kannte jede Ecke. Er war damit aufgewachsen, Autos die Promenade entlangfahren zu sehen, an deren Rückspiegeln Totenköpfe hingen und die Nummernschilder wie 998 DIE hatten und einen dazu passenden Aufkleber auf der Stoßstange: PLATZ IST GENUG. (Er hatte sein erstes Schild drei Blocks südlich von hier gekauft: CREAM 8. Er besaß es immer noch. In Moon Beach, der Stadt der Krematorien, kapierten es die Leute sofort. Wenn man woandershin fuhr, dachten sie, man sei in der Milchwarenbranche.) Als er dann für die Paradise Corporation arbeitete, fuhr er fast jeden Tag durch die V-Street. Die Leichenhalle der Stadt befand sich zwei Blocks weiter, an der Ecke Central Avenue und X-Street (X für ausgeixt, wie Maxie Carlo zu sagen pflegte). Der angesehenste Sargschreiner hatte sich in einem Lagerhaus gleich um die Ecke niedergelassen. Überall waren Leute aus dem Gewerbe, und Leute, die es nicht waren, sahen so aus, als wären sie es. Drunten an der V-Street trugen sogar die Penner dunkle Anzüge. Es

hätte ihn nicht überrascht, durch die Scheibe sich selbst zu erblicken. Er war hier so oft vorbeigegangen, bestimmt hing sein Echo noch irgendwo in der Straße. Denn wenn es je eine Geisterstadt gegeben haben sollte, dann war es diese hier. Nein, es hätte ihn gar nicht überrascht, wenn er sich selbst hätte vorübergehen sehen. Er hätte vielleicht sogar gewinkt.

»Wenn Sie länger hier bleiben, Sir«, sagte die Kellnerin, »dann muß ich Ihnen Mittagessen berechnen.«

»Gut«, erwiderte er, »ich esse zu Mittag.«

»Was kann ich Ihnen bringen?«

»Spaghetti«, erwiderte er. »Mit Fleischklöpsen.«

Er würde die Vergangenheit verspeisen.

Nach dem Mittagessen fühlte er sich müde. Er fuhr nach Süden zum Meer und parkte auf Pier 22, lehnte den Kopf zurück, schloß die Augen. Die Sonne fiel in staubigen gelben Streifen auf die Windschutzscheibe. Hunderte von Leuten bummelten umher. Ihre Schritte vermischten sich, machten ein seltsam hölzernes Geräusch. Er hörte, wie der Motor des Wagens abkühlte, knackste, wie die Pfoten eines Hundes auf dem Gehsteig.

Ein lockeres Rumpeln, und er sah ein Flugzeug über den Dächern aufsteigen. Der Wagen wackelte. Der Zündschlüssel klirrte kurz. Er blinzelte, streckte sich. Seine Zähne fühlten sich taub und stumpf an. Er zog sich langsam hoch, entdeckte sein Gesicht im Spiegel. Seine Augen waren weit aufgerissen. Sie hatten alles gesehen, und das war zuviel gewesen — und wer ist jetzt der Astronaut? Das Essen lag ihm schwer im Magen. Offenbar war ihm die Vergangenheit nicht bekommen. Er schaute auf die Uhr. Es war fünf. Er hatte fast drei Stunden geschlafen. In noch drei Stunden würde es dunkel sein.

Er fuhr nach Mangrove South und hielt an der erstbesten Bar an. Von der Decke hingen Totenköpfe aus Styropor. Die Feierlichkeiten zum Tag der Toten wurden im Fernsehen übertragen. Hinten gab es ein Telefon. Er rief noch einmal Mitch an. Nichts. Er trank Bier, sah fern.

Eine halbe Stunde später rief er wieder Mitch an. Immer noch nichts. Er versuchte es statt dessen bei Carol. Lady Dobson war am Apparat. Carol sei ausgezogen, sagte sie. Sie gab ihm Carols Nummer. Er rief die Nummer an. Carol war zu Hause. Na ja, sozusagen zu Hause. Sie benutzte zwar seinen Namen, aber er schien ihr nichts zu sagen. Er stellte sich vor, wie sie von Hunderten von Spezialschuhen umgeben war, und von diesen Schuhen paßten keine zusammen.

»An diesem Wochenende geht es nicht«, sagte sie. »Paßt es dir am Montag?«

Montag? Jeder Tag schien ihm im Augenblick ewig lang, und Montag war so wie das Leben eines anderen Menschen.

»Klar«, antwortete er. »Okay.«

Sie nannte ihm Zeit und Treffpunkt, aber er dachte immer noch über den Montag nach. Er konnte ihn sich einfach nicht vorstellen.

Schließlich bemerkte sie sein Zögern. »Ist alles in Ordnung, Jed? Wo bist du?«

Aber es war zu spät, er legte bereits auf.

Wieder im Auto, fuhr er los. Er war nur einer von vielen Tausenden, die während der letzten vierundzwanzig Stunden in die Stadt gekommen waren, und die Leute begannen sich in den Straßen zu drängen, manche mit blaubemalten Körpern, manche mit Totenkopfmasken, manche in Leuchtskelettanzügen. Auf dem Grund eines mit Wasser gefüllten Glastanks lag ein Mann. Auf einem Plakat über ihm stand: SPIELEN SIE TOTER MANN! NUR $ 1,25! Als das Gefährt an Jed vorbeikam, machte der Mann ein Auge auf und zwinkerte. Es war wahrhaftig der Tag der Toten. Spielwiese und Alptraum. Jed tröstete sich mit dem Gedanken, daß er sich in diesem ganzen Chaos und der

Hysterie verstecken und den Karneval wie eine Verkleidung benutzen konnte. Aber im Stadtzentrum konnte er nicht bleiben. Er war an ein paar Hotels vorbeigefahren, und überall hing das gleiche Schild: LEIDER BELEGT. Er würde an den Stadtrand fahren müssen. Nach Newtown, Austin, Normandy. Dort draußen gab es keine Schilder mit LEIDER BELEGT. Wie weit der Tourismus auch ging, bis hierher kam er nicht ganz.

Als er dann die Brücke zum drittenmal an diesem Tag überquerte, sah er am Westufer hoch über dem Fluß ein Licht. Diese Reihe grauer Häuser. Dort hatte er einst gewohnt. Mit Vasco und seinen Onkeln. Seit dem letzten Mal, daß er die Onkel gesehen hatte (obwohl er Reg natürlich nie wirklich gesehen hatte), waren fünfzehn Jahre vergangen. Sie waren damals schon senil gewesen. Inzwischen mochten sie längst tot sein. Das Haus stand vielleicht leer...

Nach fünf Minuten war er da. Obwohl die Sonne fast untergegangen war, sah man in den Fenstern kein Licht. Das hatte natürlich gar nichts zu bedeuten. Die Onkel waren immer knickerig gewesen. Er stieg die Stufen zur Veranda hinauf. Zwei durchlöcherte Fliegengitter lagen auf den ausgeblichenen Holzbohlen. Er dachte an einen Nachmittag zurück, den er mit Vasco hier verbracht hatte. Bierdosen und Gerede über Bandenkriege. Er schaute in den Garten hinunter. Von hier aus sah man über den Fluß und erkannte in der Ferne deutlich die Crumbles. Er wandte sich ab, von der Erinnerung und von der Aussicht. Die Vordertür gab nach, als er gegen sie drückte.

Drinnen war es dunkel, abgesehen von einem schmalen Streifen orangefarbenen Lichts, der sich in die Diele gestohlen hatte und jetzt an der Wand lehnte. Staub rieselte durch die Luft, wie Steinchen, die im Wasser langsam auf den Grund sinken. Er ging auf die Treppe zu, bemerkte dann die Tür zum Aufzug und zögerte. Fast glaubte er, es würde sich nichts rühren, als er auf den Knopf drückte, aber von irgendwo oben war ein Knarren zu hören. Ein Klicken, als sich Metalltüren schlossen. Durch ein Glasfenster sah er die dicken schwarzen Seile in dem leeren Schacht schwingen, während die Kabine herunterfuhr. Die Gitter öffneten sich. Jed machte die Tür auf und fuhr erschrocken zurück. Vor ihm im Aufzug saß Mario in seinem Rollstuhl. Sein Kopf war zur Seite gefallen, so daß es aussah, als würde er seiner Schulter zuhören.

»Mario?«

Jed machte einen Schritt nach vorn. Von Marios Augen und Lippen erhoben sich schwarze Fliegen.

Als Jed wieder hinschauen konnte, fiel sein erster Blick auf den Rollstuhl. Der Lederüberzug hatte angefangen zu zerfallen. An einigen Stellen war er ganz brüchig und abgescheuert, an anderen Stellen zerrissen. Unter dem Leder blitzte etwas auf wie helles Papier. Er ging näher heran, versuchte, nicht zu atmen. Und langte in den Schlitz hinter dem Rücken des Toten. Seine Hand schloß sich um mehrere Hundertdollarnoten.

Horch. Hörst du das? Geld.

Jed spürte, wie sich ein seltsames schiefes Lächeln auf seinem Gesicht breitmachte. Alle hatten immer gedacht, Mario sei senil. Alle hatten sich immer gefragt, was er mit seinen Millionen gemacht hatte.

Horch. Hörst du das?

Jedesmal, wenn er sich bewegte, mußte er es gehört haben. Er hatte darauf gesessen. Er hatte sich die ganze Zeit auf seiner eigenen fahrbaren Bank fortbewegt.

Jed lächelte noch, als er eine Stunde später vor dem »Lucky Strike Motel« parkte. Er hatte sich das »Lucky Strike« ausgesucht, weil es in Newtown stand, dem trostlosen Viertel im Norden der Stadt. Und trotzdem wußte er, daß er ein Risiko einging. Die Geier waren immer gern in Motels gegangen. Motels waren Datenbänke der Unterwelt. Sie waren die idealen Orte für Verabredungen, für Deals. Skull McGowan hatte eine

Gruppe von Geiern rund um das »Motel Meeresgrund« an der Autobahn 12 stehen. Eine Nacht, entschied Jed. Dann fuhr er weiter. Er versteckte sein Auto in der dunkelsten Ecke der Tiefgarage und trug sich unter dem Namen Matt Egel ein.
Es war noch früh, kurz nach acht. Neben dem Motel gab es eine Bar. Er ging hinein und setzte sich an den Tresen. Es waren nur zwei Männer da, irgendwelche Alten aus der Nachbarschaft, die Bier und Kurze tranken und sich im Fernsehen den Gedenkgottdienst ansahen. Jed sagte, es sei sein erster Tag in der Stadt, nachdem er weg gewesen war. Er sagte, er würde sie beide gern auf ein Glas einladen. Den Barmann auch.
Jed schaute zum Fernseher hinüber. Die ersten Boote erreichten gerade die Engelsauen. Er hob sein Glas hoch.
»Eines Tages sind wir auch dran«, sagte er, »aber jetzt noch nicht.«
»Darauf trinke ich«, sagte einer der beiden.
Sie tranken alle darauf.
»Hier sind wir also«, sagte der Fernsehmoderator, während die Sonne hinter ihm unterging und der Wind mit seinem Haar spielte, »wir berichten Ihnen live aus Moon Beach ...«
»Live«, sagte der Barmann. »Das is 'n Witz.«
Sie lachten alle.
Die Boote warfen die Anker aus. Sie hatten die Engelsauen erreicht, das berühmteste Friedhofstor. Über den Friedhof wachten zwei weiße Engel. Sie standen auf Sockeln, die Flügel vor dem Himmel weit ausgebreitet, die Hände bescheiden zum Gebet gefaltet.
Eine Luftaufnahme.
Vom Hubschrauber aus war die Bootsflotte eine lose Ansammlung von Lichtern auf einer großen dunklen Fläche. Sie hatte sich um die beiden von Scheinwerferlicht überfluteten Engel versammelt. Der Gottesdienst würde gleich beginnen.

Dann schwenkten die Kameras nach unten. Näherten sich der Brücke eines der größeren Boote. Ruhten auf einem Mann im dunklen Anzug. Regloses Gesicht, regloses Haar.

»... Mr. Neville Creed« — die Stimme des Moderators war gedämpft und ehrfürchtig — »der Vorsitzende der Paradise Corporation ...«

Jeds Hände zuckten, und er verschüttete seinen Whisky.

»Stimmt was nicht?« fragte der Barmann.

Jed schüttelte den Kopf.

Später lag er dann auf dem Rücken im Bett und beobachtete, wie kleine Lichtblöcke oben an der Wand über dem Fenster entlangwanderten. Das beunruhigte ihn zuerst, aber dann begriff er, daß es bloß vorüberfahrende Autos waren. Inzwischen war es spät, nach Mitternacht, aber draußen verlief die Autobahn. Diese kleinen Lichtblöcke würden die ganze Nacht lang über die Wand wandern.

Er machte die Augen zu, aber das Bild tauchte trotzdem vor ihm auf. Dieses reglose Gesicht auf dem Boot. Langsam wandte es sich ihm zu, und diese reglosen Lippen begannen zu sprechen.

Hier bin ich.

Es war, als hätte Creed gewußt, daß er zusah. Als wüßte Creed alles. Als wäre Creed eine Art Gott.

Jed machte das Licht an. Er rutschte mit dem Oberkörper hoch, lehnte sich gegen das Kopfteil. Denk daran, warum du hierhergekommen bist. Er hob das Handgelenk und schaute auf seine Tätowierung, so, wie man auf eine Armbanduhr schaut, und wie die Zeit, die vergeht, erinnerte sie ihn daran, daß er Teil eines nicht umkehrbaren, unentrinnbaren Prozesses war. Er würde sich nicht wieder benutzen lassen. Er würde sich nicht reinlegen und übers Ohr hauen lassen. Diesmal hatte er die Trümpfe in der Hand. Jetzt war er am Drücker. An ihm lag es, zuzuschlagen, den Überraschungsmoment auszunutzen. Und es gab Leute, die ihm helfen würden, Leute, die Bescheid wußten. Carol, Mitch. Sogar Vasco vielleicht: Wenn er die Wahrheit erfuhr, würde er stechen.

Die Wahrheit.

Er griff in seine Jackentasche und nahm ein Tonband heraus. Er brauchte es nicht abzuspulen. Er kannte es Wort für Wort auswendig.

Erst seine Stimme: »Sie wollen, daß ich Vascos Bruder umbringe?«

Dann die von Creed: »Ganz genau.«

Wieder seine eigene Stimme: »Wie?«

Dann die von Creed: »Mach dir darüber keine Gedanken. Dafür wird gesorgt. Es wird hübsch...«

Jed legte sich wieder hin. Erpressung würde sein Werkzeug sein. Er würde etwas verlangen. Geld. Doch hier ging es nicht um Geld. Das wußte er jetzt sicher. Mario war in seinem Rollstuhl aufgetaucht. Mario hatte ihm eine Höllenangst eingejagt. Durch Mario war ihm alles klar geworden. Er sah den braunen Umschlag mit Banknoten an Creeds Brustkorb abprallen und zu Boden flattern. Hier ist es nie um Geld gegangen. Denk daran, warum du hierhergekommen bist. Dieses Gesicht auf dem Boot, es war nur Haut und Knochen. Es war ein Schokoladentotenkopf für sein Leckermaul.

Allmählich fielen ihm die Augen zu.

Gegen drei fing es zu regnen an. Und plötzlich war er wieder in Adam's Creek. Wartete in der Gasse hinter dem Restaurant. Celia verspätete sich. Ein Geräusch, das von einem Stück Papier im Wind hätte kommen können, und er schaute sich um. Sie stand neben ihm. Ihr Gesicht strahlend, als würde die Sonne darauf untergehen. Ihr blondes Haar streifte ihr Schlüsselbein wie ein zerfranstes Stück Strick.

Er nahm den Schlüssel aus der Tasche, sperrte die Hintertür auf. Durch den Küchentrakt ins Restaurant hinein. Es war dunkel, aber er kannte sich, auch ohne etwas zu sehen, aus. Sie folgte ihm, die Hand an seinem Gürtel.

»Hier drinnen riecht es«, sagte sie.

»Das ist Huhn«, erwiderte er flüsternd. »Nummer 42.«

Als er die Scheinwerfer über der Grotte einschaltete, saß sie bereits mit zurückgeworfenem Kopf und auf die nach hinten gestreckten Arme gestützt auf einem Felsen. Ihr langes, strohiges Haar reichte ihr gerade bis zu den Ellbogen. Sie war von der Hüfte aufwärts nackt.

»He, Jed«, flüsterte sie durch das Restaurant. »Seh' ich wie 'ne Meerjungfrau aus?«

Er lächelte und betätigte noch einen Schalter. Es war ein fernes Donnergrollen zu hören. Er bahnte sich einen Weg an den leeren Tischen vorbei. Als er bei ihr ankam, fielen die ersten Regentropfen. Das erste Gewitter.

»Wir werden tropfnaß«, sagte er.

»Ja.« Sie warf den Kopf zurück. »Ja, ich weiß.«

Jedes Gewitter dauerte fünf Minuten lang, dann schalteten sich die farbigen Scheinwerfer an. Zikaden zirpten in den Palmen, von den nassen Blättern tropfte es. Nachdem Celia das erste Mal gekommen war, wandte sie den Kopf und blickte in das Restaurant. »Ich habe da so oft gesessen«, sagte sie, »vor diesem beschissenen chinesischen Essen.«

Ihre eine Brust war rot, die andere grün. Die Brustwarzen waren dunkler, straffer geworden. Ihr nasses Haar ergoß sich über ein Beet aus Plastiklilien.

Sie drehte sich zu ihm. »Ich hätt' nie geglaubt, mal so hier zu liegen.«

»Doch, hast du wohl«, erwiderte er.

»Ich hab's gewollt, aber ich hab' nie gedacht, daß es passieren würde.«

Dann fing es wieder zu regnen an, und sie biß sich auf die Unterlippe, griff nach ihm und flüsterte: »Steck ihn wieder in mich rein, und tun wir so, als wär'n wir auf 'ner einsamen Insel.«

Das Nieseln auf seinem Rücken, als er sich in ihr hin- und herbewegte. Ein zuckender Blitz am Himmel. Ihre langen dünnen Schreie wurden übertönt, als sich der Donner wie Felsbrocken über einem Dach entlud. Sie bumsten, bis ihnen kalt wurde.

Am nächsten Abend wartete sie in der Gasse auf ihn.

»Weißt du noch, letzte Nacht?«

Er grinste sie an. »Ich weiß noch, letzte Nacht.«

»Weißt du, wie lange wir gebumst haben?«

Er zuckte die Achseln.

»Drei Gewitter lang«, sagte sie.

Der Sturm war vorüber. Er drehte sich in seinem Motelbett um und zog die Decke über sich.

Er hörte die Autos auf der Autobahn, ein Geräusch, als würde jemand den Boden wischen. Ein kleiner Lichtblock wanderte oben an der Wand entlang und blieb auf halbem Weg stehen, aber Jed sank bereits, sank langsam in den Schlaf.

FÜNF

ALTE FREUNDE

Es war am Freitag nach der Bestattung, dem Tag nach dem Tag der Toten. Nathan saß im »Tin Pan Alley«, einer irischen Bar im Stadtzentrum. Er wartete auf Georgia.

Er hatte den größten Teil der vergangenen achtundvierzig Stunden in Georgias Wohnung zugebracht. Jedesmal, wenn er daran dachte, in das Haus am Mahogany Drive zurückzukehren, fiel ihm Harriet ein, er sah sie in der Gartenlaube auf dem Boden hocken, die dunklen Augen in ihren Höhlen schwimmend, ein Taschentuch zwischen den Beinen. Wenn er nur lange genug wartete, würde sie vielleicht einfach gehen, zu sich nach Hause fahren. Schließlich war die Bestattung vorbei. Sie hatte keinen Grund zu bleiben.

Er trank sein zweites Glas aus und bestellte sich ein drittes.

»Tin Pan Alley«. Hinter der Bar fiel die Straße zum Hafen hin ab. Das Herz des alten Schlachthofviertels. Kühlspeicher, unbebaute Grundstücke, gestohlene Autos. Durch das Fenster konnte er das Zischen von Lastwagenbremsen am Hügel hören.

Georgia hatte zehn Uhr gesagt, aber er wußte, um zehn Uhr würde sie nicht da sein. Sie war losgezogen, um für sie beide schnell etwas Stoff zu beschaffen. Er überließ diesen Teil der Angelegenheit ihr. Sie kannte die Stadt besser als er, wußte, wo es lang ging. Nein, um zehn würde sie nicht da sein. Nicht einmal annähernd. Sie würde hereinschweben, um Mitternacht frühestens, würde den gesenkten Kopf hin und her wiegen lassen mit ausdruckslosen Augen, tauben Lippen. Was hatte sie

einmal gesagt? »Ich bin wie ein feiges Huhn, wenn ich in Kneipen gehe.« Er lächelte. Durch dieses Stück Zeit hindurch gab es keine Abkürzung, und er suchte nach keiner. Er konnte tagelang warten, wenn es nötig sein sollte. Die Gedanken auf Sparflamme, die Finger am Schweiß eines Glases gekühlt.
Er saß etwa eine Stunde dort, als sich dieser Typ zur Tür hereinschob. Große, dünne Gestalt in Schwarz. Gliedmaßen zum Wegklappen. Sah irgendwie knarrend aus. Nur dieser eine Blick auf ihn, und es geschah etwas in Nathans Kopf. Es war so, wie wenn man Geld in den Billardtisch steckt und die Kugeln in die Rinne poltern.
Nathan starrte ihn an, war sich aber nicht sicher, wo er ihn einordnen sollte. Ein Bekannter oder jemand, der wie ein Bekannter aussah? Die enge schwarze Hose; die schwarze Jacke, die an den Ärmeln zu kurz war; der schwarze Zylinder. Wie Abflußrohr und Schornstein in einem. Der Kerl trug Moon Beach in sich eintätowiert. Das falsche Ende des Alphabets. Nathan beobachtete ihn, als er ein Bier bestellte, auf seiner Handfläche Kleingeld herumschob, einen gekrümmten Finger ans Ohr hob und sich kratzte. Als man ihm das Bier hinstellte, reckten sich seine Lippen gierig dem Rand des Glases entgegen. Er schluckte, seufzte, wischte sich mit dem Handrücken den Mund. Er mußte sich nach diesem Bier fast zu Tode gesehnt haben. Hatte den ganzen Tag mit diesen winzigen Münzen herumgefummelt. Doch jetzt mußte er gespürt haben, daß ihn jemand beobachtete. Sein Kopf drehte sich, dann sein Körper. Kalte Augen, Brille, ein Gesicht so bleich wie Eis. Jetzt wußte Nathan es. Und konnte es nicht fassen. Nach all den Jahren. Sogar der Name fiel ihm wieder ein. Jed Morgan.
»Is' 'ne Weile her«, sagte Jed, »was?«
»Ich habe dich erst nicht erkannt«, meinte Nathan.
»Vielleicht hab' ich mich verändert oder so.« Jed schlürfte sein Bier. »Schwimmst du noch?«

Nathan lächelte. Die Anspielung verstand er. »Ich habe die Küste rauf und runter gearbeitet. Als Lebensretter hauptsächlich.«
»Und was führt dich dann wieder her?«
»Es ist jemand gestorben.«
Jeds Kopf fuhr zurück, zuckte auf seinem sehnigen Nacken.
»Damit macht man keine Witze.«
»Ich mache keine Witze.«
»Wer ist es denn?«
»Mein Vater.«
»Tut mir leid.« Jed tat es nicht leid, nicht im entferntesten.
»Wie oft ich das in letzter Zeit gehört habe«, sagte Nathan.
Jed zuckte mit den Achseln. »Es stirbt jemand, das kommt vor.«
»Und du?« fragte Nathan.
»Wie, und ich?«
»Warst du auch weg?«
»Könnte man so sagen.« Jeds Lippen schienen auf ein Lächeln zuzuwandern, aber sie kamen nie an. Seine Augen waren reglos, hinter Glas, wie eine Schlange im Reptilienhaus. »Eine lange Geschichte, weißt du.«
»Nein, weiß ich noch nicht.«
Jed zeigte mit dem Daumen in Nathans Richtung und sagte zu dem Barmann: »Der hat vielleicht Humor.«
Der Barmann grinste. Nathan grinste.
Rundum Grinsen.
Nathan fand es absonderlich, daß er so mit Jed redete. Er hatte Jed früher nie gemocht, und er war sich nicht sicher, ob er ihn jetzt mochte. Diese Augen, diese Haut. Zu anderen Zeiten hätte ihn das abgestoßen, aber jetzt war er in zu schlechter Stimmung. Die Nacht würde lang werden. Er wartete auf Georgia. Sobald sie durch diese Schwingtür käme, würde er aufsteigen wie ein Düsenjet am Ende der Rollbahn.

Und daher konnte er sich an Jed wenden, ihm direkt ins Gesicht sehen und sagen: »Erzählst du es mir, oder was?«
Jed langte mit einem Finger nach unten, kratzte den Zentimeter weiße Haut zwischen seiner Socke und dem Hosenbein. Das war seine Art, den Abzug an seiner Geschichte zu spannen. Dann rutschte er von seinem Hocker und zeigte mit demselben Finger auf eine Bank gegenüber von Nathan.
»Klar«, sagte Nathan. »Setz dich.«
Jed stützte sich mit beiden Armen auf den Tisch, und sein Blick wanderte in der Bar herum. »Ich hab' für ein Bestattungsinstitut gearbeitet.« Er sah blitzschnell zu Nathan, um zu überprüfen, ob er eine Reaktion zeigte. Keine. »Ich hab' für einen Kerl namens Creed gearbeitet. Vielleicht haste von ihm gehört.«
Nathan schüttelte den Kopf.
»Die Stelle hat mir Vasco verschafft. Erinnerst du dich an Vasco?«
»Was ist mit ihm?«
»Ein Typ hat seinen Bruder umgelegt.« Jed spülte noch mehr Bier hinunter. »Das letzte, was ich gehört habe, war, daß er übergeschnappt ist.«
»Gott.«
»Er war sowieso schon irgendwie übergeschnappt. Diese Familie, da waren alle übergeschnappt. Seine Onkel. Einer von denen, der hat sich den ganzen Tag in seinem Zimmer eingeschlossen. Ich hab' dort über ein Jahr gewohnt und ihn nicht ein Mal gesehen. Der andere —« Jed brach plötzlich ab. Er ließ den Kopf auf sein Bier hinuntersinken und nahm einen Schluck.
»Dieser Creed also«, und er beugte sich näher zu ihm, dämpfte die Stimme, als ob sie sich plötzlich in einer Kirche befänden. »Es war vor sechs Jahren etwa. Damals war da die Sache mit der Loyalität. Wir waren alle darin verwickelt, kamen uns dadurch wie was Besonderes vor. Es war, als wäre man aus Gold. Alle haben ein Stück von uns gewollt. Wir sind in einem langen

Leichenwagen durch die Stadt gezogen, einem von denen, bei dem der Kühler um die Ecke biegt und der Fond erst fünf Minuten später. Ich war der Fahrer. Schwarzer Zylinder, rotes Samtkissen zum Draufsitzen wie ein König, 'ne dunkle Brille gegen das helle Licht. Wir sind durch die Stadt gezogen, unsere ganze Bande. Wir haben den Leuten eine Heidenangst eingeflößt.«

Er sprach jetzt aus den Tiefen der Vergangenheit heraus, seine Stimme erhob sich aus dem Steinbruch seiner Erinnerungen. Man hatte plötzlich das Gefühl, es sei schon viel später, als es in Wirklichkeit war.

»Einmal fahren wir die Promenade lang, und diese Kinder fangen an, mit uns Scheiß zu machen. McGowan kurbelt das Fenster runter und lehnt sich raus, mit seinem kahlrasierten Kopf und der Spiegelbrille vor den Augen, und er sagt: ›Ihr werdet sterben‹, sagt er ganz leise, aber so, daß sie es hören können. ›Ihr werdet sterben, und wir werden euch beerdigen.‹« Jed grinste und leerte sein Glas.

»Netter Kerl«, sagte Nathan.

»McGowan«, sagte Jed und schüttelte den Kopf. »Wir haben immer Skull zu ihm gesagt, Totenkopf.«

»Wieso denn?«

»Er hat einfach so ausgesehen. Wir haben alle Spitznamen gehabt. Da waren Skull und Pig, und Vasco hieß Gorilla, wie in den alten Zeiten. Dann war da noch Meatball —«

»Meatball? Was hatte der mit 'nem Fleischklops zu tun?«

»Keinen Hals. Sein Kopf saß irgendwie direkt auf seinen Schultern. Also haben wir ihm den Namen Meatball gegeben. Der Typ war zur Unterhaltung da.«

Einmal war ich deine Unterhaltung, dachte Nathan. Aber er schob den Gedanken beiseite.

»Und was ist mit dir?« fragte er. »Was für einen Namen hast du gehabt?«

»Spaghetti.«

Nathan lachte. »Dieser Typ hätte ein Restaurant aufmachen können, scheint mir.« Er hielt sein Glas hoch. »Trinkst du noch eins?«
Jed nickte. Nathan ging zur Bar hinüber und kam mit zwei neuen Gläsern zurück.
»Es war Macht, regelrechte Macht.« Jed kratzte sich mit einem langen Fingernagel die Wange. »Was wir damals getrieben haben, das war auf 'ner anderen Ebene.«
»Also, dann kapier' ich nicht. Warum bist du weg?«
»Ich hab' 'nen Job für Creed erledigt. 'nen Job, bei dem man sich die Hände schmutzig macht. Ich mußte weg.«
Nathan nickte, als verstünde er das.
»Ich bin in einer Kleinstadt in der Wüste gelandet, du dürftest kaum von ihr gehört haben. Hab' in 'ner Eisdiele gearbeitet. Hab' Eis verkauft.« Jeds Gesicht öffnete sich wie eine Höhle, und Nathan spürte, wie ein eisiger Hauch durchwehte. Alte Knochen und Spinnen, jahrhundertelang Feuchtigkeit. »Karamel, Schweizer Schokolade mit Mandeln, Pecannußsplitter«, sagte Jed, »du kannst jede Sorte haben, die du willst. Ich hab' sie alle verkauft.«
Nathan konnte es sich irgendwie nicht vorstellen. »Ißt du gern Eis?«
»Ich kann das Scheißzeug nicht ausstehen.«
Sie lachten eine Weile darüber.
»Und jetzt bist du wieder da«, meinte Nathan.
»Genau.«
»Hast du was Bestimmtes vor?«
»Ja«, grinste Jed, »ich hab' was Bestimmtes vor.«
Doch als er Jed danach fragte, schüttelte der nur den Kopf, hob wieder sein Glas, reckte das Kinn in die Luft und schüttete sich das Bier die Kehle hinunter. Gerade und golden lag es längs im Glas, es sah aus, als würde er ein Schwert verschlucken. Dann preßte Jed die Hände flach auf den Tisch, stand auf und ging zur Jukebox hinüber.

Nathan schaute auf die Uhr. Fast halb eins. Als er wieder aufblickte, saß Georgia neben ihm. Sie war geschäftsmäßig angezogen. Ganz in Schwarz mit Ausnahme einer Jeansjacke und einer Bernsteinkette.

»Der Typ, mit dem du da bist«, meinte sie, »ist echt häßlich.«

Nathan lächelte. »Ich weiß.«

»Wartest du schon lang?«

»So zwei Stunden.«

»Das ist gar nicht schlecht für meine Verhältnisse. Ich bin praktisch zu früh da.« Sie klang atemlos, als ob sie sich wieder und wieder im Kreis gedreht hätte und Teile von ihr sich gelockert hätten.

Das ist immer noch die Bestattung, dachte er. Das richtete eine Bestattung an: Sie fuhr einem in die Knochen und versteckte sich dort. Und alle Augenblicke sprang sie wieder hervor, packte und schüttelte einen, bis es rasselte.

Jed hockte sich wieder auf seinen Platz. »Ja, ja«, sagte er, »frisches Blut.«

»Wer is' 'n das?« fragte Georgia.

»Wir waren Bekannte«, entgegnete Nathan. »Vor Jahren.«

»Alte Freunde«, meinte Jed.

Nathan wandte sich an Georgia. »Hast du's bekommen?«

Sie zündete sich eine Zigarette an. »Irgendwann schon. Ich mußte bis nach Sweetwater hinaus. Toller Name für ein Niemandsland. Kein bißchen Wasser da, geschweige denn Süßwasser. Wer denkt sich eigentlich die Namen der Orte aus? Meine Güte.« Sie blies den Rauch in den Raum und schüttelte den Kopf. Dann schien ihr klar zu werden, daß es überstanden war, daß sie war, wo sie hingewollt hatte. Sie sank gegen die flache Lehne der Bank zurück, ließ den Kopf zur Seite sinken, bis er an Nathans Schulter ruhte. »Tut mir leid, daß ich so lange gebraucht habe.«

Er lächelte. »Wie du gesagt hast, du warst praktisch zu früh da.«

»Sweetwater«, sagte Jed. »Das ist ein echter Schutthaufen.«

»Du kennst es?« fragte Georgia ihn.

»Ich hab' früher da gewohnt. Jedesmal, wenn ein Flugzeug drübergedonnert ist, hast du schreien müssen. Wenn du gebadet hast, hat's Wellen im Wasser gegeben.«

Georgia schaute ihn an. »Wie heißt du noch mal?«

»Er wird Spaghetti genannt«, sagte Nathan.

»Ich bin so genannt worden«, sagte Jed, »aber das ist nicht mein echter Name.«

»Was ist dein echter Name?« fragte Georgia. »Lasagne?«

Jeds Lächeln bestand in einem schmalen Zucken seiner Lippen. Du bist an der Grenze, sagte es. Überschreite sie nicht.

»Sein echter Name ist Jed«, sagte Nathan.

Georgia runzelte die Stirn. »Das klingt nicht besonders italienisch.«

»Wer hat was von italienisch gesagt?« meinte Jed.

»Warum dann Spaghetti?« Aber ihr Interesse ließ nach, sie schaute sich um. »Ich glaube, es ist Zeit fürs Klo.«

Nach zwei Minuten war sie wieder da.

»Also, was machen wir?« fragte Nathan.

»Gehen wir zum Haus zurück«, sagte sie. »Dort gibt's einen Pool. Dort gibt's Videos.« Sie nahm Nathan am Arm. »Es wird uns nicht ewig bleiben.«

»Was ist mit Harriet?« sagte er. »Und Yvonne?«

»Die schlafen doch schon, Dummer.«

»Es ist ein weiter Weg.«

»Wir nehmen ein Taxi.«

»Wir brauchen kein Taxi«, sagte Jed. »Ich hab' ein Auto.«

Nathan drehte sich zu ihm. »Macht es dir nichts aus?«

»Nein, es macht mir nichts aus«, entgegnete Jed. »Das Fahren gefällt mir irgendwie.«

Sie verließen die Bar. Nathan wartete auf dem Gehsteig, während Georgia ein paar Sechserpacks bei dem Spirituosenhändler nebenan kaufte, der die ganze Nacht aufhatte. Er beobachtete sie, wie sie in dem harten fluoreszierenden Licht gestikulierte. Sie brachte den alten Mann hinter dem Ladentisch zum Lachen. Er schaute sich um. Jed stand zehn Meter weg, das Kinn in die Luft gereckt, die Finger an der Kehle. Nathan konnte das Kratzen hören. Konnte die trockenen Hautfetzen beinahe zu Boden schweben sehen. Er ging zum Gully hinüber. Der war mit Überresten vom Vortag verstopft: Blumen, Feuerwerkskörpern, Totenköpfen. »Sie schlafen schon, Dummer«, murmelte er. Er mußte betrunken sein, dachte er, um solche Selbstgespräche zu führen.

Dann stand Jed neben ihm. »Das Haus, wo wir hinfahren«, sagte er, »wem gehört es?«

»Uns«, erwiderte Nathan. »Wir wollen es verkaufen. Es wird nächste Woche angeboten.«

»Habt ihr ein Zimmer übrig?«

Nathan schaute auf. »Warum?«

»Na ja, wie ich gesagt habe, ich bin gerade zurückgekommen. Ich hab' noch kein Zimmer gefunden.«

Nathan stupste mit der Spitze eines Schuhs an einem Totenkopf herum. »Dürfte eigentlich kein Problem sein.«

Die Schwingtür zu dem Getränkeladen schloß sich federnd. Sie schauten auf. Georgia kam mit dem Bier auf sie zu. Sie überquerten die Straße zu Jeds Wagen. Es war ein alter Chrysler mit Stahlspeichen. In den Radlagern hing streifenweise angetrockneter Dreck. Jed mußte über Land gefahren sein.

»Er sieht fertig aus«, sagte Jed, »aber er fährt.«

Er sah so aus, wie er fuhr. Die aufgeblähte Haube ließ auf einen kräftigen Motor schließen. Der Kühlergrill hatte mit seinen wilden entblößten Zähnen Fliegen gefangen. auf dem Nummernschild stand CREAM 8..

»Gutes Nummernschild«, sagte Georgia.

»Manche Leute kapieren es nicht«, sagte Jed. »Die meinen, ich bin in der Milchbranche. Ein Milchmann oder so was.«
Lachend stiegen sie ins Auto. Sie setzten sich alle drei nach vorne, Nathan in die Mitte. Jed drehte den Zündschlüssel um. Der Motor grummelte.
Jed schien die Stadt gut zu kennen. Er nahm auf der ganzen Strecke durch die Stadt Abkürzungen, fuhr durch Straßen, deren Namen Nathan noch nie gehört hatte. Und er fuhr überlegt, selten schneller als fünfzig. Nathan lächelte. Er spürte, wie Georgia unruhig neben ihm hin- und herrutschte, und wußte, es war nur eine Frage der Zeit, bis sie etwas sagte. Als sie die Brücke überquerten, war es soweit. Sie beugte sich vor.
»Du fährst sehr langsam«, meinte sie.
»Das ist eine Angewohnheit«, erwiderte Jed.
Sie verstand ihn nicht. »Was meinst du damit?«
Nathan lächelte sie von der Seite an: »Er hat früher Leichenwagen gefahren.«
Keine weiteren Fragen.
Als sie am Mahogany Drive ankamen, wollte Jed sein Auto nicht auf der Straße stehenlassen. Er fragte, ob es nicht einen weniger öffentlichen Abstellplatz gebe. Nathan zeigte ihm den kleinen Hof hinterm Haus.
»Hier ist es sicher«, sagte er.
Jed schenkte ihm ein Lächeln, aus dem Nathan nicht schlau wurde.
Sie machten es sich im Wohnzimmer gemütlich. Es war immer ihr Lieblingszimmer gewesen. Die Terrassentüren, das Schwimmbecken dahinter. Georgia legte ein paar Straßen. Jed saß in Dads Stuhl und sah fern. Er fand den Zeichentrickfilmsender, sagte, was sie da gekauft habe, sei genau der richtige Stoff. Georgia meinte das auch.
»Wie habt ihr beiden euch kennengelernt?« fragte sie.

»Durch einen gemeinsamen Freund«, erwiderte Jed. »Als wir so vierzehn waren.«
»Tip wieder mal gesehen?« fragte Nathan.
»Ich hab' niemand mal wiedergesehen«, sagte Jed. »Ich hab' dir doch gesagt, ich war weg.« Er lächelte. »Ich bin noch nicht mal zurück, nicht offiziell.«
»Was meinst du damit?«
»Keiner weiß, daß ich hier bin.«
»Bist du auf der Flucht oder so?« Und Nathan mußte lachen.
Jed nahm die Frage ernst. Er schob seinen Ärmel hoch. »Siehst du diese Tätowierung?« sagte er.
Nathan beugte sich vor. Er sah eine Reihe blauer Ziffern an der Innenseite von Jeds Handgelenk. »Was ist das?« fragte er. »Deine Telefonnummer?«
»Der war gut«, meinte Jed. »Den hab' ich jetzt zum erstenmal gehört.« Seine Schneidezähne schimmerten, und seine Mundwinkel bogen sich nach unten. Für die Dauer seines Lächelns sah er genauso aus wie sein Auto. Nathan stellte sich an seinen Zähnen zerplatzte Fliegen vor.
»Also was ist es?« fragte er.
»Ein Datum«, entgegnete Jed.
»Was für ein Datum?«
Jed lehnte sich in Dads rotem Sessel zurück. Er ließ sie warten. »Das Datum, an dem ich jemanden umgebracht habe«, antwortete er.
»Ja?« Nathan glaubte ihm nicht. Aber dann erinnerte er sich, erinnerte sich an des Haifischrennen, an das T-Shirt mit dem Aufdruck SELBSTMORD/DU ZUERST, dieses Gefühl von Ansteckung, und dann später an die Central Avenue, daran, wie er Jed gesehen hatte, die Jacke voller Nadeln, und plötzlich glaubte er es.
»Jemand, den wir kennen?« fragte Georgia.
Jed beachtete sie nicht. »Erinnerst du dich, daß ich dir gesagt hab', ich hab' 'nen Job für den Kerl namens Creed erledigt?«

Nathan nickte.

»Na, das war der Job.« Jed nahm sich noch ein Bier. Ein Knacken, ein Zischen. »Die ganze Sache mit den Front Boys, das war nur eine Übung für das Eigentliche. Das hab' ich damals nicht gewußt, aber es war so.« Er starrte die Dose an und stellte sie dann hin. »Bei meiner Arbeit für Creed hab' ich Sachen erledigen müssen, alle, die näher mit ihm zu tun gehabt haben, haben Sachen für ihn erledigen müssen, so war Creed. Ich hab' Sachen erledigen müssen, und dann« — er schaute auf, und plötzlich wirkten seine Augen ganz hell, fast blind — »und dann«, sagte er, »hab' ich gehen müssen.« Er setzte seinen Hut ab und drehte ihn in seinen Händen.

Nathan warf Georgia einen Blick zu. Georgia zuckte mit den Achseln. Nathan schaute wieder Jed an.

Ohne seinen Hut wirkte Jed seltsam verstümmelt, unfertig, nicht mehr vollständig. Der Hut schien untrennbar zu ihm zu gehören, fast wie eine Hand oder ein Lächeln. Sein hellbraunes Haar klebte flach und leblos an seinem Schädel. Über seine Stirn zog sich ein waagrechter roter Strich, als komme das Absetzen des Hutes einer Operation gleich und habe eine Narbe hinterlassen.

Eine Weile sagte keiner etwas.

Während dieses Schweigens hörte Nathan ein Knacken. Er glaubte, das Geräusch zu erkennen: Es war eine der letzten sechs Stufen in der Diele. Er blickte sich um und sah, wie sich der Türgriff senkte. Die Tür war immer schwer zu öffnen gewesen, seitdem Dad den Türfalz gestrichen hatte. Selbst nach Jahren klemmte sie manchmal noch. Das Knacken, das sie machte, als von der anderen Seite gegen sie gedrückt wurde, ließ sie alle hochschrecken.

Die Tür ging auf, und Yvonne stand da, im Nachthemd und einem Mantel darüber. Ihr kupferfarbenes Haar stand ihr auf der Seite, auf der sie offenbar geschlafen hatte, vom Kopf ab.

Sie umklammerte mit der Hand ihr Metallkästchen mit dem Knoblauch. Damit die Teufel Fersengeld gaben.

»Ich habe eine Stimme gehört.«

Sie starrte den roten Sessel an und Jed, weil er darin saß.

»Ich habe gedacht, er ist es. Ich habe gedacht, er ruft mich.«

Nathan stand auf und ging auf sie zu. »Tut mir leid, wenn wir dich geweckt haben, Yvonne.«

Yvonne blickte ihn an. »Wie spät ist es?«

»Halb fünf«, sagte Georgia.

Yvonne nickte vor sich hin.

Nathan legte ihr eine Hand auf den Ellbogen. »Komm, Yvonne«, bat er. »Ich bring' dich wieder zu Bett.«

Oben auf der Treppe blieb sie stehen und meinte zu ihm: »Es war nicht er.«

»Nein.«

Sie packte ihn am Arm. »Aber wer war es denn?«

»Bloß ein Freund.«

Er half ihr wieder ins Bett und zog die Decke über sie. Sie lag auf dem Rücken, die Augen aufgerissen wie ein erschrockenes Kind.

»Ich habe ihm ein Bild gemalt«, flüsterte sie.

»Ich weiß.«

»Glaubst du, es hätte ihm gefallen?«

»Selbstverständlich.« Er küßte sie auf die Wange. »Schlaf jetzt.«

Als er wieder ins Wohnzimmer kam, saß Jed noch immer vor dem Fernseher. Nathan setzte sich neben ihn, merkte aber, daß er sich nicht konzentrieren konnte. Jed kratzte sich immerzu. Erst am Hals, dann am Unterschenkel, dann am Bauch. Es war, als würde sein ganzer Körper jucken, aber nicht überall gleichzeitig. Nathan mußte ihm einfach dabei zusehen. Und während er ihm zusah, begann er sich vorzustellen, wie sich die winzigen Fetzen abgestorbener Haut um das Bein von Dads Sessel herum anhäuften. Er starrte auf das Stück Fußboden, auf dem der Sessel stand, und sah, wie die Hautfetzen sich wie Schnee türmten und dann davonwehten.

Und plötzlich konnte er nicht mehr zuschauen. Er mußte etwas sagen. »Jed?« fragte er. »Hast du Georgia gesehen?«

Jed blickte nicht vom Fernseher auf. »Ich glaube, sie ist rausgegangen.«

Draußen fingen die Vögel in den Bäumen zu singen an, als wären sie Angeln an der Tür, die bald den Morgen hereinlassen würde. Georgia saß auf der Treppe, ein Bein bis zur Brust hochgezogen, die Wange seitlich aufs Knie gelegt. Nur die Finger ihrer rechten Hand bewegten sich und spielten mit den Teilen ihrer Bernsteinkette. Hinter ihr gluckste und plätscherte das Schwimmbad.

»Wie geht's Yvonne?« fragte sie.

»Sie ist in Ordnung.«

»Daß sie seine Stimme so gehört hat.« Und sie erschauderte.

Er setzte sich neben sie. »Das waren nur wir. Sie war im Halbschlaf und ganz durcheinander. Bis morgen früh hat sie es vergessen.«

Im Garten war es noch dunkel, aber die Dämmerung hatte sich über den Himmel ergossen wie Säure, die auf die Bäume herabrieselte und die Nacht zwischen den Zweigen auffraß. Die Hecke war nicht mehr nur Silhouette wie zuvor; Hunderte einzelner Blätter stachen hervor. War man die ganze Nacht aufgewesen, erschien einem die Dämmerung wie ein Zaubertrick: Auch wenn man wußte, was kam, gelang es ihr doch, einen zu überraschen. Es war auch unheimlich, denn es wurde einem klar, wie langsam sich die Welt drehte, wie langsam und unerbittlich; es wurde einem klar, daß sie unentrinnbar war.

Georgia durchbrach die dunkle Oberfläche mit einem rasanten Hechtsprung. Als sie wieder auftauchte, lag ihr glänzend schwarzes Haar eng am Schädel wie eine Kappe an. Nathan blickte zum Haus zurück. Eingerahmt im Wohnzimmerfenster war ein weißes Gesicht. Jed, sagte er sich. Aber erst, als es ihm eiskalt über den Rücken gelaufen war. Dad hatte immer so dagestanden. Hatte am Fenster gestanden und in den Garten hinausgeschaut. Und dann klopfte er immer an die Scheibe. Er konnte nicht rufen, er mußte seine Stimme, seinen Atem schonen. Schon die Luft an sich war gefährlich für ihn. Zu feucht, zu naß. Die Feuchtigkeit sammelte sich in seiner Luftröhre wie Moos, blockierte seine engen Lungen. Nathan hatte immer gefunden, es sehe aus, als sei Dad gefangen, als wolle er hinaus, könne es aber nicht. Oder als sei er bereits tot, unter Glas. Einmal, als Dad gegen das Fenster klopfte, hatte Nathan gerufen: »Dad, *muß* das sein?« Und als Dad ihn dann gekränkt angesehen hatte, hatte er ihm nicht erklären können, warum er wütend war.

Das plötzliche Geräusch hingeworfener Perlen. Doch es war nur das Wasser, das von Georgias Körper troff, als sie aus dem Becken kletterte. Sie stand neben ihm, in ein dickes Handtuch gewickelt, eine Faust nachdenklich am Kinn. »Es ist mir gerade eingefallen. Er hat gesagt, daß er jemanden umgebracht hat.« Nathan lächelte zu ihr auf. »Vermutlich nur Koksgefasel.«

Jed war in dem roten Sessel zusammengesunken, als sie nach drinnen kamen. Eine Hand unter der Wange, eingeschlafen. Der Fernseher war noch an. Ein Zeichentrick-Streifenhörnchen tanzte über seine Brillengläser.

Georgia legte den Kopf auf die Seite und las die Ziffern auf Jeds Handgelenk. »Vermutlich hast du recht. Es ist vermutlich bloß eine Telefonnummer.« Sie gähnte. »Ich geh' ins Bett.« Sie küßte Nathan auf die Wange. »Wir sehen uns morgen früh.« Sie lachte. »Nachmittag, meine ich.«

Er wartete, bis sie hinausgegangen war, dann schaute er wieder auf Jed hinunter: Das frühe Morgenlicht verfing sich in

Jeds Haut wie eingerissene Fingernägel in Wolle. Er berührte Jed an der Schulter.

Jeds Augen klappten auf. »Was gibt's?«

»Du hast jemanden umgebracht«, sagte Nathan, »stimmt's?«

Das Lachen tröpfelte Jed aus den Nasenlöchern. »Wo schlafe ich?« fragte er.

UND ES WARD EWIG FRÜHLING

Er hätte nicht so viel quatschen sollen.

Die Ampel schaltete auf Rot, und Jed war so wütend, daß er viel fester auf die Bremse trat als nötig. Seine abgefahrenen Reifen kreischten auf dem heißen Asphalt. Eine Frau wäre fast aus ihren hochhackigen Goldsandalen gekippt. Sie trug ein T-Shirt mit der Aufschrift ICH BIN NACH MOON BEACH GEKOMMEN UND LEBE.

Aber wie lange noch, dachte Jed mit zusammengebissenen Zähnen. Aber wie lange noch.

Es war Montag morgen. Die Sonne fiel durch den Himmel herab wie das Beil einer Guillotine. Er spürte noch immer das Bier und das Kokain in seinem Kopf hinter den Augen, fühlte sie noch in seinem Blut, wie Schotter. Seine Haut schien ihm heute morgen nicht zu passen. Er hätte es besser wissen müssen. Er mußte klare Augen und sauberes Blut behalten.

Er fuhr die Promenade hinunter und parkte in der Nähe des »Ocean Café«. Hier sollte er Carol treffen. Er war zu früh dran, saß hinter dem Lenkrad, das Radio brabbelte. Er sah zu, wie die Leute in ihrer hellen Kleidung vorbeiblitzten wie ein stechender Kopfschmerz. Freitagnacht. Gut er hatte also zuviel gequatscht. Aber wenn schon, wer würde sich daran erinnern? Nathan und seine Schwester, die waren beide so zu gewesen, daß er daran zweifelte, ob sie sich überhaupt an etwas erinnern würden. Und selbst wenn, was sollte es? Geschichten über Mord und Tätowierungen und Banden, wer glaubte schon solche Geschichten, besonders bei kaltem Tageslicht besehen?

Er beugte sich in seinem Sitz vor, schob sich ein Bonbon in den Mund und lutschte nachdenklich daran. Geschichten waren seine Eintrittskarten, das waren sie immer gewesen. Jetzt hatten sie ihn nach Blenheim geführt. Der Name zauberte ein Lächeln auf sein Gesicht. Angenommen, es waren ihm tatsächlich Geier auf den Fersen. In Blenheim würden sie nie nach ihm suchen. Das paßte einfach nicht zu ihm. Es paßte überhaupt nicht zu ihm. Er war diesmal wirklich auf den Füßen gelandet.
Er feierte es, indem er fünfzig Cent in die Parkuhr steckte, als er ausstieg. Es hatte ihn schon immer belustigt, kleine Vorschriften zu befolgen.

Nathan schlief schlecht. Die ganze Nacht fühlten sich die Laken an seinem Körper rauh an, und als es Morgen wurde, bohrte sich die Helligkeit wie Metall durch seine Augenlider. Im Traum sah er Jed am Ende des Gartens stehen, eine Schubkarre neben sich. Er schaufelte seine abgestorbene Haut auf ein großes Feuer. Er verbrannte die abgestorbenen Teile von sich.
Als Nathan aufwachte, ging er gleich ans Fenster, weil er erwartete, Jed unten stehen zu sehen, mit einem Spaten in der Hand. Aber da war nichts außer hellem Sonnenschein und grünem Gras. Er rieb sich die Augen. Seine Haut war straff und dünn über sein Gesicht gespannt, der Rest des vielen Kokains ratterte ihm wie ein Geisterzug durchs Blut. Es war Montag. Er schaute auf die Uhr. Es war fast elf.
In der Küche traf er den einzigen Menschen an, den er hatte meiden wollen: Harriet. Sie saß mit einer Tasse Kaffee und einer Zigarette am Tisch.
»Da bist du ja«, sagte sie.
Sie hatte heute morgen ein Hexengesicht. Einen Helm aus schwarzem Haar und Haut wie Kerzenwachs. Ihre beiden Schneidezähne waren gekreuzte Schwerter in ihrem Mund. Er konnte nicht länger glauben, was am Tag der Bestattung geschehen war.

»Ich würde gern ein Wörtchen mit dir reden«, sagte sie.

Er schenkte sich Kaffee ein. »Worüber?« Seine Hand blieb ruhig, seine Stimme zeigte keine Regung.

Sie schaute an die Decke. Schritte von oben. Das mußte Yvonne sein. »Im Eßzimmer«, sagte sie. »Ich möchte nicht gestört werden.«

Im Eßzimmer zündete sie sich eine neue Zigarette an und stellte sich neben den Kamin. Die Möbel waren alle verkauft worden. Es gab keine Sitzgelegenheit.

»Der Mensch, der hier übernachtet«, sagte sie, »wer ist das?«

»Ein Freund.«

»Ein Freund.« Sie legte eine besondere Betonung auf das Wort.

Er wußte, was sie damit unterstellen wollte, aber er reagierte nicht darauf.

»Dieser« — und sie machte eine Pause — »Freund, wie lange wird der denn bleiben?«

»Ich weiß es nicht.«

»Ich will ihn hier raus haben.« Sie hielt den rechten Ellbogen in ihrer linken Hand und starrte Nathan an. Ihre Zigarette zeigte in seine Richtung und glühte wie ein drittes Auge.

Er schaute auf seine Füße. »Das Haus gehört nicht dir.«

»Dir auch nicht.«

»Du täuschst dich. Es gehört mir und Georgia —«

»Und Rona.«

Sie wußte es nicht, wurde ihm da klar. Sie wußte es wirklich nicht.

»Nein«, sagte er. »Rona gehört es nicht.« Er erzählte ihr alles. Er legte ihr dar, warum das Haus Dad eigentlich, rechtlich, nie gehört hatte. »Es tut mir leid, Harriet«, sagte er, »aber so ist es nun einmal.«

Sie ging ans Fenster, schaute auf die Auffahrt hinaus. »Sag mir eines. Gefällt dir diese Stadt?«

Ihre Stimme war jetzt dünn, eine Stimme zum Schneiden. Sie

würde schneiden, wie Gras schneidet. Erst ein Schmerz und nichts zu sehen, dann quoll das Blut, anscheinend aus dem Nichts, hervor.

»Warum?« fragte er zurück.

»Ich könnte Schwierigkeiten machen, wenn ich wollte.«

»In welcher Beziehung?«

»Ich könnte das Testament anfechten. Es könnte ein halbes Jahr dauern, bis alles klar ist.« Sie schaute wieder ins Zimmer und lächelte ihn an. »Womöglich länger.«

»Ich dachte, du wolltest nach der Bestattung abreisen?«

»Ich habe mich entschlossen zu bleiben.« Sie ging zum Kamin und stippte einen Zentimeter Asche in den Rost. »Ich muß mich um die Interessen meiner Tochter kümmern. Verstehst du« — und sie schaute zu ihm auf — »ich bin mir nicht sicher, ob ich dir vertrauen kann.«

Es war so absurd, daß er lachen mußte. Aber in dem leeren Zimmer klang dieses Lachen falsch. »Und Yvonne?« fragte er. »Was soll sie von dem Ganzen halten?«

»Ach, hat sie es dir nicht gesagt? Sie reist heute ab. Sie fährt nach Hosannah Beach zurück. Sie hat gesagt, sie hätte was zu tun. Du weißt ja« — Harriet schnaubte — »zu malen.« Sie nahm ihre Zigarettenschachtel und das Feuerzeug vom Kaminsims und ging zur Tür. »In der Zwischenzeit«, meinte sie, »findet dein Freund bestimmt einen anderen Platz zum Schlafen.« Sie lächelte ihn spöttisch an. »Im Westen der Stadt gibt es eine Menge Motels für Männer.«

Nathan stand mitten im Zimmer. Hinter dem Kaminrost stieg eine dünne Rauchspirale auf. Harriets Zigarette. Er ging hin und zertrat sie unter dem Absatz.

Von seinem Tisch in der Ecke des »Ocean Café« aus sah Jed, wie Carol eine Treppe hinunter über die Terrasse ging und durch die Glastüren schritt. Sie trug ein gelbes Hemd und eine

schwarze Hose. Ihr Hinken war schlimmer geworden. Wie zur Stütze klammerte sie sich mit einer Hand an den Riemen ihrer Umhängetasche.
Unsicher lächelnd stand sie neben dem Tisch.
Sie setzte sich. Nahm die Tasche von der Schulter und legte sie auf ihren Schoß. Ihr Mund kam ihm noch kleiner vor, als er ihn in Erinnerung hatte. Als ob er noch ein Stück weiter zugenäht worden wäre. Als ob man sie völlig am Reden hindern wollte.
»Ich bin gerade beim Arzt gewesen«, sagte sie.
»Wegen deinem Bein?«
»Nein, nicht wegen meinem Bein«, sagte sie, immer noch lächelnd, »nein.«
Eine Bedienung kam, um die Bestellung entgegenzunehmen. Sie schaute zu der Kellnerin auf, dann senkte sie den Kopf wieder und bewegte ihn dabei so schnell, daß das Lächeln davon wehte.
»Einen Tee«, sagte sie.
Jed bestellte das gleiche.
Als die Bedienung gegangen war, beugte Jed sich vor. »Was fehlt dir?«
Sie schaute in eine andere Richtung.
»Du nimmst Tabletten, stimmt's?« Er machte eine Pause. »Stimmt's?« Er war laut geworden. Warum er plötzlich so wütend war, wußte er nicht.
Sie starrte aufs Meer hinaus. Seine Wut drang nicht zu ihr durch.
Er fühlte sich an die alten Leute erinnert, die aufgereiht hinter den Glasfronten ihrer Hotels sitzen. Vasco hatte sie Bauern genannt, weil sie aussahen wie Schachfiguren. Den ganzen Tag saßen sie aufgereiht da, schauten den Wellen zu, die sich unten am Strand runzelten wie ihre eigene Haut, und wenn sie starben, war es, als sei der Tod vom Meer hereingekommen, auf einer unerwarteten Diagonale, wie ein Läufer, und plötzlich war

eine Lücke da, eine Figur war geschlagen worden, und einer der Bauern war verschwunden.

»Wovor hast du solche Angst?« fragte er sie.

»Die Sonne ist zu hell. Es gibt zu viele Farben. Geräusche kratzen an mir.« Sie drehte sich zu ihm. »Ich habe Angst, mich als das zu fühlen, was ich bin. Was ich wirklich bin, ohne irgendwelche Schichten darüber.«

Davon wollte er nichts hören. Um das zu hören, war er nicht hergekommen.

Sie sah seinen Gesichtsausdruck. »Du hast gefragt«, sagte sie.

Er schlürfte seinen Tee. Er war bereits kalt.

»Hast du keine Angst?« fragte sie ihn.

»Vor was?«

Sie zuckte mit den Achseln. »Es heißt, Menschen, die keine Angst haben, sind entweder mutig, oder sie sind dumm.«

»Das heißt gar nichts, oder?« fauchte er. »Das heißt, verflucht noch mal, gar nichts.«

Sie schaute auf ihre Hände hinunter. »Warum hast du mich sehen wollen, Jed? Was willst du?«

»Ich brauche deine Hilfe.«

»Ich wüßte nicht, wie ich dir helfen könnte.«

»Ich will wissen, was du damals damit gemeint hast.«

Sie runzelte die Stirn. »Damals?«

»Am Tag, als dein Vater bestattet worden ist. Du bist auf mich zugekommen und hast gesagt: ›Das Ganze ist eine Farce.‹ Ich will wissen, was du damit gemeint hast.«

Sie drehte ihre Tasse auf dem Unterteller herum. Geräusche kratzen an mir.

»Carol?«

Sie hob die Tasse hoch und trank einen Schluck. »Warum mußt du das alles wieder aufwühlen?« sagte sie. »Es ist vorbei.«

»Für mich nicht.«

»Es ist Jahre her.«

»Ich will es wissen, Carol. Ich muß es wissen. Es hilft mir vielleicht.«
Sie stellte ihre Tasse so heftig ab, daß der Unterteller glatt in zwei Stücke zerbrach. »Du bist so egoistisch, Jed. Du willst bloß zuhören, weil es dir jetzt paßt. Damals hast du nicht zuhören wollen. Damals hast du dich zu gut amüsiert, oder?«
Zu gut amüsiert. Das war ein Witz. Doch er erwiderte nichts. Er trank nur noch etwas von seinem kalten Tee.
»Na schön«, sagte er, »angenommen, ich sage dir, was du damit meiner Meinung nach sagen wolltest.«
Sie zuckte mit den Achseln.
»Ich glaube, daß Creed am Tod deines Vaters schuld war«, sagte er. »Ich weiß nicht, was er genau gemacht hat. Aber er war daran beteiligt, stimmt's? Er und seine Leute.«
»Du warst auch einer von seinen Leuten.«
»Ich war sein Fahrer. Sie haben mir nie erzählt, was sie treiben.« Er beugte sich über den Tisch vor. »Ich glaube, daß er vielleicht« — jetzt flüsterte er — »daß er vielleicht sogar umgebracht worden ist.«
Ihr Gesicht wurde hart. Die Knochen auf ihrem Nasenrücken traten weiß hervor.
»Du kannst glauben, was du willst«, entgegnete sie. »Es spielt jetzt keine Rolle mehr.«
»Es könnte eine Rolle spielen«, erwiderte er. »Vielleicht.«
Sie schüttelte den Kopf.
»Du hörst mir nicht zu, Carol. Früher hast du mir zugehört.«
»Früher warst du lustig. Du bist nicht mehr lustig.«
Er lehnte sich zurück.
»Ich gehe jetzt lieber, glaube ich«, meinte sie. »Ich habe nur eine Stunde Mittagspause.«
»Ja«, sagte er, »geh lieber. Geh lieber, weil du dazu länger brauchst als die meisten Leute.«
Sie nahm ihre Tasche und hängte sie sich um, dann richtete sie

sich auf. Neben dem Tisch blieb sie stehen und schaute zu Boden. »Es tut mir nicht gut, dich zu sehen«, sagte sie. »Ruf mich nicht wieder an!« Sie ging über die Terrasse fort. Er war nicht der einzige, der ihr hinterhersah. Schuld war das Hinken. Es war eindeutig schlimmer geworden.

Er stieß sich so energisch mit dem Stuhl vom Tisch ab, daß das Holz mit einem Kreischen über den gefliesten Boden schrammte. Auf einmal stand sie vor ihm, nackt, die Arme von Fischen nach unten gezogen. Auch zu ihren Füßen lagen Fische, manche von ihnen zuckten noch, andere waren schon tot. Sie sah anders aus, ihr Gesicht schien runder und ruhiger, aber er erkannte, daß sie es war: Ihr rechtes Bein steckte in einem Metallgestell. Er wandte sich ab, schaute eine Weile auf das Meer hinaus, und als er sich wieder umdrehte, war sie verschwunden.

Er ging zu seinem Auto zurück. Gerade machte er die Tür auf, als das Telefon zu läuten anfing. Er nahm den Hörer ab. »Ja?«

»Jed, hier Nathan.«

»Was gibt's?«

»Wir haben ein Problem.«

»Was denn?«

»Kann ich dich irgendwo treffen?«

»Im Haus?«

»Nein.« Nathan schwieg, dachte nach. »Wo bist du?«

»Vor dem Aquarium.«

»Ich treffe dich dort. Sagen wir, so in zehn Minuten.«

»Treffen wir uns drinnen.«

»Wo genau?«

»Bei den Haien.« Jed legte den Hörer auf.

Bei den Haien.

Sein Mund wurde einen Zentimeter breiter. Das war ein hübscher Einfall, ja.

Nathan sah Jed zuerst.
Jed stand mit dem Gesicht ganz nah an der Scheibe des Tiefseebeckens und starrte hinein. Es war ein riesiges Becken. In der Mitte wuchs eine Säule aus Meeresalgen und Seetang, sechs Meter hoch und oben von Fischen umkreist, die so trüb-silbrig waren, daß sie aus Aluminium hätten sein können. Von irgendwo darüber fiel Sonnenlicht ein, und während es durch das Wasser nach unten sickerte, wurde es erst blond und dann grün.
Nathan trat näher an die Scheibe. Ein Hai glitt vorüber. Er bewegte sich, wie sich manche Frauen bewegen. Fast so, als hätte er Hüften.
Jed drehte sich um. »Ein Leopardenhai.« Dann las er ein Stück von dem Hinweisschild unten am Becken ab: »Elektrorezeptoren in ihren Mäulern helfen ihnen, Beutetiere aufzuspüren, die sich im Sand vergraben haben.« Jeds Zähne schimmerten. Er schien die Vorstellung dieses Aufspürens zu genießen.
Der Hai schwamm wieder vorbei, seine Haut war eine Mischung aus Beige und Grau, seine Augen Schlitze, abgeschrägt wie ein Schraubenkopf. Es war seltsam, wie der Körper sich um das Auge zu bewegen schien: Das Auge wirkte wie der Fixpunkt, um den der Körper kreiste.
Nathan hatte plötzlich das Gefühl, seine Kehle würde zuschwellen. Im Aquarium war es dunkel; das einzige Licht war der Schimmer, der von den Becken ausströmte. Es waren so viele Leute da, daß einem keine Luft mehr zum Atmen blieb. Seine Ohren fingen an zu rauschen.
»Miefig hier drin, was?« meinte Jed.
Nathan trat ein paar Schritte zurück und stellte sich vor ein anderes, kleineres Becken. Darin war etwas, das Mondqualle hieß. Eine Frauenstimme sagte: »Würde einen hübschen Lampenschirm abgeben, wie?« Jemand lachte. Nathan bekam jetzt wieder Luft, hier direkt vor der Scheibe. Von irgendwoher schien ein Luftzug zu kommen. Er atmete langsam, vorsichtig.

Den Haien konnte er dennoch nicht zusehen; die Art, wie sie sich bewegten, löste bei ihm Übelkeit aus.
»Was ist denn los?« fragte Jed. »Magst du keine Haie?«
»Sag mir eines«, erwiderte Nathan. »Wenn sie dich aufgefordert hätten, das Haifischrennen zu machen, hättest du es gemacht?« Er hielt inne. »Oder hättest du dich gedrückt?«
Jed setzte sein glattes enervierendes Lächeln auf. »Ich kann nicht schwimmen«, entgegnete er. »Jetzt sag du mir eines. Dieses Problem, was ist damit?«
»Es geht um meine Stiefmutter. Harriet.«
»Und?«
»Sie will keine Fremden im Haus haben.«
Jed klappte den Mund auf und machte ihn wieder zu. »Sie will keine Fremden im Haus haben.« So, wie er es gesagt hatte, hörte es sich wie ein Rätsel an.
»Das ist alles.«
»Du willst, daß ich gehe. Versuchst du mir das beizubringen?«
»Ich kann nichts dagegen tun. Tut mir leid.«
»Und heute nacht?«
»Tut mir leid.«
Jed drehte sich um. Eine Weile schaute er Nathan bloß an. Dann griff er in seine Tasche, nahm ein Bonbon heraus und steckte es sich in den Mund. Nathan hörte das Bonbon zwischen seinen Zähnen krachen.
»Willst du eines?« fragte Jed.
Nathan schüttelte den Kopf.
Jed schien das Interesse an ihm zu verlieren. Er stand dicht vor der Scheibe, seine blassen Augen folgten den Fischen.
»Wo gehst du jetzt hin?« fragte Nathan ihn.
»Ich weiß es nicht«, antwortete Jed. »Wenn es ganz schlimm kommt, kann ich immer noch im Auto schlafen.«
Nathan nickte.
»Kannst du mir ein bißchen Geld leihen?« fragte Jed.

»Wieviel?«
Ein Achselzucken. »Zehn Dollar?«
Nathan suchte in seiner Tasche, zog ein paar zerknitterte Scheine heraus. Er strich sie glatt und zählte sie. »Ich hab' nur acht«, sagte er. »Hier.«
Jed nahm die Scheine und schob sie in seine Hosentasche. Sie gingen zum Ausgang. Jed stieg in sein Auto und kurbelte das Fenster hinunter. Er lehnte sich mit dem Ellbogen aus dem Fenster. Mit einer Hand kratzte er sich am Hals, mit der anderen steckte er den Schlüssel ins Zündschloß. Ein langsamer Trommelwirbel vom Motor. »Bis demnächst«, sagte er.
»Bis dann, Jed.«
Nathan setzte sich auf das hellblaue Geländer, das die Promenade entlanglief, und sah zu, wie der Chrysler sich in den Verkehr einfädelte. Obwohl er ein schlechtes Gewissen hatte, weil er Jed hinausgeworfen hatte, fühlte er sich doch auch erleichtert. Es war eigentlich ein Witz, daß er Harriet dafür dankbar sein mußte.
Während er auf dem Geländer herumrutschte, sah er über das Gras einen Mann auf sich zukommen. Der Mann trug einen dunklen Anzug und ein weißes Hemd. Sein Krawattenknoten war etwas gelockert. Dunkle Brille. Er war Ende Dreißig, Anfang Vierzig. Vielleicht lag es an Nathans Schwäche kurz zuvor, doch er glaubte auf einmal, reinen Sauerstoff zu atmen. Er konnte sich seine plötzliche Lebhaftigkeit nicht erklären; sie schien aus dem Nichts zu kommen.
Er hatte erwartet, daß der Mann die Treppe zum Aquarium hinuntergehen würde, doch der blieb statt dessen an dem Geländer stehen, ein, zwei Meter von ihm entfernt, und starrte aufs Meer hinaus. Der Mann trug Handschuhe. Hirschlederhandschuhe mit kleinen Löchern, durch die die Hände atmen konnten. Sie mußten zum Fahren sein, dachte Nathan. Autohandschuhe.

Der Mann holte tief Atem und ließ die Luft langsam ausströmen. »Wissen Sie, als mein Vater starb, bat er um die Grabsteininschrift: Und es ward ewig Frühling.« Er lächelte schwach, traurig. »Vielleicht bin ich sentimental, aber der Satz hat mir immer gefallen. Er scheint zu sagen, daß der Tod nur ein Anfang ist. Daß er etwas Frisches und Neues mit sich bringt.« Er holte wieder Atem, pumpte sich die Lungen voll. »An Tagen wie heute, wenn der Frühling kommt, muß ich einfach an ihn denken.«
Ein Flugzeug glitt durch die helle Luft, wie ein Finger, der über Haut fährt. Mit derselben Vorsicht, mit derselben langsamen Genüßlichkeit.
»Kenne ich Sie?« fragte Nathan.
»Nein.« Der Mann nahm seine dunkle Brille ab. Er lächelte. Er schien eine Spur belustigt, aber auch leicht verlegen. »Ich habe Sie von meinem Fenster aus gesehen.«
»Welchem Fenster?«
»Ich wohne da oben.« Der Mann zeigte auf zwei Türme aus prächtigem grauem Stein, die sich über die Palmen am Ende der Promenade erhoben.
»Im ›Palace Hotel‹?« fragte Nathan.
Der Mann nickte. »Kennen Sie es?«
Nathan mußte lächeln. Jedermann kannte es. Es war das exklusivste Apartmenthotel der Stadt. »Wohnen Sie dort?«
Der Mann schaute auf seine Schuhe. »Ich habe Sie von meinem Balkon aus gesehen. Ich habe gedacht, ich gehe runter und spreche mit Ihnen. Das heißt, wenn Sie dann noch da wären.« Er schaute wieder auf. »Ich habe gedacht, wir trinken vielleicht zusammen eine Tasse Kaffee.«
Jetzt war es an Nathan, wegzuschauen. »Ich weiß nicht.«
»Ich weiß, was Sie denken«, sagte der Mann. »Ein völlig Fremder, der Sie auf einen Kaffee einlädt. Aber ich habe gemeint, was ich gesagt habe. Eine Tasse Kaffee. Kein Haken dabei.«

»Kein Haken?«
»Kein Haken«, sagte der Mann und hob die behandschuhten Hände leicht an, als wollte er Nathan zeigen, daß an ihm keine Haken waren. »Wie heißen Sie?«
»Nathan.«
»Ich heiße Reid.«
Nathan schaute ihn an. »Komischer Name. Hört sich an wie erfunden.«
»Wirklich?« Reid lachte.
Sie gingen ins »Ocean Café« hinüber. Beide bestellten schwarzen Kaffee und setzten sich mit Blick auf den Jachthafen. Reid lehnte sich auf seinem Stuhl zurück, den rechten Unterschenkel auf dem linken Knie, die Hände im Schoß gefaltet. Er wirkte sehr ruhig und selbstsicher. Die Masten der Jachten knarrten im Wind.
»Sie wirken nicht sehr glücklich«, sagte Reid.
»Hm, komisch, was Sie über Ihren Vater gesagt haben«, meinte Nathan. »Meiner ist gerade gestorben.« Er hielt inne und fügte dann hinzu: »Gerade als ich es am wenigsten erwartet habe.«
»Kommt der Tod nicht immer unerwartet?«
Nathan schüttelte den Kopf. »Sie verstehen mich nicht«, sagte er. Plötzlich fing er an zu erzählen, obwohl er es gar nicht gewollt hatte.
Reid war der erste Mensch, der nicht gesagt hatte, wie leid es ihm tue. Ihr Gespräch war über die üblichen Fragen und Antworten hinausgegangen, und Nathan war dankbar dafür. Nein, mehr als dankbar: Er fühlte sich erfrischt. Er spürte, wie Reids Schweigen sich wie eine Art Sicherheitsnetz unter ihm aufspannte, und daß er alles sagen konnte, ohne sich zu verletzen. So funktionierte eine Beichte, wurde ihm klar. Wir bedeuten nur wenigen Menschen etwas. Wir fühlen uns selten sicher. Er dachte an India-May. Sie hatte ihm zugehört. Der einzige Unter-

schied schien in der Ernsthaftigkeit zu liegen: Dieser Mann schien ernster, betroffener. Plötzlich fiel ihm etwas ein, und er hörte mitten in einem Satz auf zu erzählen. »Sie sind doch kein Priester, oder?« fragte er.

»Nein, ich bin kein Priester.« Reid lächelte. »Aber sagen Sie mir doch, was verstehe ich denn nicht?«

Nathan begann darzulegen, wie er mit der Überzeugung aufgewachsen sei, daß sein Vater im Sterben liege, daß es jeden Augenblick geschehen könne. In manchen Nächten sei er im Bett gelegen und habe sich vorgestellt, es sei schon geschehen. Er habe geübt. Er habe seinen Vater auf dem Meeresgrund gesehen. Sein Vater habe dieselbe Strickweste getragen, die er immer trug, die mit den Löchern an den Ellbogen. Sein Haar sei auf einer Seite hochgestanden. Es seien Fische durch seine Kleider geschwommen.

Und in manchen Nächten hätten sie sich unterhalten.

»Dad?« habe er geflüstert.

Und Dad habe zurückgeflüstert: »Ja. Hier bin ich.« Seine Stimme habe genauso geklungen wie sonst, obwohl er unter Wasser war.

»Kann ich dich besuchen?«

Dann habe Schweigen geherrscht, ein irgendwie trauriges Schweigen, und Dad habe zurückgeflüstert: »Nein, ich glaube nicht.«

»Warum denn nicht? Wir könnten uns einfach zusammensetzen und ein Bier trinken, und dann könnte ich dir den Rücken einreiben. Tut dein Rücken immer noch weh?«

Wieder Schweigen. Länger, trauriger als das vorhergehende Mal. »Lieber nicht, Nathan.«

»Nur auf ein Bier, Dad. Nur auf eines.«

»Tut mir leid.«

Als Nathan jetzt darüber nachdachte, schien es ihm, als habe er ebenso für Dads Tod wie für seinen eigenen geübt. Wenn

Dad wirklich tot gewesen und Nathan ihn besucht und unter dem Meer ein Bier mit ihm getrunken hätte, dann hätte das bedeutet, daß Nathan auch tot gewesen wäre. Deswegen hatte Dad nein gesagt.

»Ergibt das einen Sinn?« Nathan schaute den Mann auf der anderen Seite des Tisches an, den Mann, der kein Priester war, aber wie einer zuhörte, den Mann mit den Handschuhen.

Reid nahm einen Schluck von seinem Kaffee. »Ja«, erwiderte er, »es ergibt einen Sinn.«

»Es war nicht immer traurig«, sagte Nathan. »Manchmal zog er wie ein Zauberer einen Fisch aus seiner Brusttasche. Oder er machte einen Zaubertrick mit dem Bier. Stellte das Glas auf den Kopf, ohne daß etwas herausfloß. Und bei anderen Gelegenheiten riß er einen Witz.« Nathan lächelte. »Morgens war ich dann immer überrascht, ihn mit ganz glattem Haar und keinen Fischen um sich herum am Frühstückstisch sitzen zu sehen. Er wunderte sich immer, warum ich ihn so anstarrte. Ich konnte es ihm natürlich nicht sagen.« Er schaute auf, und alles verschwamm vor seinen Augen. »Jetzt, wo er wirklich dort ist, kann ich es mir überhaupt nicht vorstellen«, meinte er. »Ist das nicht komisch?«

Reid beugte sich vor. »Wenn Sie irgendwie Hilfe brauchen«, sagte er, »Geld ...«

Nathan schüttelte den Kopf.

Er ließ Reid zahlen. Sie erhoben sich von ihren Stühlen.

»Kann ich Sie irgendwohin fahren?« fragte Reid. »Mein Wagen steht gleich dort drüben.«

»Ich habe selbst einen Wagen«, sagte Nathan.

»Ach ja.« Reid lächelte. »Das habe ich vergessen.«

Sie standen einen Moment da und schauten in verschiedene Richtungen.

»Ich würde Sie gerne wiedersehen«, sagte Reid.

»Vielleicht.«
»Es gibt eine Bar namens ›Necropolis‹.«
Nathan nickte. »Davon habe ich gehört.«
»Ich bin Mittwochabend dort.« Reid lächelte wieder und ging über den Rasen davon.
Mittwochabend, dachte Nathan.
Was war heute? Montag?

MANÖVER OKTOPUS

Es kratzte ihn nicht, so hinausgeworfen zu werden. Schließlich war es ja eigentlich nicht das erste Mal. Er brauchte nicht einmal die zehn Dollar, um die er gebeten hatte. Er hatte nur aus der Laune des Augenblicks heraus darum gebeten, um zu sehen, wie weit er gehen konnte, damit Nathan sich schuldig fühlte. Und Nathan hatte ihm alles gegeben, was er bei sich hatte. Jed schaute von der Straße weg und auf das zerknüllte Geld in seiner Hand. Acht Dollar. Er warf es über seine Schulter auf den Rücksitz. Er brauchte keine acht Dollar. Er dachte an das Geld, das er Creed ins Gesicht geworfen hatte. Er dachte an den mit Scheinen vollgestopften Rollstuhl Marios. Acht Dollar. Sein Lachen trommelte gegen das Dach wie Fäuste.

Eine halbe Stunde später war er in Rialto. Er lenkte das Auto in die enge ungepflasterte Gasse hinter Mitchs Haus. Zwischen den beiden hohen Mauern wirkte das Knattern des Motors lauter; die Reifen gruben sich in lockeren Dreck und Kies. Er parkte vor Mitchs Garage, zog den Zündschlüssel ab und machte die Tür auf. Ein Baum streckte seine staubigen Äste über die roten Ziegelsteinmauern gegenüber, als wäre er bei dem Versuch, herauszuklettern, umgekommen. So eine Hitze. Der Himmel war fast weiß. Telegrafenmasten waberten wie Bänder in der Luft.

Er ging zu Mitchs Hintereingang und klopfte zweimal. Unter seinen Knöcheln bröckelte etwas blaue Farbe ab. Die Tür ging nach innen auf, und im Türspalt stand Mitch. Er hielt eine Dose Bier in der Hand.

»Hier ist der Weihnachtsmann«, sagte Jed.
Mitch starrte ihn an. Er trug dieselben Klamotten wie immer: das ausgebleichte Holzfällerhemd, die viel zu weiten Jeans. »Gott«, sagte er. »Der Eismann.«
»Ich hab' dich zu erreichen versucht«, sagte Jed.
»Ich hatte zu tun.« Mitch drehte sich um und schlurfte den Flur entlang. »Willst du 'n Bier?« rief er über die Schulter zurück.
Jed folgte ihm ins Haus.
Sie setzten sich auf zwei Holzstühle hinten auf der Veranda und legten die Füße auf das Geländer. Jed riß seine Dose auf, spülte etwas Bier die Kehle hinunter und seufzte. Mitchs Hinterhof war klein. Er bekam nicht viel Sonne. Nichts als Schatten, geborstener Beton und an die Mauer gestapelte Reifen. Der Feigenbaum hatte seine Früchte über den ganzen Boden verstreut. Im Staub lagen reife Feigen, blutig aufgeplatzt, als hätte es Organe geregnet.
Mitch schaute ihn an. »Wann bist du zurückgekommen?«
»Vor ein paar Tagen.«
»Bleibst du lange?«
»Weiß ich nicht. Kommt drauf an, wie lange es dauert.«
Mitch schaute ihn noch immer an. »Ich hoffe, du weißt, was du tust.«
Jed trank einen Schluck aus der Dose, anstatt zu antworten.
»Weil mir nämlich scheint«, fuhr Mitch fort, »daß du nicht mehr auf dem laufenden bist.«
Jed setzte die Dose auf seinem Bauch ab und kratzte sich mit der freien Hand zwischen den Rippen. »Von was redest du denn, Mitch?«
»Ich rede davon, daß du vielleicht vergessen hast, wie es in der Stadt hier läuft.«
»Ich weiß, wie es hier läuft. Ich bin hier geboren.«
»Ich hab' gesagt, vielleicht hast du's vergessen. Du hast ir-

gendwo im Nichts gelebt und Eis verkauft, verdammt noch mal.« Mitch holte tief Luft, stieß sie wieder aus. »Wann bist du zurückgekommen?«
»Das hab' ich dir gesagt. Vor ein paar Tagen.«
»Wie vielen?«
»Vier.«
»Vier Tage.« Mitch nickte vor sich hin. »Inzwischen dürften sie wissen, daß du zurück bist.«
Jeds Körper schien zu gefrieren. Er starrte Mitch ins Gesicht, und es bewegte sich nur noch sein Herz. »Was weißt du von der Sache?«
»Schau mich nicht so an«, sagte Mitch. »Du weißt, wie sie sind. Sie haben ihre Augen überall. Du bist jetzt vier Tage hier, läufst die ganze Zeit mit diesem Scheißhut herum und glaubst wirklich, daß sie es nicht gemerkt haben.« Er zerdrückte seine Dose und warf sie in den Hof. »Scheiß drauf. Willst du noch 'n Bier?«
»Klar.«
Während Mitch im Haus war, dachte Jed an die vergangenen Tage.
Seine erste Nacht. Tausende von Touristen in der Stadt zu den Feierlichkeiten, die Straßen voller Knallfrösche, blaue Kostüme, der Totentanz. Chaos: Das war bestimmt die beste Verkleidung gewesen, die es gab.
Dann die drei Nächte in Blenheim. Nichts, aber auch gar nichts brachte ihn mit diesem Teil der Stadt in Zusammenhang. Nathan stammte aus seiner tiefsten Vergangenheit. Sie waren nur mit einem einzigen ganz dünnen Faden verbunden. Geh fünfzehn Jahre zurück, such dir ein Feld und grabe auf dem richtigen Quadratzentimeter Boden. So gut war es. Keine Chance.
Er hatte geredet, klar hatte er gequatscht, aber er hatte nichts verraten, eigentlich nicht. Er hatte niemandem seinen Namen

genannt, obwohl er in Versuchung gewesen war. Je mehr Leute ihn wußten, um so geringer wurde seine Macht. Das hatte er im Kopf behalten. Im Idealfall sollte ihn keiner wissen. Und im Augenblick war es auch so.

Er dachte an Sharon und den weichen Lederbeutel, den sie immer an einer Schnur um den Hals trug. In ihrer ersten Nacht, hatte er sie gefragt, wofür er gut sei. Er erinnerte sich, wie sie argwöhnisch die Augen aufgerissen und sich mit der Hand instinktiv an den Hals gefaßt hatte. Sie wollte es ihm nicht sagen. Also hatte er es mit dem Argument versucht, mit dem es auch andere versuchten. Erpressung der trivialsten und ordinärsten Art.

»Du verheimlichst mir was«, sagte er einmal.

»Es ist, als steht da was zwischen uns«, ein anderes Mal.

Er ließ einfach nicht locker, und am Ende gab sie schließlich nach. Sie nenne es ihren Zauberbeutel, meinte sie. Sie behauptete, er beschütze sie. Und dann machte sie den Fehler, ihm zu sagen, daß niemand, *niemand* je hineingeschaut hatte.

Eines Nachts lagen sie im Bett. Es war spät, sie waren schläfrig, es war nach dem Vögeln. Irgendwoher kam Licht, blaues Neonlicht — der Waschsalon auf der anderen Straßenseite? Es schaltete Teile ihrer Körper an und aus.

»Der Beutel von dir«, sagte er, »ist Scheißdreck.«

Sie fuhr aus dem Bett hoch, das Laken klebte an ihrer Brust. »Was hast du gesagt?«

»Ich hab' in den Beutel von dir geschaut, als du geschlafen hast. Ein paar Gräten und ein bißchen Staub. Was soll das denn bewirken?« Er lachte höhnisch und stützte sich auf einen Ellbogen auf.

Eine ihrer Brüste stieß hinter dem Laken hervor, die Warze groß und glänzend, das blaue Licht neckte ihn, indem es sie an- und wieder ausknipste, er fühlte daß sich an seinem Oberschenkel etwas regte, er wollte diese Brustwarze zwischen seine Zähne nehmen, seine Lippen über die weiche, lockere Haut ihres Bauches gleiten lassen, seine Zunge zwischen ihre Beine stecken und zusehen, wie ihre Augen nach hinten rollten, er hatte jegliche Beziehung zu dem, was er gesagt hatte, verloren, das blaue Licht, ihr Körper, jetzt siehst du ihn, jetzt nicht, so daß es, als ihre Faust eine Flamme durch seinen Kopf zucken ließ, so war, als hätte sie ein Streichholz angestrichen, es war plötzlich so hell und dann, genauso plötzlich, wieder dunkel, und er lag auf dem Boden, die Wucht des Schlages hatte ihn geradewegs aus dem Bett gehoben, durch das Zimmer geschleudert.

Sie beugte sich über ihn, und ihr Atem roch schal nach Gras und billigem Wein. »Ich könnte dich umbringen.«

Er öffnete eine Hand, eine schwache Bitte. »Ein paar Fischknochen«, murmelte er.

Der Atem schoß aus ihr hervor. Sie zerrte an dem Beutel. Die Schnur schnitt ihr in die Haut, bis es blutete. Sie schob das Fenster auf, warf den Beutel auf die Straße hinunter.

Jetzt begriff er sie, ihre Wut. Er hätte sie damals schon begreifen sollen. Wenn einem sein Zauber gestohlen wurde, stand man entblößt und allein da, man war Haut unter Messern und Messer an Stein. Als pumpe jemand Luft in die Lungen der Alpträume, die man hatte, so daß sie groß und aufrecht dastanden und einen durch das Morgengrauen und in den Tag hinein begleiteten. Nichts schützte einen mehr vor all dem Bösen. Vielleicht hatte er in gewisser Weise gewußt, was er da tat. Vielleicht hatte er ihr etwas zu sagen versucht, ihr eine Lektion zu erteilen versucht. Man kann seinen Zauber nicht außen tragen. Das heißt bloß, es herausfordern. Man muß ihn irgendwo tief in seinem Inneren verborgen halten. Er wußte es, weil es ihm selbst geschehen war. Die Radios. Vor all den Jahren, aber trotzdem. Er hatte jetzt einen neuen Zauber — ein Name, dieser Regentropfen, ein paar blaue Flecken —, und er trug ihn unsichtbar unter seiner Haut, in seinem Kopf. Keiner konnte ihn ihm nehmen, weil ihn keiner sehen konnte, keiner wußte, daß er da war.

Mitch kam mit zwei Bieren zurück. »Hast du über das nachgedacht, was ich dir gesagt habe?« Er stand im Gegenlicht, eine Hand hinten in seine Jeans gesteckt, die Beine breit gespreizt, auf den abgewetzten Dielen der Veranda.

»Ja.« Jed machte die Dose auf und breitete sich aus.

Aber er dachte noch immer an jene Nacht, in der Sharon ihren Zauberbeutel aus dem Fenster geworfen hatte. Sie konnten damals nicht in ihrer Wohnung in Baker Park gewesen sein, dachte er. Auf der anderen Straßenseite befand sich zwar der Waschsalon, aber er hatte keine Neonschild. Er hatte nie eines gehabt. Er dachte angestrengt nach. In jener Nacht hatte es Orkanböen gegeben. Er konnte sich daran erinnern, wie Sharon auf dem Bett hockte. Das Gebäude schwanke, sagte sie. Ihr war schwindelig.

Er nahm noch einen Schluck Bier. Jetzt hatte er es. Das blaue Licht war der Waschsalon. Es war ein Stroboskoplicht im Ostturm. Das Licht war normalerweise nicht dort, aber in jener Nacht war dort eine Party gelaufen.

Es war nicht in Baker Park gewesen. Sondern in den Türmen des Gedenkens.

Die Türme des Gedenkens.

Als er aus jener Behausung im dreizehnten Stock ausgezogen war, hatte er sie an Tips Bruder Silence weitergegeben. Er überlegte, ob Silence noch dort lebte. Silence, das jüngste Mitglied der Front Boys. Ein Taubstummer.

Jetzt grinste er. Es war sonnenklar. Warum hatte er nicht schon eher daran gedacht?

Er blickte auf und merkte, daß Mitch ihn beobachtet hatte. »Ich gebe dir einen guten Rat«, sagte Mitch.

Jed nahm das Lächeln aus seinem Gesicht. »Ich bin ganz Ohr.«

»Verschwinde aus der Stadt.«
»Du weißt, daß das nicht geht.«
»Na schön«, meinte Mitch, »sag bloß nicht, ich hätte dich nicht gewarnt.«

Anstatt von Mitch aus südwärts auf die Türme zuzuhalten, fuhr Jed nach Westen in Richtung Sonnenuntergang. Womöglich folgte ihm jemand von Mitch aus, und wenn das der Fall war, dann mußte die Spur verwischt werden, und zwar sofort.

Beim Fahren fiel ihm das Video ein, das er sich angesehen hatte, während er im Aquarium auf Nathan wartete. Es handelte von einem Oktopus, der ganz genau die Farbe und die Struktur seiner Umgebung annehmen konnte. Er konnte auch mit verblüffender Geschwindigkeit und Geschicklichkeit zwischen den verschiedenen Tarnungen wechseln. In dem Video gab es ein Stück, bei dem die Kamera den Oktopus in einem Bett aus Tang liegend entdeckte. Der Oktopus war fast unsichtbar; sein Körper war dunkelgrün geworden, seine Fangarme trieben im Wasser und mischten sich mit Tangsträhnen. Doch sobald er das Vorhandensein der Kamera spürte, reagierte er. Ein Zucken, und er wirbelte am Meeresboden entlang, fast wie von einem Düsenpropeller angetrieben. Abrupte Richtungswechsel. Plötzlich Tintenwolken. Dann verschwand er. Als die Kamera ihn wieder entdeckte, war er fünfzig Meter entfernt und tarnte sich als Gesteinsbrocken. Das war so ziemlich die Art von Manöver, die Jed im Sinn hatte.

Er fuhr gleichmäßig fünfzig; wenn ihm jemand folgte, würde er ihn in ein trügerisches Gefühl von Sicherheit wiegen. An der Autobahn 1 bog er nach Norden ab. Es herrschte Stoßverkehr. Als er an der Abfahrt Butterfield vorbeifuhr, stockte der Verkehr, und einen kurzen Augenblick lang fühlte Jed sich allein; in diesem Moment wünschte er sich, er käme auch gerade nach einem anstrengenden Tag von der Arbeit und auf ihn warteten ein Cocktail und ein Abendessen in einem behaglichen Haus in den Vorstadtvierteln des Nordens.

Als der Verkehr wieder in Gang kam und sich zwischen den Autos Abstände auftaten, tauchte das Schild auf. Nicht grün wie die Autobahnschilder, sondern schwarzweiß. Diskret. Harmlos. STAATLICHE SCHLACHTHÖFE 2 KILOMETER. Jed stieg auf das Gaspedal und schoß auf die Ausfahrtspur, jetzt mit fast achtzig. Das war der Moment der Beschleunigung, das war der Moment der Tintenwolke. Von der Autobahn ab, unter der Auffahrtrampe durch, und dann raste er die schmale Straße hinunter, die zu den Schlachthöfen führte: achtzig, neunzig, hundert. Sein Rückspiegel war leer. Ein zweimaliges Scheppern, als er die metallenen Viehgitter hörte. Er bog nach links in die Gasse ein. Über seinem Kopf wanden sich Rohre, aus Ventilen quoll weißer Dampf. Ein süßlicher Geruch wie der von Eischnee. Ein Geruch, der süßer und fauliger wurde. In einer offenen Halle sah er Tierhäute über Stangen hängen, eine Reihe nach der anderen.

Die Gasse ging auf einen Betonhof. Seine Reifen schlitterten über Dreck und Stroh. Hier wurden die Tiere offenbar ausgeladen. Er bog auf eine Holzrampe ab, die an einem Schlachthof vorbeiführte, und ließ seinen Wagen über einen Feldweg holpern und poltern. Die Gebäude lagen jetzt hinter ihm. Zu beiden Seiten befanden sich Gräben und Büschel gelbes Gras. Vor sich konnte er durch die Windschutzscheibe einen dünnen blauen Streifen sehen, ein vergessenes Stück Hafen. Er lenkte den Wagen eine steile Böschung hoch und auf ein stillgelegtes Bahngleis. Vor ihm lag eine alte eiserne Hängebrücke. Ein Schild flüsterte in kleinen roten Buchstaben: GEFAHR. Das Schild amüsierte ihn. Gefahr war relativ.

Von dem Bahngleis wußten nicht viele. Wenn man nichts davon wußte und wenn man sich einen Stadtplan anschaute, konnte man kaum auf die Idee kommen, daß die Linie noch in Betrieb war. Auf der Karte wirkten die Schlachthöfe wie eine Sackgasse. Jedem, der ihm gefolgt war, mußte dieser Umweg, den er genommen hatte, wie ein grober Fehler erscheinen — womöglich aufgrund einer Panik. Das war das Schöne an dem Manöver. Bis sie merkten, daß es ihr Fehler war, würde es zu spät sein.

Er fuhr langsam über die Brücke, das Metall ächzte unter dem Gewicht des Wagens. Dann fuhr er von der Brücke hinunter über Ödland und durch die Hintergassen des Stadtteils Venus. Wieder hinunter ins Dunkel des Hafentunnels. Nach zwanzig Minuten erhoben sich vor seiner Windschutzscheibe die Türme des Gedenkens. Er schaute in den Spiegel. Immer noch leer. Er war Seetang zwischen Seetang, Felsgestein auf Felsgestein. Jetzt würde ihn keiner mehr finden.

DER KNOCHENANZUG

Nathan hörte, wie die Treppe knarrte, die Eingangstür zuknallte. Er kam noch rechtzeitig ans Fenster, um Harriet in ihren Wagen steigen zu sehen. Sie hatte einen dunklen Mantel an, denselben Mantel, den sie bei der Bestattung getragen hatte. Ihr Gesicht war verschlossen. Ein versiegelter Umschlag. Ihre roten zusammengepreßten Lippen der Siegellack.

Es war Mittwoch morgen. Er saß am Küchentisch und trank Kaffee. Sag mir eines. Gefällt dir diese Stadt? Ihre Drohungen standen in seinem Kopf herum wie Gefängniswärter mit Schlüsselbünden. Ich könnte Schwierigkeiten machen. Am Tag zuvor hatte er Dads Anwalt gefragt, ob es möglich sei, die amtliche Bestätigung des Testaments zu beschleunigen. Dads Anwalt warf ihm einen Blick zu, der kaum über den Rahmen seiner Brille reichte. »Es gibt sehr gute Gründe dafür«, sagte er, »daß die Mühlen des Gesetzes so langsam mahlen, wie sie es tun.« Der Ventilator drehte sich auf seinem langen Ständer. Und die Wand hatte die Farbe schmutziger Hemdkragen.

Nathan blickte vom Tisch auf. Über den Hügeln zogen sich Wolken zusammen, und der Garten verdunkelte sich. Regenböen peitschten vom Himmel. Er beobachtete, wie Tropfen das Fenster entlangkrochen. Noch sechs Wochen, hatte der Anwalt gesagt. Mindestens.

Der Morgen kippte in den Nachmittag um, und er saß immer noch müßig herum. Er ging ins Wohnzimmer, stellte sich an die geöffneten Terrassentüren und lauschte dem Regen, der auf die Wasserfläche des Schwimmbeckens prasselte. Er erinnerte

sich an Tage wie diesen, als er noch klein war. Sie saßen damals immer am Küchentisch und malten auf Bogen glänzendes Packpapier. Auch wenn er versuchte, blaue Himmel zu malen, sahen sie doch immer schmutzig aus. Wenn er deswegen jammerte, entgegnete Dad: »Schau dir George an, sie kümmert das gar nicht.« Natürlich kümmerte es sie nicht. Sie malte ja nie einen Himmel in ihre Bilder, oder? Sie ließ einfach überall große braune Flecken. Wenn man sie fragte, was diese braunen Flecken seien, antwortete sie stets: Das sind braune Sachen. Braune Sachen? Es ist Erde, erklärte sie. Es ist ein Tisch. Ich weiß es nicht. Es sind Hunde. Sie hatte immer eine Antwort. Immer wußte sie die Dinge zu umschiffen.
Er schloß die Terrassentüren und wandte sich wieder dem Zimmer zu. Es gab etwas, das er hatte tun wollen, und es war besser, es jetzt zu tun, solange er alleine war, ohne noch lange zu überlegen. Er stieg die Treppe hinauf und ging in das Schlafzimmer, das einmal Dad gehört hatte und jetzt seines war. Er nahm den Schlüssel aus der Nachttischschublade und schloß den Schrank auf. Es befanden sich zwei Reihen Kleidungsstücke darin. Alte Anzüge hauptsächlich. Sakkos, Mäntel. Mit abgewetzten Ärmeln und fehlenden Knöpfen. Mit Schulterklappen aus Staub. Was er tun wollte, war richtig, das wußte er. Wenn Dad diese Kleidungsstücke überhaupt getragen hatte, dann ehe Nathans Erinnerungsvermögen einsetzte; sie waren vor ihm dagewesen, und es würde Dad nicht weh tun, wenn Nathan sie weggab. Er leerte den Schrank bis auf die Drahtbügel und die Bogen Weihnachtspapier. Das einzige, was er zurückbehielt, waren zwei Anzüge und eine Jacke. Die Anzüge waren für ihn, die Jacke für Georgia. Er glaubte, sie könne ihr gefallen. Sie war braun.
Dann der begehbare Schrank. Hier hingen die vertrauten Stücke von Dads Kleidung. Zum Beispiel die blaue Strickweste. Nathan hob sie heraus und hielt sie sich unter die Nase. Sie

roch so warm und sauber, nach Talkum und Vanille, nach seinem Vater. Das war die Strickweste, die Dad immer im Bett getragen hatte. Das war die Strickweste, die er getragen hatte, wenn er auf dem Meeresgrund Bier trank. Das Gesicht in der blauen Wolle vergraben, dachte Nathan an die Nächte, in denen er Dad den Rücken eingerieben hatte, an diese besondere Geruchsmischung, Haut und Eukalyptusöl, und er hörte Dads Stimme schläfrig aus dem Kissen aufsteigen: »Ein bißchen weiter unten, noch ein bißchen, ja, genau da, wunderbar.«

Er schaute die Kleidungsstücke an, die in so ordentlichen Stapeln auf Regalbrettern lagen, dann wanderte sein Blick hinab auf die Sachen, die in Kisten verpackt waren und jetzt schon zerknittert und leblos wirkten. Er mußte wegschauen, die Luft verschwamm vor seinen Augen. Er faltete die blaue Strickweste zusammen, legte sie in den Schrank zurück, preßte ein paar Augenblicke die Handgelenke gegen die Augen. Die übrigen Kleidungsstücke sortierte er rasch, mechanisch, als gehörten sie einem Fremden. Gedanken sollten gar nicht erst aufkommen, dazu ließ er ihnen keinen Raum.

Als auch dieser Schrank leer war, zog er die Kisten zum Treppenabsatz. Er schaute aus dem Treppenhausfenster. Packpapierhimmel und große silbrige Regentropfen, die die Telegrafendrähte hinunterglitten. Weder die Stadt noch der Hafen waren zu sehen, kein Hinweis auf die Tageszeit.

Er fuhr den Wagen rückwärts aus der Garage und vor die Haustür, dann trug er die Kisten die Treppe hinunter auf die Veranda und lud sie in den Kofferraum. Am Tor mußte er bremsen und ein Auto vorbeifahren lassen. Da bemerkte er den Mann, der vor ihrem Haus stand. Er trug einen grauen Anzug und hatte einen schwarzen Schirm aufgespannt. Etwas an ihm verriet Nathan, daß der Mann schon lange dort gestanden hatte. Er konnte sich nicht sicher sein — der Regen fiel jetzt stärker, und die Tropfen sprangen vom Gehsteig wieder hoch, so daß man durch eine Art Nebel blickte — aber er glaubte den Mann zu kennen. Im selben Augenblick bemerkte der Mann, daß Nathan ihn gesehen hatte. Eine seiner Schultern zuckte. Er drehte sich rasch um und eilte davon. Es muß jemand sein, der von dem Todesfall gehört hat, dachte Nathan. Einer von diesen Sargjägern.

Zehn Minuten später hielt er vor dem Wohltätigkeitsverein des Viertels an. Im Fenster hing ein Schild: GESCHLOSSEN. Er nahm die Hände vom Steuer, lehnte den Kopf gegen die Rückenlehne. Das hatte er nicht erwartet. Es war mehr als Entsetzen, was er empfand. Es war ein langsames Sichauflösen; er fühlte sich, als zerquetsche ihn jemand ganz langsam in seiner Faust. Er konnte es nicht ertragen, die Kleidungsstücke wieder mit nach Hause zu nehmen. Er würde sie an der Türschwelle stehenlassen müssen und hoffen, daß sie am nächsten Tag noch da waren. Nicht, daß er das gern tat, aber ihm fiel keine Alternative dazu ein.

Er stapelte die Kisten in zwei Stößen vor der Tür und rannte zum Auto zurück. Rasch blickte er nach links und rechts. Keiner hatte ihn gesehen. Es regnete noch immer in Strömen, und auf der Straße befand sich niemand.

Wieder im Auto, konnte er sich nicht rühren. Nicht einmal den Zündschlüssel vermochte er umzudrehen. Er stellte sich die Kleidungsstücke in den Kisten vor: wie sie allmählich ihre Wärme verloren, wie sie langsam kalt wurden. Irgendwie war das schlimmer, als Dad in der Kapelle liegen zu sehen. Es war schlimmer, als ihn tot zu sehen. Er streckte die Hand aus, berührte sein Gesicht. Es war naß. Er wußte nicht zu sagen, wo der Regen aufhörte und die Tränen anfingen.

Was sollte er als nächstes tun? Er war ratlos. Etwas trinken gehen, vielleicht. War es das nicht, was die Leute taten? Er fuhr Richtung Süden durch Blenheim. Die Hauptstraße verbreiterte sich zur Autobahn; im Hafenbecken trommelte der Regen auf das Wasser, vor einem grauen niedrigen Himmel duellierten sich Bootsmasten. Als über ihm die Abzweigung HAFENBRÜKKE STADTZENTRUM auftauchte, dachte er an Georgia, und er ordnete sich ein. Auf der Stadtseite tauchte er in den Schatten der Brücke und hielt vor der erstbesten Bar an. Er ging nach hinten durch und fand ein Telefon. Wählte Georgias Nummer, wartete. Das Fenster neben dem Telefon stand offen. Irgendwo mußte ein Abflußrohr verstopft sein, und der Regen platschte in den dunklen Hof hinunter. Es hörte sich an wie im Massagesalon. Hände auf Fett.

Georgia ging nicht ans Telefon. Er kehrte zum Auto zurück. Er wollte etwas trinken, aber nicht hier. Im Auto fiel ihm der Mann auf der Promenade ein. Wie hieß er noch? Reid. Er schaute auf die Uhr. Es war erst kurz nach sechs. Er konnte zum »Necropolis« fahren und etwas trinken. Wenn Reid auftauchte, hätte er jemanden zum Reden. Und wenn nicht, würde er es eben wieder bei Georgia probieren.

Das »Necropolis« war eine wüste Bar im Hafenviertel. Hohe Decke, gedämpftes Licht. Tische in der Form von Grabsteinen. In Marmor gemeißelte Namen von Berühmtheiten. Nathan bestellte Brandy, einen großen. Er setzte sich auf einen Hocker und schaute herum. Immer eine echte Mischung hier, alles, von der Hure bis zum Millionär, aber keine Spur von Reid. In gewisser Weise war er froh darüber. Er hatte sich den Vorteil, als erster da zu sein, gewünscht. Diesmal würde er vielleicht selbst ein wenig beobachten können. Die paar Sekunden, bevor einen jemand sieht, können einem Macht verschaffen, sie können einem Geheimnisse verraten.

Er hatte sein drittes Glas halb leergetrunken, als die Tür aufging und Reid hereinkam. Einen Moment lang blitzte es golden auf, als er gleich nach der Tür stehenblieb, sich eine Zigarette in den Mund steckte und sie anzündete. Man hätte ihn kaum noch für einen Priester halten können, und doch hatte er diese

Ausstrahlung — da war ein Glanz um ihn herum, als habe er zur Rechten Gottes gestanden und etwas von dessen Macht und Herrlichkeit sei auf ihn abgefärbt. Als er auf den Tresen zuging, schien er die Luft über seinem Kopf in Beschlag zu nehmen, man hätte fast sagen können, daß sie ihm gehörte. Er ging dicht an Nathan vorbei und streifte mit dem Saum seines Sakkos Nathans linken Oberschenkel. Er bestellte einen Bourbon mit Eis, überlegte es sich dann aber anders und bat um einen doppelten Bourbon ohne Eis. Als er sich mit der Hand durch sein kurzes schwarzes Haar fuhr, sah Nathan, daß er immer noch die Handschuhe trug. Nathan spürte, wie ein seltsames Prickeln in ihm erwachte, als hätte er Sorbett getrunken: ein Schäumen.

»Ich habe Sie also nicht abgeschreckt.«

Nathan trank sein Glas leer. »Haben Sie das denn für möglich gehalten?«

Reid bestellte ihm noch eines. Es gibt Leute, die genau wissen, was man will und wann man es will. Es gibt auch Leute, die ihre Ausflüchte genau zum richtigen Zeitpunkt anbringen.

»Sie müssen ein Fernglas benutzt haben«, meinte Nathan. Und als Reid nicht zu verstehen schien, fügte er hinzu: »Um mich von Ihrem Fenster aus sehen zu können.«

Reid lächelte.

»Ist es eine Angewohnheit von Ihnen, so die Leute zu beobachten?«

»Eine Angewohnheit? Nein.« Aber das Wort schien Reid irgendwie zu amüsieren. »Manchmal gibt es eine gewisse Distanz, das ist alles«, sagte er. »Und man kann eben nur gerade so weit an jemanden herankommen.«

»Jetzt ist aber nicht mehr viel Distanz da.«

Reid schaute Nathan noch immer amüsiert an. Er führte sein Glas zum Mund und trank, stellte das Glas wieder ab. »Warum sind Sie gekommen?«

Nathan zuckte mit den Achseln und schaute weg. »Ich weiß es nicht. Ich bin ewig nicht hier gewesen.« Er blickte Reid an. »Ich hab', denke ich, Lust gehabt, was zu trinken.«
»Wozu haben Sie sonst noch Lust gehabt?«
Nathan lächelte vor sich hin. Darauf brauchte er nicht zu antworten. Das war keine Frage, die man beantwortete.
»Ich meine, wozu *haben* Sie Lust?« korrigierte sich Reid.
Nathan lächelte immer noch, aber er dachte jetzt nach. Er würde ein Risiko eingehen. Den Arm in den Rachen des Löwen stecken — und wenn er abgebissen wurde? Was würde die Zukunft bringen? Belohnung oder Strafe? Er wußte nicht mehr, was von beiden er verdiente.
Später konnte er sich nicht mehr erinnern, wie Reid es fertiggebracht hatte — ein Zucken mit dem Kopf? eine behandschuhte Hand auf seinem Unterarm? —, aber plötzlich verließen sie zusammen das Lokal. Die Nacht schien wie mit Watte gepolstert. Die Luft war so voll und dunkel, daß man sie wie einen Kuchen hätte in Stücke schneiden können. Er spürte, wie seine Adern anschwollen. Eine Limousine glitt vorbei. Das Lecken von Reifen. Aus offenen Fenstern drang stakkatohaftes Gelächter, Musik, Rauch.
Reid führte ihn zu einem flachen Wagen. Ob blau oder schwarz, konnte er nicht sagen. Er sah schnell aus. Er würde die Luft zweiteilen.
»Steig ein!«
Er gehorchte. Der Geruch nach neuem Leder. Und schwach nach Zigaretten. Reid zündete sich eine an, startete. Der Wagen fauchte wie ein Düsenjet. Turbo. Geld. Tod.
Sie fuhren auf dem Paradise Drive in Richtung Westen. Am Delta bogen sie in einer langen Kurve landeinwärts ab. Der Schaltknüppel klapperte wie Stricknadeln, als er sich in seiner Metallklappe bewegte, dazu das Schnauben des Motors, der gegen die Verlangsamung des Tempos ankämpfte. Sie fuhren von

hinten auf das »Palace Hotel« zu, eine Rampe hinunter. Es war, als würde man von einer aufgerissenen Kehle verschluckt. Jetzt befanden sie sich unter der Erde.
Ihre Schritte hallten auf dem Beton wider, als sie durch das Parkhaus gingen. Reid drehte einen Schlüssel in einer silbrigen Metallplatte. Die Türen gingen auf.
»Mein Hintereingang«, erklärte er.
Im Aufzug drückte er gleich die 14. Sie redeten während der Fahrt nicht. Nathan versuchte, in dem verkratzten rostfreien Stahl der Wände sein Spiegelbild zu erkennen. Aber er konnte nichts als einen verschwommenen Fleck sehen. Im vierzehnten Stockwerk öffneten sich die Türen träge, und Reid stieg aus. Nathan folgte ihm. Vor der Tür blieb er stehen, schaute sich um.
So stille Korridore. Der Teppichboden war burgunderrot und etwa alle drei Meter von einem schwarzen Oval unterbrochen, in dem in roter Schmuckschrift die Buchstaben PH standen. Die Türen waren alle schwarz. An der Decke summten Glaskugeln und verströmten einen gelben Niedervoltschein. Weiter hinten das Wort AUSGANG in schwachem Neonrot. Er hatte sich immer gefragt, wie das »Palace« wohl innen aussah, aber es schien seinen wahren Charakter noch zu verbergen: Dadurch, daß es sich ihm gezeigt hatte, schien es noch geheimnisvoller geworden.
»Stimmt etwas nicht?«
Nathan hatte fast vergessen, daß er nicht allein war. Er drehte sich um, sah Reid zehn Meter von sich entfernt dastehen, eine Hand lässig in der Jackentasche, wie ein Mann aus einem Katalog für Bekleidung.
»Nein«, erwiderte er, »alles in Ordnung.«
Es war ein langer Weg bis zu Reids Apartment. Jedesmal, wenn sie um eine Ecke bogen, bot sich ihnen der gleiche Anblick, die gleiche Stille; jedes neue Stück Korridor war wie ein Echo des vorhergehenden. Vor dem Apartment 1412 blieben sie stehen.

Er wartete, während Reid die Tür aufschloß. Ein warmer, leicht säuerlicher Dunst schlug ihnen entgegen, ein Geruch wie nach neuen Dollarnoten. In den Ecken glühten Lampen auf, erhellten den Raum. Sofas aus dunklem Samt, Wände mit Tapeten, die wie Marmor aussahen, und rahmenlose Spiegel. Auf zwei Seiten befanden sich Fenster. Eines ging auf die Promenade hinaus: Autoscheinwerfer, Lichtkegel, die zwischen den Palmen umherwanderten, eine weiße Linie, die Brandung. Das andere Fenster ging nach Westen, wo die Hafenbrücke das schmale Stück Wasser überspannte, das die Vororte im Westen von der Stadt trennte; eine goldene Spange auf einem Schopf glatten schwarzen Haares.

»Sekt?«

Nathan nahm das ihm dargebotene Glas. »Danke.« Er kehrte in die Mitte des Raums zurück. Hier schien es nichts Persönliches zu geben. Keine Bücher, keine Bilder, keine Blumen. Eine teure Hotelsuite, ein Ort, den man nur vorübergehend benutzte, den man eigentlich nicht veränderte oder auch nur berührte. Er paßte zu den Handschuhen. Dieser Mann hinterläßt keine Spuren von sich, dachte Nathan, nicht einmal Fingerabdrücke. Wenn er ein Verbrecher wäre, würde er nie gefaßt werden.

Reid beugte sich herüber und legte eine weiße Kapsel neben Nathans Sektglas. »Das ist für dich.«

»Was ist das?« fragte Nathan.

»Du wirst dich wohl fühlen damit.«

Nathan zögerte.

»Was ist los?« sagte Reid. »Traust du mir nicht?«

Nathan lächelte. »Ich kenne dich nicht. Warum sollte ich dir trauen?«

»Du bist ja schon hier. Da kannst du mir auch trauen.« Reid beugte sich vor, öffnete die Kapsel und schüttete den Inhalt in den Sekt. Er prostete Nathan zu, trank das Glas leer. Dann goß er etwas Sekt nach, schwenkte ihn hin und her, trank wieder aus.

Nathan nickte. »Du hast recht.« Er tat genau das, was Reid getan hatte. »Wo ist die Toilette?«
Reid zeigte es ihm.
Als er das Licht anknipste, hatte sich der eine Leuchtkörper vervielfältigt. Überall hingen Spiegel. Er konnte sich von allen Seiten gleichzeitig betrachten, und wenn er sich in einer bestimmten Position hinstellte, sah er Hunderte immer kleiner werdende Abbilder von sich selbst, die in neblig grüner Unendlichkeit verschwanden. Er spürte, wie eine Erregung in ihm aufstieg. Er kannte dieses Gefühl, es war wie beim Schwimmen im offenen Meer. Manchmal wurde man von einer Strömung erfaßt, einem Sog, der schräg zum Strand verlief, doch anstatt gegen die Strömung anzukämpfen, schwamm man mit ihr. Man ließ sich einfach treiben, wartete auf eine Welle, und wenn die Welle dann kam, nahm man sie, ritt auf ihr. Weg von der Strömung zum Strand zurück. Er hatte so etwas schon gemacht. Er konnte sich entspannen.
Als er in das Zimmer zurückkam, lächelte er. Auch Reid lächelte, den Kopf gegen das Sofa gelehnt, das Gesicht fast parallel zur Decke. Er lächelte mit Lippen, von denen Nathan jetzt schon wußte, daß er sie küssen würde. Er setzte sich. Der Sekt in seinem Glas war mehr geworden. Er trank etwas davon.
»Alles in Ordnung?« fragte Reid ihn.
Nathan lehnte sich zurück. »Mehr als das. Alles bestens.«
»Willst du irgend etwas wissen?«
Das war eine merkwürdige Frage. Nathan fiel nichts ein. Statt dessen schaute er den Mann auf dem Sofa an. Sein Haar, seine Krawatte, sein Lächeln, seinen Anzug, seine Handschuhe. »Die Handschuhe da«, sagte er. »Versuchst du, damit was zu verstecken?«
»Nicht zu verstecken«, korrigierte Reid, »zu schützen.«
»Zu schützen?«
Reid stand auf, ging zur Bar. »Ich bin ein Hand-Model. Ich muß

meine Hände schützen. Und« — er lächelte — »mir gefällt es, wie sich die Dinge anfassen, wenn ich Handschuhe trage.«

»Die Dinge?«

»Ja«, erwiderte Reid, »die Dinge.«

Er machte noch eine Flasche Sekt auf und brachte sie an den Tisch. »Du hast meine Hände wahrscheinlich Hunderte von Malen gesehen, ohne es zu wissen. Wie sie einen Rasierapparat halten, eine Zigarette anzünden, einer Frau einen Brillantring über den Finger streifen.« Sein Lächeln wurde breiter. »Keiner bekommt meine Hände zu sehen«, sagte er, »außer dem breiten Publikum.«

Nathan wollte das Lächeln gerade erwidern, als etwas mit der Wand passierte. Sie wölbte sich ihm entgegen, als sei sie nur papierdünn und eine riesige Wasserwoge drücke von hinten dagegen. Oder vielleicht nicht Wasser, sondern ein Herz. Denn die Wand bewegte sich vor und zurück. Eine Art massiges Herz, das träge schlug. Dann ergoß sich aus den Ecken Dunkelheit in den Raum, bis nur noch Nathan selbst erleuchtet war, sonst nichts.

»Es ist dunkel«, sagte er, »es wird dunkel.«

»Keine Sorge«, erklang eine Stimme, »es wird bald wieder hell.«

Und sofort begann die Dunkelheit sich hinwegzuheben. Er konnte das Sofa wieder sehen, sein Glas auf dem Tisch, den Mann am anderen Ende des Raums. Es war, als hätte die Stimme ein Wunder bewirkt.

»Das war wirklich seltsam.«

»Was denn?«

»Wie du es gesagt hast, und wie es passiert ist. Ich mache es genauso, wenn ich jemanden vorm Ertrinken rette. Ich schwimme hinaus und sage: ›Keine Sorge, ich bin ja da, Sie schlucken vielleicht ein bißchen Wasser, aber bald ist alles wieder gut.‹ So etwas Ähnliches hast du gerade mit mir gemacht.«

»Es überrascht mich, daß die Bestatter das noch nicht haben verbieten lassen«, meinte Reid.

»Was, das Rettungsschwimmen?«
Reid lächelte. »Es liegt nicht ganz in ihrem Interesse, oder?«
»So kann man es auch sehen«, sagte Nathan.
»Das letzte Mal, als ich dich unten am Strand gesehen habe«, sagte Reid, »da war ein Typ mit einem Zylinder bei dir.«
Nathan lachte. »Ach, das ist Jed.«
»Sieht seltsam aus.«
»Ja.« Nathan sah plötzlich Jed vor sich, wie er bei Nacht über die Brücke fuhr. Ein dunkelrotes Auto, dessen bleicher Fahrer einen Zylinder trug und wie ein Kühlergrill lächelte und auf dessen Rücksitz sich abgestorbene Haut häufte.
»Seid ihr befreundet?«
»Nein, nicht direkt. Ich habe ihn vor Jahren kennengelernt, als ich so zwölf war. Letzte Woche erst habe ich ihn wiedergesehen. Bin in einer Bar in der Second Avenue in ihn hineingelaufen.«
»Kleine Welt.«
»Er hat sich neulich abend so komisch benommen. Hat dauernd erzählt, daß er was vorhat.«
»Was denn?«
Nathan zuckte die Achseln. »Er ist hinter jemandem her oder so. Er hat 'ne Menge Zeug erzählt. Das meiste hat sich wie Blödsinn angehört.«
»Klingt nach einem ziemlich verzweifelten Typen.«
»Du hättest ihn hören sollen. Er hat übers Wochenende bei mir gewohnt. Hat 'ne Riesengeschichte erzählt, daß er jemanden umgebracht hat. Er hat so eine Tätowierung am Handgelenk. Behauptet, daß das das Datum ist, an dem er es gemacht hat. Die Hand, mit der er es gemacht hat.«
»Er wohnt doch hoffentlich nicht mehr bei dir?«
Nathan lächelte über Reids Besorgtheit. »Nein. Wir haben ihn rausgeworfen. An dem Tag, als ich dich kennengelernt habe. Aber ich denke, er wird sich melden. Er schuldet mir acht Dollar.«

»Vielleicht meldet er sich dann nicht«, meinte Reid.

Nathan grinste. »Vielleicht hast du recht.«

»Es ist merkwürdig«, sagte Reid, »manche Leute hängen sich an einen, und man selber empfindet gar nichts.«

Nathan beugte sich vor und griff nach seinem Glas. Dieses Gefühl war wieder da. Sein Kopf bewegte sich jetzt langsamer als sein Körper. Er lehnte sich wieder zurück, ohne sein Glas. Ihm war schwindelig, als wäre er zu plötzlich aufgestanden. Es ist bloß ein Schub, sagte er sich. Es würde vorübergehen. Er starrte das Sofa an. Es hatte eine dunkle Farbe, kein Muster, und würde ihm keinen Streich spielen, wenn er sich darauf konzentrierte.

»Weißt du, was mir aufgefallen ist, als ich durch das Fernglas geschaut habe?« erklang Reids Stimme.

Er konnte nicht aufschauen. Er brachte nur ein Wort heraus: »Nein.«

»Mir ist aufgefallen, wie schön du bist —«

Jetzt konnte er von dem Sofa weg und wieder in den Raum schauen. Das Blut schoß ihm durch die Adern. Es war wie ein Staffellauf, er sah einen Läufer um die Kurve spurten, den Stab an einen anderen Läufer weitergeben, der wieder losspurtete: ein Staffellauf durch seinen ganzen Blutkreislauf.

»Dein Körper —«

Der Raum trieb von ihm weg, die Wände waren wieder vom Wind gebauschte Segel.

»— und dein Gesicht —«

Seine Haut unter seiner Kleidung, so bequem. Und Reid über ihm. Das Haar wie eine Wolke. Dunkel wie ein aufziehender Sturm. Die Decke über ihm konkav, gewölbt, und eine behandschuhte Hand griff nach unten.

Noch ein Griff, und er lag auf einem Bett. Er legte sich zurück, passiv. Kühle Laken unter ihm. Eine behandschuhte Hand bewegte sich zu seinem Hosenschlitz, er spürte, wie der

Metallknopf nachgab, hörte das Ratschen, als der Reißverschluß aufging. Er hielt den Atem an. Spürte, wie sein Schwanz hochschnellte, spürte die Liebkosung von Leder. Und als sei er ohnmächtig geworden — vielleicht war er es —, war er plötzlich nackt. Er machte die Augen zu und lauschte, wie die Handschuhe über seine Haut glitten. Es war so heiß. Er schaute nach unten. Die Handschuhe, ihre Innenflächen waren dunkel, das mußte der Schweiß von seinem Körper sein. Er sagte dies flüsternd, und Reid erwiderte, daß es ihm gar nicht aufgefallen sei; es gefalle ihm. Nathan legte sich wieder zurück, sah ein offenes Fenster mit einem Strand und Gischt dahinter, es war irgendwo, wo er schon einmal gewesen war, es war dasselbe Geräusch. Er sah, wie Baumwipfel vom Wind zerzaust wurden, aber daran erinnerte er sich nicht. Und jetzt schloß sich Reids Mund über ihm, eine Enge, langsam und eng. Ein Zittern, wie Laub, an seinen Fußsohlen.

Reid rollte ihn sanft auf den Bauch herum, und er spürte Reid zwischen seine Hinterbacken gleiten.

Er hob den Kopf, sagte: »Nein«, und lauter: »Nein.«

Reid murmelte etwas.

Er drehte sich auf die Seite, kroch das Bett hinunter. Er glaubte, irgendwo Musik zu hören, fragte, was das sei, doch Reid sagte, es sei nichts. Er nahm Reid zwischen seine Finger, zwischen seine Lippen, er machte, was er sich gerne von anderen machen ließ. Es war so merkwürdig, auf der anderen Seite der Dinge zu sein, er hatte den Salzgeschmack davon vergessen, die Kraft der letzten Augenblicke, ehe es einem kam, wenn die Muskeln sich krümmten und sirrten, das Beben und Zittern von Bahngleisen, wenn ein Zug kommt.

Dann nur noch Dunkelheit, die auf seine Ohren drückte, und das Schlagen seines Herzens.

Später wachte er auf, es war noch dunkel. Er sah seine Träume.

Seine Träume waren rot und golden. Reglos, beinahe atemlos lag er da. Das milchige Oval eines Fensters. Und Licht vom Fenster, das sich in etwas verfing, was an der Tür hing. Ein silberner Morgenmantel, eine Art Kimono. Mit einem auf den Rücken gestickten Geier. Federn aus Metall, aus seinem offenen Schnabel kam fauchend Atem, Atem, so rot wie Feuer oder Blut. Augen wie Steine in ihren Höhlen, tote graue Steine. Reglos, beinahe atemlos lag er da.
Das war die Welle, die er nehmen mußte. Die Welle.
Er schob sich aus dem Bett und ging auf Zehenspitzen zum Fenster. Er starrte auf die schwarzen, höckrigen Bäume und den dunkelgrauen Himmel hinaus. War das das Meer dazwischen, ein Hauch von Silber, die Schneide eines Messers, von der Seite gesehen?
Das mußte es sein. Hunderte Kilometer Dunkelheit und ein fahler Streifen, wo das Mondlicht hinfiel. Er drehte sich wieder zum Zimmer um, tastete um das Bett herum nach seinen Kleidern. Reids Atem stieg auf, fiel wieder. Er mußte so leise sein. Oder der Geier würde kreischend vom Rücken des Kimonos geflogen kommen. Schleichen wie ein Indianer. Jetzt mehr denn je. Jetzt.
Er konnte seine Socken nicht finden. Mit bloßen Füßen, die Arme vor sich ausgestreckt, tastete er sich durch das Apartment. Es war größer, als er es in Erinnerung hatte, aber eigentlich erinnerte er sich ja gar nicht. Oder vielleicht schien es nur auf andere Weise zusammengebaut. Wie ein Rätsel, für das es zwei Lösungen gibt.
Er erwischte die falsche Tür. Dachte, es sei die Eingangstür, aber sie war es nicht. Ein Schrank. Mit einem Skelett darin. Kein Kopf, nur die Körperknochen. Auf schwarzen Stoff genäht. Ein Knochenanzug. Das Herz hämmerte ihm gegen die Rippen, einen Augenblick schien es, als würden sie brechen. Er machte den Schrank zu, tat so, als hätte er nichts gesehen. An

den Schlössern merkte er, daß er diesmal die richtige Tür erwischt hatte. Es waren vier verschiedene Schlösser, und er brauchte minutenlang, um sie richtig einzustellen. Jedesmal, wenn er an einem Knauf drehte, klickte es, und früher oder später, da war er sich sicher, würde eines dieser Klickgeräusche bis ins Schlafzimmer dringen. Die freundliche Priesterstimme hinter sich. Die sanfte Hand auf seiner Schulter. Er wußte nicht, warum er Angst hatte. Doch, er wußte es. Der Kimono, der Knochenanzug. Weshalb? Es waren die ersten persönlichen Gegenstände, die er gesehen hatte, deshalb. Die ersten Gegenstände, die er gesehen hatte, die Reid gehörten. Ein Geier und ein Knochenanzug.

In einem Spiegel vor dem Aufzug sah er sich selbst. Das Haar in den Augen, das Hemd zerrissen. Er sah aus, als wäre er überfallen worden. Der Nachtportier döste. Er schlich sich barfuß, die Schuhe in der Hand, an ihm vorbei. Von der Tasse mit dem kalt werdenden Kaffee neben dem Ellbogen des Portiers stieg ein letztes Dampfwölkchen auf. Die Uhr hinter seinem Kopf zeigte zehn vor fünf.

Er ging die Promenade hinunter und nahm an dem Vierundzwanzig-Stunden-Stand vor dem »Belgrano« ein Taxi. Der Fahrer trug eine Mütze und eine Lederjacke und war zum Reden aufgelegt. Er versuchte es mit ein paar Themen, doch Nathan blieb einsilbig. Er musterte seinen Fahrgast ein-, zweimal im Rückspiegel.

»Sie waren bumsen«, fragte der Fahrer, »oder?«

Nathan wandte den Kopf und schaute ihn an. »Was?«

»Sie haben mich genau verstanden. Hören Sie, ich fahre seit vierundzwanzig Jahren Taxi. Ich weiß, wer bumsen war und wer nicht. Wissen Sie, woher ich es weiß?«

»Woher wissen Sie's?«

»Es ist fünf Uhr früh, daher weiß ich's. Stimmt's? Und noch was. Sie schauen aus, als hätten Sie gebumst. Sie schauen so

aus, wie die Leute ausschauen, wenn sie gebumst haben, verstehen Sie mich?«
Nathan lächelte schwach.
»Sie war okay, oder?« Der Fahrer preßte genießerisch die Lippen aufeinander. »War sie gut?«
»Ja«, erwiderte Nathan, »sie war toll.«

NUR DIE LEUCHTENDEN LINIEN GEWINNEN

Die Türme des Gedenkens stammten aus einer Zeit, als viele Friedhöfe der Stadt voll belegt waren. Es war eine Zeit der Panik: Wohin mit den Toten? Und da sagte jemand: »Begraben wir die Leute doch *über* der Erde, nicht zwei Meter darunter. Begraben wir die Leute näher am Himmel!« Es schien die vollkommene Lösung zu sein. Der erste Hochhausfriedhof der Geschichte. Originell, aufregend, platzsparend. Aber leider zum Scheitern verurteilt.

Gegen die Vorstellung einer Landbestattung überhaupt erhoben sich plötzlich Stimmen. Sie sei ungesund, sagten die Leute. Sie verlangsame den natürlichen Verwesungsprozeß. Hemme den Weg der Seele. Der Sündenstau verpeste die Erde. Die Folge? Psychische Unruhe, böse Geister, Seuchen. Und so wurden die Türme nach der anfänglichen Begeisterung dem Verfall preisgegeben. Fenster wurden eingeworfen, Graffiti breiteten sich aus. Seit Jed denken konnte, war der Ort eine Zuflucht für Davongelaufene, Geier und Junkies gewesen. Eine verlorene Generation. Nicht verschwunden, doch vergessen. Er stieg aus dem Auto aus und schloß die Tür ab. Der Südturm war drei Jahre lang sein Zuhause gewesen. Dort hausten seine persönlichen Gespenster — zwischen all den übrigen.

Es war inzwischen fast dunkel. Vom Meer wehte ein Wind herüber. Ein warmer Wind, doch das Geräusch, das er machte, wenn er die Betonkorridore entlangrauschte, war kalt. Jed betrat den Platz in der Mitte. Etwas landete neben seinem linken Fuß auf dem Boden. Eine weiße, schaumige Ladung Speichel.

Er schaute hoch. Sechs Meter über ihm spähten von einem Übergang zwei Kinder herunter. Ein Junge mit Bürstenhaarschnitt und hervorquellenden Augen und ein Mädchen mit weißblondem Haar und einer Sonnenbrille mit herzförmigen Gläsern. Wohnblockkinder.

»Hey, Mister«, rief das Mädchen, »warum haben Sie den blöden Hut auf?«

Der Junge grinste. »Da können wir nicht mal auf Ihren blöden Kopf spucken.«

Ihr kreischendes Gelächter wurde von einer plötzlichen Bö verschluckt.

Jed ging weiter.

Er kam am Fuß des Südturms an. Die Stahltüren hingen schief in den Angeln, die Fenster waren Löcher mit Glaszähnen in den Rahmen. In der Eingangshalle waren die Wände mit dem üblichen Graffitigewirr besprüht. Der Aufzug stand sperrangelweit offen. Er drückte ein paarmal auf den Knopf, aber nichts regte sich. Er schaute hinein. Lang und schmal, wegen der Särge. Ein roter Fleck an der schmutzigen Metallwand. Es konnte Farbe oder Blut sein. Eher Blut: Das war Mangrove East. Er trat zurück. Über dem Aufzug hing ein Hinweis: BITTE, ACHTEN SIE DIE TOTEN! Dafür war es wohl zu spät. Er holte Luft und nahm die Treppe in Angriff.

Als er im dreizehnten Stockwerk ankam, war er außer Atem. Er lehnte sich gegen die Tür, bis sein Puls sich beruhigte, dann klopfte er. Er wartete, klopfte von neuem. Schließlich hörte er Schritte, Riegel wurden zurückgeschoben. Das Gesicht einer Frau tauchte auf. Sie trug das Haar zu einem Pferdeschwanz zurückgebunden. Auf ihrem Arm saß ein Kind. Jed gaffte es an.

»Das ist ein Baby«, sagte die Frau.

Jetzt schaute Jed die Frau an. »Ich suche Silence.«

Die Frau warf den Kopf zurück. »Kommen Sie rein!«

Er drückte sich an ihr vorbei und blieb im Korridor stehen, während sie eine Reihe Schlösser und Riegel zumachte.
»Kein sehr vornehmes Viertel«, sagte sie.
»Ich weiß«, meinte er. »Ich habe früher hier gewohnt.«
Jetzt drängte sie sich an ihm vorbei. Er folgte ihr den Korridor entlang. An einer Wand stapelweise Schachteln, fast bis zur Decke. Er drehte den Kopf zur Seite, las ein Schild. Videos. Es mußten an die fünfzig sein. Alle dieselben. Silence der Hehler.
Er ging durch einen Türbogen in das, was einmal der Gedenkraum gewesen war. Hier sollte die Asche ihre letzte Ruhe finden. Hier sollte die Familie sich versammeln, um andächtig zu gedenken. Silence erhob sich aus einem tiefen Ledersessel. Er trug einen leuchtend rostfarbenen Anzug mit hellblauen Nadelstreifen. Die Jahre hatten ihn anscheinend kein bißchen altern lassen. Er hatte noch dieselben runden Wangen, dieselben Schlitzaugen.
»Toller Anzug«, sagte Jed.
Silence lächelte. Sie schüttelten sich die Hände. Silence wies auf das Sofa. Sie setzten sich beide, Jed auf das Sofa, Silence in seinen Ledersessel. Silence schaute gerade fern.
Jed sah sich im Raum um. Offensichtlich hatte Silence die Wand zur nächsten Grabsuite durchgebrochen und diese zu Küche und Bad umgebaut. Ein Kocher, der mit Gasflaschen beheizt wurde, und ein Heißwasserboiler waren installiert. Den Strom lieferte ein tragbarer Generator. Schon ein bißchen anders als in den alten Tagen mit Essen aus der Tüte und Kerzenlicht.
Er klopfte Silence auf den Arm. »Schöne Arbeit hast du da geleistet.«
Silence nahm das Kompliment mit einem neuerlichen Lächeln und einer leichten Verbeugung entgegen.
Jed wandte sich an die Frau. »Wohnen Sie auch hier?«
»Nein«, erwiderte die Frau, »wir sind nur zu Besuch.« Sie

machte die Glastür zum Balkon auf. Er ging genau nach Norden auf den Flughafen hinaus. »Bob gefällt es hier«, sagte sie. »Er sitzt hier stundenlang, trinkt seine Milch und schaut den Flugzeugen zu.«

Jed gaffte wieder das Baby an. Es sah aus wie eine Schildkröte.

Silence berührte seinen Arm und reichte ihm eine Visitenkarte. Auf die Rückseite hatte er in Großbuchstaben geschrieben. ES IST LANGE HER.

»Das kann man wohl sagen«, erwiderte Jed.

Er hielt Silence die Karte wieder hin, aber der machte eine Zerreißbewegung mit der Hand und zeigte auf den Mülleimer. Jed riß die Karte entzwei und warf die Stücke in den Mülleimer. Er bemerkte, daß dieser von auf ähnliche Weise zerrissenen Visitenkarten halb voll war.

»Sind das all die Sachen, die du sagst?« fragte Jed.

Silence nickte.

»Wie lange hast du ihn nicht mehr ausgeleert?«

Silence zuckte mit den Achseln. SEIT ETWA EINEM MONAT, schrieb er.

»Du redest nicht viel, wie?« meinte Jed. »Haste noch nie getan.«

ES GIBT ZWEI ARTEN ZU REDEN, schrieb Silence. LAUT REDEN UND IM KOPF REDEN.

Dem mußte Jed zustimmen.

ALSO, WOMIT KANN ICH DIR HELFEN?

»Ich brauche einen Platz zum Wohnen.«

KEIN PROBLEM.

»Noch was«, sagte Jed. »Ich bin nicht da, okay? Wenn jemand fragt — kein Wort!«

WIE SOLL ICH ETWAS VERRATEN? ICH BIN TAUBSTUMM, DAS WEISST DU DOCH.

»Und wenn dich einer auffordert, es aufzuschreiben?«

Silence lächelte und schrieb: AU! ICH HABE MIR GERADE DIE HAND VERLETZT.

Jed bekam Tips altes Zimmer. Zweieinhalb auf zweieinhalb Meter (in den alten Tagen hatten sie es »die Zelle« getauft). Jetzt lagerte hier, was Silence die »Waren« nannte: zwei Rudergeräte, ein Stapel schnurloser Telefone, zehn Mikrowellenherde und ein Mountain Bike. Der Platz reichte gerade noch für ein Stockbett. Jed nahm das obere Bett. Er ging an diesem Abend früh schlafen und wachte vor dem Morgengrauen auf. Er drehte sich auf den Bauch und schaute aus dem Fenster. Die Dämmerung hatte am Horizont schon gelbe Keile in die Dunkelheit getrieben. Darunter lag die Stadt, kalt wie Asche. Er konnte keinen Verkehr hören, nur der Wind säuselte. Jed erinnerte sich an die Nacht, in der Tip eine Überdosis erwischt hatte. Heftiger Wind, Sturmstärke. Die Kleidungsstücke schwankten an ihren Haken, das Wasser im Goldfischglas schwappte hin und her. Tip hatte sich einen Schuß gesetzt und war zur Seite gesunken, das Gesicht grau, die Worte wie Gummi. Jed rief den Krankenwagen, dann versteckte er sich hinter der Schiebetür, hinter der früher der Altar untergebracht war, und wartete. Sie brauchten nicht lange. Er hörte Schuhe auf dem Boden, Atmen, Flüche. Und die ganze Zeit stöhnte der Südwind wie ein Geisterchor. Dort, südlich der Stadt, lagen die Meeresfriedhöfe, zwanzig Kilometer vor der Küste. Wenn der Wind von dort her wehte, behaupteten manche Leute, es seien die Stimmen der Toten. Die Polizisten waren in dieser Nacht so eingeschüchtert, daß sie nicht einmal daran dachten, die Wohnung zu durchsuchen. Ein Glück für ihn. Das war das letzte Mal, daß er Tip gesehen hatte. Er legte den Kopf aufs Kissen zurück und sah zu, wie die Wände grau wurden. Im Stockwerk über ihm standen Urnen mit Asche. Unten waren vierzehn Leute in die Wand eingelassen. Aber man konnte die Angst wie eine Münze umkippen lassen, und die Kehrseite bedeutete Schutz. Er war froh, so weit oben zu sein, er fühlte sich außer Reichweite, sicher. Und der Wind? Der war wie Flughafenmusik. Er war nichts, er war bloß da. Jed schlummerte wieder ein und schlief durch bis Mittag.

Um fünf Uhr nachmittags machte er sich auf den Weg zum Pflegeheim. Ein Anruf hatte ihm alles verraten, was er wissen mußte: die Besuchszeiten (zwischen achtzehn und zwanzig Uhr) und die Adresse (irgendwo in Westwood Heights). Von Mangrove aus nahm er eine Abkürzung durch das Schlachthofviertel zum Tunnel. Es war eine schmale Straße, die am südlichen Hafenrand entlangführte. Keine Restaurants oder Läden, bloß die stählernen Rolltore der Lagerhäuser, breit genug für Lastwagen, und anstelle von Teer Pflaster mit tiefen Abflußrinnen für das Blut. Als er die Schnecke erreichte, fuhr er so schnell hinunter, daß ihm fast schwindelig wurde, dann sauste er unter dem Hafen durch die Röhre und kam in Venus wieder an die Luft. Er fuhr auf der Autobahn 12 Richtung Westen. Es war dieselbe Strecke, die er am Vortag von Mitch aus gewählt hatte, nur daß er jetzt in die entgegengesetzte Richtung fuhr, stadtauswärts. Es war ein Risiko, überhaupt unterwegs zu sein, aber er mußte es in Kauf nehmen, und Mitch würde das trotz aller Warnungen verstehen. Wenn überhaupt jemand verstand, was er tat, das spürte er, dann Mitch. Er fuhr nach acht Kilometern von der Autobahn ab, durch Westwood hindurch und die Hügelausläufer hinauf.

Die Lage überraschte ihn. Er hatte das Heim in einem düstereren und übelriechenden Stadtteil vermutet. Aber Westwood war ein Vorort für Ruheständler. Von Bäumen gesäumte Straßen, schmiedeeiserne Tore. Bedienstete und Videoüberwachung. Die Leute starben hier komfortabel, in Laken mit Monogramm, den Kopf in einen sanften Kokon aus Medikamenten gehüllt. Sie starben eigentlich gar nicht; sie »entschliefen«, sie »gingen ein in das Reich ihres Schöpfers«, sie wurden »heimgerufen«. Ein Tod in Westwood war mindestens zwei- bis dreimal soviel wert wie in Mangrove. Hier hatte die Paradise Corporation immer reiche Ernte eingefahren.

In der Dämmerung sah er kurz ein Gebäude hoch über der Straße, das von unten angestrahlt wurde. Das mußte es sein. Er fuhr zu schnell in eine Kurve und verlor fast die Kontrolle über den Wagen. Im Scheinwerferlicht tauchte ein schwarzes H auf: H für Hospital. Er fuhr zwischen zwei steinernen Torpfosten durch. Ein weiteres Schild hieß ihn das Tempo drosseln. Nachdem er fast einen Kilometer durch einen Park gefahren war, in dem die einbrechende Nacht das Gras blau färbte, erblickte er eine Rasenfläche, die so gepflegt wirkte, daß sie ihm Angst einjagte. Er hatte solche Leute kennengelernt: äußerlich im Anzug, darunter ein Messer. Er griff in seine Innentasche und nahm ein Bonbon heraus. Das Papier riß er herunter und warf es auf den Wagenboden.

Das Mädchen an der Rezeption in der Eingangshalle hatte Fingernägel, die das Werk seiner Mutter hätten sein können. Fast drei Zentimeter lang und frostig pink. Das Mädchen schenkte ihm eine Weile keine Beachtung. Er hatte Zeit, ihre gestärkte weiße Tracht zu bewundern und den glitzernden Goldgürtel zu begutachten, den sie um die Taille trug.

Er nahm seinen Hut ab und strich sein Haar glatt. »Ich möchte Mr. Gorelli besuchen«, sagte er.

Sie schaute zu ihm hoch, und dann glitt ihr Blick seitwärts und blieb auf seiner rechten Schulter ruhen. »Verzeihung?«

»Ich möchte Mr. Gorelli besuchen. Ich habe vorhin angerufen.«

Das Mädchen hob einen weißen Telefonhörer ab. »Da ist jemand für Mr. Gorelli.« Sie legte den Hörer wieder auf. »Die Schwester kommt sofort«, sagte sie zu ihm. »Wenn Sie solange Platz nehmen wollen.«

Er ging über den polierten Marmorboden und versank in einem weichen rosafarbenen Sofa. In der Eingangshalle standen noch drei weitere rosafarbene Sofas; außerdem ein großer, weißer Flügel, wie aus einem Wintermärchen. Das Mädchen mit dem Goldgürtel beobachtete ihn. Wenn die Uhr sechs schlug, würde sie sich in einen Geier verwandeln. Er wandte den Blick von ihr ab und ließ ihn durch den Raum schweifen. Geld war wie Samenkörner. Die Leute warfen es um sich, und Orte wie dieser sprossen aus dem Boden. Er fragte sich, wie Vasco sich das leisten konnte. Und dann schnappte sein Kinn nach oben, wie bei einem Fisch an der Angel. Vielleicht kam Creed für alles auf. Pervers genug war er.

»Sind Sie der Herr, der Mr. Gorelli besuchen möchte?«

Ein Blick auf die Nonne, und er fand es geraten, zu lächeln. Sie war um die fünfzig. Ihr Gesicht schien an einem unsichtbaren Haken zu hängen, das ganze Gewicht sammelte sich in den Falten ihrer Wangen und den Wülsten unter ihrem Kinn. Die Haut unter ihren Augen schien gedehnt, als würde sie nach unten gezogen, als könnte sie jeden Moment reißen.

»Ja«, erwiderte er, »der Herr bin ich«, und er stand auf.

»Hier entlang, bitte!«

»Wie geht es ihm?« Er glaubte, die Frage sei angebracht.

Sie musterte ihn über die Schulter hinweg. »So ziemlich wie immer.«

Wie immer wie?

Er versuchte, sich zu entsinnen, was Mitch ihm erzählt hatte. Das einzige, was er vor sich sehen konnte, war ein Mann, der nackt und zusammengekauert in einem Rinnstein lag. Er erinnerte nicht im entferntesten an Vasco.

Die Nonne schob sich durch zwei Schwingtüren, die wie ihre Schuhe mit schwarzem Gummi gedämpft waren. Alles an ihr war präzise, hygienisch. Wenn sie je furzte, dachte er, würde es sich wahrscheinlich anhören, als schiebe jemand einen Zettel unter einer Tür hindurch.

»Wir sind gleich da«, sagte sie.

Sie passierten noch eine Schwingtür und kamen in einen langen Raum mit hölzernem Fußboden. An jeder Seite standen zehn Betten, die Fenster waren vergittert. Die Luft roch schwach nach Äther.
»Das zweite Bett von hinten rechts«, sagte die Nonne. »Sind Sie mit ihm verwandt?«
»Ich bin ein Kollege. Wir haben früher zusammengearbeitet.«
Sie nickte. »Wenn Sie mich brauchen, ich bin im Büro.«
»Danke Schwester.«
Jed stand vor dem Bett und schaute hinunter. Vasco lag da, die Arme auf der Bettdecke, die Hände leicht verschränkt. Die wuchtigen Ringe, die er immer getragen hatte, hatte man ihm abgenommen. Aber an den Grabsteinen war nichts zu ändern gewesen: zwei Reihen blauer Tätowierungen verliefen von seinen Schultern bis zu seinen Handgelenken. Und da war noch einer, fiel Jed schaudernd ein, der beinahe seinen ganzen Rücken bedeckte. Seine Augen sprangen zu Vascos Gesicht. Maskenhaft. Das ganze Blut schien aus der Haut gewichen, und das noch immer schwarze Haar wirkte steif, künstlich.
Jed setzte sich. »Hey, Vasco«, sagte er, »kennst du mich noch?«
Vasco starrte an die Decke.
Jed rückte seinen Stuhl näher an das Bett. »Ich bin's, Jed«, flüsterte er. »Du weißt doch, Spaghetti. Der Häßliche.« Er beugte sich noch tiefer, sprach direkt in Vascos Ohr. »So ätzend häßlich, daß ich fast nich' wie 'n Mensch aussehe.«
An seiner Schulter war ein Murmeln zu hören. Er schaute sich um. Hinter ihm stand ein alter Mann, der ein Gesangbuch umklammert hielt. Die Schlafanzughose des alten Mannes war aufgegangen, und Jed konnte in dem Spalt den Penis wie ein Stück Knorpel baumeln sehen.
»Der redet nicht mit Ihnen«, sagte der alte Mann.
Jed runzelte die Stirn. »Was meinen Sie damit?«

»Der ist seit fünf Jahren hier. Der hat noch mit niemand geredet.«
Jed wandte sich von dem alten Mann ab. Wenn er zurückdachte, konnte er sich daran erinnern, daß Vasco einige Male völlig in sich selbst versunken war. Einmal an den Schlammbänken des Flusses. Dann an dem Morgen, als sie an der Stelle standen, an der Scraper umgekommen war. Und dann wieder in der Nacht, als sie das Gebäude auf dem Baugelände in Meadowland angezündet hatten. Damals hatte es keine Rolle gespielt: Er war immer wieder zurückgekommen. Diesmal jedoch war er weiter gegangen. Weiter als jemals zuvor.
Jed beugte sich ganz nahe über seinen Freund. »Ich hätte auf dich hören sollen. Du hast es richtig gemacht. Du warst bloß ungeschickt, das ist alles.«
Er setzte sich zurück. Das Abendessen bei Vasco. Eine Garage für drei Wagen, ein Fahnenmast auf dem Rasen, eine Ehefrau. Die Ablenkung war zu groß. Vasco hatte ihn in jener Nacht zu warnen versucht, und er hatte nicht darauf geachtet. Er hatte gedacht, Vasco würde Theater machen. Aber das Theater folgte später, als Vasco die Geschichte an die Zeitungen verkaufte.
Er beugte sich wieder zu ihm vor. »Die Geschichte, die du weitergegeben hast, das hätte nie geklappt.« Er schüttelte den Kopf. »Du mußt verrückt gewesen sein, so was wie das hinkriegen zu wollen.« Er beugte sich noch weiter vor. »Du hättest mich fragen sollen, Vasco. Ich habe immer Ideen gehabt. Gemeinsam hätten wir es machen können.«
Nein, nein. Das war nur Traumgerede. Er befand sich damals schon in Creeds Magnetfeld. Er hätte sich niemals gegen Creed gestellt. »Paß auf, Vasco! Ich will ihn zur Strecke bringen. Ich will ihm das Genick brechen. Aber dazu brauche ich deine Hilfe. Du hast mir früher schon geholfen. Ein paarmal. Du kannst es wieder. Wir kriegen ihn, aber wir müssen jetzt los-

schlagen. Es ist unsere letzte Chance.« Er wich langsam ein Stück zurück, die Hände auf die Knie gestützt. Er wartete, aber Vasco war überhaupt nicht da. Jed blickte auf ihn hinunter. Er wußte nicht, was er noch hätte sagen können.

»Sie sind nicht der erste, der es versucht.«

Jed wirbelte herum. Wieder der alte Mann. Der Alte machte einen Schritt zurück, kicherte. »Es haben schon andere probiert, immer das gleiche.«

»Andere?«

Der alte Mann nickte.

»Wer?«

»Ist doch egal, wer. Der redet nicht — fertig. Ich, ich rede wie ein Wasserfall. Hab' nicht genug Zeit für das, was ich zu sagen hab'. Aber der«, und er zeigte mit seinem Gesangbuch auf Vasco, »der hat nichts zu sagen, niemandem.«

Jed starrte Vasco an. Sharon hatte ihm einmal ein Geschichte erzählt. Es war eine ihrer typischen unglaublichen Geschichten, sie paßte zu dem Zauberbeutel um ihren Hals. Und doch war sie in seinem Kopf anscheinend lebendig geworden, und er stellte fest, daß er sich an einzelne Teile erinnern konnte, die er nicht einmal gehört zu haben glaubte.

Es ging um einen Mann, der in einem kleinen Dorf am anderen Ende der Welt lebte. Dieser Mann besaß ein Schwein, das er verkaufen wollte. Am Markttag machte er sich in die nahegelegene Stadt auf, doch als er am Stadttor ankam, fiel er tot um. Seine Familie begrub ihn auf geweihtem Grund, der auf einem Berg lag. Hinter ein paar großen Bäumen, erinnerte sich Jed.

Kurz nach dem Begräbnis stand der Mann aus dem Grab auf, schüttelte die Erde von seinen Gliedern und ging zwischen den großen Bäumen in das Dorf zurück. Er erzählte seiner Familie, daß er einen Traum gehabt habe. Im Traum sei er vor den Tempel der Toten gekommen, doch der Gott, der das Tor hütete,

habe ihm den Zutritt verweigert. »Du bist noch nicht soweit«, habe der Gott zu ihm gesagt. »Du mußt umkehren!«
Wie ging die Geschichte weiter? Der Mann wurde irgendwie wunderlich. Er saß vor seiner Hütte und starrte immer geradeaus, als befände sich vor ihm nichts, kilometerweit nichts. Jeds Blick wanderte zu Vasco hinab, und er schauderte.
Anfangs ließen die Familienmitglieder den Mann in Ruhe, doch dann bekamen sie Angst. Sie fragten die Weisen, was sie tun sollten. Doch die Weisen wußten keinen rechten Rat. Sie sagten, des Mannes Seele habe seinen Körper verlassen, während er in der Erde begraben lag, und er sei jetzt zwischen zwei Leben gefangen und warte nur darauf zu sterben. Da kam der Mutter eine Erleuchtung. »Wir müssen das Schwein verkaufen«, sagte sie. Wenn sie das Schwein verkauften, wäre der letzte Wunsch ihres Sohnes erfüllt, und er würde dann vielleicht Ruhe finden.
Der Meistbietende sollte das Schwein erhalten. Anfangs stieß sie kaum auf Interesse. Ein Schwein war schließlich nur ein Schwein. Es war nicht einmal ein saftiges Schwein, es war, erinnerte Jed sich, eher mager. Doch plötzlich begannen Gerüchte durch das Dorf und die Gegend zu schwirren. Es stehe ein Schwein zum Verkauf. Das Schwein habe bestimmte Zauberkräfte. Wem immer das Schwein gehöre, der werde nicht sterben. Die Leute kamen von nah und fern, die Gebote schnellten in die Höhe.
Als alles vorbei war, hatte das Schwein einen enormen Preis erzielt. Die Mutter ging zu ihrem Sohn, um ihm die Neuigkeit mitzuteilen, als sie ihn aber an der Schulter berührte, stürzte er zur Seite tot um. Sie wußte nicht, ob sie lachen oder weinen sollte. Die Familie begrub ihn von neuem, und diesmal blieb er in seinem Grab, sein Körper wurde schwarz und versank in der Erde.
Jed schaute Vasco in die Augen. Vielleicht war hier die gleiche

Art Geschichte passiert. Vielleicht hatte Vasco nach dem Tod verlangt und war abgewiesen worden. Und daher war er nackt zwischen den großen Bäumen hindurchgegangen, um jetzt vor seinem Haus zu sitzen und darauf zu warten, daß ein Gott seinen Namen rief. Jed fühlte sich wie einer aus jener Familie: unsichtbar und voll Angst. Wie die Mutter mußte er sich etwas einfallen lassen. Er mußte versuchen, Vascos Aufenthaltsort zu ändern.

»Du erkennst mich doch, Vasco?« Er war so nahe, daß er den abgestandenen Urin riechen konnte, die Antiseptika. »Ich glaube dir einfach nicht, daß du mich nicht erkennst.«

Der alte Mann berührte Jed an der Schulter, und Jed schaute sich um. »Wollen Sie ein Lied hören?« Der alte Mann blätterte bereits unbeholfen in den Seiten.

»Nein«, sagte Jed. »Lassen Sie uns doch in Ruhe!«

»Ich habe ein gutes gefunden.« Der alte Mann hielt das Gesangbuch in beiden Händen und trat hoffnungsvoll von einem Fuß auf den anderen.

»Ich habe gesagt, Sie sollen uns in Ruhe lassen!« fauchte Jed.

Der alte Mann verzog sich, seine Augen glitten am Boden entlang, das Gesangbuch baumelte wie eine gebrochene Gliedmaße gegen seinen Oberschenkel.

Etwas von der Verärgerung steckte noch in Jed, als er sich wieder zu Vasco umwandte. Er hatte alles versucht und nichts erreicht. Es fiel ihm nur noch eine letzte Möglichkeit ein, zu ihm vorzudringen. Er legte seinen Mund dicht an Vascos Ohr.

»Ich weiß, wer deinen Bruder umgebracht hat«, flüsterte er.

Er zog sich zurück. Nichts.

Er beugte sich wieder vor. »Deinen Bruder Francis«, flüsterte er. »Ich weiß, wer ihn umgebracht hat.«

Er wartete. Immer noch nichts.

»Ich war es. Ich habe ihn umgebracht.«

Plötzlich umklammerten jene fahlen Hände seinen Hals. Die

Arme — verschwommene schwarze Haare, blau von all den Toden. Für einen war noch Platz. Jed versuchte, sich aus dem Griff zu befreien, aber die Hände schlossen sich nur fester und enger. Er lag auf dem Boden und Vasco über ihm. Er konnte Vascos Augen sehen, der Blick war leer. Dann begann von den Rändern seines Gesichtsfeldes schwarze Tinte einzusickern. Dieser Geruch nach abgestandenem Urin. Wie der alte Mr. Garbett. Die fleckige gelbe Strickweste, die staubige braune Flasche am Boden. Das Klick-Klick-Klick einer Spule, die sich noch dreht, wenn das Band schon zu Ende ist. Eine gestreifte Hose, ein offener Latz. Ein verschrumpelter Penis, der in dem Schlitz zuckt. Moskau, Brüssel, Helsinki. Das Klick-Klick, wollte es denn niemand abstellen? Oslo, Hilversum. Der Penis, der sich streckte, hob, schwoll. Die schwarze Tinte, die durch seinen Kopf flutete.

»Sind Sie in Ordnung?« Die Nonne kniete neben ihm.

Er setzte sich auf, faßte sich an die Stirn. »Mein Hut«, versuchte er zu sagen, »wo ist mein Hut?« Aber seine Stimme funktionierte nicht richtig.

Die Nonne redete mit einer Krankenschwester. »Ich glaube, er will seinen Hut.«

Die Krankenschwester reichte Jed seinen Hut. Er nahm ihn, dankte ihr und setzte ihn auf. Dann faßte er mit einer Hand nach seiner Kehle, um sie abzustützen. Er glaubte, Bäume hören zu können. Blätterrascheln, Blätter im Wind. Er schaute auf. Sah Vasco mit drei Pflegern ringen. Der Kampf fand fast lautlos statt. Das Geräusch, das er hören konnte, war das Rascheln ihrer gestärkten weißen Arbeitskleidung. Vascos Gliedmaßen zuckten und verkrampften sich, aber sein Blick war immer noch leer. Seine leeren Augen waren auf Jed geheftet.

»Creed war es!« Jed versuchte zu schreien, aber seine Stimme knarrte und quietschte nur. »Creed hat mir aufgetragen, es zu tun.«

Die Nonne packte ihn am Arm. »Hier entlang, Sir!«
»Das wollte ich dir sagen, Vasco. Deshalb bin ich gekommen. Ich bringe diesen Bastard zur Strecke, aber ich brauche deine Hilfe ...«
»Genug!« Die Nonne führte ihn zur Tür.
»Er hat mich gezwungen, es zu tun, Vasco«, krächzte Jed. »Das hat er.« Die Türflügel fielen zu. In dem viereckigen Glasfeld, das die obere Hälfte der Tür bildete, konnte er immer noch Vascos leeren Blick sehen. »Möchten Sie ein Lied hören?« vernahm er den alten Mann. Ein Lachen, dann war er um die Ecke, außer Hörweite.
Die Nonne brachte ihn zum diensthabenden Arzt. Nach einer kurzen Untersuchung sagte er, daß es sich um schwere Quetschungen handele, sonst nichts, und verschrieb ihm eine Reihe Schmerzmittel. Die Nonne ließ das Rezept für ihn in der Krankenhausapotheke zusammenstellen, dann brachte sie ihn zur Eingangshalle.
»Es wäre, glaube ich, besser«, sagte sie, »wenn Sie Mr. Gorelli nicht wieder besuchen würden.«
Keiner war da, als er in den Turm zurückkam. Er stellte sich vor den Badezimmerspiegel. Die Gespenster von Vascos Fingern waren an seinem Hals sichtbar geworden. Er holte aus Silence' Schlafzimmer einen Schal und wickelte ihn sich um die Quetschungen. Silence würde er erzählen, er habe eine Grippe.
Er machte sich eine Dose Gemüsesuppe warm, mußte aber das ganze Gemüse stehenlassen. Er konnte nicht essen, sondern nur trinken. Er konnte nicht einmal die Schmerztabletten schlucken, die er bekommen hatte. Es tat zu weh. Er mußte die einzelnen Tabletten mit dem Rücken eine Löffels zerdrücken und das Pulver in einem Glas Wasser aufgelöst schlucken. Er ging früh zu Bett und lag im Dunkeln auf dem Rücken da.
In dieser Nacht hatte er einen Traum. Er stand in einem Gar-

ten. Auf dem Ast eines Baumes lag ein alter Mann. Ein anderer, ein junger Mann, stand unter dem Baum und lauschte. Jed sprach sie an; beide schenkten sie ihm keine Beachtung. Er wollte sich gerade abwenden, als ein seltsames Gerät durch die Luft auf ihn zugeknattert kam. Es sah aus wie das Innere eines Radios, hatte aber die Größe eines Hubschraubers. Er sah zu, wie es gegen ein Gebäude stieß, zur Seite schwankte und knapp einen Baum verfehlte. Die Leute auf dem Rasen liefen auseinander.

Dann schoß das Gerät herunter und pflückte den alten Mann von seinem Ast. Anfangs schien er zu glauben, es sei Spaß, eine Art Rummelplatzfahrt. Das Gerät ruckelte, zuckte, ächzte. Es stieß mit jedem in Sichtweite zusammen, hob sich jedoch immer wieder mühselig in die Luft. Erst allmählich wurde klar, daß das die Art des Gerätes war, die Leute umzubringen.

Dem Freund des alten Mannes gelang es, das Gerät auf den Rasen herunterzuholen. Sobald die Leute den alten Mann befreit hatten, fingen sie an, das Gerät mit allem, dessen sie habhaft werden konnten, anzugreifen. Einige nahmen Eisenstangen, andere Holzbohlen. Einer hatte ein Beil. Als das Beil traf, schrie das Gerät auf, als wäre es ein Mensch, der Schmerzen hat. Dann geschah etwas noch Merkwürdigeres. Bald sah das Gerät wie Röhren, Ventile und Sicherungskammern aus, bald wie ein Herz, wie Eingeweide, eine Lunge. Es wechselte sprunghaft zwischen den beiden Zuständen, konnte sich anscheinend nicht entschließen, was es wirklich war. Und immer noch regnete es Hiebe, manchmal klirrten sie gegen Metall, manchmal gruben sie sich in Fleisch. Dann nahm das Gerät einmal menschliche Gestalt an. Es hatte sogar einen Kopf, von dem allerdings nur die untere Hälfte zu sehen war. Und mit jeder Sekunde war immer weniger von dem Kopf zu sehen, als würde es durch ein Loch in der Wirklichkeit entfliehen und seinen mißhandelten Körper nach sich ziehen wollen. Einer der beiden Freunde reagierte schnell. Er schwang das Beil und trennte den Kopf vom Körper. Kein Schmerz-, sondern ein Wutschrei, und der Körper richtete sich auf, stand aufrecht da. Er wankte über den Rasen, aus seinem Hals schoß Blut. Ein neuer Kopf sproß hervor, und das Gesicht war grau und wahnsinnig. Das Blut lag auf dem Kopf wie eine rote Schädeldecke. Und dann erblickte das Ding Jed. Er hielt sich hinter einem Baum versteckt, aber das half nichts, der Baum war zu schmal. Es wandte sich jetzt zu ihm, stürzte sich auf ihn...

Er wachte auf, die Laken waren kalt vor Schweiß. Sein Hals pulsierte. Es war ein schrecklicher Schmerz. Er stand auf und ging in die Küche. Zerdrückte noch zwei Tabletten zu Pulver. Spülte sie hinunter. Er lehnte sich gegen das Fenster, zitterte noch immer von dem Traum.

Dabei träumte er nie, nie. Er hielt Träume für Blödsinn, für Humbug und Zeitverschwendung. Wenn jemand anfing, ihm seine Träume zu erzählen, schaltete er immer gleich ab. Der rote Riese jedoch. Der war nicht so leicht abzuschütteln.

Unten lag die Stadt, ein Gitter aus orangefarbenen Linien mit geheimen Parzellen voller Dunkelheit dazwischen. Er dachte an seinen Lieblingsspielautomaten. In der Bar des »Commercial Hotels« in Adam's Creek. Wie lange das her war! Was seitdem nicht alles geschehen war! Was hatte darüber gestanden? NUR DIE LEUCHTENDEN LINIEN GEWINNEN. Hier war es dasselbe. Jetzt. Er hatte alles auf dieses Spiel gesetzt. Die Linien leuchteten. Das übrige lag bei ihm.

ROTE FLAGGEN

Es war ein Kampf hineinzukommen, die Wellen waren stark, aber bald lag er auf der anderen Seite des Wassers. Das Meer wiegte ihn. Hob ihn dem Himmel entgegen und wieder zurück. Die vergangenen zwölf Stunden fielen ihm schlaglichtartig wieder ein. Es war so leicht gegangen. Erst Erregung, dann Lust. Schließlich Angst. Und dazwischen lagen Lücken, so schwarz wie Bewußtlosigkeit. Er erinnerte sich an das Gefühl, von einem Sog ergriffen zu werden, erinnerte sich an das Gefühl, auf die nächste große Welle zu warten und auf ihr zur Küste zurückzureiten; er erinnerte sich, geglaubt zu haben, daß er das geschafft hatte. Jetzt war er sich nicht so sicher. Er fühlte sich, als wäre er womöglich noch immer in der Gewalt dieses Sogs. Selbst jetzt noch, dachte er, konnte dieses hochwertige Fernglas auf ihn gerichtet sein. Er drehte sich im Wasser um. Eine Welle hob ihn hoch, und als er zur Stadt zurückschaute, sah er die grauen Türme des »Palace Hotels«. Selbst jetzt noch, dachte er.

Als er aus dem Wasser stieg, stand Harriet am Strand und hielt ihm ein Handtuch hin. Sie schien sich an seinem Erstaunen zu ergötzen. Er nahm das Handtuch entgegen und begann, sich abzutrocknen.

»Du hättest nicht schwimmen dürfen«, sagte sie.

»Warum denn?«

»Die roten Flaggen sind hochgezogen. Es ist gefährlich.«

»Ich bin Rettungsschwimmer«, erwiderte er. »Hast du das vergessen?« Er rubbelte sich das Haar, dann strich er es sich aus den Augen. »Was tust du überhaupt hier?«

»Eine nette Begrüßung«, meinte sie.
Er seufzte.
»Ich möchte dich zum Mittagessen mitnehmen«, sagte sie.
»Ich habe keinen Hunger.«
»Ich möchte mit dir reden«, erwiderte sie, und ehe er etwas entgegnen konnte, ging sie schon weg. »Ich warte im Wagen auf dich.«
Er ließ sich mit dem Abtrocknen Zeit.
Sobald er eingestiegen war, fuhr sie los und fädelte sich in den Verkehr ein. Eine Weile lang saßen sie schweigend nebeneinander. Dann sagte sie ganz beiläufig, wie jemand der Konversation macht: »Du bist letzte Nacht ziemlich spät nach Hause gekommen.«
»Ja«, erwiderte er, »es war ziemlich spät.«
»Wo bist du gewesen?«
»Aus.«
»Ja, anscheinend.«
Sie schaltete das Radio an. Einer von diesen Sendern mit Musikgeplätscher. Nur schmelzende Streicher und üppige Bässe.
»Hast du was dagegen, wenn ich was anderes suche?«
»Mir gefällt es«, antwortete sie.
Sie preßte die Lippen zusammen, lächelte nach innen. Man sah es nur am Schmalerwerden ihrer Augenwinkel und einer Art vorübergehenden Rundung ihrer Wangen, als ob sie Obst oder ein Bonbon im Mund hätte.
Er schaute aus dem Fenster. »Wo fahren wir hin?«
»Zu einem kleinen Lokal, das ich kenne«, erwiderte sie. »In Torch Bay.«
Torch Bay. Das hätte er sich denken können. Es war in etwa der schickste Vorort der Stadt. Weiße Jachten. Schönheitssalons, hochmütige Blondinen in ausländischen Wagen. Manche Leute kürzten es zu TB ab. Wie die Krankheit.
Sie hielten vor einem Lokal mit dem Namen »Maison« sowieso.

Auf dem Gehsteig Kübel mit Sträuchern. Kutschenlampen. Pagen, die den Wagen parkten.
»Dafür bin ich nicht angezogen«, sagte er.
Sie schlüpfte in schwarze Velourpumps und zupfte im Spiegel ihren Pony zurecht. »Du bist ganz in Ordnung so.«
Als sie das Restaurant betraten, ergriff ein Ober ihre Hand und beugte sich darüber; dabei wirbelte das Haar auf seinem Kopf herum, wie Badewasser, das im Abflußrohr verschwindet. Sie wurden zu einem Tisch am Fenster geleitet. Nathan schaute sich um. Die Einrichtung ganz in Pfefferminzgrün. Die Lüftungsanlage auf superkühl. Auf einem Barhocker eine Frau in einem limonengrünen Overall, mit amethystfarbenem Lippenstift und so vielen Goldketten, als wolle sie die Wahl zum Bürgermeister gewinnen. Er wandte sich wieder Harriet zu. »Also, worüber willst du mit mir reden?«
Der Ober tauchte hinter ihrer Schulter auf.
»Ich glaube, wir sollten erst bestellen«, sagte sie. »Findest du nicht?« Sie brauchte nicht auf die Karte zu schauen. »Ich nehme den Avocadosalat«, beschied sie den Ober, »und ein Mineralwasser.« Sie wandte sich an Nathan. »Und du, Liebling?«
»Das habe ich dir schon gesagt. Ich habe keinen Hunger.«
»Aber du mußt etwas bestellen.«
»Ich nehme einen Kaffee«, sagte er, »und dann gehe ich lieber.«
»Wollen Sie den Kaffee sofort, Sir?« fragte ihn der Ober.
»Ja«, antwortete Nathan, »sofort.«
»Das ist alles, danke«, sagte Harriet zu dem Ober.
Der Ober machte eine Verbeugung und verschwand.
Harriet ließ ihre Tasche aufschnappen. Sie nahm eine Schachtel Zigaretten heraus und zündete sich eine an. »Du hast all deine guten Manieren abgelegt«, sagte sie und inhalierte, die blassen Lippen fest um den Filter gesogen.
Er lehnte sich in seinem Stuhl zurück und verschränkte die Arme.

»Du hast mir nie viel Achtung entgegengebracht«, fuhr sie fort, »aber du hast zumindest gute Manieren gehabt. Jetzt scheinen sie sich völlig in Luft aufgelöst zu haben.« Sie stippte die Zigarette am Rand des Aschenbechers ab. »Ich weiß nicht, was dein Vater dazu sagen würde.«

Sie führte die Zigarette an die Lippen, inhalierte wieder. Dann drehte sie den Kopf zur Seite und blies den Rauch ins Restaurant. Ihre Augen wichen nie von seinem Gesicht. »Ich denke«, sagte sie, »er wäre recht enttäuscht.«

Er merkte, daß sie seine Liebe zu Dad immer gegen ihn einsetzen würde. Fast so, als wäre sie eifersüchtig auf sie. »Hast du mich deswegen hierhergebracht«, entgegnete er, »um mit mir über meine Manieren zu sprechen?«

Sie lachte, aber es klang überhaupt nicht lustig. Das war etwas Neues, diese Säuerlichkeit. Sie verriet Harriets viele Enttäuschungen, die darin geronnen waren.

Der Ober war wieder da. Salat, Sprudelwasser, Kaffee mit einer Sahnehaube. Nathan griff nach einem Tütchen Zucker. Auf der Rückseite stand ein Werbetext: DAS HAUS DER SÜSSE UND DES LICHTS. IHR SEELENFRIEDEN IST UNS BEFRIEDIGUNG. Jetzt machten sie also schon auf dem Zucker Werbung! Das Haus der Süße und des Lichts hatte wahrscheinlich ein Monopol auf alle, die an Diabetes starben. Er riß das Tütchen auf, sah den Kristallen zu, wie sie in der Sahne versanken. Es gefiel ihm, wie die Sahne sich, um den Zucker zu verschlingen, zu öffnen und dann wieder zu schließen schien, als sei nichts geschehen.

»Nathan?«

Er blickte auf. »Ja?«

»Ich bin bei einem Anwalt gewesen.«

»Ach. Und was hat er gesagt?«

»Daß das Haus dir und Georgia gehört.«

»Das habe ich dir doch gesagt.«

»Er sagte, daß Rona keinen Anspruch darauf hat. Gar keinen.«

Nathan wartete.
»Damit tut sich eine Frage auf.«
Er zog eine Augenbraue hoch. »Was für eine Frage?«
»Die Frage, was mit Ronas Anteil an dem Geld geschieht?«
»Dafür ist gesorgt«, erwiderte er. »Es wird angelegt. Bis sie achtzehn ist, hat es sich verdoppelt.«
Harriet stocherte mit ihrer Gabel an einem Stück Avocado herum. »Das ist erst in neun Jahren.«
»Ich weiß.«
»Sie braucht das Geld jetzt.«
»Das geht nicht. Das weißt du.«
Harriets Gabel stieß gegen den Tellerrand. »Du willst ihr ihr Geld vorenthalten, oder? Du willst sie leiden lassen, so wie du deinen Vater hast leiden lassen. O Gott, Nathan, du bist so egoistisch!«
Einen Augenblick lang konnte er sich nicht bewegen. Weder seine Hände noch sein Gesicht — nichts. Er konnte kaum glauben, daß sie gesagt hatte, was sie gerade gesagt hatte. Sie konnte ihr Gift so mühelos verspritzen; es kam in so feinen betäubenden Dosen.
Er zwang sich dazu, sich vorzulehnen. Dann sprach er leise weiter: »Dad hat in seinem Testament Vorkehrungen getroffen. Er hat bestimmt, daß das Geld angelegt werden soll, bis sie achtzehn ist. Es ist notariell geregelt, Harriet. Wir halten uns nur daran.«
Sie trank einen winzigen Schluck Mineralwasser und stellte das Glas wieder auf den Tisch. »Ihr könntet das Geld trotzdem herausrücken«, erwiderte sie, »wenn ihr wolltet.«
Er schaute auf seinen Kaffee hinunter. Die Sahnehaube war eingesunken. »Was glaubst du, warum Dad es in seinem Testament überhaupt so bestimmt hat?«
Sie spießte ein Stück Spargel auf, hielt die Gabel an ihre Lippen und wartete, daß er es ihr sagte.

»Er wollte das Geld nicht dir anvertrauen. Aus dem Grund, den du mir vorwirfst. Ziemlich komisch, wie?«

Sie fand das anscheinend nicht. Sie steckte den Spargel in den Mund und legte die Gabel hin. Sie kaute, sie schluckte. Sie seufzte. »Ich habe — leider — mit Georgia gesprochen.«

Er starrte sie verständnislos an. »Was meinst du damit?«

»Ich habe ihr erzählt, was du mit mir am Tag der Bestattung gemacht hast.«

»Und was habe ich mit dir gemacht?«

»Was du mit mir«, und sie legte eine Pause ein, »gegen meinen Willen gemacht hast.«

»Das meinst du doch nicht im Ernst!« sagte er und fing zu lachen an. Doch dann schaute er ihr ins Gesicht, das Lachen verging ihm, und plötzlich war ihm kalt. »Das hast du Georgia erzählt?«

»Ja.«

»Warum?«

Harriet hob die Schultern. »Sie glaubt, sie kennt dich. Ich habe gedacht, ich erzähle ihr lieber, wie du wirklich bist.«

»Aber das ist gelogen!«

Sie drehte mit der Messerspitze ein Salatblatt um. »Wer sagt, daß es gelogen ist?«

Er stand rasch auf. Ihr Glas schwappte über. Wasser moussierte auf dem weißen Tischtuch und wurde aufgesogen.

Harriet hob die Hand. »Herr Ober!«

»Paß bloß auf«, sagte Nathan, und seine Stimme war ruhig, angerauht. »Paß bloß auf!«

Auf dem Weg nach draußen ging er an der Frau in dem limonengrünen Overall vorbei. Er hörte ihre Ketten klirren, als sie sich umdrehte, um ihm nachzusehen. Zitternd stand er im hellen Sonnenschein. Er wühlte in seinen Taschen. Er hatte nur etwa einen Dollar fünfzig. Gerade genug für einen Bus zum

Hauptbahnhof. Den restlichen Weg konnte er laufen. Er wäre den ganzen Weg gelaufen, wenn es notwendig gewesen wäre. Alles lieber, als noch länger an diesem Ort zu bleiben.

Er brauchte fünf Minuten bis ins Zentrum von Torch Bay. Er setzte sich auf eine Bank und wartete auf den Bus. In seinem Kopf ging alles so durcheinander, daß er keinen klaren Gedanken fassen konnte.

Als der Bus hielt, ging er bis ganz nach hinten durch und setzte sich mit starren Augen, die Knie gegen den Vordersitz gedrückt. *Ich habe ihr erzählt, was du mit mir gemacht hast.* Er sah zu, wie die Stadt an seinem Fenster vorbeizog. Himmel und Gebäude verschwammen in dem getönten Glas. Eine Stadt unter dem Meer. *Was du mit mir gemacht hast. Gegen meinen Willen.* Der Bus ruckelte weiter. Es war so heiß, er saß über dem Motor, seine Lider wurden so schwer und sanken nach unten. Nach unten. Es war, als wäre er über eine Felskante gestürzt, und der Schlaf erschien ihm als Sturz. Als langer, sanfter Sturz — eine Million Kilometer.

Dann rief jemand: »Bahnhof«, rief: »Hauptbahnhof.« Und jemand stieß gegen sein Knie.

Er zog sich hoch, stolperte aus dem Bus, das Haar starr vor Salz. Das Mittagessen kam ihm wie ein Traum vor, aus dem er gerade aufgewacht war. Aber es war kein Traum. Es war Wirklichkeit. Die City umflutete ihn. Sirenen, Neon, Alkohol. Jedesmal, wenn er Georgias Gesicht vor sich sah, schaltete er das Bild ab. Er hatte nicht den Mut, es sich vorzustellen. Er mußte jetzt einfach zu ihr. Er bog in die ruhigen Straßen ein, rannte fast. Schließlich kam er an. Ein altes Apartmentgebäude mit einer Eingangsmarkise, einem Türsteher, einer marmornen Eingangshalle. Georgia landete immer auf den Füßen.

»Ich möchte Georgia besuchen«, sagte er. »Ich bin ihr Bruder.«

»Georgia?« Der Türsteher verzog das Gesicht, als wolle er die

eine Seite ganz auf die andere schieben. »Die dürfte ausgegangen sein.«
Nathan sackte zusammen, alle Fäden waren durchgeschnitten.
»Wann?«
»Vor ungefähr einer Stunde.«
»Haben Sie eine Ahnung, wohin?«
»Tut mir leid, Meister.«
»Ich muß sie treffen«, sagte Nathan. »Ich warte.«
»Wie Sie meinen.«
Nathan setzte sich auf die Treppe. Ein großes Gebäude am Ende der Straße zeigte ihm mit goldenen Neonperlen an: 2.55. 40 °. 2.55. 40 °. 2.56. 40 °.
»Der heißeste Tag seit neun Jahren.«
Nathan schaute auf und sah den Türsteher hinter sich stehen.
»Wirklich?«
Der Türsteher hatte einen grauen Lappen in der Hand. Er tupfte sich mit ihm den Nacken ab. »Haben sie gerade im Radio gesagt.«
»Glauben Sie, es wird regnen?« fragte ihn Nathan.
Am Himmel standen Wolken. An den Rändern gezackt wie alte Postkarten. Fast braun.
»Verdammt zu heiß zum Regnen.« Der Türsteher reckte das Gesicht zum Himmel und kniff die Augen zusammen. Dann schüttelte er den Kopf und ging in sein Foyer zurück.
Es kam kein Regen. Nur Wetterleuchten, das über dem Dach des Hotels »Terminal« zuckte, als würde in der Straße dahinter eine Pressekonferenz stattfinden.
Die Zeit verging, in goldenen Neonperlen gemessen. Staubige gelbe Vorhänge hingen schlaff in den offenen Fenstern des Hotels. Eine träge Leuchtschrift verkündete: Z MMER FREI. Scherte sich nicht das geringste um das I.
3.25. 41 °.
Da, als er wieder einmal aufschaute, sah er eine Gestalt, die er

kannte. Der schwarze Zylinder, die kaputten schwarzen Schuhe. Unverkennbar.

»Jed?« rief er. »Hey! Jed!«

Jed blieb auf der Stelle stehen und wandte, den Körper noch immer nach vorne gerichtet, den Kopf. Nathan lief über die Straße. Als er vor Jed stand, wußte er nicht, was er sagen sollte. Er merkte, wie er den Schal anstarrte, den Jed um den Hals trug.

»Bist du krank oder was?« fragte er.

Von Jeds Brillenrändern träufelte Licht, als er den Kopf zum Himmel reckte. »Krank? Ah.« Seine Stimme knarrte wie ein Holzmöbel in einem alten Haus.

»Wie geht's dir so?« fragte Nathan. »Hast du eine Unterkunft gefunden?«

Jed nickte. »Hab' ich.«

»Wo?«

»Hier in der Gegend.« Und Jed nickte wieder.

Nathan mußte daran denken, wie er auf der Central Avenue in Tip und Jed hineingelaufen war. »Ich weiß noch, wie du früher in den Türmen gewohnt hast.« Er lächelte. »Ich war einmal dort. Ich habe dich gesucht.« Er schüttelte den Kopf. »Hab' dich aber nicht gefunden.«

»Muß Jahre her sein«, meinte Jed.

»Das war wie ein Labyrinth«, sagte Nathan.

»Übrigens.« Jed griff in seine Tasche und holte einen Geldschein heraus. Er schaute ihn einen Augenblick lächelnd an, dann reichte er ihn Nathan. »Hier ist das Geld, das ich dir schulde.«

Nathan starrte den Geldschein an. Es waren hundert Dollar. Eine Hundertdollarnote.

»Aber«, sagte er, »ich habe dir nur acht geliehen.«

Jed lächelte immer noch, aber das Lächeln hatte sich verändert. »Na ja«, sagte er. »Du warst so nett, mich bei euch wohnen zu lassen und so.«

Nathan empfand die Veränderung des Lächelns wie einen Temperatursturz. Ihn schauderte fast.

»Äh«, sagte Jed, »ich muß weiter.«

Nathan sah Jed nach, wie er wegging. Jed blieb im Schatten, dicht an der Wand, so wie Blinde es machen. Als er an der nächsten Ecke ankam, schaute er über seine Schultern zurück. Er machte kein Zeichen und keine Geste, er schaute nur. Dann war er verschwunden.

Nathan ging zur Treppe zurück und setzte sich wieder. Er betrachtete die Hundertdollarnote in seiner Hand, konnte sich keinen Reim darauf machen. Trotzdem fühlte er sich jetzt wohler. Irgendwie hatte er neue Zuversicht gewonnen. Wenn Jed vorbeikommen konnte, dann konnte Georgia bestimmt auch vorbeikommen. Aber er wartete noch eine Stunde, und die ganze neugewonnene Zuversicht trocknete weg. Es war sechs Uhr vier. Er hinterließ bei dem Türsteher eine Nachricht, dann stellte er sich auf den Gehsteig und versuchte, sich an Georgias Lieblingslokale zu erinnern, versuchte zu überlegen, wo sie sein konnte.

Er arbeitete sich durch die Gegend. Die Bars. Die Cocktailclubs. Bis er durch war, war es fast neun Uhr. Dann fiel es ihm plötzlich wieder ein. Es gab einen Laden, in den sie manchmal ging, wenn sie deprimiert war. Das »Starlite Rooms« am Ende des Piers. Es gefiel ihr, den alten Leuten beim Tanzen zuzusehen.

Es war Jahre her, daß er sich nachts am Pier aufgehalten hatte. So viel Schrott, der hier verkauft wurde. Eis in Sargform, T-Shirts, auf denen Dinge standen wie MOON BEACH — DIE STADT, IN DER BESTATTUNGEN WIEDER SPASS MACHEN, Mitternachtsfahrten hinaus zu den Meeresfriedhöfen. Es gab sogar einen Dein-Todestag-Automaten: Man steckte fünfzig Cent in den Schlitz, dann legte man die Hand in den Automaten, und er verriet einem, wie lange man noch zu leben hatte. »Sie sterben morgen. Schönen Tag noch!« Er ging weiter. Vor sich sah er die fahle Kuppel des »Starlite Rooms« aufragen. Über dem Eingang verkündete ein weißes Neonschild: JEDE NACHT TANZ. Er hörte jetzt Musik. Eine elektrische Orgel, ein elektrisches Schlagzeug. Eine Männerstimme, die sang. Daß jemand den Sonnenschein abstellen solle. Es klang verzerrt, und er glaubte zu wissen, warum. Es lag an all den Alten, die mit einstimmten, zu spät einfielen und falsch sangen. Es klang, als wäre die Musik ein Schiff, das in der Luft Kielwasser zurückläßt.

Der Türsteher hatte einen bleistiftgeraden Schnurrbart und eine wilde, breite Nase. »'n Abend, Sir«, sagte er. »Kommen Sie zum Tanzen?«

»Ich weiß nicht«, sagte Nathan. »Ich suche meine Schwester.«

Der Türsteher sog die Luft durch die Zähne ein. »Wie alt ist sie denn, Ihre Schwester?«

»Dreiundzwanzig.«

»Ach, so. Na, dann finden Sie sie da drin nicht.«

»Woher wissen Sie das?«

»Da drin ist niemand unter fünfzig.«

Drinnen fing ein Walzer an. Der Türsteher hob die Arme und winkelte sie ab, als würde er eine unsichtbare Frau führen. Er wirbelte sie im Foyer herum. »Bei einem Walzer habe ich noch nie nein sagen können«, sagte er und grinste über seine Schulter hinweg.

»Ich glaube, ich schau' einfach mal rein, wenn Sie nichts dagegen haben«, sagte Nathan und ging durch die Spiegeltüren.

Das Lokal war beleuchtet wie das Innere eines Kühlschranks. Die Bühne hatte eine Hintergrundverkleidung aus gerafftem Goldtuch. Die Tanzfläche war hufeisenförmig. Hunderte von Tischen, die alle besetzt waren. Nathan ließ seinen Blick durch den Raum schweifen, doch der Türsteher hatte recht. Niemand war unter fünfzig. Trotzdem bestand die Möglichkeit, daß Georgia noch auftauchte. Es war erst kurz nach neun. Er holte sich etwas zu trinken und setzte sich an einen

Tisch mit drei alten Damen in ärmellosen Kleidern. Der Walzer klang aus.
In einer Art Schnellverbeugung drückte der Mann an der Orgel sein Kinn rasch an die rechte Schulter. »Danke schön, meine Damen und Herren! Ich muß sagen, es ist ein großes Vergnügen, heute abend im berühmten ›Starlite Rooms‹ zu spielen...«
Brauner Anzug, grüne Haut. Das Haar so glatt und schwarz wie Lakritze.
»... mein Name ist Maxie Carlo... Ich wirbele über die Tasten, Sie übers Parkett...«
Die drei alten Damen kicherten, blinzelten sich zu.
In der Orgel war eine Rhythmusmaschine eingebaut. Maxie Carlo drückte ein paar Tasten, und in einem anderen Takt ging es los.
»... schön, daß hier heute abend so hochprozentige Stimmung herrscht... Ich trinke allerdings nur Limonade...«
Als Nathan sein zweites Glas halb leer getrunken hatte, wollte er es noch einmal versuchen, bei Georgia anzurufen. Neben der Herrentoilette fand er ein Telefon. Er wählte Georgias Nummer, aber es ging immer noch niemand an den Apparat. Auf dem Rückweg zu seinem Tisch holte er sich noch einmal etwas zu trinken. Er setzte sich wieder. Die Musik hatte aufgehört.
»Nathan, was für eine angenehme Überraschung.« Die Stimme hinter seiner rechten Schulter klang voll und kühl.
Er schaute sich um. Es war Maxie Carlo. In seinen Nasenlöchern zitterten schwarze Härchen. Die Oberlippe war feucht. Der Hals fehlte.
»Daß ich dich hier treffe! Hätte ich nie gedacht«, sagte Maxie. »Wie geht's?«
»Gut.« Nathan spürte, daß ihm die Verständnislosigkeit ins Gesicht geschrieben stand.

»Entschuldige, Nathan«, sagte Maxie, »du erinnerst dich wohl nicht an mich, oder? Du warst gestern nacht wohl sehr beschäftigt.« Er entblößte beim Lächeln nur den Oberkiefer. Ein Zahn war in Gold gefaßt, wie eine Seite aus der Bibel. »Wir haben uns in der Bar an der Promenade kennengelernt. Du warst mit Neville dort.«
»Neville?«
»Oje!« Maxie lachte. Lautlos. »Vielleicht kennst du ihn als Reid. So nennt er sich, wenn er sich nicht Neville nennt; oder Vince oder Len. Oder Eric. Einmal«, und er fuhr sich mit der Spitze seines kleinen Fingers am Rand des Nasenlochs entlang, »hat er sich als Irv ausgegeben.« Wieder das lautlose Lachen. Der goldgefaßte Zahn.
Nathan erwiderte nichts. Es gefiel ihm nicht, wie dieser Mann sich über ihn beugte, als würde er ihm gehören.
»Das sind Anagramme«, erläuterte Maxie.
»Anagramme?«
»Na, du weißt doch. Wörter, die man aus einem anderen Wort gewinnt.« Maxie schaute auf Nathan hinunter und tat sehr besorgt. »Oje, oje«, sagte er. »Ich sehe, du bist auf die ganze Sache reingefallen.«
Nathan drehte es langsam den Magen um, er fühlte ein Unbehagen, das massiv und unerklärlich war wie eine galaktische Bewegung. Er verspürte eine leichte Übelkeit.
»Schön«, sagte Maxie, nahm die Hand von Nathans Schulter und streckte sie mit der Innenseite nach oben von sich. »Die Orgel ruft.« Und mit einem weiteren lautlosen Lachen glitt er wie geölt zwischen den Tischen davon.
Eine der alten Frauen streckte die Hand über den Tisch und berührte Nathan am Arm. »Sie kennen Maxie Carlo, nicht wahr?«
»Nicht richtig«, entgegnete Nathan.
»Er ist sehr gut, oder?«

»Ja, das ist er.« Nathan schaute zur Tanzfläche hinüber. Im Scheinwerferlicht stand ein etwa Sechzigjähriger, allein und blinzelnd. Er trug eine alte braune Cordhose und eine senfgelbe Strickweste.

»Clive singt jetzt etwas für uns«, sagte Maxie. »Stimmt's Clive?«

Clive zog den Kopf ein.

»Was willst du für uns singen, Clive?«

Clive brummelte etwas.

»Clive singt für uns eine alte Music-Hall-Nummer.« Maxie zog in Richtung Publikum eine Augenbraue hoch. »Ich kann es kaum erwarten.«

Die Rhythmusmaschine legte los, die Orgel fiel ein. Clive trat von einem Bein aufs andere, krümmte sich, fand die richtige Stellung. Die Beine gespreizt, die Augen geschlossen, einen Arm in Hüfthöhe in die Luft gestreckt. Die Bewegungen hatte er drauf, das Problem war nur, daß er nicht singen konnte. Er hätte eine tolle Komikernummer abgegeben: Clive in seiner senfgelben Strickweste mit geschlossenen Augen und ausgestrecktem Arm und dieser verdammt schrecklichen Stimme.

Als Nathan den Pier entlang zurückging, hörte er hinter sich entfernt ein paar Pfiffe und dürren Applaus. Clive war wohl fertig mit seinem Lied. Das Meer zu Nathans Füßen wogte und seufzte. Er hatte nur drei Gläser getrunken, doch das hatte ihm die Zunge gelockert, und er führte Selbstgespräche.

Er beugte sich über ein Geländer. »Das sind Anagramme«, sagte er. »Anagramme?« Er lachte. »Na, du weißt doch.«

Er schaute auf die gekippten schwarzen Wasserflächen. »Einmal hat er sich als Irv ausgegeben«, sagte er und lachte wieder. Als er zu lachen aufhörte, holte er tief Luft und rief: »George?«

Er schlenderte an den Gartenanlagen entlang der Promenade vorbei. Die ordentlich gemähten Rasenstreifen. Die schmalen, hellen Blumenbeete. Er ging weiter und vernahm ein seltsames hohles Rasseln. Ein weißer Wagen fuhr vorbei, an dessen hintere Stoßstange ein Skelett gebunden war. Die Knochen hüpften und zuckten über die Straße, als wären sie vom Fieber besessen. Dann wanderte sein Blick die Fassade des »Palace Hotels« hinauf. Er hatte plötzlich das Gefühl, als würde er mit diesem Mann reden. Als würde ihm jemand zuhören. Dieser Mann, der sich wie ein Priester benahm. Dieser Mann mit den vielen Namen. Er wollte auf keinen Fall nach Hause gehen. An der Straßenecke sah er eine Telefonzelle. Er versuchte ein letztes Mal, Georgia zu erreichen.

Als er sich der Telefonzelle näherte, fing der Apparat zu läuten an. Nathan blieb stehen, schaute sich um. Aber es war niemand zu sehen. Das Telefon läutete immer noch. Er schlüpfte in die Zelle und nahm den Hörer ab. Er sagte nichts, er lauschte nur.

»Du hast dir ja Zeit gelassen!«

»Wer spricht da?« fragte Nathan nun.

»Einmal darfst du raten.«

Mit dem Hörer in der Hand drehte Nathan sich um und schaute zum Hotelfenster hinauf. »Bist du es?«

»Ich habe dich vorbeigehen sehen. Da hab' ich gedacht, ich ruf' dich mal an.«

Nathan lächelte. »Wo bist du?«

»Na, wo glaubst du denn?«

»Komisch, aber ich wollte dich besuchen. Ich habe nur nicht gewußt, wie ich es anstellen soll.«

»Erinnerst du dich nicht mehr?«

»Nein.«

Ein Lachen. »Das überrascht mich nicht. Es ist im vierzehnten Stock. Apartment 1412. Alles klar?«

»Alles klar.« Nathan legte auf. Er trat aus der Zelle und ging zum Hotel. Das Meer hinter ihm knisterte wie der Polizeifunk, wie der Schauplatz eines Verbrechens.

JOGHURT, EISCREME, MINESTRONE

Jed konnte nicht einmal seinen eigenen Speichel schlucken. Er mußte eine Schüssel neben dem Bett stehen haben. Den ganzen Tag lag er auf dem Rücken. Er sah die Sonne hinter dem Fenster auf- und untergehen und war so wütend, daß er mit der Faust gegen die Wand schlug und sich die Haut an den Fingerknöcheln aufriß. Er mußte diesen Telefonanruf hinter sich bringen, und zwar bald, aber er konnte nichts ausrichten, solange er nicht wieder im Besitz seiner Stimme war.

Gegen Mittag klopfte jemand an seine Tür. Er wickelte sich rasch den Schal um den Hals. In der Tür stand Silence; er war im Schlafanzug, darüber trug er seine Anzugjacke. Er reichte Jed eine seiner Karten: ALLES IN ORDNUNG?

Jed nickte. »Ist bloß eine schlimme Erkältung.« Er konnte nicht sprechen, daher formte er die Wörter nur mit den Lippen. Für Silence änderte sich nichts.

Silence holte noch eine Karte hervor: BRAUCHST DU WAS?

Jed schüttelte den Kopf. »Ich bin bald wieder okay.«

Noch eine Karte: BESTIMMT?

Jed nickte. »Bestimmt.« Dann fiel ihm etwas ein. »Wenn du einkaufen gehst, kannst du mir dann Joghurt mitbringen?«

Silence schien ratlos. Vielleicht hatte er ihn nicht verstanden. Vielleicht war das Wort zu schwer abzulesen.

»Joghurt«, flüsterte Jed. »Joghurt.«

Nachdem Silence das Zimmer verlassen hatte, legte Jed sich zurück. Er war seltsam gerührt. Silence hatte die drei Karten

schon vorbereitet. Das waren viele Worte für Silence. Vielleicht eine ganze Tagesleistung.
Er verwandte seine Gedanken wieder auf Creed, griff in seine Jacke und holte seine Brieftasche heraus. In der Brieftasche steckte ein Zeitungsartikel. Er faltete ihn auseinander und legte ihn flach aufs Kissen. Und obwohl er den Artikel auswendig konnte, begann er, ihn noch einmal zu lesen.

Student auf rätselhafte Weise verschwunden
Gestern nacht wurde ein Medizinstudent von mehreren Bewaffneten aus seiner Wohnung in Los Ilusiones entführt.
Der neunzehnjährige Francis Gorelli arbeitete als Hospitant in der Poliklinik von Moon Beach und sollte Ende des Jahres seine Prüfung ablegen.
Einer der Bewaffneten, ein etwa fünfundzwanzigjähriger Weißer, war mit einem schwarzen Anzug und einem schwarzen Zylinder bekleidet. Eine Zeugin beobachtete, wie ein dunkler Wagen wegfuhr, dessen Identität die Polizei festzustellen versucht.
Die Angehörigen des Verschwundenen verweigerten heute jeglichen Kommentar. Die Entführung Gorellis ist nur der letzte Zwischenfall in einer Welle von Gewalt, die seit einiger Zeit durch die berüchtigten Viertel im Osten der Stadt schwappt.

Eine ziemlich genaue Beschreibung, wenn man es sich überlegte. Vielleicht hatte der Schock dem Mädchen sein Bild ins Gedächtnis gegraben. Er hatte sie ganz gewiß nicht vergessen: ihr langes schwarzes Haar, ihr gelbes Kleid; ihr Geschrei. Creed hatte, als er ihn in das Haus schickte, gewußt, daß man ihn sehen würde. Jeds Gesicht verzog sich zu einem sauren Lächeln. Selbst sechs Jahre danach war es wohl eine Herausforderung des Glücks gewesen, mit einem schwarzen Anzug und einem schwarzen Zylinder in die Stadt zurückgekommen — und im selben dunklen Wagen.

Sooft er den Artikel las, mußte er Creeds Vorgehen bewundern. Zwei Dinge. Erstens: Der Mord an Francis Gorelli hatte Vasco in den Wahnsinn getrieben, und der Wahnsinn war bestimmt eine viel wirkungsvollere, viel ausgefallenere Strafe als der Tod. Zweitens: Die Ermordung (oder wie die Zeitungen es nannten: die Entführung) eines Unschuldigen war ein Verbrechen ohne Motiv. Es zwang die Polizei zu Mutmaßungen. Ihre Schlußfolgerung konnte nur an der Oberfläche der Wahrheit kratzen. Dieses Verbrechen war Teil einer »Welle von Gewalt«. Das Umfeld war der Grund geworden. Noch war die Leiche (oder sonst ein entsprechender Beweis) gefunden worden. Also, stand noch nicht einmal Mord fest. Nicht unbedingt. Es ging nur noch um eine verschwundene Person. Ein Fahndungsplakat in einer Polizeidienststelle. Ein Aufruf hinten auf einer Packung Milch.

Jed döste den ganzen Nachmittag. Am Abend brauchte er neue Schmerzmittel. Als er aus dem Zimmer ging, fiel ihm auf, daß die Videos alle weg waren; Silence mußte geschäftlich tätig gewesen sein. Er hörte in der Küche Stimmen und stellte sich in den Türrahmen. Silence saß mit einem Mann am Tisch. Auf der Resopalplatte waren kleine Plastiktüten verteilt. In ihnen befanden sich Uhren, Feuerzeuge, Ringe. Der Mann spürte etwas hinter sich und drehte sich rasch um: »Verdammt, wer ist das?«

Silence zeigte ihm eine Karte: FREUND.

»Okay«, sagte der Mann, »okay«, und er wandte sich an Jed und sagte: »Tut mir leid.«

Jed nickte. Er wollte es nicht riskieren, zu sprechen. Noch nicht. Er kippte zwei Tabletten auf eine Silberfolie und fing an, sie mit einem Löffelrücken zu zerdrücken.

Der Mann hatte golden-sandfarbenes Haar und winzige rote Äderchen unter seinen Koteletten. Seine Hände zitterten. Er rauchte Mentholzigaretten. »Was hast du da drin?« fragte er und tippte mit einem Finger auf eine braune Schachtel.

Silence klappte den Deckel auf, nahm eine goldene Taschenuhr heraus und reichte sie dem Mann. Jed sah die Uhr über die Schultern des Mannes hinweg. Ihr Zifferblatt war reich mit Edelsteinen besetzt.

Der Mann nickte. »Hübsches Stück.«

Silence streckte die Hand danach aus. Er klappte den Rückendeckel der Uhr mit dem Daumen auf und hielt sie dem Mann ans Ohr. Sie spielte »As Time Goes By«.

»Na, das is' was.« Der Mann starrte Silence an. »Woher weißt du, daß sie eine Melodie spielt, Silence, wo du doch taub bist und so?«

Silence schrieb: DAS HAT MIR JEMAND GESAGT.

Der Mann lachte schallend. »Und du hast es ihm geglaubt?«

Silence schrieb: HAST DU DIE MELODIE GEHÖRT ODER NICHT?

»Ich habe die Melodie gehört.«

ICH BIN VIELLEICHT TAUB, schrieb Silence, ABER DUMM BIN ICH NICHT. Dann steckte er seine Kärtchen wieder in die Tasche. Das war eindeutig alles, was er zu dem Thema zu sagen hatte.

Jed machte den Kühlschrank auf. Auf der oberen Ablage stand ein Sechserpack mit einfachem Joghurt. Silence hatte es also kapiert, für ihn. Jed rührte die zerdrückten Tabletten in einen Joghurt, dann entdeckte er ein Stück Papier und schrieb darauf: DANKE FÜR DEN JOGHURT. Als er aus der Küche ging, gab er Silence den Zettel.

Silence lächelte. BITTE SEHR, schrieb er.

»Ihr seid ganz schön verrückt, wirklich«, sagte der Mann. »Ganz schön verrückt, alle miteinander.«

Jed ging wieder zu Bett.

Am nächsten Tag verließ er gegen Mittag die Wohnung. Er stand unten und schaute sich um. Die Hitze kräuselte sich auf dem Beton, der Horizont schien von Schlangen zu wimmeln. Er ließ sein Auto stehen und verließ das Areal der Türme. Gerüche wehten ihm entgegen: warmer Abfall, schmelzender Teer,

tote Fische. Niemand war unterwegs. An solchen Tagen blieben die meisten Leute zu Hause und stellten sich vor die offene Kühlschranktür oder dergleichen.
Er wollte zu den Trödelläden in Mangrove South. Er war zu der Einsicht gekommen, daß er weniger auffallen würde, wenn er zu Fuß ging. Es waren nur zwanzig Minuten. Er nahm Abkürzungen und hielt sich im Schatten. Immer wieder führte er Selbstgespräche. Er prüfte seine Stimme. Das war ungefährlich, denn er befand sich östlich des Stadtzentrums, und die einzigen Menschen auf den Straßen waren alte Männer mit Flaschen voll süßem Rotwein. Sie redeten ständig mit sich selbst. Er paßte genau zu ihnen. Gott, war es heiß. Er konnte die Hitze auf dem Gehsteig durch seine Schuhsohlen spüren.
Er war fast da, als er seinen Namen rufen hörte. Er achtete nicht darauf. Dann kam jemand aus dem Sonnenschein auf ihn zugerannt. Es war Nathan.
»Bist du krank oder was?« sagte Nathan.
Jed berührte den Schal um seinen Hals. »Krank? Ah.« So konnte man es auch nennen.
»Wie geht's dir so? Hast du eine Unterkunft gefunden?«
Nathan hatte schon immer etwas Manisches gehabt. Hinter diesen grünen Augen, diesem blonden Haar. Unter dieser Sonnenbräune. Er war wie ein Hund, der so abgerichtet war, daß niemand etwas damit anfangen konnte.
Jed nickte. »Hab' ich.«
»Wo?«
Als ob er ihm das erzählen würde! »Hier in der Gegend.«
Dann sagte Nathan: »Ich weiß noch, wie du früher in den Türmen gewohnt hast.« Geradeheraus. Als könnte er unmittelbar in den verschlossenen Teil von Jeds Gehirn blicken.
Jed starrte ihn an. Aber über Nathans Augen hatte sich ein Schleier gelegt; er schien in seine Erinnerungen versunken zu sein.

»Ich war einmal dort. Ich habe dich gesucht.« Er lächelte. »Hab' dich aber nicht gefunden.«
»Muß Jahre her sein«, meinte Jed und beobachtet ihn noch immer genau.
»Das war wie in einem Labyrinth«, sagte Nathan.
Ist es immer noch. Jed kratzte mit seinem Schuh an der Wand. Und begann zu lächeln, weil ihm etwas eingefallen war.
»Übrigens.« Er holte einen von Marios Hundertdollarscheinen heraus und lächelte auf ihn hinab. Er hatte ihn als eine Art Andenken behalten. Aber jetzt hatte er eine bessere Verwendung für ihn gefunden. Er hielt Nathan den Geldschein hin. »Hier ist das Geld, das ich dir schulde.«
Allein Nathans Gesicht zu sehen war die hundert Dollar wert.
»Aber«, stotterte dieser, »ich habe dir nur acht geliehen.«
»Na ja«, sagte Jed. »Du warst so nett, mich bei euch wohnen zu lassen und so.«
Und ein Lächeln zuckte über sein Gesicht. Er konnte den Hohn einfach nicht unterdrücken. »Äh«, sagte er, »ich muß weiter.«
Und lief einfach davon.
An der Straßenecke warf er einen Blick über die Schulter zurück. Nathan stand noch immer auf dem Gehsteig und gaffte ihm nach. Hatte Nathan erraten, wo er wohnte? Nein, das Geld hatte ihn umgehauen. So war es. Jed straffte die Schultern unter seiner Jacke. Er hatte eben einmal in den Türmen gewohnt. Na und? Nathan hatte er nichts verraten, oder?
Endlich fand er den Trödelladen, den er gesucht hatte. Dort ging er von Stange zu Stange. Er wollte sich eine Garderobe zusammenstellen. Es war nicht leicht. Die Kleidungsstücke stammten alle von Toten. Warum waren alle, die starben, so verflucht dick? Man könnte doch meinen, daß ab und zu auch ein paar Dünne sterben, aber nein. Er benötigte eine Viertelstunde, nur um eine Hose zu finden, und selbst die war ihm um die Hüfte noch zehn Zentimeter zu weit, und er brauchte einen

Gürtel, damit sie hielt. Trotzdem, es war ein Anfang. Nach einer halben Stunde stand er vor einem großen Spiegel. Er hatte folgendes an: einen hellblauen Rollkragenpullover (der verbarg die Gespenster); eine Cordhose in einer Art Rostton; braune Ledersandalen mit Gummisohlen (von der Nonne im Hospital hatte er ein, zwei Dinge gelernt); einen grauen Gürtel aus Schlangenlederimitat; und eine braune Lederjacke mit schwarzen Knöpfen und rundem Revers.

»Ein richtiger Christenmensch«, flüsterte er. »Ein Missionar.« Und er lachte still. Denn schließlich hatte er ja eine Mission. Eine Mission besonderer Art.

Er häufte seine alten Kleidungsstücke auf den Ladentisch und sagte, daß er sie gegen die neuen eintauschen wolle, die er jetzt trage. Die Frau, die den Laden führte, hatte sich eine Strickweste über die Schultern geworfen. Sie hatte die Arme unter der Strickweste verschränkt und schaute ihn schräg an. Ihre Dohlenaugen glitten zu seinem wertvollsten Besitztum. »Was ist mit dem Hut?«

Er steckte den Hut unter den Arm. »Unverkäuflich.«

Die Frau zuckte mit den Achseln. Sie fing an, mit einer Hand die Kleidungsstücke zu sortieren. Hielt zwischen Zeigefinger und Daumen einen Schuh hoch. »Von Schuhcreme haben Sie wohl nie was gehört, oder?«

»Sie sind alle schwarz, die Klamotten«, sagte er. »Sie müßten in einer Stadt wie der hier eigentlich ziemlich schnell weggehen.«

»Das kann schon sein, aber schauen Sie sich ihren Zustand an!« Die Frau hob seine abgenutzte Jacke hoch und ließ sie wieder fallen. »Na schön«, meinte sie, »Sie lassen Ihre Kleidung hier, plus fünfzehn Dollar, weil die Jacke da aus Leder ist.« Ihre Augen wanderten noch einmal funkelnd über seinen Hut. »Es sei denn ...«

Er zahlte die fünfzehn Dollar und ging. Auf dem Rückweg zu

den Türmen ging er in einen Supermarkt und in eine Apotheke. Als er den dreizehnten Stock erreicht hatte, war er schweißgebadet. Silence machte ihm auf. Jed ging gleich in die Küche. Silence folgte ihm, stellte sich in die Tür. Jed fing an, die Taschen auszupacken: Eine Packung Eiscreme, eine Büchse Minestrone, eine Schachtel Haarfärbemittel Ultra-Blond, eine Rolle Silberfolie und zwei Sechserpack Joghurt (einen natur, einen mit verschiedenen Fruchtaromen).
Jed drehte sich um. Silence stand immer noch in der Tür und sah ihm zu. Er reichte ihm eine Karte: HAB' MIR SCHON SORGEN GEMACHT. ICH HABE GEDACHT, DU VERGISST WOMÖGLICH DEN JOGHURT.
Jed mußte grinsen.
WAS IST MIT DER SUPPE? schrieb Silence.
»Wegen meinem Hals«, erläuterte Jed. »Joghurt, Eiscreme, Minestrone. Was anderes bekomme ich nicht runter.«
Als Silence später am Abend ausgegangen war, schloß Jed sich ins Badezimmer ein. Er zog seinen neuen Rollkragenpullover aus und legte sich ein Handtuch um die Schultern. Dann öffnete er das Ultra-Blond, zog Gummihandschuhe an und verteilte die Peroxydlösung langsam und sorgfältig auf seinem Haar. Danach deckte er sein Haar mit Silberfolie ab. Sofort fing seine Kopfhaut zu brennen an. Das beruhigte ihn. Eine Veränderung, dachte er, ist ohne Schmerzen nicht möglich. Eine Veränderung ist nicht echt, wenn sie nicht weh tut.
Er trat auf den Balkon hinaus, als die Sonne unterging. Die Stadt lag vor ihm in ihrem eigenen Dunst, die Gebäude wie in Zuckerwatte getaucht; sie konnten einem auf der Zunge zergehen. Das Brennen des Peroxyds glich den Schmerz in seiner Kehle aus, machte ihn fast vergessen. Morgen, beschloß er, morgen würde er anrufen.
Der Abend verging. Er stand auf dem Balkon, aß Fruchtjoghurt und sah den Flugzeugen zu. In seine Knochen kehrte allmäh-

lich Ruhe ein. Sein Blut floß langsamer. Dieses Schildkrötenkind, Bob, das war schlauer, als es aussah.
Gegen Mitternacht hörte er Silence heimkommen. Er ging aus seinem Schlafzimmer zu ihm ins Wohnzimmer. Silence rauchte einen Joint und sah fern. Er bot Jed den Joint an. Der lehnte ab. Silence starrte ihn auf einmal an. Er legte den Joint auf den Aschenbecher, um besser starren zu können. Dann schrieb er etwas auf eine Karte und reichte sie Jed. Jed las und lächelte. Er stand nur ein Wort darauf: UNHEIMLICH.

Als er am nächsten Morgen ins Badezimmer kam, erblickte er einen fremden Blonden im Spiegel. »Jesus!« sagte er. Seine Stimme hörte sich nicht schlecht an. Ein bißchen krächzend, aber okay. Er wickelte den Schal ab. Die Gespenster hatten die Farbe gewechselt. Sie hatten ein eigenartiges Gelbbraun angenommen. Es erinnerte ihn an Karamelpudding oder alte Bananenschalen. Oder an das dünne verschmutzte Band Luft, das man manchmal am Horizont sah.
Er lieh sich eines der schnurlosen Telefone von Silence aus und ging auf den Balkon. Die Stadt machte jenes Geräusch, das Städte machen. Als würde jemand langsam durch den Mund ausatmen. Er spürte den ersten Regentropfen auf seiner Schulter, er spürte ihn wie Säure auf der Haut brennen, und er hörte ihn sagen, er sei etwas Besonderes, etwas Besonderes. Der Klang des Regens war in diesem Wort. Und dieses Wort hinterließ den Sinn auf seiner Haut.
Er wählte die Nummer der Paradise Corporation.
Die Telefonistin stellte ihn in das Büro des Vorsitzenden durch. Eine Sekretärin meldete sich. »Mr. Creed ist heute zu Hause. Kann ich ihm etwas bestellen?«
»Nein«, sagte Jed und legte auf.
Er wählte die Nummer des »Paradise Hotels«. »Apartment 1412, bitte.«

»Einen Augenblick.«
Er konnte jetzt das Telefon in Creeds Apartment klingeln hören. Dann wurde abgenommen. »Ja?«
»Mr. Creed, bitte.«
»Wer spricht?«
Jed erkannte die Stimme am anderen Ende der Leitung. Es war der Totenkopf. Michael Skull McGowan. Sie arbeiteten also noch zusammen. Wenn das nicht Loyalität war!
»Wer spricht?« fragte Skull noch einmal.
»Hier ist Jed Morgan«, sagte er. Es gab eine Pause, dann war Creed am Apparat. Jed erkannte es am Schweigen. Er hätte dieses Schweigen überall erkannt.
»Creed?«
»Spaghetti. Wie nett. Ich habe deinen Anruf erwartet.«
Jeds Hand umklammerte das Telefon fester. Man wußte nie, ob Creed bluffte. »Was meinen Sie damit?«
Doch Creed lachte bloß. »Deine Stimme klingt ja furchtbar.«
»Ich war erkältet.«
»Es klingt aber nicht nach einer Erkältung. Es klingt eher, als ob jemand versucht hätte, dich zu erwürgen.«
Jeds Herz schlug heftig, die Luft um ihn wurde dichter. Er krallte sich mit der freien Hand am Balkon fest. Woher wußte Creed das alles? Wußte er alles?
»Was willst du, Spaghetti?« fragte Creed. »Ich bin sehr beschäftigt. Ich habe nicht den ganzen Tag Zeit.«
Er hatte es sich nicht richtig überlegt. Er hatte sich nicht vorgestellt, wie es laufen könnte. Er klammerte sich an ein paar Worte, die ihm gerade in den Sinn kamen. »Ich brauche Geld.«
»Ich habe gedacht, Geld interessiert dich nicht.«
»Ich will eine halbe Million.«
»Du wirfst es doch nur um dich. Denk an das letzte Mal!«
»Eine halbe Million. Und zwar morgen nacht.«

»Wieso glaubst du, daß dir überhaupt etwas zusteht?«

»Ich habe ein Tonband. Wollen Sie es hören?«

»Was ist darauf? Geigenklänge?«

Jed griff nach seinem Kugelschreiberrecorder und drückte auf PLAY. Er hielt ihn an das Telefon. »Sie wollen, daß ich Vascos Bruder umbringe?... Ganz genau... Wie?... Mach dir darüber keine Gedanken. Dafür wird gesorgt. Es wird hübsch...«

Er drückte auf STOP. »Da haben Sie Ihre Geigenklänge, Creed! Haben Sie Ihnen gefallen?«

»Eine Tonbandaufnahme zählt vor Gericht nicht, Spaghetti.«

»Und was ist mit den Zeitungen, Creed? Zählt eine Tonbandaufnahme bei den Zeitungen?«

Schweigen.

Er hatte ihn. Endlich hatte er ihn.

»Wie würde das auf der Titelseite aussehen, Creed? Ich sehe schon die Schlagzeile: Bestattungszar unter Mordverdacht. Mit einer solchen Schlagzeile, denk' ich, könnte man 'ne Menge Zeitungen verkaufen.«

Laß ihm keine Zeit zum Nachdenken!

»Morgen um Mitternacht. Am Westpier. Nur Sie und ich. Verstanden?«

Wieder Schweigen.

»Jed?«

»Ja?«

»Du fährst immer noch denselben Wagen.«

»Und?«

»Bißchen riskant, oder? Denselben Wagen zu fahren. Der könnte doch als Beweis gelten, oder? Du weißt doch, was man von Beweisen sagt?« Eine Pause. »Man soll sie vernichten.«

»Wovon reden Sie, Creed?«

»Ich habe nur gedacht, ich tue einem Freund einen Gefallen, das ist alles.«

»Wovon, verflucht noch mal, reden Sie?«

»Warum schaust du nicht zum Fenster raus?«
»Ich schau' zum Fenster ...«
Sein Auto explodierte mit einem dumpfen Knall. Mit der einen Hand am Balkongeländer spürte er, wie das Gebäude bebte. Über den Parkplatz flogen Chrom- und Glasteile. Aus den Wagenfenstern schlugen Flammen, bahnten sich ihren Weg zum Dach. Die Flammen hörten sich an wie Regen, dachte er. Wie Regen. Dann heulte eine Feuersirene, und ein Baby fing an zu schreien.
Er ließ das Telefon fallen und rannte nach drinnen. Silence stand im Pyjama vor seiner Schlafzimmertür. Die Explosion mußte ihn geweckt haben.
»Mein Auto«, sagte Jed. »Sie haben mein Auto in die Luft gejagt.«
Er rannte die Treppe hinunter, alle dreizehn Stockwerke. Als er unten angekommen war, war sein Auto von Kindern aus der Nachbarschaft umringt. Einige deuteten auf das Wrack und schwatzten. Andere suchten den Beton ab und sammelten Scheinwerfer- und Spiegelscherben. Er drängte sich durch sie hindurch. Es ließ sich nicht mehr sagen, welche Farbe das Auto gehabt hatte. Nur noch das Nummernschild war zu lesen: CREAM 8. Er hatte dieses Nummernschild gehabt, seitdem er achtzehn war. Er hatte verfluchte hundert Dollar für dieses Nummernschild gezahlt. Mit ausgestreckten Händen schoß er darauf zu, aber ein Hitzestoß warf ihn mit versengten Augenbrauen zurück.
»Ist das Ihr Auto?« riefen die Kinder.
Er gab keine Antwort. Er konnte die Sirenen über den Ocean Drive heulen hören: *Wii-uu, Wii-uu, Wii-uu*. Die Wagen mußten jeden Moment da sein. Er drehte sich um und lief zum Turm zurück.
Er rannte die Treppe hinauf, den Außengang entlang; jetzt war solider Beton zwischen ihm und dem Wagen. Er schaute

einmal hoch und sah den Jungen mit dem Bürstenschnitt und den hervorquellenden Augen über sich auf einem Balkon stehen.

Der Junge rief etwas.

Er hörte es beim erstenmal nicht.

Der Junge rief es noch einmal: »Wo ist Ihr Hut, Mister?«

MOTEL MEERESGRUND

Als Nathan am Morgen aufwachte, war das Bett leer. Durch die offene Tür konnte er Reid reden hören.

»Du weißt doch, was man von Beweisen sagt?« Eine Pause. »Man soll sie vernichten.« Noch eine Pause. »Ich habe nur gedacht, ich tue einem Freund einen Gefallen, das ist alles.«

Er konnte keine zweite Stimme hören. Es mußte sich um ein Telefongespräch handeln. Er kroch aus dem Bett und zog seine Jeans an. Im Wohnzimmer drückte die Sonne gegen die zugezogenen Vorhänge und warf ein paar helle Rippen Licht auf den Boden.

»Warum schaust du nicht zum Fenster raus?« sagte Reid gerade und legte auf.

Eine seltsame Art, ein Telefongespräch zu beenden.

Reid hatte den Hörer mit einem Lächeln aufgelegt. Als er hochschaute und Nathan in der Tür stehen sah, blieb das Lächeln auf seinem Gesicht. Besser gesagt: die Umrisse des Lächelns blieben, aber der Inhalt hatte sich geändert. Hatte er zuerst giftig gelächelt, so jetzt gütig. Und der Übergang vollzog sich so mühelos, so rasch. Nathan wußte, daß er eigentlich hätte zurücklächeln müssen, aber er stand nur da und schaute.

»Ich hätte bald vergessen, daß du da bist«, sagte Reid.

»Wie könntest du das vergessen?« murmelte Nathan. Er war sich nicht sicher, ob er es scherzhaft meinte.

Er sah Reid vom Sofa aufstehen und auf ihn zukommen. Er schloß die Augen. Er spürte, wie ihm eine behandschuhte Hand die Haare aus der Stirn strich.

»Du tust alles immer zur rechten Zeit«, sagte er.
Er spürte, wie ein behandschuhter Finger die Linie seiner Oberlippe nachzeichnete.
»So wie du mich angerufen hast«, sagte er. »Gestern abend. Auf der Straße.«
Dann hörte er Reids Stimme nahe an seinem Ohr: »Ich nehme dich wohin mit.«
»Wohin?«
»Zu was Besonderem.«
Nathan machte die Augen wieder auf. Ein Teil der Wand schien sich hinter Reid zu bewegen, und ein zweiter Mann kam durch den Raum auf sie zu. Nathan hatte ihn nicht bemerkt. Aber er mußte die ganze Zeit über da gewesen sein. Mußte sie reden gehört haben. Gesehen haben, wie sie sich berührten.
Der Mann hatte einen glattrasierten Kopf und trug eine verspiegelte Sonnenbrille. Oben an seiner linken Stirnseite pulsierte eine M-förmige Ader. Nathan schaute den Mann an und sah sich zweimal.
»Das ist McGowan«, sagte Reid, »auch Skull genannt.« Er lachte. »Du siehst vermutlich, warum.«
Der Totenkopf machte eine ganz leichte Verbeugung.
Nathan nickte. Er konnte es sehen.
Reid legte Skull die Hand auf die Schulter und begleitete ihn zur Tür. Nathan ging ans Fenster. Er nahm das Fernglas und schaute auf die Promenade hinunter. Er hörte Reid sagen: »Ich auch«, dann hörte er das Wort »acht«, und dann klickte die Tür zu. Er beobachtete einen Mann und einen Jungen, die in der Sonne Fußball spielten. Der Junge holte mit einem Bein aus und trat gegen den Ball. Der Mann fing den Ball ab und schoß ihn zurück. Der Junge holte wieder mit dem Bein aus. Diesmal trat er daneben. Der Ball rollte an ihm vorbei, und er sauste ihm hinterher. Der Mann legte sich ins helle Gras. Nathan

spürte Reid hinter sich. Nicht als ein Geräusch. Eher als eine Veränderung der Luft.

»Bist du soweit?«

Nathan legte das Fernglas weg.

Sie nahmen den Aufzug zur Garage im Tiefgeschoß. Auf dicken Reifen hockte im Schatten ein schwarzer Wagen. Nathan schob sich auf den Ledersitz und zog die Tür hinter sich zu. Sie machte dieses typische Geräusch — er erinnerte sich daran —, irgendwas zwischen einem Knall und einem Klicken. Welch ein Luxus in diesem Geräusch lag!

Aber das Unbehagen steckte ihm noch in den Knochen. Er fühlte sich durch die Gegenwart dieses Mannes im Apartment irgendwie bestohlen, und er wurde das Gefühl nicht los. Wenn er zurückdachte, konnte er das lauernde Gesicht des Mannes auf der anderen Seite des Raumes spüren. Und dann dieser übernatürliche Augenblick, als er sich von der Wand löste und näher kam.

»Beschäftigt dich etwas?« fragte Reid.

»Ich habe ihn nicht gesehen«, erwiderte Nathan.

Reid fuhr den Wagen die Rampe hinauf, der Sonne entgegen.

»Ich kann dir nicht folgen.«

»Dieser Mann, dein Freund«, sagte Nathan. »Ich habe nicht gewußt, daß er da war.«

»Hat es dir etwas ausgemacht?«

»Ich habe einfach gespürt, daß er alles gesehen hat.«

Reid griff nach seiner dunklen Brille. »Na«, sagte er, »jetzt kann uns niemand sehen.«

Das Stricknadelklicken der Schaltung, als er den dritten Gang einlegte, um die Verbindungsstraße entlangzufahren, die zur Schnellstraße führte.

»Wir sind gleich da. Nimm lieber das hier!« Er reichte Nathan eine weiße Kapsel.

»Meinst du wirklich, daß ich es brauche?«

Reid zuckte mit den Achseln. »Das liegt bei dir. Es ist gut für die Entspannung.«
»Ich weiß nicht, ob ich mich überhaupt entspannen will.«
»Wie du meinst.«
Nathan schloß die Hand um die Kapsel. Er hielt sie in der Faust, wie einen Würfel, den man jederzeit werfen kann.
»Gibt es dort, wo wir hinfahren, ein Telefon?« fragte er.
Reid schaute zu Nathan hinüber. »Dort, wo wir hinfahren«, erwiderte er, »gibt es ein Telefon mit Fischen drin.«
Darüber mußte Nathan lächeln. Er schüttelte alle Unmutsgefühle ab, steckte die Kapsel in den Mund und schluckte sie.
Der Wagen schoß mit hundertdreißig diagonal über drei Spuren und wechselte in einer schrägen Diagonale von der schnellen auf die langsame Fahrbahn der Ausfahrt 6: Moon Beach East. Fünf Minuten später fuhren sie unter einem hellblauen Bogen hindurch. Weiße Buchstaben auf dem gewölbten Querträger verkündeten: MOTEL MEERESGRUND.
»Bist du schon einmal hiergewesen?« fragte Reid.
Nathan schüttelte den Kopf. »Noch nie davon gehört.«
Man näherte sich dem Motel von oben über eine Serpentinenstraße, die sich durch eine Landschaft mit spindeldürren Palmen und Felsbrocken schlängelte. Es war ein hellblaues zweistöckiges Gebäude. Das Dach zierten Wellen aus gegossenem Beton. Es sah aus wie eine Kreuzung im Meer.
Während Reid sich eintrug, musterte Nathan die Umgebung. Im Foyer roch es stark nach Seetang. Der Geruch, so fand er bald heraus, kam aus dem Restaurant, in dem das Tagesgericht auf Holzkohle gegrilltes Haifischsteak mit heißem Seetangsalat war. Mit dem Dekor hatte sich jemand große Mühe gemacht. Es gab Gebilde aus rosaroten Korallen und Schatztruhen, die halb in Sanddünen vergraben waren. Das Licht war gedämpft, eine Art Unterwasserbeleuchtung. Schiffsteile lagen herum und rosteten. Der Meeresgrund. Man brauchte

bloß die Luft durch Wasser zu ersetzen, und schon war man dort.
»Was hältst du davon?« fragte Reid ihn.
Aber er konnte nicht antworten. Die Droge begann, ihn zu durchzucken, und es fiel ihm schwer, zwischen Wirklichkeit und Halluzination zu unterscheiden. So sah er zum Beispiel überall Meerjungfrauen. Kaskaden blonden Haares und Körper, die von der Hüfte abwärts in silbernen Schuppen steckten. Meerjungfrauen. Er mußte irgend etwas tun, aber es war, als hielte er sein Ohr an eine Muschel: Er konnte das Meer rauschen hören, und alle seine übrigen Gedanken verflüchtigten sich.
Er sah das Auto, das er auf der Promenade hatte stehenlassen. Er sah es in allen Einzelheiten: den Stadtplan auf dem Armaturenbrett, die Lebensmittel auf dem Rücksitz. Es stand seit mindestens vierundzwanzig Stunden dort. Die Milch war inzwischen längst sauer, dachte er.
Sie folgten einer Meerjungfrau durch dunkelblaue Gänge mit dunkelgrünen Türen. Ihre Zierschuppen klirrten und glitzerten.
Sie berührte Nathan an der Schulter. »Haben Sie das gehört?«
»Was?«
»Hören Sie!«
Er lauschte. Es klang, als würden Türen ganz langsam geöffnet; oder wie das Geräusch, das Leute machen, wenn sie sich strecken. »Was ist das?« fragte er sie.
»Das sind Wale«, antwortete sie. »Wegen der Stimmung.«
Reid wandte sich ihm zu und lächelte.
Das tut er dauernd, dachte Nathan. Wendet sich mir zu und lächelt. Läßt seine Augen wie Hände über mich gleiten.
Die Meerjungfrau stand vor einer offenen Tür; ihre Brustwarzen waren hinter hellrosa Muscheln verborgen. Lächelnd wies sie sie in den Raum. Eine ganze Wand bestand aus einem Aqua-

rium. Der Rest schien in Dunkelheit getaucht. Nathan konnte jedoch gerade noch ein in den Boden eingelassenes Bett erkennen. Und neben dem Bett stand ein Telefon. Es war aus durchsichtigem Kunststoff. Im Hörer schwammen Goldfische. Jetzt lächelte auch er. Er konnte sich nicht mehr erinnern, was so wichtig an dem Telefon war. Das einzige, was er noch wußte, war, daß Reid ihn nicht belogen hatte. Reid hatte die Wahrheit gesagt. Das war die Hauptsache.

Reid drehte den Schlüssel im Türschloß um.

»Zieh dich aus!« sagte er.

Nathan schaute zu ihm hinüber. »Und du?«

»Du zuerst. Ich möchte zusehen.«

Nathan fing an, sich auszuziehen. Bald war er nackt bis auf die weißen Boxershorts. Wie weiß er war in dem violetten Licht, das vom Aquarium ausging. Er steckte seine Daumen hinter das Gummiband und wollte die Shorts gerade herunterziehen, als Reid sagte: »Laß sie an!«

Reid kam zu ihm herüber. Er durchquerte den Raum, wie andere Leute den Kopf drehen. Er tat es mit so viel Takt, mit so viel Anmut. Es gab offensichtlich nur zwei Stellen: dort drüben und hier, jetzt. Nathan spürte Reids Kleidung, den Stoff rauh an seiner Haut, und er war froh, daß Reid ihm gesagt hatte, er solle sich zuerst ausziehen.

»Du warst schon mal hier, oder?« murmelte Nathan.

Reid nickte. »Oft.«

»Immer mit Jungen?«

»Immer.«

Er konnte die Wale wieder hören. Es klang wie etwas Vertrautes, nur gedämpfter. Es klang wie Neugierde.

Die Handschuhe strichen über seine Rippen, glitten seine Wirbelsäule hinunter.

Jetzt nichts als das Rauschen der Wellen. Sie rollten auf ein Riff zu, rissen auf, vergossen ihren Schaum. Und dann eine Was-

serwand und Fische, die Spuren aus Rot, Blau und Gold hinter sich herzogen.
Er hörte ein Klicken. In dem Nebel alles übrigen klang es so exakt, daß er beinahe hochschreckte. Er schaute sich um. Reid schloß gerade seinen Aktenkoffer.
Reid reichte ihm eine Maske. »Ich möchte, daß du das trägst.«
Er nahm die Maske.
Sie war aus schwarzem Leder, hatte die Form einer Kapuze, zwei Löcher zum Atmen und einen silbernen Reißverschluß als Mund. Keine Augen.
»Dann kann ich nichts sehen«, sagte er.
»Überlaß dich dem Fühlen!« Reid lächelte. »Würdest du das für mich tun?«
Nathan zog die Maske über den Kopf und merkte, daß er ziemlich problemlos atmen konnte. Er legte sich auf das Bett zurück. Die Laken waren aus Satin, schmiegten sich kühl an seine Unterarme. Das Bett fing an zu wogen und zu schaukeln.
Er streckte die Hände aus, fand einen Körper und berührte ihn. Fuhr mit der Spitze des Zeigefingers von der Achselhöhe bis zum Schienbein. Mit derselben Bewegung wie ein Flugzeug, das über den Himmel zieht. Er dachte, vielleicht kann man lernen, einen Körper zu lesen, ohne ihn zu sehen. Durch bloßes Tasten. Wie bei der Blindenschrift.
Ein klarer Augenblick, und er sagte: »Ich kenne deinen Körper gar nicht.« Und als keine Antwort folgte: »Bist du noch da?«
»Ich bin hier.« Eine Pause. »Deine Haut ... ist so weich.«
»Woher weißt du das?« sagte er. »Du trägst doch Handschuhe.«
»Du vergißt etwas. Ich habe auch einen Mund.«
Er spürte, wie seine Boxershorts langsam heruntergezogen wurden, über die Oberschenkel bis zu den Knöcheln. Sein Schwanz schnellte hoch. Dieser Kontakt mit der Luft war beinahe Reibung genug. Dann plötzlich Wärme. Ein Mund.
Sein Kopf war ins Dunkel eingesperrt, sein Körper zuckte wie

ein Fisch, den man auf die Handfläche legt, um sich die Zukunft weissagen zu lassen: Er rollt sich, krümmt sich, springt manchmal regelrecht hoch, ist aber nie ruhig, bis einem die Zukunft geweissagt worden ist, es sei denn, man ist sehr kalt.

Er fühlte, wie sich etwas durch den Reißverschluß zwängte und in seinen Mund stieß.

»Fester!«

Er tat, wie ihm geheißen. Er brauchte lange dazu.

»Nimm die Zähne!«

Und Reids Körper bäumte sich auf, gab einen Laut von sich, der Kerben hatte wie eine Folterbank, und Nathan rollte auf seinen Rücken, blieb liegen und schluckte.

Bald darauf nahm er die Maske ab. Der Raum war jetzt so hell, als wäre man in einem Diamanten. Reid stand am Fenster und schob die Vorhänge ein Stück auseinander. Draußen war es dunkel. Der Raum trug eine Maske. Reid fing zu lachen an.

»Was ist denn so komisch?« fragte Nathan.

»Ein ganz persönlicher Witz.«

»Du willst es mir nicht sagen?«

»Nein.« Reid hatte eine Art, immer so dazustehen, daß sein Gesicht im Schatten lag. Als er sich umdrehte, um Nathan anzuschauen, konnte der nichts darin lesen. Er hörte nur das sanfte Lachen und verspürte erstaunlich wenig Neugier zu erfahren, worauf dieses Lachen zurückzuführen war.

»Ich will es gar nicht wissen«, sagte Nathan. »Wirklich nicht. Es interessiert mich nicht.«

Reid lachte wieder. »Das sieht meinem Mädchen ähnlich.«

»Wenn ich ein Mädchen wäre«, erwiderte Nathan, »würdest du dich nicht nach mir umsehen.«

Reid kam ans Bett, beide Hände an seiner Gürtelschnalle. »Vielleicht würde ich dich nicht einmal *an*sehen.«

Nathan sah, wie er näher kam. »Ich denke, du bist fertig.«

»Ich fange wieder an«, entgegnete Reid.

Danach mußte er eingeschlafen sein, denn alles wurde still, so plötzlich still, daß man die Zeit vergehen spürte.
»Wir brauchen ein Boot.« Schweigen. »Gut.«
Reid telefonierte wieder. Nathan sah durch halb geöffnete Augen zu.
»Sorg einfach dafür, daß es da ist! Am Westpier, um Mitternacht.«
Nathan ging ans Fenster. Draußen auf dem Boden ein silbernes Flackern. Ein Seil, das man hingeworfen hatte, ein Lasso. Er brauchte einen Augenblick, bis ihm klar wurde, daß es sich um eine Spiegelung handelte; da draußen war Wasser. Ein Schwimmbecken.
Er schob die Glastür auf und ging über den Patio. Als er eintauchte, spürte er kaum den Übergang von der Luft ins Wasser. Es war, als würde er von einer Art Luft, die warm war, in eine kühlere tauchen. Er kam wieder hoch, legte sich auf den Rücken. Die Palmen waren schwarze Silhouetten vor einem hellbraunen Himmel. Wir brauchen ein Boot. Am Westpier. Um Mitternacht. Er sah Maxie Carlos Gesicht in Großaufnahme. Vielleicht kennst du ihn als Reid. So nennt er sich manchmal. Maxie entblößte beim Lächeln die obere Zahnreihe, ein Zahn war in Gold gefaßt, wie eine Seite aus der Bibel. Aber welche Seite? Nicht die mit den zehn Geboten, das stand fest. Vielleicht etwas aus der Offenbarung. Er hörte das Geräusch eines Flugzeuges in der Luft — als würde Papier langsam zerrissen. Das rote Licht, das an der Flügelspitze blinkte. Du verstehst doch?
Er ging durch die Schiebetür in das Zimmer zurück, als Reid gerade das Telefon wegstellte.
»Wie fühlst du dich?« fragte Reid ihn.
»Gut.« Nathan setzte sich aufs Bett. »Ich habe gestern abend einen Freund von dir getroffen.«
»Wirklich? Wen?«

»Maxie Carlo.«

»Der gute alte Maxie! Wie geht's ihm?«

»Er hat gesagt, du heißt Neville.«

»Das ist mein Künstlername.«

»Künstlername?«

»Ich hab' dir doch gesagt, daß ich als Hand-Model arbeite, oder?« Reid schaute Nathan an, dann zündete er sich eine Zigarette an. Sein Gesicht war so glatt und reglos, daß die Flamme dagegen nervös wirkte.

Nathan erinnerte sich an einen grauen Tag am South Beach. Es lag ein paar Monate zurück, vor Dads Tod. Ein Sturm war im Anzug, und die roten Flaggen waren gehißt. Niemand schwamm.

Gegen Mittag stolzierte eine Frau mit Handtuch und Schwimmbrille an den Strand. Er hatte sie noch nie gesehen, aber diese Sorte kannte er. Er wußte, daß sie kaum auf ihn hören würde.

»Es tut mir leid«, sagte er, »aber Sie dürfen heute nicht schwimmen.«

Sie zog unverdrossen das Band ihrer Bademütze unter dem Kinn fest. »Ach? Warum nicht?«

»Die Flaggen sind gehißt.«

Sie lächelte ihn an. »Schon in Ordnung. Ich bin Schwimmlehrerin.«

Sie erinnerte ihn auf eine seltsame Weise an Yvonne; daher hatte er Geduld mit ihr. »Hören Sie«, sagte er, »ich habe jetzt Mittagspause. Wenn Ihnen während meiner Abwesenheit irgend etwas zustößt, bin ich dafür verantwortlich.«

»Gehen Sie nur, und essen Sie zu Mittag!« erwiderte sie. »Mir passiert schon nichts.«

Manchmal hat man einen Instinkt für das, was dann geschieht. Er wußte, daß diese Frau in Schwierigkeiten geraten würde. Er wußte, daß sie, wenn er vom Strand wegging, vielleicht sogar ertrinken würde. Er wußte auch, daß sie nur aus Schaden klug werden würde.

Er wartete oben am Strand unter der Markise des Kiosks, an dem Schokoladenriegel und Soda verkauft wurden. Er beobachtete, wie sie ins Wasser lief. Er sah, wie sich ihr Körper straffte, als sie auf die erste Welle traf.

Es dauerte eine Weile. Doch dann sah er einen Arm hochschnellen, bleich vor den kohlschwarzen Wellen, bleich vor dem Himmel, wie ein Schulkind, das sich meldet.

Als er sie aus dem Wasser zog, wollte sie ihn nicht ansehen.

»Ich habe mich geirrt«, sagte sie. Und dann sagte sie: »Danke.«

Er schenkte ihr ein Lächeln. »Dafür bin ich da.«

Danach kam sie fast jeden Tag zur Mittagszeit mit kleinen Geschenken — Sandwiches, Obst oder kalten Getränken —, doch das war nicht der Punkt der Geschichte. Der Punkt war, daß er etwas durchschaut und sich bereit gehalten hatte. Nun hatte er das gleiche Gefühl. Dieses Gefühl, nicht zum Mittagessen gehen zu dürfen. Nur daß zu viele Leute am Strand waren und er nicht wußte, wo er hinschauen sollte.

»Was ist los?« fragte Reid. »Erinnerst du dich nicht mehr?«

Nathan streckte sich auf das Bett aus. »Ich erinnere mich.«

Er döste ein. Plötzlich wachte er auf, und sein Geist hatte die Spur gewechselt. Georgia. Es war schon ein ganzer Tag vergangen, und er hatte sie noch immer nicht erreicht. Er schaute auf die Uhr. Fünf Uhr fünfundvierzig morgens.

Er streckte die Hand aus, nahm das Telefon. Er rief erst in ihrer Wohnung an. Nichts. Er rief zu Hause an. Er ließ es läuten und läuten. Er wollte schon auflegen, als sich jemand meldete.

»Wer ist am Apparat?« fragte er.

»Georgia.«

»Du hörst dich komisch an, Georgia. Habe ich dich aufgeweckt?«

»Nathan?«

»George, was ist los?«

»Ich habe Tabletten genommen.« Sie sprach undeutlich. Es war schwer, sie zu verstehen.
»Was für Tabletten?«
»Dads Tabletten«, sagte sie. »Du weißt schon ... Er hatte viele. Ich habe ein paar grüne genommen, dann ein paar rote und dann, glaube ich, eine blaue ...«
»Wo bist du, George?«
»In Dads Schlafzimmer. Auf dem Bett. Überall sind Fläschchen. Winzige kleine Fläschchen ...«
»Wie viele Tabletten hast du genommen?«
»Weiß nicht. Hab' nicht mitgezählt.«
»Paß auf, George! Schlaf nicht ein! Ja?«
»Ja. Okay.«
Er stand ein paar Sekunden reglos da, dann stellte er das Telefon hin und machte das Licht an. Reid riß die Augen weit auf, als hätte er vorgetäuscht zu schlafen.
»Was tust du?«
Nathan zog sich bereits an. »Ich muß gehen.«
»Stimmt war nicht?«
»Meine Schwester. Sie hat Tabletten genommen.«
Fünf Minuten später verließen sie das Motel, während die aufgehende Sonne einen schmalen Keil orangefarbenen Lichts durch die dunkle Wolkenbank am Horizont trieb.

Dieser scheußliche Geruch, das waren seine Augenbrauen. Er berührte eine. Sie zerbröckelte unter seinen Fingerspitzen wie Staub in Drahtform. Er konnte, verflucht noch mal, seine eigenen Augenbrauen riechen.

Er durfte nicht daran denken, was sich in dem Auto befunden hatte. Das Laken, seine Sicherheitskopie des Tonbandes. Und dann das Nummernschild. Er durfte einfach nicht daran denken. Sein Zylinder lag im dreizehnten Stockwerk. Seine Brieftasche ebenfalls. Aber er wollte nicht hinauf, nicht jetzt, solange die Flammen wie Regen in seinen Ohren prasselten. Er wollte nicht zurück in dieses Massengrab. Vielleicht wurde er noch immer beobachtet. Dieser Junge mit den hervorquellenden Augen und dem Bürstenhaarschnitt. Er war, wo man auch hinschaute. Vielleicht arbeitete er gar für Creed. Creed kannte in der ganzen Stadt Kinder. Eine Straße Speed, eine Fahrt in der Limousine, ein Lächeln, und sie gehörten ihm. Manchmal benützte er sie für Sex, manchmal als Zuträger. Manchmal traf beides zu. Jed schaute sich um. Der Junge stand noch immer auf dem Balkon und schaute in seine Richtung. Das Gesicht ein blasser konturloser Fleck. Der Junge beobachtete ihn noch immer. Wo ist Ihr Hut, Mister?

Jed ging zur Bushaltestelle Mangrove East. Auf dem Weg kaufte er sich ein halbes Pfund Erdnußkrokant. Genauso hart fühlte er sich. Der Wind pfiff an seinen Ohren vorbei, und er dachte an nichts. Die Wut füllte ihn ganz aus, seine Haut war förmlich gespannt davon. Anstatt sich in die Schlange zu stellen, lehnte er sich an die Wand neben einen Spielautomaten. Niemand stellte sich neben ihn. Ein halbes Pfund Erdnußkrokant und ein Kopf, der vor Wut zu platzen drohte. Die Leute merken es, wenn sie in die Nähe eines Kraftfeldes geraten. Er wühlte in seinen Taschen und sammelte in einer Hand alles Geld, das er noch hatte. Vier Dollarscheine und ein paar Münzen. Das würde reichen. Er wartete, bis der Bus nach Rialto vorfuhr, dann drängelte er sich durch die Menge und stieg ein.

Zehn Minuten später war er im »Tatoo City«. Die Wände waren mit den üblichen Vorlagen tapeziert: Anker, Rosen, Totenköpfe. Nirgendwo waren Ziffern wie bei ihm. Er hörte das Geräusch von Mitchs Nadelpistole. Er stapfte nach hinten zum Atelier. Mitch arbeitete an der rechten Schulter eines Jungen. Jed wartete, bis es still wurde, dann biß er ein Stück Krokant ab. Es knackte, als würde ein Knochen zerbrechen. Er biß sich dabei beinahe die Vorderzähne aus. Dann sagte er: »Du hast mich verpfiffen.«

Mitch blickte hoch. »Siehst du nicht, daß ich zu tun habe?«

»Verdammt, du hast mich verpfiffen. Gib's zu!«

Der Junge starrte Jed mit weitaufgerissenem Mund an. Jed hätte ihn gern mit etwas angefüllt. Mit flüssigem Beton. Dung. Leim.

Mitch meinte zu dem Jungen: »Laß mir zehn Minuten!«

Der Junge nickte.

Mitch legte seine Nadelpistole hin und ging durch den Raum. Er stellte sich vor die Tür zu seiner Wohnung und ließ die Hände gegen die Oberschenkel baumeln. »Willst du mit mir reden, oder was?«

Jed ging voraus. Ein dunkler Korridor, alle Zimmer auf der linken Seite. Er ging an der Küche vorbei. Mitchs Alte saß am Tisch, die Hände wie zum Gebet gefaltet. Schwarze Haarsträhnen fielen ihr in die Augen. Jed blieb stehen, aber Mitch stieß ihn zwischen die Schulterblätter.

»Ins Arbeitszimmer!«

Das Arbeitszimmer lag nach rückwärts. Ein kleines Fenster ging auf die Veranda hinaus, auf der sie eine Woche zuvor Bier getrunken hatten, an einer Wand Regale mit Büchern, Modellbooten, Uhren.

Mitch nahm eine Pfeife aus dem Ständer auf dem Kaminsims und begann, sie zu stopfen. Jed zählte die Uhren und versuchte, seinen Ärger zu zügeln. Es waren elf. Mitch ließ sich in einen Ledersessel fallen. Jed zählte die Uhren noch einmal, um sicherzugehen, daß er auch keine übersehen hatte. Das hatte er nicht.

»Du siehst ziemlich komisch aus«, sagte Mitch. »Du siehst so komisch aus, daß ich dich fast nicht erkannt habe.«

»Ich könnte noch komischer aussehen«, erwiderte Jed. »Ich könnte scheißtot aussehen.«

Mitch zündete sich die Pfeife an. Er beugte sich vor, warf das Streichholz in den Kamin und lehnte sich wieder zurück. »Na«, sagte er, »du kannst jedenfalls nicht behaupten, daß ich dich nicht gewarnt habe.«

»Warum hast du das getan, Mitch? Warum hast ausgerechnet du mich verpfiffen?«

Mitch schaute Jed ins Gesicht und ließ die Augen dort ruhen. »Woher weißt du, daß ich es war?«

»Du mußt es gewesen sein. Du warst der einzige, der es gewußt hat.«

»Vielleicht bist du verfolgt worden.«

»Ich bin nicht verfolgt worden. Ich verstehe genug vom Fahren, um das sagen zu können.« Jed schaute in den Kamin. Lauter abgebrannte Streichhölzer von Mitch. Jedes lag in einem anderen Winkel da. Celia hätte aus diesen Streichhölzern eine Art Vorzeichen gelesen.

Celia.

Und seine Stimme klang geduldig, als ob er Zeit hätte, viel Zeit.

»Als ich sie heute morgen angerufen habe, haben sie gewußt, wo ich war. Sie haben genau gewußt, wo ich war.«

»Woher weißt du, daß sie es gewußt haben?« fragte Mitch. »Warum bist du so sicher?«

Jed brauste auf. »Weil sie, verdammt noch mal, mein Auto in die Luft gejagt haben. Darum.« Er sprang auf und trat gegen die Wand. Auf dem verblaßten Anstrich erschien ein schwarzer Halbmond.

»Setz dich, Jed!«

Er tat, wie ihm geheißen. Die ganze Luft war raus aus ihm. Plötzlich hätte er weinen können.

Mitch zog an seiner Pfeife. Schwaden breitete sich in dem Raum aus. Der Rauch schien sich ständig in etwas verwandeln, eine erkennbare Gestalt annehmen zu wollen, aber es kam nie ganz dazu.

»Du hast recht«, sagte Mitch schließlich. »Ich habe es ihnen gesagt. Aber sie haben es schon gewußt.«

»Sie haben es schon gewußt? Woher?«

»Keinen Schimmer. Sie haben's eben gewußt.«

»Aber du hast es ihnen gesagt, Mitch? Wie hast du so was tun können? Wie hast du überhaupt mit ihnen reden können?«

Mitch seufzte. Er legte seinen Pfeife auf den Kaminrand und stand auf. Er schloß die oberste Schreibtischschublade auf und nahm ein Farbfoto heraus. Er reichte es Jed und ging zu seinem Stuhl zurück.

Es war ein Bild von Mitchs Frau. Sie lag in einem Sarg. Ihr Gesicht war weiß, die Augen waren geschlossen. Aus ihrem Mundwinkel war Blut gesickert und angetrocknet. Sie wirkte wie tot.

Jed drehte das Farbfoto um. Auf der Rückseite stand: ARBEITE MIT UNS ZUSAMMEN, UND ES PASSIERT NICHT.

Jed schaute sich das Foto noch einmal an. Eine gut gearbeitete Maske. Das war Mortons Werk, kein Zweifel.

»Was hättest *du* getan?« fragte Mitch.

Jed schaute auf. »Ist sie in Ordnung?«

Mitch zuckte die Achseln. »Sie haben sie vierundzwanzig Stunden festgehalten. Was willst du hören?«

Schweigen. Elf Uhren tickten.

»Du mußt total plemplem sein, um es mit solchen Leuten aufzunehmen«, sagte Mitch.

Jed machte ein finsteres Gesicht. »Ich weiß, was ich tue. Ich habe mit ihnen gearbeitet.«

»Mit ihnen gearbeitet?« höhnte Mitch. »Du bist gefahren.«

»Wo liegt der Unterschied?«

»Du warst nichts.«

»Ich war nicht nichts!«

Mitch seufzte. »Für sie warst du nichts. Diese Leute sind so. Sie hängen dich an ihren Weihnachtsbaum, sie stecken dich dorthin, wo du hinpaßt, wie eine bunte Kugel, aber dann haben sie dich ziemlich schnell über, deine Zeit ist abgelaufen, sie werfen dich raus. Oder du gehst vorher. Du hast 'nen gewissen Glanz, deshalb haben sie dich zunächst genommen, aber darunter bist du ziemlich zerbrechlich, ziemlich hohl. Und deswegen hältst du nicht lange stand. Und Leute wie die, die wissen das.«

Jed beobachtete Mitch, der sich nach unten beugte und die Pfeife am Kaminrand ausklopfte. Er erhob sich aus seinem Sessel.

»Übrigens, es tut mir leid wegen Anne-Marie«, sagte er. »Ich gehe jetzt.« Er stand vor Mitch. »Kannst du mir zehn Dollar leihen?«

Mitch lachte.

»Was ist denn daran komisch?« fragte ihn Jed.

Mitch lachte immer noch. »Leihen!« sagte er.

»Freilich«, sagte Jed. »Ich zahl' sie dir zurück.«

»Zurückzahlen! Natürlich zahlst du sie mir zurück. Fragt sich nur, wie. Mir in deinem Testament zehn Mäuse hinterlassen?«

»Wo ist dein Glaube, Mitch?«
Mitch schüttelte den Kopf. »Du bist nicht nur wie ein Scheißprediger angezogen, du redest auch so.« Er griff in seine Hintertasche und hielt einen Zwanzigdollarschein in die Luft. »Hier!«
»Ich hab' dich nur um zehn gebeten«, sagte Jed.
»Ich hab' nur zwanzig.«
»Danke, Mitch.« Jed blieb in der Tür stehen. »Wir sehen uns.«
»Ja«, erwiderte Mitch, »bestimmt.«

Jed stand an der Hauptstraße durch Rialto. Die Wolken, die sich über den Dächern auftürmten, waren wie Marmor geädert und beinahe grün. Der Himmel würde seine Schleusen bald öffnen. Jeds Lippen waren zusammengepreßt, straff wie ein gespannter Bogen. Er schickte ein seltsames, schiefes Lächeln zum Himmel. Mit dem Regen hatte alles angefangen. Der Regen hatte ihm eingeflüstert, daß er etwas Besonderes sei. Nun hatte er alles verloren. Das Auto, seinen Hut. Er war blank bis auf die Knochen. Sie kannten also die kleinste seiner Bewegungen. Und wenn schon. Zwischen seinen Rippen begann es zu prickeln. Zu prickeln, als wäre eine Lunte angezündet. Er hatte zu niedrig gespielt. Irgendein letzter Anstoß hatte noch gefehlt. Und Mitch hatte ihn ihm geliefert; ohne es zu wollen, aber er hatte es getan. Für diese Leute war Erpressung etwas ganz Normales. Ein Spiel. Aber mit diesem Spiel konnte er sie hineinziehen. Dann würde er die Sache erledigen, ein für allemal.
Mit Mitchs zwanzig Dollar konnte er sich ein Taxi zum Haus seiner Mutter leisten. Er bat den Fahrer, ihn am Anfang der Mackerel Street aussteigen zu lassen. Das war eine Gewohnheit, ein Ritual, ein Überbleibsel aus den Tagen, als er in ihrem Vorgarten immer Transistorradios laufen ließ. Wie Finger, die auf etwas zeigten. Wie Geister, die zurückgekommen waren,

um sie zu quälen. Er forderte die Taxis immer auf, am Anfang der Straße zu warten, damit er wieder entwischen konnte.
Er ging den Hügel hinunter. Er spürte seine rechte Ferse, eine beginnende Blase. Die neuen Sandalen paßten nicht so gut, wie er gedacht hatte. Er bog um die Ecke, in jenen Teil der Straße, der eine Sackgasse war. Eiscremefarbene Häuser: Zitrone, Pfefferminz, Himbeere. Jeder Geschmack, den man sich vorstellen konnte. Keine Bäume, nur Straßenlaternen. Und Gehsteige, begrenzt von ordentlichen Grasstreifen. Er war wieder in der Mackerel Street. Er war tatsächlich wieder da. Er überlegte, wie lange es her war. Aus Neugier, nicht aus Sentimentalität. Zwölf Jahre? Nein, dreizehn. Fast sein halbes Leben. Es war kaum zu glauben. Er schaute und merkte, daß er beim Nachrechnen bis zur Haustür gekommen war.
Er wollte gerade nach der Klingel greifen, als ihn eine Bewegung in seinem Augenwinkel ablenkte. Er drehte sich um und konnte noch rechtzeitig den Vorhang hinter dem Fenster im Nachbarhaus an seinen Platz zurückfallen sehen. So war diese Gegend. In jedem Haus derselbe Voyeur. Er war froh, so verändert auszusehen. Mit seinem blonden Haar und seiner christlichen Aufmachung war die Wahrscheinlichkeit, von jemandem erkannt zu werden, gering. Sie würden hinter ihren Spitzenvorhängen nach ihm Ausschau halten und denken: ein Fremder. Genauso wie sie immer nach seiner Mutter Ausschau gehalten und gedacht hatten: Hure. Er lächelte finster. Damals hätte er ihnen vermutlich recht gegeben; er hatte allen Grund gehabt, sie in diesem roten Licht zu sehen. Aber jetzt? Mit wem sie, verdammt noch mal, fickte, war ihre Angelegenheit. Es war ihm sogar egal, welche Farbe die Schuhe ihrer Liebhaber hatten.
Er schaute wieder geradeaus und bemerkte beinahe zufällig, daß seine Mutter im Erdgeschoßfenster stand und ihn anschaute. Es folgte ein seltsamer Augenblick, während dessen

sie sich beide anstarrten, ohne den Gesichtsausdruck im geringsten zu verändern. Dann wurden sie beide wie mit einem Schlag wieder lebendig, und er sah, wie sie sagte: »Jed?«

Er wartete, während sie hinter der Milchglasscheibe der Tür näher kam, verschwommen und unkenntlich. Er konnte sich nicht vorstellen, was er zu ihr sagen würde. Als die Tür aufging, blieben sie beide stehen. Einer suchte im Gesicht des anderen, suchte nach Worten.

Sie fand zuerst welche. »Was machst du denn da?« sagte sie. »Dich so auf der Straße herumzudrücken!«

Er hob die Schultern. »Ich weiß es nicht. Ich habe nachgedacht.«

»Ich hab' gemeint, du würdest wieder weggehen.«

»Wär' dir das lieber gewesen?«

»Jed.« Das Wort kam aus ihrem Mund wie Sahne, die man über einen Löffel gießt. Diesen Ton, wie gut er sich an ihn erinnerte.

»Und«, sagte er, »wär' es dir lieber gewesen?«

Sie seufzte. »Willst du den ganzen Nachmittag vor der Tür stehenbleiben«, sagte sie, »oder kommst du rein?«

In der Diele lag ein synthetischer Geruch. Es war ihr Geruch, sie trug ihn überall mit sich herum. Wenn man sie dick einkochen, ihren Wesensgehalt destillieren würde, der Absud hätte den Geruch von Raumspray, Nagellack und Modezeitschriften gehabt, da war er sich sicher. Er wartete, bis sie die Haustür zugemacht hatte, dann folgte er ihr durch den Flur in die Küche. Sie war gekleidet, wie sie immer gekleidet gewesen war: mit einem rosafarbenen Jogginganzug aus Velours und einem Paar Sportschuhen mit dicken, weißen Laschen. Ihr trockenes blondes Haar war in der Höhe der Backenknochen zusammengesteckt und bauschte sich im Nacken.

»Wie wär's mit 'nem Kaffee?« fragte sie. »Er ist ganz frisch.«

»Klar. Toll.« Er setzte sich auf einen Hocker, während sie ihm einschenkte. Er schaute sich um. Viel Rot und Rosa, viel Kiefer natur. Die üblichen Nippes über dem Ausguß: eine Porzellanpuppe, ein Hund, der eine Pfote hochhielt, ein Matador. Ein kleiner Fernsehapparat lief mit niedriger Lautstärke. Die Vorabendnachrichten.

Mit dem Lächeln einer Bedienung stellte sie eine Tasse Kaffee vor ihn hin und setzte sich dann ihm gegenüber auf die andere Seite der Frühstückstheke. Sie hielt ihre Tasse mit beiden Händen knapp unterhalb ihres Mundes. Er konnte sehen, daß sie gealtert war, sogar durch den Dampfschleier hindurch. Sie hatte zwei Gesichter, und eines davor war weggerutscht. Ein neugieriger, verwischter Blick. Von ihren Augenbrauen war nichts übrig außer zwei mit braunem Stift gezogene Linien. Doch sie wollte nicht, daß er sie musterte. »Du siehst so ...« und sie ging schnell die Worte durch, als wären es Kleidungsstücke, und wählte eines aus, »anders aus.«

»Das soll auch so sein«, erwiderte er.

Sie betrachtete ihn nachdenklich über den Rand ihrer Tasse hinweg. »Du solltest etwas mit deinen Haaren unternehmen.«

Er lachte, daß sein Kaffee überschwappte. »Ich bin nicht eine von deinen verdammten Kundinnen, Mutter.«

Sie ging zum Ausguß und kam mit einem feuchten Lappen zurück. »Ich führe das Geschäft jetzt, weißt du«, sagte sie. »Es läuft sehr gut.« Sie hob seine Tasse hoch und wischte sie unten ab, dann wischte sie über die Holzplatte.

»Großartig.« Er schaffte es nicht, den Hohn in seiner Stimme zu unterdrücken. Sie legte den Lappen zusammen. Einmal, zweimal, dreimal. Wenn sie ihn weiter so zusammenfaltet, dachte er, dann wird er womöglich ganz verschwinden.

»Bist du gekommen, um mich zu beleidigen?« sagte sie. »Bist du deshalb da? Oder willst du was Bestimmtes?«

Ein Flugzeug brauste über sie hinweg und riß beinahe die Ziegel vom Dach. Die Tassen an ihren roten Plastikhaken nickten.

Als der Lärm verklungen war, schien die Stille um eine weitere Schicht ärmer.

»Du mußt doch einen Grund haben«, fuhr sie fort, »nach all den Jahren.«

»Das hat gar nichts mit all den Jahren zu tun«, entgegnete er.

»Du bist immer berechnend gewesen. Du hast nie etwas ohne Grund getan.«

»Wieso brauche ich denn einen Grund?« fragte er. »Ich bin weg gewesen. Lange weg gewesen. Ich hätte dich nicht besuchen können, selbst wenn ich gewollt hätte.« Er dachte daran, wie er von der Telefonzelle an der Autobahn aus angerufen hatte. Vor sechs Jahren. *Henry, bist du's?*

Sie kam näher und setzte sich. »Ich nehme an, du bist wieder in Schwierigkeiten.«

»Ich habe in einer Stadt gelebt, die Adam's Creek heißt«, erwiderte er. »Der Name war ein Witz. Es gibt dort keinen Bach, den hat es nie gegeben.« Er drehte seine Tasse auf der Tischplatte. »Nicht mal einen Adam hat's gegeben.«

»Adam's Creek?« meinte sie. »Noch nie gehört.«

»Es liegt am Arsch der Welt.« Er erzählte ihr vom »Commercial Hotel« und der Welt der fünfundvierzig Geschmacksrichtungen. Doch dann schaute er sie einmal an: Ihr Kinn war auf ihre flache Hand gestützt, als würde sie darauf warten, von einem Kellner bedient zu werden, und sie schaute zum Fenster hinaus. Sie hörte nicht zu, das sah er, also redete er nicht weiter. Sie schaute ihn wieder an und seufzte, ein Seufzer, der nichts mit ihm zu tun zu haben schien.

»Ich glaube, ich leg' mich kurz hin«, meinte er. »Ich bin echt müde.«

Sie nahm seine leere Tasse und stellte sie mit der ihren in den Ausguß. »Du kannst in dein altes Zimmer.«

Er stand auf, streckte sich.

»Soll ich dich wecken?«

»Schon gut«, sagte er. »Ich schlafe bloß eine Stunde.«
Oben auf der Treppe stellte er sich ans Fenster und schaute hinaus. Das Viertel, in dem er aufgewachsen war, war für ihn jetzt eine andere Welt, eine Welt, nach der er in sich suchen mußte. Dieses Haus war sein Zuhause, diese Frau in der Küche seine Mutter. Er wußte es, doch es war lange her, daß er es so empfunden hatte. Die Empfindung war weg, nur die Tatsachen waren geblieben.
Als er die Tür zu seinem alten Zimmer aufmachte, mußte er unwillkürlich nicken. Es war genauso, wie es zu erwarten war. Es standen zwei gleiche Einzelbetten darin. Eine Lampe mit einem weißen Schirm. Kleine Schalen mit getrockneten Blumen. Es war tadellos, anonym; unpersönlich wie ein Motelzimmer. Nichts deutete darauf hin, daß er jemals hier geschlafen hatte, es gab keine Spur seines Daseins. Nicht einmal das Gespenst eines Radios.
Er zog seine Jacke und seine Sandalen aus und legte sich, die Knie zur Brust hochgezogen, auf die Seite. Er machte die Augen zu. Lauschte, wie die Flugzeuge über ihn hinwegtosten. Dieses lange, langsame Rumpeln. Seine Rippen vibrierten sanft. Und er erhob sich über die Dächer von Sweetwater und über Marios Taschentuchfabrik, und jenseits des Flusses konnte er die hohen weißen Gebäude der Stadt sehen, die so eng beieinander standen wie Kegel. Er konnte die Todesmeile sehen und das schlanke schwarze Gebäude der Paradise Corporation, das wie der Schatten eines Bauwerkes wirkte. Und die Fabrik und der Fluß verschwanden, und wo sie gewesen waren, lag goldenes Holz, eine Kegelbahn aus poliertem goldenem Holz mit einer Rinne zu beiden Seiten, und er schaute auf seine Hand hinunter und sah, daß er eine riesige schwarze Kugel hielt, und er machte drei Schritte vorwärts, holte aus und ließ die Kugel los, und dieses lange, langsame Rumpeln am Himmel war das Geräusch der Kugel, während sie die Bahn aus

goldenem Holz entlangrollte, auf die dichtgedrängten hohen Gebäude zu, Flugzeug um Flugzeug, und immer diese rollende schwarze Kugel, bis er schließlich sah, wie sie langsam in die Gebäude donnerte. Er sah die Gebäude wanken, umstürzen, jedes einzelne, und es gab keine Stadt mehr. Es gab nur noch ein Spiel, das er gewonnen hatte, und die Flugzeuge tosten über ihn hinweg, sie waren der Applaus, eine stehende Ovation, und er wandte sich von der Bahn aus goldenem Holz ab, hielt eine Hand hochgereckt, war eine Art Held.

Als er aufwachte, war es fast dunkel. Von unten hörte er Musik, Tanzmusik. Er hatte keine Ahnung, wo er war. Auf einen Ellbogen gestützt, sah er eine Jacke und ein Paar Sandalen, die ein Fremder dagelassen haben mußte.

Und dann fiel es ihm wieder ein; alles kam allmählich wieder zurück, wie eine Explosion, die rückwärts abläuft. Die Musik von unten, das mußte das Radio seiner Mutter sein. Sie schaltete abends immer auf Sender mit lateinamerikanischer Musik. Sie kochte immer zu den Rhythmen von Tango und Rumba, sie schnalzte mit den Fingern, schwenkte die Hüften, und er hatte stets verlegen durch das Gewirr seiner Finger zugesehen. Das war kein Motel, das war sein altes Zimmer, das war sein Zuhause, und was dem Fremden mit der Jacke und den Sandalen betraf, dieser Fremde war er.

Das eine Knie war verspannt. Er stellte beide Beine vorsichtig auf den Boden und saß ruhig da. Dann schnallte er seine Sandalen zu und zog eine Grimasse, als der Riemen in seine rechte Ferse schnitt. Er humpelte nach unten in die Küche. Seine Mutter saß mit einer Zigarette und einem Drink an der Frühstückstheke.

»Was hast du da?« fragte er sie.

»Scotch mit Soda. Willst du auch einen?«

Er schüttelte den Kopf. »Ich trinke nicht.«

»Hast du gut geschlafen?«

»Ich bin aufgewacht«, erwiderte er, »und habe nicht gewußt, wo ich war.«
»Das braucht dich nicht zu überraschen, wenn du überlegst, wie lange alles her ist.«
»Ich habe das Radio gehört, und mir ist eingefallen, wie du immer bei dieser Musik gekocht hast, und dann habe ich es wieder gewußt.«
Sie lächelte. »Das tu' ich noch immer.« Sie drückte ihre Zigarette im Aschenbecher aus. Sie hatte sie nicht einmal zur Hälfte geraucht. »Wenn wir gerade davon reden: Bleibst du zum Abendessen?«
»Ich muß die Nacht über bleiben.« Er beobachtete ihr Gesicht. »Keine Sorge, nur heute nacht. Dann verschwinde ich wieder.«
»Du mußt?«
»Ja«, erwiderte er. »Ich muß.«
Sie nahm sich eine neue Zigarette aus der Packung und schaute sie an, als könne die ihr etwas verraten. Es war genau die Zigarettensorte, von der er erwartet hatte, daß sie sie rauchte: extra schlank, extra mild, extra lang, mit einer zarten Blumengirlande gleich hinter dem Filter.
»Du hast mir nie was erzählt, oder?« sagte sie.
»Du willst ja nichts wissen«, entgegnete er. »Du willst gar nichts wissen.«
»Das soll wohl heißen, daß ich nicht viel mitzureden habe, wie?«
»Dazu hast du schon lange kein Recht mehr.«
Diesmal drückte sie ihre Zigarette aus, als wäre diese lebendig und sie wünschte sie sich tot. »Du verzeihst mir wohl nie, daß ich deine blöden Radios weggeworfen habe?«
»Ich rede nicht von den Radios«, erwiderte er. »Ich rede davon, daß du so getan hast, als würde ich nicht zu dir gehören, davon, daß du dich für mich geschämt hast. Du hast immer noch

ein schlechtes Gewissen deswegen. Wenn du kein schlechtes Gewissen hättest, hättest du mich längst rausgeschmissen. Aber das hast du nicht getan, und du wirst es nicht tun«, und er schaute sie an, »weil du Dreck am Stecken hast.«
Sie schlug ihr Glas so hart auf den Tisch, daß es einen Sprung bekam. Und hielt es so fest, daß die Haut zwischen ihren Fingerknöcheln sich spannte. »Hör auf, mir zu sagen, was ich für Gefühle habe und was für welche nicht, verflixt! Was weißt du denn von meinem Gewissen? Überhaupt nichts.« Sie ließ das Glas los und schaute auf ihre Hand hinunter. Sie hatte sich in den Daumenballen geschnitten. Die feinen Falten entlang der Innenseite ihres Handgelenkes füllten sich mit Blut.
Sie stellte sich an den Ausguß und ließ kaltes Wasser über die Wunde laufen. »Ich mache zum Abendessen Hamburger«, verkündete sie plötzlich, ohne sich umzudrehen.
Mit einem Papiertaschentuch tupfte sie an der Schnittstelle herum. Er konnte sich nicht erinnern, sie schon einmal bluten oder verletzt gesehen zu haben, nicht ein einziges Mal. Angesichts dieser Verletzung, die sie sich selbst beigebracht hatte, wirkte sie unsicher und unbeholfen. Sie hatte etwas Verzweifeltes an sich, eine Art Schicksalsergebenheit, als könne sie jeden Moment das Papiertuch hinwerfen, sich auf einen Stuhl setzen und einfach verbluten. Er stand auf und holte den Erste-Hilfe-Kasten aus dem Küchenschrank. Er stellte ihn auf die Abtropffläche neben ihr.
»Danke«, murmelte sie.
Er sah ihr zu, wie sie den Kasten öffnete, und dachte: Etwas weiß ich von dir. Die Trinkerei, das verschmierte Gesicht. Etwas in ihrem Kopf war lose und konnte nur durch Liebe gefestigt werden. Du hast dir immer die falschen Männer ausgesucht oder dich von den falschen Männern aussuchen lassen. Dein Leben bestand aus einem Versehen nach dem anderen. Ich bin nur eines von vielen.

Sie klebte ein Pflaster über die Wunde und ging an das Schneidebrett. Sie zündete sich eine Zigarette an, legte sie aber sofort in den Aschenbecher. Dann begann sie, Zwiebeln zu schneiden. Die Zigarette brannte bis zu der zarten Blumengirlande ab, doch sie rührte sie nicht ein einziges Mal an. Als sie mit den Zwiebeln fertig war, griff sie nach der Whiskyflasche und hielt sie gegen das Licht. Ein Zentimeter war noch da. Sie kippte ihn in ihr Glas, diesmal ohne Soda. Die leere Flasche stellte sie auf den Boden.

»Wenn du was trinken willst, im Kühlschrank ist Wein«, sagte sie.

»Ich hab' dir doch gesagt«, erwiderte er, »daß ich nicht trinke.«

Der Geruch nach angebratenem Fleisch und Zwiebeln breitete sich aus. Jed merkte, daß er den ganzen Tag nichts gegessen hatte.

»Riecht gut«, meinte er.

Sie ging durch die Küche und machte die Türen zum Hof auf. Sie schien ihn nicht gehört zu haben.

Dann aßen sie am Küchentisch. Danach schauten sie sich im Fernseher einen Spielfilm an. Es ging um Killerameisen. An einer Stelle kroch ein Schwarm Ameisen über den Oberschenkel eines schlafenden blonden Mädchens. Ein Mann, vermutlich der Held, stand mit einer Waffe in der Hand am Strand.

Jed sagte zu seiner Mutter: »Hast du was von Pop gehört?«

»Wie du weißt, schaut er ja ab und zu vorbei.«

»Wenn man es vorbeischauen nennen will, daß er fast die Tür einschlägt.« Jed lächelte vor sich hin und schaute zu seiner Mutter hinüber. Er war überrascht, daß auch sie lächelte.

Sie lächelten beide, gleichzeitig.

Sie schenkte sich ein neues Glas Wein ein. »Eigentlich warst du ja gar kein Versehen.«

Er schaute wieder zum Fernsehapparat. Das blonde Mädchen war gerade aufgewacht. Sie schrie.

»Wirklich nicht«, setzte sie hinzu. »Wir haben dich gewollt.«
»Vielleicht war ich wirklich keines«, erwiderte er, »aber du hast mir das Gefühl gegeben, als ob ich eines gewesen wäre.«
Sie seufzte und nippte an ihrem Glas. »Ich war zu eigensüchtig, aber das heißt trotzdem nicht, daß du ein Versehen warst.«
Er nickte.
Der Held rannte die Treppe hinauf, aber es war zu spät.
Das blonde Mädchen war tot.
Seine Mutter räumte die Teller ab, dann stellte sie sich unter die Tür und schaute in die Nacht hinaus. Der Wind wurde stärker, er rüttelte die Bäume im Hof, als wären sie Tamburine. Ein Türflügel knallte gegen die Außenwand.
»Es gibt einen Sturm«, sagte sie.
Der Wind zerrte an ihren Haaren. Stille schien herabzustürzen, und Blitze verbrannten die Luft hinter ihr weiß. Es sah aus, als wäre sie mit einem schwarzen Stift grob umrandet, und man hätte glauben können, sie würde sich nie wieder bewegen. Als würde sie immer alleine sein. In diesem Augenblick erkannte er, warum sie gemeinsam hätten lachen können und warum sie hätten weinen können. Dann zog sie die Türflügel zu, streckte die Hand aus, um den oberen Riegel zuzuschieben, und bückte sich, um den Riegel am Boden zu schließen. Sie wandte sich zu ihm um, das Gesicht dunkel vor Anstrengung.
»Ich gehe jetzt ins Bett hinauf.«
»Wann mußt du ins Geschäft?«
»So um acht.«
»Kannst du mich wecken?«
Sie nickte. »Gute Nacht, Jed!«
»Gute Nacht!«
Der grüne Himmel, den er zuvor gesehen hatte, stand jetzt über dem Haus, laut und giftig. Jed fühlte sich zum Fenster gezogen. Das Donnern übertönte den Flugzeuglärm. (Oder vielleicht starteten sie heute abend nicht, vielleicht war das Wetter

zu schlecht.) Blitze fingen sich an der Scheibe, ein konturloses Gesicht, nur Zentimeter von ihm entfernt, ein Junge, der von einem Balkon herunterrief. Er trat ins Zimmer zurück.
Im Fernsehen gab es nichts Besonderes, aber er schaute trotzdem. Wie Wasser rieselten die Bilder in jede Windung seines Hirns und ließen keinen Raum für etwas anderes.
Um elf ging er zu Bett. Als er die Treppe hinaufstieg, begann der Regen mit einem lauten Seufzen zu fallen. Das Dach erbebte unter dem Gewicht. Er ging am Schlafzimmer seiner Mutter vorbei. Unter ihrer Tür war kein Lichtstreifen zu sehen. Sie mußte schon eingeschlafen sein.

Um drei schlug er die Augen auf. Er zog sich im Dunkeln an und schlich sich nach unten. Der Sturm war vorübergezogen. Es war still. Ein dichtes graues Licht lag wie ein Mantel aus Staub auf den Möbeln. Er tastete sich ins Wohnzimmer vor. Dort in der Ecke stand der Schreibtisch, der seinem Vater gehört hatte. Wenn er sich recht entsann, dann mußte die Pistole in der untersten Schublade liegen. Er versuchte, sie zu öffnen. Zugeschlossen. Das spornte ihn irgendwie an. Er griff unter das Schubfach, um zu erkunden, ob sich der Boden entfernen ließ, aber der schien massiv zu sein. Er mußte das Schloß aufbrechen. Aber womit? Durch die Diele ging er in die Küche und kam mit einer Küchenschere, einem Meißel sowie einer Gartenschere zurück. Er versuchte es zuerst mit der Küchenschere, die sich aber verbog. Dann mit der Gartenschere. Sie war zu groß. Er schob den Meißel in den Spalt und so lange hin und her, bis er ihn als Hebel benutzen konnte, dann begann er, ihn nach unten zu drücken. Er spürte den Schweiß glitschig auf Stirn und Hals. Plötzlich ein Knacken, und er fiel nach hinten. Er dachte, der Meißel sei abgebrochen, aber es war das Schloß, das er gesprengt hatte. Er legte den Meißel beiseite, zog die Schublade auf und tastete in ihr herum. Ein Stapel Pa-

piere. Eine Rolle Klebeband. Noch mehr Papiere. Die Waffe mußte da sein. Dann schloß sich seine Hand um einen viereckigen Kasten.
Er hob den Kasten aus der Schublade, trug ihn zum Fenster und öffnete den Deckel. Graues Licht fiel auf die glattgearbeiteten Rillen der Pistole. Sie hatte seinem Bruder Tom gehört. Tom hatte sie damals vorbeigebracht, als Pop immer wieder nachts vor dem Haus auftauchte und sie bedrohte.
»Er soll seine eigenen Methoden zu schmecken bekommen«, hatte Tom gesagt. Das war eines der wenigen Dinge, die Tom von seinem Vater geerbt hatte, diese Liebe zu Schußwaffen. Er verzog den Mund, wenn er von ihnen sprach, genauso wie er ihn verzog, wenn er von einem bestimmten Typ Frau sprach.
Ihre Mutter hatte nervös gekichert. »Das kann ich nicht.«
»Nimm sie!« Tom packte ihre Hand und schloß ihre Finger um die Pistole. Mit einem Nagel blieb sie am Kolben hängen, und der Nagel brach ab. Aber die Pistole war ein Hexenwerkzeug, und sie merkte es kaum. Ihre Finger öffneten sich wieder, langsam, wie eine Tür, die ihre richtige Position in den Angeln findet, und sie starrten alle drei auf die Pistole. Sie war zu groß für ihre Hand, so groß, dunkel und klobig. Als sie wieder aufblickten und sich gegenseitig anschauten, schienen ihre Augen dieselbe Farbe wie die Pistole zu haben, zur Gewalttätigkeit fähig zu sein.
Sie hatte sie genommen. Doch sobald Tom weggefahren war, hatte sie sie im Schreibtisch eingeschlossen. »Ich könnte nie«, und ihre Schultern waren vor Ekel erschauert, »niemals so ein Ding benutzen.« Als Jed nun mit der Pistole in der Hand am Fenster stand, wurde ihm klar, er hatte sich immer darauf verlassen, daß sie sich daran halten würde.
Plötzlich wich die Dunkelheit, und er war blind. Er drehte sich um, blinzelte. Seine Mutter stand in der Tür, die linke Hand am Lichtschalter. Sie trug ein Nachthemd mit kurzen Puffärmeln.

In ihrer Rechten glänzte ein Messer. Sie stürzte sich auf ihn, und er spürte, wie das Messer durch das billige Leder seines Jackenärmels drang und den Muskel seines Unterarms aufschlitzte. Er wich zur Seite und packte sie am Handgelenk. Das Messer fiel zu Boden. Er stieß sie von sich.

»Was machst du da?« fragte er.

Sie fing zu sprechen an, und ihre Stimme war so gedämpft wie das Licht in der Diele, von Pillen gedämpft. »Raus hier! Raus hier mit dir! Raus ...«

»Du hättest mich umbringen können«, sagte er.

»... raus mit dir aus meinem Haus«, und dann wurde ihre Stimme einen Ton höher und lauter, und sie schrie ihn an: »Hau ab! Hau ab! Hau ...«

Er schlug sie fest auf den Kopf, und sie verstummte, mitten in einem Wort, als hätte er sie abgeschaltet. »Du weißt nicht, was du tust«, sagte er.

Sie stand im Zimmer, die Schultern unter dem Nachthemd hochgezogen, den Mund unförmig verzerrt.

»Ich bringe dich ins Bett hinauf«, sagte er zu ihr, »dann gehe ich.«

Er faßte sie am Arm, drehte sie um und führte sie die Treppe hinauf. Oben half er ihr ins Bett, dann zog er die Decke über sie. »Ich schalte jetzt das Licht aus«, sagte er. Er schaltete das Licht aus, blieb an der Tür stehen und horchte. Ihr Atem ging regelmäßig; sie schlief. Er fragte sich, was sie wohl denken mochte, wenn sie am Morgen sein leeres Bett fand. Er fragte sich, ob sie sich erinnern würde.

Draußen war es noch dunkel. Das Regenwasser floß in den Rinnsteinen schnell ab. Als er am oberen Ende der Mackerel Street ankam, blieb er stehen und warf einen Blick zurück auf das Haus. Ein Licht, das in einem der oberen Zimmer brannte, gab ihm das Gefühl, auf dem Meer zu treiben, losgeschnitten abzudriften, doch dann spürte er das Gewicht der Waffe in seiner Jackentasche, und es war ein gutes, ein sinnvolles Gewicht — wie ein Ballast: Er würde nicht abdriften.

Jed zog vorsichtig die Jacke aus und untersuchte seinen Arm. Er hatte Glück gehabt, die Wunde war nur oberflächlich. Eine schmale, dunkle Linie trocknenden Blutes, eher ein Kratzer als ein Schnitt. Er hob den Arm zum Mund und leckte die Wunde sauber.

Er zog die Jacke wieder an. Der Himmel wurde noch nicht heller, aber die Dämmerung mußte spätestens in einer Stunde einsetzen. Im Osten waren blaue Blitze zu sehen, als würde jemand weiter unten an der Küste vor einem riesigen Fernsehgerät sitzen. Er beschloß, zum Bahnhof in Sweetwater zu laufen. Unter dem Bahnsteig hatte es immer ein durchgehend geöffnetes Café gegeben. Er würde sich dorthin setzen, eine Tasse Kaffee trinken und auf den ersten Zug stadteinwärts warten. Er suchte seine Taschen nach Süßigkeiten ab. Es waren nur noch ein paar Brocken Erdnußkrokant und eine Handvoll leere Bonbonpapiere da.

Bis zum Bahnhof waren es drei Kilometer, und während er in seinen Sandalen dahinpatschte, konnte er das Blut in seinem Mund schmecken. Sharons träge Stimme kam ihm wieder in den Sinn: Du scheinst das ja zu mögen. Die Männer mögen es sonst nicht.

Sie war in jener Nacht high gewesen, beinahe weggetreten. Es war eine seiner seltenen freien Nächte gewesen, und sie war zu ihm in seine beiden Zimmer unter dem »Palace« gekommen, mit einer Literflasche Meskal in einer braunen Tüte und ein paar Gramm Gras in ihrem BH. Sie lagen quer über seinem Einzelbett, die Kleidungsstücke waren am Boden verstreut.

»Es spritzt überallhin.« Und dieses Grinsen überzog ihr Gesicht.

»Das ist meine Wohnung«, sagte er zu ihr. »Mir ist es egal, wo es hinspritzt.«

»Na schön, wenn es dir neulich so gefallen hat. Aber laß es nicht zur Gewohnheit werden!«

Er legte diesmal seinen Mund an ihre Möse. Die Leute meinen, daß Blut immer gleich schmeckt. Einfach, weil sie es nicht wissen. Es gibt süßes Blut und es gibt saures Blut. Es gibt Blut, das alt ist, und Blut, das nagelneu schmeckt. Manchmal schmeckt Blut billig wie Blechbüchsen oder Besteck, dann schmeckt es wieder so reichhaltig wie Gold. Sharons Blut schmeckte in jener Nacht zuckerig. Aber mit einem Schuß irgend etwas darin. Wie frische Zitrone. Sein Mund war so eifrig da unten, daß sie zweimal kam. Sie sagte, daß das mit ihr zuvor noch nie jemand gemacht habe. Dann fickten sie, und sie hatte recht, es tropfte überallhin. Am nächsten Tag mußte er sein halbes Bettzeug in den Müll werfen. Erst später, mit Celia, fing er an, die Laken aufzuheben. Das war ihr Einfall gewesen. Am Ende wurde es für sie fast etwas Religiöses. Blut als Sakrament, als Zeichen ihrer Vereinigung. Blut als Bekräftigung. Blut als Macht.

Das Café hatte auf. Er trank einen Kaffee und beobachtete, wie die Uhr weiterging. 4.55. 5.10. 5.23. Jemand hatte eine Frühausgabe der Zeitung auf dem Tisch liegenlassen. Er las sie von vorne bis hinten. 5.41. Er dachte an Sharon und daran, daß ihre Möse mit dem süßen Blut randvoll gewesen war. Dann erinnerte er sich, wie sie ihn auf Sparflamme gesetzt hatte. Sie waren fast drei Jahre lang mit Unterbrechungen zusammen gewesen, und doch konnte er die Male zählen: Zweimal im »Palace«, einmal im Lagerraum. Damit hatte es sich. Er überlegte, ob Max es wohl mochte. Wahrscheinlich nicht. Die Männer mögen es nicht.

Der Zug in die Stadt fuhr fünf vor sechs ein. Er war voll. Hunderte von Menschen mit Schlaf in den Augen und wackelnden Köpfen. Der Zug ratterte über die Brücke. Zwischen den grauen Metallstreben hindurch erhaschte er einen Blick auf die Hexenfinger, die im körnigen Licht schimmerten. Manch-

mal hatte Celias Körper so ausgesehen, wenn es heiß war und ihre Haut silbrig glänzte. *Laß es nicht zur Gewohnheit werden!* Mit Celia war es natürlich genau dazu geworden. Zu einer Gewohnheit. Jeden Monat zur selben Zeit. Und an jenem Abend, als sie sich auf jenem Laken, das mit Blutrosen bedeckt war, an ihn wandte, hatte das Kraftwerk hinter ihr aufgeleuchtet wie eine Handvoll Perlen, und sie hatte gesagt: »Weißt du was das Merkwürdige daran ist? Daß du mir die Schmerzen nimmst.« In diesem Augenblick war etwas durch ihn gefahren, es ging so schnell, daß er nur noch das letzte Eckchen davon sah, aber wenn er jetzt zurückdachte, dann meinte er, daß er da vielleicht der Liebe am nächsten gekommen war.
Ein Mann fiel gegen ihn und murmelte eine Entschuldigung. Er mußte im Stehen eingeschlafen sein.
Der Zug tauchte in der Y-Street in den Untergrund. Die Lichter gingen flackernd an, sie gingen zittrig immer wieder aus und an, wie die Augenlider, wenn jemand träumt. Drei Minuten später fuhren sie in den Hauptbahnhof ein. Ein Quietschen der Bremsen und ein Ruck, daß die Leute schlingerten. Er kaufte am Zeitungsstand zwei Tüten Eisbergpfefferminz, dann nahm er den Fahrstuhl zur Straße hinauf. Er hatte vor, ans Meer hinunter zu bummeln, sich einen Liegestuhl und ein schattiges Fleckchen zu suchen und ein paar Stunden lang zu dösen. Später wollte er dann im Café des Aquariums frühstücken. Er nahm den direkten Weg durch die breite M-Street und dann hügelabwärts am »Palace« vorbei. An das Hotel hatte er nicht gedacht. Er wollte an diesem Morgen keine Erinnerungen aufwärmen. Keine solchen Erinnerungen jedenfalls. Sie waren Astlöcher in einer gleichmäßigen Holzmaserung, an denen die Säge hängenblieb. So konnte man einen Finger einbüßen. Er starrte an dem Gebäude hoch, als er vorbeiging, und wußte, warum Creed es sich ausgesucht hatte. Die Achtbarkeit, die Großartigkeit, die bloße Wucht der Fassade, all das trog.

Lug und Trug.

Sein Blick landete wieder beim Erdgeschoß. Die Drehtüren rotierten, blätterten sich auf wie die Seiten eines Buches, und aus dem Buch traten zwei Gestalten, zwei Männer.

Jed zog sich in den Schatten eines Baumes zurück. Ohne seine Augen von den Türen zu lassen, wickelte er ein Stück Pfefferminz aus, steckte es sich in den Mund und zerbiß es in winzige Stückchen.

»Mein Gott«, flüsterte er.

Einer der beiden Männer war Neville Creed, der andere Nathan Christie. Sie kannten sich. Sie kannten sich nicht nur, sie schliefen auch miteinander.

Er erinnerte sich an Mitchs Worte: Ich habe es ihnen gesagt. Aber sie haben es schon gewußt.

Sie haben es schon gewußt.

»Kein Wunder«, flüsterte er. »Verdammt noch mal, kein Wunder.«

Und sein Gedächtnis machte einen Sprung siebzehn Jahre zurück, ein Funken, der zwischen zwei Polen hin- und hersprang. Das Haifischrennen! Nathan Christie war in jenem dunklen Winkel des Hafens für schuldig befunden worden. Wäre er unschuldig gewesen, so wäre er ertrunken, und Jed hätte ihn nie wiedergesehen. Nur die Schuldigen kommen zurück.

Er hätte es wissen müssen.

Und diese Erkenntnis, die so spät kam, rauschte durch seinen Kopf. Eine Explosion, dann noch eine und noch eine. Es war, als wäre ein Streichholz in ein Munitionslager gefallen, und er griff in seine Tasche, und seine Hand schloß sich um die Pistole.

BESTATTUNG

Alles deutete darauf hin, daß etwas nicht stimmte. Als er die Treppe hinaufrannte, sah er Dads Schlafzimmertür offenstehen. Seine ganze Kindheit über hatte man ihm eingetrichtert, diese Tür zu schließen. »Zieh sie zu, bis sie einschnappt!« hatte Dad immer gesagt. Er konnte nicht schlafen, wenn die Tür nicht richtig zu war. Und jetzt stand sie offen, weit offen — wie ein geplündertes Grab.

»George?«

Sie lag ausgestreckt auf dem Bett, den Kopf auf einem Berg von Kissen. Der Fernseher lief. Sonst war es dunkel in dem Zimmer. Ihr Gesicht flackerte: hell, dunkel, hell, dunkel. Das Weiß ihrer Augen leuchtete wild. Es sah irgendwie reingewaschen aus. Er hatte das Gefühl, daß sie geweint hatte.

Er stellte sich neben das Bett. »Bist du okay?«

»Mir geht's gut«, sagte sie. »Gut.«

»Du bist nicht tot oder so?«

Sie lächelte schwach. »Schau dir das an! Es ist die Hochzeit.«

»Hochzeit? Welche Hochzeit?« Er setzte sich auf die Bettkante. Georgia war von Tablettenfläschchen umgeben. Im Bett klirrte und klapperte es, sobald er sich rührte. »Wo hast du die ganzen Tabletten her?«

»Es sind die von Dad. Sie waren in seiner Schublade.«

»Wie viele hast du genommen?«

»Nicht viele.«

»Wie viele?«

Sie zuckte mit den Achseln. »An die fünfzehn.«

»Fünfzehn? Welche?«

»Ganz verschiedene.« Sie schaute ihn an. »Es ist sowieso egal. Sie sind fast alle zu alt. Sie wirken kaum.«

»Zu alt? Woher weißt du das?«

»Vom Verfallsdatum auf den Fläschchen. Manche sind zehn Jahre alt.«

Er schaute sie zweifelnd an.

»Bei Gott, Nat« sagte sie, »mir fehlt wirklich nichts!«

»Du hast dich am Telefon so komisch angehört. Wie so ein Filmstar, der eine Überdosis nimmt und dann anfängt herumzutelefonieren.«

»Aber du hast doch *mich* angerufen!«

»Ich weiß. Aber, na ja, du weißt schon.«

»Na gut, tut mir leid. Ich wollte bestimmt nicht, daß es sich anhört wie ein Filmstar.«

Es sah ihr so gar nicht ähnlich, sarkastisch zu werden. Ihr Gesicht nahm eine Miene an, die er nicht kannte. Wellen vor Ärger und unter dem Ärger, wie ein Riff, Gekränktsein. Mit Unbehagen schaute er auf den Bildschirm.

Das Rathaus an einem strahlenden Tag, die Schatten waren beinahe violett. Ein Fetzen Papier wirbelte über die breite Steintreppe. Er konnte Dad und Harriet gleich innen am Eingang stehen sehen. Dad glättete aufgeregt sein Haar. Etwas Weißes blitzte im Dämmerlicht auf. Harriets Zähne. Sie mußte etwas gesagt haben. Dann tauchten sie auf, Arm in Arm, kamen blinzelnd ans Sonnenlicht. Dad nahm sie bei der Hand. Beide lächelten wie in Zeitlupe. Die Adern auf Dads Handrücken waren deutlich zu sehen, traten hervor wie dünne Seile. Im Körper vertäut, aber nicht fest. Dad und Harriet wandten sich einander zu, man erwartete von ihnen, daß sie sich küßten. Ein Augenblick des Zögerns.

Das Videoband hörte plötzlich auf.

»Irgendwo liegt noch eines«, sagte Georgia. »Ich habe sie mir den ganzen Abend angesehen.«

»Und wo bist du gewesen?«
»Ich weiß es nicht. Unterwegs.«
»Ich hab' dich zu erreichen versucht. Gestern.«
»Gestern?«
»Nein, warte. Vorgestern. Ich habe den ganzen Nachmittag vor deiner Wohnung gewartet.« Er legte seine Hand auf die ihre. »Ich wollte dich sehen. Es war nach meinem Mittagessen mit Harriet.«
»Wenn wir gerade von Harriet sprechen ...« Georgia griff unter das Bett und zog noch eine Videokassette hervor. »Hier«, sagte sie. »Warum legst du nicht die ein?«
»Was ist denn drauf?«
»Leg sie ein!«
Er nahm die Kassette, schob sie in das Gerät und drückte auf PLAY. Er setzte sich wieder auf das Bett. Er schaute sie an, aber sie wollte ihm nicht ins Gesicht sehen. Er wandte sich wieder dem Fernsehapparat zu.
Der Garten hinter dem Haus. Ein heißer Tag. Jeder Grashalm fing das Licht ein. Der Rasen wirkte hart, fast metallisch. Ein Nagelbett. In einiger Entfernung lag Harriet beim Sonnenbaden. Und dann plötzlich eine Nahaufnahme, alles schwankte, wie seekrank. Harriet saß in ihrem Bikini auf einem blauen Badetuch, neben sich eine Dose Cola und ein Radio. Sie sagte etwas, lächelte dann. Sagte danach noch etwas. In der Falte quer über ihrem Bauch lag Bräunungsöl, gefangen wie Quecksilber.
Nathan fragte Georgia: »Warum soll ich mir das ansehen?«
»Warte nur!« erwiderte sie.
Jetzt war es dunkel. Das Hausinnere. Der Blick von der Diele die Treppe hinauf. Nathan fiel das Geländer auf, das Mondgemälde, das Yvonne ihm geschenkt hatte, und oben das fahle Oval des Treppenfensters. Die Dunkelheit war blau, als hätte der Blitz eingeschlagen und eine elektrische Ladung zurückgelassen.

Und dann ging ein Schatten am Fenster vorbei, kam die Treppe herunter. Es war Harriet. Erst dachte er, sie würde ihre weiße Seidenunterwäsche tragen, dann wurde ihm klar, daß sie nackt war. Die weißen Flächen waren jene Körperpartien, die nicht der Sonne ausgesetzt gewesen waren. Sie kam die Treppe herunter, ein verlegenes Lächeln im Gesicht, irgendwie unsicher, in den Augen ein seltsames Glitzern. Er konnte den Blick nicht von ihren Brüsten und ihrer Scham lassen. So weiß, irgendwie wund, beinahe schmerzend. Dieses Lächeln, ihre Nacktheit, das blaue Dämmerlicht. Er sagte zu Georgia: »Ich will das, glaube ich, nicht sehen.«

Sie ließ den Bildschirm nicht aus den Augen. »Es ist gleich zu Ende.«

»Ich will nichts mehr davon sehen.«

Sie blickte ihn an. »Ich habe gedacht, sie gefällt dir.«

Er schüttelte langsam den Kopf, im Gesicht ein trauriges Lächeln. »Aus dem Grund ist es nicht passiert, George.«

»Warum hast du es mir nicht erzählt? Ich habe gedacht«, und ihre Stimme wurde leiser, »ich habe gedacht, wir wären Brüder.«

»Wir sind Brüder.«

»Warum hast du es mir dann nicht erzählt, Nathan? Warum mußte ich es von ihr hören?«

Er begann, es ihr zu erklären. Es habe vor so langer Zeit angefangen, sagte er, lange bevor sie Brüder geworden seien. Er erzählte ihr alles, und sie hörte aufmerksam zu, mit gesenktem Kopf, und ihre Finger wanderten an den Perlen ihres Halsbandes entlang.

»Es war kein Sex«, sagte er zum Abschluß, »kein richtiger. Es war eher ein Exorzismus oder so was. Sie hat mir so lange zugesetzt, ich hab' sie aus mir rausbekommen müssen.«

Georgia war eine Weile still, dann hob sie den Kopf, und wie auf Zehenspitzen schlich sich ein Lächeln auf ihr Gesicht. »Weißt du, was sie mir erzählt hat?«

»Nein. Was?«
»Sie hat mir erzählt, daß du im Bett eine Null warst.«
»Ja«, erwiderte er, »da hat sie wohl recht.« Dann begann auch er zu lächeln.
»Was ist denn so komisch?«
»Ich hab' nur gerade gedacht, sie wird's wohl nie erfahren.«
»Was nie erfahren?«
»Wie gut ich im Bett bin.«
Sie starrte ihn an. »Aber du hast doch gerade gesagt...«
»Ja, wir haben's gemacht. Aber nicht im Bett.«
»Wo denn?«
»Im Gartenhaus.«
»Nein.«
»Doch!« Er schaute sie an und sah, daß sie lachte, und da wußte er, daß er sie wiederhatte.
Aber er hatte es noch nicht ganz geschafft, er mußte fortfahren. Wenn sie so lachte, war ihre Rückkehr zu ihm besiegelt.
»Im Gartenhaus«, sagte er, »zwischen den ganzen Blumentöpfen und den Fahrradpumpen. Zwischen den Gießkannen.« Er schüttelte den Kopf. »Ich war gerade am Kommen und merkte, daß ich auf einer Tomate kniete.«
Tränen liefen ihr die Wangen hinab. Die vielen Tablettenfläschchen fielen vom Bett hinunter und rollten über den Boden.
»Ich war eine Null«, sagte er. »Ich war wirklich eine Null.«
Gegen Mittag fiel sie in einen tiefen Schlaf. Er wollte nicht riskieren, sie wieder zu verlieren, und blieb bei ihr. Die Düsenjets kreisten am kleinen Himmel des Zimmers, kreisten wie Geier, und er nahm Georgias Hand und hielt sie fest, während sie schlief. Er schaute fern, horchte darauf, wie ihr Atem sich veränderte, und als die Dämmerung hereinbrach, wurde auch er müde. Er legte sich neben sie und war bald eingeschlafen.
Einmal wachte er auf und setzte sich auf. »Was war das?« fragte er.

»Was?« murmelte sie.
»Ich habe gedacht, ich hätte was gehört.«
Sie drehte sich um. »Du wirst schon so schlimm wie Dad.«
Er legte sich wieder hin und schlief weiter.

Als er wieder aufwachte, zeigte seine Armbanduhr elf. Er konnte nicht fassen, daß er so lange geschlafen hatte. Er stand auf und ging über den Treppenabsatz in sein altes Zimmer. Er machte das Licht an und zuckte zusammen. Ein dünner Mann saß in dem Sessel am Fenster. Blondes Haar, Brille, dunkelrote Lederjacke. Der Mann hob die Hand und kratzte sich mit dem Zeige- und dem Mittelfinger der rechten Hand am Hals, gleich links neben dem Adamsapfel. Ein paar Schuppen trockener Haut rieselten durch die gelbe Luft.
»Jed?«
Jed schaute ihn nur stumm an.
»Ich hab' dich nicht erkannt«, sagte Nathan.
Jed schaute an sich hinunter, als hätte er vergessen, wie er aussah, dann blickte er wieder auf. »Was gibt's Neues?« Seine Stimme war dünn, angespitzt wie ein Stock.
Er trug andere Klamotten. Keinen schwarzen Zylinder, keine schwarze Jacke. Er sah wie ein Straßenprediger aus, wie einer von denen, die mitten am Tag kommen, einen Fuß zwischen die Tür stellen und einem erzählen, wie es in der Hölle ist. Meistens sehen sie so aus, als wären sie dort gewesen. Man wird sie auch nicht so leicht los. Wenn man ihnen die Tür vor der Nase zuschlägt, kommen sie einfach durch die Wand herein.
»Wer hat dich reingelassen, Jed?«
»Niemand hat mich reingelassen. Ich hab' die Tür aufgebrochen.«
»Und was soll das?«
Jed griff in seine Taschen und nahm ein Bonbon heraus. Er wickelte es aus und steckte es in den Mund. Dann ließ er das

Papier fallen und schaute zu, wie es zu Boden segelte. Er lächelte. »Wie geht's Creed?«

»Creed?« Nathan schluckte.

»Wie geht's Neville?«

»Ich weiß nicht, wovon du redest.«

»Du hörst nicht so richtig zu, wie?« Das Bonbon klirrte an Jeds Zähnen. »Den ersten Abend, als wir uns getroffen haben, hab' ich dir erzählt, daß ich für einen Kerl aus der Bestattungsbranche gearbeitet habe, ich hab' dir erzählt, daß ich eine Sache für ihn erledigt habe. Ich hab' dir auch seinen Namen gesagt: Creed.«

Nathan sah den Zusammenhang noch immer nicht.

»Neville Creed«, sagte Jed. Er lehnte sich in seinem Sessel zurück. »Als ich dir erzählt habe, daß ich jemanden umgebracht habe, hat dich das anscheinend nicht besonders beunruhigt. Ich hab' gedacht, das liegt am Koks, aber das war's nicht. Du hast die Geschichte schon vorher gehört, nicht wahr? Du hast alles schon gewußt.«

Jed starrte Nathan an. Es krachte, als Jed das Bonbon in seinem Mund glatt durchbiß.

»Es hat keinen Zweck, den Unschuldigen zu spielen. Ich weiß, daß du mit ihm schläfst. Und ich hab' den Verdacht, daß du auch für ihn arbeitest. Du bist an dem Abend nicht zufällig in der Bar gewesen. Du warst dort eingesetzt. Alter Freund, die Welt ist klein. Scheiße!« Jed lachte, und es war ein bitteres Lachen. So hatte Nathan Dad in der Nacht mit dem Raumschiff lachen hören.

»Das ergibt alles keinen Sinn, Jed. Ich habe bis vor ein paar Tagen nicht einmal gewußt, daß er Neville heißt. Ich habe nicht gewußt, daß er für ein Bestattungsunternehmen arbeitet. Er hat gesagt, daß er...« Und alles kippte um, ein Satz Dominosteine, der sich in die Vergangenheit erstreckte: die Begegnung auf der Promenade, der graue Mann unter dem Regenschirm,

Reids beiläufige Fragen nach seinem »Freund«. Maxie Carlo und seine Anagramme. Das einzige, was Nathan hörte, war ein anhaltendes Klappern, als die Dominosteine umfielen. Er hatte sich so zum Narren halten, so ausnutzen lassen. Er starrte auf den Teppichboden. »Oh, Scheiße!«

»Ja«, sagte Jed. »Oh, Scheiße.«

»Arbeitet er wirklich für ein Bestattungsunternehmen?«

»Paß auf«, und Jeds Stimme wurde sanfter, »ich hab' keine Lust mehr, mir deine Geschichten anzuhören. Heute nacht geht's zur Sache. Ich treffe Creed, und du kommst mit.«

Nathan machte einen Schritt zurück. »Nein«, sagte er. »Damit will ich nichts zu tun haben.«

Jed griff in seine Tasche. Er nahm die Pistole heraus und legte sie lässig auf seine linke Handfläche. »Doch, und ob.«

Nathan setzte sich auf die Bettkante.

»Wie spät ist es?« fragte Jed.

»Etwa elf Uhr.«

»Na schön. Wir machen folgendes: Wir setzen uns in dein Auto, fahren zum Westpier hinunter und dann ...«

Plötzlich fiel Nathan wieder Creeds Telefongespräch ein. »Paß auf, Jed! Als ich gestern nacht bei Creed war ...«

»Wohin hat er dich mitgenommen? In das ›Motel Meeresgrund‹?« höhnte Jed. »O Gott, ich habe x von deiner Sorte gesehen!«

»Er hat gestern nacht telefoniert. Er hat was vom Westpier gesagt. Jemand soll mit dem Boot dort sein, hat er gesagt. Ich glaube, es ...«

Jed rappelte sich aus seinem Sessel hoch. »Keine Geschichten mehr, hab' ich gesagt!«

Auf dem Treppenabsatz war es dunkel, doch Nathan machte sich nicht die Mühe, das Licht einzuschalten. Er dachte daran, wie Harriet in dem Video, das Dad gedreht hatte, die Treppe herunterkam. Seine eigenen Bewegungen schienen eine Art

Kopie oder ein Echo davon zu sein. Er sah sich nackt, mit dicken Balken weißer Farbe über der Brust, über den Leisten, als würde er an einem Stammesritual teilnehmen, einer Initiation, vielleicht sogar einer Opferung, und er sah Jed hinter sich, wieder in seiner richtigen Kleidung, der Kleidung, die er unter seiner Haut trug, in diesem schwarzen Anzug mit den speckigen Ellbogen und speckigen Schultern, mit diesem Voodoo-Hut auf seinem Kopf, ein Medizinmann, dessen Medizin einen krank machte, nicht gesund.

Sie verließen das Haus durch den Hintereingang. Als Nathan den Wagen aufschloß, rief aus einem Baum in der Nähe ein Vogel. Ein leiser, vibrierender Ton; ein gerolltes R. Wenn Sehnsucht einen Klang hatte, dann diesen. Er erinnerte ihn an Dad, und er überlegte, was Dad wohl denken würde, wenn er Zeuge dieser Szene wäre. Die bloße Tatsache, nachts irgendwohin zu fahren. Verrückt. Und doch waren sie beide auf so ähnliche Weise getäuscht worden. Nur die Kulisse war anders, sonst nichts. Ein gradueller Unterschied. Wie der Vater, so der Sohn. Und plötzlich ließ seine Spannung nach, machte er sich keine Gedanken mehr. Er lächelte, als er sich hinüberbeugte und die Beifahrertür entriegelte.

Jed knallte die Tür zu. »Was ist denn so komisch?«

»Nichts.« Nathan steckte den Zündschlüssel ins Schloß. »Wo sind deine Klamotten hingekommen?«

»Ich habe sie verkauft.«

»Glaubst du, die Leute erkennen dich nicht mehr, wenn du die Kleidung wechselst?«

»Klappe.«

»Sie wissen doch imm...«

Jed setzte die Pistole an Nathans Ohr. »Fahr!«

Nathan zuckte mit den Achseln. Er fuhr rückwärts auf die Straße hinaus. Er schaute nach rechts und links. Heute stand kein grauer Mann unter dem Schirm da. Sie brauchten keinen grauen Mann mehr. Alle Gedanken waren gelesen, alle Bewegungen bekannt.

Blenheim schlief. Nur ein Imbißstand hatte noch geöffnet: HEISSE HÄHNCHEN. KALTE GETRÄNKE. Weißes Neonlicht und rostfreier Stahl. In der Tür zwei Betrunkene, die an Knochen nagten. Ein schwaches Scharren in seinem Ohr, und er warf einen Blick zur Seite. Es war nur Jed, der sich wieder kratzte. Diesmal an der Innenseite seines Unterarms. Seine Nägel hinterließen lange rote Spuren auf dem blassen Fleisch. Jed hatte die Kleidung gewechselt und sich die Haare gefärbt. Mit seiner Haut konnte er jedoch nichts machen.

Er fuhr durch Blenheim Richtung Brücke. Aber wohin fuhren sie wirklich? Er sah im Wagen die abgestorbene Haut rieseln, sanft wie Schnee. Er würde am Morgen den Staubsauger brauchen. Er blieb unbeschwert, ließ seine Gedanken wie flache Steine über die schwarze Wasseroberfläche der Ereignisse hüpfen, aber er wußte, daß sie früher oder später, gleich, wie oft sie aufsprangen, in der Tiefe versinken würden, einer Tiefe, in der das Unbekannte, das Unvorhersehbare lauerte; sie würden versinken und vielleicht nie wieder emportauchen.

Auf der Brücke waren die Lampen bereits erloschen. Es war also nach Mitternacht. Er sah die letzte Fähre langsam auf den Kai an der M-Street zusteuern. Als sie wieder von der Brücke abfuhren, nahm er die Autobahn auf der Südseite Richtung Promenade. Der Westpier lag rechts, unbeleuchtet lauerte er über dem Meer. Es war Jahre her, daß auf dem Westpier Leben geherrscht hatte. Er schaute zu Jed hinüber und wußte, daß Jed den Ort ausgesucht hatte.

Die Drehkreuze an den Eingängen waren mit Ketten versperrt, so daß sie hinüberklettern mußten. Die Stadtverwaltung hatte ein Schild angebracht: ACHTUNG! EINSTURZGEFAHR! GEHEN SIE HIER NICHT WEITER!

Sie gingen weiter.

Nathan schaute durch die Lücken zwischen den Holzbohlen nach unten. Fünfzehn Meter unter ihm wogte das Meer. Er sah, wie das Wasser zu Schaum aufgischte, dann rasch wieder zurückfloß und an den Metallpfeilern sog. Er glaubte, den Pier wanken zu spüren, aber das kam vermutlich nur von seiner Beobachtung. Die Drogen zirkulierten noch immer in seinem Blut, es war Einbildung.

»Hände auf den Rücken!« sagte Jed.

Nathan starrte ihn an: »Was?«

»Verdammt noch mal, bist du taub? Hände auf den Rücken!« Jed fing an, seinen Gürtel loszumachen.

In Taillenhöhe legte Nathan auf dem Rücken die Hände ineinander. Jed stand hinter ihm. Nathan spürte, wie er ihm den Gürtel um die Handgelenke band.

»Warum machst du das?«

Jed drückte den Lauf der Pistole gegen Nathans Wange. Er war kalt wie Zahnschmerzen. Er roch nach Öl, nach der Zeit des Schlafwandelns. »Wir treffen jetzt deinen Liebhaber«, zischte Jed. »Ich will nicht, daß du dich hinreißen läßt.«

»Mein Gott!« erwiderte Nathan. »Du hast es noch immer nicht kapiert, wie? Ich bin doch auf deiner Seite.«

»Ach ja«, Jed grinste. »Das habe ich vergessen.« Dann verschwand das Grinsen, und er stieß Nathan gegen die Wand des Fahrkartenkiosks. »Jetzt paß auf, Goldjunge, paß gut auf! Ich will von dir keinen Mucks mehr hören. Ist das klar?«

Nathan nickte. Es gab keine Möglichkeit, zu Jed durchzudringen. Das wußte er nun.

Langsam gingen sie die linke Seite des Piers entlang, Nathan voraus, Jed gleich hinter ihm. EINSTURZGEFAHR, das stimmte. Die ganze Farbe war abgeblättert oder weggewaschen worden, und was darunter zum Vorschein kam, war zum größten Teil verrostet und verrottet. Wenn man stehenblieb, konnte man spüren, wie die Pfeiler bebten, man konnte sie kreischen und ächzen hören. Es war also doch keine Täuschung gewesen. Nathan mußte sich jeden Schritt sorgfältig überlegen, oder es bestand die Gefahr, daß er mit gefesselten Händen fünfzehn Meter tief ins Meer stürzte. Den Sicherheitsgeländern konnte man ohnehin nicht trauen. An manchen Stellen waren sie nach oben oder unten verbogen, dann wieder sah es aus, als habe sich jemand mit solcher Wucht in das Meer geworfen, daß sie glatt durchgebrochen waren; jede Lücke sah unvollheilvoll nach einem erfolgreichen Selbstmordversuch aus. Der Westpier stand zum Verkauf, fiel Nathan ein. Der geforderte Preis: ein Dollar. Der Haken bei der Sache war nur, daß der Käufer eine Million aufwenden mußte, um ihn wieder in seinen ursprünglichen Zustand zu versetzen.

Nathan schaute nach Osten zum Stadtpier. Das Kasino hatte noch geöffnet. Lichter fielen auf das Wasser. Wenn er die Augen zusammenkniff, wirkte der Pier, als würde er auf einem halben Dutzend goldener Federn schaukeln. Er fragte sich, ob Maxie Carlo diesen Abend spielte. Er blieb stehen und spitzte die Ohren. Lauschte auf das Dröhnen der Orgel, das Klippklapp der Rhythmusmaschine. Doch statt dessen meinte er, Münzen durch den Metallschlitz sausen zu hören. Ein Jackpot, dem Klang nach zu urteilen. Zumindest einer war heute nacht am Gewinnen. Jed stieß ihn in den Rücken, und er ging weiter.

In der Mitte des Piers kamen sie an einem Kinderspielplatz vorbei. Sie waren jetzt ungefähr hundert Meter weit draußen, und vom Land her wehte eine starke warme Brise. Sie pfiff durch die verlassenen Geräte und rüttelte an allen Teilen, die sich gelockert hatten. Die letzte Kurve der Rutschbahn war abgebrochen; sie stand wie ein schlimm gebrochener Knochen in einem seltsamen Winkel nach rückwärts gebogen ab. Das Karussell drehte sich langsam, von ganz alleine, als würden Geister darin fahren.

Schließlich langten sie am äußeren Ende des Piers an. Eine geräumige Fläche aus Holzbohlen mit Metallgeländern an drei Seiten. An der vierten, der dem Land zugewandten, ragte eine ehemals weiße Verschalung auf mit einer Treppe, die zu einem Balkon hinaufführte. Das war wahrscheinlich die Rückwand des alten Ballsaales. Nathan schaute Jed an. Jeds Hose war am Bund zu weit. Er mußte sie mit einer Hand festhalten.
»Willst du den Gürtel wirklich nicht zurück?«
Jed starrte ihn wütend an. »Ich habe dir gesagt, du sollst die Klappe halten!«
Nathan zuckte mit den Achseln. Er schaute über das Geländer. Unten befanden sich eine Plattform aus gestanztem Metall und eine Winde, die über dem Wasser hing; dort hatte man früher auf die Fahrt mit dem Schnellboot warten müssen. Dahinter nichts als das Meer. Er drehte sich wieder um, lehnte sich vorsichtig rückwärts gegen das Geländer. Seine tauben Finger berührten das Metall. Jed hatte jetzt eine Hand in der Tasche stecken, die andere baumelte an seinem Oberschenkel. Manchmal hob er sie, um sich am Hals, an den Rippen oder im Gesicht zu kratzen. Zehn Minuten vergingen. Eine Uhr schlug irgend etwas, vermutlich eins. Und als der letzte Ton schwebend in der Luft verklang, hörte Nathan ein schwaches Klappern. Jed hörte es auch und erstarrte. Nathan machte behutsam einen Schritt vom Geländer weg.
»Du hast doch gesagt, nur du und ich.«
Die Stimme kam von oben. Sie blickten beide auf. Auf dem Balkon stand ein Skelett. Es war Creed. Er trug seinen Knochenanzug.
»Du mußt übergeschnappt sein.«
Jed hatte noch nichts gesagt.
»Hierher zurückzukommen...« Creed wiegte langsam den Kopf hin und her. »Übergeschnappt.«
Er kam langsam herunter. Die Treppe, so verrottet sie war,

hielt. Er ließ Jed nicht aus den Augen, kein einziges Mal. Wenn er sich bewegte, klapperten die Knochen wie die Würfel in der Hand eines Spielers. Ein Wurf. Der Tod, wenn du verlierst. Nathan warf einen Blick auf Jed. Der bewegte seinen Kopf millimeterweise, behielt Creed im Blick. Er zitterte.

Am Fuß der Treppe blieb Creed stehen. Er schaute Nathan an. »Das ist ja eine Überraschung!« Er wirkte alles andere als überrascht. Doch auf Creeds Gesicht war ja nie etwas zu sehen, es sei denn, er wollte es.

Nathan sagte: »Er glaubt, daß ich für dich arbeite. Er hat mich gefesselt.« Und er drehte sich um, zeigte Creed seine Hände.

Creed lachte bloß.

Mit schneidender Stimme unterbrach Jed das Lachen. »Haben Sie das Geld dabei?«

Creed öffnete seinen Aktenkoffer und zeigte Jed das Innere. Das Geld lag in ordentlichen, sarkastischen Bündeln darin.

Jed lachte höhnisch. »Glauben Sie wirklich, Sie können für das, was Sie getan haben, mit Geld bezahlen?« Er zog seine Waffe.

Plötzlich kam eine Hand durch ein Loch in den Bohlen und schloß sich um Jeds Fußgelenk. Er stolperte, stürzte. Creed trat zurück und schloß lächelnd den Aktenkoffer. Dann sprang ein Mann über das Geländer, er hatte etwas Schwarzes und Elastisches in der Hand. Jed warf sich auf dem Boden herum und schoß auf Creed. Das Schußgeräusch war laut und hallte, als hätte die Nacht Wände. Dann trug der Wind das Geräusch davon. Creeds Lächeln war zusammengefallen, aber er stand noch. Der Mann schlug Jed in den Nacken. Ein Ächzen, und Jeds Kopf schlug auf dem Holz auf. Die Hand, die Jeds Fußgelenk festgehalten hatte, war verschwunden. Dann kletterte ein zweiter Mann durch ein Loch in den Bohlen. Er trug eine Lederjacke und Armeestiefel. Nathan erkannte ihn sofort. Skull, der Totenkopf.

»Hey, Angelo«, sagte Skull, »ist er tot?«

Angelo beugte sich über Jed. »Nein, er ist bloß betäubt.«
»Gut.« Skull griff in die Tasche, die er über der Schulter trug. Er nahm eine Spritze heraus, prüfte, ob Luft darin war, dann rollte er Jeds Ärmel hoch und spritzte ihm den Inhalt in den Arm. »Das hält ihn ruhig.« Er schaute zu Creed auf. »Bist du okay?«
Creed lächelte in einer Art Trance. »Ich habe die Kugel vorbeifliegen sehen«, sagte er. »Mein Name stand nicht drauf.«
»Ihr Name steht auf keiner Kugel«, meinte Angelo. »Das hätte er wissen müssen.« Er bückte sich, entwand Jeds Fingern die Pistole und warf sie über das Geländer. Ein Klappern von Metall auf Metall. Ein Platschen.
»Ich habe sie auch gerochen«, sagte Creed, »bloß eine Sekunde lang. Wie wenn man auf der Autobahn fährt und ein totes Tier daliegt.« Er lächelte immer noch. »Der Tod war für jemand anderen, nicht für mich.« Er machte ein paar Schritte vorwärts, und die Knochen an seinem Anzug klapperten — schicksalsschwere Würfel. Seine Augen wanderten von Skull zu Angelo und wieder zurück. »Meine Leibwächter«, sagte er. »Meine Henker.«
Angelo pflanzte sich vor Nathan auf. »Und wer bist du?« Doch seine dunklen Augen verrieten nichts, nicht einmal Neugier, und seine Stimme war eiskalt.
Creed antwortete an Nathans Stelle. »Er kommt im Boot mit uns. Er soll das unbedingt erleben.«
Es war also ein Boot da. Nathan blickte auf Jed hinunter: verrenkte Gliedmaßen, Drogen im Blut. Du hättest auf mich hören sollen! Das hast du davon.
»Wir müssen weg«, sagte Skull.
»Ja.« Angelo hob witternd den Kopf. »Vielleicht hat jemand den Schuß gehört.«
Nathan sah zu, wie sie Jeds Körper auf die Metallplattform hinunterhievten, dann wandte er sich an Creed. »Was soll ich erleben?«

Creed antwortete nicht. Er schob Nathan bloß vor sich die Stufen hinunter. Als Nathan auf der Plattform stand, entdeckte er eine weitere Treppe, die in vier Absätzen zum Meer hinabführte. Auf dem schwarzen Wasser schaukelte ein weißes Motorboot.
Zuerst stiegen Skull und Angelo mit Jed ein. Sie gingen nicht besonders behutsam mit ihm um. Aus einem Riß an seiner linken Hand, wo er an einem Nagel hängengeblieben war, rann Blut. Sie legten ihn hinten ins Boot, an den Platz, an dem man sonst mit einer Kiste Bier sitzt und wartet, daß sich die Rolle dreht, auf das Ächzen und Knirschen, wenn die Angel sich spannt. Angelo stieg die Leiter zum Oberdeck hoch und ließ den Motor an. Das Wasser am Heck wurde milchweiß. Nathan setzte sich hin, seine Füße berührten gerade Jeds Schultern. Angelo gab Gas, und das Motorengeräusch stieg eine Oktave höher. Nathan schaute sich um. Hier, unter dem Pier, sah es aus wie in einem Wald aus Metall. Das Boot glitt zwischen zwei Reihen von Pfeilern hindurch. Sie standen in gleichmäßigen Abständen, waren mit Krebsen und Schnecken überwuchert und unter Wasser in Schals aus Seetang gehüllt. Dann war das Boot plötzlich im Freien. Hier nichts als Dunkelheit. Skull stand neben Angelo auf dem Oberdeck, die Stirn gesenkt. Angelo bediente das Steuerrad mit einer Hand, seine schwarzen Locken wehten im Wind. Sie fuhren aufs Meer hinaus.
Creed durchsuchte Jeds Taschen.
»Könntest du mir die Hände losbinden?« fragte Nathan leise, damit ihn die anderen nicht hörten.
»Ich glaube, du bleibst besser, wie du bist«, erwiderte Creed.
»Mach keinen Witz!« entgegnete Nathan. »Meine Hände sind ganz taub.«
»Ich habe gesagt, du gefällst mir so.« Creed starrte Nathan an, als hätte er ihn nie zuvor gesehen. Diese plötzliche Abkehr, dieser rapide und vollständige Rückzug, machte Nathan beinahe schwindelig, ließ ihn verstummen.

Er wartete, was Creed wohl fand. Bonbonpapiere. Creed öffnete die Hand, und die Papierchen flatterten davon, schwärmten hinaus in die dunkle Luft wie Schmetterlinge, wie abgestorbene Haut, wie Fetzen von Jeds Seele. Creed blickte ihnen nach und dann auf seine Hand, als bedauere er plötzlich, sie losgelassen zu haben.
Skull kletterte in seinen schweren Stiefeln die Leiter herunter.
»Haben Sie das Band gefunden?«
»Noch nicht.«
Die Kassette war in Jeds Innentasche. Creed hielt sie hoch, damit Skull sie sehen konnte. Der Totenkopf nickte und grinste.
»Eine halbe Million Dollar.« Creed zerbrach die Kassette und ließ das Band im Wind wehen, eine dünne Luftschlange, die hinter dem Boot herflatterte. Dann warf er das ganze Ding über Bord.
»Er hatte eine Frage«, sagte Creed. »Er wollte wissen, wie ich es erfahren habe.« Wieder dieses sanfte Lachen. Man hätte es mit einem Windhauch verwechseln können. »Er konnte mir nichts verheimlichen. Ich habe ihm die Nahrung auf die Zunge gelegt. Ich habe ihm die Träume in den Kopf gesetzt. Alles, was er getan hat, stand in meinem Buch geschrieben.«
Es klang wie ein Grabspruch. Nathan hätte auch eine Frage gehabt, doch er fürchtete, daß Creeds kurze Ansprache bereits die Antwort darauf gegeben hatte.
»Er nannte sich Blutegel«, sagte Creed. »Hast du das gewußt?«
Nathan schüttelte den Kopf.
»Er wollte mich bis zum letzten Tropfen Blut aussaugen«, fuhr Creed fort. »Und wer muß jetzt bluten?«
Der Blutegel, dachte Nathan. Er beugte sich über ihn. Jed war noch immer bewußtlos. Etwas Blut sickerte aus seiner Stirn, aus seiner Hand. Nicht viel Blut allerdings, wenn man an seinen Namen dachte. Es machte kaum Flecken auf dem Bootsboden. Von einem Blutegel konnte kaum die Rede sein.

Schließlich mußte Nathan doch fragen. »Was habt ihr mit ihm vor?« Und als Creed nicht antwortete, schaute er auf. »Ihr wollt ihn umbringen, oder?«
Creed starrte in die Dunkelheit hinaus. »Das hat er bereits selber besorgt. Alles, was wir tun«, und er lächelte beinahe bekümmert, »ist, ihn bestatten.«
»Das ist Mord«, sagte Nathan.
Creed schüttelte den Kopf. »Bestattung.«
Sie starrten sich an, bis Nathan wegblicken mußte. Er konnte nicht mehr in diese Augen schauen.
Das Boot hob sich, spaltete eine Welle. Gischt flog vorbei und streifte ihn an der Wange. Die Oberarme und Schultern taten ihm weh, als ob seine Knochen zu Metall geworden wären.
Er hielt sein Gesicht in den Wind. Und dort über dem Wasser, in kaum hundert Meter Entfernung, sah er ein weißes Licht schimmern. Erst erkannte er es nicht. Doch als sie dann näher kamen, wurde ihm mit einem Schaudern klar, wo sie sich befanden. Sie näherten sich einem der Meeresfriedhöfe, und dieser weiße Lichtfleck mußte eine Gedenkboje sein. Sie durften sich hier nicht aufhalten, dachte er, nicht nach Einbruch der Dunkelheit. Das war geweihtes Gebiet, das waren die Gefilde der Toten. Das Haifischrennen kam ihm in den Sinn, dem er sich vor so vielen Jahren hatte unterziehen müssen, der Augenblick, als er müde wurde und seine Beine absackten. Diese Tiefe, in der alles, was man dachte, Wirklichkeit wurde.
Sie glitten ein paar Meter an der Boje vorbei, der Motor lief jetzt im Leerlauf. Neben einem Kreuz kniete ein Engel, das ganze Bild war von innen erleuchtet. Nathan beugte sich vor, um die Inschrift zu lesen. ENGELSAUE. Und dann ein Zitat aus der Bibel, doch konnte er nur ein Wort erkennen: SCHLAFEN.
Skull stellte sich vor Creed, die Hände in die Hüften gestemmt. »Ich denke, hier geht's oder?«

Creed nickte.
Angelo drückte auf einen Schalter in der Kajüte, und das Unterdeck wurde hell. Plötzlich überall Farben, wo vorher keine gewesen waren. Das Grün und Braun von Skulls Arbeitsanzug. Das Rot von Jeds Blut. Das Weiß von Creeds Gesicht, das Schwarz seiner Augen.
Angelo und Skull fingen an, durchsichtige Plastiktüten mit weißen Steinen in Jeds Taschen zu stopfen.
Skull merkte, daß Nathan zusah. »Wir haben gestern die Krematorien ausgeputzt«, sagte er. »Das hier könnte man«, und er grinste, »die Überreste nennen.«
Als sie alle Tüten untergebracht hatten, schleppten sie Jeds Körper zum Heck.
»Möchte jemand was sagen?« fragte Skull.
Creed wandte sich ab. »Laßt ihn einfach fallen!«
Unbeabsichtigt trat ein Augenblick der Stille ein, dann hievten die beiden Männer den Körper über Bord. Gischt sprühte auf und klatschte auf das Deck. Nathan sah, wie Jed in den Fluten trieb, nahe der Oberfläche, wo das Wasser grün, beinahe durchsichtig, von den hellen Lichtern des Bootes erleuchtet war. Er sah, wie Jeds Augen sich blinzelnd öffneten, wie sie sich wieder schlossen und abermals öffneten.

Er wachte auf und war am Ertrinken.
Es war, als wäre er in eine Welt geboren, in der es kein Element außer Wasser gab. Er schlug mit den Händen um sich, stieß mit den Füßen herum, doch das Wasser fing alle seine Bewegungen auf, raubte ihnen ihre ganze Kraft. Er schlug wieder um sich, stieß wieder mit den Füßen. Kam an die Oberfläche. Schluckte die schwarze Luft hinunter. Schluckte auch Wasser. Er konnte Lichter sehen, Stimmen hören. Sie redeten über ihn. Sie sagten Lebewohl. Ging er denn fort?
»Leb wohl, Spaghetti!«

»Spaghetti.« Ein Lachen. Ein Lachen, das er kannte. »In leicht gesalzenes Wasser geben. Zehn Minuten lang kochen.«
»Salzwasser?« Noch ein Lachen. Ein anderes Lachen.
Und dann eine dritte Stimme: »In Salzwasser geben. Für immer kochen.«
Es war so sonderbar, wie Essen zu sein. Und die Köche lachten, lauter joviale Männer mit wichtigtuerischen Gesichtern, die guter Laune waren.
Dann strudelten die Wellen in seine Ohren, und er sank zurück. Er erreichte noch einmal die Oberfläche. Schluckte eine Mischung aus schwarzer Luft und Wasser. Schluckte sie wie Medizin hinunter und würgte an ihr. Er wollte aufschreien, aber in seinem Mund war kein Platz mehr für Worte. Er begann, Bilder zu sehen. Eines floß in das andere, als wären sie aus Wasser, aus vielfarbigem Wasser, aus Wasser, das Gestalten enthielt.
Er sah einen Mann vom Grund aufsteigen wie ein Gewächs. Nackt vom Grund aufsteigen. Von seinen Schultern, seinem Bauch, seinen Schenkeln bröckelte Erde ab. Durch die großen Bäume wankte er zurück in das Dorf. Er hörte die träge Stimme einer Frau. »Sie hatten keinen Platz für ihn«, sagte sie. »Es war wie: ›Warten Sie auf den nächsten Bus!‹ Verstehen Sie?« Und ihr Kopf fiel zurück, sie lachte. Man sah alle ihre Zahnlöcher. Ein Backenzahn war mit einem Amethyst ausgefüllt. Er wollte sie warnen. Sie würden ihn in der Leichenhalle herausnehmen.
Er hatte noch mehr Dinge zu sagen, über den nackten Mann, über den Bus. Er versuchte zu schreien, doch sein Körper wirbelte herum. Er war unter Wasser, sein Körper waberte wie Gas. Seine Ohren dröhnten, sein Mund war mit Erde verstopft. Er war schwer, traumverloren, taub.
Er unternahm einen letzten Versuch, nach oben zu kommen, diesen Wassermantel, Erdmantel abzuschütteln. Er stand vor

den Tempeltoren. Den Torhüter konnte er nicht sehen, nur seine Umrisse. Der Torhüter hatte Handschuhe an. Im Himmel mußte es kalt sein. Dann eine gedämpfte, ruhige Stimme. Eine Stimme, der man gehorchen mußte. »Tritt ein!«

Er suchte nach Worten. »Ich bin nicht bereit.«

»Du wärst nicht hier, wenn du nicht bereit wärst.«

»Sag, daß ich nicht bereit bin!« bettelte er. »Schick mich zurück!«

»Dafür ist es zu spät.«

»Laß mich bitte zurückkehren! Ich werde vor meiner Hütte sitzen. Ich werde mit niemandem sprechen. Ich werde verrückt sein. Schick mich einfach zurück!«

»Es ist zu spät. Du bist hier. Deine Zeit ist abgelaufen.«

Dann lag er hoch droben auf dem Blutfelsen. Der Wind zog Fahnen über seinen Rücken, und unter ihm lag Celia. Warme Asche wehte ihr ins Haar, in die Achselhöhlen, die Augenwinkel. Er wischte die Asche weg. Das Blut an der Innenseite ihrer Schenkel war in braunen Streifen getrocknet. Er befeuchtete das Blut mit der Zungenspitze. Sie fuhr ihm mit der Hand durchs Haar. Sein Kopf glitt ihren Körper wieder hinauf bis zu ihrem Gesicht. Sie schaute mit so viel Abstand zu ihm auf, daß er sich wie der Himmel fühlte, er fühlte sich so weit weg, fühlte, daß sie ihn liebte.

»Du bist verloren«, flüsterte sie. Sie bewegte kaum die Lippen über ihren abgebrochenen Zähnen. »Du bist verloren.«

»Und du«, sagte er, »was ist mit dir?«

»Das ist es ja gerade.« Wieder dieses Flüstern, die sich langsam bewegenden Lippen. Als wäre sie sehr müde oder geschwächt. »Ich weiß, daß ich verloren bin. Ich habe es die ganze Zeit gewußt. Aber du, du weißt es nicht, nicht wahr?«

Er wollte es auf die leichte Schulter nehmen, wollte lachen wie ein tapferer Krieger. Aber er brachte nicht einmal ein Lächeln zustande.

»Du begreifst es nicht, oder?« flüsterte sie.
Nun stand er, ging durch den Sand, blieb stehen. Er sah den Regentropfen auf seiner Schulter, wie eine Spinne hockte der Tropfen auf seiner Schulter. Er versuchte, ihn wegzuwischen, aber der Tropfen wollte nicht verschwinden. Er lief, doch der Tropfen hing an ihm fest. Er sah diesen Regentropfen, als stünde er neben sich, und plötzlich wußte er die Wahrheit. Der Regentropfen hatte ihm nicht verheißen, daß er etwas Besonderes war, das hatte der Regentropfen ihm nie verheißen. Er hatte nicht richtig hingehört, er hatte es nicht begriffen. Er hörte sie jetzt sprechen, er hörte sie zum erstenmal, diese Stimme aus dem Regen.
»Was tust du hier?«
Dieser Finger auf seiner Schulter. Du. Du bist unbefugt. Du gehörst hier nicht her.
Du bist verloren.
Ein Mann kam auf ihn zu. Dunkles Haar, schwarze Augen, Handschuhe. Wieder diese stille, ruhige Stimme.
»Du würdest für mich alles tun, oder?«
Und seine eigene Stimme, teilnahmslos: »Ja.«
»Du würdest lügen.«
»Ja.«
»Stehlen.«
»Ja.«
»Töten.«
»Ja.«
»Sterben.«
Seine Augen standen jetzt offen, und er fiel. Alles war so klar wie noch nie. Er konnte ein Licht sehen, aber er sah es hinter einer Schicht dunkler Luft, Luft wie grünes Glas. Es schien warmes Licht zu sein, und es schien zu leuchten wie die Skala eines Radios. Doch es war ein altes Radio, jemand hatte es gerade ausgeschaltet, das Licht wurde allmählich schwächer, es

erlosch ganz allmählich, er wußte, wie es ging, allmählich, er hatte es so oft beobachtet, bald würde nichts mehr da sein.

Noch trieb Jed in dem durchsichtigen grünen Wasser, doch dann versank er außer Sichtweite, in jene Wasserschichten, die kein Licht zu durchdringen vermochte. Es war, als hätte ihn ein ungeheuer starker Magnet nach unten gezogen.

»Leb wohl, Spaghetti!« sagte Skull. Creed schaute auf die Uhr. »Wir sollten zurückfahren.«

Angelo kletterte wieder auf das Oberdeck. Er ließ den Motor an und wendete das Boot in einem engen Kreis. Nathan sah, selbst wenn er die Augen schloß, nur noch Jeds Gesicht im lichtdurchfluteten Wasser, Jeds Gesicht, erstarrt wie in Gelatine. Einen Augenblick lang konserviert wie für die Ewigkeit, im nächsten verschwunden, als hätte es niemals existiert. Jed hatte alles falsch gemacht. Wie ein Dolch hätte er sich zwischen die Rippen der Stadt schieben sollen. Aber nein, er war laut lärmend die V-Street entlangstolziert, hatte mit seinem Zylinder, seinem schwarzen Anzug und dem dunkelroten Wagen angegeben, und das angesichts all der Geier. Alles, was später geschehen war, hatte in diesen ersten herausfordernden Augenblicken seinen Anfang genommen: »Ich bin's. Ich bin da. Ich bin zurück.« Er hatte Creed zu lange angebetet; der Selbstmord steckte so tief in ihm, er wußte nicht einmal, daß er da war. In gewisser Weise hatte Creed recht, wenn er sagte, daß Jed sich selbst umgebracht hatte. Ein plötzliches Kratzgeräusch. Ein Echo von Jeds Fingern an irgendeiner Stelle seines bleichen, narbigen Körpers. Nathan drehte sich um. Aber es war nur Skull, der den Boden schrubbte, die letzten Spuren von Jeds Blut entfernte.

»Nathan!« Creed stand in der Tür zur Kajüte. Er hatte den Knochenanzug ausgezogen. Er trug jetzt wieder die üblichen schwarzen Sachen. Die Zeremonie war vorüber.

»Komm her, Nathan!«

Nathan stand auf, ging über das Deck. Es war schwer, das Gleichgewicht zu halten, ohne die Hände zu gebrauchen. Die Knochen in seinen Beinen taten ihm weh wie damals, als er vierzehn war. Er wollte schlafen.

Creed packte ihn an der Schulter und dirigierte ihn in die Kajüte. Sobald sie drinnen waren, verschloß er die Tür, dann drehte er sich um. »Du hast mich reingelegt.«

»Ich weiß nicht, wovon du redest.« Nathan machte einen Schritt zurück und spürte an seinen Handgelenken die Kajütenwand.

»Leg dich hin!« sagte Creed. »Mit dem Gesicht nach unten.«

Nathan rührte sich nicht.

»Soll ich Hilfe holen?« fragte Creed.

Nathan legte sich in die Koje. Er versuchte, sich auf das Geräusch des Meeres zu konzentrieren, er versuchte, dieses Geräusch als Schlüssel zu benutzen, um die Kajütentür zu öffnen, um in die Luft aufzusteigen, um anderswo zu sein, während es geschah. Denn es würde geschehen.

Unter seinen Kopf und seine Brust wurden Kissen geschoben, so daß er fast kniete. Das oberste Kissen war irgendwie grün. Irgendwie blau. Wie nannte man es? Türkis. Das war alles, was er sehen konnte, dieses türkisfarbene Kissen, das an seine linke Wange drückte. Das und das Teakholzimitat der Kajütenwand.

Er keuchte. Dieses Gefühl, an einer Stelle gefüllt zu werden, die er sich nie leer vorgestellt hatte.

Durch die Tür, irgendwohin, schnell.

Irgendwohin weit weg. Er sah schwarze Kinder auf dem Sand tanzen. Es waren Twilights Kinder. Sie hießen Morgen, Mittag und Siesta (das war die Faule), weil sie sich in diesen Lebensstadien befanden. Und obwohl es nicht regnete, hörte er die alte Frau auf ihrer Flöte spielen. Und es tanzten Kinder auf dem

Sand, und ihr Haar war mit Bändern und Kordeln zurückgebunden, und sie waren rein.
Nur das Brennen, das sich plötzlich in ihm ausbreitete wie etwas Verschüttetes, sagte ihm, daß es vorbei war. Er rollte sich zusammen, mit dem Gesicht zur Wand. Dieses sichere falsche Teak. Unter ihm breitete sich Nässe aus.
»Du hast Glück«, sagte Creed. »Ich habe es auf die freundliche Tour gemacht.«
Nathan antwortete nicht.
»Du hast Glück, daß ich Skull nicht auf dich losgelassen habe.« Creed schloß die Kajütentür auf. »Skull?« rief er hinaus. »Hey, Skull!«
Skulls rasierter Kopf tauchte im Türrahmen auf. Er grinste, als er Nathan sah, von der Hüfte abwärts nackt.
»Er glaubt nicht, daß er Glück hat«, sagte Creed. »Sag ihm, was er für ein Glück hat«, fuhr er fort, »daß ich ihn nicht dir übergeben habe.«
»Witzlos, ihn mir zu übergeben«, erwiderte Skull.
»Wieso?«
»Ich hab' ihn schon gehabt.«
»Stimmt. Ich habe es vergessen.«
Nathan fragte Skull: »Wie meinst du das?«
»Im Motel. Du hast es mir dort gemacht.«
»Was gemacht?«
»Du weißt schon. Es.«
»Aber«, wandte sich Nathan jetzt an Creed, »das warst doch du.«
»Woher hast du das wissen können«, höhnte Skull, »mit der Maske über deinem Kopf?«
»Das warst du«, wiederholte Nathan, an Creed gewandt, fast flehentlich.
Creed ließ sein Feuerzeug aufschnappen und zündete sich eine Zigarette an. »Einmal ich, einmal er.« Er ließ das Feuerzeug wie-

der zuschnappen und steckte es in die Tasche. »Gerecht ist gerecht.«
Skull grinste noch immer, an seinem Kiefer standen Muskelknoten hervor, seine Zähne hingen voller Speichel. Es stimmte. So also sah die Wahrheit aus.
»Creed?« Das war Angelo, vom Deck aus. Er klang nervös. »Da kommt eine Bootspatrouille.«
Creed sagte zu Skull: »Sieh zu, daß er ruhig bleibt!« Er verließ die Kajüte und schloß die Tür hinter sich.
Durch ein Megaphon erklang eine Polizeistimme. »Schalten Sie den Motor ab! Wir kommen an Bord.«
Skull saß in der Koje gegenüber Nathan. Er zog ein zehn Zentimeter langes Messer aus seinem Stiefel und klopfte sich mit der Schneide auf die Handfläche. Er reckte den Kopf zur Decke. An seiner Schläfe pulsierte eine Ader.
Der Motor verstummte. Nur noch das Klatschen der Wellen, und dann ein dumpfer Stoß, als die Bootspatrouille längsseits anlegte.
Creed sprach zuerst. »Guten Abend, Sergeant.«
»Was haben Sie hier draußen zu tun, Sir?«
»Uns war gemeldet worden, daß sich an der Engelsaue eine Boje gelöst hat. Wir waren kurz draußen, um nachzusehen. Hier ist mein Berechtigungsschein.«
Schweigen.
»Scheint in Ordnung zu sein.«
»Wenn Sie eine Bestätigung brauchen, rufen Sie Lieutenant Gomez in der O-Street an. Er hat alle Unterlagen.«
»Ich glaube nicht, daß das nötig ist. Tut mir leid, Sie belästigt zu haben, Mr. Creed.«
»Keine Ursache, Sergeant. Gute Nacht!«
»Gute Nacht!«
Nathan hörte das plötzliche Grollen von Motoren, als das Patrouillenboot davonfuhr. Er hörte, wie das Grollen zu einem

Schnurren und dann zu nichts wurde. Die Polizei hatten sie zahm bekommen.

»Sie haben ein Feenhändchen, Creed«, ertönte Angelos Stimme. »Sie haben wirklich ein Feenhändchen.«

»Diese Wasserbullen«, sagte Creed. »Man könnte ihnen erzählen, daß heute Dienstag ist, und sie würden es glauben.«

Dann Angelos Stimmte: »Heute *ist* Dienstag.«

Und Creeds Lachen.

Dann ging die Kajütentür auf, und Creed schaute herein. »Zieh ihn an, Skull«, sagte er, »und bring ihn dann rauf!«

Skull zerrte Nathan auf die Füße, dann zog er ihm die Hose hoch. »Du riechst nicht besonders gut.«

Er packte Nathan beim Kragen und holte ihn bis auf fünf Zentimeter an sein Gesicht heran. Nathan konnte sich zweimal im Spiegel von Skulls Augen sehen, er konnte Skulls bitteren Atem riechen, und er sah den einen Mundwinkel Skulls hochgehen, als würde Skull an einem Haken hängen und jemand würde an der Angel ziehen. Dann wurde er durch die Kajütentür bugsiert und die Treppe hinauf an Deck gestoßen.

Sie waren bereits im Hafen, bloß noch ein paar hundert Meter vom Ufer entfernt. Nathan versuchte, sich zu orientieren, Auf einem vorübergleitenden Schild stand: VENUS MASCHINENBAU. Es mußte also die Venus Bay sein, ein abgelegener Seitenarm. Angelo steuerte in das seichte schwarze Wasser einer Bootsanlegestelle und legte den Rückwärtsgang ein, um die Backbordseite längs des Kais zu bringen. Skull sprang an Land. Sobald er die Taue festgebunden hatte, folgten Creed und Nathan.

Sie gingen den Kai hinunter zu einem Parkplatz. Dort stand Creeds schwarzer Wagen neben einem hohen Maschendrahtzaun. Skull warf Angelo einen Schlüsselbund zu, den dieser auf seiner Handfläche aufspringen ließ. Angelo ging zum Wagen, mit Füßen, die in Alarmbereitschaft zu sein schienen. Er war die rechte Vorhut in einem Minenfeld; er würde immer die

Zauberroute finden. Nathan sah ihm zu, wie er den Wagen aufschloß und einstieg. Der Motor knatterte und spuckte, die Scheinwerfer gingen wie Augen hoch und beleuchteten den Kies. Nathan dachte an Jeds schlechte Haut.

Creed legte ihm eine Hand auf die Schulter. »Ich fürchte, du mußt den Rückweg alleine finden.«

»Ihr bringt mich also nicht um?«

Creed lächelte. »Du wirst den Mund halten. Du hast gesehen, was mit Leuten passiert, die das nicht tun.«

Der Wagen kam angefahren. Die Rücklichter leuchteten rot auf. Jetzt erst bemerkte Nathan das Nummernschild:

3UR 1AL.

BURIAL, Bestattung.

Creed sah, wohin er blickte. »Hübsch, oder?«

Nathan gab keine Antwort.

»Nummernschilder«, sagte Creed, »sind eine Art Hobby von mir. Vielleicht solltest du einmal vorbeischauen und dir meine Sammlung ansehen.«

Nathan machte einen Schritt zurück.

Creed lachte und schob sich in den Wagen. Die Tür schnappte zu. Der Wagen knirschte über den Kies auf das Tor zu.

»Und meine Hände?« rief Nathan.

Der Wagen bog nach links ab und verschwand hinter der Mauer eines Lagerhauses. Das Motorgeräusch verklang.

Er ging zum Tor. Auf der anderen Straßenseite befand sich ein Park mit Bäumen und Bänken. Das würde genügen. Das einzige, woran er jetzt denken konnte, war Schlaf. Er ging über die Straße und legte sich auf die erstbeste Bank. Die Welt wurde schwarz, die Sterne wurden kleiner und verschwanden, sein Herz dröhnte wie eine Bombe in seinem Körper, wieder, wieder, wieder. Er hörte die Schrapnelle um sich herum auf dem Boden aufschlagen, sie kamen wie Regen heruntergeprasselt. In seinem Inneren war es so kalt, und zugleich brannte es. Aber er spürte immer weniger. Als ihm die Lider zufielen, war es, als würde sich Staub legen, bald war nichts mehr da.

Er wachte auf, und es war hell. Er setzte sich auf. Er wollte sich die Augen reiben, aber er hatte keine Hände. Er schaute hoch und sah einen Polizisten vor sich stehen. Einen großen, massiven Polizisten.

»Wie spät ist es?« fragte er den Polizisten.

Der Polizist trug eine große, massive Uhr, die zu seiner übrigen Erscheinung paßte. »Es ist halb acht.« Er schien leicht verärgert, weil Nathan die Frage gestellt hatte. Das war doch die Aufgabe der Polizei. Er mußte sich mit der zweiten Frage begnügen. »Was tun Sie hier?«

»Ich habe nur gewartet, bis es Tag wurde«, antwortete Nathan, »um nach Hause zu trampen.« Wie er das allerdings bewerkstelligen sollte, ohne Daumen, überlegte er.

»Hätten Sie nicht noch nachts nach Hause fahren können, oder was?«

»Kein Geld.« Nathan wollte die Hände in der Luft ausbreiten. Konnte er natürlich nicht. Alles, was er fertig brachte, war eine Art Achselzucken, eine Art Grinsen.

Der Polizist lehnte sich langsam zur Seite wie ein umstürzender Baum. »Stimmt mit Ihren Händen was nicht?«

»Sie haben es erraten.« Nathan konnte den forschen Ton nicht vermeiden. Er brauchte ihn, um den Kopf über Wasser zu halten. Wenn er nicht so locker daherredete, wenn er aufhörte und auf seine Stiefel schaute, würde er bestimmt untergehen. »Ich bin gefesselt.« Er drehte sich um und zeigte dem Polizisten seine Hände.

»Was für eine Erklärung haben Sie dafür?«

»Es war ein Scherz«, erwiderte Nathan. »Von ein paar Freunden.«

»Schöne Freunde!«, meinte der Polizist, ging um Nathan herum und fing an, den Gürtel aufzubinden.

FALSCHE FÄHRTEN

Er wachte auf und war am Ertrinken. Es war, als wäre er in eine Welt geboren, in der es kein Element außer Wasser gab. Er schlug mit den Händen um sich, stieß mit den Füßen herum, doch das Wasser fing alle seine Bewegungen auf, raubte ihnen ihre ganze Kraft. Er schlug wieder um sich, stieß wieder mit den Füßen. Kam an die Oberfläche. Schluckte die schwarze Luft hinunter. Er rieb sich mit dem Handrücken die Augen. Jetzt konnte er sehen. Schwarze Bäume ragten dicht über ihm auf. Gleich dahinter, eine Nuance heller, der Nachthimmel. Er drehte sich im Wasser um. Ein weißes Schimmern. Fenster, verhängt wie Eulenaugen. Das Haus. Er schwamm an den Rand des Beckens und schwang sich hinaus. Dann hockte er da, den Kopf zwischen den Knien, und übergab sich.

Als aus seiner Nase und seinem Mund kein Wasser mehr kam, kauerte er sich an das Ende des Beckens, die Zehen über den Rand gekrümmt. Ein warmer Wind strich über seine Schultern, trocknete ihn. Er hatte nur eine Erklärung zur Hand. Er mußte schlafgewandelt sein. Er mußte am tiefen Ende in das Becken gelaufen sein.

Seit jener Nacht im Boot kaufte er jeden Tag die Zeitungen von Moon Beach, um die Seiten nach einer Erwähnung des Namens Jed Morgan abzusuchen. Er erwartete die Nachricht nicht auf der erste Seite. Er kannte Creed gut genug, um zu begreifen, daß es keinen Fehler, keine Indizien geben würde. Deswegen war Jed auf der Engelsaue ins Wasser versenkt worden und nicht in einer brackigen Hafenbucht. Wenn einen die tiefen Wasser packten, dann auf ewig. Aber irgendwo mußte ein Absatz zu finden sein, vielleicht nur sechs Zeilen lang, versteckt unten auf einer Seite: MANN, 27, VERSCHWUNDEN. Irgend jemand mußte ihn doch als vermißt melden. Er brauchte einfach einen Beweis für das, was geschehen war. Irgendeinen Beweis. Aber es war schon fast ein Monat verstrichen, und nichts war passiert.

Und jetzt schlafwandelte er wieder, zum erstenmal seit fünfzehn Jahren. Er erinnerte sich an die Gerüchte, die dadurch über ihn in Umlauf gekommen waren, den ganzen Klatsch, der über ihn verbreitet wurde. Und doch hatte er nie darüber geredet. So war er erzogen worden. Man behielt alle seine Sorgen für sich, weggeschlossen in irgendeiner Kammer im Kopf, wie schwachsinnige Verwandte. Manchmal traf man Leute, welche die Schreie hören konnten. Man versuchte dann, es zu vertuschen. Schreie? fragte man. Ich habe keinen Schrei gehört. Das muß der Wind gewesen sein. Manchmal dachte er, daß sein ganzes Leid davon gekommen war, daß er sich auf die Zunge gebissen hatte, daß sein ganzes Leid vom Schweigen herrührte. Und wenn sich das Schweigen erst einmal etabliert hatte, dann brachte es neues, eigenes Leid hervor.

Er erinnerte sich, wie Georgia hinter der dicken Glasscheibe des Fensters in der Polizeiwache aufgetaucht war. Den Schlaf noch im Gesicht, es war so früh gewesen. Ihr Blick wanderte von seiner zerrissenen, verschmutzten Kleidung zu seinen aufgescheuerten Handgelenken.

»Nathan«, sagte sie, »was ist denn passiert?«

Er wollte schon sagen: »Ich bin okay, reg dich nicht auf! Ich bin okay, ehrlich.« Doch das war genau, was man ihn gelehrt hatte: Notlügen und einen verbogenen Mut. Georgia sollte keine Entschuldigungen hören, keine Beruhigungen. Diesmal nicht.

Tränen versilberten ihre Augen. »Aber«, und sie wußte nicht recht, wie sie es ausdrücken sollte, »sonst bin doch immer ich diejenige, die solche Geschichten macht!«

»Bring mich einfach nach Hause!« war seine Antwort.
Sie hatte recht. Bisher war immer sie es gewesen, um die man sich kümmern mußte. Jetzt war plötzlich er es. Er konnte den Schock in ihrer Stimme hören, es klang beinahe aufgebracht, empört. Er konnte die Angst hören.
Und sie brachte ihn nach Hause. Bereitete ihm ein heißes Ölbad, und er ließ sich mit solcher Dankbarkeit ins Wasser sinken. Er fühlte, wie sein Körper sich beruhigte, seine Gedanken aussetzten. Er legte sich zurück. Ließ die Sekunden dahinplätschern, dahintreiben. Durch den duftenden Dampf und die halboffene Tür sah er, wie sich im Zimmer nebenan saubere Laken bauschten.
Als sie ihn später ins Bett steckte, sagte sie: »Wir müssen füreinander dasein. Wie in deinem Traum. Wie bei den Düsenjets.« Er lächelte. Sie kannte das rechte Maß. Sie wußte Bescheid mit den einfachen Dingen.
Die Zeit verging, und diese Einfachheit legte sich auf alles. Sie setzten sich an den Küchentisch und trafen ihre Entscheidungen. Erst regelten sie, daß die Bank für sie Dads Testament vollstreckte; das würde Nathan aus Harriets Griff befreien. Dann nahmen sie ein Angebot für das Haus an. Es bedeutete, daß ihnen nur ein Monat blieb, um es zu räumen, doch Nathan schien diese Eile jetzt willkommen, beabsichtigt, ja entscheidend. Abgesehen von allem anderen lenkte sie ihn vom fortwährenden Schweigen der Zeitungen ab. Während sie gemeinsam arbeiteten, begannen sie, die Vergangenheit auszusieben, und sie siebten mit einem Überschwang, der manchmal in Delirium ausartete. Eines Nachmittags errichteten sie einen Scheiterhaufen aus dem Gerümpel, das sie fanden: Teppiche, Matratzen, Schläuche, Reifen. Schwarzer Rauch quoll hoch in die Luft, es sah aus, als sei ein Flugzeug in ihrem Hintergarten zerschellt, und ein Nachbar rief bei der Feuerwehr an. Aber sie lachten bloß, als sich die roten Wagen in der Straße aufreihten, es sah

wie ein Witz aus, sie waren Kinder, die niemandem Antwort gaben.
Die Tage verrannen wie sauberes Wasser aus dem Hahn. Nicht einmal Harriet hatte noch Macht. Obwohl sie einen letzten Versuch machte, welche auszuüben.
Es war an einem Spätnachmittag. Von ferne hörte man das Knattern von Hubschraubern, die über der Hafenbrücke kreisten. Vom Rand fielen bereits Schatten auf den Rasen. Nathan befand sich im leeren Becken und schrubbte die gefliesten Wände, als er hinter sich Schritte vernahm. Er drehte sich um. Harriet stand am seichten Ende im Becken, die karmesinroten Lippen zu einem Lächeln geformt. Sie glaubte, einen tollen Auftritt hingelegt zu haben.
»Und?« sagte sie, und das leere Becken fing das Wort auf und spielte Ball mit ihm. »Hast du über das nachgedacht, was ich gesagt habe?«
Er lächelte. »Ja, das habe ich.«
»Und, was hast du beschlossen?«
»Wenn du irgendwelche Fragen im Hinblick auf das Testament hast«, erwiderte er, »dann wendest du dich besser an die Bank. Dort kümmert man sich um die Angelegenheit.«
Er sah, wie sich die Lippen über ihren Zähnen strafften. Er mußte aufpassen, daß sie ihn nicht zu jemandem wie sie selbst machte. Das war die einzige Macht, die ihr noch geblieben war. Und daher bemühte er sich, ihr nichts übelzunehmen, keine Boshaftigkeit zu zeigen. Er sagte ihr nur die Wahrheit. Und lächelte.
»Ich habe gedacht, die von der Bank können das besser«, meinte er. »Ich habe gedacht, sie sind vielleicht«, und sein Lächeln wurde breiter, »vertrauenswürdiger.«
Sie stieg die Stufen wieder hinauf, ihr Kopf saß dabei so steif auf den Schultern, daß man meinen hätte können, er sei festgeleimt. Es ist schwer, einen dramatischen Abgang hinzulegen,

wenn man keine Türen knallen kann. Sie mußte sich mit dem Quietschen ihrer Reifen auf der Zufahrt begnügen. Das war das letzte, was sie von ihr hörten.

Ein paar Stunden nach Harriets Weggang rief Yvonne an. Sie fragte, ob sie kommen und dem Haus Lebwohl sagen dürfe. Sie wollte auch ein paar von Dads Gemälden zur Erinnerung mitnehmen.

»Als ob du fragen müßtest«, entgegnete er.

Sie kam an nächsten Tag in ihrem Kombi. Als sie die Wagentür öffnete, schwappten Rauchwolken heraus, als ob auch sie ein Feuer angezündet hätte. Sie stand mit gespreizten Beinen in der Zufahrt. In ihrem Mundwinkel steckte ein Stumpen, ihr kupferfarbenes Haar war mit einem Stück farbbekleckster Seide zurückgebunden. Sie rannten auf sie zu und umarmten sie. Sie roch nach dem Inneren von Küchenschränken, langen Reisen und Freundlichkeit.

Nathan sprach für sie beide. »Wir haben dich vermißt.«

Als sie dann später durch den Garten gingen, sagte sie zu Nathan: »Es ist merkwürdig, du hast so oft dein Leben aufs Spiel gesetzt, um all diese Leute zu retten, die du nicht kennst, und die ganze Zeit war der einzige Mensch, den du wirklich retten wolltest...« Sie schaute ihn an. »Aber das weißt du ja, nicht wahr?«

Er nickte. »Ich weiß es.«

In diesem Augenblick wußte er auch, daß er Unmögliches von sich verlangt hatte. Er hätte Dad nicht retten können. Er hätte nicht einmal Jed retten können. Manchmal verliert man Menschen. Das war eines der Gesetze der Brandung. Der Vorstand hatte ihm das gesagt. Manchmal ist das Meer einfach zu stark, hatte der Vorstand gesagt. Eine Kabbelung, eine große Welle, was auch immer. Jemand ist in Not, man schwimmt zu ihm hinaus, er ist noch da, er ist immer noch da, und — er schnalzte mit den Fingern — dann ist er plötzlich weg. Tu nicht so, als wäre es nie passiert. Er war da. Du hast dein Bestes gegeben. Du lebst damit. Du machst weiter.

Nathan schaute Yvonne an. Ihre krummen Zähne waren fleckig vom Tabak, ihr Haar so drahtig wie eine Pferdemähne.

»Du hast ihn geliebt, nicht wahr?« sagte er. »Harriet hatte recht damit.«

Sie schaute weg, ihre Augen suchten Horizonte. Es war ein Blick, der Sehnsucht und Resignation zugleich ausdrückte. Als könne sie all die Dinge sehen, die ihr nie widerfahren waren.

»Liebe?« sagte sie. »Ich weiß nicht. Es war nur so ein Gefühl, das mich manchmal überkam, wenn ich seine Hände betrachtete.«

Er nahm ihren Arm, und sie gingen ohne ein weiteres Wort über das helle Gras. Sie gingen die Steinstufen hinauf ins Haus zurück. Es gehörte mit zum Schlimmsten, dachte er, wenn das Leben so stiefmütterlich mit denen umgeht, die einem etwas bedeuten.

An Yvonnes letztem Abend grillten sie am Schwimmbecken Hähnchen. Es war so still; sie zündeten Kerzen an und verzehrten ihr Abendessen unter den Sternen. Yvonne hatte vom Kap Wein mitgebracht. Es war jener blasse Weißwein, der im Glas fast grün wirkt. Sie tranken auf die Zukunft des Hauses, das sie verließen. Sie tranken auf Dad und auf sich selbst. Sie tranken auf so vieles, daß Yvonne eine dritte Flasche aufmachen mußte.

»Also erzählt mir«, sagte sie schließlich. »Was habt ihr vor?«

Nathan und Georgia schauten sich an. Sie hatten darüber kaum gesprochen. Es war genug gewesen, von Tag zu Tag vorwärtszukommen, zu spüren, wie jeder Tag neue Verbindungen herstellte und das immer schneller.

»Der Sommer ist nicht weit«, sagte sie. »Vielleicht kommt ihr und bleibt eine Weile bei mir.«

Diesmal brauchte er Georgia nicht anzusehen, um die Antwort

zu wissen. Als sie Yvonne in den frühen Morgenstunden weg-fahren sahen, den Kombi voller Gemälde und Dads roten Sessel auf dem Dach, wußten sie, daß sie sie bald wiedersehen wür-den.

Nathan lehnte sich zurück, streckte sich. Es war schon fast hell. Der Wind wehte ein paar blasse Blüten gegen seinen Ober-schenkel. Er hatte sein ganzes Leben lang durch schwierige Gewässer gemußt, aber keines war schwieriger gewesen als das der letzten paar Wochen. Er war durchgekommen, trotz-dem, er war stark genug gewesen, und darauf konnte er bauen. Er konnte auch von Dad lernen. Nicht die Vorsicht, die Behutsamkeit; nicht das Schweigen. Dafür die so konsequente Entschlossenheit, das eiserne Festhalten am Leben. Der Tod hatte ihn gestreift, hatte seine halbe Lunge und ein paar Rip-pen mitgenommen, aber Dad hatte nicht aufgegeben. Was hatte die Schwester im Krankenhaus gesagt: »Ihr Vater hat ein geborgtes Leben gelebt.« Quatsch. Dad hatte es sich nicht ge-borgt. Er hatte es sich genommen. Er hatte seine Hände darauf gelegt und gesagt: Das gehört mir. So nützte man seine Zeit. Sich Dad als eine Art Dieb vorzustellen weckte Nathan mit ei-nem Lächeln aus der Erstarrung. Er ging zum Haus zurück. Der Rasen unter seinen Füßen war warm, noch warm vom Vor-tag.

Am nächsten Tag ging er gegen elf Uhr aus dem Haus. Er war schon halb den Hügel unten, als er Mrs. Fernandez traf, die Frau, die manchmal für Dad saubergemacht hatte. Sie legte ihm eine Hand aufs Handgelenk. »Es hat mir so leid getan, das mit Ihrem Vater«, sagte sie. Er dankte ihr. Auf ihrer Oberlippe bemerkte er Schweißperlen. Es war ein heißer Tag — aber nicht die lastende, feuchte Sommerhitze. Noch nicht. Er verab-schiedete sich von Mrs. Fernandez und ging wieder die Straßen hinunter zum Zeitungshändler. Eine Brise kam auf. Die trocke-

nen Wedel der Palmen rieben raschelnd aneinander. Es war ein Dienstag.
Er kaufte an diesem Morgen nur eine Zeitung. Als er aus dem Laden ging, riß er die Titelseite ab und warf den Rest in einen Abfallkorb. Er ging zurück, ohne den Blick von der Titelseite zu heben. Und als er es tat, war er schon wieder zu Hause. Er setzte sich an den Küchentisch und wiegte den Kopf langsam hin und her; alles Blut war aus seinem Gesicht gewichen. Dann nahm er die Seite wieder zur Hand und las sie noch einmal ganz:

BESTATTUNGSZAR BRUTAL ERMORDET

Entlaufener Geistesverwirrter im Apartment des Opfers entdeckt

Mr. Neville Creed, der Vorsitzende der angesehenen Paradise Corporation, wurde vergangene Nacht tot in seinem Apartment im »Palace Hotel« aufgefunden.
Man spricht bereits vom »Johannes-der-Täufer-Mord«, weil Mr. Creed (43), nachdem ihm vierzehn Stichwunden zugefügt worden waren, der Kopf abgetrennt wurde.
Die Polizei nahm Mr. Vasco Gorelli fest, den sie in Mr. Creeds Apartment antraf. Mr. Gorelli war vergangenen Freitag aus der Westwood Hill Clinic entlaufen, in der er wegen Gemeingefährlichkeit in psychiatrischer Verwahrung gehalten wurde. Er stand gestern noch nicht für einen Kommentar zur Verfügung.

Geistesgestört

Angesichts der Grausamkeit und ungewöhnlichen Art der Ermordung ließen sich sogar Polizeibeamte, die den Fall bearbeiten, zu Kommentaren hinreißen.
»Ein schreckliches Verbrechen«, meinte Detective Sergeant John Lopez vom Mordkommissariat Moon Beach. »Der Verdächtige

soll seit langem geistesgestört sein, und vielleicht ist das eine Erklärung.«

Die Leiche wurde von Mr. Al Cone gefunden, einem Nachtportier des »Palace Hotels«, nachdem sich Gäste über Ruhestörung im vierzehnten Stockwerk beklagt hatten und er dort nachsehen wollte.

Ein sichtlich erschütterter Mr. Cone erzählte den Reportern, wie er Mr. Gorelli blutverschmiert in einem Sessel sitzend gefunden habe, während die kopflose Leiche Mr. Creeds neben ihm auf dem Boden lag. Gorelli hatte den Bildschirm des Fernsehers eingeschlagen und den Kopf des Opfers hineingestellt.

Mr. Cone fuhr fort: »Er glotzte in die Röhre, als würde sie noch funktionieren. Wissen Sie, was er zu mir gesagt hat, als ich hineinkam: ›Psst!‹ sagte er. ›Es kommen die Nachrichten.‹«

Zauber

Neville Creed war einer der angesehensten Bestattungsunternehmer der Stadt, mit einer Karriere, die ihresgleichen sucht. Marble Grove, das Bestattungsinstitut seines Onkels, war am Rande des Konkurses, als Creed es im Alter von 22 Jahren übernahm.

Sieben Jahre später ging er mit der Paradise Corporation zusammen, die Creeds Firma für geschätzte $ 30 Millionen kaufte. Creed wurde zum Vorstandsmitglied ernannt.

»Ein kometenhafter Aufstieg«, sagte ein früherer Partner Creeds. »Über dem Leben mancher Leute scheint wirklich ein Zauber zu liegen.«

Privatleben

Wie viele wohlhabende Leute lebte Creed privat äußerst zurückgezogen. Er verkehrte nicht in den Gesellschaften von Moon Beach und hatte nur wenige Freunde. In seinem Penthouse-Apartment im obersten Stockwerk des exklusiven »Palace Hotels« führte er ein geheimnisumwittertes Leben.

Die Umstände seines Todes sind nicht weniger geheimnisvoll. Die Polizei versucht noch immer, ein Motiv für diesen scheinbar sinnlosen Mord aufzudecken, ist aber bisher nur auf falsche Fährten gestoßen.

Nathan faltete die Titelseite zusammen und schaute sich nach dem Abfalleimer um. Sein Blick wanderte durch den leeren Raum und fand nichts. Sie mußten ihn schon weggeworfen haben. Er schaute aus dem Fenster. Eine dünne schwarze Rauchsäule stieg hinter der Hecke auf. Georgia mußte an diesem Morgen noch einmal ein Feuer angezündet haben. Ein letztes Feuer. Die Nachbarn würden sich wieder beschweren.

Er ging aus dem Haus und bis zum Ende des Gartens. Dort blieb er stehen und schaute in das Feuer. Er konnte verschiedene Gegenstände identifizieren: eine leere Stumpenschachtel, das Video von Harriet, ein paar Dutzend Fläschchen mit alten Tabletten. Lächelnd ließ er den Zeitungsartikel in die Flammen fallen. Er stand davor, sah zu, wie er gelb wurde, dann braun, sah zu, wie er zu brennen anfing. Dann trat er erschrocken zurück, weil sich das Blatt aus den Flammen erhob und an seinem Gesicht vorbei durch die klare blaue Luft davonflatterte wie ein Vogel mit verkohlten Flügelspitzen und einem Körper, der noch in Flammen stand.

DANKSAGUNG

In den vergangenen drei Jahren stellten mir einige Personen ihre Wohnungen zur Verfügung, wo ich leben und arbeiten konnte. Danken möchte ich Jean Bedford und den Mädchen, Prue Hawke, George Papaellinas und Cathy Murphy, Polly Whyte und Martha Crewe. Ich möchte auch Rod Parker danken; dieses Buch ist in gewissem Sinne seinem Andenken gewidmet.

Schließlich möchte ich Imogen für all die Unterstützung und Bestätigung danken, die sie mir von Anfang an hat zuteil werden lassen, und dafür, daß ich ihr Bad benutzen durfte, als meines überraschenderweise verwüstet worden war.